文化伟人代表作图释书系

Cultural greats masterpiece emoticons book series

非凡的阅读

从影响每一代学人的知识名著开始

　　知识分子阅读，不仅是指其特有的阅读姿态和思考方式，更重要的还包括读物的选择。在众多当代出版物中，哪些读物的知识价值最具引领性，许多人都很难确切判定。

　　"文化伟人代表作图释书系"所选择的，正是对人类知识体系的构建有着重大影响的伟大人物的代表著作，这些著述不仅从各自不同的角度深刻影响着人类文明的发展进程，而且自面世之日起，便不断改变着我们对世界和自然的认知，不仅给了我们思考的勇气和力量，更让我们实现了对自身的一次次突破。

　　这些著述大都篇幅宏大，难以适应当代阅读的特有习惯。为此，对其中的一部分著述，我们在凝练编译的基础上，以插图的方式对书中的知识精要进行了必要补述，既突出了原著的伟大之处，又消除了更多人可能存在的阅读障碍。

　　我们相信，一切尖端的知识都能轻松理解，一切深奥的思想都可以真切领悟。

■ 文化伟人代表作图释书系

源氏物语（下）

〔日〕紫式部 / 著

The Tale
Of Genji

姚继中/译

重庆出版集团 重庆出版社

目 录 CONTENTS

第三十四回　新菜 …………………………………… 437
第三十五回　新菜续 ………………………………… 474
第三十六回　柏木 …………………………………… 509
第三十七回　横笛 …………………………………… 524
第三十八回　铃虫 …………………………………… 532
第三十九回　夕雾 …………………………………… 539
第 四十 回　法事 …………………………………… 566
第四十一回　遁入空门 ……………………………… 575
第四十二回　云隐 …………………………………… 586
第四十三回　匂皇子 ………………………………… 588
第四十四回　红梅 …………………………………… 594
第四十五回　竹河 …………………………………… 601
第四十六回　桥姬 …………………………………… 621
第四十七回　柯根 …………………………………… 638
第四十八回　总角 …………………………………… 656
第四十九回　早蕨 …………………………………… 694

第 五十 回　寄生 …………………………………… 704

第五十一回　东亭 …………………………………… 743

第五十二回　浮舟 …………………………………… 771

第五十三回　蜉蝣 …………………………………… 802

第五十四回　习字 …………………………………… 826

第五十五回　梦浮桥 ………………………………… 855

THE TALE OF GENJI

VOLUME 34

第 三十四 回

新菜

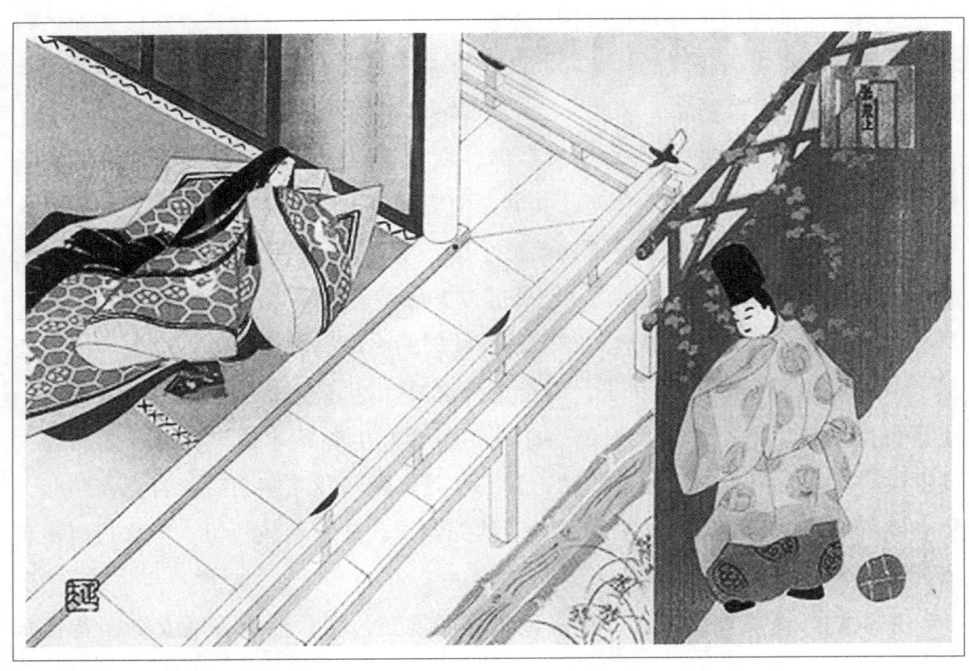

朱雀院原本病患缠身，前番行幸六条院后，身体又觉不适，虽百般调治，仍未见好转。此次格外忧戚，加之病情渐重，便生了遁入空门之心。而今弘徽殿母后已不在人世[1]，朱雀院先前的顾虑已不存在，且自觉此身在世不久，对人世也无甚牵挂，始作出家的诸种准备。

再说朱雀院膝下除皇太子外，尚有四位公主。其中三公主，为藤壶女御所生。藤壶女御乃桐壶帝前代先帝之女，先帝赐以源氏之姓[2]。她入宫时，朱雀院尚是皇太子，她本应身居皇后之位，因先帝驾崩甚早，而其生母身份又甚低微，仅是普通更衣，无可依托，最终也只得屈居女御之位了。后来弘徽殿母后又赐妹妹胧月夜尚侍之职，她于宫中威势异常显赫，藤壶女御更难伸展了。时朱雀院即将退位，虽觉她可怜，也无法袒护，唯摇头叹息而已。藤壶女御不久便郁闷而死。朱雀院想道："我即离却尘世，修炼佛道。三公主年仅十三四岁，独留于世，她何以立世度日呢？真是可怜！"他为三公主忧虑，在为其着裳仪式而忙碌之时，便索性将院内秘藏的珍宝器物及略有来历之物俱赐予三公主。其他诸子女分享的，仅是些次等物品。

闻知朱雀院患病，并决心出家奉佛，皇太子亲赴探问。皇太子母亲承香殿女御亦一同前来。朱雀院不眷恋此女御，但毕竟是太子的生母，只得善加接待，与她纵谈往事，又与皇太子谈了些治世之道。皇太子虽只十三岁，但看去却也老成。现今又有明石妃子等人照应，令朱雀院甚感放心。朱雀院对皇太子道："我已无心留恋此世，唯对公主等放心不下，为她们的前程担忧。此般'难免'的'死别'[3]，甚是障碍。大凡女子，因逢意外之变，而备受羞辱，此乃命运所致，实甚可怜。日后登基为皇，对所有姐妹，可要好生照顾才是。有外戚依靠者，我皆放心。唯有三公主，年纪尚幼，自小甚是依赖。我入室之后，若无人照应，势必漂若浮萍，令我心痛如割，怎不牵挂呢？唉，想来不甚悲切。"真乃声声衷情，点点热泪。

朱雀院拜托承香殿女御，恳求她善意照拂三公主。然承香殿女御因昔日藤

【1】弘徽殿太后逝于这一年九月。

【2】此藤壶女御是桐壶院的藤壶女御的异母妹妹。凡皇族降为臣下，皆赐姓"源氏"。

【3】《伊势物语》古歌："日月催人老，死别不可免。为此更思君，但愿常相见。"

壶女御所受专宠，甚为妒恨，故只假意应承下来。三公主之事，令朱雀院日夜愁叹。到岁末，病情愈渐加深了，竟不能出户。昔日那偶尔折磨他的鬼魂，而今亦昼夜前来扰攘，以致疑心不会长久于人世了。受朱雀院恩惠之人，闻知其患重疾，无不忧心忡忡。

源氏亦时时派人探望，现又决定亲往探访。朱雀院闻知，不胜欣慰。恰巧夕雾中纳言前来，朱雀院便召他进入帘内，娓娓谈道："先帝临崩时，曾再三嘱托，要我好生照应令尊和皇上[1]。但自登基以来，我推行政令，时时遇阻，本无移恨令尊之心，却将其流放。我使令尊获罪[2]，以为日后他定会泄恨于我。岂知他回朝多年，却并无怨恨之意，并真心实意照拂太子。如今，又将明石女公子送入宫为太子妃。我感激之情，实难言表啊！但因我生性愚鲁，唯恐爱子心切，影响太子，引起世人非议，故一向装作漠不关心，任由别人做主。且喜退位后，皇上英明，力挽我在位时的衰颓之势，令我不胜宽慰。自今秋行幸六条院后，追忆往昔，甚是怀恋，若能与令尊倾心长谈就好了。恳望贤侄劝请，催他早日亲驾惠临。"夕雾见朱雀院言毕，神态异常颓废，便奏道："侄子年幼时，诸事自不得而知。年事稍长，参与朝政，处理诸种政务间，常与家父探讨大小政事，或闲聊私人琐事，从未见到流露怨你之情；相反，他曾数次谈道：'朱雀院诵佛念经，弃绝人世，卸掉照拂皇上之责，实在有违桐壶先帝遗言。他临朝时，朝中贤臣甚多，加之我年幼才疏，常欲效劳，却未能遂愿。而今朱雀院不问政事，专心静休，我很想与他倾心相谈，且亲聆教诲。但终因身份所拘，身不由己，以致时至今日，未遂此愿。'家父常如此念叨，且时常叹息呢。"这一番话说得从容得体，令朱雀院刮目相看。夕雾时年仅十八岁，然体质甚好，容貌亦光艳照人。朱雀院定目凝望，心下思忖：若将三公主许配与他，定不会让我再有牵挂。于是说道："听得你一直亲事不顺，时时为你牵念，今已安置于太政大臣家中，才得以安心。我甚是妒羡令尊呢。"夕雾觉得此话蹊跷，思忖良久，猛然醒悟：他正为三公主之事忧心，指望嫁与诚挚之人，方能静心出家。然虽知晓此话用意，但又怎能率然说破，让其受窘呢？只得答道："如侄儿这般浅陋之人，娶亲自然不易。"说完便告辞了。

【1】指冷泉帝，名义上是桐壶院的儿子，朱雀院的弟弟。
【2】源氏被朱雀院的母亲弘徽殿女御流放须磨的事情。

目睹了夕雾姿容的众侍女，无不交口称赞："如此相貌优美之人，其雍容的气派，世所难见啊！"一年老侍女听后，说道："哪里！其父源氏，年轻时可比他俊美多了！那才教人炫目呢！"朱雀院听得，道："源氏的美貌，的确世所罕见，愈老韵味愈深，其所谓'光华'，定是如此吧！他辅佐皇上处理政事时，威仪显赫，令人心生畏惧。但当任情放纵、恣意嬉笑时，那洒脱无拘的姿态，又实甚和蔼可亲。此世间罕有人物，想必是其前世积德，方有此俊美容貌吧。他自小长于深宫，桐壶先帝疼爱有加，倾注全部身心抚育。但他毫无骄纵之情，恭谦律己，二十岁尚未受纳言之爵，直至二十一岁，方当参议兼大将。这夕雾却比父亲授爵早，十八岁便受爵中纳言，学问与才能决不在他父亲之下。由此可见，他家威望代代高啊！"他对源氏父子赞不绝口。

接着，他话辞一转，又道："三公主乃纯情少女，活泼可爱，容姿俊美。这般无邪的孩子，须得托付与忠厚之人，且要诚心疼爱她，宽宏其任性，好生照拂才是。"他召来几位乳母，皆是些深谙世事者，将着裳仪式诸事宜吩咐下去，且道："昔日式部卿亲王的女儿，便是源氏亲手抚育大的。我亦有此意，将三公主托付于如此之人。皇上处已有了秋好皇后，其他臣下，恐更难找到了。我入佛后，三公主无贵戚相助，何能入得宫呢？唉，只后悔当初夕雾未娶之时，未能探其心思。"一乳母答道："中纳言颇有才气，为人又素来忠诚。多年来，一直钟情云居雁。如今已玉成其事，恐更难割舍了。倒是源氏老太爷，一向好色成癖，虽已年老，但仍贪爱女子。他最青睐出身高贵的女人。如那朝颜，他一直情系于心，常致信诉情呢。"朱雀院说："哎！如他这般轻浮，又实在讨厌。"他虽这般说，心里却在寻思："众夫人中，虽有不快之事发生，但遍寻朝野，恐只有依了乳母之意，委屈将其托付于他，人生苦短，何不及时行乐？倘真让她嫁与源氏，倒教我放心了。若我做了女人，即便是亲兄弟，亦会毫无顾虑嫁与他的！何况为他钟情的女人，那更是自然。"他如此推想，定是对尚侍胧月夜之事犹未释怀吧！

有一位乳母的兄长，既于六条院效劳，又竭诚服务于三公主，时任左中弁，地位颇高。一日，左中弁前来三公主院中。乳母与他叙谈良久，后道："按古例，三公主应不嫁[1]，但倘有悉心照顾的夫婿，亦可下嫁。朱雀上皇曾向我

【1】按照日本自古以来的通例，公主理应保持独身。但若有合适夫婿人选，亦可破例。

示意，打算将她许配与源氏。你且瞅个机会，告知于他。我一伺候之人，仅能尽些力，然又有何用？且伺候者甚多，哪能万事做主？因此难免有意外之事发生。现趁朱雀上皇在世，托付了公主终身，我亦可放心呢！朱雀上皇对三公主疼爱备至，难免遭人嫉妒。故还得使她不受丝毫非议才是。"左中弁答道："实乃怪事，六条院主人多情得很！凡与他一度风流的女人，不论真心相爱的，或是逢场作戏的，皆迎进院来。而他最挚爱的，仅有紫夫人一人。倘三公主福缘匪浅，如你所说嫁与了他，即便深受恩宠的紫夫人，亦当怯这皇亲三分吧。世事难料，结局到底怎样，亦得用心顾虑。主人曾私下对我道出心声'荣华富贵，我已享尽，此生已心满意足了。唯夫人之中，有因身份低微的而遭人鄙视，我亦心犹未足，尚未有出身高贵的正夫人'。确实如此，由姻缘而受他庇护之人，大都是些寻常人臣之女，出身虽不低微，但实甚寻常，门当户对的夫人亦没有。故三公主若能如你所说，下嫁六条院，倒是天造地设的一对呢！"

　　乳母听了兄长的这番话，便寻得个时机，向朱雀院奏道："前日左中弁已知晓尊意，并言定当效劳。他说只要你诚心相许，他即可向源氏传达。此事究竟怎样，还望定夺。但六条院中妻妾甚多，源氏对她们甚为照拂，厚待有加。于一般家庭，正室与侧室免不了睚眦生怨。我担忧三公主到了六条院，会惹出烦恼来，还望三思而行。世风如此，公主往往孤身独处，不嫁他人。但她已骄纵成习，稚气未脱，难于独立自身处世。我等伺候者，即便贤能，能力仍有限度，亦只有照主人的吩咐去做。因此，三公主倘不能得到贤婿照拂，实甚担忧。"朱雀院答道："我亦有此想法。但将公主嫁与人臣，自古视为轻率之举。况且，凡女子婚后，难免后悔，以至夫妻反目，陷入悲苦之中。倘抱定独身度世，则父母亡后，孤寂无助，孑然一身，亦十分凄苦。看来，不论出嫁与否，做女人总让人担忧。因果报应，夙缘深浅，早已命定，女人是身不由己的。因此，一切皆得凭各人前世夙缘，遵父兄之命了。否则，女子倘自作主张，择其夫婿，长年厮守，幸福美满，便似觉自择夫婿亦颇善。但未经父母之命、媒妁之言便擅定终身，身为女子，此举又甚为不当。这于庶民百姓之家，亦被视为张狂轻薄。尽管如此，婚嫁之事，仍应顾及本人意愿。多年来，我甚觉三公主特别单纯。故你们做乳母的，不可越俎代庖，替为择婿！倘有此事谣传，真乃悲哀至极！"朱雀院千般嘱咐。乳母等便觉今后重任在肩，皆惶恐不已。

　　朱雀院仍觉言未尽意，继而又道："我早想出家，然竟等至今日，只因想亲见女儿增知长识，不致全无主见。亦因此累我不能丢尽尘心，而受世事烦恼。六条院主人气度高雅，举止稳重，虽妻妾成群，然未闻其家室不宁。且待人恳切，处世得体，世间再无此般忠厚可靠之人了。三公主择婿，如舍此君更有谁？再说萤兵部卿亲王，虽同为皇子，亦不见外人对其随意贬损。然此人风雅有过，威严不足，终究不可托付。藤大纳言[1]虽私慕三公主，但念其身份，委实不般配。古之惯例，公主择婿之标准：身份高贵，声望隆重。如选一味痴恋、情深义重之人，则将悔恨终生。据尚侍胧月夜道：柏木[2]亦暗恋三公主。只可惜是个右卫门督，且仅二十四岁，太过年轻。倘有了相当的官位，倒亦在考虑之列。他清高自负，意愿甚高，难有称心如意者，所以至今尚未成亲。然他才学非凡，想来日后一定前途无量。但就此将三公主嫁与他，于地位、声望毕竟有所差欠。"他思前想后，甚为懊恼。

如此宫闱密谈，不知怎么不胫而走，传诸世人。便有了不少人，前来说媒攀亲。太政大臣想道："我家右卫门督，至今尚未婚配，他决意非皇女不娶，如今三公主择婿，此良机实在不可错失。或者幸中，亦为我增添光彩，实乃美妙之事。"于是，他便叫夫人劝请其妹胧月夜前去说合。胧月夜诚恳真挚，好话道尽，期望朱雀院应允。萤兵部卿亲王，因被髭黑大将横刀夺爱，发誓如若娶妻必超过玉鬘，以除心中怨恨之气。他闻知三公主选婿，亦跃跃欲试，为此绞尽脑汁。朱雀院的家臣藤大纳言，担心朱雀院一旦出家修道，将失却依靠，便亦生了非分之想，希望得到他的青睐，以此成为三公主的保护人。另外，中纳言夕雾闻此消息，思忖道："朱雀院曾亲口劝慰，欲将三公主嫁与我。现在只须寻个媒人前去说合，他定不会拒绝的。"但他继而又想："云居雁现已视我为终身依托之人。多年来，我未曾移情别恋，亦未因她冷淡而抛弃，如今若突改初衷，定令她悲伤不已。且一旦与神圣的公主联姻，万事皆不能随我之意了。倘二者兼得，处境定然难堪吧。"夕雾生性敦厚，此乃心念，故未曾对人说及，但却时常留意三公主择婿之事。

皇太子亦闻知此事，对人道："三公主婚嫁，开了公主下嫁之先例，还得从长

【1】藤大纳言是太政大臣（葵姬之兄）的异母兄弟，其官职较低，与公主难以般配，故表面上说愿为家臣，实则想当夫婿。

【2】胧月夜外甥柏木，此时已由中将升任右卫门督。

计议才是。普通人臣中,虽有人品优秀者,然名位低微,不配公主。三公主倘执意下嫁,那六条院主人最为合宜,不如请他代为抚育吧。"但他只是口传,并未郑重上书。朱雀院听了,深觉有理,道:"所言极是。"便决定了下来,派左中弁为媒人,前往六条院,将此意向源氏一一陈述。

源氏对此早有所闻,故答道:"仰承朱雀院厚爱。如今他与我年龄俱长[1],又有抛离尘世之意。不论哪位皇子皇女,我皆有照顾之责的。既然将三公主托付与我,定当加倍照拂。但恐人世变幻无常,只怕连我在世之时,亦难靠得住了[2]。"继而又说道:"若公主下嫁,与我情意笃厚,则我一旦弃世,于她徒生痛苦,于我顾念尘世,亦难往生极乐。而中纳言正值少壮,虽显幼稚,但青春鼎盛。若论才能,将来定是朝廷中坚,我私下认为,二人极为相配。只是夕雾憨直固守,恐难割舍心爱之人。对此,只恐朱雀院不无顾忌。"

源氏的这番话倒苦了左中弁,他心念朱雀院异常恳求,期望甚高,不得已,便又将其私下决议一一具告。源氏听罢,微笑着答道:"于朱雀院那里,三公主受到如此偏怜,其前途亦不必顾虑。依我之意,只有冷泉帝为最佳人选。宫中女御,皆不如三公主尊贵,三公主定会备受恩宠呢!桐壶院当朝时,弘徽殿太后为首选入宫女御,权势鼎盛,但一度为后来的藤壶母后排挤。三公主的母亲藤壶女御,与藤壶母后为同胞姐妹。世人皆称两人容貌酷似,美丽非凡。则三公主无论肖似谁,其相貌一定美艳绝伦。"他怎般猜想三公主模样,不禁心神向往。然想归想,他仍然未答应左中弁。

时至岁暮,朱雀院的病情不见好转,然为置备三公主着裳仪式,空前绝后的喧嚣扰攘,隆盛无比。着裳仪式设于柏殿中举行,帐幕帷屏一应诸物,概不用本国绫罗,皆摹仿中国皇后宫殿设置,光彩夺目。由早已聘定的太政大臣,为三公主结腰。太政大臣一向谨慎,素来不肯随意参谒朱雀院。但对其意旨向来遵从,故此次满口应允,按时前来。左大臣、右大臣以及其他诸王侯公卿,皆前来参与仪式。即便那些事务缠身者,亦竞相前来贺喜。八大亲王、殿上诸人、冷泉帝与皇太子两方所有该到之人,无一不至。如此隆重宏大之仪式,堪称绝世。冷泉帝

【1】朱雀院此时四十二岁,源氏三十九岁,仅三岁之差。

【2】源氏之意,人死的先后不以老幼为序,自己虽小朱雀院几岁,但世事无常,难保自己在朱雀院之后离世,因此即使这短暂的时间也是无法依凭的。

与皇太子，念及此次盛会乃朱雀院生平最后一次，惋惜之余，便差人从藏人所及纳殿内，取得诸多唐朝舶来珍宝，奉送与他。六条院所献礼品，亦极为珍贵。六条院代为办理朱雀院回送众人的赠品，赐与参加者的福物，以及犒赏主宾太政大臣的礼品。秋好皇后所送服装与梳具箱，无不颇具匠心。那随她入宫为朱雀院所赐梳具箱，风格依旧，经重新雕饰，尤显得新颖别致，一见便知乃陈年宝物。箱内另附赠朱雀院的诗一首：

"神通玉梳插发髻，

今日深情似旧情。"

玉梳乃荣誉礼物，秋好皇后转赠与三公主，意即愿她肖似自己。朱雀院读罢此诗，旧事不觉跃然脑际。然在答诗中，却并不提昔日为她失恋之事。为表谢意，答诗道：

"黄杨古梳今喜见，

万年永继荣未衰。"

朱雀院强撑病体，为三公主办了着裳仪式。三日后，他便遁入空门了。万乘之尊为僧，比及寻常百姓来，自然倍加伤感。比睿山天台座主，及授戒的三位阿阇梨，上前替他削发易装。尚侍胧月夜片刻不曾离开朱雀院左右，脸上愁容堆积。朱雀院不知如何安慰她，仅说道："诀离爱人之苦，比起思念子女之情，更教人伤痛啊！"于此情景中，出家之心或许亦有些动摇。然他终究铁了心肠，出室靠在矮几上。自此便脱离了凡尘。整个仪式实在令人伤感，连早已绝缘红尘的僧众，都为他悄然流泪。诸公主及女御、更衣更是泪如泉涌。朝中诸臣，派人来此慰问者多如云集。朱雀院本欲悄然遁迹清静之所，勤修佛事，岂料今日竟骚乱如此，不免心烦意乱。他自顾自地道："只因三公主未能安排妥当，尘缘未断，故受累至今。"

再说源氏，虽朝廷以太上皇尊崇，但出门不执皇家仪仗，故意轻车简出，以示可亲可近。获悉朱雀院皈依佛门后，前来探访。朱雀院对源氏访晤盼待已久。此刻闻知，十分高兴，便强打精神出迎。排场实甚简单，仅将客位添设在自己居室中，延请他入座。见了朱雀院的僧侣打扮，源氏甚是感慨，不觉悲凄袭来，泣下沾襟。他好不容易平静下来，言道："自先帝去后，小弟深感世事无常，心欲往生极乐。只因缘分尚浅，竟让兄长占先。唉，我虽屡次下决心，竟难割尘念。奈之若何？我生性犹豫不定，今连出家之事亦然，念之真是无颜！"言毕感慨不已。朱雀院闻此即伤，只颓丧地言道："愚兄常恐凡心未泯，不能学道至深，故决意削发为僧，聊居于此清闲之地，潜心修佛。只恐我这羸弱多病之躯，不能久存于世，不能得到正果了。每每想来，心中便觉不安。"

朱雀院又将近来所思详告源氏，道："自我出家为僧，对舍下众女儿实甚牵挂。尤其三公主，一无所靠，更令我不知如何是好。"源氏听出这话弦外有音，对他颇为同情。加之他早欲一窥三公主芳容，便很热心，道："的确令人担心。三公主身为皇女，倘无关怀备至之人，困苦之处定胜于一般女子。再则世间女子，若要一个体贴入微、诸事可托的保护人，须嫁得个以保护她为己任的男子，方可无虑。其兄皇太子乃当今储君，极为贤明，且为世人敬仰。若将三公主托付与他，本无可顾虑。但皇太子继位后，政事繁忙，恐无暇对其关怀备至了。兄长若以为此事妨碍修行，不若适时妥善选择贤才，悄悄选定佳婿？"朱雀院答道："我亦有此意，然事皆不易。依我所闻，父皇在位之时，家势隆盛，甘为公主夫婿、终生保护公主者，不乏其人。选婿本来并不十分苛求，但我如今业已出家，尚有这难割之尘念，甚是烦恼郁闷，以致病势日重。而三公主尚无依靠，令我焦灼不已。故我有一恳求：请贤弟破例接受此女，听凭尊意为其择一妥贴夫婿。早先，我欲将三公主许配与你家中纳言，却未提出，至今思来，好不后悔。今被太政大臣抢先，让我妒羡不已。"源氏答道："中纳言为人忠厚可信，然尚年幼，阅世甚浅，怕多疏误。我且直言相告：三公主倘能蒙我照护，定当如父亲一般爱抚。唯恐在世之日不长，不幸弃她而去，反教她受苦呀。"他已表示接受了三公主。

二人谈着，不觉时已入夜，朱雀院之处众人，与六条院所至高官，同在主人御前飨宴。所食虽为粗蔬米饭，但也别有风味。此等光景，让人颇念昔日皇宫大宴时的山珍海馐，歌舞弦乐。思今追昔，众皆感慨不已，流泪不止。其他可哀之事亦多。直至深夜，源氏方起身辞归。朱雀院犒赏了随从诸人，又派宫中大纳言护送源氏归府。天降大雪，严寒无比，朱雀院病情加重，深觉不适。然三公主已终身有靠，一念及此，遂无可虑了。

源氏返回六条院后，因三公主之事，甚为不安。紫姬早对此事有所耳闻，但她绝难相信源氏真会娶了三公主。她想："昔日，他曾狂恋前斋院朝颜，但终不曾娶她过来。"故心中甚安。对此，源氏亦十分过意不去，暗想："今日之事，倘为她知晓，定要怨我了。其实，我对她之爱，绝不会有丝毫削减。只是在真相未露之前，不知如何向她交待。"源氏心中甚是不宁。这两人已异常亲睦，故略有隐情便觉不快。不过当夜已十分疲惫，遂立即就寝，一宿无语。

翌日清晨，瑞雪飘落，万物一派凄清。源氏与紫姬在暖室里相拥而坐。趁此机会，源氏便对她道："昨日前去探望朱雀院，岂知他不但病势转危，心事也甚为沉重呢！他担心三公主的将来，故特意将其托付与我。我亦觉他甚是可怜，便应允了。外间料必早已传开了吧。如今对这风月之事，我早已不再热衷，故他多次托人说合，我皆婉言谢绝了。但念及他在病中亲口提及，实在不忍让他失望。故决定在他遁迹深山古寺之日，我便将三公主接过来。也许这么做，会令你不快，务请相信我，纵然天荒地老，我也不会对你心存他念。总之，唯愿大家相安无事，和睦度日。"源氏言毕，内心颇感不安，不知她将对此事持何种态度。因紫姬生性多疑，往常源氏略有不检点处，她便视为不忠而大为生气。谁料紫姬此次竟毫不介意，且正色答道："如此苦心托付，也令我感动不已，如何能介意呢！只要她不嫌厌我住于此处就行了。再则其母藤壶女御为我姑母呢！"源氏不曾料得她今日这般谦虚，便说道："诚能如此仁厚，则于己于人，皆是万幸。若能与之和睦与共，我定更加钟情于你。男女之事，世人总爱捕风捉影，搬弄是非。外间流言，切不可轻信。故须静心详察，方为贤明。"他如此这般，诚挚劝导了一番。其实，纵然紫姬胸襟极其开阔，对这种事又怎能漠然视之呢？近年来夫妇亲亲睦睦，地位也日渐安稳。本料自此便可夫唱妇随、白头偕老了，谁知如今又生出这等事来！她虽窃自悲叹，外表却极其平静，只是心中暗忖："此事太过突然，真让人难以置信！然他说得如此在理，我也不好反驳，免得惹他讨厌。若他与三公主真有其事，对我则必有顾忌，要么听我劝告而罢手。此次他以受人托付为名，行好色之实，我倒没法阻止了。但绝不可让外人知晓我心中哀怨。倘让继母式部卿亲王夫人[1]得知，不知将如何幸灾乐祸。她至今尚在为那髭黑大将之事，无理怨恨我呢。"

冬已尽，春又来，乍暖还寒。三公主出嫁在即，朱雀院内一派繁忙。那些对三公主心怀恋慕的，无不垂头丧气。即便是冷泉帝，也奈何不得，只好断此念头。此值源氏不惑之年，朝廷准备举行隆重庆典。他却以为应俭朴一些才好，便一律加以推辞。

【1】紫姬的继母，也是髭黑大将的正夫人的母亲。

正月二十三，恰逢子日，髭黑大将夫人玉鬘备得新菜，前来祝寿。[1]源氏却之不恭，只得领受了。玉鬘此行虽未声张，然其所行仪仗，实是甚为威仪。源氏的座椅，设于南厢房内。室中焕然一新，座椅也不用帝王椅了，而以四十条中国席重叠做成。一对嵌螺钿的柜台上，放有四只衣箱，盛装着四季服装。香炉、药箱、砚台、洗发盆、梳具箱等物，无不精心设计，力求完美。那插头花的台子，是用特别的沉香木和紫檀木镂成。插头花虽为寻常金银打制，可配色讲究，式样别致，格外雅致脱俗。由此可知这位尚侍谙熟风趣，颇具才气，方事事求新出奇，让人开得这般眼界。

当众人皆已落座，源氏便从内室款款步入前厅。他依然容貌清丽，丝毫不显四十岁之相。玉鬘猛然一见，竟像初别乍逢一般，不禁红晕上脸，羞涩万般。但她即刻凝神静心，与源氏寒暄。玉鬘结婚不久，便生得两个孩子，虽长得颇令人喜欢，却因怕难为情，不肯带来拜见源氏。可髭黑大将以为机会难得，定要偕同两孩子一起前来。这两个孩子都身着便装，头发左右分梳，煞是清秀可爱。源氏见后，道："岁月悄逝，平日并不以为然，仍像年轻时一样过日子。但见了这些孙儿，才悚然发觉已老矣！夕雾也有了儿子，可我尚未见过呢！唯你特别关心，今日先来祝寿，叫我又惊又喜。我倒以为众人皆忘了我呢！"玉鬘时年二十六岁，更添了娴静从容的成熟风韵，姿容亦更显高雅秀美。她献诗道：

"根生此岩两小松，

　不忘亲恩祈万福。"

吟时尽力作出大家风范。随即又吩咐呈上四个盛有不同时令新菜的沉香木盘。源氏略略尝得些，便举过杯子，答吟道：

"托福稚嫩两小松，

　野边新菜亦常青。"

诸王侯公卿亦在众人唱和之际，一并前来祝寿。紫姬的父亲式部卿亲王对玉鬘不满，故不想前来。但念及源氏乃至亲，最终于日暮之时到来。髭黑大将自以为是源氏女婿，理应对此次寿辰做些料理，自是扬扬自得。式部卿亲王看其轻狂模样，极为不悦。那两个小外孙，也前后蹦跳着，争着做些杂务。中纳言夕雾

【1】古惯例：正月第一子日，内膳司备若干种新菜，作羹供奉，食之以祛百病。

带了子侄，将礼箱四十具、礼盒四十件，一一搬与源氏过目。源氏面前，陈设有四只沉香木方几，几上杯盘精致。他一边赐酒，一边招呼众人，随便用些新菜肴馔。本来朱雀院贵体未愈，不便举行乐会。但太政大臣早已备置了琴笛等乐器。他道："今日寿典，可谓世间最为尽善的了！"遂将乐器取出，诸人各择得一件，一并演奏起来。那被视为名器的和琴，只有太政大臣能奏得高妙，众人也深知其意，故无一人上前操奏。右卫门督柏木，琴技亦甚高妙，源氏令其弹奏一曲，他却固辞。无奈源氏再三强求，柏木只得从命。琴声美妙，竟不逊于其父。听者无不动容，交口称赞。能如此善承父业者，世所罕见！源于中国的乐器，各有操琴手法，学会还是容易，然这和琴全无定则，须得自己领悟。譬如随手拨弦的"清弹"这一手法，便具各种乐器的音调，领悟得当的，自是妙不可言。太政大臣将琴弦放得极松，调子降得很低，方弹出了多种音响的曲调。柏木则专用了明朗的基调，方悦人神智。诸亲王想不到柏木琴艺如此高妙绝伦，无不刮目相看。萤兵部卿亲王取来了七弦琴。这琴亦非同寻常，珍藏于宜阳殿内，亦为历代名器。桐壶院暮年，因爱女一品公主[1]极擅琴技，便赐予了她。太政大臣欲使寿宴锦上添花，特地向她借得。源氏忆及此琴历史，不禁感慨万端。萤兵部卿亲王虽也因酒伤感，却还能察得源氏心情，遂将琴奉上。源氏感怀万千，便接过琴来，弹得一曲。末了，唤来乐队至阶前演唱，歌声婉转优美，从正乐唱到俗乐，直至夜深。一曲《催马乐·青柳》，唱得最为感人，连夜莺亦闻声而动了。歌罢，诸人各领赏赐，其礼物精美异常，皆照私事规格发放。

翌日清晨，尚侍玉鬘辞归。源氏赐与了诸种礼品，又对她道："我倒觉得昏昏然不觉老矣。你今日前来，方令我猛醒风华正逝，来日无多，不由凄凉倍增，今后可得常来探视为父才是。"玉鬘此行，让源氏忆及旧事，不禁悲喜交加。匆匆小叙，又随即分手，令他极为惋惜。玉鬘亦暗忖：太政大臣虽为亲父，却只有生育之恩；而义父对我却是慈爱备至，日后定可长蒙照拂，永世无虞。想至此，心中感激不已。

二月中旬，朱雀院仿女御入宫仪式，护送三公主入六条院。排场隆盛，送亲人多为王侯公卿。藤大纳言未能凭家臣身份当上夫婿，心下虽怨恼不已，却也

【1】弘徽殿太后所生，朱雀院同胞妹妹。

只得前来护送。三公主抵达六条院时，源氏出门迎候，并躬身扶她下车，这可史无前例。源氏虽蒙封赠，准照太上天皇，可毕竟名为臣下，是故仪式并不全然同于皇上迎接女御入宫，可也异于寻常的娶亲。洞房设于西厅，第一、二厢房与走廊，及侍女们的居室，都装饰得精致喜气。婚后三日中，两院双方，各有酬答，皆珍贵高雅，极富风流。

如今日日耳闻目睹，素来尽得专宠的紫姬岂能心无所动？实际上，纵然源氏娶得三公主，她也未必因此失宠。只是新来的三公主，人既美艳年轻，身世又高贵无比，不能不使紫姬深感威胁。但紫姬只能隐忍于心。当三公主进门时，她主动接近，招呼照应，甚是周全。源氏见她如此宽宏，方才放下心来。而三公主尚是个初春少女，尚未完全发育，言行又极其天真，全然是个孩子。源氏忆起从前在北山初会紫姬时，她虽也是这般年纪，可已才气逼人，极富心机了。眼前的三公主，却仍如孩童般天真幼稚。源氏思量如此也好，免得日后生些妒意，或显得骄横，不过终究少了些意趣。

婚后三日，源氏日日与三公主同衾。紫姬内心很不是滋味。她极力隐忍着内心的孤寂，虽希望源氏不要出门，却格外殷勤地替源氏衣物添加熏香。她虽强作沉静，脸上仍不免流露出怅然若失的神态。这神态使她显得凄美之至，让人好生怜爱。源氏暗忖："有此一人足矣！为何偏要再娶一人呢？皆因自身浮薄，行事疏忽，以至于落得如此局面。夕雾这般年纪，却甚是忠诚爱妻。许是朱雀院未能相中的原因吧。"他思来想去，自叹命运不济，不觉泪盈满眶，负疚地说道："眼下方始新婚，不前去，于理不合，还望你答允。以后倘再负心，实乃颜面无光了。且倘为朱雀院得知，又要怪怨我了……"他思绪纷乱，前后为难，模样实甚痛楚。紫姬苦涩一笑，道："如今你自己都没了主见，叫我如何作想呢？"源氏听出此话含有深意，不胜羞愧，无言以对，独自托腮枯坐。紫姬便取来笔砚，挥毫作道：

　　"世事无常深莫测，
　　但愿你我共千秋。"

另又写得些诗句。源氏取来看罢，觉得虽非佳作，却也极为在理，便站起身来回吟道：

　　"死生绝断终由命，
　　永不衰竭你我情。"

紫姬见源氏欲走却留的样子，便道："这不是让我难堪吗？"她催促他前去。源氏忙换轻柔衣衫，匆匆而去。背影迅速消失，衣香依然留存此间。紫姬浑身酸软，倚门目送，凄然暗忖道："这多年来，他年岁已长，收敛了许多，不再轻易眠花宿柳了。平安无事到得今日，可偏又生出了这等难以解脱之事。世事变幻，也真是莫测啊！"

  侍女们见状，皆纷纷私议道："人世之事，真没个定准啊！我们主人拥有许多夫人，可没有一个不敬惮紫夫人的。如今来了个三公主，架子这么大。紫夫人岂会善罢甘休？现在她隐忍着，日后说不定会因一件小事，便引出种种纷扰呢。"她们忧心不已。紫夫人见众人纷纷猜疑，深恐有失体面，便阻止道："我家公子虽有众多夫人，可称心快意的实在没有，故常感不足。现今来的这个三公主，人品极好，连我也童心萌动，想与她一块儿游戏玩乐呢！切不可胡猜乱说。倘是与身份相同或是出身微贱之人争宠，倒还有理可说，三公主降低身份下嫁，实是委屈了她。我倒希望不要与她生疏才好。"中务君和中将君等侍女听得此话，相互眨眼挤眉，似乎在说："紫夫人真是个大度之人啊！"她们都是紫姬心腹，对她深为同情。另有一些夫人亦为紫姬抱屈，有的还来信慰问，道："不知夫人心中怎么看，我等失宠之人，倒不甚在意……"紫姬却思忖：众人这般估量我，本已徒增烦恼。世事无常，又何苦自残身心呢？

  如此满腹思绪，捱至深夜五鼓。紫姬从不曾熬夜至此，深恐众人诧异，忙挪进内室，伏卧于床，然长久孤枕独宿，岂能入睡？昔日源氏流放须磨，经年阔别的诸多情状，忽又浮现于脑际。她想：那时公子谪戍，遥距千里，心系其生死安危，哪能顾及自身安适？假使那场离乱让我们尽皆丢了性命，怎有今日这般愁肠百结呢？夜风忽地袭来，凉意顿生，让她睡意全消，然身体未敢稍动，生怕引得侍女惊异。闻得鸡鸣传来，心中甚是悲凉。

  或许因夜夜焦躁如此吧！一晚，她的倩魂竟离身而去，到得源氏的梦中[1]。源氏突地从梦中惊醒，好不惧怕。待得鸡鸣，便即刻起身，匆忙要回紫姬住处。三公主年幼，近旁有乳母陪侍。源氏自个开了边门，转身即走，慌得睡在三公主旁的乳母，忙扶了她坐起目送。天色尚未大明，雪光溟蒙，模糊莫辨。源氏走

【1】当时的人相信生人魂魄可离开身体，进入别人梦中。

后，衣香依旧散漫室中。但闻有人吟咏古歌"春宵何妨暗"[1]之音。庭中残雪未消，与洁白的铺石无异。源氏到得西厅，口吟白乐天"子城阴处犹残雪"[2]之诗，抬手轻叩格子门。因他长久以来未曾夜出朝归，众侍女均未曾料到，尽皆熟睡，许久方才开了门。源氏对紫姬调侃道："寒气逼人，实在太冷，在外守候如此久，身子都僵了呢！我老早归来，担心你难耐孤衾，总不为过吧？"说毕，便伸了手去扯紫姬垫身的衣物。慌得紫姬忙藏好濡湿衣袖，扮出和容悦色的情状来，但并不放肆。其姿态甚似雨后梨花，令源氏怦然心动。他觉得三公主虽高贵典雅，但仍不及紫夫人的清丽纯朴。

源氏追慕往昔，觉得紫姬举止得体，实无指责，然紫姬总不肯像往常那般开怀畅述，甚为遗恨。是日他整日待在紫姬处，仅差人送了封信与三公主，道："今晨遭雪气侵袭，身体有些不适，正待歇息，稍后再前来你处。勿念！"三公主乳母看罢信，回道："须将此意告知公主才是。"然没回复。源氏深觉这般说话太失雅趣，但又唯恐朱雀院闻知他冷遇新人而心生怨意，便欲常住那边，以掩人耳目。可他又对紫姬依依不舍，不由暗忖："此等两难之事，原也未曾料到。唉，真不是滋味啊！"思虑及此，烦恼甚多。紫姬亦认为如此怠慢新人，恐有不妥，感到过意不去。

翌日，源氏照例起身较迟，随后给三公主写了封信。三公主虽年少不谙世事，但他仍是格外讲究书写。诗道：

"不为大雪隔归道，

只因身受朝寒困。"

又将信附于一枝新折的白梅枝上，召来使者，道："你且沿了西廊，将信送过去。"然后，他穿了白色便服，临窗欣赏院中雪景。他一边拨弄手中梅枝，一边细看那略略消融、但尚在"等待朋友来[3]"的残雪上降下的新雪。此时，一只黄

【1】《古今和歌集》古歌："春宵何妨暗，寒梅处处开。花容虽不见，自有暗香来。"

【2】此句引自白居易《庚楼晓望》。全诗如下："独凭朱栏立凌晨，山色初明水色新。竹雾晓笼衔岭月，新风暖送过江春。子城阴处犹残雪，衙鼓声前未有尘。三百年来夷楼上，曾经多少望乡人。"

【3】古歌："两百难分辨，梅花带雪开。枝头残雪在，等待友朋来。"见《家持集》。

莺忽地立于红梅梢上婉转啼鸣。源氏见此,不由吟出"折得梅花满袖香"[1]来。良久,方藏了梅枝,撩了帘子,朝远处眺望。其姿态洒脱优美,犹如玉树临风,实难想象他已为人父,且是身居高位的重臣。他转身回到室内,将梅枝递至紫姬鼻端,道:"是花,便应有这种香气!倘樱花能留得这般芬芳,天下定无其他花可比了!"又道:"我极喜赏梅,若是樱花也能同时开放,那该有多好啊。"正闲话间,使者送回三公主的复信。那信纸为红色,装帧甚是华丽。源氏略显狼狈,暗道:"如此幼稚之笔,怎可于紫姬面前出丑?还得为公主颜面着想,不让紫姬看才好。但若将此信隐藏,紫姬岂不见疑?"想到这里,只得展开信纸,让她观看。紫姬斜倚身子,瞥见那诗道:

"雪花迷人春风里,

　　转瞬身融碧云中。"

其笔迹确是拙劣稚嫩。"十四岁之人,笔迹怎这般不雅?"紫姬心中暗忖。但她佯装未见,默然不语。倘是别的女子,源氏定已在紫姬面前品头论足了,可三公主身份尊荣,岂能妄加评说呢?他便抚慰紫姬道:"这下你可放心了吧?"

源氏为去三公主处,今日特意里外修饰了一番。众侍女初次见到此身打扮,大加赞赏,皆为有如此漂亮主人得意。几个老乳母道:"你等不得太过欢愉!大人虽是漂亮,倘不慎生出事端来,那可不好呢!"众侍女喜忧参半,很觉扫兴。

三公主的房间,一向布置得极为富丽,然她的形貌与风度却与之不甚相称,她身材瘦削,却穿着臃肿的服装,十分难看。她见了源氏,像孩子一样,毫无羞涩,这副模样倒叫人怜爱。源氏暗想:"朱雀院虽无甚谋略,却也擅长各种风雅之事,何以教出这般平庸不堪的公主呢?还说是掌上明珠呢!"他虽觉遗憾,却并不厌恶。三公主对源氏一向言听计从,凡有所知无不率直相告。那天真烂漫之态,真叫人怜爱难舍。源氏想道:"如此毫无情趣的女子,我倘是少年,定当弃舍!但如今年岁已长,心思已变,哪能找到出神入化的妙人儿呢?且三公主将优劣集于一身,在旁人眼里,说不定还是个尽善尽美之人呢!"他想起与紫姬共枕多年,其诸多品性与三公主相比,要优越得多。因此对紫姬越发情深意笃。暂别一夜,或是一日不见,便有离隔三秋之感。如此钟情,实乃罕见。

【1】《古今和歌集》古歌:"折得梅花香满袖,黄莺飞上近枝啼。"

却说朱雀院移居寺内之期，定在本月。临行前，特意给源氏留了些信，言辞恳切地言及有关三公主之事。他信中屡屡提起："凡事但凭尊意。无须顾忌我之感想。"想到公主到底年幼，他心中实难放心，又特地给紫姬写了一封，其中道："小女无知，托庇门下，务望夫人垂怜，多加看顾。况还算得上是亲戚呢[1]。

未绝情缘弃红尘，

思凡阻隔入山道。

拳拳爱女之心，直言不讳。唐突冒昧处，还得宽谅！"源氏看罢信，对紫姬道："写得如此可怜，应回复告知你意才是。"说毕，唤侍女取来酒肴果馔，款待信使。紫姬实在不知如何措辞作复，只得感慨写道：

"难绝尘缘因有情，

莫入空门断凡心。"

写毕，犒赏使者一袭女装和一件女子常礼服。朱雀院展阅复信，悄然叹道："紫姬的书法、文笔极尽优雅，那自幼娇惯、幼稚无知的三公主何时方能与才貌兼备的她媲美呢？"真是忧心忡忡啊！即将入山的朱雀院，可堪忧虑之事太多了。女御、更衣皆将辞别回到娘家。尚侍胧月夜已挪居二条宫邸，此处为已故弘徽殿太后[2]的旧居。此人亦是朱雀院一大心病。尚侍本欲追随朱雀院，入山削发为尼、皈依佛门。但朱雀院劝阻她道："此刻随我出家，似有意效仿，恐有失郑重，尘缘难免未绝。"

尚侍胧月夜，与源氏曾有过一段露水情缘。故多年以来，源氏对她一直萦系在心。常思寻个机会，见她一面，以慰衷情。可二人身份高贵，不免顾虑重重。自出了那件风靡一时的须磨事件后，源氏的举动更为小心谨慎。胧月夜现已闭居寂地，正欲出家事佛。源氏颇想探得些她眼下的境况，思念之心更胜于昔日。他便时常寻些借口写信与她，追述情怀。胧月夜以为，如今已非追风逐月的年纪，便不避前嫌，坦然回信与他。源氏得其手书，甚觉较过去更为深沉圆熟。他相思难忍，遂频频写信给胧月夜侍女中纳言君，倾诉心中隐情。源氏以为此人先前曾撮合二人，定能博得同情，又召来她曾做过和泉守的兄长，开言便道："我欲与

【1】三公主生母藤壶女御，是紫姬父亲式部卿亲王的妹妹。因此紫姬与三公主为姑表姐妹。

【2】朱雀院之母，胧月夜的姐姐。

她隔帘一叙，望你能妥作安排。我如今为身份所累，此事万勿张扬，故得隐秘进行。想你定会保守秘密，我亦可放心。"

但源氏哪里晓得，当胧月夜得知他的想法后，却有些愤愤然："又有何必要呢？这个薄情郎！昔日我尚且痛恨，而今正沉溺于离别上皇的悲哀中，又岂能与他追忆旧情呢？事情虽不会泄露，但扪心自问，叫我如何心安？"前和泉守便将她的想法如实回复源氏。源氏暗忖："昔日轻浮无理之事，尚不曾拒绝，今日虽有与上皇离别之哀，但过去与我也是两情依依，眼下却又装出清白女子模样来！可是'艳名至此已广播'[1]啊！岂能抹得掉呢？"思虑至此，便下定决心亲去探访。一日，他借故对紫姬道："闻得二条院东院常陆小姐久病。一向事务缠身，至今未能前往探视，甚是对她不住，欲昼间前往，恐不甚稳妥，故拟夜间悄然前往。"紫姬想：他往常探访末摘花，从未这般讲究，今日却如此模样，定有几分蹊跷。原来自三公主入院后，末摘花对待源氏，皆与从前大相径庭。隔阂既生，源氏便一味装作充耳不闻，然而心里却不是滋味。

自然三公主处是去不了的，源氏只派人送了信去，以示探问。他整日在家，为衣服添加熏香。黄昏时分，他便带领四五人，借乘一竹席车，悄然离开宅邸，往二条院去了。到得宫邸，便让前和泉守前往通报。胧月夜听得侍女传报源氏驾临，不由大惊，皱眉嗔问："不知这和泉守如何回禀他的？"侍女劝道："倘是随便找借口打发了他，实在有失礼节。"便将源氏让了进来。源氏向侍女传达了慰问来意后，说道："敢请尚侍轻移莲驾，隔帘对诉可好？如今浮薄非礼之心，早已消除殆尽，望放心便是。"他言辞甚是诚恳。胧月夜推却不得，只得唉声叹气，膝行而出。源氏兴奋起来，心想："她还是没变，仍和先前一样。"二人虽由帘幕隔开，但因曾耳鬓厮磨，肌肤相亲，落座之后，各自不免嗟叹往昔。

源氏的客座设于东厅厢房中，连通厢房的纸隔扇，却严实地紧锁着。他不由恨恨道："别来数年，往事仍历历在目，如今倒像防少年偷花贼似的！如此待我，也未免太过无情了！"此时正值夜半，鸳鸯于池塘荇藻间凄鸣不已，顿添悲凉。源氏见邸内阴暗冷清，人影疏稀，较昔日荣华大相径庭，不由感慨万端，流泪不止。源氏已不再若浮躁少年，言语也甚为凝重。此时他却探手拉了拉纸隔扇，欲

【1】见《古今和歌集》："艳名至此已广播，强作无情亦枉然。"

将其拉开。随即赋诗道：

"久别重逢犹相隔，
　热泪纵横苦难抑。"

胧月夜答道：

"纵然难禁热泪涌，
　心意已决岂可回？"

这答语意非所愿。然她回想起那须磨往事，乃是为己而起，不由心软，觉得今日能在此一见，亦是缘分，并无大碍。胧月夜本就心存怀念，近来见识的诸种人情世故自是不少，对往日的轻率颇有悔意。但今夜幽会，勾起了她埋葬在心底的诸多旧情，更觉昔日欢事近在眼前，而心有所动了。

胧月夜仍如当年，柔媚多情。她既贪恋重温旧情，又有些谨慎流言，一时前后为难，愁苦不迭。源氏见得此种神情，竟觉比那些新恋人更具风韵。虽天露曙色，仍欢情缱绻，不忍离去。黎明晓霞绚丽，飞鸟成群，鸣声婉转。春花凋谢，枝头新绿。源氏不由想起：昔年内大臣举办的藤花宴，正是这初夏时令。当时情景，虽间隔数年，仍栩栩如生，实甚依恋。此时中纳言君打开侧门，准备送他回府。但源氏行至门外，又折转身来，道："藤花如此美丽，是如何染成的呢？实难舍却啊！"他徘徊不忍离去。其时旭日东升，源氏映于朝晖下，容貌更显清丽。中纳言君已是多年不曾见他风采，觉得到这般年纪，相貌还如此俊美，世间实是罕有。她不由追思当年，想道："我家尚侍，跟了这位源氏大人，又有何妨呢？她虽入得宫中，但顶多做了个勤杂尚侍，不能承袭女御或更衣之职。既如此，离开源氏大人实不应该。这皆因那已故的弘徽殿太后多心，方导致了须磨之事的发生，不仅使我家尚侍受了玷污，担了轻佻的恶名，还决绝了两人情缘，实甚可惜。"

然而，两人胸中纵有千言万语，此时哪能尽情叙说？源氏碍于身份，不得不顾及体面。而这邸内人多眼杂，自该谨慎小心些。日头渐高，心中不免生出了一些惧虑。此时车子已到廊门下，随从人等轻声咳嗽催促。源氏令随从折来一枝藤花，赋诗道：

"不悔沉沦终因汝，
　愿投爱海寻旧情。"

他斜靠壁上，神情苦闷不堪，倒惹得中纳言君可怜起他来。胧月夜忆起昨夜之事，羞愧难当，心中甚觉懊恼。然又觉得此人实在可爱，便答吟道：

"爱海虚幻莫投身，
岂因空言复慕君。"

源氏的这般情愫恰似少年初恋，连他自己也甚觉荒唐。但他也许是看周围无人吧，仍与她订了密约，说了许多情话，方才离去。昔年源氏对胧月夜用情甚深，却时日未久便被生生拆散。是以今日重逢，情怀缱绻，亦在情理之中！

源氏回到六条院，偷偷进了房内。紫姬起身迎候时见他一副春睡未足的模样，心里早已明白，面上却不露声色。见她如此态度，源氏反倒觉得比挨骂难受。他不懂紫姬何以如此冷淡，对她的情愁却更甚往日，便向她发誓不改初衷，今生不渝。虽然他对此次与胧月夜重续旧情之事丝毫未露，但深知昔日之事，紫姬了若指掌，故只得一味搪塞道："昨夜隔了纸门与尚侍谈话，未能尽言。他日还拟重晤，只是得潜踪暗去，以免招人非议。"紫姬笑道："你真比少年郎还风流哩！可我独自抱枕而眠，好生痛苦！"言毕，她的泪水终于淌了下来，模样格外惹人爱怜。源氏道："见你这般模样，我心里有多难受啊！我若是错了，你拧我、骂我，皆无不可。但我何曾教你凡事闭锁心里呢？你也真太固执了！"源氏极尽言辞劝慰，结果有关昨夜之事，竟自和盘托出。源氏不立刻去见三公主，待在这里尽心抚慰紫姬。三公主本人虽不甚介意，乳母诸人却颇有怨言。倘三公主也嫉恨起来，源氏就得另添苦恼了。好在三公主还未解风月，源氏顶多视她为一个可爱的玩伴而已。

住在桐壶院的那位明石女御，亦即皇太子妃明石小女公子，入宫以来，一直未曾归省。皇太子对她恩宠有加，总舍不得她离开。她素来在家自由玩耍惯了，如今幽闭于宫帏，童稚之心极遭苦闷折磨。入夏，明石女御贵体欠安，但皇太子仍不肯即刻放之回去。既身体不适，想必有喜了。她刚年方十二，众人甚是担心，费了许多周折，才蒙恩准，回六条院休养。她的居室位于三公主所居正厅的东面。她的生母明石姬，形影不离，陪伴左右，自由出入宫闱禁地，这也是前生修来的福气。紫姬向源氏提出，她想去探视乞假归宁的明石女御，并顺便会会三公主。她对源氏说道："我早欲探访三公主，一直苦于不得良机，现在见见面，以后才好自由来往。"源氏笑道："此言正合我意。三公主尚年幼无知，正好你可给些教诲，帮助她长进。"紫姬探访三公主还在其次，倒是和明石女御的母亲，即那位绝世佳人明石姬晤面，更甚紧要。紫姬为此番出行郑重其事地梳洗打扮，直至亮丽无比。

源氏先到三公主房中，对她吩咐道："薄暮时分，紫夫人将要前来探视明石女御，顺便看望你，和你叙叙话，大家还得亲近些。她脾气随和，也是小孩子性格，和你做做游戏倒挺匹配的。你应该与她谈谈。"三公主不紧不慢答道："多令人羞涩啊，叫人讲些什么才好呢？"源氏道："应对之事，视情形而定，到时自然想得出话来。只要坦率亲近，不故意冷落她便可。"如此详细教导了许久。源氏极欲使紫姬和三公主亲近相处，却又忧虑紫姬会看出三公主的幼稚无知，于自己面子上过不去，让大家扫兴。

紫姬已决意探访三公主，并为此准备，但心里暗忖："在六条院内，那些夫人们无一可与我齐肩。唯我幼年不幸，由源氏主君领养之事，有失体面罢了。"她恍恍惚惚，自怜自爱，书写消遣时，笔下古歌尽是些弃妇怨女之词。她自家也很诧异："由此思之，我命定不幸了。"近日源氏见了三公主与明石女御的美貌，现在到了紫姬房中，觉得眼前的紫姬，也看不出有何独特之处。这大约是天天在一起，见惯不惊的缘故吧！然而六条院中，紫姬毕竟为群芳之主！她气质高雅，拥有闭月羞花之貌、娴静优雅之姿，浑身绝无瑕疵，美丽得无可挑剔。她的美貌是与日俱增、同年共长的，叫人永远觉得清新，而不会有厌腻之感。源氏甚为奇怪：紫姬何以如此之美呢？紫姬见源氏入内，忙将字纸藏于砚台底下，却被源氏寻到，细细玩赏。其书法虽不高妙，却不乏秀雅。上面有一诗：

"红叶点点出绿树，

衰秋日渐侵我身。"[1]

源氏便在其旁添写一诗，算是作答：

"鸟羽色泽终不变，

缘何获花落秋境？"

紫姬心下的怨意，得机会便流露出来。但她极力自制，不露声色，令源氏甚为叹服。而此时他心里又生出另一番心思：难得今夜闲暇，莫如抛却顾忌，悄悄溜出去与胧月夜幽会。他深知此事行之不得，但不管如何抑制，终是徒劳无功。

紫姬先去了明石女御处。明石女御对义母紫姬的亲昵信赖，胜过生母明石姬。紫姬也百般疼爱这个出落得格外标致的义女。紫姬与明石女御亲切叙谈了片

【1】日文中"秋"的读音与"厌"相同，此处为双关。紫姬已厌倦了源氏不断的风流事，被嫉妒的情感折磨得疲惫不堪。

刻后，便探访三公主去了。三公主那一派天真的孩子气，使她心下大感安慰，便用了母亲般的口吻，谈起了彼此的血缘关系。谈话间又唤来乳母中纳言[1]，道："请恕我冒昧。论及血统，我与三公主还是姑表姊妹呢！可惜至今才有机缘见面，你们可要常去我那边坐坐。"中纳言道："我家公主幼年丧母，上皇新近又皈依了佛门，孤苦无依，也没人怜爱。承蒙夫人如此厚爱，真乃天赐福泽。出家的上皇亦有此愿：希望夫人真诚相爱，多多关照这年幼的公主。她自己也甚依恋夫人。"紫姬道："上皇赐书以来，常思竭力效劳公主。只恨我才疏德浅，辜负厚望，惭愧之至！"她再无顾念，像对小妹一般，就三公主喜好的话题，诸如欣赏图画、游戏玩乐等与她闲聊，二人都如小孩般兴致勃勃。三公主觉得诚如源氏所言，夫人亦稚气尚存，她那无邪之心更依恋她了。此后，二人书信不断，凡有趣的游戏总是共同赏玩。曾有人断言，三公主进六条院后，源氏必将移情新人，抛却旧人。谁料及三公主入住后，紫姬所受宠爱更甚先前。世人仍欲闲言碎语，却因两人相处和谐而自然消失了。源氏家声誉亦因此得以保全。

十月，在嵯峨野的佛堂内，紫夫人为源氏举办药师佛供养，作为寿庆。源氏认为不可大肆铺张，便只是私下准备一切所需。然亦做得有模有样。佛像、经盒与包经卷的竹簧，皆极为精美，简直教人误将这佛堂当作西天极乐世界了。所诵经卷为《最胜王经》《金刚般若经》和《寿命经》[2]，规模浩大。这嵯峨野的秋景甚美，况闻知佛堂也颇为精致，满朝公卿皆来参与祈祷。一路上车马人声不绝，红叶掩映。诸夫人都准备了精美礼品，尽数布施给那些诵经的僧众。

十月二十三日，斋期方圆满结束，于是又大办贺宴。紫夫人想到六条院人口密集，没有什么宽敞空间，故将寿筵设在私邸二条院中。她亲自督理一应事务，诸夫人亦主动前来，听从紫夫人差遣。又将侍女房间全都腾空，精心布置了，用作殿上人、诸大夫等人的飨宴之地。正殿作为客堂，照例装饰得金碧辉煌。寿星的席位设嵌螺钿的精美椅子。主屋西面设一储藏室，内有衣架十二，挂有各类服装及被褥等物，外罩紫色绫绸。源氏面前的两张桌上，覆盖有中国绫罗桌毯，色泽分明，美艳无比。装插头花的台几，用雕花沉香木为台足。头花中有栖于白银枝上的金鸟，创意精巧，乃明石夫人的杰作，明石女御以作寿礼。紫夫人之父式部卿亲王，

---

[1]一说为三公主的另一位乳母，另一说认为就是侍从乳母。
[2]此三部经书合称为"护国经"。

赠得四折屏风，摆放于寿星席座后，照例绘的四季山水，泉水与瀑布皆绘得异常新颖别致。北面靠壁摆了两个柜子，内盛诸种装饰品。南厢摆设王公大臣座位，足以让左右大臣、式部卿亲王及以下诸人一一落座。贺宴舞台两侧张有大幕，以供乐人休息之用。东西两侧另设得席位，又有盛犒赏品的四十个中国式礼柜。

贺宴至未时，乐队乃奏《万岁乐》《皇獐》等舞曲。薄暮时分，又奏起了高丽笛曲，表演《落蹲》舞。如此难得的舞乐，岂能让它虚奏终场！中纳言夕雾与卫门督柏木亦步入舞场，直跳到一曲终了，又重展新姿时，方隐入万点红叶中。那临去的面影，让观者颇感意兴未尽。许多在座客人，不由得忆及多年前举办红叶贺时，源氏公子与头中将共舞《青海波》的情景。眼前这两人的容姿、威望与情性皆酷肖其父，年纪亦与其父当年相仿。这两代父子，前后起袖共舞，何其相似！于是俱各叹服：两代挚友，翩跹荣贵，想必前辈荫福也。主人源氏忆及无限往事，也慨叹不已。天色将暮，乐队要退场了。紫夫人的家臣，便到盛犒赏品的中国柜前，取出种种物品，一一犒赏乐人。众乐人将所得白绸披于肩上，绕假山，缘湖堤，顺次退出。远望一片银白，真教人疑为《催马乐》中千龄鹤[1]的羽衣。

乐队既退，随即堂上始开管弦乐会，亦是极富情趣。皇太子处负责备办琴瑟之类。朱雀院所传的琴与琵琶，及由冷泉帝所赐的筝，平素很难合奏一次。闻得其音色，不由勾起对先前宫中光景的回忆。源氏暗想："出家为尼的藤壶母后，倘尚在世而举行四十寿辰[2]，我定当先行操持。可惜她在世时，我竟未尽得一点孝心。"每念及此，总觉怅憾。冷泉帝每每念及母后早逝，亦备感世象无常，人生乏味。是年源氏四十寿辰，他本欲驾赴六条院贺寿，对源氏敬之以父子之礼，但因源氏深恐招致流言，屡屡谏驾，终不得一申其意，是以寝食难安。

过得十二月二十日，秋好皇后蒙幸归省，便欲在年末借祝寿之机，报答源氏数年来的养育之恩。她心想，若父母在世，亦会感谢于他。故特请奈良七大寺[3]僧众诵经，布施布匹四千段，又请京都四十寺僧众诵经，布施绸缎四百匹，诚心

【1】《催马乐·席田》："席田呀席田，川上有仙鹤。仙鹤寿千龄，川上恣游乐。仙鹤寿万代，川上戏相逐。"席田为美浓郡名胜。
【2】藤壶母后享年三十七岁。
【3】奈良七大寺为东大寺、兴福寺、元兴寺、大安寺、药师寺、西大寺和法隆寺。

孝敬。源氏闻知，道："我遍寻前例，竟发觉庆祝四十大寿者，皆是些夭寿之人。故此次切勿太过铺张，以免闹得沸沸扬扬。倘我真有五十之份，到时再与我祝寿吧！"但秋好皇后仍效朝廷之仪，排场盛大。寿宴安设于秋好皇后所居西南院内。院中豪华辉煌，与月前紫夫人祝寿大致相若。循正月宫中"大飨"之法，赏赐官员：赏赐诸亲王，用女子衣装；赏赐未任参议的四位、五位京官及普通殿上人，用一袭白色女常礼服。此外还各赐有缠腰用的绸绢。皇后还为源氏特制了精美的装束，内中玉带与宝剑，乃皇后之父前皇太子遗物。睹物思人，另添感慨。仪式集中了绝世无双之名物，实乃盛况空前。

早已有意为源氏祝寿的冷泉帝这下倒落了后，自不甘罢休，便嘱夕雾出面操办。此恰逢右大将因病辞职，冷泉帝为使寿宴锦上添花，遽然擢升夕雾为右大将。源氏闻报，甚为欣悦，但仍谦逊道："如此递升，实乃万分荣幸，唯为时过早。"夕雾将寿宴置于继母花散里所居东北院中，虽为家宴，仍奉旨行事，是以格外隆盛。各类飨宴，尽由内藏寮与谷仓院负责筹办。所有屯食，皆仿宫中式样，由头中将负责筹备。参与寿筵者，有五位亲王、左右大臣、二位大纳言、三位中纳言、五位参议，及众多冷泉帝、皇太子及朱雀院身侧的殿上人。冷泉院特意降旨，吩咐太政大臣设置席座及用品。太政大臣奉旨行事，源氏毕恭毕敬就座接受贺礼。太政大臣之位正对着正屋中源氏之位。这位太政大臣容貌俊秀端庄，身材高大魁伟，俨然一副富贵之相！而主人源氏则不改昔年翩翩公子之态。宴所四壁屏风，是些淡紫色中国绫缎，上有皇上御笔墨画，美不胜收。其墨色华彩逼人，较之彩色春秋风景画，别具情趣，颇有天渊之别。想来既为皇上御笔，自然尤觉珍贵。盛装饰物所用柜子、弦管乐器，皆出自宫中。

夕雾新擢右大将之职，威仪远盛昔日。故今日的仪式，自是隆重非凡。冷泉帝所赐御马，早有马寮依次牵了来，四十匹列于庭前，好不威风。其时天色向晚，乐人循例奏响了《万岁乐》《贺皇恩》，但仅为走走形式。旋即舞罢，管弦乐会便即开幕。因太政大臣亲自参与，众人无不竭力献技，务使合奏更为出色。萤兵部卿亲王仍旧弹奏琵琶，其所擅甚博，实属罕见。源氏操七弦琴，太政大臣抚和琴。源氏久违和琴妙音，今日重闻，更觉优美至极，动人心弦。两人合奏乐音，优美绝伦。弹毕，两人共叙往事，又谈及当今光景，亲戚之谊愈深，友爱之情更浓，凡事皆坦言商讨。二人言语投机，心境愉悦，杯盏之间，逸兴泉涌，至醉后，方徒生感伤，泣下不止。

源氏赠送太政大臣一张优质和琴，另添得一支高丽笛，且有一只紫檀箱，内有诸种中国古籍及日文手抄本。在右马寮所奏雄壮的高丽乐曲中，源氏拜受了所赐御马。右大将夕雾，分发了犒赏六卫府官人的物品。仅因源氏崇尚简朴，故此次规模，并不见得盛大。且冷泉帝、皇太子、朱雀院、秋好皇后诸人，乃情谊深厚、身份高贵之人，方使得这寿筵不无体面。如今，令源氏忧戚者，膝下仅夕雾一子，稍嫌寥落。好在夕雾之才华、声威及人品皆超越世人，方使他心中略感安慰。回思其生母葵姬，与秋好皇后之母六条妃子，曾积怨甚深，凡事计较，但两人后代，如今均甚尊贵，可见世事莫测。这日，呈奉源氏所有服饰，皆由花散里监制；犒赏及其他事务，则由三条院云居雁筹办。花散里夫人尚不参与逢节盛会，甚或私家寻常乐事，亦只当与己无关，故无论何种盛会，总以为不够资格扮演重要角色，但因她与右大将有母子之缘，故而此次寿宴，也颇受重视。

　　冬去春来，新年伊始。明石女御产期临近，故自朔日始，便诵经祈祷。承办法事的寺庙，不可胜数。源氏因曾见葵夫人难产而死，心有余悸。且明石女御年纪甚小，能否平安生产，委实令人担心。紫夫人未曾生产，落得如今寂寥清冷，虽为憾事，但反言之，亦未尝不为一大幸事。到得二月，明石女御气色不佳，身体极为痛苦。众人惊慌不已，十分担心。阴阳师道："移居别处或为上策。"然若移出六条院，距离遥远，照顾不便，又令人放心不下。最终，移居至明石夫人西北院厢房内。此处有两大间厢房，有走廊环绕。即刻于此处修筑法坛，聘得众多高僧前来祈祷。明石夫人想及此事安危，与自己命运好否休戚相关，心下不胜焦灼。

　　此间有一老尼姑前来探视，令女御甚为奇怪。老尼姑一到她近旁，便淌着泪，用微微发颤的声音，为她讲述昔日旧事。女御初觉她甚为怪异，不觉生厌，只是盯了她看。继而，记起原是自己的外祖母，便权且听她讲，后终与她亲善了。原来外祖母早年出家，如今年事已高，能见到这身居女御的外孙女，恍若身在梦中，便即前来亲近。老尼姑将其诞生时的情形，及源氏谪居明石浦之事，一一讲与她听，又道："主君当年即将离明石浦，归返京都之时，我等皆叹惋伤怀，以为尘缘已尽，今生不得复见了。孰知贵女降生，改变了我等命运。真乃洪福齐天啊！"讲到此处，眼泪已簌簌而下。明石女御心想："此等旧事，实在令人感慨。若非外祖母告知，恐永难知自己身世了。"不禁泪水涟涟。随即又念："如此看来，似我等身份之人，本不应居高位。全赖紫夫人抚育，外人方未敢小视我。我素来以为自身高贵非凡，平日于宫中趾高气扬，居于人上，恐世人皆于背地里咒骂我吧？"此时她方知自己身世。生母身份卑微，她原已知晓，但对自己身于如此偏远的穷乡山野，并不曾知晓。许是太娇惯，不谙世事之故吧？老尼姑又告诉她道："外祖父明石道人，如今已同仙人，过着闲逸绝尘的生活。"她甚觉可怜，思虑万千，烦乱不堪。长吁短叹时，明石夫人来到。

此日举办法会，各处法僧云集，院内喧嚣纷攘。女御身边侍女不多，仅老尼姑侍于身侧，神色喜悦，颇为自得。明石夫人见道："哎呀！这成何体统？风大常吹起帘子，外人从罅隙里一望便见，理应躲于屏风之后。似巫医般守于身侧，倘叫人看见，岂不笑话？"老尼姑神气地侍坐于旁，自诩慈祥可近。加之年事渐高，颇有些耳聋，见女儿与她说话，侧头便问道："啊，何事？"老尼姑实不甚老，不过六十五六岁，穿着整洁素雅，气节亦颇高雅。不过此际泪水盈眶，眼睑浮肿，样子略显怪诞。明石夫人度其正为女御言及前尘往事，心中不免发慌，便道："你在胡说什么？竟将往事说得如此光怪陆离，竟若做梦一般。"她含笑凝视女御，但见她清秀娴淑，娇柔可爱，只是似有心事，比平日沉静许多。明石夫人从不将其当女儿看，亦觉实为可敬贵人。她本想在女儿当了皇后之后，方将往事叙说于她。如今见老尼姑提及辛酸往事，不由使她心情烦乱。心念如若此刻告之，纵然不令她伤感沮丧，也会令她扫兴之极。

法事完毕，众僧皆退。明石夫人端来一盘果物，对女御道："吃些水果吧！"想借此替她排解忧闷。老尼姑呆望着女御，更觉她姿态优雅，容貌端庄，可爱无比，不禁掉下泪来。她微张着嘴，神情怪异，内心喜悦，却眼角噙泪，一脸哭相。明石夫人觉其模样甚为难看，便使眼色示意，然老尼姑不以为意，吟诗曰：

"老尼偶然入仙室，

喜泪难禁且莫怪。

即或在古时，也不会怪罪我辈老人的。"明石女御便从砚旁取来一纸，书道：

"老尼可否作向导，

寻访草庵至天涯。"

明石夫人看罢，忍禁不住，泣声吟道：

"辞别尘世居明石，

亦念子孙望京华。"

此诗尚可排忧解愁。明石女御对昔年泣别祖父明石道人、离浦来京都诸情景，现今皆全然不知，不由甚觉遗憾。

三月初十，明石女御平安分娩。此前，众人皆以为此乃凶多吉少之大难，不胜担忧。怎知分娩如此顺利，况又生得一位皇子，无不欢欣若狂。源氏悬心亦释。女御如今所居卧室，隐于正屋之后，很接近其他房室。消息传出，各处纷纷前来恭贺，排场盛大无比，贺礼亦甚隆厚。这在老尼姑眼里，胜似"天宫"！但这居处颇显狭窄简陋，礼品甚多，拥挤不堪。于是女御准备移往东南院紫夫人的原先住处。紫夫人听闻，也来西北院相贺。但见女御淡妆素衣，怀抱皇子，俨然母亲一样，煞是可爱。没有生育之验，也难睹生育之事，故紫夫人此番得见，甚觉新奇可爱。初生儿娇弱无比，故紫夫人朝夕照护，甚为仔细周到。明石夫人见紫夫人极为喜爱皇子，便一切让其做主，自己专侍汤沐等事。司理汤沐之宫女典侍，自来助明石夫人。有关夫人身世详情，典侍亦略有所闻。心念倘其品德稍有破绽，女御定然有失颜面。但明石夫人雍容典雅，气度非凡。典侍不觉对之极为谦恭。此番祝贺极盛，与往昔无二，不再铺陈。

　　三月十六，明石女御由西北院移居东南院。七日夜，冷泉帝亦贺仪相赐。朱雀院出家已久，未能躬身探视，乃命头弁，取出皇室诸种珍宝，赐赠女御。犒赏诸人所有衣物，均由秋好皇后安排，其礼隆厚，胜于朝廷。次者诸亲王、大臣，均按皇家规格办事，力求完美。一向简约的源氏，也为此事大办贺仪，盛况空前。其精心设计之雅致意趣，颇为后世传扬。

　　源氏平索极宠这皇子。这日，源氏抱了小皇子，逗道："夕雾从不携子见我，我当祖父，尚未见过孙子。这下可好，有此可爱外孙逗弄。"关爱之情，理所当然。小皇子似春笋般长势甚快。乳母暂不用新人，唯从原有侍女中择优任用。明石夫人性洁高雅，为人谦逊大方，从不小视他人，人皆称颂。紫夫人与明石夫人曾有小隙，而今托小皇子之福，两人不再相轻，变得亲近起来。紫夫人性喜小孩，乃亲为小皇子制作"天儿"，并朝夕照护，极为细致，颇见其爱子之心。那老尼姑甚念此小外曾孙，奈何每次只得匆匆相见，故每次别后念之甚苦，几乎要其性命。

　　明石道人虽不问世事，然闻知女御诞生小皇子喜讯，极为兴奋，谓诸弟子道："如今我便可潜心修道，往生净土了！"于是准备入山，将宅院改为寺院，周围田地器物，皆捐作了寺产。此播磨国[1]有一郡，内有深山，罕无人迹。数年

【1】播磨国，日本古代令制国之一，属山阳道，又称播州。

前，明石道人便选中此山，以备晚年隐居之用。只因尘世未绝，一直闲置。如今喜得外曾孙，尘世之间，无甚牵挂，便欲遁迹深山，勤心事佛。近年来因无甚事由，久未入京与老尼姑面晤，偶通三言两语，相互问讯。然今将永离红尘，故修长信一封，送与明石夫人，聊以述怀："近年来，与你同居一世，然我自觉已非此世中人。且我素悉汉文经典，不谙假名书信，读之颇为费神，必将怠慢，实无裨益。故无殊事，不与你等通问。今悉：外孙女已贵为太子妃，且已得一小皇子。闻之颇为欣慰。此事自有缘由，待我告你：'我本为山野粗民，拙陋不足以复恋尘世极乐。然六根多年未净，每诵经念佛之际，必先为你祈祷，次祈自己往生极乐之事。你诞生之年的二月中，我曾夜梦右手托须弥山[1]，日月升自山之左右，万道霞光，普照世间。我则隐身山阴，不受日月光辉。尔后，我将此山浮于海面，并驾一小舟逐波西去。'梦后暗自冥思：不曾想我这卑微之身，将有发迹之兆。然如何能蒙此大幸呢？恰于此时逢你诞生。我查经阅典，确信梦之先兆说。因而不顾家世低贱，殚精竭虑教养你。又念能力不足，此梦难圆，遂离京归返故里。立誓不复入京，以播磨国守之职了结余生。但因梦想不死，曾对佛像窃许数桩祈愿。今夙愿已了，你亦洪福齐天。将来外孙女做国母、宏愿圆满之机，你定要赴诸寺还愿。我深信此梦。今此愿既了，则我往生极乐时，亦必身列九品中的上品上生[2]，而今我只待菩萨来接。其间，我将于'水草幽趣多'[3]之深山中勤心礼佛，直至老去。正可谓：

　　曙光微露天欲晓，

　　方得今情验旧梦。"

又注明月日，外附数言："你等不必悉我寿终之日，披麻戴孝，一应免之。只须自视为神佛化身，为我多积功德即可。享福之日，思来世路途！若能了往生净土之愿，则于彼岸必能重聚。"又将于住吉大寺所陈愿文，装入一沉香大木箱，封好同时送别。

【1】须弥山，据佛教观念，位于世界中心，乃诸山之王，在大海中，高三百三十六万里。

【2】佛教观念中，往生极乐世界分为上中下三品，每品又有上生、中生、下生之分，故共有九品。上品上生自是最高等级。

【3】《古今著闻集》古歌："远方水草幽趣多，扰攘都城不可居。"此歌是玄宾僧都入山修道时所作。

明石道人又差小僧致信老尼姑处。老尼姑展读来信上只寥寥数语："我已定于此月十四日，离庵入山，将此老朽之身施于狼熊。但望你长命于世，以遂夙愿。你我当在彼岸再会罢！"老尼姑看罢信，便向使僧探问详情。僧人答曰："师父于三日之后，便隐于深山罕无人迹处。贫僧等虽欲相送，但刚至山麓，即被遣回。只一僧二童相随。以前出家行道，我等谓之极悲，岂知此次更甚！师父近来礼佛之余，或弹琴，或奏琵琶。此次临行，奏此二乐器佛前辞别，并将之捐与佛堂。其他诸器，捐于寺院。六十余亲近弟子，也各得遗赠。剩者皆运至京都，以派尊处使用。师父弃我而去，隐遁深山云雾间，誓无反顾。雁过无迹，颇叫人伤感。"此僧人乃明石道人自京都带回，自幼抚养成人，今已为老法师。此次明石道人归隐世外，他不胜凄凉。便是圣明的释迦弟子，虽信佛涅槃后常住隐灵鹫山，但当入灭离生之际，仍不胜沉痛。故老尼姑闻知，如生离死别般悲伤不已。

明石夫人如今地位显赫，非有要事，难与老尼姑互通问讯。这一日，她正陪女御住于东南院，闻知老尼姑遣人告之明石浦来信之事，今闻亦悲，极为忧虑，即私来西北院。一进得室内，但见老尼姑神情秃颓，便忙走近灯前，捧阅来信，泪流不止。此事于他人，唯小事而已。然明石夫人，思念父女情深，今慈父永诀，不胜悲伤。她含泪阅毕父亲信中所言梦事，暗喜福运将至。她想："照此来说，那年父亲一意孤行，作这不称的婚姻，乃凭据此梦，远怀高举之意啊！"此时她才悟得父亲当年苦心。老尼姑疑虑颇久，方对她道："托你洪福，能坐享富贵。门庭生辉，实幸运之至。然我之悲状，亦数倍于常人。我虽非出身名门，但舍弃京都旧居而流浪荒浦，已觉苦比常人。我与汝父幸逢此世，却异地而居，天各一方。但我并不怀怨，唯愿他日同生极乐，再续来世之缘。孰料蛰居多年，你重归往日背弃之京都。眼见你等痛喜厚尊，甚为欣慰。然思乡之情，时袭心头。今生与汝父就此永诀，真乃憾事。他居尘世中时，性本殊于常人，常看破红尘，但与我青梅竹马，情深意笃，难分彼此。何以相处甚近，今却忽成永诀？"她动情倾诉，悲恸欲绝。明石夫人也甚伤心，哭道："我本微不足道之躯，蒙上天赐我煊赫，贵比他人。可今生与父永别，实乃我余生之恨！近来所为，莫不以亲心为念。今老父隐遁山林，一旦天年殁尽，我这苦心岂不无处可表？"是夜母女共道哀情，直至破晓。明石夫人道："六条院主君今日若见我不在东南院，定然怪我不检点。我本无畏，然怕伤及女御颜面，故行动不敢自专。"便意欲天晓前回去。老尼姑忽道："小外孙怎样了？我甚想他呢。"说着又自个垂泪。夫人答道："不久你自会见到。女御很是亲近，常谈及你呢！主君也时常提及你，他曾道：'恕我言之不祥。若换得朝代，待立皇太子之时，老尼姑尚长生于世才好。'恐他窃有筹措吧！"老尼姑听毕，含泪笑道："哎哟，我命还真大幸！"明石夫人遂携了道人书简箱而归。

皇太子多次传言，让明石女御回宫。紫姬对女御道："他本宠你，今且平添一喜，叫他如何不念你？"便暗中为小皇子母子入宫打点。明石女御鉴于回宫后，难以乞假省亲，颇想在家多待些时日。她年纪尚小，此番生产又颇费周折，故姿容消瘦，不胜单薄。明石夫人等甚忧之，便道："在家多调理几日，待身体恢复再回宫不迟！"源氏道："如此模样，皇太子见了定会更可怜她吧！"紫夫人一行各自归去。傍晚人少时，明石夫人至女御房中，告之书简箱之事。又道："我本算计在你做皇后之先，将木箱代为藏管，暂勿让你知晓。可沧海桑田，人世无常，天命难料。倘若在你心愿未遂之际，我便天命消殒。且按我身份地位，必难与你见面，故终觉此法不妥，倒不如趁尚活人世之时，将这琐事告之于你。此信文字晦涩难懂，但也一并与你。祈愿你可置于近便柜中，得便请认真阅读。其中所许之愿，将来务必酬还。此事切不可泄与远人。你前程业已无虑，故我拟遁世为尼。近来此心更甚，以致诸事无心。你要铭记紫夫人恩泽，她对你关爱周至，愿她福寿齐天，大幸于我。你本该由我抚育，然因出身卑微，只得将你托付于她。先前我总轻她仅世间平常义母而已，却不曾料得竟如此诚心。这下我亦可放心。"明石女御恭敬在礼，含泪听得许久。明石道人之信，词句呆板深奥，陆奥纸约五六页厚实，纸甚陈旧，颜色发黄，但熏香甚浓。明石女御读时感动甚深，泪水沾湿长垂的额发，模样可爱无比。

源氏恰在三公主处，忽地寻思得什么，便开了界门，进得明石女御房内。明石夫人不及将书简箱藏妥，便稍稍拉帷屏掩了，自己也躲于帷屏后。源氏问："小皇子醒否？稍许不见，便思之甚切。"女御默怨。夫人于屏后答曰："紫夫人抱去玩了呢。"源氏道："这是什么话！小皇子朝夕被她抱于怀中，片刻不离手。为何让她独占了小皇子？她该来此探视才对。"夫人答道："哎呀，这话实在无情！即便是皇女，由她抚育亦无不放心之处，何况皇子。固然娇贵至极，但在那边有甚不放心呢？虽是戏言，也不可如此冷峻苛刻呀！"源氏笑道："你们事事做主，我便撒手了！大家都排挤我，对我颐指气使，好生可笑。而今你倒躲于屏后，责怪起我了！"言毕，便上前拉开了帷屏。但见明石夫人身靠屋柱，姿容甚佳，颇叫人心动。那大木箱，尚未藏妥，突现眼前，甚是显眼。源氏问道："此箱从何处得来，是情人所寄吧？"夫人道："咳，委实讨厌！自己变了个风流少年，便如此拿人取笑。"随即嘴角露笑，却掩不住满腹心事。源氏甚觉迷惑，未解其意。夫人无奈道："家父所寄，所装乃父亲私下祈祷时所诵经卷及未曾了却之愿。他吩咐方便之时，可与你看。然今不逢时，故免其观。"如此一语，勾起源氏对明石道人那可怜模样的回忆，便道："道人修行之功，想必不浅。他甚长寿，数年潜心修佛，驱除不少孽障。位尊识博之人，世间不少，然习染红尘浊虑，甚为深固，故虽明达慧贤，甚为有限，岂可与此道人之高洁相较？其佛道颇深，且为人机智风趣。不作俗僧之超脱尘世状，然内心明静恬淡，置彼净土。如今心无羁绊，更可全心事佛往生极乐。倘若我能任性自如。定会前往探之。"夫人道："据传，他已遁迹禽兽不入的深山古地，无迹可循了。"源氏道："然则此为其遗言乎？有无其他音讯？师姑老太想必极为悲伤吧！然夫妻恩爱，比之父女之谊，更为深厚呵。"不觉泪水汨汨。随即又道："我年深渐知人情，念及道人风骨，便觉思慕切切。况师姑太与之相伴日久，如此生离实乃死别，当如何伤心啊！"

此时，明石夫人已打算将记梦之事相告于他。便答道："父书笔迹古怪，如目梵文。然其中颇有可读之处，尊请下视。昔年我辞家赴京，窃以为能绝尘缘。未料相思之情，仍时时袭上心头！"言毕，伤心嚅泪，煞是楚楚撩人。源氏接过信一看，道："由信观之，道人身体极为清爽，尚无衰相呢！无论笔迹或其他，足见其修养殊异，唯处世之道，心尚不足。世人皆言：'此人先祖曾殚智竭足，效命朝廷。奈何行事舛误，落得子孙窘迫，人丁不盛。'然今就女子来看，业已显贵无比，无此之虞。盖道人数年真心事佛之回报吧！"他含泪览信，看到记梦之处，暗忖："人皆怪明石道人行为乖僻，狂妄自尊，我亦觉其当年托付一事，实偶然唐突之极。直至后来小皇子诞生，始知此中颇得前缘啊。然我不信难料之将来，如今看过信，方知其强嫁女儿于我，全凭此梦。盖我昔年蒙冤谪成，沉沦天涯，也为这小女公子之故。但不知他是如何祈愿的？"他甚想一览愿文，便在心中虔诚膜拜，捧读愿文。且对女御道："除却这个，我也有东西示你，且有话告你。"乘便又道："如今你已知悉此事前后，但切不可自此轻视紫夫人之爱。骨肉之爱，本是天理；然毫无血亲之人厚爱，即或一句善言，也极为珍贵。况生母日日勤侍你时，对你之亲爱照抚依旧周到备至，实乃心善仁慈之人。关于继母，自古有言：'继母养子一场空。'此话看似圣明，实则不然。即便有养母怀恶继子，但若继子不较其恶，孝若生母，则养母自会感动悔悟，真心自羞。自念虐待继子，不合天理，便会心生悔改。除却累世冤家，即便两相有隙，若一人诚心以待，对方自会悔悟，此例极多。不然，若为些许小事而强横苛刻，百般挑剔，拒人如恶煞，不见和悦之颜，这便冤仇相继，难以和释。我阅历尚浅，然察人心各异，禀性气质，各有所长，皆有可取之处。但若郑重起来，选择终身的爱人，则极为艰难。真正淑女，唯有紫夫人。其善良宽容毫不糊涂，足可信赖。"他如此美言紫夫人，足见其他诸夫人在其心中位置。他又低声告明石夫人道："你颇懂得些事理，愿你与紫夫人和睦同心，共护女御。"夫人道："此事不必多说，紫夫人品性，令我欣羡不已。若紫夫人轻我身贱，则女御也会稍许疏忽，如今紫夫人对我极为器重，教我喜极又惭。我本卑贱之躯，早该自绝。如今尚在世间叫女御失颜，实属不该。全靠紫夫人极力庇护，毫不责难……"源氏道："她于你之关怀，倒算不上深切备至。因她不能躬身常侍女御，颇不放心，故将此事与你商议。你并不以母亲身份独断专行，因此诸事顺利，叫我心无思虑，无限欣慰。皇帝身侧若有生性乖张、不晓情理之人，则颇让人为难。幸喜你我身边并无此等人物！"明石夫人暗自叹道："我素来谦恭有礼，实乃好事。"

　　见源氏回转身走，明石夫人不由得想道："紫夫人品貌，确是无可挑剔，胜人几筹，承此厚宠，理所应当，真叫人钦羡。三公主与紫夫人一脉相承，且比她尊贵，似乎也不曾被轻视，然宠其时日甚少，实在难为了她。"想想之下，自己确洪福不浅，好生庆幸。继而又想："以三公主之高贵，尚难万事称意，况我卑微之人！今生已无所恨，唯念及那遁迹深山的老父，不胜凄凉。"所幸母亲尚在身侧，靠那"莳种善因福地园"[1]之道人信中信念，寂寞度日。

　　且说夕雾大将对三公主暗生私情，如今她既嫁六条院，近水楼台，竟难以静心度日。便不时寻得时机，近其居所。其间不免见闻三公主大略情形。三公主年纪虽小，但孤高自傲，且仪表威严。其养尊处优，堪称世之典范，却无世人所崇之优雅气度。身边女侍，多为妙龄美女，唯喜好繁华生活与风流情趣。三公主有众多侍女服侍，其香闺真可谓一片乐土。其中虽有性情沉静之人，已知悲喜，且

【1】古歌："在此无常尘世中，多多莳种善因缘。今后相会在何许？耶输多罗福地园。"耶输多罗为众尼之主，曾是释迦牟尼为太子时的妃子，后率五百女子一起出家，居于福地园中。

终日混杂此无忧无虑之群中，又受旁人默化，亦作欢颜之态。源氏对诸女童朝夕沉溺于无聊游戏，本颇感嫌恶。但其本性，对世事决不偏执，便以为她们既生性喜好嬉戏，亦不深究，更不加以斥责。唯对三公主行为举止，倾心教导，故她颇有长进。夕雾见此，想道："世间淑女，实乃少之又少！唯紫夫人，无论人品性情抑或才貌仪态，数年来，未有人看出一丝缺陷。其性本沉静，心地慈善，且从不下视他人，又永葆自尊，气度愈加令人尊爱。"那日所窥紫夫人面影，明晰浮跃心头，终不消退。自思夫人云居雁，虽觉情爱甚深，然她毕竟缺乏那等显贵雅丽之趣。虽亦温婉善退，怎奈夕雾已见惯不惊，无甚意趣。但觉六条院里诸女子，身段容貌各有所长，撩人春怀，倾恋之心难以自抑。这位三公主，照其身份，当受父亲宠幸，然父亲只是在外人面前表示重视而已。夕雾虽怀此念，却不敢作非分之想，唯觉三公主深值怜爱，指望有缘幸得。

那柏木卫门督，在朱雀院邸内做事已久，时常得以自由出入，且与朱雀邸甚为亲近，故知其甚是怜爱三公主。三公主择婿之初，柏木也曾前往求婚，然朱雀院未作表示。后三公主嫁与源氏，柏木失望至极，至今不能释怀。他曾求三公主身边一侍女，从中撮合，虽似望梅止渴，仍不时从这侍女处问询得诸多情况。听得世人传言：三公主受紫夫人抑压。他便对三公主乳母之女小侍从怨道："三公主当初倘若是嫁了我，断不致受此闲气，真是委屈了她！只恨我不得高攀……"他朝夕慰想："世事变幻莫测。源氏早有了断尘缘之心，倘真个如此，则三公主非我莫属了。"

时值三月，天气明朗宜人。一日，萤兵部卿亲王与柏木卫门督闲来无事，便相偕前往六条院探视。主人源氏出来相见，道："此处极为冷清，近几日更是孤寂，毫无新奇之事。公私皆闲，日子可如何打发呢？"又道："日上大将亦曾在此，眼下不知何在，这般寂寞，不如拿了弓箭到处骑射，倒可悦心。既有少年游伴在此，何不请了他来？"底下有人答道："大将在东北院内，正与人踢球呢！"源氏道："踢球虽动作粗暴了些，然醒目提神，也甚有趣。且叫了他来，怎样？"夕雾即刻过来，诸多公子相随。源氏问："球可带来了？那些人是谁？"夕雾一一应答，并问："能否叫了他们来？"源氏应允。

踢球场选在六条院东面距湖稍远的一片空地，此处乃明石女御居所。此时女御已带小皇子回宫，院子甚显空旷。诸公子，如头弁、兵卫佐、大夫等[1]，或年

---

[1] 此等人皆为太政大臣之子，柏木之弟。

长，或年幼，个个皆擅踢球。日暮将至，头弁道："今日无风，正是踢球的好日子！"他不胜羡慕，便亦加入进去了。源氏见状，道："瞧！连头弁也耐不住寂寞了[1]！那几个年轻武官，如何不玩玩？如我这般老者，唯有袖手旁观，真乃憾事。"夕雾与柏木听得，便皆加入了。诸公子沐于夕阳中，花荫下往来奔走，异彩纷呈。

踢球此种游戏，原本俗野粗作，但亦因地点、人物而殊。六条院素来景胜，今嘉木苍苍，春云暖暖，樱花斗艳，柳枝吐绿。即便此游戏粗不足道，诸人也各竞才能，互不相让。柏木卫门督率然参与，竟无人能胜他。此人姿容清丽，性情甚为矜重，虽奔走竞逐，风度亦甚雅致。众人纷争不已，奔至阶前樱花树下，迷于竞赛，竟顾不及观赏樱花。源氏与萤兵部卿亲王，皆到栏杆角上观赛。诸人各显神技，花样繁多。诸近宫贵人，官帽微斜，也无暇顾及仪容。夕雾大将猛地想起，自己已为亲官，今日此举，实悖常例。放眼望去，但见其年轻俊美，更胜于常人，他身着白面红里常礼服，裙裾略微过大，稍有掀起，却无轻浮之相。樱花飘落如雪，撒于其俊秀之躯，颇显落拓豪放。他仰凝樱花，折得些枯枝，坐于台阶中央稍歇。柏木卫门督跟了去，道："落花凋零如此，好生凄怜！'唯愿春风莫乱吹，回避樱花枝方好'[2]。"并不时暗窥三公主居处。三公主居室向来关不甚严。帘子底下，时露侍女们各色襟袖，帘内人影婀娜，煞是诱人。室内帷屏等物，杂置于室内，内外似是无阻，气息相通。恰巧此时，一可爱的中国小猫，被大猫追逐，从帘底逃出。众侍女惊得手足无措，骚乱四走，衣履之音，直入耳根。盖小猫尚未驯化，脖系长绳，岂料绳子被绊住，缠得甚紧。因为想逃，小猫力挣绳子，掀起帘端老高，柱旁众侍女一时慌神，皆无人理会。只见帷屏边更深处，站定一贵妇人装束之女。此处与柏木所坐之处，毫无遮挡，故可瞧得清楚。她身穿红面紫里的衣服，层层叠叠，浓淡相宜，恰似彩纸所订册子侧面，外罩白面红里常礼服，发丝一绺，光艳照人，自然下垂，直抵衣裙。青丝末端曾精心修剪，甚是悦目，略长身子七八寸。此妇身材纤细，衣裙甚长，配以侧面垂发之姿，美不可言，煞为撩人心怀。无奈暮色昏幽，看得不甚清晰，颇为遗憾！此刻众公子正痴迷于踢

【1】头弁即红梅，他是司礼的文官，本不擅踢球。

【2】《古今和歌集》古歌："春风听我致一词：今春请君莫乱吹！君若有心惜春华，吹时回避樱花枝。"

球，无视落樱满身。那小猫大声哀嚎，诸侍女瞧得发呆，竟未察觉外间有人窥视。妇人回眸顾盼，顿显其美貌少妇之雅丽风韵，勾人心魄。夕雾见此情形，坐立不安，欲去将帘子放下，又觉未免轻率，只得作咳嗽声，提醒妇人。此时小猫业已摆脱，绳松帘垂，那妇人便退进里屋。念及方才未能尽兴之憾，夕雾不觉心下叹息。再说那柏木，刻骨相思此刻正化作满腔愁情。他想："此人为谁？独这女子贵妇人装束，殊异诸女，想必为三公主吧。"这面影便长驻其心。他虽装作无事一般，然夕雾以为他已窥得娇容，不免替三公主叹惜。柏木无奈，乃呼唤来了小猫，将其搂在怀中，借以自慰。但觉三公主衣香，尽染猫身。小猫叫声，好生娇嫩，柏木听来好似三公主，顿觉猫甚可怜。唉，真是个痴情郎！

源氏见诸位大人皆坐于外边，方觉实甚怠慢，忙招呼到室内歇息，众人便随他进得南厢，萤兵部卿亲王，也换座同诸位叙话。次级殿上人，皆圆阵坐地檐前。款待寻常，唯椿饼[1]、梨子、柑桔等，下酒菜馔，唯有鱼干，皆混装于各种盒里。众人便笑谈取食。柏木卫门督精神不振，不时凝樱沉思。夕雾暗度柏木心事，料他正沉迷于方才所窥三公主艳容中，便想："三公主不顾女儿家身份，妄自轻动，未免有失严谨。而紫夫人终究不俗，断不会有此狂妄之举。照此来看，世人皆宠三公主，而家父独勉强为之，确有道理。"又想："如小孩般天真无虑，无知无识，本极可爱，然也叫人不足为信。"可见其甚轻三公主。至于柏木，乃色迷心智，未觉三公主有何缺陷。他穷以自慰：此次有幸窥得三公主娴雅风韵，料及定是前世夙缘，心下喜不自禁，倾恋之情日重。

席间，源氏与柏木谈及旧事："你家父太政大臣少时，凡事总欲与我一争高低。除却踢球一事，我无不胜他。此种末技本无须家传，但你家却是专擅！你如此好本领，我尚才睹得呢！"柏木微笑作答，道："家风似皆虚无浮躁，如此传袭，将来子孙，想必无甚大器。"源氏道："哪里！但凡超群卓尔者，终有传世之必要。如踢球技艺，亦可载入家史，后人得知，必兴味盎然。"他语甚调侃，颇有优越之态。柏木暗想："嫁得这般美男，必衷心侍候。我平庸之辈，安能夺得三公主之心？"便自感卑惭，不敢再起高攀之心。他幽恨满腹，由六条院而去。

归途中，夕雾对柏木道："近来内外无事，不如常到此来散心解闷。家父曾

【1】一种甜饼，以山茶花的叶子包裹。

言：'最好趁春花尚在枝头，拣个暇余来玩。'月内某日，你可携了小弓羽，来此赏春。"柏木一心念及三公主，便对夕雾道："闻得尊父长宿紫夫人处，可见她受宠之至！不知三公主感想如何？她素受朱雀院殊宠，如今屈居独处，好生可怜！"他直言无忌。夕雾答道："切不可妄说，哪有此事！紫夫人乃家父自小教养者，故亲切有殊，他人岂可相较？而三公主呢，父亲亦等同视之。"柏木道："罢了，罢了，话虽如此吧！详情我尽皆知晓，三公主常为此怄气。朱雀院对其宠爱有加，如今却蒙得这等委屈，叫人好生迷惑。"便吟道：

"群芳竞姿莺独惜，

何故不喜栖樱花？"[1]

莺乃春鸟，却不喜樱花，岂不怪哉！"他如此自语。夕雾暗忖："这人狂言乱语，定心怀叵测。"便答道：

"深山古树巢中鸟，

缘何不依好樱花！"[2]

你这般妄思臆想，怎可信口胡言！"两人见话不投机，便不再谈及，各自相别回家了。

柏木孤宿父亲邸宅东厢内，闲来总觉孤苦无助。常思忖自己高尊俊秀，面目不俗，不愁寻不着佳人，故至今仍未婚娶。但自那晚偶见姿容后，气色极为沉郁，相思甚苦。他总欲借机见得那人，即便唯见面影也可。照其身份，须得寻个些小事由，如念佛斋戒避邪等，方可自由出入，无人注目。忽念及那人养于深闺，怎能向其倾诉刻骨相思呢？他心中烦恼至极，只得照例写信托那小侍从，道："因春风引导，日前有幸瞻仰芳园，虽自帘间窥得，然未知公主如何斥轻薄。且是夜伊始，即萌爱恋，真可谓'命中缘有无，相念至如今'[3]也。"且赠诗道：

"遥望花艳不可折，

昨日恋慕日渐深。"

小侍从毫不知情，以为不过寻常情书，便趁众侍女不在时，呈上此信，道："这人

【1】此处以莺比源氏，群芳比诸夫人，樱花比三公主。
【2】此处以鸟比源氏，以深山古树比紫姬。
【3】古歌："一面匆匆见，依稀看不真。命中缘有无，相念至如今。"见《伊势物语》。

真是厌烦，至今尚有信来！睹其相思之苦状，又不堪忍视。还得看公主心思。"说罢，不禁笑了。

三公主不知她在说什么，道："你又惹人讨嫌了！"便展观其信。至引用古歌处，自知上句乃"依稀辨不清"，不由忆及那日，小猫意外掀帘之事，红晕顿时泛起。记得源氏每有机会，便训诫她道："你这般年纪，切不可粗心，为夕雾大将窥见。"故而便想："倘那日窥我者为夕雾大将，为源氏主君知晓，不知该受何等斥责！"此刻方知为柏木窥见，她倒毫不往心里去。唯惧源氏威严若此，实乃幼稚！小侍从见她今日无甚情绪，颇觉扫兴，亦不便再强索回信，只得索了笔砚，代为回道："前日私来偷窥，实甚无礼，当受责罚。来书所言'仅得匆匆见'之语，不明所指，非有他意否？"言辞倒还流畅，笔迹亦甚优雅，且附诗道：

"山樱托根青峰上，

　岂可妄言欲折枝。

不必枉费心机了吧！"

THE TALE OF GENJI

VOLUME 35
第 三十五 回
新菜续

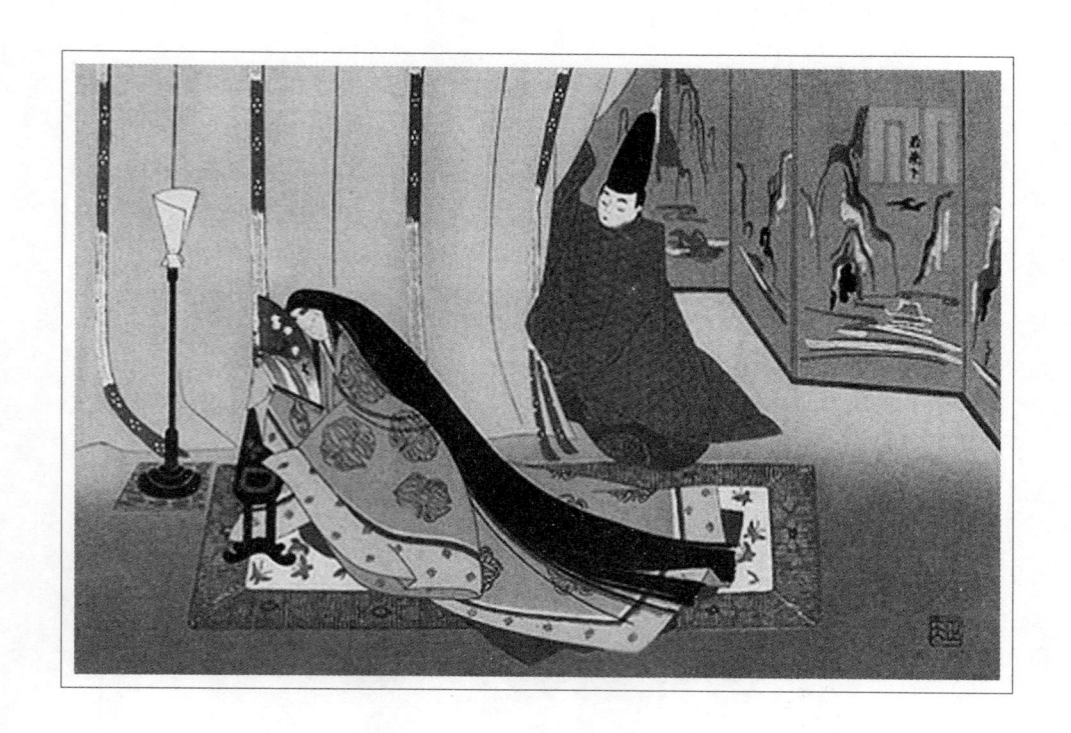

却说柏木收得小侍从回信，虽觉言之在理，但言语冷酷，便想："她如此敷衍塞责，我岂能罢休！定当避开侍女传言，与公主面晤。哪怕得她片言只语，也聊可自慰。"显见他对众人敬重的源氏有了怨愤。

禁中二月赛射延期，三月又逢忌。正当大家深感遗憾之际，闻知六条院三月底举行赛射之会，参与者甚众。柏木心绪颓废消沉，听及到时许能目睹意中人一面，方强打精神前来出席。右大将夕雾与左大将髭黑，自然皆到。其他如中将、少将等，也皆前来参赛。比赛原定为小弓，但内中颇有几步弓[1]能手，便单唤他们出来比赛步弓。擅长此技的殿上人等，也分列两侧，参加竞赛。春日暮色渐起，风送夕云，众人皆有"无限春光今将尽，久坐花阴不愿归"[2]之感。因此传杯送酒，尽皆酣醉方休。

这般良辰美景，岂能让百步穿杨者独享？众人有些按捺不住，皆步入庭中，一试身手。

柏木卫门督神色异常，唯自沉思。夕雾大将略知其心事，深恐他做出异常之举。众亲戚之中，唯此两人情谊特别深厚，素来相知相助。故柏木稍有失意之事，或心有所忧，夕雾便诚心同情。柏木自己也觉奇怪，何以每见源氏，必然心存惧意，不敢抬眼视之。他想："我岂敢作不良之想！凡可能招人指责之事，虽其微小，亦不敢任性而为，况荒唐若此！"他极为苦闷懊恼，却又想："我总会设法捉了那猫的。它虽无法与我倾心相谈，却可慰我一片孤枕之苦。"遂潜心筹划前往偷猫。不想此事也难办到。无聊至极，柏木便前往其妹弘徽殿女御处，想同她闲聊解闷。谁知这女御心甚谨慎，不肯与之面晤。柏木暗忖："我乃其嫡亲兄长，她尚且避嫌。以此观之，则三公主那般轻率露面，却也奇怪。"他虽已顾及于此，但因情痴心迷，故并不厌她浮薄。

无奈，柏木又去谒访皇太子。他以为皇太子乃三公主嫡亲兄长，姿容必定肖似，便用心留意。皇太子容颜虽不甚光艳，但气质终究不俗，雅丽俊美。宫中有猫生得小猫，分与各处，皇太子也得到一只。柏木见此猫踱来踱去，很是可爱，便记起三公主那猫来。遂对皇太子道："三公主处有只小猫，模样之漂亮，前所未见，极为可爱呢！"皇太子性极爱猫，便仔细探问那猫之情状。柏木答道："闻知

【1】步弓为骑射用，较之小弓力强。
【2】《古今和歌集》古歌："无限春光今将尽，久坐花阴不愿归。"

那猫产于中国，模样殊异。虽同为猫，但这猫温驯可爱，与人甚为亲昵！"一番赞美之辞，果引得皇太子动了心思。皇太子记着柏木之言，后来便央皇太子妃明石女御，向三公主讨要，三公主即刻送了那小猫来。皇太子身边诸侍女一见，皆赞美小猫漂亮。

柏木前日从皇太子神色中，已察知他必向三公主索取，几日后便再次造访。柏木自幼深受朱雀院宠怜，常侍候其侧。朱雀院出家后，他便尽心服侍这位皇太子。此次借口教琴，逢着机会，便问道："此地猫真多啊！不知哪只是我在六条院见得的？"他游目四顾，竟认出了那只中国猫，禁不住又去抚摩它。皇太子道："恐因尚未驯养之故吧，见了生人便躲。这样的好猫，我这儿本也有不少的。"柏木答道："凡为猫，多不能辨生熟之人。然聪敏者却例外。"后来便请求道："既是此处好猫甚多，不若借此猫与我吧？"他自觉这要求颇为唐突，心下略有歉意。

柏木讨得了此猫，夜则与之同寝，破晓则起而照料，朝夕驯养，虽万般辛苦，也在所不惜。时日一久，这猫驯服得很，不时跑来牵其衣裙，或跑过来向他"喵喵"直叫，令柏木怜爱不已，不由抚弄它道："这厮能催人入眠了呢。"遂即兴吟道：

"寂寥悲情无处诉，

　　唯赖此猫慰我心！

莫非它与我有宿世之缘么？"越发将它紧紧揽入怀中，怅然耽入沉思。侍女们皆感诧异："对这新猫，少爷怎生如此疼爱！他本不喜这类东西的。"

再说左大将髭黑夫人玉鬘，对源氏这边诸位公子，稍显疏远，却独独亲近右大将夕雾，与当初住于六条院时一样。这玉鬘极具才气，且又慈爱可亲。每与夕雾见面，总是诚恳款待，了无疏远之态。夕雾亦觉得她甚为可亲。这种爱恋，不同于兄妹或恋人，世上也真少见。

而髭黑大将今已与式部卿亲王之女完全断了来往，对玉鬘宠爱备至。只是玉鬘仅生得两个儿子，家中无女，便欲接前妻之女真木柱来。然式部卿亲王拒不应允，他常对人说："我要自己抚养外孙女成人。"这亲王威望甚高，连冷泉帝亦极尊敬这位舅父，从不拒绝其奏请，排场仅次于源氏和太政大臣。家中宾客往来，威重一时。髭黑大将他日当为朝堂栋梁，今乃候补于侧。真木柱有这样两位上辈，其声名极高贵。于是无论远近，欲与之结缘之人颇多。式部卿亲王尚在斟酌。他想：若柏木前来求婚，倒可答应他。然而，或因觉得真木柱终不如小猫吧，柏木竟绝不曾念及此缘，此真憾事也！真木柱因见生母为人疯癫怪僻，迥异常人，几乎要脱离尘世，心甚痛惜；反对继母玉鬘倾慕已极，极想依附于她。

却说那萤兵部卿亲王自悼亡至今，犹自鳏居。他曾求爱于玉鬘与三公主，均未遂愿，便觉得失了体面。然而不甘茕茕终身，转而真心求婚于真木柱。式部卿亲王道："恁般倒也可行，女子之福，首在入宫，其次是嫁与亲王。今之俗人，自以为嫁女儿与权势臣民，乃为大幸，实则鄙俗之见耳！"当即便应允了。萤兵部卿亲王轻易得之，反觉索然寡味。然虑及对方这隆盛声望，不便反悔，便与真木柱定了亲。式部卿亲王极为看重这外孙女婿，盖因他诸女均无如意婚姻，自己辗转受气，而外孙女婿事，又不能袖手旁观之故吧！他道："其母乃疯人，且年盛一年，其父又不怜爱。这孩子好不可怜啊！"因而尽心照料诸事，即使外孙女洞房布置，也都躬身策划，真苦煞了他。岂料萤兵部卿亲王怀念前妻，铭心不息瞬时。这真木柱姿容虽甚可佳，然并不肖似其故妻，于是心有不快，以为此乃苦恼之事。式部卿亲王大失所望，忧心忡忡。真木柱生母虽时常疯疯癫癫，但偶有晓事之刻，也慨怨世事维艰，前路灰暗，内心不胜抑郁。

髭黑大将闻得，不由道："果然如此！须知萤兵部卿亲王，乃行为轻佻之人啊！"他原本就不赞同，如今更是怏怏不悦。玉鬘尚侍得知，也极为不爽，恨亲近之人未得佳缘。她想："倘当初我嫁得此人，受其浮薄，源氏主君与太政大臣不知会作何想！"回想往事，便觉煞是可叹。又想："当年我本不愿嫁他，来信却情深意切，极尽缠绵。后来我嫁了髭黑，许要怨我'不识风情'，每思及此，总甚感羞耻。如今成了我的女婿，最担忧的，便是他会将我之前情，说与了前房女儿。"玉鬘对真木柱颇为关心，装作不晓其夫妻的情状，常托其两位兄弟代为慰问，故萤兵部卿亲王也怜悯真木柱，不忍将她离弃。但式部卿亲王夫人，素好唠叨，对这新外孙女婿极不满意，时常咒骂。她愤然道："嫁得个亲王，本不如入宫，尽享荣华，便要夫婿极尽挚爱怜惜，与之亲密无间，以慰夫妻之情才是。"萤兵部卿亲王闻知，便想："她如此见恨，岂不为怪？想爱妻在时，我也常做些风流之举，却并未闻得如此严厉的申斥。"便极为不满，越发追念故妻，整日闷困家中，抑郁过活。

不觉过得两年，冷泉帝在位已有一十八年了。因膝下无子，便不时念叨，道："既无亲生皇子继我皇位。况生如幻梦，万事无常，与其这般寂寥度日，不如卸去皇位，与亲爱之人寻了居所，也可做些私心所欲之事。"他以新近一场重病为由，突然辞了帝位。世人颇感惋惜，道："圣主声威隆盛，便这般辞位，实甚不解。"但皇太子业已成人[1]，遂即了帝位。朝政万事依旧。

太政大臣上奏辞却官职，赋闲在家。他对人道："世事无常，皇上既已隐退，何况我这衰颓之身呢？"髭黑左大将遂任了右大臣，总领朝中事务。承香殿女御未及儿子继嗣帝位，先已溘逝，便将其追补为太后，然终如缈影空香，于事无补。明石女御所生大皇子，被册立为皇太子，本是意料中事，既为现实，自是喜庆盈盈。夕雾右大将按例晋升大纳言，并兼左大将之职。源氏却为冷泉帝无亲子继位，颇有微辞。虽新皇太子原为源氏血统，且冷泉帝在位时其出身之罪孽亦不为人知，但天命注定，其后代终未能承继帝位，终是令人沮丧。但此事只能憋于胸中，并不敢语于外人。幸好明石女御生的龙子甚众，新帝对其恩宠有加。源氏皇族血统，世代皆为皇后，世人无不引为憾事[2]。冷泉帝秋好皇后受源氏扶掖，册封皇后，虽并未生得皇子，思及源氏隆恩，感激之情便日渐强烈。

冷泉帝辞位后，果偿其夙愿，飘逸无羁，且心情愉悦，倍感幸福。新帝即位后，常牵念其妹三公主。三公主威势虽不能与紫夫人匹敌，但世人皆甚为尊崇。紫夫人与源氏，恩爱日渐隆盛。两人心无隔阂，情融意合。紫夫人却不时对源氏道："我已厌倦了凡尘生活，只求娴静恬适，一心事佛。至得此般年纪[3]，世间愁乐繁衰，均已历经。望遂我志，容我出家了吧。"她常如此恳求。源氏不便违其心愿，只得劝慰道："你这想法甚无道理，也甚薄情了。我自己早有出家之意，却不忍遗你独羁凡尘，寂寥无依。且倘我出家，你的生活必将改变，则我如何放心得下？故延搁至今而未实现。且待我遂了此愿，你再作打算吧！"明石女御孝敬紫夫人情同生母一般。而明石夫人则在暗中庇护女御，态度谦谨，这便令她生活幸福而稳固。女御的外祖母老尼姑，也不胜欣喜，不时喜泪盈眶，竟将双目擦得通红。这恰是幸福长寿的一个好兆头。

且说源氏自决意替明石道人还愿后，便日日准备前往住吉。明石女御此前

【1】皇太子时年二十岁，为朱雀院之子，髭黑之妹承香殿女御所生。太子妃是明石女御。

【2】当时历代皇后皆为藤源氏一族，但皇族赐姓时，大都赐姓源氏，故此处借源氏概称皇族。

【3】紫姬时年三十八岁。

也曾许下大愿,故打算一同去还。一日,他启开那只道人所送书简箱,但见其中许得不少心愿,如:每逢春秋社日演奏神曲,祈祷子孙佛庇,世代昌盛。如此大愿,除却源氏威仪是还不了的,足见道人早有预料了。这些愿文,笔致精妙,才华流溢,辞采慎重,句句诚挚深情,感天地泣神佛。源氏对道人虽弃绝尘世,遁迹修道,却能对凡事考虑周至如此,深感叹惋。猜想必是前世圣佛,因积世夙缘,暂且投胎凡世。他细细思量,越发以为这道人大有来历了。往赴住吉前几日,源氏绝口不提明石道人还愿之事。但言先前流放须磨、留住明石诸浦时,所许心愿虽曾还得,但赦免返都后,尽享人间富贵生涯、明神佑助之思,及长存世间若此,皆难忘怀,故得前往朝拜。源氏唯恐惊扰万民,凡事力求简朴,决意只偕同了紫夫人,悄然前往。然此等重大事宜,且源氏既为太上天皇尊位,还是世人皆知,轰动一时。朝中人臣,除却左右大臣,尽皆要求前行。随行舞人,一律从卫府次官中选得,仪姿俊秀,身材适中。入选者,皆以为荣;落选者,竟不胜悲戚。尤那几位风流者,竟落泪不已。所选乐人,皆为平素贺仪中格外优秀者,且另添得两人,皆为近卫府中声名显赫的能手。此外另添得些神曲乐人,更显威赫仪严。一时朝中诸殿,如新皇上、皇太子、冷泉院处,皆派了人来,协助六条院主一应事宜。不胜枚举的高贵显赫,其马鞍、马副、近侍、随从,皆装饰得富丽绚烂,美赛当世。

　　明石女御与紫夫人同乘,明石夫人另乘一车,老尼姑也偷偷跟了去。女御乳母[1]详知内情,也乘于此车中。供众侍女所用车子:紫夫人五辆、明石女御五辆、明石夫人三辆,皆装饰得富丽堂皇,撩人眼目,不必细表。临行前,源氏道:"诸位欲去,不如替师姑老太着番修饰,扮得悦目些,一便前去吧!"明石夫人不愿老尼姑同行,劝道:"此次拜佛,排场甚为隆盛,老尼姑裹于其中,恐有些触目不雅。小皇子即位时,倘她尚在人世,再一同参加不迟吧!"然老尼姑恐所剩光阴无几,亦想开开眼界,长些见识,执意要去。明石夫人拗她不过,只得应允了。这老尼姑,盖前世夙缘善果,比及天意享受福禄荣寿之人,幸运有加,好不让人嫉羡。

　　"神庙壁上葛,虽凭神力助,岂可违秋意,亦今已失色。"[2]适值深秋十月,

【1】女御诞生时就是这位乳母被源氏由京中派往明石浦。

【2】此和歌载于《古今和歌集》,作者纪贯之,是平安时代最有才华的"三十六歌仙"之一。

红叶始染山林。风浪声、乐曲声交相谐奏；笛声高亢悦耳，劲于松涛，使人心旌摇曳。高丽乐与唐乐，虽气势隆盛，却不及熟闻之东游乐[1]来得亲切。东游乐《求子》曲奏起，王侯贵族中年少者，皆卸了官袍，下得庭去，随舞起来。拍子适宜，无市井嘈杂之音，唯觉悠闲称心。这风景音节，甚为协调。舞人衣上所印蓝色竹节花纹，混淆于绿色松叶；众人冠上所饰头花与秋花相映衬，难分彼此。五彩七色相杂，缤纷灿烂炫目。曲子奏完，众王孙公子，舞兴未尽，遂卸下朴素黑袍，露出暗红或浅蓝衬袍襟袖和深红衣袂，又舞起来。恰在此刻，天降微雨，四围景物略显润色，着红衣舞者，舞姿翩翩，仿若红叶满地，令人忘怀此乃松原。其头插雪白荻花枯枝，舞姿婀娜万态，极为优美赏心。舞毕隐去，教人流连不绝。

源氏忆得当年流放旧事，那谪居时之惨状，明晰在目，却无人可与共话之。遂惦念起那今身居太政大臣之位的故人[2]，不由唏吁感叹，吟诗一首，差人送至后面老尼姑车中。其诗道：

"昔时旧事何人晓？

共诣苍松神庙前。"

老尼姑看罢，无限伤悲。念今日如此排场，思当年明石浦上泪别源氏公子之情景及女御诞生时光景，她顿觉自己万幸，心下感激之情，无以复加！但一想起遁迹深山、至今了无音讯的明石道人来，又甚为牵挂，更是伤悲不已。然今日乃祥和之日，岂能大放悲声，便答道：

"老尼今方信不疑，

贵人多出住吉地。"

答诗宜及时，仅唯直书所感罢了。忽又吟道：

"忽忆昔日落魄时。

更信住吉神灵验。"

诸人纵情歌舞。直至破晓。下弦月清光辉映，霜华更是凝重，海面白无涯际，放眼远望，皆成银光世界。但觉松原寒气透骨，平添冷幽、沉寂之美。

【1】东国民谣改编的东舞音乐。东国地区相当于今天的关东地区，包括神奈川县、东京都、埼玉县、千叶县、茨城县等地。

【2】此人即葵姬之兄，曾赴须磨浦探望源氏。

紫夫人素来笼闭幽宫，甚少出外游玩，游宴佳兴相伴，业已生厌。而今离京远游，尚属首次，故兴致盎然，喜不自胜。便即兴吟道：

"夜半繁霜覆江松，

疑是神赐木绵鬘。"【1】

随后，又不由忆起小野篁咏：

"木绵冉冉比良白，

足见神明已受容"。【2】

之诗，乃晨中雪景，以为今夜浓霜，定为神明受享之征，便备加庆幸不虚此行了。明石女御亦吟道：

"僧官所持杨桐叶，

尽染寒霜似木绵。"

紫夫人侍女中务君亦吟诗道：

"木绵犹逊霜枝白，

神明认证慰诚心。"

此行吟咏繁多，然可观者几无，免去赘述。盖如许节令所咏，即便擅于此技之男子，亦难有杰作。除却"千岁松"之类文句，别无新词，多不过陈言罢了。

夜色渐退，霜华愈重。神曲已杂乱无章，皆因奏者饮酒过度。众人只顾眷恋美景，皆不知已满脸醉红，虽庭燎已熄，仍挥舞杨桐枝，为源氏高唱祝愿："千春千春，万岁万岁……"源氏香火浓盛，喜事源源辈出，永无止时，岂有疑问？众皆望"千宵合为一宵长"【3】，岂料转瞬已是破晓。众舞人如落汐般争先涌退，心下好不痛惜。一长队车辆，排列松原上。女眷衣裙，露于晓风所扬帘脚处，恰似绿树底下春花绚丽开放。各车辆侍从，身着符合身份之各色袍子，手捧精致盘碟，分请车中主人用膳。下人皆凝目观赏，钦羡不已。老尼姑所受素食，盛于一嫩沉香木盘内，其上覆有青宝蓝色丝绢。观者相与窃议，道："这老尼荣耀无极，真乃前世积来阴德！"出行时，所带供品甚多，足可充塞路途，至归轻松不少，

【1】"木绵"是一种楮皮纤维，供神用。"鬘"指蔓草的饰发物。

【2】"比良"即比良山，地名。此和歌作者已被认为是菅原时文，而非小野篁。

【3】《伊势物语》古歌："但愿清秋夜未央，千宵合为一宵长。不曾说尽胸中事，窗外金鸡报晓忙。"

众皆一路逍遥游玩。此等琐事，无须尽述。老尼姑与明石夫人，念及遁迹荒山野寺的明石道人，唯觉此乃憾事。然又虑及：倘道人也赴此盛会，定不适宜。世人皆以老尼姑为范，谓当今之世，应志存高远。此后凡称道幸福者，必言"明石老尼"。今已致仕的太政大臣家近江君，每打双陆[1]，必口呼"明石老尼，明石老尼"，借以求胜。

且说朱雀院，自遁迹佛门后，勤心修佛，朝廷政务不理丝毫，唯春秋社日，皇上行幸省亲之际，尚聊及陈年往事。然三公主前程，至今令他放心不下，只得嘱托源氏好生呵护，且叫皇上私下多些关爱。于是，三公主便被封升为二品，威势愈加显赫。紫夫人见近年来，三公主威势日盛，常暗自思忖："我仅凭源氏主君独宠，才荣贵人前。然我身单，将来年华垂暮，宠幸定会衰减。不如寻个时机，出家为尼，尚可保住今生荣贵的颜面呢。"又恐源氏以为她斗气，只得将此念闷在心底。见皇上亦格外关爱，源氏觉不可轻慢了三公主，此后便多在她处留宿。此时的三公主，或可与紫夫人相比了。紫夫人虽以为此乃理所应当，然未免有些慌乱，觉果如所料。她面上依如往昔，且将明石女御所生长女，领养身边，悉心照抚。有这女孩做伴，倒可聊慰独眠孤寂。此外，明石女御其他子女，她无不疼爱。花散里极为艳羡她，遂将夕雾与藤典侍之女，迎在身边养育。这女孩聪明灵秀，超乎其龄，甚是可爱。源氏膝下子女甚少，然孙辈昌盛，便借抚育孙儿，聊以慰藉。髭黑右大臣不时前往问候，亲近昔日。其夫人玉鬘，盖因见源氏行径不再如往昔，故每有时机，皆来六条院问候，与紫夫人极为亲昵。唯有三公主，年已二十，尚天真如幼。如今源氏已托皇上怜照明石女御，自己则悉心怜爱三公主，疼惜如幼女。

一日，三公主接着父皇朱雀院来书，其中道："我于红尘俗事，早已绝缘。近来所悟甚切，觉世缘将尽，思之极为凄然。唯望谋得一面，否则，将饮恨九泉。无须铺排，微行来此即可。"源氏得知此信，便对她道："理当如此，即便无此言，也该先行拜见。如今烦他期待，实在失礼。"三公主遂计虑前往。然无故唐突前往，有失体统。源氏思虑拜谒凭借，忽记起次年乃朱雀院五十大寿，正可

【1】打双陆是为古代的一种游戏，相传由天竺传入。在木质的盘子上设局，左右各有六路。用木头做成锥形的子，叫作"马"，黑白各十五枚。黑马从左到右，白马反之，以先走到对方为胜。

备些新菜前去祝寿,遂策划各种僧装及素斋食品。红尘外之人,诸事与俗殊异,因此得另行策划,慎重考虑。朱雀院当年,对音乐颇有兴致,故舞乐之人,不得马虎,皆得用技艺杰出者。髭黑两子,夕雾与云居雁三子及与典侍一子,另有几个七岁孩童,容颜俊秀,皆充作了殿上童子。所有亲王家子孙,皆被择录。所选节目数不胜数。此乃铺排盛会,故入选之人,皆勤心演练。凡精于此道的专门乐师,无不忙于教练,绝无余闲。

三公主幼时习得琴艺,不久便辞家入六条院,朱雀院不知其有何长进,极为惦记,便对下人道:"归家之时,我欲听公主弹琴呢!在那六条院中,琴技定然精进不少了吧。"此话传入皇上耳中,便想:"的确,她必已弹得极好,到时,我倒可一听为快呢!"源氏闻得皇上想听三公主弹琴,不由为她的琴技担忧,当下决定精心传授她些要旨。

所练曲调,初为殊异奇妙之曲,次为颇富情趣之曲,再为四季之候、寒暖相宜之曲,手法精细,调弦诡秘,莫不细授。三公主初始颇觉艰难,后渐体会,终得心应手。昼间,众人出入频频,欲教授"摇""按"[1]之法,极不适宜,只得改在夜间,方能勤心一意,领悟其中精要。这期间,他便乞假于紫夫人,朝夕在此授琴。明石女御与紫夫人,皆不曾学琴于源氏,闻知源氏此间正奏未闻之名曲,皆欲前来欣赏。皇上素来不许女御离宫,此次得允暂为归宁,颇费了些周折,她便专回六条院听琴。十一月是宫中祭祀之期,明石女御已有五月身孕,便以有孕不宜参与祭祀为由,来得六条院宫邸。方至月底,皇上便催其回宫。女御十分艳羡三公主能日夜听赏名曲,心下怨怪其父:"为何不教我弹琴呢?"源氏奏琴,格外讲究情调,特爱冬夜之月,他常于明月朗照积雪之清辉中,弹奏适时琴曲。且从侍女中择得些凡通此技之人,偕与合奏。时近岁终,紫夫人甚为繁忙,种种事务,皆得躬身调度。她常道:"春至,我得挑个闲静之夜,听听三公主弹琴才是。"

不觉迎来了新年。朱雀院五十寿礼,先为皇上贺仪,其规模自是隆盛无比,源氏便将寿庆日延至二月。歌舞乐人照常日日前来演练,川流不息,甚是繁忙。源氏对三公主道:"紫夫人极欲听赏你的琴声,我拟定一时日,于本院举行一遭

【1】摇,左手按琴弦摇动;按,按弦。

女子乐会。我以为，今世音乐名家，皆不及本院诸女眷修养精深呢！且本人琴技虽不成家，然自小热衷此道，常愿谙熟天下诸事。故世间名师，及得名师世传之人，皆悉数请教。能表里皆服我者，尚未有之。如今少年，比及我辈，多浮躁不实。况此琴据传少有人习。能达如此种程度者，实在稀有。"三公主见源氏这般美誉，好生欣喜，虽年已二十有二，然仍稚气未褪。其身材瘦削，但姿容有韵。源氏无处不在教导："多年不谋父面，这次参见，须得谨慎，勿让他见你仍似小孩，使其失望。"众侍女相与告道："是啊！倘无大人这般管教，那孩子性情怎不让世人见笑呢！"

到了正月中旬，日暖风和，春花皆已含苞，庭前白梅渐开，春云迷离蔽日。源氏道："出得正月，须筹备寿礼，皆不得空闲了。届时举行乐会，外人定会误以为试演，世人见笑，不如眼下就此举行吧！"遂邀明石女御、紫夫人、明石夫人前来三公主处。众侍女无不愿随主人前往。缘因人员甚众，仅得择些亲近者，且人品、年龄皆优者同去。紫夫人所带四个贴身女童，皆容颜可佳，身着红外衣，白面红里汗衫。衬衣为淡紫色织锦面料，外缀凸花颈裙，举止皆甚文雅。明石女御屋室内，新年里便布置得富丽堂皇。众侍女竞相争艳，多姿多彩，迷离人眼。众女童身着青衣，暗红汗衫，外缀中国绫绸裙，又间夹棣棠色中国绫罗衬衫，毫无二样。明石夫人女童装饰稍逊，着红面紫里衬袍者二人，着白面红衬袍者二人，外衣皆为青瓷色，衬衣或深紫或为淡紫，皆用砑光花绸，极为俏艳。三公主闻知，悉心将诸女童装扮得格外出众：着深青色外衣，白面绿里汗衫与淡紫衬衫。这服饰虽不甚华丽珍贵，然整体气派，极为清丽高雅。

厢房内，纸隔扇尽换做帷屏遮隔，中置源氏席座。此次琴筝伴奏者，皆为男童。髭黑家三公子吹笙，夕雾家大公子吹笛，正于长廊侍候。室内铺垫茵褥，置诸种弦乐器。家中秘藏弦琴，本置于藏青丽袋，此刻皆已取出。明石夫人操琵琶，紫夫人抚和琴，女御弹筝。此处所用皆大琴，三公主不惯，源氏知其心境，便调好七弦琴，交与弹奏。且道："筝弦本不易松弛，唯因同别器合奏时，琴柱易易位，故定要预先张紧。女子腕力不足，叫夕雾为其张之可也。这班合奏者皆为孩童，怕难合拍吧！"便遣人去请大将。诸妇怕羞，不禁心里收紧。除却明石夫人，皆为源氏弟子，故他亦甚为不安，愿此次演奏成功，不至令夕雾见笑。他想："女御合奏，不足为虑。唯紫夫人之和琴，弦线虽少，然弹无定规，使用此琴，女子常惊惶无措，合奏之际，他器俱谐，此和琴是否走调呢？"他暗暗替紫夫人忧虑。

夕雾以为此次前往，肃然甚于御前宏篇试演，故神色异常不安。他身着鲜艳常礼服，内外衣裳熏香浓烈，尤是衣袖。来得三公主居处，天色已暗，清幽宜人。近旁梅花冰清玉洁，好似尚恋去岁残雪，错落疏离，纷杂竞放。清风徐来，梅香和着帘内沁人衣香，恰是"梅花香残弄春风，诱得黄莺早些来。"氤氲佳气，弥漫宫殿四处。源氏将筝伸出帘布[1]，对夕雾道："别计较我的冒失，替我调调弦吧！叫他人不便，故只得劳驾你了。"夕雾接过琴来，甚为谨慎从容，将基调调至宫音[2]后，为表谦虚，并不试弹。源氏道："弦线既已调好，不妨试试，不然无趣。"夕雾佯答："拙儿技能尚浅，岂敢弄嘈杂之音，亵渎如此音乐盛会。"源氏笑答："言之虽是在理，倘若外间传闻你逃出女乐演奏，岂不增人笑柄？至关名誉啊！"夕雾遂重整弦线，试弹一曲，曲甚优美，随即奉还。源氏诸孙儿，无不值宿装扮，观之可爱。其吹笛伴弦，尚属首次，虽稚气未脱，却也悦耳旷神，足见后生可畏矣。

　　弦皆调好，乐会开始。各琴皆有所长，明石夫人手法高妙，琵琶音色如练，极富趣韵，格外悦耳畅情。夕雾倾听紫夫人和琴，顿觉音韵亲切，反拨音亦甚高妙。其技之精妙，规模之繁盛，比之专家鸿篇大手法，并不逊色。夕雾不曾料得和琴弹法若此深妙，惊叹不已。此乃紫夫人数年朝夕勤习之果，直至此刻，源氏方放下心来，并为之自豪。明石女御弹筝，当在他器止息间，悄然透出音调，亦妙不可言。三公主弹琴，虽尚欠熟稔，然因勤练，与他器尚能谐奏。夕雾听罢，觉其琴技精进不少，不禁抚拍和起歌来。源氏也频频拍了扇子，与他唱和。其嗓音较之昔时更美妙，且稍微宏远，平添一种恢弘气势，颇感威严。夕雾嗓音之妙，并不亚于源氏。

　　夜渐深沉，光线幽暗。月色尚未泛起，四下点亮灯笼，明暗恰到好处。源氏忍不住偷窥三公主，但觉她更显玲珑娇美。其贵秀胜于艳丽，若二月初发之柳，略舒鹅黄，且柔弱不禁飞莺[3]。她身着白面红里常礼服，头发自左右向前挂，如柳青丝，恰是荣贵公主模样。明石女御姿容，更显艳丽，然优雅无二。其雍容气度，如夏日藤花，兀自艳放于群芳零落后。因有孕在身，奏毕颇觉倦怠，遂将

【1】夕雾是男子，进入帘内多有不便。
【2】十二律的第一音，相当于C调。
【3】白居易《杨柳枝》："白雪花繁空拂地，绿丝枝弱不胜莺。"

筝置了，依靠矮几，用手支撑。其身材细小瘦弱，而矮几大小如常规，她必高抬手臂，显得极不舒适。见此，源氏便差人下去，替她配得一合身矮几，足见其关爱之心了。她身着红面紫里外衣，秀发长垂，极为清整。灯光映衬，风姿绝妙无穷。紫夫人着了淡紫外衣，深色礼服与淡胭脂色无襟服，头上青丝浓密柔顺，披挂肩前，恰好相称其身，观之风韵十足。若用花比，可谓樱花，然比樱花优美有加，这姿容实甚殊异。明石夫人置身如许贵妇人中，似要逊色，实则不然。其言行举止，优雅有致，教人见之，自觉汗颜。其姿容风貌娴雅，不失婀娜，妙不可喻。她身着柳绿色织锦无襟服，外系轻罗围裙[1]，以示谦恭。然众人绝无嫌弃之意。她于一藏青茵褥上斜斜靠了，一手扶琵琶，一手持拨子，其姿态神情，优雅无比，恰是"此时无声胜有声"，如五月初之橘枝，花实并香。诸位夫人坐于帘内，貌甚文雅。夕雾自帘外听得动静，窥得人影，料定紫夫人如今年事既长，定比那日清晨所窥更具风韵，不由心驰神荡。既而又想："可惜我与三公主夙缘太浅，终难遂我心愿，当初又甚怯懦。朱雀院亦曾有此心意，非但私下言及我，且背后常道我之好。唉！"他虽悔恨，然见三公主那无拘之状，又不忍随意戏耍她。这番感叹，不过情种偶思罢了。他并不格外痴情三公主，唯觉紫夫人远不可及，多年来不得亲近。又想："我这番情意，迟早总得要她知悉才是啊！"却又计无所出，不胜忧戚。

夜色渐浓，寒风透骨，下弦月始自云间露脸。源氏见夕雾若有所思，便道："月笼春夜，直叫人无奈啊！若秋夜奏今宵之乐，与虫鸣相和，乐声必更精妙，情景必多意趣。"夕雾答道："秋月清辉，朗照万物，琴笛之音，亦格外澄澈。然秋月过明，实如人为，令人分心于诸种秋花秋草、清霜白露，不能醉心于音乐，岂非美中不足了！春夜朦胧淡月，浸染满天云霞，衬映笙管合乐，音必清艳无极！'女感阳气春思男'，女子爱春天[2]，盖是也。若求音乐之妙韵十足，莫如春日黄昏。"源氏道："非也！非也！若将春秋进行比较，何其难呵！自古至今，此事尚无可定论。末世人心浮躁，岂可唐突作结！唯乐之曲调，素以春之吕调为先，秋之律调次之[3]，不无道理。"稍后又道："唯一事甚为迷惑：如今音乐名

【1】围裙是伺候人时所穿。
【2】毛诗注："女感阳气春思男，男感阴气秋思女。"
【3】春用吕调，秋用律调。古代音乐，如催马乐多重视吕调。

家,得以演奏御前,然优秀之人甚少。一些名手自称前辈,终究能耐如何?倘令其参与今日这般演奏,恐并不格外杰出吧?这六条院内,无论学问抑或末技,一学即会者不少,你道怪否?御前一流高手,较之如许妇人,孰妙孰拙呢?"夕雾道:"儿虽欲谈及此事,唯因修养不足,岂敢信口胡言?许是世人未曾听得古乐,皆谓柏木卫门督之和琴与萤兵部卿亲王之琵琶,为当世峰巅。其技固然高妙,然今宵之乐,更为精妙,足使名家叹服。或许预先以为今宵不过小试而轻视,因此惊叹,亦实在难料。然如此绝妙音乐,儿之劣喉,实不配伴唱。若论和琴,唯前太政大臣能即景奏妙调,随意称心,自由传情。通常演奏多半平淡,唯今宵所闻,绝妙不可言喻呵!"夕雾极为美誉紫夫人。源氏道:"这不足自豪,唯你美言罢了!"他心下实甚得意,道:"诚然,我的徒弟,皆不俗呢!唯明石夫人之琵琶,乃其祖传。昔年我谪居远浦,初听其琵琶,便觉甚为优美。但至此处后,这乐音似优于昔,而今又高妙得多了。"他欲将夫人琵琶技艺归功于己,侍女诸人莫不相与窃笑。

良久,源氏又道:"凡学问,皆无止境。只要悉心研习,即可深悟。然无论何种才学,能永不知足,锐意拓进,且精博之人,今世实乃九牛一毛。凡学技之人,能得某种学问一端之精髓,便已不错。但七弦琴之技,机理奥妙无穷,切勿轻率就习。昔时精通古法者,琴声奏响,足可动天地,泣鬼神。诸种音调,不无奇妙:或化悲为善;或转贱为贵,而喜获荣贵。世间此倒不少。此琴传入日本国之先,便有深谙乐理者,长年客游异邦,潜习琴技,谓其是命,亦未学成[1]。实因此琴能使日移月摇,使七月雨雪飞霜,使晴空霹雳,撼动天宇,古世确有其例。琴这物,因玄妙至极,故少有人能全般精通。大概由于末世,人心浅薄,能精其一端者,亦极少。但或有他故:盖缘此琴自古难使天地感动,故学得似通非精者,往往身境坎坷不堪,于是便有人厌此乐器,流言'弹琴之人命坎坷'。世人愿顺,多弃之不学,故今人几乎无人精于此道。唉,好不痛惜!若论能作调音之标准者,除却琴外无他!这渐衰之世,凡宏志于此,而弃妻别子,远求中国、高丽等异域者,皆被视为狂徒。然无意如此,而只欲精其一端者,亦未为不可!只是要得一调之精妙,尚非易事,加之调子极为丰富,深妙之曲无数。故我昔年

【1】据《空穗物语》载,藤原俊萌随遣唐使到中国学琴,未能学成。后又远至波斯国,得仙人指点,始得其法,尽得真传后归日本国,传于后人。

勤修琴学之际，曾广集本国与外来乐谱，竭智研习。即便如今造诣高深之人绝灭，仍痴迷不舍，但终是不及古人。况将来我又无可传之子孙，想来好不叫人怅憾。"夕雾闻之，颇觉惋惜愧疚。源氏又道："明石女御所生诸皇子，唯二皇子颇富音乐天赋，若我长在世间，必将倾囊相授。"二皇子之外祖母明石夫人闻得，颇感光彩，欣喜而下泪。

明石女御有些倦意，便将筝让与紫夫人，靠席而憩。紫夫人又将和琴交与源氏，复又奏起来，情意比之初次，更为大方随意。所奏《催马乐·葛城》[1]，音域富丽宽畅。源氏和乐吟唱，婉悠美妙，极是好听。适时明月渐离，梅香愈盛，其景致情韵，何等动人！适才明石女御弹筝之爪音，雅丽传神，兼有其母之古风，"摇"音亦极为清澄纤妙。今紫夫人弹筝，手法迥异，举措从容，宛如百灵传情，引人心荡神驰。"轮"[2]音亦趣比女御。从吕调转到律调后，诸乐器皆随之变调，律调合奏极为艳丽妩媚。三公主弹七弦琴，五个调子[3]手法各异，第五、六两弦最为难拨，却也极具巧妙。其琴技已脱尽稚气，极为娴熟，能随心所欲应和春秋万物。多亏平日习得源氏所授意志支配法，今日演奏起来毫无偏失，颇得他的称赞。源氏亦觉，三公主今日能习得这般技艺，全赖自己悉心教导，心下颇为自豪。几位小公子，正于廊下专心演习笛技，源氏怜惜他们，道："难得这般意趣，你们定已疲倦了吧？今宵乐会，本欲稍作休憩，然诸乐器各擅其美，既已奏起，便不能作罢。我又耳背，难辨孰之高下，以致延至深夜，实甚抱歉。"便赐酒一杯与玉鬘之长子，即吹笙小公子，又脱件衣服赏了他。紫夫人亦赏给吹笛的小公子，即夕雾之长子，一织锦童衫和裙子。然这赏赐并非正式，唯尽兴而已。三公主赐酒与夕雾，又赠自己所穿女装一套。源氏笑道："不可！不可！论理当先感谢老师才是！我好气恼呵！"便有一支横笛，自三公主座旁帷屏后送出，敬呈源氏主君。此乃高丽笛，貌极精美。众人正欲退出，源氏即刻试吹。夕雾闻笛声止步，自儿子手中取笛相和，笛音美妙，曲调感人。源氏见诸人技艺非凡，皆已承其师传，深为得意。

【1】《葛城》全文："闻道葛城寺，位在丰浦境。寺前西角上，有个榎叶井。白玉沉井中，水底深深隐。此玉倘出世，国荣家富盛。"载于《续日本纪》。榎，jiǎ古同"槚"。《尔雅·释木》："槐小叶曰榎。"

【2】又有译作"临"，筝的手法之一。

【3】具体调子不明，相传为摇手、片垂、水字瓶、苍海波、雁鸣五调。

夕雾与儿子们一道，乘车返家。途中，月光明净，那紫夫人的优美筝声仍萦绕耳畔，令他甚为恋慕。又想及夫人云居雁，虽曾向外祖母学琴，但因后来移居舅父家里，终未能学得精通，婚后顾念夫妻情怀，便不再拨弦弄音。凡事皆极尽周至温存，后又生得二子，忙于养育，更无暇顾及。是以素来无甚雅趣，却独好嫉妒。逢其娇嗔，情状倒亦可爱。

　　是夜，源氏留宿紫夫人房内，紫夫人却与三公主闲聊，至晓方回室内。红日高升，二人方起身。源氏对紫夫人道："三公主琴艺精进不少了呢！"紫夫人道："先前我曾听得一次，似觉尚须继续研习。如今闻知，果大胜往日。你悉心教授，岂有不长之理？"源氏道："这个自然，我每日亲为教授，真乃热心老师呢！教琴极费心思，时间极长，故向来不肯轻传。只是朱雀院和皇上皆曾言道：'总该让她习得七弦琴吧！'我甚感歉疚。便想：既将三公主托付与我，虽教琴甚为烦杂，借故推诿总不是办法。方才决意教她的。"继而又道："你年幼时，我忙于公务，近数年来，又为俗世缠身。我不曾悉心教导得你，昨晚却这般出色，使我容颜增辉。那时夕雾凝神倾听，甚是惊慕。我真是喜不自禁啊！"

　　紫夫人不仅极具雅趣，自做了祖母，便又照抚孙子，凡事皆办得完美无缺、无可挑剔，真乃尘世罕见之人。故源氏反替她忧虑："至为完美之人，往往夭寿，世间并非无此先例。"他所见女子，形形色色，可谓多矣，然如紫夫人般众善兼俱者，却是绝无仅有。紫夫人时年三十有九，源氏回顾多年朝夕相处，无限感慨，遂对她道："今年除厄延寿之法会，应比往年格外慎重些才是。我常为公私事务缠身，恐有疏失，唯望自己小心在意，法会一应事宜，我已早作料理。你舅父北山僧，向来为祈祷法会中最可信赖的高僧，可惜业已亡故了。"又道："我虽自幼生长深宫，骄纵安闲，非常人可比。且如今身高位显，享尽荣华，古之罕有。然所遭磨难，也多于常人，为世人罕见。我所有心爱之人，次第亡故。至我之残年，又遭逢得诸多伤悲之事。回思昔日荒唐行径，仍心下烦忧。诸种逆情事故，朝夕缠绕我身，直至今日。如今想来，这四十七岁年纪，恐是诸多苦痛换得的吧？而你呢，除却我谪戌时离别之悲，倒无特别烦忧之事。即便贵为皇后，亦必有烦忧琐事，其余人等，自是苦痛甚多。如女御、更衣等，时时须得费神应酬，又兼争宠之忧，故难有闲逸之时。你嫁得我，正如仍深处闺中，处处蒙父母般荫庇，此等闲逸，岂是他人所能及？足见你之幸运。其间忽地来了三公主，诚然惹出些许苦恼，然正是她，方使我对你的情爱日渐深挚。只因乃你自身之事，担心难以瞧破。你既为通达之人，想必能够明了我一片真情吧？"

紫夫人道："别人眼中，诚如你所言，我这卑微之躯已福贵无极。可我心中难言之痛，谁能知晓呢？我常为此暗自祈祷于神佛。"情意缠绵，诸多言语似觉无从说起。稍后又道："实不相瞒，我自觉余命无多。今年若再如此，恐后悔莫及。我早有出家之愿，请成全了吧！"源氏道："万万使不得！若你弃我不顾，自遁空门，则我残留尘世，尚有何意？你我朝夕相伴，情深意长，虽极为平常，却为我生之乐趣。一片真心，尚望多加体谅。"紫夫人心情郁闷，不由掉下泪来。源氏见此情景，甚觉可怜，只得抚慰她道："平生所见女子，虽姿容各有可取之处，然熟悉后，方知真正稳重安详者，实甚难得。如那夕雾之母，乃我初缘之女，身份甚高，与我共结百年之好。然始终感情不睦，直至她死，皆未曾相知，至今想来，仍愧悔不已。回思当初光景，确以为非我一人之过。此人仪态端庄，循规蹈矩，照理极可信赖。然未免太无情趣，四目相对，唯觉压抑沉闷。另者，秋好皇后之母，才貌品质，殊异众人。若论情趣姿态，当首推此人。唯其性情怪僻，叫人亲近不得。但凡女子，皆难免有心情郁闷之时，本是常理。然久怀于心，不曾遗忘，遂致怨渐积渐深，却也苦恼！与之相处，必时刻留心，处处谨慎。倘要朝夕直率相亲，颇不可能。若对其敞怀一叙，恐被其轻瞧；若过分审慎，又成隔膜。她因有不贞之名，便遭轻薄讥议，时常叹恨，深可同情。每忆及她的一生，便痛感自己罪孽深重，是以悉心照护其女，以求赎渎[1]。此女虽命中自有皇后之分，然毕竟全赖我摈斥众议，竭力扶持，方得遂愿。倘她九泉有知，亦当恕我前嫌了。我因生性浪荡，自昔至今，造下许多罪孽。于人则痛苦，于己则愧悔！"随后又道："明石夫人，出身平民。当初我不曾看重，后来方觉其涵养甚好，表面卑躬顺从，内心却见识高明，让人不禁赞叹呢！"紫夫人道："别人我无从得知，然此人虽不甚熟，却时时谋面。其仪态风度，早已折服。我向来言语直率，真担心她心存异虑呢！所幸女御深谙我心，总会替我明陈心迹吧！"紫夫人原本对明石夫人极为嫌恶，向来不与之亲善，现在却倍加赞誉，极显亲睦。源氏知道此皆因她真爱女御之故，甚觉感激，遂对她道："你虽未能胸无城府，然对人态度之亲疏，善于因人因事而已，很可钦佩。世之凡人所见甚多，但却属罕有，你真是迥

【1】赎渎：抵消、弥补之意。

异常人呢！"说着露出笑意。随后又道："我该去逢迎三公主几句了，她这次弹琴很出色。"便于傍黑时去了。三公主专心练琴，性情一如孩童，绝未料得世间尚有人妒忌。源氏笑着对她道："学生得体恤老师的。今日且容我歇息吧，教你弹琴，好生辛苦呢！如今总放心了。"便推开琴就寝。

再说紫夫人每逢源氏外宿他处，总是寝之不安，便与侍女们读些古书，讲些故事方才入寝。继而便想："世态故事中，常记述得些轻佻男子，及爱上用情不专之男子的女子，及其诸种经历，结局总是女子归依某个男子。然我此生境遇，却甚独特，总是缥缈难定。诚如源氏所言，我较常人幸运，可是，莫非我必得忍受常人难忍之愁苦，郁郁以终么？唉，人之一生，何其乏味呀！"她冥思苦虑，至深夜方蒙眬睡去。黎明时醒来，忽觉胸内难受。众侍女见状，发急道："速往报知大人！"紫夫人却道："休得通报！"便强忍苦痛，挨至天明。其时通体发烧，心绪极坏。可源氏仍在三公主处，并不知悉。恰值明石女御遣人送信来，众侍女便回复她："今晨夫人忽觉身体不适。"明石女御得报，甚为惊诧，急派人通报源氏。源氏心如刀绞，匆匆赶回，见夫人甚为痛苦，便问："夫人感觉可好？"又伸手探了额头，甚感灼热。不由回思昨日所谈祈祷之事，更是恐慌。侍女送来早粥，他却无心用餐，整日待在房中调度诸事，愁锁双眉。

一连几日，紫夫人卧床不起，茶水不思。源氏殚精竭虑，召来许多僧人诵经，又教各寺院举办祈祷法事。然夫人之病，竟无一丝好转。夫人所患之病，难以确诊。唯觉胸中剧跳不止，心乱神惑，痛苦至极。但凡种种重病，既经诸般救治，定须有所好转，众人方可宽怀，如今却病重如此，当然令源氏格外忧伤，其他一应事务皆置之脑外。甚至朱雀院祝寿之事，亦得暂停筹办。朱雀院得悉紫夫人病重，遣人慰问，极为殷勤。至二月底，紫夫人病情仍无起色。源氏忧愁不堪，只得将病人迁入二条院，以期万一。六条院一片骚乱，诸人忧叹不止。冷泉院闻知，亦甚担忧。夕雾想："若夫人死了，父亲必要偿出家之夙愿。"遂悉心照护病人。除原定祈祷念咒诸法事外，夕雾又另办得数堂。紫夫人神志稍清时，便满怀幽怨道："出家之愿不遂，令我好恨呀！"源氏想：目睹她出家，一身尼僧装束，较之她阳寿终了，永远离我而去，更令我伤心，那恐是我片刻不能忍受的。便对紫夫人道："先前我也曾立誓遁入空门，虑及弃你在世，孤寂难堪，故而踌躇至今。如今倒要先去呀！"眼见紫夫人数次濒于垂危状态，源氏又犹疑不决了：能否答应她呢？三公主处早顾不得去，亦失却了弹琴雅兴。六条院诸人，皆集于二条院，只留得几个女人，夜间灯火阑珊。可知六条院之荣衰，全在紫夫人而已。

明石女御亦得迁居二条院，同来侍候。紫夫人对她道："你既有身孕，且回去吧！恐有鬼魂，伤及孩子。"小公主娇美可爱，她见了不由伤感掉泪，道："我已无缘看着她长大了！日后恐也不记得我了吧？"女御听罢，不觉泪如泉涌。源氏道："如此胡思，切切不可！你虽病重，绝无大碍。人之富贵阳寿，皆由心定。凡胸怀博大者，好运亦因之增多；若心胸狭隘，虽有富贵之缘，却终不得幸福。急躁者多夭亡，旷达者多长寿。"便祈告神佛："紫夫人天性温良，广集善德，从无罪过，乞赐她早日康复吧！"主持祈祷的阿阇梨、守夜僧人及所有近侍高僧，知悉源氏忧急若此，甚是怜惜，祈祷便愈加诚恳。紫夫人病情偶有好转，然五六日后复又沉重。病榻上度过得许多日月，终无痊愈之势。源氏担心确已无望，心下悲痛。以为鬼怪缠身，然并无那种症状，又道不明病根何在，唯见身体一日日衰颓下去。源氏更觉伤痛，心神瞬息不宁。

且说柏木已由卫门督升任中纳言，圣恩隆厚，盛极一时。他虽升了官，然因恋三公主无果，胸中极是伤痛。后来娶得二公主[1]，二公主乃卑微更衣所生，故柏木并不看重她。其实二公主的品性姿容，远胜常人。只是柏木心中唯有三公主一人，便觉落叶公主仿佛"姨舍山"[2]之月，终"不可慰我情"，故对她表面上礼貌周到，内心却甚冷淡。曾替他传递情书的小侍从，乃三公主乳母侍从之女，这乳母之姊便是柏木乳母。故三公主种种情况，诸如幼时如何美丽可爱，如何受朱雀院宠爱等等，无不知悉。这便是其铭心思慕之缘由。柏木想：源氏陪了紫夫人，居于二条院，六条院内必然没有几人。便请了小侍从过来，同她恳谈，道："多年以来，我便对三公主思恋有加。能悉知三公主详情，她亦能知晓我真心，全靠了你这好心人帮助。我以为必将遂愿，岂料到头来终究成空，叫我好不伤心！曾有人告知朱雀院：'三公主在源氏家屈居诸夫人之下，夜夜独守空枕，无限孤寂清苦。'朱雀院闻之懊悔，曾道：'唉，应给三公主择个真心爱她之人，方才可靠啊！'又有人对我道：'朱雀院觉得反倒是三公主嫁你更令他放心。'我常怜惜三公主，为她伤悲！照理姐妹同是公主，实则迥然不同啊！"不禁连连叹息。

【1】即三公主之姊落叶公主。

【2】见《古今和歌集》，全诗为："更科姨舍山，月色尤凄清。望月增忧思，不能慰我情。"姨舍山在信浓国更科郡。

小侍从答道："既是想着三公主，却又为何娶了二公主，你真无餍足之时啊！"柏木笑道："人皆如此呀！先前冒昧求婚于三公主，朱雀院与今上亦是知道的。朱雀院曾有言：'有何不妥呢？就将三公主嫁与他吧！'唉，那时你若再多努点力，夙愿便偿了。"小侍从答道："此事实属不易。人生之事，几乎全凭夙缘呀！那时源氏主君亲口恳求，你怎可与他相争？如今你已官爵三位，然那时毕竟……"小侍从伶牙俐齿，机巧善变，柏木无言以对。却又道："罢了，罢了，休提昔日之事！只是，你总须帮我想个法子，让我能向她略微面诉衷情吧！自然，你大可放心，我决不会动非分之念的。"小侍从道："除却诉说，岂能有非分之想？你真不怀好意啊！真后悔今日来此。"她断然不肯。柏木急道："哎，怎地说得如此难听！你也太认真了！世间姻缘，总难预料，虽女御或皇后，此种事亦难避免。这并非没有先例。何况三公主境遇不幸！照理，她已荣贵绝伦，怎知内心却苦楚甚多。众公主中，三公主独获朱雀院之殊宠。如今却与诸多卑微妇人同列。其内心必有怨尤。内情我全知晓呢！世事原本变幻莫测，你还得体谅体谅，别那般固执吧！"小侍从答道："照你看，三公主不堪屈居人下，便愿另嫁他人么？她同源氏主君的关系，不同于一般夫妻。公主若失却可靠保护，在家里则无所倚靠，是以叫她嫁了源氏主君，请他代行父母之职。他们都深知此意，你可休要冤屈了他！"她终于生了气。柏木便百般安慰，又道："的确，我也早知，我本微贱丑陋，源氏主君风姿优雅，两相比较，三公主是看我不上的，然而我唯愿能隔屏略表心迹而已，这总不算存心不良吧？对神佛述怀，亦当无罪呀！"他便向她郑重立誓，绝不怀非分之想。小侍从不愿助此不成体统之事，但年轻女子终究富于同情，见他如此苦求，却又生出怜悯来，便对他道："此事总须有适当机会才行。但公主独处时，帐外总是侍从众多，座旁也必有近侍相伴，要寻时机，甚是不易吧。"

  此后，柏木日日催问小侍从。小侍从不堪其烦，终替他寻得个时机，告知他。柏木甚喜，忙化装混进六条院。柏木也自觉此事甚为不妥，故绝未料到近晤后会有非礼之事，以致日后不胜烦恼。他只为七年前的春夜音乐会上，自帘底窥得了三公主衣襟后不能忘怀，总思能有机会细看其芳容，并诉其思恋之苦。如此，或可能得其一语聊以慰藉。

  再说事情是发生于四月初十之后。贺茂被禊举行的前日，三公主遭派得十余个侍女，前去帮助斋院做事。那些身份低微的年轻侍女，皆在忙着缝衣置饰，以为观礼作准备。连贴身侍女按察君，也因情夫源中将召唤而出去了。小侍从见机会难得，便放柏木进去了。公主正在安睡，迷糊中忽觉近旁有了个男子，但以为是源氏主君刚刚回来，故并未在意。岂知这男子忽然走上前，将她从寝台上抱了下来。公主眼见得是个陌生男子，不由颤抖不已，急唤侍女，但并无人应声前来，模样甚是可怜。但听柏木对她道："我身虽低微，然亦非不肖之辈。多年来恋慕公主之情若永闭于胸，恐非我所能承受。也曾将此心迹剖知朱雀上皇，承蒙上皇怜惜，并不斥为唐突。只道此情可遂，不幸身卑官微，虽爱慕之心深于他人，乘龙之望终究成空。可惜我一片痴心永锁心底，积至今日已再难忍受，不得已才作此无礼之举。自知此举可耻，绝不敢再作深重罪孽。"三公主此时才明白是柏木。她惊惧交加，一时无言以答。柏木又道："你如此惊疑，倒也难怪。然此类事例，世已先有。你若过于无情，让我怨恨有增，我也不敢担保不会轻举妄动。只求你赐我一句怜惜之言，便可满足告辞了。"又说了种种苦衷。柏木曾以为三公主定然端严可畏，见面后方知她甚为温顺可爱，天然有一种高贵的娇艳与温柔，他竟生出了抛却官位、携她远遁天涯的念头来。

这日，柏木恍惚入梦，见一只中国猫正向他走来，竟是还与三公主的那只。醒后不由自语："此梦何意？"[1]遂告知了三公主。且对她道："你应知晓，我亦难信这个事实，然此乃命定夙缘啊！"又将昔日小猫无意间掀帘之事告知于她。三公主懊悔不已，顿觉己命甚是不幸。她想："此后已无颜面见主君了！"遂啜泣起来，无限悲凄。柏木亦深觉愧疚伤悲，只得用濡湿的衣袖为她拭泪。

柏木一腔苦痛更甚于昔时，见天色欲曙，只得依依不舍道："怎生是好呢？你这般厌嫌我，恐此别后再难相逢了。"万般痴疯，喋喋不休。三公主越发伤痛，更不言语。柏木叹道："不曾料得竟这般乏味！这般偏执之人，恐世间只你一人了！"他不胜伤悲，遂又道："照此来看，已属无奈！按理我当死无遗恨了。然我不忍死者，正因对你尚有此求！念及今宵永别，叫我好不悲凄！至少你得怜我一句，我则死无可憾了。"便抱了三公主出来。三公主魂飞魄散，惊忖："将置我何处啊？"柏木踢开门角帷屏，见房门洞开，遂走了出去。他昨晚溜进时，所经走廊南门未关，此刻天色尚未亮足，他掀开格子窗，欲在天光下细瞧三公主姿容。遂威胁她道："这般冷酷薄情，真气煞我了！你且镇定下来，对我说声'我爱你'

【1】时人相信，梦见走兽，乃受孕之兆。

才行！"三公主厌其霸道专横，想骂却又害怕得难出一言，那神情仿若小孩。

天已大亮，柏木甚为慌乱，遂又对她道："昨夜怪梦，我已悟得其意，正欲说与你听，你却这般嫌恨我，我不讲了。"急欲返去，又不忍就此离别。那眼中苍茫曙色，比之秋日天空，凄凉更甚。便吟诗道：

"曙色朦胧失归途，

重露何以湿青衫？"

吟毕，将泪湿衣袖示与三公主，恨她冷酷。三公主料他将归，稍觉安慰，便敷衍作答道：

"蒙辱前尘如噩梦，

残躯消失曙光中。"

声音极为清脆动听。然柏木恍恍惚惚，未及仔细听赏，便出门归去，仿佛其魂魄真个附留于三公主身边了。

柏木暗想着昨夜的梦，进到父亲邸内，亦未去见落叶公主，便瞑神躺了下来。那猫的可爱之状，总是挥之不去。他想："我闯下大祸了！今后还有何颜再见世人呢？"他愧疚不已，只得成日笼闭房中。倘是冒犯了皇上，以死谢罪也罢。如今对方乃源氏，若三公主怀得身孕，绝无可抵赖。面对被源氏仇视，他心中更为恐怖。

且说世间有一类女子，身份虽荣贵绝伦，却也颇思风月之事。其表面往往庄重凛然，一本正经，而内心却是轻浮狂荡无比。倘有浮薄男子勾引，即刻投怀送抱，其例甚是多多。但三公主却不在此列。她虽非坚贞节烈之女，然也深知脸面重要。如今突遭此事，自是深以为耻，于是只管躲于内室独自哀叹，悲痛此生命运多舛。源氏正为紫夫人的病情担忧，忽闻得三公主亦微恙在身，心下一惊，匆忙赶回六条院。见三公主神情颓丧，低头不语，想道："许是因我久未探访，她抱枕孤眠，难免寂寞生恨吧。"不免心存怜爱，便将紫夫人的病情告知了她，然后又道："照其症状来看，已是病入膏肓了，此刻我又怎好冷淡她呢？再说，我一手将她带大，也不忍弃之不顾。只是近几个月来，忙得晕头转向，不曾顾及，但你终会明白我的真心的。"见源氏对此事毫无所知，三公主甚是难过，觉得对他不住，只得暗自垂泪。

贺茂祭这日，诸公子得知柏木神情越发萎靡，便竞相前来邀他同往。怎奈柏木心情愁闷，只想一味躺着。忽见一女童，手里拿了支贺茂祭时插头的葵草，正

朝这边走来。便独吟道:

"神明岂容弄葵草,

痛悔浮薄罪怨深。"【1】

吟毕,更添伤悲。门外正举行祭典,车马人等纷错交织,喧嚣之声不绝于耳。但柏木哪有心思顾及,仍沉浸在自己找寻的苦痛中,默默过得一日。落叶公主见他整日唉声叹气,又不便问他,颇感诧异。众侍女皆观礼去了,室中不免冷清。落叶公主甚觉颓闷,遂取筝弹了一支优美乐曲,那神情竟异常高雅。但柏木并不为之动容,只是想:"唉,真乃命也,我竟娶不到心恋之人!"又吟诗道:

"同枝花放嫌妍色,

缘恶恨拾落叶枝。"【2】

原来,他对时常尊敬的二公主,亦未放下情怀。只是此般心境恶劣,乃吟出此诗,真乃无礼之至。

且说源氏既来六条院,念及久不前来,今日这般匆忙返归,实甚不妥,又忽闻下人来报:夫人突然昏厥了!他顿时如遭棒击,只得万事皆抛脑后,匆忙赶往二条院。未到二条院,便见路人皆惊惶不安,殿内又传出不祥的哭声。源氏茫然进得殿内,只听有人告道:"这几日病情略有好转,不料今日却变得这样!"众侍女早已哭作一团,只欲随夫人而去,其状甚为骚扰。祈祷坛已拆毁,众僧亦屏声敛气躬身退出,仅留得几个亲信和尚。源氏见此,心知夫人大限已到,悲伤之情无可言喻。但还是只得镇静道:"你们不必号哭,这定是鬼祟所致。"他神色更加凛然,向神佛宣立宏愿。又召集得诸位得道法师齐祷:"夫人虽已尽阳寿,亦望宽缓几日。不动尊立有誓约,至少亦须延缓六月。"【3】众法师诚心祈祷,法力凝聚,头上似有黑烟。源氏悲恸欲绝,想道:"如此诀别,好生遗恨啊!"旁人睹此情状,何等伤心,自不待言。

忽然,一幼女狂呼叫骂起来,显然是那未曾现形的鬼魂,转移到了她的身上。源氏见紫夫人慢慢醒来,不由惊喜交加。又听得那被法力抑制的鬼魂,借女

【1】以葵草比三公主。此歌流露出柏木的痛悔之情。

【2】以落叶枝比二公主。

【3】不动尊乃密宗佛教的主要菩萨。《不动尊立印仪轨》中有"正报尽者,能延六月住",故文中有此一说。

童之口嚷道:"都走开,都走开!但留源氏听我详述!我连月受尽法力压制,难耐其苦,实甚可恨。我本不欲要你性命,只弄得些手段,但让你知晓厉害。也欲教你知道,念生前旧情,不忍见你如此痛苦,遂显灵与你。"女童额发乱颤,那痛苦扭曲的姿态,竟同当年葵姬一样。源氏心念此兆不祥,便扯那女童之手,示意其不得无礼,且对她道:"对你所言,我实无法相信。定是野狐作怪,欲宣扬亡人隐事!快快道上你的真名!再说些仅我知道的旧事。否则,你必是假冒亡魂。"那鬼魂蓦地号啕起来,声泪俱下,吟道:

"我化异身君如昔,

何故弃之似路人?"

吟罢,还抱恨般做出诸种扭捏之态,竟与六条妃子无异。源氏甚觉可恶,但求她不要再说。岂知那鬼魂又道:"你宠幸我的女儿,蒙她做得皇后,黄泉之下亦甚欣慰,感激不尽。奈何生死有别,我亦不甚关心子女,然心底仍留怨恨,至今未忘。我在生之时,即受尽贬斥蔑视,尚可容忍,但我命归黄泉后,仍受你俩恶言骚扰,岂能容忍?我好恨啊!须知对于死者,总应给予谅解,倘听他人闲话,亦应为之辩护,替他避讳呢,今此恨颇深,实难再忍,既为恶鬼,定要作祟。但我与此人实无大恨,皆因你神佛护身,难以接近,故发难于她。罢罢罢!众僧大声诵经、祈祷,使我如烈火烧身,甚为痛苦,然我更伤心听不到慈悲的梵音!唉,只望你能多做善事,以减轻我的罪孽。复请务必转告皇后:身在宫苑,切记与人为善,勿心怀嫉妒,相互倾轧。定要多积功德,以缓减其做斋宫时渎神之罪。要不然,悔之晚矣。"那鬼魂连声说道。源氏终觉与鬼魂对话,有辱身份,便施法将鬼魂困于室内,暗暗将病人移至他室。

不久便有前来吊丧的人,皆以为紫夫人已逝。源氏闻此谣传,不胜懊恼。王公大臣贺茂祭归来,相约来此观礼,路闻此事,便有饶舌之人调笑道:"怪哉!如今去得这般个荣华盖世之人,难怪太阳失色,阴雨绵绵!"又有人小声附和道:"太过完美之人,必不能长寿。古歌不也曾说'樱花一任群芳妒,瞬息辞枝不堪留'。如此完美之人,若长命百岁,享尽人间富贵,别人不要为她受苦吗?日后那三公主,便可像昔日在父亲身边一般,受宠享福了。亦难为她数年来屈居人下之苦了!"

昨日闭门索居,柏木甚觉烦闷,今日得见诸弟,便随车前往参观贺茂祭盛况。途中听闻紫夫人病故,不胜惊诧,遂独自低吟古歌:"君看世上物,哪有得长生？"[1]又随诸弟同赴二条院。因道听途说，不便唐突相告前往吊丧，只得作寻常拜访。然刚进门，便闻震天哭声，以为确有其事，不由有些惊慌。但见紫夫人之父式部卿亲王，正伤心欲绝进得室内，似乎未曾见到门外诸访客，夕雾大将亦掩面而出。柏木惊问："如何？如何？我不信外间谣传。但闻令堂久恙，甚为担忧，特来探望。"夕雾哽咽道："此病甚为沉重，已拖数月，今晨鬼魂缠身，一度昏迷不醒，好容易醒来。此刻大家略微放心，只怕今后难料！"见其两眼红肿，确曾伤心哭过。柏木因己之心，奇怪他何故对那不曾亲近的继母，亦如此关切伤心，便疑惑地打量起来。源氏闻知门外访客甚多，便传言道："夫人病势尚重，今晨几度欲绝，诸侍女仓皇号哭，我亦甚焦虑。承蒙诸位问候，他日自当回晤。"柏木心里有鬼，颇觉难受，非万不得已不会前来，目睹周围一切，竟使他无地自容。

紫夫人醒过之后，源氏愈感惶恐，便更为隆重地举办法事。昔日六条妃子生魂尚且可怕，何况隔世之鬼魂？源氏念此，不由气愤之至，对照顾皇后之事，亦甚淡漠了许多。由此及彼，他忽觉女人皆为祸水，越发心灰意冷，绝念红尘。那日确曾与紫夫人提过六条妃子，其时并无他人在场，而那鬼魂居然知晓。照此，那鬼魂必为六条妃子无疑，这使源氏更为烦躁。此间紫夫人出家之心已坚，源氏亦愿佛力庇佑其康复，遂稍削其头顶之发，并受之五戒[2]。授戒法师在受戒无量功德佛前，庄严宣誓文词。源氏不顾礼仪，依傍紫夫人而坐，含泪一道念佛。由此可见，无论何人，一旦患病便在劫难逃！而凡能祛病延年之法，无不一一用过。源氏亦因此人瘦衣肥，憔悴不堪。

及五月梅雨时节，紫夫人病情略有好转，但仍时常发作。源氏欲赎六条妃子之罪，便日诵一部《法华经》，另做些法事。甚至紫夫人卧榻旁，亦有特选法师昼夜诵经，甚为隆重。那鬼魂又屡次显灵诉苦，终不肯离去。天气渐热，紫夫人又数次昏厥，颇让人担忧。紫夫人病危中，亦甚关切源氏，想道："我死而无憾，只可惜苦了那夫婿，怎好就此离他而去呢？"遂挣扎着吞些汤药。恐是药物之功，六月里她的病情竟有所好转，间或还能坐起。源氏不胜喜慰，可仍放心不

【1】《伊势物语》古歌云："只为易零落，樱花越可珍。君看世上物，哪有得长生？"
【2】五戒指杀、盗、淫、妄、酒。在家修行者所须持守。

下，几乎不曾回过六条院。

再说自那可悲之事发生后，三公主微觉身体异样，心情烦躁。约莫过得一月，竟茶饭不思，脸色发青。柏木甚念三公主，趁源氏不在便时常前来幽会，令她苦不堪言。柏木虽清秀，奈何三公主素与源氏朝夕相处，眼中唯源氏之容举世无双，故甚恶柏木。今竟为其所苦，真不知前世所造何孽！乳母看出三公主怀孕迹象，不胜诧异："近来我家大人回来甚少，怎么会……"心下甚怨源氏薄情。源氏得知三公主不适，方才起心回六条院。

到得七月，紫夫人甚觉不适，乃命人为其洗发，其发病中虽少梳理，但仍柔顺整齐，光泽亮丽。尽管清瘦，而肤色愈白皙可爱，凝脂一般。然大病方愈，嫩弱得让人顿生怜爱。二条院久未住人，略显凄凉，然因夫人养病于此，人来人往，不免局促。源氏最近才虑及此事，细赏院中曲折有致的池塘及葱茏花木，甚觉赏心悦目，不由感叹幸有今朝！塘中莲叶田田，遍缀荷花；莲叶上露珠闪亮，甚似珠玉。紫夫人亦戏道："快看那莲花！自个在那里观景哩！"许久不曾见得此景，此日实在兴奋。源氏颇有感触，泪水盈眶，道："见你转危为安，我几疑是梦呢！你若不好，我亦不想活下去了！"紫夫人亦甚感伤，脱口吟道：

"纵然病愈留残身，

却似露凝莲花间。"

源氏回吟道：

"生生世世结长契，

双双凝露同一莲。"

源氏虽欲回六条院，但踌躇不决，思量道："皇上及朱雀院甚爱三公主，况且我也早已闻其有疾，唯因此人病得甚重，我亦无心到她那里。如今这里已拨云见日，我怎好再不过去呢？"遂决心回六条院一趟。

三公主觉得有些愧对源氏，心中甚为忐忑。源氏见此，便想："准是她久受冷落，难免有所怨恨吧。"他百般抚慰她，并召年长侍女询问其病况。侍女回道："公主并非患病，乃有喜了呢。"源氏心中甚疑："不会吧？这几月我自来甚少，况与我长居之人，皆不曾有孕呀！"虽是这般惊疑，然又不便追问，唯觉她那病痛之状甚为可怜。他难得回六条院，也不便立刻就走，遂在此多宿了几日。其间甚忧紫夫人之病，乃频频去信问询。不知三公主隐情的侍女，纷纷窃议："一刻不见，便有如此多话，竟信函不断。唉，我家公主恐又难得宠了。"小侍从见了源氏,甚觉忐忑不安。柏木闻知竟自不量力,反嫉恨不止,送来一纸怨书。小侍从见源氏去了厢屋[1],室中亦无他人,乃呈上信。三公主甚为厌恶,说道:"竟将这东西给我,你叫我怎么过啊!"说罢便俯身躺下。小侍从又道:"公主不看也罢,只是附言甚为可怜呢。"正将附言铺开,恰逢别的侍女走了进来,小侍从慌忙扯过帷屏,遮住了三公主,自己亦随之溜走。此狼狈之际,又响起源氏的脚步声,三公主忙将信塞于坐垫之下。源氏今夜欲回二条院,故前来相告,说道:"你的病已无甚大碍,只须好生将息。亦不知紫夫人能否痊愈,她的病时常复发,我须得去照理。别人说长道短,你切莫挂记在心,我待你之心,你终会明白的。"三公主仍不能如往常一般与之嬉笑,脸色忧郁之至,亦不面对源氏。源氏只道她旧怨未消,故冷淡如此。

不觉暮色已至,二人遂躺在昼间起坐之处,喁喁私语,渐渐竟入了梦境。蜩鸣忽起,两人皆被惊醒。源氏道:"该动身了!天几乎全黑了。"遂起来更衣。三公主柔声道:"君不闻'且待明月迎君归'[2]么?"那声音娇美,颇荡人心扉。源氏不由暗想道:"怎料得她竟想'赚得郎君留片刻'呢!"顿生爱怜,欲行又止。三公主妩媚娇柔,任情吟道:

"日暮蜩鸣君欲去,

泪似露珠湿蓝襟。"

源氏只得坐下,叹道:"唉,怎可得了!怎可得了!"便答诗道:

"蜩鸣急促满惆怅,

噪声怎弄盼归人?"

一时心甚烦乱,终于不忍撇下她,便决意留了下来。然又心系紫夫人,心中不安,勉强吃得些水果,便就寝了。源氏欲趁早晨凉爽时赶回二条院,故翌日起身甚早。但动身前发觉不见了纸折扇,又嫌丝柏扇风小,只得四下寻找。寻至昨日昼寝之处,见坐垫边略微上翘,隐隐露出一点淡绿晕渲的信笺,遂信手扯了出来。但闻信笺芳香袭人,想是熏香所致。他定睛一瞧,乃男性笔迹。字体醇厚中透出秀丽,洋洋洒洒两大篇。复仔细辨认,始知乃柏木手迹。恰在此时,一侍女

【1】紫夫人在六条院时的居所。

【2】见《万叶集》古歌云:"夜深天黑路崎岖,且待明月迎君归。赚得郎君留片刻,灯前着意看英姿。"

送来梳具镜箱，但她于内一无所知，尚以为主人所阅乃自己信件。然而小侍从见此信笺颜色甚是眼熟，似柏木写来之信，乃大惊，以致忘了给源氏送早粥，只管自我安慰："不可能！不可能是那信！哪有如此凑巧呢？公主一定不会将信随便放的。"三公主本性思虑甚浅，柏木送信之事，早已弃之脑后，此刻尚在酣睡呢。源氏看罢信，不禁暗叹："真是小孩子呀！这种东西怎能乱扔？倘有外人看到，怎生了得！"源氏遂以为三公主轻浮，忽又一念闪出："此人果然如此轻浮，我早料得有今日。"

见源氏脸色不悦地离去，小侍从乘机走至三公主床前，询问道："昨日那信呢？大人一早便在看信，神色甚是怪异呢！"三公主情知不妙，懊恼不止。小侍从见此情状，知事情十有八九已让源氏知晓，心里直怨三公主大意，又追问道："我的公主，你到底将信藏于何处了呢？当时见有人进来，怕被人瞧见在你耳旁言语而起疑心，要知道哪怕仅一丝怀疑，也会惊恐不安，故我便躲避了。稍后大人才进来，此间你总该将信藏妥了吧。"三公主道："不是如此。我尚在阅信，哪料他已走了来，我无暇掩藏，只得将信塞于坐垫之下，岂知后来竟给忘了。"小侍从听罢，不知所措，急赶至外室察看，那信竟不知去向。小侍从急回房内，对三公主道："啊呀！大事不妙，那位亦甚忌惮我家大人，因而万事皆谨小慎微。倘得知大人已知晓此事，准将他吓出一身病来。这如何是好？唉，皆因你踢球那日一时疏忽，为他自帘底窥得，以致痴恋至今，尚怨恨我不助他玉成美事！但我绝不曾料得竟会这样！这于你们两人皆不利呢！"她在理直言，面无惧色。或许公主尚因年幼，业已惯熟无思他虑之故。公主黯然无语，唯顾垂泪，竟致点滴不进。诸侍女不知其中情由，惟一味埋怨源氏："我家公主病得如此厉害，大人竟忍心弃之不顾，只管去勤心照护业已康复的紫夫人。"

再说源氏甚觉此信可疑，独处时乃反复观之，曾疑心乃三公主侍女模仿柏木手迹而为。但那文笔优美，词藻华丽，绝非出自他人之手。信中极叙积年相思之苦，又言一旦夙愿成遂，则烦恼亦盛。措辞极为妥帖高妙，情之恳切感人肺腑。然源氏嗤之以鼻："此等事情，怎可诉诸笔端！哼，只有柏木才会如此不知轻重！自己昔日写情书时，唯恐为他人得知，因此措辞总是含糊，细微末节也略去不少。由此可见，若想深谋远虑，亦绝非易事。"源氏遂又小觑起柏木来。但转念又想："公主忽然有了身孕，必是此事的结果。唉！简直要了我性命！此等恶事，若非我亲自察觉，能相信么？"他实难容忍，又想："即便风月场中，对一女子仅逢场作戏，但倘知其另有所爱，亦必嫉恨。更况此人身份有别，竟有人胆敢冒犯！宫闱纵有艳闻逸事，亦应当别论。因共事一主，后妃与百官，自有诸多见面之机，进而互相倾心，时有暧昧之举。即便出身名门望族的女御衣，亦不乏缺少教养之辈，其中又有轻薄之徒，故也偶有意外之事。而在秘事未泄之前，其人尚可留在宫中，继续偷艳猎情。但此事不同一般：众夫人中，她最得我宠爱，却暗自与人胡来！此类事尚属首次，着实令我痛心！"他对三公主甚为不满。

转念又想："倘若一普通宫女，与另一男子情深义重。男子来信，女子免不了回信，一来二去两情眷眷。此种行径虽甚荒唐，但尚合乎情理。然似我辈者，居然会被柏木分享妻子情意，实在非我所料！"心中甚觉不快。终了，忆及昔年与藤壶母后之艳事，大约桐壶父皇亦知此事，不过佯装糊涂罢了！今反思此事，甚觉可怕，乃万恶不赦之罪啊！一念及此，便不由想起《恋爱山》[1]所叙之事，其实不可指责。

紫夫人见源氏脸色不悦，便想："定是他一心念着三公主，却借口我病体初愈，回来看我，而实欲看视三公主罢？"乃对他道："我已病愈，外间传闻三公主身体差极，你回来如此早，岂不太对她不起？"源氏道："她无甚大碍。皇上屡次派人来探视，据传今日尚有信来呢！朱雀院曾郑重吩咐过，故皇上亦甚关照她。我又怎敢稍有疏忽。"言毕不由叹息。紫夫人道："皇上挂念尚不重要，倘若公主受了委屈，才是你的罪过，即便公主不怪罪于你，难免有侍女造谣，此实令人忧虑。"源氏道："确实如此。她与你相比，我更深爱于你，她不过一负累而已。但你处处思虑周至，连寻常侍女也关心到。而我却唯虑圣心不悦，此情实在浅薄。"他面露微笑，欲盖其心事。每谈及六条院之事，源氏总如此道："我们一同归去，共享余生吧！"然紫夫人一直推辞："我在此处静养甚好，你先回六条院，待公主痊愈，我再回去不迟。"如此不觉逝去数日。

往昔，若源氏久不前来，三公主必怨其薄情寡义。但此际，她只得恼恨自己。她独自忖道："此事倘传于父亲耳里，不知有何等痛心！"遂觉众口确可铄金，不禁打了个冷战。那柏木仍继续来信诉怨。小侍从甚为忧惧，遂将实情告知与他。柏木大惊，思道："此事发生于何日呢？我素忧此事，终有一日会败露，故

【1】古歌名，见《古今和歌六帖》。歌云："有山名恋爱，其深不可测。从来入山者，迷路不得出。"

甚为谨慎,仍觉四周皆有眼睛盯着我,如今竟让他亲自捉到了实证!"不由羞愧交加,痛心不已。此刻虽是盛夏,他却浑身冰凉,以致不能言语。念及数年来,无论国事抑或闲游佳宴,源氏从未嫌弃他,且待之亲比他人。如此厚爱,至今思来,真乃以怨报恩,深感罪过。转而又忧:"如今定然恨我之极,视我为轻狂无礼子弟,我见他尚有何颜!倘因此与之断交,外人必定诧异;且他亦深晓我此举之由,怎生才是啊!"心中甚是惶恐,竟致患病,数日不曾朝觐。柏木所犯虽非重罪,然亦深悔不已,自谓此生休矣。既而又怨道:"罢了,罢了,这三公主亦非贤淑、守礼之女,否则怎会做出不恭之举。夕雾曾言此女人品不稳重,真是如此。"此人欲斩断恋情,故如此言语。但他又寻思:"她虽尊贵,却又过分高傲不拘,不晓世故,招些浅薄侍女,才有今日意外。于己于人,皆大不吉!"复又怜悯起三公主来,竟不能了断此情。

目睹三公主怀孕之苦,源氏本起了断念之心,此时亦只得有所释然。悲伤之余,仍来六条院探视。又亲自安排诸种法事,以求其安产。奈何心生隔阂,终不得畅情叙怀。源氏闭口不提柏木之事,三公主犹自纳闷,恰如一幼稚孩童。源氏思忖:"大方得体本无可指责,然过分随意便是轻浮。"遂推想男女之事,甚觉可虑。"大凡女子,倘胸无主见,一味温顺,则易遭受浮薄男子凌辱,明石女御即是此类女子。倒是髭黑夫人玉鬘,自幼生长乡间,并无特别伴护,却主意甚坚,行为谨慎。我虽以父亲待她,但心中爱欲难禁,无奈她毫不动心,终究没出意外。即使髭黑串通侍女,闯入内室,她也决然拒绝,毫不屈从,此确为众人盛赞。"

却说源氏因三公主之事,颇觉痛心,遂对意志不坚的尚侍胧月夜亦心怀轻蔑了。但闻其业已遂遁世本愿,又甚怜之。乃即刻致信慰问。信内所言甚严,责其薄情寡义,连绝缘红尘之事,亦不曾告知,真乃薄幸。且附得一诗,道:

"流落须磨皆因君,

却未闻君入空门。

尘世莫测之苦,我虽已尝尽,然至今滞留红尘,落于人后,叫我好生惭愧。你纵已了却尘缘,总得于佛前回问,尚请先提我名姓,将不胜感激!"胧月夜早怀出家之念,唯因心系源氏,延至今日方遂夙愿。此情无人明了,今见源氏之信颇觉感慨。忆及与源氏结缘前后,始觉恩情不浅。而从此后,将不能再互通问讯,此次作复乃为末次。一念及此,竟感伤之至。乃潜心复信,笔致甚为讲究,信中写道:"人生苦乐,唯我知之。你虽落于人后,然:

落魄明石身心愈，

缘何未遂入空门？

回问芸芸众生，内中岂不有你？"信纸色为深蓝，系于莽草枝上。虽形式寻常，然笔致清新酣畅，典雅含蓄不亚于昔。源氏得到此复信，思忖如今既与此人已断绝情缘，亦不在多虑，遂递与了紫夫人，且道："可与我畅谈世事，欣赏四时情趣者，今生恐唯朝颜与胧月夜二人也，可惜二人皆已绝缘红尘，令我饱尝世间冷暖，叫人好不痛惜。朝颜斋院温柔贤惠，谋事周至，倘欲另觅一位胜过她的人，恐世间没有了吧。再说女子命运否泰，乃前世命定，谁也不可预料。故父母虽费尽心血，却尚难如愿。前世注定我仅此一女，不必多操心甚幸！盛年时，孤寂难耐，常为此悲叹呢！女御幼不更事，且职务亦多，做事难免疏漏，还请尽心抚育小公主。倘寻常人家之女，嫁得个贤能夫婿，教养不足之处，尚能得到资助。但既为公主[1]，必意志坚定，完美无缺，能泰然度日，亦不必为之忧虑。"紫夫人答道："我虽不善教养，然只要尚存一息。定会竭心尽力的。"她病体初愈，不胜屠弱，得知朝颜斋院与胧月夜，均如愿以偿顺利遁入空门，颇为羡慕。源氏道："尚侍所需僧装，其下人尚不会做，我们得送些去。袈裟等物，吩咐下去便是。法服过分死板，让人生厌，须得有点情趣才是，且由东北院花散里夫人做吧！"紫夫人命得做套深宝蓝色尼装，源氏便安排作物所[2]，暗暗备制尼僧一应器物。

再说朱雀院五十寿庆，因源氏成日忙于诸事，只得延至秋后。孰奈八月乃葵夫人忌月，夕雾不能出任乐队指挥，九月又为弘徽殿太后忌月，寿庆大典便定在了十月。可到十月初，三公主病情加重，又只得延后几日。落叶公主于十月前往贺寿，一应寿礼由其公爹前太政大臣躬身操办，甚是隆重。柏木虽一脸病容，也自荐前来。三公主因负疚在心，昼悲夜叹，且怀胎多月，颇感不适。源氏虽心下不悦，见其娇弱无比，尚患病苦，亦生得怜香惜玉之心。这一年，便在诸法事的忙碌中逝去。

却说朱雀院获悉三公主有孕在身，颇为惦念。然有人启奏："源氏主君数月来，几无在家住宿。"故甚不解公主有喜之事，只觉世间男女私情，殊为可恨。且闻得源氏为照顾紫夫人，久不去三公主处，已颇为不悦。后又得知紫夫人痊愈

【1】指明石女御所生公主，由紫夫人养育。

【2】中古禁中制造器物之所。

后，源氏仍不亲近三公主，遂更加生疑："宫闱中，男女互通问讯之事，本乃风雅，然不免有荒唐之事发生。莫非三公主于源氏不在时，犯得过失？只怕她不晓厉害，为品性浅薄的侍女所惑，做出了越轨之事。"红尘琐事，朱雀院均已看破，然犹怀父女之爱，故精心修书一封，送与三公主。

　　源氏恰在六条院，遂接了信来。但见信中道："别无他事，久未通信，唯念吾女。闻汝近染病恙，我日日诵经念佛，以祈平安，不知近日可好？既生红尘，苦恼难免，当忍而受之。若轻信人言，忌恨于人，皆属下品行为。"信中皆训导之言。源氏看罢，深表同情，暗忖："上皇定然不知内情，故怪罪于我，责我无情。"遂问三公主："你如何作答呢？此信这般伤感，我亦觉难受。虽知你有意外之事，并未让人看出我有所冷漠呀！此不知何人所为！"三公主面颊清瘦，神色忧郁，更添妩媚，听得此话，颇觉羞愧，遂背过身，那神情可怜至极。

　　源氏继而又道："上皇亦觉你天真幼稚，颇为担心。且怨我怠慢，年老体衰，实甚伤心遗憾！你意志薄弱，处事尚无主见。自此，你务须谨小慎微，忍耐些日子，切莫再生杂念，以慰上皇在世之日。我本不该如此，但辜负上皇之托，更不安心，只得与你说清。我素有出家宏愿，倘万事皆由我定，决不会痴恋尘世，落于女人之后，耻笑于人。唯因上皇恳托，我亦体谅上皇苦心，而不忍将你抛舍。倘我亦独自出家，弃你不顾，上皇必谓我弃信背约，故未能如愿。如今我所照拂之女，均已长成，明石女御虽难料将来，但子女众多，无甚担心。诸夫人同心，均有出家之志，我亦无甚后忧，唯你放心不下。上皇在世之日无几，且病情每况愈下，切不可再起流言，惹他伤心！这于他现世无妨，只是有碍他往生极乐，罪孽不小！"虽未言及柏木之事，然句句点中要害。三公主极为伤心，泪流不止，几近昏迷。源氏亦哭道："昔日我甚烦老人训导，今日竟也训起人来！你定然烦我聒噪不休吧？"他甚觉羞耻，遂取过砚台，亲为研墨，摊开信纸，让三公主复信。

　　三公主双手战栗，悲极难书。源氏想：她回复柏木情书时，许是潇潇洒洒，一挥而就吧！遂生妒意，对其怜爱之情顿失。然又只得耐了性子，教其如何书写。随后又道："此月，你不必前往祝寿吧。况二公主贺仪隆盛，你有孕在身，到时必定难看，倘齐拜贺寿，不丢了颜面吗？日期自能确定，不可一味忧虑，得好生调养。"怜爱之情，不觉溢于言表。

　　先前凡娱乐之事，源氏必召柏木前往商议，然近来竟毫不通问。他亦曾虑及外人见疑，转念又想："倘见得他面，必视我糊涂，那时更无颜，况亦不能心平气和待他。"故并不责怪柏木数月未来拜谒。不知情者，尚以为柏木抱病在身，且六条院亦未举办游宴呢。唯夕雾大将料得些许，他想："此中必有原因，柏木乃好色之辈，定已不堪相思之苦吧！"他竟未料及木已成舟。

转眼已至十二月。三公主贺仪定于初十。一时，六条院殿内载歌载舞，热闹非凡。紫夫人尚在二条院养病，闻知六条院演习舞乐，难静心思，遂迁了回来。明石女御亦归宁于此。她子女众多，个个皆可爱之至，不久前又生得一粉婴皇儿[1]，亦甚可爱。源氏整日与孙子嬉玩，尽享天伦之乐。试演之日，玉鬘夫人亦前来观赏。因夕雾先在东北院朝夕习谱，花散里早已听熟，故试演之日不曾前来。柏木未来参与，微让人扫兴。恐外人疑心，源氏只得派人前去相请。柏木推却病重婉言谢绝。源氏料他心有顾虑，不敢前来，便特意写信相邀。其父前太政大臣亦劝他道："你无甚大病，为何拒谢呢？还是去吧，免得六条院主人误会。"柏木不便推却，只得动身前往六条院。

柏木匆匆赶至六条院，诸王公大臣尚未前来。源氏遂邀他进近旁屋内，放下正屋帘子，与之面晤。只见他面色发白，双眼无神，甚为憔悴。柏木身为兄长，性情较诸弟稳重敦厚，常人难与相比，然今日却极拘束斯文。源氏暗想："此人倒也俊逸，倘做了公主夫婿，确实无可挑剔。唯此次染指他人之妻，其罪天理难容。"源氏甚觉厌恶，然佯装亲切，说道："近月来，我两处奔波，照料病人，甚是忙乱，故不曾谋面。此间三公主，欲办法事为父祝寿[2]，然未能如愿。时近年关，诸事皆不顺畅，只得稍奉素菜应名罢了。名曰祝寿，排场本应盛大，然亦唯让上皇看看我家子孙绕堂，人丁兴旺而已。须知寿宴上，是不能缺舞乐的，故命人练习舞手。唯缺指导之人，我思虑甚久，除你再无他人可胜任，故亦不怪你长久未来。"说时和蔼可亲，并无他意。

柏木甚觉羞愧，竟一时语塞。稍久才道："我亦曾闻得大人甚是繁忙，仅因患得恶疾，身体日见衰弱，故一直闭闷家中。家父亦提及朱雀院五十大寿隆重祝寿之事，然他自虑'我已挂冠悬车[3]，参与贺寿礼式，恐不甚合适。你虽官轻位低，然有鸿

【1】即后来的匂皇子或匂亲王，在最后十回中是主角之一。

【2】朱雀院现已出家，因此祝寿时要举办法事。

【3】意指辞官。《后汉书·逢萌传》："王莽杀其子宇。萌谓友人曰：'三纲绝矣，不去，祸将及人。'即解冠挂东都城门，归将家族浮海，客于辽东。"古文孝经："七十老致仕，悬其所仕之车置诸庙。"

鹄之志，不若让上皇看看！'家父催促甚紧，故我只得抱病前往拜寿。家父知悉朱雀院精通佛道，其生活必亦日益清爽，不喜贺仪过于隆盛。且其深愿仅是与诸人相谈，我等皆应顺其所愿。"

源氏早先听得落叶公主为父皇大办寿宴之事，此刻听他说成其父主办，甚觉周到。便答道："确实如此，世人皆以为寿事简略不好，唯你能识此大体。由此观之，我日后便无甚担忧了。夕雾在朝中虽渐成大人，然对此素无兴趣。至于上皇的喜好，你定已知悉吧？他喜好音乐，且颇为精通。如今皈依佛门之后，更可潜心细赏，现在想必更加喜好了。学舞童子，虽有专门乐师，且颇精技艺，然不善教养，不值相托。愿你与夕雾同心协力，教养好他们。"态度亲切异常。柏木悲喜交加，心下惶恐，竟难畅言。他一心只望尽早离开，故无心思细答，终借故脱身离去。夕雾得柏木之助，另添得不少新装束。

试演那日，诸夫人皆簇拥着前来观赏，故舞童装扮得格外好看。褐色礼服与浅紫色衬袍至贺寿之日方能穿，故舞童的服饰今日只得以青色礼服与暗红色衬袍替代了。三十位乐人一律着了白衣，从紧邻东南院的廊房中，绕假山南端走近源氏面前，且走且奏《仙游霞》曲。梅花已俏立枝头，含苞待放。恰逢此时飘落得疏疏雪片，呈现出一派冬尽春回之兆。源氏于厢房帘内坐了，近旁陪着紫夫人的父亲式部卿亲王和髭黑右大臣，其余尽皆坐于廊下。今日非正式贺寿，故未设置筵席，只略微招待。玉鬘夫人四公子，云居雁夫人三公子，萤兵部卿亲王家两王孙，同舞《万岁乐》。四人年岁尚小，皆出身富贵之家，异常清秀，打扮亦颇漂亮，观者莫不抚掌赞叹。另有夕雾家典侍所生二公子，与式部卿亲王家公子前任兵卫督，现称源中纳言，共舞《皇獐》，玉鬘夫人三公子独舞《陵王》，云居雁夫人的大公子舞《落蹲》。此外尚有《太平乐》《喜春乐》之类，皆由源氏族中诸公子表演。

日暮渐至，源氏乃命人挑起帘子，始觉另有一番美景，众孙儿容貌艳丽，舞姿优雅。此皆舞师、乐师各显其技所能、尽心教练所至，且得夕雾与柏木精心指导之功，故舞姿美妙，赏心悦目。王公大臣中，年纪稍大者颇为感动，竟掉下泪来。式部卿亲王见此，亦泪流不止，鼻端微红。源氏不由叹道："年岁稍大，甚易动情。柏木对我微笑，让我颇觉不好意思。青春短暂，时光不饶人，谁无衰老之日呢？"叹罢，注视着柏木。柏木甚为颓丧，苦闷异常，亦无心欣赏如此优美舞姿。此刻源氏佯作醉态，提他名姓，虽似玩笑，不由更为难过。酒杯传至他处，他只觉头痛欲裂，便举杯略沾得少许。源氏定要他一干而尽。柏木无奈，那局促之态，竟格外优雅。

柏木心乱难耐，遂中途告退返家，身体竟一直不适，便想道："今日未曾喝醉，何以如此？许是心绪欠佳吧？我从不曾如此孱弱，真无用啊！"颇觉自怜。柏木自此大病，其父母甚为忧虑，不放心他宿于落叶公主处，便将他迁至自家邸内静养。奈何落叶公主舍他不得，甚为可怜。昔日太平如意之时，柏木对夫妻之情一向漠然视之，总以为有好转之时，故并不在意。然此次搬迁，竟顿生悲伤，深恐此别成永诀。舍她不顾，又于心不安，故越发难过。落叶公主之母，亦甚悲伤，对柏木道："凡事皆有定例，可与父母别居，然夫妻不可纰离。如今患病在身，倘让你离开，委实让人担心，还是就此养病吧！"遂动手设置帷屏。柏木答道："岳母所言极是，然我出身低微，承蒙公主下嫁，已感激不尽，何敢再让你烦劳！本望此生长寿，逐渐闻达，以谢公主厚爱。岂知竟患重病，深恐如此小愿亦难实现。念此，唯叹命薄，教我怎能瞑目！"说罢，与公主相拥涕泣。

柏木亦不愿即刻搬走，母亲甚是担忧，派人传道："怎不体恤父母心思呢？我每逢不适，总是首先念叨你，且见你方能心安。你却让我如此失望！"母亲之恨，亦在情在理。柏木只得对落叶公主言道："既为长子，素蒙父母宠爱，如今大限将尽，若再不去见见，则有失孝道，死后亦难安心。我定要搬过去，你若闻知病危，务必暗来探望，尚有见面。我生性愚钝，做事多有疏忽，思之甚悔。且以为来日方长，孰料竟如此短寿！"遂一路啼哭，迁往父母邸内。剩得落叶公主独守空宅，不堪愁苦。

前太政大臣自迎回柏木，遂大办法事，以祈康复。柏木病虽重，但尚未恶化，只是久未进食，胃口甚坏，精神不振。如此一代人才，竟重病在身，众人莫不伤怀，竞相前来慰问。皇上及朱雀院，亦遣使问候，甚为关心。源氏大人闻知，亦甚吃惊，屡次遣人慰问。因夕雾与柏木交游甚厚，故亲来拜望，忧心甚重。

十二月二十五日，朱雀院五十寿宴如期举行。名噪一时的柏木重病在身，未能赴宴，其父母兄弟及家族诸人，亦悲哀过甚，故寿宴未能尽兴。源氏料想三公主心中不悦，甚怜之。

THE TALE OF GENJI

VOLUME 36

第 三十六 回
柏 木

年关既过，柏木卫门督卧病在榻，竟不见一丝好转。而柏木自己眼见父母日日为他伤心叹息，觉得就此离去，甚不甘心。且弃亲先去，罪不容恕。转而想道："莫非我对此生此世，尚存留恋？幼时恃才傲物，素怀远志，亦欲建功立业，位于人上。岂知天不助我，难遂我志。稍一遇事，便觉朽不可用。如此留于世间，尚有何益！只欲出家修行。但念及双亲，出家大碍，思前虑后，竟招致得更多苦痛，亦无颜苟活于世。乃反思自己作茧自缚，怨别人不得。亦不可诉之于神佛，真乃命该如此！青松千载寿[1]，然人却不能永存此世，我不如就此而去，尚可得世人些许怜悯，且原谅于我。若那人暂寄同情，我便'殉情不怜身'[2]了。但苟且偷生，又不免恶誉流传，于我于她均无益处。既是如此，不如一死了之。源氏大人宽厚仁德，多年来每逢盛会，必招我为侍，关怀备至。我别无过失，必能原谅。"闲极孤独之时，他常如是反复思量，愈觉无以聊赖，心绪怅然缭乱。痛惜此生荒谬至极，故致于此，眼泪便如泉涌，枕褥也润湿了。

一日，柏木病势略为轻松，父母便暂且退下了。柏木趁此写得一信，叫人送与三公主。信中道："我已病入膏肓，自知将不久于人世，料你亦曾闻得。但连我病因皆不曾知晓，令我实甚难过啊！"那手颤抖得厉害，欲作之言，不得尽书。唯赠诗道：

"身焚青烟却长在，

情迷痴心挚爱存。

总得与我句慰情之话呀！让我宁静片刻，于迷津处见得一线希望吧！"他又毫无忌惮，书写一信，满纸缠绵，交与小侍从，求她再撮合一次。柏木的乳母，乃小侍从姨母，因此自幼常进出于他家，与柏木向来相熟。小侍从虽也为这孽事怨恨，但闻知他余生不长，也悲恸难禁，啼哭着恳求三公主道："这可是最后一信了，公主须得答复才是。"三公主道："我命亦甚危！垂死之际，不胜悲怜，且心中畏惧，怎敢再做此等事情？"她执意不肯回复。果真意志坚定？恐是羞见的那人神情清俊，令其羞怕吧。小侍从已将笔砚备妥，催她动笔，她只得勉强写了。小侍从趁夜深人静之时，便悄悄将信送至了柏木宅邸。

【1】《古今和歌六帖》古歌："青松千载寿，谁堪与此比？可叹浮生短，情场不自由。"

【2】见《古今和歌集》："飞蛾扑火甘心死，一似殉情不怜身。"

第三十六回　柏木

柏木病势越发危重，前太政大臣便召请得葛城山高僧，为之礼佛诵经。此刻正在等候。近来邸内举办法事诵祷之声，杂乱喧嚣。如今另听人劝告，吩咐柏木诸弟，四处寻觅遁迹深山之圣僧。院中顿即来得许多奇形怪状、面容凶煞的山人。其实柏木的病状，并无明显疾痛，唯心绪愁苦、悲喜无常而已。但阴阳师占卜后，皆称有女魂附体。大臣亦深信不疑。诸多法事后，病痛丝毫未减。大臣好生烦忧，便又招请了诸多怪僧。其间有一圣僧，魁伟狰狞，诵念陀罗尼之声甚是凄厉。柏木听罢，失声道："啊呀！真个烦人！许是宿世罪孽，闻得这高僧念咒，便极为害怕，如同将死。"遂强自忍着，欠身逃了出去与小侍从叙话。大臣并未发觉，听侍女言其已睡熟，便与那圣僧悄悄闲聊。此大臣虽已年老，性情却也爽朗，极爱言笑。但眼下得郑重其事向这山僧叙述柏木发病情状，及后来无由生病且日渐危重之始末。又恳求山僧做法，使鬼怪现身。足见他心中实甚痛苦。柏木闻之，便对小侍从道："别信以为真！他不知是因罪恶而起。阴阳师道女魂作祟，倘我真为公主灵魂缠身，倒觉格外荣幸了！我也曾想，古往今来，心生狂念毁人节誉、断己前程、罪孽深重之徒屡见不鲜。但今身陷囹圄，方感痛苦不堪。我的罪行，源氏大人深悉，已不敢面对其赫赫威仪，羞于苟居人世。原本我并非罪大恶极，然自试乐之夜与源氏大人相谋面后，便心烦意乱，卧病不起。魂灵也仿佛离我而去，飘游无依了。若我的魂灵倘徘徊于六条院内，务请重结前裾，让它归来吧！"语声微弱，悲喜无常，真是魂灵出窍了。小侍从遂告诉柏木，道："三公主亦含羞蒙耻，忧惧不堪呢。"柏木听得，朦胧中见得她面目清瘦、愁苦满面，越发相信魂灵彷徨于公主身边，不由心如刀绞。他道："我将夭亡，唯恐这怨气如缕，有碍公主往进佛门，那将甚为遗憾。今后别再谈及公主之事了吧！公主已有身孕，唯愿闻得她顺利安产，便可安然赴死了。记得那夜梦中见猫，便知她已孕育，却未敢说出，想想甚是伤怀。"小侍从见其悲苦之状，心下可怜，泪水跟着涌了出来。

公主的复信，手笔柔弱，却别有风致。信中道："闻君有疾，甚忧我心。遥共君苦，奈身不由己。君言'挚爱存'，岂知：

　　火焚君身心犹煎，

　　两烟并入碧云天。

我之归冥，犹在君前！"语虽寥寥，柏木已甚为感激，心中怜惜无限。乃自语道："悲乎！我生虚度，无所念怀，唯这'两烟'之语最可宝贵！"不由声泪俱

下。遂躺于床回信,虚弱不堪。乃至几度搁笔。语句断续,措辞古怪,有似涂鸦:

"灰烬飞天无踪影,

爱恋之魂永伴君。

君欲见我,只须于夕暮时分,翘首长天,眺我魂灵[1],别人定不生疑;虽为徒劳,唯望你我情共九天!"挣扎着复了信,心中愈是感伤,便打发小侍从道:"罢了!夜色已深,你可告之我命将终,愿她保重。许是前生作孽吧,竟有今日痛楚。"便抽泣着,膝行至病榻前。小侍从忆起先前与他倾心长谈毫无顾忌的情状,亦甚觉可怜,不忍就此离去。柏木乳母向她细诉了柏木病状,二人皆泪下不止。前太政大臣更是忧心如焚,道:"眼见已有好转,今日怎又忽地加剧?"柏木道:"终是没指望的了,怎会好转呢!"

一日夕暮时分,三公主腹痛不止。有侍女提醒乃分娩的迹象,一时众皆忙乱,匆匆报告源氏。源氏闻报大惊,即刻前来探望,私下想道:"好生可惜!如此可庆之事,却让那嫌疑给毁了!"表面却不露声色,急急召请高僧进行祈祷。又于邸内做功德的法师中,择得些道行高深之人参与。三公主一夜煎熬,拂晓时分产下了一男婴。源氏心下忐忑:"倘是女婴,闭于深闺,还易遮掩;偏又是男婴!如因那件事,相貌酷似那人,怎生是好?"却又想:"有此疑忌之孩童,男的倒好教养些。真是奇怪:我这一生,罪孽深重,终遭此报应。今世受此变故,来世或可稍减罪愆吧?"不知情的人,见源氏晚年得子,推量他必定宠爱,故侍候尤为殷勤。当孩子尚在产室中,便举行了盛大贺仪。六条院诸夫人,也皆送来种种美味产汤,便是寻常所见的木盒、叠层木盘和细脚杯,皆挖空心思,竞争精致。

五日后,秋好皇后派人送来贺礼。赐得公主食物若干,侍女们亦按身份,各有赏赐。六条院家臣下役,上下人等,尽皆拜赐。循宫中旧例,一切仪式极尽体面。皇后殿前,大夫以下的官员,及冷泉帝殿上诸人,皆来拜贺。第七日,照例皇上的贺使莅临。前太政大臣至亲家属,本当隆礼有加,却因柏木正值病危,只送得些普通贺仪。前来祝贺的诸亲王及公卿甚多。此次贺仪之丰,盛况空前,然源氏有苦难言,对此全无心思,亦不兴举管弦舞会了。

【1】柏木让三公主眺望他火葬的烟尘。

三公主身体纤弱，又初次临产，后怕得汤药亦不肯吃。遭临此事，她痛感自身命苦，真欲趁机自行了断。源氏在人前敷衍其事，心下却甚为怨恨，毫无看望孩子之意。倒有几个年长侍女可怜孩子，私下议道："好生冷漠啊！晚年得子，又恁般可爱……"这话给三公主闻得，亦暗想："此后的日子，可怎么个打发啊！"遂怨艾满腹，越发伤心苦命，思寻着要献身佛门。源氏白昼匆匆来看一眼，晚上并不再来。忽一日，他对公主道："想我已剩日无多，世事又恁般无常，近日心绪烦乱。此地喧杂，非修道之所，故并不常来。我亦甚为惦念你，不知近况可好？心情疏朗些了么？"便透了帷屏，往里探看。三公主抬头道："像这样是活不下去的。生育致死，罪及来世，倒是出家为尼好，抑或借此苟且生存；便是死了，此生功罪亦可相抵。"语气大异往日，真有几分大人光景了。源氏道："不祥之论不可轻发！生育大事，固有风险，却绝非如此绝望！"心中却自思："倘她真个坚持己见，倒也乐得成全了她。近来与她相处，总是不甚如意。我又不能改变想法，对她自然冷漠，别人看了亦生责怪。朱雀院定然还怪我冷遇呢！莫如由她称病出家好了。"想法如此，念及她年纪轻轻便剪下缕缕青丝，又甚为不忍。便又劝道："你且安心养身吧，别想得如此严重！人世并非那般缥缈，眼见无可挽回了，突地恢复过来的，不久前便有一例。"[1] 又喂她了些汤药。三公主身体孱弱，面色青白，奄奄一息，那躺着的模样异常凄美。源氏想："这般模样，即便罪大恶极，亦不能不宽恕她。"

　　修道的朱雀院在山中闻得公主顺利分娩，不由欣喜万分。因知公主素来羸弱，又不胜忧急惦念，坐禅亦有些不甚在意了。三公主本来虚弱不堪，连日又饮食不思，很快便气若游丝了。她对源氏道："年来不见父亲，此刻越发思念了，临死都不能见得他一面么？"言毕大放悲声。源氏即刻差人前往通报。朱雀院闻报，悲伤不已，亦顾不得出家人戒律，连夜潜回。突然驾临，源氏惊恐惶惑。朱雀院对他道："本来出家人四大皆空。但我爱女心切，竟冥顽不化。得此消息，已不能潜心礼佛了。我深恐无常坏了生死顺序，让她先我而去，以致恨事绵绵，永扰我心。是以全然不顾众人言论，连夜赶来。"为避人耳目，朱雀院只穿得黑色便服。然神情秀朗，姿态清雅，连源氏亦艳羡不已。见得面，源氏照例落下泪

【1】指紫夫人死而复生之事。

来，对朱雀院道："公主病状不甚危重，惟因几个月来身体衰微，茶饭不思，方累疾至此。"又道："权且设立座席，望恕简慢。"便引朱雀院至公主帷屏前，在茵褥上坐下。三公主见父驾临，欲下床迎候，众侍女搀扶不迭。朱雀院略掀帷屏，道："只因日夜想念，今晚特来相望。我颇像一守夜僧人，可惜功夫不深，好生惭愧！"便又轻轻拭泪。三公主已泪流满面，声若游丝，道："女儿命在瞬息。父皇既已屈驾，请就此为我剃度了吧！"朱雀院道："你能有此宏愿，难能可贵。但重病虽苦，却不敢轻言绝望。你年纪尚轻，韶华正茂，若轻率出家，恐日后反有俗事相烦，招世人讥笑。千万慎重！"转而对源氏道："她此言想必发诸内心。若病势不减，我倒真想让她出家，虽一时片刻，终蒙我佛惠助。"源氏道："近来她常出此言，总疑心乃邪魔附体，专要诱人迷恋出家。切勿听她胡言！"朱雀院道："此事本当慎重才是。鬼怪惑人，诚然不可信，但她已濒于绝境，自知难逃此厄才萌生此愿的。若竟不顾，恐遗憾终生。"他心中暗忖："年来常闻得他对我女儿不甚爱怜，深负我望。忆及当初，竟怎的以为此人可靠，将女儿托付与他呢？公然明言，有伤体面，但任世人讥议，亦甚伤我心。烦恼至今，倒可趁机让她当了尼姑。如此，则世人亦不知她出家乃因夫妇不和，不致遭受讥笑了。且此后源氏与她虽不再为夫妻，但亦会照顾她吧！如此大家皆体面。可将桐壶父皇所赐宫舍略事修缮，让与她住。我在世时，自会多方照应，令她快乐。源氏与她虽少夫妇怜爱，但我逝后，亦不至于不再照拂吧！"如此思量一番，且又续道："也罢，我既来了，便为她剃度结缘于佛吧！"源氏悲悯攻心，一时亦将怨恨之气忘得一干二净，心中喃喃道："为何到得恁般地步呢？"便径自走进帷屏，对三公主道："我已是苟延残喘之人了，你怎忍得心抛舍下我呢？出家虽是荣耀之事，然以你羸弱之躯，如何经受得苦修辛劳呢？不如暂息此念，进些汤药饮食，养好身子再说吧。"公主想他如今倒道出这等乖觉话，甚是可憎，便摇头不语。源氏亦觉着：这平素从无怨言的女子，竟一直怀恨于心，便愈加可怜她了。如此谈来谈去，不觉天已破晓。

恐天明上路给人撞见，于威仪有损，朱雀院便教三公主赶紧收拾受戒。且将道行高深的祈祷僧延请至产房中，为三公主行落发之仪。源氏眼见这美丽女子的秀发缡缡剪落，痛惜不已，忍不住大哭起来。朱雀院素来对这女儿格外疼爱，寄以厚望，今见就此绝弃尘缘，远离人世欢乐，亦不免心痛落泪。他便嘱咐道："自此时起，佛已佑你康健如初了。诵经礼佛，休避劳苦！"其时天未破晓，他就准备回山了。三公主因身体之故，无法起身送别，言语亦甚艰难。源氏对朱雀院道："兄长屈驾惠临，小弟感激不尽。然今日之事如梦，乱我心绪，怠慢之罪。还得改日来谢了。"遂派了诸多心腹送他回山。临别时，朱雀院对他道："昔年我命危时，念及此女孤苦无依，未敢撒手而去。幸你勉为其难接纳了她，多年来照顾周全，甚慰我心。如今她身入空门，倘幸而度过此厄，则居所望你善为考虑。这喧嚣之所，固然不宜，然过于偏僻之深山，又未免清寂。务请远虑，勿弃置不理！"源氏已是苦不堪言，道："今日不胜其悲，意乱神迷，万念俱灰。兄长欲使小弟无地自容也！"

次夜，正做法事。有一鬼魂附身于人，口里叫道："你们见识厉害了吧！前些时我迷了那人，竟给你们设法救走，我好生怨恨呀！故潜行至此，又祟了这人许久，现在我得走啦！"言毕大笑。源氏惊恐不已，又替三公主可怜，心下念道："二条院那恶鬼，又附在她身上了！"三公主病势略有转轻，但尚未脱离危险。自三公主削发后，众侍女甚感失意，唯愿她真能就此康复。源氏照料无微不至，且延长了些做法事的日子，众法师更是慎重。

却说柏木卫门督得知公主产后出家之事，病势衰微，眼见无可救治了。他为落叶公主可怜，想："也许不该让她来此吧。身为公主，御容若为父母瞧得，岂不尴尬？"便向父母请求道："容我见公主一面，有事相商。"但他们执意不允。柏木遂见人便说想见落叶公主。当初，落叶公主之母并不愿意这门婚事，仅因其父亲自恳求，朱雀院见其言辞恳切，情不能却，方才应允。且见三公主婚姻濒于危机，曾道："反倒是二公主的丈夫可靠呢！"柏木每念至此，感恩不已，便对母亲道："可怜与她姻缘不长。我今既去，她孤苦无依，望你们能多多安慰，照顾好她！"母亲哭道："这是何等言语？你若先走了，我们还能苟延几日？"柏木只得找来弟弟左大弁等，嘱托一应后事。柏木对诸弟一向温厚可亲，所以他们尤其年幼诸弟，都敬他如父母。如今听他竟言及后事，莫不垂泪。众人亦皆不住叹息。皇上闻知，甚为叹惜，然念其病危，已无生望，便下诏封他为权大纳言。且对左右道："或许他得此喜讯，定会好转呢！"然柏木衰危如故，唯伏枕谢恩而已。其父深感皇恩浩荡，悲痛尤甚，却终是一筹莫展。

前来祝贺柏木晋升，夕雾乃第一人。他一向关切柏木的病情。自新年以来，柏木即卧床不起，本想出去会见夕雾，无奈虚弱不堪，力不从心。只得教人延请夕雾至卧房，道："杂乱无章，衣冠不整，伏望见谅！"祈祷僧回避了，夕雾便进来，于枕畔的茵褥上坐下。柏木与夕雾自幼知交，彼此十分友善。诀别之际，不胜其悲，虽嫡亲手足，亦不过如此。夕雾本想晋升之日，他必心情愉快，但见其容惨戚，毫无生望，心情也就黯淡了下来。他道："为何忽地如此沉重了呢？还以为这大喜之日你有所好转了呢！"柏木道："较之以前，我判若两人了，不幸之至啊！"他戴着乌帽[1]，穿着好几层绸料白衣，盖着被衾，略抬上身，表情痛苦不堪。室内陈设整洁雅致，氤氲着浓浓熏香，随意而富有情趣，真难想象住着重病之人。柏木清瘦而苍白，神情却亦显俊朗。他靠在枕上叙话，气若游丝，衰颓不堪。夕雾赞叹其俊美，哀伤惋惜之余便对他道："你生病许久，倒不见得怎么瘦呢，反比往日更为秀美了。"却不禁偷偷拭泪。又说道："你我不曾发誓'不求同日生，且求同日死'么？委实教人伤心！你因何患病的呢？我一点也不曾得知，好生惭愧啊！"柏木答道："这病痛在何处，我亦说不上来。因何沉重起来，好像亦无知觉。我未曾料得积累至此，元气丧失殆尽。全赖祈祷和誓愿的法力，才得以延命至今。依我之愿，迟死不若早死，以稍减苦痛。然牵念实在太多，事亲未能尽终，事君半途而殂，皆罪极苦痛之事。反观自身，一无建树，碌碌无为，抱恨终天。此皆人情常理，倒也罢了。但我内心另有隐痛，不敢外泄与人。虽大限将临，连众兄弟皆不敢稍有提及，如今唯说了与你：我曾得罪了六条院主人，数月来一直惶恐忧闷。但此事原出意外，正自担心忧闷成疾，欣逢召请，往赴观赏朱雀院庆寿音乐预演。其时，从大人眼色中我已知未能见恕。自此，愈感不堪人世忧患，遂失生死之意，以致今日狼狈若此。想我自幼忠诚以待，此番恐为小人作祟。逝去之后，遗恨尘世，却又使我后世不得安生。唯愿我死之后，大人终能恕罪。此事还得劳烦你代为解释了。"他越发痛苦。夕雾早已猜知那事，但不知其详，便道："家父并未怨怪，你又何必疑神疑鬼呢？他知你病重，正哀惜不已呢！既有这等烦心之事，为何一直闷着未向我提及呢？既是如此，我亦可奔走斡旋，为你尽些力，消除误会了！延至今日，追悔莫及！"他不胜悲苦，怪他不曾早说。柏木道："我以为待病情稍有起色时，再告知你也不迟的。料不到竟急转直下，直至今日。想想真是糊涂啊！若机会便当，务请向源氏大人善为辩白，切不可言于外人！我死后，请多关照三公主。朱雀院必为她伤心，亦得劳你前往劝慰了。"柏

【1】乌帽是古代贵人的便帽，材质有纱绢，也有纸质，上面涂以黑漆。

木本有千言万语嘱托与他，怎奈心力交瘁，支撑不住，只得向夕雾晃晃手，道："你且请回吧！"夕雾便掩泪而去。祈祷僧又进来做法。母夫人和众大臣亦进来了，众侍女又是一片忙乱。

柏木病重，妹妹弘徽殿女御焦虑不已，云居雁亦极为悲伤。柏木一向忠厚诚挚，颇具长者风度，故玉鬘与这异母长兄亦甚为亲睦，也请得僧众为他祈祷。然祈祷终究非"愈病良药"[1]，未见奇效。柏木未及见得落叶公主一面，便如水泡般永逝了。

原来，柏木并不挚爱落叶公主，但表面甚为谦恭爱怜，关怀备至。故落叶公主并不怨恨。柏木就此夭亡，她唯觉世事如梦，浮生虚渺，悲悯涌上心头。那神思恍惚的样子，颇惹人怜悯。母夫人见女儿年轻寡居，恐遭人讥笑；又见她那般愁闷，心中无限悲痛。柏木父母哭喊道："该让我们先去呀！老天怎这般糊涂！"恋恋不舍，却又无可奈何。三公主如今做了尼姑，得知柏木死讯，倒忘了素日的痛恨诅咒，亦怜惜起他来。暗想："柏木知悉孩子是他的。想必孽缘宿定，才有那等祸事吧！"也感伤落泪。

不觉已是阳春三月，要为小公子薰君[2]诞生五十日举行庆典了。这小公子面如敷粉，娇美肥硕，竟似不止五十日。那小嘴努动，似要说话。源氏近来每日探望一次，对三公主的关心尤胜从前。他常流着泪，向她倾诉衷情："心里可愉悦些了么？这般模样，好教我心痛啊！你舍我出家，已大伤我心了。倘打扮一如从前，已恢复健康，我会欣喜不已呢！"

庆典之日，循例有献饼之仪。然母夫人已改着尼装，众侍女不知是否有碍仪式，举棋不定。其时源氏赶到，说道："无妨！又不是女孩，当尼姑的母亲参加，无有所禁！"遂让小公子坐在南面的小座椅上，为他献饼。乳母浑身鲜丽，所献礼品类众多，帘内帘外摆得饼笼及食物盒，装饰皆极精美。众人兴高采烈，忙着四下布置，毫不知其中情由。唯源氏见得此情状，既伤怀又觉耻辱。三公主产后，身子更见瘦小了，发梢密密垂在额边，见源氏掀帘进来，忙将头撇向了一旁。受戒那日，因心有难舍，额发留得甚长。她内着衬衣，袖口和裾袂上均有重重叠叠的淡墨色，外罩淡红衫子。平素极少穿这尼装，侧面看去颇像个孩子，俊

---

[1]《拾遗集》古歌："恋人不得见，病势日危笃。除却两相逢，更无愈病药。"
[2] 三公主与柏木之私生子，是最后十回中的主人公。

俏娇小，倒也美观。源氏叹道："唉，真让人受不了！这淡墨色教人觉着前途黯淡，太不吉利。我亦勉力自慰：你虽出家，终会容我常常得见，然眼泪却止不住。本是为你抛弃，外人却责怪我，这亦令我终生不安。倘能回到从前，该有多好啊！"又道："倘你因出家之故，欲离我独居，这便是真心嫌弃，令我耻辱了。你就一点不怜爱我吗？"三公主道："素知佛中之人心若止水，况这'怜爱'二字本就不懂，又如何敬复呢？"源氏恨恨道："那我亦不知如何了，但愿你从来就不曾懂得！"[1]即去看视小公子。

照看小公子的，有好几位乳母，皆美貌而出身高贵。源氏召唤她们上前，嘱咐具体事宜。他抱了小公子，叹道："唉！我已剩时日不多，唯愿你这晚生之子顺利长大啊！"小公子白白胖胖，长相俊美，兀自无忧无虑地笑着。令源氏觉得与夕雾当年极不肖似。明石女御所生皇子，自有皇室血统的高贵气质，却并不十分清秀。看这薰君，却是面带微笑，高贵而俊秀，目光清澄有神。源氏非常喜爱，但总觉酷似柏木，自己亦心中有数。这孩子虽只初生，然目光坦然，神色与众不同，相貌无瑕。三公主未明显看出他像柏木，外人更不曾留意。唯源氏暗自悲叹："唉，柏木之命，何其凄苦啊！"遂觉世事无常，难以预料，禁不住流下泪来。想到大庆之日，此举不祥，便拭去泪痕，吟诵白乐天诗"五十八翁方有后，静思堪喜亦堪嗟"[2]。源氏四十八，便已感觉暮之将至，不由伤怀。他甚想教导小公子，"慎勿顽愚似汝爷！"忽又想道："此事侍女中定有知情之人，恐在笑我不知真相呢！"心下不悦。转而自慰道："我之如此，天命罚我；公主平白遭人讥议，才苦不堪言呢！"便不露声色。小公子牙牙学语，其笑甚是烂漫无邪，那眼梢口角，乖巧无比。旁人自不会在意，唯源氏觉着此点实在肖似柏木。他想："柏木父母，不知他们有这孽种孙子，恐正在悲叹柏木绝后了呢。唉，这个气度轩昂、思虑沉稳之人，却因一己之念，自绝了生望！"不由生了怜悯，早些时候的怨恨，亦尽皆消除了，竟掉下泪来。

见众侍女不在，源氏便低声对三公主道："好生看看这孩子吧！舍得这可爱的

【1】暗指三公主同柏木的私情。
【2】白居易诗，有自嘲意。诗如下："五十八翁方有后，静思堪喜亦堪嗟。一珠甚少还惭蚌，八子虽多不羡鸦。秋月晚生丹桂实，春风新长紫兰芽。持杯祝愿无他语，慎勿顽愚似汝爷！"下文中又引末句，"爷"自是指的柏木。

小人儿出家么？哎！好狠心的娘啊！"这般突然地诘问，公主羞极无语。源氏遂低吟道：

"若问谁植岩下松，

何言相对探询人？

好让我难受啊！"三公主俯下身去，不予理睬。源氏深悉其心情，便不再穷究。仅自个思忖道："即便不通感情之人，亦不会这般无动于衷吧。"不由又可怜起她来。

夕雾怜悯柏木，仔细琢磨他濒临绝境时的那番话。心想："究竟出得何事呢？可惜他神志不清，隐约其辞。倘清醒些，直言相告，我便心中有底了。唉，真教人遗憾哪！"那情形总在他眼前浮动，悲伤胜于柏木诸弟。又想到三公主："她为何突地出家了呢？并无不治之症啊！虽是自愿，父亲又怎会应允？当初紫夫人病至危在旦夕，涕泪恳求出家，父亲尚且将她留住。这两件事恐不无关系吧？定是柏木为人沉谨，非比常人，别人甚难知其心事。但优柔寡断，情感缠绵脆弱，这就不免出事了。暗恋三公主，忧苦之心有所泄逸。虽姻缘注定，毕竟不该过于唐突，枉自丧生，亦使别人终生苦恼。无论恋情多苦，终不应情迷心窍，以致搭上性命。"这番思量，连夫人云居雁也不与说起。本亦不欲告知父亲源氏，但觉其中甚是蹊跷，便决意告知与他，以看其反应。

自柏木去后，双亲犹伤痛不已，泪无干时。头七、二七……浑然不知，已急急而去。柏木诸弟妹料理超荐功德、布施供养等一应丧事。左大弁红梅负责佛经、佛像的装饰布置。左右人等向前太政大臣请示"七"期诵经事宜，他已毫无心思，唯答道："休来问我！已痛及这般了，还要烦扰我心，岂不让柏木魂灵不安，超生不得么？"恨不能与儿一道去了。

夫婿去得匆忙，落叶公主未能与其最后诀别，尤为伤心。时光推移，侍从人众渐至散离，邸宅遂空寂萧索，唯柏木生前亲近之人，偶或前来慰问。每见管理鹰和马的侍从没了主人，神情沮丧进进出出，落叶公主更添无限感伤。柏木生前之物犹在。琵琶与琴，昔日常抚，如今弦断尘封，寂寥地搁着。唯有庭前树木烟笼寒翠；院中群花，依旧含苞吐蕊。众侍女皆着淡墨色丧服，寂寥苦闷，无聊度日。公主终日怅惘，悲泪时流。

忽一日，随着高昂的喝道声，有辆马车戛然停于门前。有人哭道："他们难道不知主人过世了么？"通报进来，竟是夕雾大将。落叶公主原以为是左大弁或宰相，孰料却是仪表堂堂、高贵威严的夕雾，不免有些惊诧。鉴于此人身份高贵，不敢擅循旧例让侍女应对，便请母夫人前来接见。夕雾于正厅前厢就座，对她道："卫门督不幸病故，在下之悲不逊诸亲。作此寻常问慰，只因囿于名分，不敢稍有逾越礼数。但卫门督临终曾有遗嘱，自不敢怠慢。人之寿夭，早晚难测，在下亦属其例。若得幸存，定然忠于所托。久未前来拜访，实因时值二月，朝中礼法甚多。倘因私人之悲笼闭不出，又有违常理。即便忙里偷闲，仓促间亦难以尽情[1]，反为憾事。前太政大臣痛伤失子，悲苦不已，父子亲情在所难免。然夫妻情深更胜，推念公主丧夫之情，何其悲恸，心下甚为忧苦。"不由频频拭泪。显见这伟岸之人，原也柔情万般。母夫人哽咽道："伤心之事，无常尘世中惯有。夫妇诀别之悲，亦尤有其例。我这迟暮之人，还有何奢望呢？姑且强自慰藉罢了。但年轻人总受不了这意外横端，其悲戚之状好不叫人难过！她竟想立时随了他去。唉！我这苟且老身，还要面对后辈双亡之惨景么？你与他乃知交，自知当初我对这门亲事不乐意。只因朱雀院心中暗许，又有前太政大臣殷殷恳请，竟使我转念而勉强应允了。皆道姻缘美满，岂知南柯梦断！如今好不悔恨。他如此寿短，亦大出所料啊！如今看来，若非情况特殊，公主勉强下嫁，绝非美事。既非独身，又失夫婿，进退无路，好不命苦！倒不如真依了她，夫妇共化青烟飞散，既自免伤痛，亦免受人讥议。此为昏话，终不愿毅然遵循。我已悲痛不堪，恰逢大驾光临，真是感激不尽！既言有遗嘱托与君，那么他生前似对公主不甚恩爱，实深藏于心，公主亦可聊以慰怀了！"言毕，泣泪不止。夕雾一时亦难自禁，过后才道："柏木城府深厚，恐为夭亡之罪魁。近年总见他神色刚郁，情绪低落。在下曾私下揣摩，时有谏言：'你精通世事人情，思虑深远，但又过于敏感，易致爱美之心衰失，聪颖之气锐减。'他却视为无稽之谈。唉，且不说这些罢，倒是劝公主节哀要紧。恕我唐突，我甚是同情她的！"他婉言劝慰许久，方告辞离去。

　　柏木长夕雾五六岁，面貌俊美，举止潇洒。夕雾则相貌堂堂，颇具轩昂之气，清秀貌美亦不同凡响。众年轻侍女目送他出门时，亦哀思略减。夕雾见庭前有一株艳丽的樱花树，便想起了古歌"今岁应开墨色花"[2]。但觉其不祥，遂随口自吟另一古歌：

【1】神事期间，参与朝政神事的人若要拜访有丧事的人家，只许立谈即刻就要离去。

【2】《古今和歌集》古歌："山樱若是多情种，今岁应开墨色花。"

"春至花开盛极时，

　　来年见否听天命。"

继而赋诗道：

"半面枯残庭前樱，

　　适逢季节依然艳。"

他一面走出门去，一面装作随意吟诵的样子。母夫人听得，立刻和答道：

"今春垂泪穿柳叶，

　　花开花落有谁赏？"[1]

母夫人本非风雅之人，然人多称她爱赶时尚，才华可比更衣。夕雾见其和诗如此迅捷，亦不由得暗赞其文思敏锐。

　　出得一条院，夕雾径往前太政大臣邸内。柏木诸弟皆请他进到客厅。大臣强抑悲痛，与他相见。一向不见老态的大臣，此番亦衰老消瘦了。他胡髭甚长，憔悴胜于昔日父母之丧时。老岳父这般模样，令夕雾悲不自禁，怎么也隐忍不住。大臣被这柏木生前好友感染，眼泪又掉了下来。夕雾略述拜访一条院之事。谈起柏木，便语无休止，大臣眼泪越发掉个不停，似绵绵春雨之檐漏，衣襟尽湿。夕雾呈上落叶公主母夫人所咏"柳叶"之诗，大臣道："我已无法视物了！"竭力擦了一阵眼泪，才得以看清。阅诗时一脸沮丧，真叫人难以想象他曾那般精干，气宇轩昂。这诗原亦平常，唯"泪穿柳叶"一句意韵深长，使大臣更添伤感。便对夕雾道："那年秋天，你母逝世，我自认悲伤至极。但妇人所历范围狭小，熟识者不多，不管情况若何，总不亲自露面。是以这悲伤隐秘，并非处处触发。男子则不然，柏木虽才干碌碌，但蒙皇上厚爱，晋官加爵。是以仰仗他者渐众，闻噩耗而各各惋叹。我最为痛心的，非世俗名望与地位，而是他正值俊美无瑕之身躯。唉，何物方能解我悲愁啊！"言毕，茫然仰望长空。其时暮色惨淡，樱花欲凋。这般景色，他今日却首次见到。遂于怀纸上写道：

"未料子去父着丧，

　　悲泣犹如春雨绵。"

夕雾亦吟道：

【1】暗承古诗"浅绿匀春柳，柳叶贯露珠。露珠如白玉，佛念岂能无"之意。

"亡魂西去无思量，

双亲悲戚服子丧？"

左大弁红梅亦吟道：

"风华正茂忽凋零，

任谁服丧不断肠？"

柏木的法事庄严隆重，迥然异于世俗。不仅云居雁请得高僧，夕雾大将亦特意延请，为柏木诵经念佛，场面甚为宏大。自此夕雾频访一条院。时至四月，碧空如洗，清爽宜人，树木葱绿可爱。一条院却一片荒寂凄凉，悲叹之声，日尽夜复。夕雾例行访问时，见庭中一片青青嫩草正自萌动。萌处的蓬蒿，亦长势繁茂。那芭茅草绵绵蔓延着。柏木生前喜好花草，精心培植，如今失却护理，皆得自生自灭。夕雾想象日后的秋虫啾鸣之景，泪水便又涌了上来。沿着草径缓缓步入，但见檐前垂挂着幅幅伊豫帘[1]，夏日薄纱已代替淡墨帷屏，由帘影望外，甚觉凉爽。透过帘子，隐约可见几个身着浓黑上衣的女童，面貌姣好可爱，唯衣服令人心有所悸。

侍女们于廊上为夕雾铺得茵褥，延请他就座，但又觉未免怠慢，只得禀告老夫人。老夫人贵体不适，正卧床歇息，便招呼侍女请其入室暂且陪伴。庭中草木欣欣向荣，夕雾便出得院中。见一株柏树和一株枫树枝又相交，苍翠欲滴，分外惹人注目，心生感慨道："这两树结为一体，合成连理枝，真有因缘啊！这便是希望了。"遂轻步向门槛蹑去，吟道：

"亲近既承木神许，

结契应似连理枝。

疏我于帘外，令人好不丧气啊！"众侍女私下推搡，低语道："此人这般偷偷摸摸，模样倒别有丰采呢！"其时，侍女小少将君[2]传老夫人答诗：

"柏木神魄虽已散，

岂容攀折庭前枝。[3]

君言须检点，居心若此，鄙薄之至！"夕雾觉出此话深意，忙报以一笑。闻得老

【1】伊豫地方所产之竹帘。

【2】这位侍女是老夫人的侄女。

【3】本回题名由此诗来。

夫人正膝行出见，忙整衣相待。老夫人道："恐因忧伤度日吧，总是落落寡欢。人生如梦，劳君屡次驾顾，感激不尽，是以挣扎相迎。"神情果然十分悲伤。夕雾安慰道："忧伤本是难免，但沉溺于此，亦自徒然伤神。凡事皆由天命，忧伤亦应有度。"心中却想："曾闻公主生性娴雅，今遭此惨悲，又招讥评，伤心失意乃情理之中了。"不由细细询问公主近况。又想："这公主虽非国色天香，却亦不至于面目难看吧？岂能因外貌而嫌弃或荒唐别恋呢？此皆可耻之举呀！总之，为人最重要的乃性情。"又对老夫人道："在下若能被视作自家人，则不胜感激了。"此话虽非刻意求爱，却已暗露心机了。众侍女见身着常礼服、姿态鲜丽的夕雾，气宇轩昂矗立于此，窃窃私语道："其父高雅温厚，柔情万种，世所无匹，这公子却威仪堂堂，叫人一见惊叹不已。其相貌委实迥然异常。"又道："何不由他自由出入呢？"

近世之人藤原保忠乃夭亡，夕雾便借"右将军墓草初青"[1]诗，以慰柏木亡灵。凡人伤逝之感，古今一情，而柏木尤甚，其学识广博，宽厚仁慈，世人仰慕。是以无论身份高低，还是僚属侍从人等，无不扼腕叹息，黯然神伤。皇上尤为思慕，每逢管弦乐会，便首先念及柏木，其"惜哉卫门督"一语，竟蛩行一时。源氏的怜惜，亦与日俱增。薰君乃柏木之子，此事旁人尽皆不知，唯源氏一人明白，是以并无所谓。时至秋日，薰君已能蹒跚试步，其惹人怜爱之态难以名状。源氏亦真心疼爱，经常怀抱，视若亲子。

【1】原诗为"天与善人吾不信，右将军墓草初秋。"是纪在昌悼念右大将藤原保忠之作。因为此时不是秋天，因此改"秋"为"青"。

THE TALE OF GENJI

VOLUME 37

第 三十七 回
横 笛

且说柏木大纳言英年早逝，伤悼者甚众。源氏为人宽容厚道，凡略有声誉者逝世，即便交游并不深厚，也皆厚仪相悼。何况与柏木甚为知心亲密，是以往往触景伤怀，勾起无限忧叹。柏木周年之忌，源氏为之大办法事。见薰君无忧无虑嬉笑玩乐，他甚为怜爱。突地生得一念，以黄金百两，另替薰君布施僧道。柏木之父前太政大臣感激之情溢于言表，然并不知内情。夕雾大将做得许多功德，并亲自料理诸法事。周年忌辰，又亲赴一条院慰问。父大臣母夫人，未曾料得夕雾之情竟厚于柏木诸弟，又见世人对柏木如此厚爱，更是感激痛惜至极。

二公主年轻孀居，受人讥讽；三公主又皈依佛门，绝尘弃世诸事皆不遂朱雀院之心。奈何远离红尘，只得忍耐自抑，摒却凡俗之虑。自三公主出家后，他做功课时常推测，三公主此时定与自己一样，勤心礼佛，便时寄鸿笺，其言甚为琐细。

某一日，朱雀院喜得上好山乡野蔬，即寺旁竹林掘得的竹笋，以及附近山中掘得的野芋，便遣人分送三公主。并附言道："山野春日，路失烟霞。因思你心切，故前往掘了些野蔬，以示我心。但略表寸心耳：

抛离凡尘自有序，

往生极乐道相同。

但此般事业，是甚为艰辛的。"源氏进来时，三公主正挥泪阅信。他见是朱雀院的来信，甚感诧异，便取了来读。信照旧很详，有说道："我有将不久于人世之感，常思一见，又深恐难遂心愿。"其诗乃僧人平素宣教之辞，别无情趣。但他自思："朱雀院见我虽为三公主终身所寄，却那般冷漠，深自担忧而作此语，理之宜然。想及亦甚可怜！"三公主拿了套深宝蓝绫罗衣衫，赐与信使，自己详细复信。见帷屏边有写废的信纸，源氏便拿了来，原是两句笔迹拙劣之诗：

"既是诚心脱凡俗，

莫如及早入深山。"

源氏道："你住于此，朱雀院尚不放心。如今真个进山，实在伤我心啊！"但至此刻，三公主并不正眼看他。她短发低垂，面如孩童，格外可爱。源氏心中顿时涌起无限怜爱，想道："怎会弄成这等模样呢？"恐引起欲念，遭佛责怪，只得竭力隐忍。两人隔帷屏应答，不亲近也不疏远。

小公子薰君睡醒，从乳母房内爬出来，小手直扯源氏衣袖，状极可爱。他身着白罗上衣，外罩蔓草纹般红面紫里小衫，衣裾甚长，随意拖曳。衣服都拥到后面,敞裸着胸,肌肤嫩白,颇似一尊柳木人像。他头发油亮,似用鸭跖草汁染过,兼之朱唇皓齿,眉目清朗,一再勾起源氏忆起柏木之情:柏木也远没这般艳丽吧。他亦不肖其母。源氏觉得丁点年纪便神情高贵,实属罕见,较之镜中的自己,竟毫不逊色。

薰君学步未久,便爬到盘子边,胡乱抓起内中的嫩笋乱扔,或咬一口便弃之一旁。源氏笑道:"好没规矩啊!快将盘子搁起,别让他乱来。倘有长舌侍女见到,倒说这孩子贪嘴呢!"便抱了孩子道:"长相真清秀啊!许是不曾常见幼儿,以为孩子年幼必不更事,但他却非如此。这恐不甚好吧。此人在公主[1]等女孩子中厮混,定会惯坏呢。唉,只怕我终无机缘,见得这些孩子成人!正所谓'春至花开盛极时,来年见否听天命'啊!"说罢,凝视着小公子。众侍女道:"啊呀!别再说此等不吉利之话哩!"薰君攥着支笋,咬得涎水四溢。他已出嫩齿,总想咬点什么。源氏笑道:"咳!将来准又是个非常的情种!"便夺过笋,随口吟道:

"幼竹娇笋不忍弃,

只因难忘昔时情?"

小公子不急不恼,唯天真地笑着。他急急溜下源氏膝头,跑到别处嬉闹去了。

光阴流逝,小公子日盛一日成长起来,模样亦越发漂亮,每每让见者惊诧不已。那"揪心往事"也似已彻底消失。源氏想:"天命真个难避啊!那不测之事,恐也是前生注定的吧?"其思想已有所改变。他自思这一生不如意之事甚多,三公主乃众妻妾中唯一身份品貌皆属上品的,不想竟出了家。以此观之,则她与柏木之事,终是罪无可赦,想想亦实可叹。

夕雾一再忆及柏木临终的托付,终猜不透所言何事,便想向父亲禀告,并窥其反应。但因其已朦胧猜知,反倒羞于启齿。他总欲寻找个时机,以探明真情,并告知父亲柏木临终前的痛悔之状。

夕雾极为牵念落叶公主,便于一秋日凄清的暮色中,前往一条院拜访。落叶公主正漫不经心弹琴。收拾未妥,众侍女便将他请入了南厢房中。夕雾附耳听得侍女膝行入帘及衣衫拖曳于地之声,且闻得缕缕衣香,甚觉幽雅而富有情趣。照

【1】指明石女御所生女儿。

例是老夫人出来陪之闲聊。夕雾所居三条院内，人进人出，繁乱喧嚣，更有众小孩嬉戏打闹，而此处却格外幽静，甚得他的喜爱。虽近日常有萧索之感，然终不掩其高雅舒适。庭中花木繁盛，虫语啁啾。夕雾漫赏此暮景，不觉遐想起秋日原野，便拉了那把和琴，弦音甚符律调，显见是经常弹奏的。琴上尚遗奏者衣香，使人倍觉温馨。夕雾暗忖："此情此景，若遇无所顾忌的轻薄男子，必会丑态毕露，留下劣迹吧！"想毕，便弹了起来。此琴乃柏木留得。夕雾弹得首颇富情趣的短曲后，且道："权大纳言弹奏此琴，那美韵妙音定还留于琴中吧？在下不揣冒昧，颇想一睹公主琴技，以遂我愿！"老夫人道："弦断至今，公主自幼所习乐曲，皆忘了个无影无踪。昔日诸公主在朱雀院御前演奏各种琴筝之音时，也极赏识我家公主。但时至今日，此人已非彼人，整日恍恍惚惚，竟视其为牵愁引恨之物了。"夕雾道："此话诚然，但'感伤亦是无常物'[1]呀！"叹息之余，便将琴推还给了老夫人。老夫人道："如此则请你顺奏一曲，唤醒我这昏聩的双耳，也可稍辨琴中所遗妙音。"夕雾道："哪里！曾闻道：操琴之道，当以夫妇之传为最佳。还愿闻得公主妙律。"虽知公主不会即刻应允，也不便强求，仅将琴推于帘边。

其时明月东升，皓皓碧空，纤尘不染。雁阵飞鸣，不乱不离。看得公主艳羡不已。又有清风徐来，肌沁意凉，公主感此清幽情趣，取筝轻抚一曲。其娴技雅音，扰得夕雾恋意丛生。于是将琵琶取过，以至亲至切之音，弹奏得一曲《想夫怜》。且道："在下度公主之心，妄奏此曲，唐突之处，尚望见谅。但公主总得酬我一曲吧？"便隔着帘帷劝请，言辞殷恳至极。公主越发羞赧，百感交集。夕雾乃赠诗道：

"隔帷窥得含羞貌，

始信情深胜语言。"

公主弹了该曲末尾几句，答诗道：

"夜深纵闻琴音苦，

不解情意只听音。"

由于深得高人悉心传授，且为同一音调，故和琴音调虽非细腻之属，她仍奏出了

【1】《古今和歌集》古歌："感伤亦是无常物，但看经年便不思。"

凄凉感人的韵味。微弹几句，夕雾深觉遗憾。他对老夫人道："今夕在下在诸乐器上所奏心事，幸蒙公主垂听。秋夜已深，思及故人，不忍相扰过甚，故就此辞别。世间琴调常变，令人心生警惧。在下唯愿再来之时，此琴仍同今夜之调！"他含蓄表明心迹，即欲辞去。老夫人道："今夕韵奏风流，当不致有闲言相讥。唯一宵漫谈，尽皆琐碎，未能欣赏妙手雅韵而使我延寿，实乃憾事！"便另赠一横笛且道："此笛颇有来历，不忍湮没于此等荒漠微贱之处，你且今个拿去吧。若于归途中吹奏，与阵阵蹄声相呼应，倒也怡悦行人呢！"夕雾恭谢道："如此妙笛，恐我消受不起！"乃接笛细赏。此乃柏木生前极为喜好之物。记得柏木有言："此笛所蓄妙音，我未能一一奏出。日后当将其传与我信赖之人。"往事堆涌，又添得几多伤感。夕雾便拿起笛，吹得半曲盘涉调，道："适才弹和琴，寄怀故人之情，贻笑之处，乞望见恕。唯此管名笛，实受之有愧……"言毕起身欲去。老夫人吟诗相赠：

"沉雾长草侵荒邸，

唧啾虫鸣又当闻。"【1】

夕雾答道：

"横笛余声犹在耳，

思君悲极可曾知？"

回到三条院本邸，房间格子门皆已关闭，四处人声沉寂。夕雾推想有人告知云居雁，道与落叶公主过分亲呢，准是有意于她，且恼他深夜不归，是以明知已回府，却佯作熟睡。夕雾音调甚美，唱起《催马乐》："我携小妹入山中……"【2】唱毕，恨声道："怎都关上门了？今夜月圆当空，竟无人观赏！"遂打开格子门，卷上帘子，侧卧窗前，毫不理会云居雁。一群稚拙的孩子胡乱横卧，诸侍女也挤卧一块。夕雾见此杂乱的场面，与先时一条院相较，便觉大相径庭。遂拿起笛，略吹了片刻，思道："自我去后，那边该不胜寂寥了！公主还在弹奏吧？老夫人确是个和琴妙手呢……"他又想："为何柏木不钟情她，表面却尊重备至呢？这倒令人蹊跷。世间不幸之事，多为声名远扬者，皆让人思之甚美，而

【1】此处以虫声比喻笛声。

【2】《催马乐·小妹与我》，全文为："我携小妹入山中，切莫手触幸夷丛！只恐衣香移将去，使得辛夷香更浓。"

见之却大失所望。照此看来，我们夫妻自幼青梅竹马，多年未生隔阂，倒确是难得！难怪她恁般矜持骄盛。"

夕雾恍惚入梦，见已逝卫门督身着常服，立于身侧，正细详其笛。不由忖道："准是其亡魂尚念此笛，故循音而来了！"似闻柏木吟道：

"此笛精妙自有因，

但传子孙非外人！"

你并非我指望的留传之人啊！"夕雾正欲问个明白，忽被一阵孩子的哭声惊醒。这孩子哭声甚厉，乳汁吐得满褥皆是。乳母起身探视，立时人来人往，甚是喧闹杂乱。云居雁亦掌灯而来。她将头发拢于耳际，抱了那小孩坐下。她近日甚显丰腴，撩开衣衫，露出酥胸，乳喂孩子。这孩子极为漂亮，因吮不出乳汁，只是略微含着，稍得抚慰。夕雾走进查问，乃命人以米略撒于地，以去噩梦。一时室内骚乱不堪。他在梦里的悲哀也随之烟消云散。云居雁道："孩子似有不适。皆是因你沉溺新奇，夜深晚归还要赏月，让鬼怪沿了格子门，混进来趁机发难吧。"她幽怨相责，那含嗔娇斥之态，毫不引人嫌恨。夕雾笑道："我哪里料得鬼怪进来呢！诚然，我不开格子门，鬼怪便无路可进。你到底身为孩子之母，考虑周到，话也中肯有理呢！"说时紧盯云居雁，瞧得她羞怯万分。云居雁道："罢了，进里去吧！我有甚好看的……"灯光笼罩之下，那娇羞之态，更是楚楚怜人。小公子确有不适，彻夜啼哭，直至天明。

夕雾回忆夜梦，料道："此笛实难处置！本乃柏木珍爱之物，我也非接受之人，老夫人却将它给了我，这可如何是好？柏木亡魂得知，该有何感想呢？生时非格外关爱之物，弥留之际倒一心念极，悲伤怜惜，依恋不舍而去。冥冥世界中，那魂灵便永远牵念着，不得醒悟。那么，于这世间万物皆不可太执着了。"他如此寻思，便吩咐爱宕寺[1]僧众，替柏木操度法事，又为他曾信仰的寺院广施功德。他又想："老夫人因我与柏木交情笃厚，故将笛特送与我，不如赠与佛寺，倒不失为一件功德，然恐又有违老夫人心愿吧。"一时不便作出决定，只得暂且搁置，往六条院参见父亲去了。

源氏正在明石女御处。明石女御所生的三皇子，年仅三岁，颇为俊美，深得

【1】爱宕山是当时的葬地。柏木大约葬于此。

紫夫人疼爱。三皇子出得室中,对夕雾道:"大将!抱了我到那边去吧!"他尚不善言谈,称呼自己亦极敬重[1]。夕雾笑道:"我怎敢进到帘内呢?岂不识规矩。还是你过来吧!"待他走来,便将之抱起。三皇子嚷道:"我掩住你的脸,别人就看不见了。"便用衣袖遮了夕雾脸面。夕雾更觉着他聪明伶俐,便抱了他到明石女御处。二皇子与薰君亦在那里嬉戏,源氏正笑颜观赏。夕雾放下三皇子。二皇子见状,大叫:"大将抱我!"三皇子道:"是我的大将!"便扯住夕雾不放。源氏见此,斥道:"不得无礼!大将乃朝中近卫,怎可争为私侍?三皇子得让让兄长!"遂分开了两人。夕雾含笑道:"二皇子能让弟弟,实在乖巧。以此年纪,实是聪明非凡呢!"源氏亦笑,感到两个外孙皆甚惹人怜爱。便对夕雾道:"此处颇不像样,往那边去吧!"欲同去正殿。怎奈两个小皇子缠住夕雾不放,也无法离开。

源氏暗忖:薰君为三公主生,要比众皇子长一辈,不该同游一起。但恐三公主心有怨言。源氏虑及此点,只得将薰君与诸皇子同等抚养。夕雾尚未细细端详此异母弟,见薰君从帘隙中探头往外张望,便捡起一根凋枯花枝,示意他出来。薰君身着紫红便服,皮肤白皙,神采照人,俊雅秀美更胜于诸皇子。或是夕雾心有偏爱,对他特别注视。但觉其目光敏锐稍胜柏木,眼角秀气与柏木酷似。尤其启齿含笑之态,竟与柏木无异!许是甚思柏木之故吧!他料及父亲定已看出,愈想探其口气。皇子们身为皇帝之子,故显得气宇轩昂,高贵不凡,其实也不过些世间平常俊秀儿童罢了。可这薰君,实是出类拔萃,颇具非凡神姿。夕雾权衡道:"哎呀,如我所疑属实,岂不悲哀。柏木父大臣不胜哀伤,甚盼能养柏木遗孤,却苦于无人来报。而我如今知情不报,恐将受神惩罚了!"然而,即刻便打消了此念:"哪有这等巧事!"他仍犹疑不定,百般费解。薰君温顺柔善,甚亲夕雾,令他颇觉欣慰。

源氏引夕雾至紫夫人处,两人谈机融洽,不觉日暮已至。夕雾乃叙昨日夜访一条院之事,源氏含笑而听。谈及柏木在世时的悲愁状况,源氏颇有同感,便道:"公主弹奏《想夫怜》,其心情古书中便有描述。可女子向人吐露心中隐衷,毕竟有些不是。此例我亦闻之甚多。你与柏木友情笃厚,对其夫人关怀备至,此

【1】日语中对长辈或上级等讲话时,出于礼貌要使用敬语,对自己则不能使用。

本无可非议。然应心地清白,切勿心存异念,胡作非为,滋生事端。如此礼善交往,外人知之,也会赞誉不止了。"夕雾心想:"你倒会说,训人时心性坚强,你遇此事能心无杂念么?"但表面上仍答:"我岂敢有非分之想?但因颇感人生无常,故而怜她,前往问询。若突然断绝往来,反会惹人起疑。至于《想夫怜》若为公主倾情弹出,倒确有轻佻之疑。只因琴筝在手,随意漫弹几句,与那时情景相融,倒颇具风雅情趣。人间万事随情而异,不可一一概之。况公主已非妙龄,我亦不善逗情猎色。或是她信任于我,故态度温婉可亲,颇为谦恭。"言及此,夕雾觉机会已到,便略凑近身旁,告知柏木托梦之事。源氏默然不答,沉思一刻,才道:"此笛应是托与我的。它原为阳成院[1]所用,后传与式部卿亲王[2],亲王也极珍爱。因见柏木吹笛玉润珠滑,婉转悦耳,便于秋花宴上送与了他。老夫人未悉此事前后,故将它送了你。"但他暗思:"这笛欲传后人,非传与薰君不可。夕雾乃深思远虑之人,想必已识破实情。"夕雾察言观色甚久,顾忌更深,不敢贸然提出柏木之事。但他总欲探悉真相,便装作一无所知,此刻作突然想起之状,问道:"那日柏木弥留之际,我前往探慰。他将诸事嘱托与我,尤言及得罪父亲,深觉惶恐忧虑之语,其状甚是可怜。这竟是何事,我至今心存疑虑,实在不明内情。"他做出一副毫不晓情之状。源氏暗道:"果然如此!"但此事岂可直说?遂佯装镇静,叹道:"我何曾有过愠色,害得他饮恨而去呢?我也不曾记得了。至于那个梦,待我仔细琢磨一下,再告知你不迟。素来有'夜不说梦'之说,现在且不谈吧!"夕雾不知父亲会如何感想,心下甚是忧虑。

【1】阳城院是平安时代的天皇(877—884年)。
【2】紫姬的父亲,已亡故。

THE TALE OF GENJI

VOLUME 38
第三十八回
铃 虫

却说次年夏，正值六条院荷莲繁妍。三公主所供奉的佛像落成，便为开光[1]典礼悉心准备。源氏亲为操办，一应物具周全备至，装饰也随即进行。佛前由中国织锦特制的幢幡，式样新颖，色泽也极为美艳，乃紫夫人经办。花盆架上，铺设得美丽凸纹织锦所制的花毡，精致雅巧，色泽华美，乃世间稀有珍物。寝台四角，帷帘高撩，佛像供设。后方悬挂得一幅曼陀罗[2]图。佛前所设银花瓶，内插莲花，娇艳欲滴。炉里焚香，乃中国名香"百步香"。中央阿弥陀佛，及侍立两侧的观世音菩萨、大势至菩萨，乃白檀木雕就，精刻细凿，唯妙唯肖。供净水的器皿，也格外精巧，内插青、白、紫等各色手制小莲花。另有"荷叶香"，乃依古法配制，隐隐掺入蜂蜜，与"百步香"合溢，芬芳异常。六部佛经，由六道[3]众生分写。源氏亲为公主书写所用佛经，并附得愿文。意略为：今生与此结缘，他年当共登莲座。且有《阿弥陀经》，由中国纸所书，纸质柔脆，恐因日夜诵读而受损，便特地宣召纸屋院工匠，供以最优名纸。今春伊始，源氏便全力书写。源氏笔墨酣畅，比打格的金线更为灿烂，能窥其一斑之人，便觉夺目炫眼，实乃罕世珍品。经卷卷轴、裱纸，更是超凡脱俗，美不能言。经卷置于供佛像的寝台内之几上，此几为沉香木所制，雕有美丽的花纹。

佛堂装饰既毕，便请来讲师[4]，开始进香。源氏亲临此次法会。他历经三公主所在的西厢，向里探望，但见集聚得五六十个严妆侍女，暑热难当，拥挤不堪。有些侍女已被挤出，只得站于北厢廊下。四处置放的香炉，香气流溢，馥郁芬芳之气，弥漫四处。源氏近前，对众侍女道："恁般不更事，焚烧熏香，须以微火，令人不知烟从何处出方好。如同富士山顶那般浓厚，便大煞风景了。说经讲道时，全体皆须肃静，认真听取教义，不得弄出响声，行动起居，均须屏声静气才好。"三公主更平身躺着，混杂于众人中，愈衬得小巧可人。源氏又道："小公子在此哭闹，抱了他去吧！"

众侍女听得这番训斥，纷纷退至北面挂有帘子的纸隔扇窗旁，周围顿时清静了许多。源氏便细心叮嘱三公主，法会时须注意的细枝末节，其用心实乃良苦。

【1】佛像塑成后，择日致礼开始供奉即为开光。

【2】曼陀罗，梵语，意为平等周遍十法界。

【3】六道指天上、人间、修罗、畜生、饿鬼、地狱。

【4】讲师是七僧之一。七僧是讲师、读师、咒愿、三礼、呗、散华、堂达。

三公主走出居室，供侍佛像，源氏感慨万分，道："未曾料得我俩会同侍佛堂，唯愿来世共生极乐净土，同处一座莲台，恩爱永世。"说罢，含泪吟道：

"无奈今生哭缘尽，

但愿后世共莲台。"

便取笔蘸了墨水，题于公主的丁香折扇[1]上。三公主亦于扇面写道：

"纵有同登莲台意，

唯恐君心不此居。"

源氏看罢，笑道："竟如此瞧我不起！"仍露出一副慨叹的神色来。

前往参与仪式的，照例有许多亲王。各处送得的供品，琳琅满目，塞满佛前，均为诸夫人别出心裁，巧夺天工之作。布施七僧的法服，由紫夫人亲自筹办，绫绸纺成格纹状的袈裟，质地式样格外讲究。深谙此行之人，无不赞誉此乃人世珍品。其诸多细状，实在难以尽述。

万事俱备，讲师便庄严升座，陈述此次法会的意旨。他道："公主厌倦尘世雍容繁华，甘心皈依我佛潜心修行。此志实乃坚贞不移。"语调威严铿锵，听者无不泪下沾襟，不愧为当代学识渊博、口才超凡的得道高僧。

本欲当经堂刚落成，于家中私下举办此法会，不料皇上及幽居的朱雀院，皆闻得音讯，遣了人前往，且送得诵经布施物品，自是格外隆盛。排场陡然增大许多。六条院一应设施，源氏虽力主从简，仍比平常体面，况又添得皇上及朱雀院礼。故夕暮时分，众僧满载布施而归。

从此，源氏对三公主更是青睐有加，照拂无微不至。昔日朱雀院曾赠予三公主宫邸作遗产。三公主暗忖："以后终得分离，若就此分居，倒更合情理。"此际，三公主便恳请源氏让其挪居。然源氏回道："分居两地，不能日夜相处，太过疏远，实非我意。诚然'此命本无常'[2]，然我在世之时，但望不违我愿。"仍差良工巧匠，大事修缮三条院，唯求完美无瑕。凡三公主领地内所产之物，及各处庄园、牧场等所供之物，择其贵重的送入三条库中珍藏。同时，另添造库室，凡三公主所有诸种珍宝，朱雀院赠多种遗产，悉数纳入库中。而三公主与众侍

【1】丁香折扇，用丁香汁染成，颜色为橙红色。袈裟也用此染色。

【2】《古今和歌集》古歌云："此命本无常，修短不可知。但愿在世时，忧患莫频催。"

女,以及上下人等诸多用度,均由源氏担负,诸事很快便安排得周全停当。

时至秋天,为使环境适合尼僧居住,源氏便在三公主住处西边廊前,中墙之东一带造得一片阔地,垒修了供佛的净水棚,四周景致顿时幽雅清静。许多侍女便纷纷削发,遁入空门,做了三公主的徒弟。乳母及老年侍女,随其自便,唯道心坚贞的青年侍女,才能追随三公主左右。三公主削发之时,众侍女竞相跟随。源氏得此消息,劝导她们道:"万万使不得!修行需道心坚贞,稍有不稳,混杂其间,便会影响众人,流传浮薄恶名。"终有十余人,削发陪侍三公主,源氏命人抓得各类秋虫,散置于阔地中。每当薄暮秋风送爽时,他便信步来此,赏听秋虫鸣唱,实欲借机来诉情。三公主觉得他处心积虑,实出意料,心中遂生憎恶之情。于众人面前,源氏对三公主虽一如往昔,可内心却因那桩事悒郁不快,心情也一反常态。三公主早欲与他决绝,方决意出家,原以为可不再谋面,便高枕无忧了。孰料他仍千方百计,寻隙说得些烦恼之语,使她痛苦难抑。遂想弃绝尘世,隐遁深山,但觉郑重提及又不甚适宜。

转眼便到得中秋。月色尚未升起,三公主便早早来到佛堂前,闲望檐前秋景,不时诵些经文。她见两三个青年尼僧正于佛前献花,供奉净水瓶,顿觉如此忙碌于背离尘俗之事,实乃悲哀。此时源氏来访,说道:"今夜秋虫呢喃,真个动听啊!"说罢,便语调庄严,念起阿弥陀大咒来。虫声此起彼伏,其间铃虫[1]之声更是清脆铿锵,犹如轻风摇铃,优雅动听。源氏道:"古人曾言秋虫鸣声和美,尤以松虫为最。为此,秋好皇后曾特地各方搜求,散置院内,然如今这般难听,定非松虫,足见其寿命甚短矣。偶或深沟幽壑,或远荒原野的松林中,纵情放声鸣唱,却无人听赏,真是太过可惜!铃虫则不这般,随遇而安,叫人喜爱,实乃体味人意之虫也。"三公主闻此,低声吟道:

"秋意凄凄虽可厌,

铃虫声声却难弃。"

吟时风姿绰约,妩媚动人。源氏道:"说得什么?如此凄凉,倒出我所料呢!"便和道:

"离尘弃世因心倦,

【1】铃虫,又名"金钟儿"。下文中松虫,即"金琵琶"。皆为蟋蟀之类昆虫。

声比铃虫更甘美。"

遂将琴取过，抚弄了一段美妙的乐曲。三公主数佛珠的手停了下来，倾心静听琴音。此际皓月当空，源氏怅望辽远的夜空，甚觉皎皎月光，清冷凄凉。回想此间悲欢离合，变幻无常之状，其琴音更见哀婉悲怨，凄绝动人。

且说萤兵部卿亲王和夕雾大将，携带随从驱车前来六条院，欲听赏今夜管弦乐会。殊料丝竹之声不闻，正自纳闷，忽听得琴音遥遥传来，便循音寻到了三公主住处。源氏道："今夜寂寥郁闷，无心举办丝竹乐会。想听听久绝的琴音，故独自抚琴于此。"便安置座位，同赏琴音。宫中原定今夜举办中秋赏月宴会，后又因故散了，众人甚觉扫兴，便纷纷赶到了三公主处。于是众人各显其能，抚琴弄技，欣赏评论。雅兴正浓时，源氏长叹道："月圆之夕，每日每刻，均令人感慨万端！今宵月光清幽，尤使人神思遐想。柏木权大纳言盛年夭亡，教人每逢聚会，都怀念不已。此人不在，便似万物失却了光泽。此人最能知悉动物情趣，实乃颇具见识之人。只是可惜……"听得琴声，源氏悲戚难忍，双泪纷溅，濡湿襟袖。他猜想三公主在帘内必然听得了这番话语，又不由生出怨妒之情。但凡此类家宴，他总是恋念柏木心切，皇上等也对柏木十分怀念，于是向诸人道："今夜我们召开宴会，欣赏铃虫唱鸣，务请通宵达旦，开怀畅饮！"

因宫中今夜省却了游宴，众人甚觉惋惜，左大弁红梅、式部大辅[1]，及其他诸人便聚集冷泉院处。冷泉院闻知夕雾大将等在源氏处，便派使来请。信中附诗道：

"中秋月辉洒闲院，
　身不由己思团圆。

雅兴甚浓，不妨同乐？"源氏阅毕来信，道："我混迹仕途，无所羁绊；冷泉院辞位后，闲居深处，洒脱度日，未曾常去拜访，定然有所不悦。方才来信相邀，实是抱歉之至。"便立即动身前往。且作诗回赠道：

"不改清空皎月影，
　蓬门秋色非从前。"

此诗并非得意之作，只是历经世态沧桑，抚今追昔，聊抒情怀而已。

【1】文中首次提及此人，疑为红梅之弟。

一干人等便齐身前往冷泉院处，车辆按官次高低排列，随从人员奔走相邀，琴弦之声也渐静息了下来。源氏、萤兵部卿亲王同乘，夕雾、左卫门督、藤宰相[1]等与一干随从跟随其后，浩浩荡荡杂沓而去。源氏同萤兵部卿亲王原本仅穿得常礼服，嫌其太过寒碜，便又各添得件衬袍。其时月光皎洁，夜空澄碧，四下里景致优美无比。众少年于车中任意吹笛，简车轻骑，微行前往，参谒冷泉院。若为朝廷规定，须得先按官位施行礼仪，方可晤谈。然源氏今夜心情，犹如昔日做臣子之时，自与平常不同。冷泉院正当盛年[2]，容貌端庄，竟越发酷似源氏。见其轻骑简从忽来，惊喜之余，欢迎备至。他在此风华正茂之时，起心辞位，闲居逸处，令人甚是感动。是夜酬答之诗，无论汉诗词文，或日本和歌，自是十分精深玄妙。然所作记录照例不多，欲录下只言片语，反倒有损全貌，故不必赘述。各人吟诗诵文，至天色破晓，方才告辞走散。

翌日，源氏拜访秋好皇后。两人倾心诉谈，讲得甚多。源氏慎重地对她道："我正值闲暇之时，常来探望亦是正理。虽无甚要事，然年纪一大，时常便想与你叙些往事，怎奈出门排场太盛太简都不好。故甚是作难，以致关系疏远起来。较我年轻之人，有的先我而去，有的出家遁世。人世如此变幻无常，常令我心灰意冷，沮丧难安。故弃世出家之念，也日益坚定。但求你多多看顾我家公子，免得他们受苦。昔日我曾讲过吧？望你切记，莫辜负了我。"皇后时年四十有一，却仍无衰颓之相。皇后答道："退位以后，反比以前深居宫廷时更难相见，确是意料不及之事，令人遗憾无限。眼见众人均弃世出家，我亦觉人世可恶。但此志还未向尊前禀告。此身万事承蒙尊前照顾爱怜，未得其许可，心中亦是茫然不知。"源氏道："正是如此，昔日你深居宫阙之时，虽归家时日有限，然时常得见。如今辞归之后，反失却借口，不可随意回家了。世事浮沉，那些出家之人，或是因痛苦，或是不堪尘世牵累，你怎可模仿他们，生出修道之心呢？你若出家，世人不解，定会在背后胡乱言语。此事万不可行！"秋好皇后甚觉源氏未明其心迹，不免落寞不堪。原来皇后十分牵念亡母六条妃子，不知堕入得哪层地狱，及死后所遭苦难情状。且她亡后仍作祟于人，自报名姓，以致被人厌恶。源氏虽极力隐瞒，然自有饶舌之人，将此话传与了秋好皇后。她闻知后，痛苦难

【1】此二人前文未提及，藤宰相亦疑为红梅之弟。

【2】冷泉院时年三十二岁。

抑，更觉人世薄幸。她很想知悉母亲的显灵详情，又不便直问，乃委婉问道："先前曾闻知先母于阴司罪孽深重，虽未得明证，然亦能料得。做女儿的，一味沉浸于悲痛之中，而荒于思虑来世之事。实愿精晓佛法之人得以明示，以拯救亡母于地狱烈火之中。年事愈高，此愿弥坚啊！"源氏亦觉此话在理，甚是怜惜，便开言道："阴司重刑，世人难免。然人生犹如浮萍朝露，总难一下割舍尘俗，目莲[1]倒是位能救出其母的圣僧，但无后继之人。即便你解钗卸环，皈依佛门，可也遗恨难消。而你不出家，亦可举办诸种法事，减轻你母罪孽。我虽有志出家，然人世纷纭，隐居修行也是徒劳，只是虚掷光阴而已。倘能遁身佛门，我愿潜心祈求亡母冥福。可惜全是空想啊！"两人皆叹世事万般皆空，无甚留恋之处。然终究难下决心。

源氏昨夜悄然进宫，无人知晓。今日消息传开，众多公卿王侯方来拜见请安，隆重护送这准太上皇，驾返六条院。源氏念及膝下子女：明石女御自幼对其疼爱呵护，如今高居显位；夕雾大将也身名俱扬，出类拔萃，均能安心乐业，自保其所。而对于冷泉院，源氏更为真挚淳厚，时时挂念。冷泉院也时刻惦念他。在位时常恨难于相逢，故此早年辞归，以求自由自在不受拘束。然秋好皇后反倒难于回家了。她同冷泉帝恩爱相处，游玩聚宴、管弦乐会反较在位时兴味浓厚。秋好皇后感到万事称心快意，唯念及亡母阴间苦难，弃家学道之志方愈加坚定起来。然源氏与冷泉院都不应允，她只得多为母亲举办种种法事，广播功德以赦罪孽。秋好皇后虽未出家，但每念亡母便觉万念俱灰，时时悲伤不已。于是源氏同秋好皇后商议，即刻为六条妃子举办法华讲经。

【1】目莲，释迦佛的弟子。其母堕于饿鬼道中，目莲为救母向佛求助，佛教他在七月十五做盂兰盆会，救得其母。载于《盂兰盆经》。

THE TALE OF GENJI

VOLUME 39
第 三十九 回
夕 霧

敦厚诚实的夕雾大将，对一条院的落叶公主，终于生得爱慕，心中眷念不忘。他于人前，只作不忘故人之情，频频前往慰问。然因年长月久，恋慕之情愈深，便心有不甘。夕雾当初并非心有所图，其探访给老夫人清寂的生活诸多安慰，便称许夕雾诚恳，且感激不尽。一日，夕雾心想："倘此刻一反常态，贸然求爱，未免唐突。诚心相待，公主或能生些情分呢！"但自柏木逝后，公主未曾与夕雾相见。他便欲伺机表白，窥探公主心意。忽逢老夫人遇疾，言为鬼魂作怪，举家移居比睿山小野别墅。老夫人早年，皈依了一位善做祷告、善驱鬼怪的法师。今此人闲闭山中，与世绝离。然小野靠近山麓，可请其下山。夕雾便主动筹办移居所需的车辆人夫。倒是柏木诸弟，因事务缠身，生活烦琐，无暇顾及亡兄家中之事。长弟左大弁红梅，曾爱恋公主，一度仓促求爱，遭公主严辞拒绝，之后便无颜再行探访。唯夕雾贤明大度，仍时时探访慰问。

老夫人请众僧举行祈祷仪式。夕雾闻知，遂筹办了各种布施物品，及祈祷所用的净衣，派人频频送去。老夫人甚为感激，但因病不能亲自回信答谢。众侍女便道："若叫寻常人代笔，答谢这高贵之人，未免有失礼节呢。"遂劝公主回书作答。夕雾见公主笔迹隽秀，虽仅片言只语，然诚挚亲切之态毕现。便反复玩味，越发不能忘怀。之后，为常睹公主墨迹，便常常与她通信。这般亲近，令夫人云居雁心中不快，料想将来必生事端，脸上亦时现不悦之色。夕雾欲亲赴小野探问，然心存忌惮，一时未得实行。

时至八月中旬，秋色浓艳。夕雾对公主的山居情况甚为关切，渴求一见。于是装作寻常访友之状，对云居雁道："老夫人病居山中，我想前去相慰，且难得某法师下山，我亦有事相商。"遂带了亲信五六人，皆着便服，奔赴小野。山道不甚偏险，亦无怪石嶙峋，唯松崎山色美好。然秋色娇艳逼人，与京都富丽豪华之宫阙相比，尤富清逸之趣，让人雅兴大增。落叶公主的别墅虽为暂住之处，却甚显高雅。四周环着些低矮的柴垣，亦别有逸趣。正厅东面一凸出的室内，筑有一祈祷坛。北厢住着老夫人，落叶公主居于西厢。起初老夫人道鬼怪多难，不让公主同行。然公主难舍母亲，定要随行入山。老夫人又恐鬼怪移身，便将居室稍加隔离，与公主房间相隔。因无招待客人之处，侍女便将夕雾引至了公主帘前，请他稍作等候，随即通报老夫人。老夫人传话与侍女："承蒙远道驾临，心下感恩不尽。倘老身逝去，无法报公子大恩，方侥幸延度残年。"夕雾答道："老夫人移居，在下未能亲送，实因家父嘱办要事，故不得前来。且近来又因事务烦琐，未能拜访,心下牵念甚紧。怠慢诸多,甚感愧歉。"

落叶公主居所简陋异常,可闻知其动静。夕雾听得衣衫窸窣声,知公主在内,顿觉心旌摇荡。趁侍女传言之机,与熟识的侍女小少将君闲话,道:"我竭诚探访,效劳已历三载[1],她仍恁般冷淡,令人好不怨恨啊!教我于帘前就座,由人代传话语,含糊其辞,这般待遇,还前所未见呢!外人笑我愚笨无比,我亦甚是尴尬。若我年少时略略领得些风月之事,便不会遭此冷遇了。而似我这般忠诚敦厚、长年如斯之人,实为世所罕见。"那神态极为认真。众侍女已心领神会,私下推搡议论道:"若由我们草率作答,实甚不妥!"遂禀告公主:"已这般诉苦,公主再不相见,未免有失礼节。"公主答道:"母亲患病,不能亲自作答,本当由我代为。然悉心看护,已疲惫不堪,故有所怠慢了。"侍女传言与夕雾。夕雾道:"公主何出此言?"遂整了整衣冠,道:"我甚是担忧老夫人之病,甘愿代其受苦。其中缘由,恕我放肆无礼。于老夫人神志清醒、贵体复康之前,公主亦须多加珍重,务望安然无恙。公主只当我牵挂老夫人,却不知多年来我的诚挚之心。好不叫人难过啊!"众侍女道:"的确如此。"

时值残阳映山,暮野苍霭,山色清幽。迷冥之中,蜩鸣聒噪。墙脚抚子竞芳,随风摇曳,亭亭多姿;庭前秋花缤纷,炫人眼目;水流潺潺,寒浸肌肤;山风呼啸,凄厉惊魂;松涛翻滚,腾挪跌宕。忽洪钟贯空,山谷应鸣。此乃昼夜诵经僧人交班之时。接班僧人的诵经声,浑然相融,越发宏壮庄严,扣人心弦。夕雾身临此境,唯觉无限凄凉,感慨万端。冥思沉沉,更为孤寂。其时法师祈祷诵经之声,甚是庄严。忽闻众侍女相告:老夫人病危。众人皆聚于病房。原本暂居之所,侍女稀少,此刻公主更为孤寂,唯孑然独坐,耽入思绪。一时万籁寂声。四下夜雾骤起,弥漫窗户。夕雾认为乃天赐良机,遂故作惊慌道:"归路已迷,这叫我怎生是好!"即吟一诗:

"雾霭漫天林野幽,
　欲别山家归途迷。"
室内落叶公主答道:

"诚然重雾罩茅舍,

【1】自柏木死已有三年。

俗客无心不相留。"

吟声甚是幽弱柔婉。夕雾遐思其音貌,喜不自禁,倒真忘却归途了。他道:"归路已断,这屋内又不便留宿。我这不谙风月之人,倒真是进退不得了。"暗示自己已不思归,并含糊其辞表露爱意。他这心思公主早已知道,唯佯装不知而已。此刻见他这般诉说,顿生厌恶,愈加缄口不答。夕雾不免叹息,然又寻思这良机不可错失。便想:"我这爱恋之心,终得让她知晓吧。即便视我为好色之人,亦顾不得了。"遂召来亲信,乃右近卫府一将监,刚晋爵五位。夕雾嘱咐他道:"今夜我留宿于此,有要事与律师相商。但他此时正忙于祈祷,待初夜功德完毕,再与之相见。众人不可在此,以免喧哗。留些人伺候于此,其余人等皆去附近栗栖野庄院,取秫喂马。于此夜宿,务必谨慎。外人知晓,必诽议我轻薄呢!"话中之意将监已有所悟,便告退离去了。于是,夕雾不露声色地对诸侍女道:"如此大雾,甚是罕见,连归途亦封断了。我唯有借宿一夜,且让我宿于帘外吧!等阿阇梨歇息,我便前去见他。"

夕雾今夜这番态度与往日迥然不同,落叶公主甚是担忧。昔日来访从未长留,亦极为诚恳,不似这般轻薄。若贸然逃往老夫人处,又不成体统。唯无可奈何,默然闲坐。夕雾佯装与侍女说话,渐次移近帘前。待侍女入内传言时,他便悄然尾随而进了。其时弥雾锁窗,室内甚是暗淡。侍女见夕雾亦入得室来,心下一惊。公主羞愧不堪,忙膝行离去,撞过北面的纸隔扇,已入邻室,然衣裾仍留于外,被夕雾迅速拉住了。纸隔扇因无闩钩,只得半开半合。落叶公主冷汗如雨,羞愧窘迫不已。众侍女一时目瞪口呆,不知所措。纸隔扇这边装得有锁,若强拉开这贵人,实又有损礼遇,她们唯失色道:"哎呀!这成何体统?大人怎会生此邪念呢?"夕雾答道:"不必如此惊慌,我只求接近公主而已。我虽卑微,然数年忠诚之心,想必你们早有所知了。"遂将其爱意娓娓道来。然公主唯觉遭此羞辱,心中怨恨委屈,如何听得此话?一时无言以对。夕雾道:"公主竟若小孩般不念情理!实甚悲痛难忍,故有此冒失,罪不可赦!但公主执意已坚,我亦不敢再越半步。委实难诉衷肠啊!公主即或不理此情,自也略知我心意。孰料你却佯装不知,这般冷漠,我不堪忍耐,如此之举,实乃无奈啊!即便你将我视作轻薄之人,亦在所不惜。务望公主明白,我这郁积胸中的愁闷。公主冷淡寡情,自是令我伤心,然又怎敢肆无忌惮……"他强作镇静,一副深情款款之状。公主虽是抓了纸隔扇,但这防御委实无济于事。夕雾亦不勉强,唯笑道:"凭此来防备,亦叫人于心不忍啊！"并不任情妄性，足见其温婉文雅。即便此时，亦与常人天渊有别。

　　落叶公主着一家常便服，甚是瘦削。由袖部显见其手臂纤弱无比，或是历年悲愁所致。她衣香馥郁，娇体美妙可爱，绵绵柔情蕴蓄其中。其时夜色深沉，秋风瑟瑟。那墙根秋虫吟唱之声，林中鹿鸣声，瀑布激响声，交融合一，甚是凄清。由尚未关闭的格子窗窥望，但见落日薄山。如此情景，令人触情落泪。即便心若顽石之人，亦难以成眠。夕雾又道："似我这般执情如一、忠厚愚诚之人，实为罕见。若浅薄无知者，讥笑我为痴子，便是冷酷之至了。你这聪慧之人，竟如此轻鄙于我，甚难理解。若你此刻仍佯装无知，亦与那浅薄之人无异。你并非不晓人事吧！"此番倾诉，落叶公主甚觉难堪，无言以答，唯缄默沉思。她想："他当我是下嫁之人[1]，肆意调戏，教人好不悲伤。我这般命苦，真是世间少有啊！不如死了吧！"便啜泣道："我自知罪深，但你如此轻狂，叫我如何见人？"声音甚为轻柔。她暗自吟道：

　　"长年忧泣泪濡袖，
　　　今宵更悲名节残。"

不经意中流露出口。夕雾私下接成诗篇，低声吟诵。公主甚觉耻辱，痛悔不已。夕雾道："适才言语轻薄，多有冒犯。"遂微笑着答诗道：

　　"今宵轻我不添泪，
　　　昔日湿袖名节摧。

按我的心意做吧！不必疑虑了。"便邀她一同赏月。公主甚为恼怨，誓不愿去，怎奈夕雾使力牵动，也由不得自己了。夕雾道："我深切爱恋你，务请体谅我心，不必犹豫。若未得你应允，我定不，定不……"语气甚是坚决诚恳。如此诉谈，不觉天欲破晓。

　　其时，朗月照空，万物披辉。山庄厢屋甚矮，银光洒照室内，厚厚的晓雾亦无法遮蔽，似觉与室外相通。公主极力回避面对月亮，其娇怯之态妩媚无比。夕雾不慌不忙，略述柏木生前之事，心下却不免怨恨公主薄情。公主思忖："先夫虽不及此人官高显赫，然由父母做主，也得正名，无可指责。既如此，亦受他

　　【1】按礼公主不应下嫁，若有下嫁者或被认为德行有失。下文中所说"罪深"及两首诗作也是此意。

影响人类文明进程的文化与科学巨著

冷遇。更况此人，怎可草率相随？且又非外人，岳丈便是家翁前太政大臣，若知晓此事，不知如何作想。世人讥评暂且罢了，倘父朱雀院闻得，定然伤心不已呢！"念及这诸多亲近之人，更觉此事委实烦恼。即便自己坚贞不渝、严守节操，又怎奈何得了别人造谣非议？老夫人尚未知晓，甚是愧疚。若闻知，必斥责我不明大义，将是何等痛苦啊！遂催促夕雾道："请于天亮前归去吧！"说罢不再他言。夕雾答道："公主好生薄情！只叫我于天色未明之前离去，就像定情之人踏露而归，必被人耻笑！你待我这般冷淡，怎知我此时心意？唯教我及早归去。若我心中烈火难禁，不经意做出荒唐事来，那又如何是好呢？"甚是眷念依依，虽公主几番催促，更不愿回去了。但他确非轻佻之人，自觉若太过分，又未免委屈了公主。倘受人鄙弃，亦甚感耻辱。倒不如于天未明时，悄然迎雾而归吧！但此刻已是茫然无措了。遂吟诗道：

"荻原轩端露水重，

怎奈拨雾急归还？

我虽抱憾而归，然你那泪湿衣袖亦仍不得干，恰是你冷淡我的报应。"公主心想："照此看来，我定将遭人非议了。但我心中坦然、问心无愧。"越发疏远夕雾。遂答诗道：

"假托雾重路草湿，

陷我不义泪濡袖。

你到底于心何忍！"娇斥之态，妩媚可爱。夕雾竭力效劳公主，历年如一，其忠诚远非他人可比，而今却前功尽弃。今日之事，使其贪色之本性得以显露，公主受惊不言，自己亦觉羞愧不堪。然转念一想。此番强求未遂，定会落下笑柄吧？于归途中冥思乱想，心烦意乱。真个是：满怀希望而往，遍身朝露而归。

夕雾天未破晓时独归，虽觉辛劳，却又觉得别有一番情趣。恐云居雁惊异而责怪他，便拟前往六条院东殿花散里处，不回三条院本邸。其时晓雾仍弥漫空中，不知公主此时如何。却道夕雾进得六条院来，众侍女得见，纷纷窃议道："大将由何处拂晓归家？前所未闻呢！"夕雾稍作歇息，便更换了由花散里夫人从中国式衣柜中取出的熏香的新衣。早餐之后，他便前往拜见父亲去了。

落叶公主对昨夜那窘境仍惊惶不已，羞耻万分。故对夕雾的来信亦不愿拆阅。她想："此种丑事，若让母亲得知，还有何颜面？她从未料得会如此。倘有所察觉，或闻知传言，必怪我久瞒于她，叫我如何是好？不若令侍女如实禀告。她听了虽然悲痛，但亦怨不得我了。"母女向来无丝毫芥蒂，落叶公主不愿隐瞒，即便古小说中常有教人欺瞒父母之例。众侍女议论纷纷："即便老夫人知晓一二，公主亦不必煞有其事般焦愁不已。如此担心受累，实甚痛苦。"她们不知实情，颇想看信中究竟写得何言，然公主仍不肯拆阅。侍女们心下着急，有人遂对公主道："默然弃之，便与无知小儿无异，终不合情理。"于是，拆启来信呈与公主。公主道："真正气人！虽只面晤一次，然终为自己疏忽所致。委实不堪忍受那番胡作非为、自私狂妄的行径，只道我不愿看信罢了。"说罢，甚是烦闷地躺下了。夕雾之信，并非轻薄无礼，唯情真意切写道：

"神魂落入无情袖，

多情偏遇无意人。[1]

古人曾言：'世上无限事，失意在自身'[2]，足见我这事例，并非前所未有，唯我魂灵不知飞散何处罢了。"此信甚为冗长，不似寻常定情后次日的慰问书。然究竟如何，诸侍女又不得阅知。但见公主神色俱无，亦甚为担忧。她们想："这究竟为何？大将数年来尽心效劳，事无巨细关怀公主，叫人不胜感激。然若作为夫婿，反倒有些欠妥，如何是好呢？"公主的亲近侍女无不为她忧虑。

凡遭鬼祟之人，即便病势危笃亦有轻缓之时，此间老夫人便有些清醒了。然对公主之事一无所知。一日，阿阇梨行毕午间祈祷，仍在吟诵陀罗尼经。见老夫人精神转好，甚是欣喜，道："大日如来不愧为真言宗之本尊，贫僧此番潜心祈祷，果真灵验呢！恶鬼固然厉害，然孽障缠身，岂有不畏之理？"说罢，便厉声斥骂恶鬼，声音嘶哑。这法师道行精深，坦荡豁达，他突地询问："那夕雾大将已和落叶公主缔结姻缘了吗？"老夫人答道："不曾有此事。他乃已逝权大纳言的知交，多年来不曾忘却大纳言遗嘱，事事竭力效劳，殷切照顾。闻知老身此次患疾，特地前来安慰，实是恩重情深。"阿阇梨道："老夫人所言失实！诸事岂能瞒过贫僧。今晨贫僧来此做后夜功课，曾见一俊逸男子从西面边门出来，因朝雾浓重，未能看得明白。且随行法师皆道：'夕雾大将昨夜好似未归。他曾遣走车马，

【1】此诗据《古今和歌集》古歌："似觉神魂已失踪，心头漠漠意空空。多因离别心烦乱，落入伊人怀袖中。"

【2】见《古今和歌集》："世事无限事，失意在自身。愿将身离舍，魂魄自由行。"

自身宿夜此庄。'难怪有浓重衣香熏得人头晕，原来夕雾大将来此。准是大将身上散发出的馥郁之香呢！大将本乃才学渊博之人，自童年时贫僧便承奉太君[1]嘱托，替他举行祈祷，持续至今。法事之类，皆由贫僧承办，故有所知。公主若同他缔结姻缘，委实不妥。其正夫人云居雁极有势力，况娘家又是朝廷重臣，地位显赫，且生得七八个小公子，公主恐是压她不过呢！再说女人孽障缠身，死后堕入地狱烈火者，大抵是犯得情欲之罪，故遭此残酷报应。倘再遭人嫉恨，便会妨碍修行，成为超生成佛的羁绊，故贫僧私下不赞同此事。"老夫人回道："他一向笃诚厚道，并不轻薄，昨日适逢老身病重，便命侍女叫他稍候，再行相晤。恐是为此而留宿于此的吧？"她矢口否认了，然心下暗地思忖："或许真有此事呢。以前也确见此人有此动机，但他委实贤明，深恐别人讥评，态度总是严肃郑重，端庄文雅。我们也常疏忽于此，昨夜或许见公主身边人少，趁机钻了进去吧？"

法师离去后，老夫人便召来小少将君，细问道："我听人言得此事，可否是真？为何连我也不曾说起？"小少将君甚觉难堪，只得将前因后果详告与她。且告知今晨大将来信之意，与公主内心隐衷。末了又道："大将谨小慎微，仅将隐藏多年的情愫与公主倾诉，天刚破晓便归去了。不知外人得见会作何想法。"她只当是某侍女秘告与老夫人的，并未料到是法师所说。老夫人闻此，不觉悲从心起，默默流泪不止。小少将君睹此，很是懊悔。便想："我不该详实相告如此病重之人，真是雪上加霜啊！"且安慰道："他们是隔帘相晤的呢！"老夫人道："无论如何，如此轻率冒失与男人会面，实是不该。即便无辜清白，但那些法师、多嘴的童侍，背后不知又要怎样加减言语？她身侧之人，竟这般不辨轻重……"话未说完，已悲恸欲绝，哽咽难言。她原本期望公主做个节烈皇女，如今却结得尘缘，声名浮薄。病中闻知，怎不令她伤心落泪呢？

老夫人噙着泪，对小少将道："我时下精神尚好，然亦不想走动。许久未见得公主，唤了她过来吧！"小少将君忙回转公主房中，告道："老夫人有请呢！"公主也甚想见母亲，便梳理了一番被泪沾湿的额发，换掉挣破了的单衫。然又不肯即刻过去。她暗想："昨夜之事，侍女们不知作何想法。母亲仍全然不知，日后倘隐约闻得，定然责怪，叫我有何颜面于世？"便躺下对小少将君道："我好生心

【1】夕雾的外祖母。

伤啊！但求就此而死，反落得一身干净。"说时，其脚气病发作，便叫小少将君按摩了一回。此病每逢她心情烦乱、忧愁悲伤之时发作。小少将君道："老夫人已约略闻知昨夜之事。今日，她问我甚详，我只得据实相告，又说得些抚慰的话。若问及公主，便照我这般相答吧！"但她并未将老夫人的伤心情状告知与公主。公主觉得果如所料，甚是悲哀。她一语不发，对枕垂泪。自嫁与柏木，时常惹得母亲忧虑。如今又添烦恼，便觉此身实无意趣。她料想夕雾不会就此罢休，定会前来纠缠不止，而外间定也是绯闻流传。她前思后虑，心绪更为烦乱，况又无法辨别自己的清白，今后恶名传下去，任人讥议，又是何等羞愧！虽未曾失身，尚可聊以自慰，然自己乃千金之躯，怎可轻率与他相晤？实是不该。公主自伤命运多蹇，更生无限辛酸。

待得傍晚，老夫人又遣人传话，并令人撤了两厢室板壁，留出通道。老夫人虽身染重疾，但身为更衣，只得依照宫礼，恭迎身份高贵的皇女。老夫人言道："屋内龌龊，约请你来，实乃不便。但因几日不见，如隔三秋，特别想念。况人世无常，今世为母女，下世未必能再相厮守。即或仍做母女，忘却了前生之事却也枉然。如此一想，我俩母女之缘实是短暂，过分亲昵相爱，思来反令人难过啊！"话毕，长吁而泣。公主也颇为感伤，久久凝视母亲，一语不发。老夫人很是怜惜，毫不提问昨夜之事。不觉天色微明，侍女们拨亮灯，送上老夫人亲手调制的晚餐，然公主并不想吃。倒是她见老夫人病势减轻，也略觉欣慰了些。

恰值此时，夕雾又遣使送得信来。侍女不知内情，送了进来。不知情者道："大将送得信来，是给小少将君的。"公主不由又惴惴不安起来。小少将君拿过信。老夫人询问道："什么信呢？"原来老夫人确信女儿已失身，正待他今夜重来。见有信到，便料想他不会来了，心中颇为不悦。她道："置之不理，显得高傲自大，且有伤情面。理应答复方好。此等事情，世人是很难听你辩解的。虽自信清白无事，然又有谁相信呢？倒不如似先前一般，若无其事与他通信。"言罢，便伸手去拿。小少将君甚感为难，只得呈与老夫人。但见信中道："昨夜拜谒，公主虽待我冷酷，反令我越发诚心、倍加眷念了。

清泉入溪不再清，
欲守清白已枉然。"

其他种种甚多，老夫人不能尽阅。此信态度甚是暧昧，语气似颇多得意，今夜又淡然不再造访。老夫人颇为不悦，反复寻思道："昔日柏木对公主爱情浅淡，颇使人伤心。但表面仍十分尊重公主，也聊可慰心，而今大将态度如此轻浮，更如何为好？若为太政大臣家人闻晓，不知又该作何想法。"又想道："我权且试探其心意，看他会出何言！"便不顾心情悲抑，拭去眼泪，勉力振作，执笔代复大将。所书笔致婉曲怪异，好似鸟迹。信中书道："老身病情沉重，公子亲来安慰。此间接阅来信，苦劝公主复答，怎奈心情抑郁烦乱，不能提笔作复。老身只得代为回复。

　　败酱[1]花萎荒山庄，

　　何故一夜宿小野？"

仅此寥寥数语。将信两端封好[2]，掷于室外。立即侧卧躺下，只觉心中痛苦难当。侍女们料定鬼魂一时大意，暂未作祟，现下又行侵扰之故，便惊慌失措、骚乱不安起来。几位正在祈祷的法师，便又开始大声诵念经文。众侍女奉请公主回房，但她自哀薄命多苦，宁愿随母同去，仍一直在旁侍候。

　　再说夕雾大将那日昼间从六条院出来，回到宅邸便想：倘今夜再去访问小野，外人定要疑心昨夜之事属实了，因此不觉痛苦异常。然而他只有强忍思恋之情，装作毫不在意的样子。不久，夫人云居雁隐隐闻晓偷情之举，但仍佯作毫不知情，只是躺于卧室内与孩子们嬉玩打闹。入夜，小野山庄的回信送至。他一见字如鸟迹，大异往日，便凑近灯前，捧卷细读。隔壁房中的云居雁，见有人送得信来，便蹑手蹑脚走到他身后，突然抢过了信去。夕雾吃了一惊，道："怎能如此呢？六条院东院继母[3]今早偶感风寒，我从父亲处出来未能去看她，心里有些牵挂。回家后致信问候，此乃其回信呀！且细看，有这等情书么？再则你也太过无礼！相处愈久愈小瞧他人，直叫人好生气愤！你如此蛮横，纵不为我着想，也不觉难堪？"他叹了口气，做出毫不顾惜的样子，并不去强抢。云居雁亦不看信，只是握在手中，道："你才是如此待我的呢！"她见夕雾并不张皇失措，心里倒有些意外，便故作娇态如此说道。夕雾笑道："世人本应彼此善待，此乃世间常理。像我这种丈夫，恐怕难寻第二个呢！凡高贵之人，倘以示忠于妻子，对别的

【1】败酱为花名，此处代指公主。

【2】信纸卷成筒状，故要封好两端。

【3】指花散里。

女子目不斜视，必定惹人讥笑！再说丈夫毫无生趣死守一人，你也不甚体面吧？唯有在众多妇人中备受丈夫宠爱。地位迥异常人，这才叫人敬羡，诸多美好之事也才会接踵而至。如今叫我似某翁那般，为一少女穷尽一生，这于你有甚得意之处？"他鼓舌如簧，总欲诓她交出那信。云居雁莞尔一笑，道："你要装脸面，却教我这老婆为你受苦！怎也不知你近来变得何等轻薄可厌，真是前所未见，叫我心下好生难受！正所谓'从来不使我心苦……'[1]啊！"亦怨亦嗔，样子颇为可爱。夕雾道："你是言'为何今日让人忧'吧，这倒是为了哪般？你既然未明言，显是意欲疏远我，定有人从中作梗。乳母素嫌久穿绿袍[2]，至今仍不拿正眼看我，总是捕风捉影，传我闲言。竟因一个全无干系之人，你便醋意大发……"他话虽如此，但念及落叶公主之事将来终需她来玉成，便也不十分强求。云居雁闻言十分难堪，再无了甚言语，只好将信放好，夕雾也不便强索，神情颓丧而睡了。但他仍心神不安，总思寻机取回信来。见云居雁已入睡，乃从容搜寻茵褥底下，却并未找到。为此，他心中颇为烦闷。

　　第二日天明，夕雾醒来后并不当即起床。云居雁被孩子惊醒，出得外室去了。夕雾佯作晓梦初醒，起身满室搜寻，然终是徒劳。云居雁见他并不着急，猜度并非情书，也就不十分在意。诸男童欢蹦乱跳，女童们则玩着玩偶，稍长者各自习字读书。只有幼子缠着母亲不放。云居雁便完全忘了所得之信。夕雾则甚为牵挂，担心自己昨夜未能及时尽读，误了老夫人一片心意。他冥思苦想，心绪烦乱。遂在早餐后对夫人道："昨夜之信不知说得些什么！我本想前往东院探看，可情绪不佳无法前往，我待复信，却奈何不知所言！"说时神情淡漠，颇不在乎。云居雁也觉夺得这封信甚是无聊，便不再提及，仅答道："你只须说昨夜于深山中微感风寒，身体不适，无法亲往探问，微词歉疚不就得了。"夕雾戏道："休说这等无聊之词了！你视我为寻常风流之辈，而在我这不解风月之人面前乱发醋劲，说不定众侍女正在暗自发笑呢！"又道："那信究竟藏在何处？"但云居雁并不马上拿出信来，只和他东拉西扯。不觉便过得一日。

　　夜幕既临，夕雾闻得四野鸣蜩之声，便想："此际山雾该有多浓厚，实在可怜！今日总该复得信了吧！"他颇感对他们不起，便情不自禁取砚研墨，抬头

【1】见《水原抄》所引。古歌："从来不使我心苦，为何今日让人忧。"
【2】夕雾向云居雁求婚时，官居六位，穿绿袍，被大辅乳母看不起。

远望，凝思如何回复。侧过头，忽见云居雁常坐的茵褥微微凸起，上前揭开一瞧，正是那信！便匆忙展开来读，阅罢，不觉心中发凉。原来老夫人将他别洞观景之事误解。他暗里叫苦，觉得真是愧对了这老太太。昨夜通宵盼信，到此刻仍不见回信，其痛苦之状可想而知。他愈想愈觉懊恼。又想："老夫人抱病在身仍提笔写信，可见其内心伤痛之甚。倘今晚仍无音信，她将如何难受！"然为时已晚，老夫人病情因此加重也未可知，心里甚怨云居雁。且想："此人委实可恶，没来由乱藏信……也罢，全是因我素日纵容之故。"思来想去，也恨起自己来，竟欲一哭为快。他恨不得即刻赶赴小野，但想："不巧，今日恰逢坎日，万事不宜，公主恐不会见我。老夫人又作此断语，即便应此好事，日后亦恐生恶果。还得细加斟酌才好。"他素来谨慎，故有此念，便决意先写回信。信中道："辱赐翰宝，感激涕零。拜读之下，喜不自禁。唯'何故一夜'之语，不知所缘者何？

　　野游迷失深山郊，

　　未结同枕共褥缘。

虽作此申言，并无益处。但昨夜来访，罪无可恕！"又另书得长信，命人牵来快马，置换随从所用马鞍，遣前夜那个将监送去。且低声嘱咐他道："你告与她们：昨夜我在六条院泊宿，刚才回来的。"

　　老夫人得知夕雾与公主私相往来，不胜怨愤。在小野山庄等候夕雾不来，怨愤愈炽，便代公主拟了一书，皆怨恨之词，谁知连回信也没了。眼见得这一日又黑，不知那夕雾怎生打算。老夫人对他失去信心，伤心已极，肝胆俱裂，已见好转的病情又骤然加重了。落叶公主并不十分在意此事，对这男子的胆大妄为痛恨不已。只是见母亲忧急如此，以致生命不测，觉得出乎意料，又觉深蒙耻辱，但苦于自家清白无从申诉，因而更加闷闷不乐。老夫人十分伤心，觉得公主日见悲苦，便对她道："事已如此，唠叨终是无济于事。虽说万事皆有宿命，但也因自己不慎才招人言语。往事不可追也，今后定当谨慎。我虽不足道，但对你的教养却是悉心尽力的。现在你能明辨是非，无须再劳我忧虑了。但你稚气犹存，尚乏坚韧，故我还希望自己能苟活几年，对你有所照应。平常臣子之女，身份稍高者，一女不事二夫，否则受世人鄙薄。况名门千金，怎可无缘无故随便亲近男子呢？先前因一时缘分屈你下嫁，这些年来我一直深负其疚。然这也是你孽缘前定。自你父皇以下各皆推赞，而那边前太政大臣亦甚诚恳。我势单力薄岂能违逆？唯有俯首听命而已。不幸此人夭亡,竟害你茕茕独身。此皆非你之过,怪不得你。皇天不佑,唯有孤凄度日而已。岂料一波未平一波又起,于人于己皆蒙恶名。虽然,外间讥评我尽可不理,但只要你们二人结成婚姻,如常人般恩爱度日,我也稍有慰藉,岂料此人又如此寡情薄义呢!"言毕,哽咽不止。老夫人只管自个言语,公主有言难辩,只得抽抽搭搭陪了落泪。其状甚可怜爱。老夫人一直看着她,又道:"看你并无稍逊他人之处,为何落得今日这般悲惨命运?"说罢,但觉身体苦病难忍。病魔是最善欺凌弱小的。老夫人突地气如游丝,身体慢慢冷却。法师也手忙脚乱,向佛大许宏愿,锐声诵经祷告。这位法师曾发愿终身隐居山中,此次破例出门为老夫人做法,若佛法不验毁坛而去,脸面将要尽失,且使佛亦面上无光。于是一心虔诚祈祷。无须细说,公主哀哭不已。

正忙乱时,夕雾大将信使来到。老夫人神思恍惚,依稀听得有信送来,料想夕雾不会来了。不由寻思道:"不曾料得公主竟成世人笑料,真真命苦啊!我也因留下了一信,如今一同遭到耻笑!"一时羞愤交加,竟含怨而逝。此情此景,怎是寻常"悲""恨"可比!老夫人昔日屡为鬼魂滋扰,几番死而复生,僧众以为此次也如往常,遂依旧诵经祈祷,殊料竟不再醒转。公主扑在遗骸边痛哭不止,欲随之同去。侍女们只得以人情世事劝她,道:"人生大限,终极无返,谁也不得抗拒的。公主虽眷念至亲,情动天地,但终不可使老太太复生,倒是节哀自强,也可使老太太含笑九泉了。"但公主已哭得全身瑟缩,不省人事。僧众拆去祈坛,渐次散去,只留得几个僧人陪夜。人死如灯灭,景象不堪凄凉!

各处不知何时闻知此讯,纷纷前来奔丧。夕雾大将闻知,心下惊急,立即遣使吊问。源氏、前太政大臣与其他亲友都派有人来。山中朱雀院,也差人送得封信,言辞甚是恳切。公主接到信,方抬起头。信中道:"闻知令堂病重已久,但素来如此,本已见惯,以致疏失,未曾遣使相慰。如今君遭此忧,诚属不幸。推念君苦,心有同悲。务望察人情,省无常,自慰要紧。"公主悲伤过度,几至目不视物,然还是强自函复。殡葬事宜全遵老夫人生前所嘱。是日安排出殡,一切丧务皆由老夫人侄儿大和守[1]负责料理。公主好生难舍,乞请容她与母亲再多待一时,但此事不得应允,遂立即出殡。临出发,夕雾大将方匆匆来到。

【1】即小少将君的哥哥。

夕雾动身之际，曾谓家人道："若今不前往吊丧，此后日子犯忌，不利出行。"实则心知公主悲戚难禁，心下挂念，急欲前往。家人告之不必着急，然他心意已定，且路途遥远，故立即动身。只见山庄愁云缠绕，惨雾重重。遗骸阴森可怖，用屏风围住，以免来客看见。夕雾被请入西边内室中，大和守含泪相迎。夕雾倚于边门栏杆上，召集众侍女前来问个究竟。侍女们连日陪泪悲泣，皆昏惚神伤，但既蒙召见，仍颇觉欣慰。夕雾见到小少将君，一时只管凝噎。他素来坚强，非轻易弹泪之人，但此情此景又让人念及老夫人生前，心下不免感慨万端。且人生无常，亦非素日传闻，而是亲睹亲历，更添得几许悲痛。他好容易平静下来，便托小少将君传言公主，道："昔闻老夫人有些转机，竟致疏忽。大梦复苏，也得要些时间，不曾料得遽然辞去，实令我惊骇莫名！"公主心想："我母辞世，多因此人，虽属前世命定，孽缘终究可恨。"遂不予理睬。众侍女皆纷纷劝道："教我等如何回复呢？以大将身份特来相吊，究属至诚。倘若不答，未免不敬吧。"公主道："随你们揣度我心，回复吧！我亦不知如何对答。"言毕竟躺下身去，这倒无法怪她。小少将君便出去回夕雾，道："大将光临时，恰逢公主昏迷，如今已禀过。"侍女们皆悲伤哭泣。夕雾便道："我也无从安抚，待心情略定，哀痛稍减，再来问候。只是老夫人溘然仙去，可有缘故？愿闻其详。"小少将君乃将老夫人等他不到，忧闷而逝约略告知。然后道："这话似有怨怪大将之意。实因今日心乱神昏，未免言语不当。大将欲知其详，容公主悲愁稍解心情稳定时，再细细禀告。"夕雾见她神思恍惚，欲说之话也觉难以启齿了。稍后方道："我也稍觉神志错乱，愿你再劝劝公主，即便只片言语也请复我一句吧！"他不愿就此回去。但终因此时人多眼杂，怕被人取笑，只得快快辞别。他未曾料到今夜便要下葬，甚觉排场简单有失气度。遂尽遣邻近庄园中人，吩咐备细，一应照料，方才离去。葬仪原本简单，今因夕雾此番协助，忽然隆重起来，送葬人数也增得许多。大和守欣慰之至，对夕雾甚为感激。落叶公主每念及母亲即将化作尘埃，便觉悲痛难抑，痛哭不止。旁人睹此，定觉即便母女也不宜过度悲伤，公主这般悲痛，恐伤及身体。于是各各叹惋。大和守对公主道："此间过于凄惨，非化悲解痛之所，不宜久居。"但公主总望厮守于母亲火葬之处，执意居留山庄。大和守只得将西厢丧居稍作装饰，供公主守孝。又将东面走廊及杂舍稍作间隔，做七七功德之僧人便宿其中，默诵佛经。

晃眼便到得深秋九月。其时山风凛凛，树叶纷飞，四下景象萧瑟，令人触目生悲。久居于此，落叶公主的悲叹与眼泪永无止息。她痛感生死难随心意[1]，愈觉厌恶。众侍女深有同感，心神错乱。夕雾大将日日遣使探问，僧众也常得其种种犒赏，不胜喜慰。夕雾又时时致信公主，殷勤恤问，含恨诉怨，饱注柔情蜜意。但公主置之一隅，不屑一顾。她每想起那晚的荒唐行径，方使病入膏肓的老夫人误以为他们木已成舟而含恨死去，便愤愤不已。此实为老人家超生成佛之罪障，使公主悲愤满膺，难以自拔。凡有人提及夕雾，她便痛恨而泣下。侍女们也不敢禀告，束手无策。夕雾未收到片言只字，起初以为是公主哀思缠绵难尽，不能静心写信，但后来时日甚久仍旧片字无寄，便想："纵然大悲，也有尽时，今如此漠视我一片真心，岂非无情太甚？"心里顿时生得几许怨愤。又想："倘我信上尽学孟浪子弟，作风花雪月之态，自然令她嫌厌，但所书是与她共哀愁之慰问，理当心存感激。想当年太君辞世，我心悲苦，前太政大臣却不见哀意，谓生离死别乃人世常情，只须在丧葬仪式上恪尽孝道即可，何其冷酷！六条院父亲身为义子，却极为诚恳办理丧仪及诸种佛事，给我莫大欣慰。倒不因他为我父才如是说。那已故的卫门督也哀思婉切，使我自那时便颇亲近他。柏木为人沉稳，对世事思谋周详，哀思较常人深切，实可敬爱。"在寂寞抑郁之时，他常作此类回想，聊送日月。

夕雾与落叶公主之事，云居雁不甚清楚，只知他与老夫人有鸿雁往来，内容还颇详尽，未曾见得落叶公主来信。这日，夕雾躺着，遥望薄暮清空，陷入沉思。云居雁让小儿子送得张小纸条，其上写道：

"欲慰君心苦茫然，生离死别两悲伤？

抑或相思苦，抑或叹死别？

君心难料，我心甚忧。"夕雾看罢，脸上绽出了笑容，想："她胡乱猜度，以为我在怀念老夫人，真是可笑。"便复道：

"朝露滴翠顿消失，

生离死别皆无常。

不过伤感人生无常罢了。"云居雁看此，明知丈夫心存隐情，心下亦添愁闷。夕雾终究难忘落叶公主，心中挂念，便又往小野山庄探问。他本拟极力克制，待

【1】见《河海抄》古歌："但教生死随心意，视死如归并不难。"

七七热丧后，再从容拜访，但终熬煎不过。便想："事已至此，也无须顾忌什么了。只要像常人般求爱，并终能称心便最好。"遂不顾夫人心情，亦不找借口了。且想："纵然公主依旧冷酷无情，不得亲近，但有老夫人怨我'何故一夜'一言为证，她总不得再自傲清白了。"念及此，不由胆粗气壮起来。

月中，秋野愈显萧索，即便不通情趣之人，亦多少有悲秋之感。山风瑟瑟，枝梢树叶触风即落，飒飒有声。风声落叶声，竟盖过庄严的诵经声，唯有朗朗佛声清晰可辨。室内人疏影单。群鹿为寒风所逐，早已不惧驱鸟器[1]的声音，或依傍篱笆徘徊不去，或躲入稻禾引颈长鸣，那嘶嘶鸣声徒添行人悲绪。兼有瀑布轰鸣，更使愁人增怨。唯有草中秋虫，唧唧声稍较微弱；龙胆于枯草中挺立，似示"唯我独尊"。众多露野花草，本应显秋季应有景致，但于此时此地，却触目难禁凄凉。夕雾照例进得西面边门，遥望四周景象。他身着常礼服，外露深色砑光衬衣，夕阳毫无遮掩，斜照过来，甚觉炫目，便不经意地举了扇子遮光。那优美的姿势，为众侍女瞧见，皆道仅有女子才有，恐有些女子尚不会做呢！他装得和颜悦色，甚可抚慰愁人之状，指名宣召小少将君。侍女小少将君只得前来，立于距他极近的廊下。他唯恐有其他侍女尚在帘内，便不敢多言，只道："再近些，别疏远我呀！千里迢迢，雾气又这般浓，特来此深山，全为了你呀！"他故意不看她，而向山野方向眺望，又道："再近些，再近些！"小少将君便将淡黑色帷屏从帘端稍稍撩起，将衣袂拂于一边，侧身坐下。她身着黑丧服，外罩一礼袍，本是大和守之妹，老夫人侄女，亲缘甚近，且自小由老夫人抚养，故所穿服饰颜色尤深。夕雾又对她道："老夫人仙去，我亦悲恸不已。公主一字不复，太过无情，真有些失魂落魄！我自溺苦痛，旁人无从理解，如今亦不再隐忍了。"又诉得诸多怨言，且提及老夫人临终前给他的信，言毕泣涕涟涟。小少将君亦哭得厉害，后止泪答道："那日夜里，老夫人盼见大将，可连信都没回。遂神志昏乱，心生绝望。夜色渐深，她病势愈重，那鬼魂便收了她命。当年卫门督逝世，老夫人也曾因极度伤心，屡次昏迷。见公主悲伤难抑，她便强忍悲痛，劝慰公主，逐渐得以康复。可如今老夫人去世，却无人抚慰公主，以致公主神志昏迷了。"言时痛思前情，悲叹不绝。夕雾道："此言极是。公主确已悲恸欲绝，情绪萎靡。然事已至

【1】木板上系些竹管，拉绳使其发出声响，用以驱赶飞鸟。

此,恕我直言:公主日后将何所托靠呢?朱雀院已闭居深山,以白鹤为伴,通信亦甚艰难。尚需你多加劝导,务使公主明白日下所处身境。万般世事,皆由前生注定。公主虽不喜凡俗,怎堪事与愿违!人之一生,欲始终愉悦,须得无生离之恨死别之悲才行呀!"他一气说得许多。但小少将君默不作声,只是叹息。恰闻室外鹿声又起,哀婉绝鸣。夕雾听得,便吟起古歌"秋近鹿苦鸣,山中久回荡。怜我独夜眠,泣声长似此"来。继而赋诗道:

"跋涉草莽访小野。

如鹿苦鸣泪沾衣。"

小少将君和道:

"泪湿丧服秋意冷。

闻得鹿鸣更添哀。"

虽不甚雅,但此情此景由女子低吟浅唱,夕雾颇觉美妙。他便托小少将君传言。公主让她作答道:"此际我处尘世,恰似置身愁梦,待他日梦醒,定当酬谢屡番枉驾之恩。"仅此数语,甚为冷淡。夕雾更是痛感公主无情,抑郁而去。

回京路上,夕雾怅望夜空。正值十三,月色莹洁凄艳,拂照大地。车骑从容驶过小仓山,途经落叶公主一条院私邸。见此处异显荒寂,西南方院墙已坍塌,院内殿宇历历可见。门窗紧闭,寂然无人,唯有皎洁的月光闲映池塘。夕雾忆及昔年柏木于此举行管弦乐会时的情景,怆然吟道:

"空池不映柏木影,

惜叹秋宵孤月寒。"

回得本邸,他仍眺望月色,神思逸荡。众侍女见他呆傻凝望,皆私议道:"有多落魄啊!往常可不曾有此习气的。"夫人云居雁亦犯了愁,想:"不知为何?心思竟全被勾到那边了!他常慨叹六条院中妻妾和睦,视诸夫人为典范,竟视我为不识风情之人,实乃可恨!倘自昔便列身其中,则外人早已习惯,我倒可悠闲度日。然其父母兄弟诸人,皆赞美其乃世间诚挚男子,谓我乃无忧无虑之夫人。殊料平安无事至今,竟忽地生出此等可羞之事!"如此一想,更是郁塞于怀。是时天将破晓,两人以背相向,不发一言,又各自叹息不止,挨到天明。夕雾不待晨雾消尽,便一如既往,忙写信与落叶公主。云居雁甚是怨恨,却也不似前日那般抓扯。夕雾的信内容详实,深情款款,偶尔还搁笔吟诗。吟声虽微,云居雁仍是听到:

"痴心企盼愁梦醒,

翘首长待邀我访。

颇似'瀑布落无声'[1]了！"信中内容约略如此。封好信，忍不住又吟"怎得慰我情"之句，然后遣人送去。云居雁欲明白二人何等亲密，便思谋着窥视对方回信。

晌午时分，夕雾方才收得小野回信。淡紫色信纸，甚是大方朴素，乃小少将君代笔写就。信中道："公主仍是执拗不答，并于来信上胡乱涂抹，被我窃来奉上，恕请谅解。"复信中果塞得从去信上撕下的纸片。夕雾暗想公主毕竟看了去信，有此亦感欣慰了。他将那些纸片拼凑起来，竟有一首诗：

"愁居深山苦泣悲。

泪似瀑布落无尽。"

此外，尚东涂西抹得些惹人愁思的古歌，笔迹娟秀。夕雾反复吟咏，悲愁顿起，便想："平素见得别人，为风花月夜之事伤心劳神，便觉荒唐庸俗，讨人嫌厌。岂知一旦亲历，方知苦痛更甚于斯。怪哉，何以如此？"他虽竭力收心敛神，然终是徒劳。

六条院源氏对此事亦有所闻。他暗思："夕雾为人向来沉稳练达，凡事能从容应对，从未受人讥议，一味安闲度日，身为其父也甚觉光彩。想我年轻之时，因沉溺于风月，以致落得个轻薄之名，原以为他可补我之过。殊料偏生此事，损名伤面。对方倘是陌生之人，还说得过去，怎奈她偏是至亲[2]！前太政大臣对此如何看待，夕雾当不会无所顾虑。可见宿命前定，焉能抗避！唉，利弊与否，我皆不能涉足其间了。"甚觉此事有损两方颜面，故哀叹不已。他追昔抚今，向紫夫人感叹示意：见落叶公主丧夫，不免忧心自己百年后。紫夫人不由脸红耳赤，心里甚是不快，心想："丈夫倘真个仙去，我还会久留人世么？妇人立身于世，苦患甚多，倘无视悲哀或欢娱情状，而一味浑噩沉默，岂能享受人世之无限乐趣？况女子全无见识，岂不形同痴傻有负父母之恩情？倘万事皆潜伏心底，而似古寓言中的无言太子[3]，岂不乏味至极？纵然可随己意行事，可

【1】见《河海抄》古歌："深山名小野，瀑布落无声。似此无音信，怎得慰我情？"

【2】落叶公主乃夕雾表嫂兼舅嫂。

【3】出典于《太子休魄经》等。据说波罗奈国太子出世后能知过去、现在、未来之事，为此十三年闭口缄言。

如何方能恰如其分？"如此劳神费心一番，却非为了自身，而只是为了大公主前程。

夕雾大将前来六条院。源氏知晓其心事，便对他道："老夫人丧期已过。想她自以更衣入侍，时光荏苒，已三十余年了。岁月无常，实甚悲伤。人生所恋欢乐，犹如朝露易逝。我常想剃发，忘却世间俗事。然又因故延喘至今，百无聊赖，实在苦闷啊！"夕雾道："世事如此，即便表面看似无甚留恋之人，其内心也尚有难言之苦呢！老夫人七七日中，一切佛事皆由大和守操办，甚为凄凉。没有忠实的庇护者，生前尚可，死后难免悲凉。"源氏道："想必你已遣使吊慰过朱雀院，那二公主定是悲恸欲绝吧，据近年偶然见闻，那更衣不可与先前传闻比拟，竟是位无可挑剔的淑女。众人皆觉得有些惋惜，道'如此之人，实乃不该夭寿'。朱雀院也定然震惊吧？他热爱二公主，仅逊于已出家的三公主。想来二公主的品貌，也必是少有的。"夕雾道："二公主的品貌，我自是不知。老夫人的人品与性情，实在毫无瑕疵。虽我与其相知甚少，然仅就些许之事，亦足显其性情之优越出众了。"关于二公主，他只是略略提及，并不详叙。源氏暗道："他意向已定，倘再作劝诫，实乃自讨无趣。"便不再谈起。

老夫人死后，法事由夕雾一手操持，遂有种种言论飞传。前太政大臣闻知，觉得夕雾不必如此诚心，总是公主思虑有欠妥帖。法事举行之日，柏木诸弟心念旧情，都来吊唁。前太政大臣亦送来隆重礼仪，以诵经布施之用。供养丰盛，实可与名门望族之家齐肩。

且说朱雀院闻知落叶公主欲削发遁入空门，便劝道："万万使不得！身为女子，固不宜一身事二夫。然毫无庇护的少妇出家，更会招致意外恶名，蒙受罪愆，于今生后世不利。我已皈依三宝，三公主亦与青灯古佛为伴，世人皆讥笑我绝后，于我出家之人本无烦扰。但众人竟盲目效法，终究无甚意趣。本为避尘世琐杂，方入空门。不料仍是尘缘未尽。必得心澄神一，诚心修悟，方可任情而为。"此番话转告公主已多次。公主与夕雾间的绯闻，他亦有所知，言公主是因此事不谐，才厌弃红尘。朱雀院颇为心忧，私下以为公主与夕雾结为这等情缘，实乃草率。但又恐说教于她，令其羞愧，亦属可怜。"唉，我又何苦徒耗心思呢？"是以对此闭口不提。

夕雾大将寻思："我已唇焦舌燥，至今仍是徒劳。看来不可指望她为我诚心所动了。不妨欺瞒外人，婚事为老夫人生前所许。事属无奈，只得委屈死者了。

如今倘要我一如纨绔弟子，涕泣着纠缠女子，实乃不配了。"便思谋着迎公主回一条院，准备成婚。于是择定黄道吉日，宣大和守前来，吩咐一应事宜。众人便清理这一度杂草遍生的庭院，并厚施装饰，其富丽堂皇之状更胜于往昔。夕雾更是细虑周全，忙得不可开交，凡事必求完美，幔帐、屏风、茵褥等物，亦嘱大和守迅速置备。

至吉日，夕雾亲往一条宫邸，派车遣人前去小野迎亲。公主拒不返京。侍女们苦劝，大和守亦道："公主之意，叫人实难回命。鄙人深知公主之哀，是以事事竭尽绵薄，以慰公主。但如今大和地方另有事务，须得归任亲理。然此间一应事宜，无人可继，又不敢不顾而去。正踌躇时，喜得大将惠顾，竭诚关怀。公主嫌怨此君心存异念，故不肯屈就，自有理论。然皇女被迫下嫁者，自古历今，何止一二。世人不容你自行其意，一味执拗，反见幼稚。身为女子，欲独持己志，独谋立身，生活安闲者，其倒寥寥。终得仗男子之助，其慧质颖材方可一展。左右人等，只管独善其身，却不知以此大义晓谕公主！"又说得许多责备众侍女及小少将君的话。

听得大和守训斥，众侍女都聚拢来齐劝公主移居，一时公主已是众命难违了。她虽心有不甘，侍女们仍取来华丽服饰与她穿戴。那满头青丝已长及六尺，发梢虽因忧虑而略显疏落，然众侍女仍认为丰采依旧。公主手抚青丝，甚觉如此衰减之容颜，何以以身示人？默思有顷，又躺下了身子。众侍女催促道："夜色已深，时辰过了！"众人正在喧噪，忽有凉风送来一阵时雨，四周景色顿见悲凉。公主吟诗道：

　　"宁愿乘风随母去，
　　誓不遂意痴狂人。"

因她曾言出家，侍女们便将剪刀诸物藏匿，又严加护守。公主心下想道："我身何足珍贵，竟使众人如此守护？又怎能似孩子般削发遁走？如此，岂不被世人所笑？"遂断了出家之念。

山庄上下，诸人忙于迁居。梳、盒、柜等一应物件，都早已装好，运抵京都。落叶公主见此，哪能独自留居于此？临行时泪眼环顾四野，复想当初来时，老夫人病中摩挲她长发的景象，蓦然浮于眼帘，不觉泪满于眶。一向不离左右的老夫人所遗佩刀及经盒，此时也随同带走。遂吟诗道：

　　"摩挲玉盒泪纷飞，

物是人非难慰情。"

经盒乃老夫人平日惯用螺钿盒,用以盛诵经布施品。公主如今视它为遗物,倍加珍惜,携盒返京,颇似传说中的浦岛太郎[1]。

到得一条官邸,但见堂皇无比,人进人出,一派喜气。车在门前停下。公主揭帘,恍惚并非重返旧邸,倒似一陌生之地,心下忧虑,就是不愿下车。众侍女暗怨公主太过稚气,又不得不伶牙俐齿,多般劝请。夕雾大将俨然常住之人,暂住东厅的南厢之中。

三条院诸人闻知,惊得面面相觑:"怎做出这等事来!是何时进展这般快的呢?"一向沉静稳重之人,竟突地做出有伤风雅的艳事。他们推测,夕雾与落叶公主发生关系,已非一朝一夕,只不过未露痕迹而已。并无一人推想到,公主仍是如此坚贞不渝。是故他们的一切看法,都太委屈公主了。

鉴于公主尚在服丧,一条院的排场自然不同于一般喜庆。这样的开端未免不祥。众人用过斋饭,人声寂然时,夕雾过来了。他迫不及待,催促小少将君引他去见公主。小少将君道:"大将倘有长远之志,当不急在这一朝二日。公主刚回旧邸倍添新愁,已僵卧榻上形同死尸了。我们倘劝慰过烈,反惹公主苦上添痛。俗话道:'凡事皆为己。'请恕我万难从命。还是待些时日再来吧!"夕雾回道:"真是奇怪啊!我竟未料得公主之心,如同小孩般莫名难测。"便又极力分辩,说这是顾虑公主与自己两全其美的好办法,量世人不致非难。小少将君答道:"万万使不得啊!我们都心存疑虑:这回可别再危及公主性命!我恳求你了,千万不可强词夺理,再做这种不近人情之事啊!"说罢,便合掌礼拜。夕雾道:"想我何曾受得如此冷遇!公主以为我乃何等人,如此蔑视?真叫我好生伤心啊!不过,我何错之有?倒想叫人评评。"他已恼羞成怒,气得说不出话来。小少将君想想也觉难堪,微微一笑道:"此种冷遇大将未受过,实乃你不深谙男女之情。究竟孰是孰非,却也可让人评判。"小少将君虽执拗不允,但又怎能严阻夕雾呢?只得由他跟了进去。夕雾估摸公主居处,便踏入了室内。公主越发恼怒此人这般蛮横,也不再顾及体面,忙携一床茵褥躲入储藏室,将门从里扣住,凉冰冰躺下便睡。但在这里能躲得几时呢?眼见侍女们皆私心侧向合流导引自己,她

【1】日本古代传说中人物,此人随龟赴龙宫,龙宫一美女赠他一玉盒,告诫他不可打开,但他回家后还是破戒打开了玉盒,结果盒中喷出白烟,使他顿成白头老翁。

愈想愈是愤恨。夕雾深怨公主冷漠，他不由暗想道："你越是躲避，我越是不罢休。"竟势在必得独卧户外了。他左右寻思，觉得自己竟成了夜宿山溪的野鸟。天终于亮了，夕雾自思一味僵持，势必怨极生仇，倒不如暂忍一下，便在储藏室外恳求："即便略露一条门缝也好！"但里面并不理睬。只得吟诗道：

"悲怨萦胸冬夜寒。

岩扉深锁叩不开。

如此冷面无情，我已无话可说了。"便掩泣而去。

继母花散里，见夕雾垂头丧气转回六条院，便漫不经心地问道："据前太政大臣家的人说，你将二公主迎回了一条院。可有此事？"夕雾从间隔的帷屏缝隙窥见继母神态，便答道："这些人总是少见多怪。老夫人初时态度强硬，拒不应允，但临终之际，心念公主无依无靠，难免生涯凄苦，终究托我一切照应。此意正合我心，自然乐于从命。世人总好说三道四，平常琐事竟传得不堪入耳，真正可恼！"忽又笑道："只是公主本人厌弃红尘，执意落发为尼。我正无可奈何呢！既然流言可畏，倒索性由她出家也好，免得再生嫌隙。但既受老夫人临终之托，自不忍忤逆，故还得照应她的生活。若父亲来此，务请转告愚意。唯恐父亲怪我一向诚挚，忽又有此不良之念。再者，男女相恋，并非别人劝谏与各自意志所能左右的。"后几句话声音甚微。花散里道："外间传言，我本不信。然此种事情并非出奇，只可怜你那三条院夫人，安然自得到今天，忽生意外，心里定然不好受吧？"夕雾回道："你以为她温顺，如大家闺秀么？暗地里凶似鬼神。并非有意疏阔她，恕我无礼。既为女子，终以平心顺气为佳，倘心存嫉恨，出语伤人，则丈夫为平息事端，许会让她三分，然终有反目之时，势必永世结冤。她们哪能像春殿那位紫夫人，和你老人家这般厚道、温和敦柔、可亲可敬呢？"他极力赞美这位继母。花散里笑道："你如此赞我，反使我缺点显露，有些自愧呢！不过，我也甚感好笑。你父亲自己一向好色，却处处加以掩饰。而风闻你有半点偏激言行，他便大动肝火，又是训诫，又是忧虑。倒应了'责人倒明，恕己则昏'之说了。"夕雾道："确实如此。父亲常为此事训诫。其实凡事我自会谨慎，也不敢太劳他心神。"说毕，也觉父亲不是。

夕雾前往参谒，源氏对他与落叶公主间的事虽早有所闻，但转念一想："我还是佯装不知为好。"遂默然望着夕雾。见夕雾长得仪表堂堂，丰神秀颐，又正值盛年、精力充沛，源氏不由暗想："如此标致的人物，女人怎不倾心呢？添点风流韵事，鬼神也当缄默其口的。看他浑身朝气逼人，却又成熟练达，绝无一丝不通人情世故的幼稚之气，实在无可挑剔。壮年眠花宿柳，实属情理。"他看着自己的儿子，只管神思纵横。

晌午，夕雾回得三条院邸。刚进门，一群活蹦乱跳的子女便拥上前来。云居雁躺卧在寝台帐内，见夕雾进去，也不加理睬。夕雾理解她的恼恨，便故作大度，拉开她身上的衣服。云居雁恨恨道："不是曾说我像鬼么？何苦又来纠缠我？"夕雾嬉笑道："心眼儿有鬼气，但你的模样儿却可爱，我如何抛舍得下？"他冲口说了这话。云居雁生气道："侍候你这风流俊俏之人，妾身实不配，望你忘掉我，让我任觅一处便可苟活了。多年与你共枕，实在浪费了你的青春，真是愧疚啊！"便又支起身来，颊飞红晕，态极娇媚。夕雾越发情思萌动，逗她道："你生气倒像个孩子呢，现在不觉这鬼可怕了。也许还该再凶些才好呢！"云居雁半娇半嗔道："休得胡说！还是快些死去吧！见着你的面，便叫我懊恼，听着你的声音，便让我心烦。倘我先去了，独留你在世间，又放心不下。"神态愈见温顺。夕雾笑道："你怕我活着，却与你天各一方；你见不到我面，听不到我声，又得到处打听，是以要我死罢了。听你如此说，正显示我俩的情缘深厚。生死与共，这可是我俩昔日的誓愿呢！"他说得一本正经，又嘴乖舌巧，细细抚慰了一回。云居雁原本天真温厚，竟给他一阵甜言蜜语平静了心情。夕雾甚觉可怜，然又想："落叶公主并非天生高傲，执拗成性，但她拒不嫁我，必欲出家，实使人尴尬失望啊！"如此一思量，便觉时下切不可松手，心中顿生焦躁。今日天色已暗，恐又不会有回音了。他寂然枯坐，思前虑后。云居雁两日未进得水米，此时方略进了些茶饭。

夕雾抚慰她道："我对你始终情深意笃。想当初，强忍种种恼恨与痛苦，将各处说亲者一概拒绝。可你父冷酷无礼，使我蒙得个愚夫之名。世人皆笑我任性执拗，说即便女子亦不致如此。我一向自信沉稳厚实。真难想象，那时是如何忍受的，况你我已有一大群孩子，即便深恶，你也不可能任情胡来，抛弃我们啊！人世长久，生命苦短。在世之时，我定不会负心的。尚望你通达。"言罢，竟呜咽起来。追昔抚今，云居雁也不由感慨万端，觉得姻缘毕竟命定，又与他夫妇多年。夕雾揩拭了眼泪，脱下家常便服，换得一件熏香的华贵衣服，里外调试了一番，便欲离去。云居雁面对孤灯，目送他出得门去，不禁泪如雨下，便扯了他换下的衣衫，频频拭泪，悲戚沉吟道：

"憎恨缘绝成弃妇,

　　不若披剃远尘俗!

此般生涯,真没法过了!"夕雾回转身来,答道:"此等想法,实乃无聊啊!

　　披剃离弃夫君去,

　　痴心枉教世人讥。"

其诗仓促而成,并无突出之处。

　　却说那落叶公主,笼闭于储藏室不愿出来。众侍女皆劝勉道:"还是出来吧!饮食起居照旧,只须将公主意思向大将说明即可也。况不能永远笼居于内,世人知道,不知又要怎样谈笑公主呢!"公主虽觉此话不无道理,但念及此后恶名流播,及内心诸种痛楚,皆因这可恨之人而生,故这晚还是不肯相见。夕雾发恼道:"怎如此不近人情,闹得玩笑么!"一时牢骚满腹。众侍女也替他抱屈,劝他道:"公主曾言'在服丧期间,我当心志合一,超度亡母。如他真对我有情,何妨再待些时日,待我身心恢复健康,再作理论'。她心甚坚决。今大将来得频繁了,公主深恐外人讥评,故不便及时相见。"夕雾长叹道:"我心明月可鉴,又从无非礼之处,不知何以待我如斯?只求能与她倾心对诉一回。即便在起居室接待,也无不可。只要她知我心,苦等永世又如何!"他再三恳请,叨叨不止。公主让侍女回道:"外间谣言纷起,使我深陷困厄,不幸之甚,你却不加体谅,一味强逼!居心如此险恶,实令人痛恨!"她越发怨恨夕雾,只想远避之。夕雾暗忖:"如此操之过急,外人闻知确也不爽。众侍女恐也脸面无光。"便托小少将君传言,道:"公主之意,乐于遵奉。但夫妇之名,尚须维系。如此名实相悖,世所罕见。倘听从公主之命,不再相扰,则外人又谓我始乱终弃,越发有损芳名。唉!执拗任性,不谙世情,像个孩子,令人好生遗憾!"小少将君也甚觉夕雾言之有理,见他那般痛苦,便将侍女进出的北门打开,放他进了储藏室。

　　公主见夕雾忽地进来,惊得三魂出窍,更恨侍女所为,不免凄然想道:"人心如此难测,日后苦患又将如何煎熬呢?"思前想后,悲痛难抑。夕雾却滔滔不绝,讲出诸多理由,极力辩解。话语虽意味隽永,情趣动人,但公主置若罔闻,恼恨不已。夕雾也恨恨道:"你如此小觑,我实感羞愧。想我一时轻率,行此荒唐之事,今虽痛悔,却已时过境迁。只是事到如今,公主又如何能保持高节操守?事出无奈,还是屈尊了吧!人之一生,恨事甚多,情势所迫,不乏纵身投渊者。公主以我心为深渊,何不以身相投呢?"公主紧裹一件单衣,心中无主,只管悲悲戚戚。其畏缩怯弱之状，惹人生怜。夕雾暗道："无奈至极！怎这般厌我呢？情至于此，此女之心竟毫不松动，实乃铁石心肠啊！想来姻缘前世命定，有姻无缘强扭亦不甜，始终只有嫌隙罢了。"一念及此，也深悔此事做得太过出格。想那云居雁，此时必又如坐针毡了。复忆起当初两情相悦、相敬如宾之状；情意绵绵，相互信赖之情，越发深恨此次自寻烦恼。是以他也不再勉强抚慰公主，只管在一旁自怨自叹，直至天明。他羞于每日徒劳往来奔波，决定今日暂住一日。公主见他如此磨缠不走，越发厌恶疏远他了。夕雾则既笑她痴顽，又恨她情薄。

公主住的这储藏室，除去香柜和香橱外另无他物，设备甚是简陋。公主便稍稍清理，权且住下。室内光线暗淡，但太阳初升时，几缕阳光射入，映出公主无双容姿。偶然间，公主解下头巾，轻理那凌乱的发丝，夕雾隐约窥得其芳颜，不由暗叹果真是个人间尤物。而落叶公主见夕雾那放任不羁的倜傥风姿，甚觉优美，心下便想道："先夫貌不出众，却极自负，有时还嫌我仪貌不雅。如今芳颜衰减，叫这美男子瞧见，心里恐是难堪不过吧！"便觉得好生羞耻。她思前虑后，勉力自慰，但终有苦不堪言之感：世人闻知，必然责我罪无可赦。况丧服在身，伤痛之情，何以抚慰？

公主最终还是有所悟，移出了储藏室。二人便一起在日常的起居室中盥洗，共进早餐。丧家此时装饰，似有些不祥，故将做佛事的东室用屏风遮了。东室与正屋之间的帷屏为淡橙色，吉凶咸宜，并不惹眼。另添置得两架沉香木橱，隐含喜庆之意。此皆出于大和守的安排。众侍女皆脱去了青蓝色丧服，换上那些颜色不甚明丽的棣棠、暗红或深紫色衣服。绿面枯叶色的围裙，亦换成了淡紫色。宅邸里侍女众多，诸事皆由大和守亲自过问经办，只略雇得几人来做些粗活。现在来了如此贵客，即便众人尽力侍候，但也常是捉襟见肘。那些原已辞退的家臣闻讯，便又纷纷回转，到事务所听命。

夕雾无可奈何，便装作已习惯之态，当起这宫邸的主人来。三条院云居雁闻讯，寻思这回情缘终是断了。但心犹不甘，仍寄一丝希望。转念又想："谚语曾言'诚挚之人一变心，完全判若两个人'。这话不错。"顿时万念俱灰，不肯再受丈夫折磨，便借口驱避凶神，回娘家省亲去了。时值弘徽殿女御归省，姐妹相伴，烦忧稍解，便没了往日的绵绵归思。

夕雾听得消息，想道："她的心性果然浮躁。其父更是心胸狭窄，缺乏宽宏大量的气度，恐怕正骂我'哪有此等道理！日后休得再来见我，也不准再提起他！'而闹得满城风雨吧。"他心下担忧，便立刻回转三条院。见女儿和婴儿都随母亲走了，只留得几个男孩。他们见父亲回来，满心高兴，少不得亲热一番。有的恋念母亲，不免哭着向父亲诉苦，要找母亲去，使夕雾十分难受。他几番去信，又派人专程迎接，然始终没有回音。心中气恼不已，怨怪怎会如此任性胡来。他恐前太政大臣责怪，且在薄暮时分，亲自前去迎接。夕雾打探得云居雁与弘徽殿女御在正殿，便径直走了去，却只有侍女同乳母领着婴儿在内戏耍。夕雾叫侍女传言道："怎可将孩子东抛西舍，耽在别处闲耍呢？年长之人，怎能仍同年轻时一般任情好玩呢？你我虽素来性情不一，然姻缘所定，我一直爱恋着你。况有一群可爱的孩子！岂能为了些许小事，弃他们不顾？真个绝情啊！"措辞严厉，十分忿恨。云居雁叫侍女代答道："请不必多言。我已容颜衰减，不能得你欢心，况性情亦难改变。尚望你善待无辜孩子，则我心足矣。"夕雾恨声道："答言倒是巧妙啊！究其原因，到底是谁的错呢？"也不强逼她回去，便同孩子们滞留此地一夜。他自念此时没个头绪，更觉懊恼悲伤。好在孩子尚能依偎身边，心下略微宽慰。然又想起落叶公主恨他，如此根深蒂固，心情又如万箭穿心，疼痛不已。他想："世人怎会视恋爱为风流呢？"便觉此事深可警戒。天色微明，夕雾便又叫人传话："如此年长之人，尚如小孩般任性，岂不遭人讥笑？我且依你情缘已绝之说，可几个孩子思念着你，倘你不愿带走，我也自会设法安置的。"如此恐吓之话，云居雁不由担忧起来。夕雾是个果断之人，恐真会将孩子们带入陌生的一条院。夕雾又道："我恐不便每每专程来探询几个女儿，尚恳请还与我，让她们同那边的孩子一道同住，以便看顾。"他甚觉女孩可怜，便告诫她们道："勿听母亲之言。如此执拗不通情理，实乃可恶！"前太政大臣听得此事，心念女儿成了世人笑料，不免悲叹连连。对她言道："恐他自有想法，何不静观其变呢？行事太过急促，反见轻率。但今既已挑明，也就不可轻易变辙随他回去。且看他如何行事吧！"便将儿子藏人少将[1]唤来，送了封信与落叶公主。信中道：

"凤缘既深乃天命。

不堪妄为尤可憎。[2]

不会将我们忘却吧！"藏人少将径直进得一条院。众侍女忙设一蒲团请座，却不

【1】疑为藤侍从。
【2】此诗前述柏木之死，后责备今日夕雾之事。

知如何应对，落叶公主尤显难堪。藏人少将乃柏木诸弟中，相貌最俊逸，姿态最潇洒的。他游目四顾，丝毫不显慌乱，似在忆念柏木。他对侍女们道："昔日曾常来于此，并不觉疏阔，只是你们早已疏离我了！"不满之意，溢于言表。公主阅毕来信，甚觉难于回复。众侍女便围聚过来，劝道："公主倘不复，前太政大臣还以为我等不明世故呢！况这信我们是万不可代复的。"众说纷纭，公主早已啜泣不已，暗道："倘母亲在世，定会庇护我的！"久久无法成书。后来好容易泪珠与笔墨齐下，写道：

"微躯岂敢蒙关爱。

毋庸憎今却痛昔。"[1]

仅此数语，随想随写，言犹未尽，便装好递走。藏人少将与侍女们闲话，道："我乃常来之人，让我居于帘外檐下，实甚有些孤苦。自后又结新缘，料必要常来打扰了。尚望能看昔日微薄之劳，特允我谋自由出入，做个上宾吧！"言毕辞谢而去。

落叶公主自得了前太政大臣信后，对夕雾愈加冷淡。夕雾则日夜惶惑，无所适从。云居雁心中的愁苦也日胜一日。夕雾侧室藤典侍闻此，想道："夫人曾以我为不可容赦的情敌，孰料现在真来了个难以匹敌的角色！"心下怜惜，便去信慰问她道：

"设身处地亦伤悲。

为君抛泪湿衣襟。"

云居雁虽疑此诗有意讥嘲，然因正当忧患，寂寞凄苦，展阅来信后，便想："连她也心有戚戚了。"遂复诗道：

"常为他人空悲叹。

不幸今朝临此身。"

藤典侍觉着情真意切，更为同情。

这藤典侍昔年曾与夕雾私通。那时夕雾向云居雁求爱不成，便移爱于她。后娶得云居雁，便渐渐遗忘了。即便如此，他们仍生育得子女。藤典侍生育得二公子、五公子和三女公子、六女公子；云居雁亦生有公子和女公子各四人，个个都活泼聪颖，可爱宜人。尤其藤典侍所生的那几位，模样清秀，性情娴雅，更是出众。三女公子和二公子，由祖母花散里抚育，源氏也常来看顾，倍加疼爱。至于夕雾、云居雁、落叶公主间的种种纠葛，终究如何了结，实非笔墨可以尽述。

【1】表明自己与夕雾并无瓜葛。

THE TALE OF GENJI

VOLUME 40
第四十回
法 事

自前年那场大病后,紫夫人的身体便明显衰弱下去了。虽然无严重迹象,一时并未危及生命,但精神萎靡,一直没有康复的征兆,身体每况愈下了。源氏为此很是忧愁,觉得即使她比自己早死片刻,也将不堪忍受离别之痛。紫夫人寻思道:"世间荣华已享尽,此生亦心满意足了。即便即刻死去,也不觉遗憾。只是不能与源氏白头偕老,辜负了曾立誓愿,实甚令人悲叹。"为修后世福德,她多次举办法事,并恳请源氏让她出家为尼,于有生之年专心修行,以遂夙愿。然源氏主君执意不肯。他也有出家修行之愿,见紫夫人如此恳求,便欲乘机一同出家。然念及一经出家,须远离凡尘俗事,方可相约在极乐之境,同登莲座,永结夫妇。且于修行期间,即便同处一山,也必须分居两个溪谷,不得相见,方可修得正果。眼下夫人已无康复之望,身体愈加衰弱。如果就此分手,让她离群索居,怎放心得下?如此牵肠挂肚,则未免惑乱道心,有背清秀山水之灵气,故而举棋不定。于清心寡欲、断然出家诸人眼中,源氏似乎也太多虑了。紫夫人本欲擅自出家,但念此举未免太过轻率,反而事与愿违。故觉左右为难,不免对丈夫生出些怨恨。她猜想许是自己前世造孽,因此忧虑重重。

紫夫人近年想完成一桩宏愿:欲请僧人书写《法华经》一千部。此时她急欲了结此愿,便于私邸二条院举办了这一盛事。僧人所穿法服,分品级制作。法服的配色、缝工等皆甚考究,非寻常衣服可比。法会的排场,很是宏大庄严。所有这一切,紫夫人皆未正式与源氏主君商量过,因此源氏并未替她具体谋划。然紫夫人的计划甚是周详,无所不虑。源氏只从旁参与了些事情,见她竟谙熟佛道之事,深感此人慧心无限,不由万般感叹。至于乐人、舞人等具体事务,皆由夕雾大将一手操办。

此法事盛会,皇上、皇太子、秋好皇后、明石皇后[1]以及源氏诸夫人,皆派人送来种种诵经布施和供佛物品。加之朝中诸人的赠品,各种奉赠布施之物品,难以计数,整个场面盛大,热闹无比。皆不知紫夫人几时有了此种宏伟志愿,仿佛几世以前便已做了精心设计。当日,花散里夫人与明石夫人都来了。紫夫人将南面和东面的门打开,在正殿西面的库房内设席安座。诸夫人的席位,则设在北厢,中间隔以屏风。

【1】明石女御已被册立为皇后。

三月初十日，空明澄碧，樱花繁盛，令人神清气爽。即便是佛祖所居的极乐之地，料想也不过如此吧？虽信仰并非特别深厚之人，一旦身临此境，其心怀也顿觉清净。众僧朗诵《法华赞叹》的《樵薪》[1]，整齐洪亮，声震梁宇。偶或闻之之人也未免动情，何况值此盛会！紫夫人一听这诵声，便觉凄凉冷清之至，世事皆空，便即席吟诗一首，并让三皇子[2]传与明石夫人。诗云：

"不惜此身随物化，

可悲薪尽消散时。"[3]

明石夫人读罢，便即刻作诗回复。她寻思道："若答诗中流露忧伤之音，旁人一旦知晓，定会怨我的。"便在诗中，尽说些劝慰之言：

"今始樵薪供神佛，

尘世修行无限期。"

僧众诵唱彻夜，鼓声不断，雄壮庄严之声与舞乐之音相应，颇为壮观动人。

　　天将破晓，各种花草树木在薄雾晨露中沐浴招展，渐渐明晰起来，显露出一派生机盎然的景象。众鸟争相鸣奏，婉转似笛声。哀乐之情，至此而止。接着《陵王》舞曲骤然响起，曲声由缓转急，到后来奔放热烈。许多人兴奋得脱下衣袍，抛赐给那些跳舞奏乐的人。诸王公中擅长舞乐者，更是加入其中，尽兴发挥。在座诸人，皆情绪饱满，欢呼之声惊天动地。紫夫人触物感怀，自念在世之日已所剩无几，止不住心中哀伤之情，不忍目睹此热闹场景。

　　第二日，法会继续举行。因前日累了一整日，紫夫人当日疲惫不堪，难以起身，只得躺卧于榻。多年来，每逢兴会，众人皆来表演舞乐。人人风采焕发，尽显高超技艺。对此情景，她觉得兴许是最后一次，特别眷恋，便仔细倾听琴笛之声，将那些平日熟视无睹之物一一打量。对在座的几位同辈夫人更是如此。平常之时，众人一起相聚，参加各种游宴盛会，彼此虽怀争宠斗妍之心，然表面却是和气。虽然众人皆无法长留于世，但只有她一个人先行离去。如此一想，不胜悲哀。法事完毕后众人散去，此处又复归往日平静。紫夫人念及或许再难见到诸人，顿觉痛惜无限。便赠诗花散里道：

【1】《法华赞叹》中说："樵薪摘菜又汲水，由此体会法华经。"

【2】明石皇后所生，此时五岁。

【3】出典《法华经》：佛此夜灭度，薪尽如火灭。

"今了此身佛法事，
　　唯盼良缘世代兴。"[1]
花散里答诗道：
"纵然法事寻常间，
　　亦能结得宿世缘。"[2]

法事既毕，便又举办诵经与忏法仪式[3]，昼夜不息。如此庄严肃穆，实乃少见。但此功德终不奏效，紫夫人的病依然如故，并无好转之兆。做功德之事便日日坚持，于各处山寺不断举行。

紫夫人素来惧热，今夏尤甚，常觉头昏脑涨。虽未感到异常不适之处，只觉身体日益衰弱。别人亦习以为常，并不觉得诧异。侍女们难以预测将来之状，只觉前景暗淡，甚是可悲。明石皇后亦甚担心继母病状，便告假归宁。紫夫人派人收拾东所，以备皇后居住。且振作精神，准备迎驾。此次归宁仪式，与往日无异。紫夫人自念即将辞世，皇后日后境况如何她无法知晓，因此一事一物皆引起她的无限伤感。皇后临驾时，随从一一报上名姓。她便侧耳倾听，何人已至，她皆清清楚楚。陪送皇后来此的，皆为达官显贵。皇后与继母久未谋面，此时相见格外亲热，叙说离别之情，也不觉倦怠。此刻，源氏缓步入内，笑道："我真成了离巢之鸟，甚是无聊，不如到那边去养养神吧！"说完，便踱回自己房间。他见紫夫人神清气爽，甚是欣慰。紫夫人略带歉意，对皇后说道："你我二人居于异地，烦你劳步，实甚委屈。我本应前往你处，但实难挪步。"皇后便暂住紫夫人处。明石夫人亦来此，相互说得些知心话。紫夫人心中万事欲述，然而只是平静地谈论寻常之事，并不提及逝后之事。其言简意赅，却胜过千言万语，更见其胸怀诸多感慨。她望着皇后所生子女，道："我极想目睹他们立业成家，便对这老朽之身，终也恋恋不舍啊！"说毕暗自垂泪，哀美异常。明石皇后见继母如此哀伤，亦悲泣起来。紫夫人赶紧收泪露笑，不再言去后之事，只是叮嘱道："这些侍

【1】本回题名由此诗来。

【2】诗意为：纵使平常法事也有所功德，何况此次声势如此浩大，当然可以借此永结善缘。

【3】指佛教徒忏悔罪业的仪则和修习止观的行法。多以演诵《法华经》的仪式作法，即"法华忏法"。

女一直服侍于我，今后无处依靠，甚是可怜。我去后，有劳你好生照顾。"

举行季节诵经之时[1]，明石皇后回到了暂居之处。众皇子中三皇子尤其可爱，常独自于各处悠闲散步。紫夫人心绪尚好时，便将他唤至面前，悄声问道："若我死后，你仍念我么？"三皇子回答："我怎会不想念呢？我最想外祖母，胜过皇上皇后呢。若外祖母不见了，我伤心呵！"说罢竟流下泪来。紫夫人笑了，亦流下眼泪，继而又说道："你长大了，就住此屋吧！庭前樱花红梅盛开时，你要用心护理，常折几枝供于佛前。"三皇子点头不止，望着外祖母那慈祥却挂满泪珠的容颜，觉得眼泪要涌出了，便赶紧转身离去。这三皇子与大公主，是紫夫人呕心沥血抚养的。如今她不能亲见他们荣华，怎不悲伤痛惜呢？

秋日缓至，天气慢慢凉爽，紫夫人的状况渐佳，但仍显虚弱，稍有不慎，又将发病。秋风虽尚未染得人身[2]，但紫夫人却终日以泪洗面。明石皇后返宫之日迫近，紫夫人欲留她多住几日，再见些面，但又难以启齿。加之皇上屡派使者前来催促，怎好强留？临行之日，紫夫人不能前去相送，只得让皇后屈驾，到此来辞别。紫夫人于房中为皇后另设一席，延请入内。紫夫人此时已消瘦不堪，但更显高贵优雅之质，容姿犹具魅力。青春时代面容娇艳，过于妩媚；而今则多了一种内蕴，魅力徒增。日暮时分，秋风渐起，树间黄叶不断随风飘落。紫夫人倚身矮几，见黄叶随风逝去，心下伤痛。此时源氏步入，兴奋地说道："今日你竟能起身，真让人高兴！皇后在此，你的心情便爽快了。"紫夫人听罢，甚是难过，想到自己稍有好转源氏主君便这般高兴。若自己一旦离世，他不知何等悲痛呵！于是悲不自禁，赋诗道：

"荻上露珠难久驻，

阵风来时即消去。"

这紫夫人竟将自己比作稍纵即逝的花间露珠，使得源氏大为悲戚，伤恸不已，便答诗道：

"人世无常若风露，

但愿命中共此行。"

随即，泪流满面，擦拭不及。明石皇后见此，亦赋诗道：

【1】春秋二季要照宫中规矩，请来僧众诵《大般若经》，皇后归宁也是如此。
【2】见《古今和歌六帖》古歌："秋风毕竟何颜色，染上人身恋意浓？"

"风中秋露易消逝，

　　人生苦短如秋霜。"

此情此景，多让人留恋呀！紫夫人多希望就此相处千年，永不分散。可惜天不遂愿，命非人定，令人叹惜。

　　紫夫人突然对皇后说道："我心绪恶劣，想躺下休息了。你且去那边休息吧！虽然如此，亦不能太失礼的。"随即拉拢帷屏，俯身躺下。那痛苦之状，更胜往日。明石皇后见状，暗惊她今日为何这般消损，便握紧其手，啜泣不止。岂非她真若荻上之露，不能久长了？邸内上下，顿时一片惊慌。即刻遣人前往各处，命僧人诵经祈祷，以驱鬼怪。此前，紫夫人曾有几次昏迷，后又苏醒。源氏已习以为常，故此次依然认为乃鬼怪附体不至大碍，驱退它亦就无事了。但上下忙了一夜，仍不奏效，天明时，紫夫人竟溘然逝去了。幸好皇后尚未返宫，得以亲自送终。众人几乎全不相信，紫夫人就此而去了，皆悲恸难忍，恍惚如梦。此时院内已无一人能平心办事。众侍女哭得昏天暗地，死去活来。源氏默无声息，竟似痴呆一般。

　　此时，夕雾大将前来拜谒。源氏勉强召见，对他道："紫夫人回生无望。但她多年的出家之愿，至死尚未了却，委实可怜啊！今世功德即使无望，至少让她于冥途之上，受到佛力庇护。法师与僧众，总还有人留于此吧？你去吩咐他们，即刻为夫人落发。不知有谁能善授戒呢？"源氏虽竭力振作，但神色悲恸颓丧，泪落不止。夕雾见此，亦受其感动，不胜悲伤。他低答道："恐为鬼怪之物，迷乱人心，使其气绝身死。无论如何，出家总为良策。即使一日半夜，亦有功德。但若确已身死气绝，就此落发，恐死者于冥途上得不到庇护，生者亦难安心的。不知父亲意下如何？"夕雾陈述完毕，便按源氏嘱托，将所需僧众召拢，一一作了安排。

　　夕雾虽多年倾慕紫夫人，却无非分之想。他只望寻个时机，再见其一面，如先前冬日风中那般，听听她的声音罢了。此愿始终萦绕在心，但如今那盼望已久的声音再也听不到了。便想："虽紫夫人现已尸寒，但倘不谋其一面，岂能甘心？"便抛弃一切顾虑，淌着泪，佯装阻止众侍女号哭，大声喊道："且不要哭，肃静一下！"他乘与父亲说话之机，掀开了帷屏的垂布。正值黎明时分，室内光线暗淡，源氏守护着遗体，灯火移得极近。夕雾借着灯光，将紫夫人瞧得清清楚楚。但见其容貌十分美丽，可谓玲珑高洁。如此死去，委实可惜呵！源氏见其窥视，并未阻挠。只说道："她这模样和生前并无两样，但却不能回生了！"便啜泣不已。夕雾眼里，亦泪水盈盈，模糊不辨。后来勉强能睁开泪眼，细观遗体。不看则罢，一看更加悲恸难忍，心潮翻滚。他见紫夫人的头发随便披拂着，虽然稠密，却无半点杂乱，光彩奕奕，华美照人。那灯光异常明亮，将她颜面照耀得发白。此般安详地静卧，胜过昔日涂朱施粉，说她十全十美，亦不过誉。夕雾看得出神，竟希望自己便就死去，将灵魂跟了这人，永不分离！

紫夫人身边几个亲近的侍女，早已哭得像个泪人，万事不知了。源氏虽悲痛得神思昏乱，但仍得强压哀伤，处理丧葬诸事。如此伤悲之事，他也曾遭逢过几次，但像这般痛彻骨髓的滋味，尚未尝过。如此伤心悲痛，真可谓空前绝后。安葬仪式于即日举行。源氏依恋难舍，然终不能抱尸度日。如此死别，真乃世间最可悲痛之事。送葬的人纷沓而至，挤满葬场，葬仪隆盛庄重，无以比拟。遗骸化为缕缕青烟，升入天空。源氏悲痛得死去活来，全赖别人搀扶方到得葬地。在场之人皆为之动容，那些陋俗的愚民亦伤感落泪。他们感叹道："这高贵可敬之人，竟亦遭受此般痛苦啊！"随行送葬的侍女，皆神志不清，恍若梦中，竟有人差点翻落车下。幸得车夫照料，方未发生意外之事。源氏曾记得，夕雾母亲葵夫人离世那日清晨，自己亦悲恸欲绝，但不至于全无知觉，而今宵却只能任泪水横流，浑然不觉了。紫夫人十四日逝世，于十五日清晨举行葬仪。此时，太阳高升，原野上的朝露很快便了无痕迹。源氏感慨人生易逝，像朝露一般，愈加万念俱灰，心念在世孤苦之日已为数不多，不如趁此时机遂了出家之愿。但又深恐世人讥评，以为自己意志脆弱，不堪打击，便将此念头暂搁起来。但其心胸抑郁，终难平静。

七七四十九日丧忌中，夕雾大将一直闭居二条院，不曾离家门半步，随侍源氏左右。他见父亲终日陷于悲痛之中，深感同情，于是千方百计加以抚慰，虽然自己心中也悲痛万分。日暮时分，朔风凛冽，夕雾又记起昔年朔风中窥见的情状。此次，拜观继母遗容，竟恍若梦中。伤感之情越发沉重，止不住泪如珠碎。他回转神思，深恐引人怀疑，忙捻数念珠，口诵"阿弥陀佛阿弥陀佛……"让眼泪消失于念珠上。随即吟诗道：

"长忆秋宵窥娇影，

　一旦玉殒晓梦遥。"

此时，高僧皆被集中于二条院中，除了七七中规定的念佛以外，又加诵《法华经》，以寄哀悼之情。

源氏于极度悲哀之中，无论昼夜，皆泪眼模糊，不晓世事。他回想自己生平之事，不禁于心中默念道："我源氏自念相貌不俗，事事物物，皆优越常人。然自童稚起，便时时遭至罕见痛苦，因此常寄望于佛祖指示，让我超度出家。皆因踌躇难决，以致迁延度日，才遭此前所未有的苦痛。此后，世间再无甚可恋，潜修佛法，不受羁绊。但恐怕心中悲痛纷乱，难入佛道吧。"他惴惴不安，便祈祷于佛："愿佛祖降福，万勿使我悲恸过度！"因紫夫人死后，四方皆来吊慰，无论皇上抑或庶民，皆诚恳殷切。然则源氏心事繁乱，对世间烦琐之事视而不见。但又不愿让人看出端倪，恐遭人耻笑他已至暮年，仍为丧偶失意，隐身佛门。他顾虑重重，不免更为痛苦。

生性多情善感的前太政大臣[1]，见此绝世美人香消而去，也甚痛惜，频频前往抚慰悼念。昔年葵姬离世，不亦是此时候吗？他一忆起，便心中异常悲伤。于日暮时凝想道："当时悼惜之人，像父亲左大臣及母亲太君等，大都已离世。短命或长寿[2]，又有什么差别？真乃人世沧桑，转瞬易变啊！"暮色苍苍，愁思阵阵，他即刻修书一封，让儿子藏人少将送与源氏。信中感慨颇多，附诗道：

"今哭斯人忆故侣，

旧泪未干添新泪。"

源氏于悲伤之中，此信更让他百感交集。当年秋日悼亡的情景，又历历在目，眼泪滚落不断，亦无心擦拭。于无限哀思中答诗道：

"新恨旧悲袭心头，

此秋终是愁煞人。"

源氏本想将满怀哀伤尽倾纸上，又恐前太政大臣读后，责怪他感情脆弱。故回信极其平淡，无甚伤感，只是奉上只言片语"承蒙殷勤问候，万分感谢"之类，以示礼节。

葵夫人离世时，按宫中体例，源氏穿上了黑色丧服，曾有"色泽虽浅泪染深"[3]之句。紫夫人离世，源氏所穿丧服亦是黑色，只是颜色偏深。世间凡尊荣

【1】即葵姬兄长。

【2】《新古今和歌集》："严霜摧草木，不问根与叶。短命或长寿，一例同消失。"

【3】有诗云："丧衣色淡因循制，袖泪成渊痛哭多。"

富贵者，大都倚财仗势，欺压他人，因此往往为世人所痛恨。唯有紫夫人待人谦恭，逢迎应对，无不细致入微，诚恳殷切，故受众人称颂，人皆敬仰。故她离世后，即便与她无甚相关之人，皆闻声落泪。与她有深交之人，其悲更难抑制了。那些多年来随身侍候，与她亲近相处的侍女，皆因她的离世而哀叹命苦。更有伤痛难以自己者，断然削发为尼，远离尘世，隐遁山林。秋好皇后亦信函不断，殷切慰问，表达悲悼之情。她赠诗道：

"生前偏爱春色美，

仙逝亦嫌秋萧瑟？

此时方知，她为何不喜好秋景了。"此时，源氏虽神昏意迷，但此信与诗仍使他感动不已，便反复诵阅，难以释手。唯觉得秋好皇后一人知其苦痛，能与其谈心，减轻自己伤痛。他捧信思索，内心的哀思才稍有平息。但眼泪仍流不止，屡屡以袖擦拭。后来握笔答诗道：

"君居九重俯人世，

此间可恨太无常。"【1】

源氏将信封好，却又陷入沉思。他近来忧伤过度，神情恍惚无定。为排遣忧伤，便与众侍女常在一起。他遣走佛堂里的人，潜心诵经。原指望与紫夫人长相厮守，白头偕老，又怎奈人命难测，倏然竟成永诀，叫他怎不抱恨呢？此时，他愿自己就此逝去，灵魂与紫夫人相会，往生于同一莲座。二人便可相偕永久，诸事不顾，只一心静修成佛之道。然而又恐遭人耻笑，于进退两难中，更为烦恼忧伤。紫夫人丧期中佛事一类，皆由夕雾大将料理。源氏只望尽早逃离此尘世，便时以日计，苟且度过，如梦里一般。而明石皇后等人，亦时时怀念紫夫人，无时无刻不在眷恋之中。

【1】此信写给秋好皇后，但诗意却是源氏在对紫夫人诉说，此乃原著之矛盾。

THE TALE OF GENJI

VOLUME 41
第 四十一 回
遁入空门

冬去春至，万物复苏。源氏见此春景，越发郁闷惆怅，不减先前伤悲。此刻，前来贺岁之人照例不断。但源氏借口心绪愁烦，只管闭于居室中。唯萤兵部卿亲王即源氏之弟来时，才延请入室内叙谈。让侍者传诗道：

"惜花幽客不复有，

为何寻访春光来？"

萤兵部卿亲王忍泪道：

"觅胜但为怜幽香，

非是寻常赏花人。"

见萤兵部卿亲王走出红梅树下，姿态格外高雅，源氏便想："尚能惜香怜玉者，非此君莫属矣！"是时春花正含苞吐艳，景色宜人，然无处可闻丝竹之乐。可见景况已殊异于前了。跟随紫姬多年的众侍女，依然身裹暗黑色丧服，不改悲戚之色。伤悼亡人，无期无尽。此间，源氏足不出户，更不欲拜访其他诸夫人，终日悼守于紫夫人昔日居所。侍女们时时随侍，殷勤侍候，也聊可慰情。其中有几人，昔日虽未受源氏真爱，却也常蒙其厚待。如今源氏心绪恶劣，孤枕难眠，却不与她们亲近。他俗念全无，勤佛之心深固。每当侍女值宿之时，皆令其远离寝处而眠。然孤寂难耐之时，常常与她们闲谈些陈年往事。他也偶尔回思：往昔所做有始无终之事甚多[1]，常使紫夫人怨恨。至今想来，实在后悔。且想："不管是敷衍应付还是情势所迫，都不该令她如此伤心啊。她生性稳重，凡事考虑周详，最善解人意，从未长久怨恨于我。每遇此类事故，她唯有独自忧虑，也不知积得多少伤楚啊！"源氏越想越悔，心中极为难受。有几位侍女知其心事，且如今随侍其侧，源氏便偶尔与她们叙谈衷曲。迎娶三公主时，紫夫人虽不露声色，其内心却隐藏着无限无奈和失意，那神色是多么凄楚！尤其落雪那日黎明，即娶三公主后的第三日，源氏回六条院时，偶于格子门外停留，身觉奇冷[2]。其时风卷雪飞，气候恶劣。紫夫人起身来迎，甚是温柔和悦，隐藏住浸透泪痕的衣袖，努力装出无事样儿罢了。一念及此，源氏便悔恨交织，一宵无眠，茫然不知几时能再相见。黎明将至，值夜侍女退回自己居室，忽然有人惊叫："呀，好厚的雪！"

---

[1] 指与胧月夜、三公主之事。下文"敷衍应付"指在胧月夜事上，"情势所迫"指在三公主事上。

[2] 其事见于本书第三十四回《新菜》。

源氏听得，心境忽又回到了昔日。然景似人空，只得徒自伤怀。便赋诗道：

"尘世恍若瑞雪飘，

光阴沉寂堪无聊。"

吟罢，更添悲楚。忙起身盥洗后赴佛前诵经，以驱心中哀思。众侍女早将炭火备好，遂送至源氏面前。源氏留得贴身侍女中纳言君与中将君侍候左右。且对她们道："昨夜寂寥更比寻常。我虽已习惯孤寂独处，却仍有诸多琐事烦身。"不由长叹不止。他瞧瞧众侍女，暗想："若我也遁入空门，她们必倍感伤悲。想来，实在可怜！"闻得源氏那凄婉的诵经念佛声，即使铁石心肠之人也会怆然泪下，何况这些温良纯善的多情女子！源氏对她们道："我此生所享荣华富贵，他人无法可比。孰料所遭厄运，却胜于他人。恐是佛菩萨之意，欲让我感悟人生无常、世途多艰之理，故赐我此命吧。我却全不在乎，因循度日以至如今！到了暮年，以致蒙受如此伤悲之事。我已看清自己命运坎坷，而悟性又钝拙，如此反觉心静。今后我已无丝毫牵挂，只是你们几个，待我亲近若此，叫我如何弃舍得下。看来我太无决断，但又无可奈何！"言罢觉得两眼湿热，赶紧举袖欲拭，但泪珠早已沿袖滚落。侍女们再也按捺不住，唯任泪如泉涌。众人无不愿长侍源氏左右，皆欲向其诉说苦衷，却终究难言，一味啼哭不止。

源氏夙夜忧伤愁叹，坐以待旦，日复一日。有时，便唤得几个出色如意的侍女前来，叙谈往事，打发时日。侍女中将君，自幼侍奉源氏及紫夫人，曾得源氏私下怜爱。然她以为愧对夫人，故总疏远于他。如今夫人不在人世，抛下了她这个生前特别疼爱的侍女。源氏见之如见夫人，对她格外亲近。这中将君的品貌皆甚优秀，源氏待她自然比其他侍女殊厚。源氏避而不见非亲密之人，即便向来亲睦于他的朝中诸公卿及诸兄弟亲王来访，他也很少接见。他想道："要抑制哀思，恢复镇静，与客人见面晤谈，自然最好。但数月沉迷悲凄，今已形容枯槁，精神颓丧，谈吐间难免不出乖僻之语，那样必会惹人议论，传下恶名。若外人传言我'丧妻之后心智惑乱……'，虽非善评，但他们只是耳闻，比亲见我之丑态好得多了。"故连夕雾大将等人来访，源氏也只隔帘相会。此间，他竭力镇静，忍耐度日。然终不忍弃绝尘世，毅然遁迹山林。他也很少探访诸夫人，一入室中，就立刻泪流不止，苦不堪言。

明石皇后走时，特意留下三皇子与父做伴，以驱孤寂。三皇子一心爱护庭前那株红梅，口中道"外祖母盼咐的"。此言此景，无意又触动了源氏伤心处。及至二月，群花争妍，偏有一只莺儿飞落那株红梅树上，动情鸣啭。源氏得见，情不能禁，独自吟道：

"春院梅花开无主，
　黄莺依旧鸣新枝。"

边吟边在庭中徘徊。

源氏离开二条院，回得六条院本邸。此时，春意更浓，庭前景色依旧。他虽无惜春之伤，然亦无法安宁。凡有所见，无不因之动情。如今他所恋慕的，唯静穆深山，其佛意已日渐增浓。嫩黄的棣棠花已盛开，源氏见之伤怀，不觉流下数行清泪。所有他处之花，皆这边一重樱谢了，那边八重樱盛开；这边八重樱开败，那边山樱始开花；这边山樱开过，那边紫藤尚留春。这六条院则不同。皆因紫夫人格外精通各类花木品性，有意巧妙配置栽植。故各种花期，彼此衔接。庭中遂花香时时有，格外宜人。三皇子道："樱花开了，我有个主意呢：四周挂起帷帐垂帘，风就不会吹掉花了。"他扬扬自得，模样煞是逗人喜爱。源氏不觉笑道："从前有个人，想用一个大的袖来遮住花，不让风吹着了[1]。你的方法比他的还好呢。"二人朝夕如此嬉戏，借以度日。一次，源氏对三皇子道："与你在一起，我甚是高兴，可惜不能长久。我便是尚生于此世，也难再与你见面了。"言及此处，又不禁流下泪来。三皇子不悦，答道："如此不吉之言，外公您怎与外祖母说得一样？"他无言以对，垂头抚弄衣袖，聊以掩饰欲下的眼泪。

源氏孤寂难耐，便想去尼姑三公主那里散散心。他将三皇子也带去了，由侍女抱着。三皇子到得那里，便同薰君一起追玩戏耍，兴奋异常。终究还是懵懂孩童，此前那惜花心情，已丢得无影无踪。恰逢此时，三公主在佛前诵经。这人脱离红尘之初，并非遭受了忧患之事。而今却能静居幽所，断绝一切俗念，永生与佛为伴。源氏顿生羡慕之心。他想道："我的道心，原来竟不及一浅薄女子，真是无颜。"顿觉脸上发烧。夕阳映照着佛前所供之花，景色格外美丽。源氏便对三公主道："爱春者已逝，园中花皆因之失色！唯这佛前供花，依然雅丽。"又道："紫夫人屋前那株棣棠，姿态优美，世间难以寻觅，花朵格外悦目！棣棠的品

【1】《后撰集》古歌："愿将大袖遮天日，莫使春花任晓风。"

质，虽高尚不足，然色调浓艳，也实在动人。种花者已去，晓春浑然不觉，让那花开得更加茂盛了。唉，真是有意作弄人啊！"三公主脱口而出："谷里无天日，春来总不知。"[1]源氏暗自思忖：三公主为何吟诵这丧气诗句？不禁回想紫夫人在世时，凡使我不快之事，绝不会做。且能见机行事，敏捷应付一切世故。其态度、言语与气质，高雅而又颇富风趣。"源氏生性易伤怀落泪，一念及此，不禁涌出泪来，好生酸楚。

夕阳既去，暮色渐起，四下里清寂宜人。源氏即刻告退，出门径往明石夫人处去了。已久不相晤，如今忽然前来，明石夫人深感诧异。但接待时仍落落大方。源氏颇为欣喜，觉得明石夫人终究优于他人。但较之紫夫人，意趣尚为欠缺。紫夫人的面影又明晰起来。源氏顿生眷念，倍加伤怀，自忖此种痛苦何时才能摆脱。他镇静下来，与明石夫人闲聊往事，说道："深爱一人，确是痛事！我自幼便悟得这道理，故一直用心留意，不使自己过于任性固执。往昔被放逐时，思虑再三，总觉生于此世，实无意义，倒不如了却此生，或者遁入穷荒山林。谁料竟滞留于世，以至暮年。人生将尽，仍为种种细微末事困扰，苟喘延活至今。唉，我竟然如此犹豫不决，真是惭愧至极！"他所叙说悲情，并不特指一事。明石夫人深悉其心，觉得也在情理之中，因此同情之心顿生。便答道："即使是微不足道之人，心中也会有许多牵挂。何况你身份尊贵，怎能对尘世无所留恋呢？请暂时打消此念头，一切还需仔细考虑。须知一旦遁世，佛意承坚，决难退转。匆匆脱离尘世，势必被世人讥为草率。试看旧例：有的人因受刺激，或者因事不遂愿，便厌弃红尘，仓促出家，这终非明智之举。主君既然决意修佛，就得从长计议。眼下皇子尚幼，待储君之位无虞，方可出家专心修道。那样，我等也皆喜心叹服。"她这席话合情合理。然源氏答道："如此周全思虑，势必带来更多痛苦，倒不如轻率一些好。"便向明石夫人聊起诸种可悲旧事。其中道："藤壶母后逝世那年春，我一见樱花颜色，便想起古歌：'倘若山樱亦有情，'此皆由于我自幼熟习她那古今绝艳之姿，故她一去之后我之悲痛更胜他人。可见伤悲之心，并不一定要有特别的渊源。紫夫人猝然舍我而去，令我无限悲痛，哀思难忘，并非只因

【1】见《古今和歌集》古歌："谷里无天日，春来总不知。花开何足喜，早落不须悲。"源氏大概觉得最后一句在讥讽他，故念及紫姬。

影响人类文明进程的文化与科学巨著

夫妻死别之情。她从小到大皆由我养育，朝夕相伴，直至暮年。如此突然先我而去，才令我哀悼伤怀、无限悲痛的。凡一切极富才情修为，且幽默风趣，于各方面皆令人铭记之人，死后受人哀悼也特别深切。"二人相叙，甚是投机，不觉已至夜深。照理，如此深夜，该留宿于此才是，但源氏终究辞归了。明石夫人私下甚为不满，源氏也自觉奇怪。

源氏返回室中，依然潜心诵经。直至子夜，才倚于坐垫上睡去。第二日，他寄信与明石夫人，附有诗道：

"难留虚渺无常世，

泪泣啼归夜半寒。"

明石夫人对源氏昨晚离去，甚感怨恨，但又念及他悲伤过度，如今已形消神枯，甚是可怜。昨夜之事便也不再追究，答诗道：

"秧田春水自涸后，

无迹觅寻水中花。"[1]

源氏仔细读了，尤觉明石夫人诗笔清秀依然。遂想道："起初，紫夫人最厌恶此人，常以之为耻。后因其稳重可信，双方遂得以谅解。但紫夫人并不与她深交，只以雅爱[2]之态与之往来。外人皆不知紫夫人用心之深。"源氏每逢孤寂难耐时，便去明石夫人处叙谈一番，以遣心中郁闷。然亲近之状，自无法与先前相比。

贺茂祭[3]那日，源氏更感寂寥，便猜想诸寺院的热闹景况。且道：

"今日祭典之上，必定众皆欢喜无比。"稍后又道："侍女诸人定不胜孤寂，还是回家观赏吧。"这时，中将君恰在东边一屋内小睡。源氏走将进去，只见其体态娇小玲珑，惹人怜爱。中将君一下惊醒，忙起身相迎。她双颊顿时绯红，急以袖遮面，却更显娇艳。鬓发略蓬，一头青丝长垂。身着橙黄色裙子与萱草色单衫，上罩深黑色丧服，整个穿着大方得体，显得格外优美。她的围裙与唐装皆脱于一边，忽见源氏进来，急欲取来穿上。源氏忽见一枝葵花置于其侧，遂将花拿在手中，仔细看了，问道："此花何名？我已记不得了。"中将君以诗作答：

【1】春水涸喻紫姬死，水中花喻源氏。

【2】此处为厚爱之意。

【1】贺茂祭，佛前供葵花，人都插葵花。

"忘却佛前供花名，

奉神净水浮萍生。"

她羞怯不已，娇美可爱。源氏见了，急以诗酬答道：

"娇花玉柳纵全抛，

唯爱葵花情未了。"

源氏之意：此后终不舍得抛的，唯有中将君了。

梅雨时节，闲寂无事，源氏唯有独坐凝思。一日夜晚，正孤苦难熬之时，见一轮明月竟破云而出。此时，夕雾大将前来参谒。园中菊花，被皓月照得分明。轻风拂过，香气飘逸，芬芳扑鼻，令人期待那"子规鸣啼仍依旧"[1]之时。忽然天色骤变，皓月淹没，乌云堆集。随即一阵急风，伴大雨盆注，灯笼立即被吹熄，四周漆黑一片。源氏并不慌张，倒生出几分情致，低吟"萧萧暗雨打窗声"[2]之句。此诗虽并不特别出色，但与眼前景况相宜，吟诵起来也感人至深，使人想起古歌"请去伊人居，共赏此佳音"。吟罢，源氏对夕雾道："独处一屋，似乎甚为平常，谁料孤寂难耐。但若惯此境况，日后遁迹山林，则可一心修佛了。"说罢，且向屋里侍女们喊道："快取些果物来！唤男仆不甚方便，你们快速去拿来！"亡人之思无时不至，源氏唯"凝望天宇"[3]。夕雾见其痴迷悲伤的神态，委实可怜，想道："思慕如此深切，纵然遁迹山林，怕也用心不专吧！"遂又想："这也难怪他，当初我只是隐约觑其面影，便牵挂至今，更何况与她朝夕相处日久呢？"遂向源氏请示："回首往事，恍惚如在昨日。周年忌辰已渐渐迫近，举办法事一事，父亲吩咐便是了。"源氏答道："无须铺排过甚，照常例举行即可。那张极乐世界曼陀罗图，是她精心绘制的，务必供奉于忌辰日的法会中。手写与请人写就的诸佛经及尚需添加的什物，那僧都详知夫人遗志，按其主张行事即可。"夕雾道："如此法事，本人在世业已计虑周妥，后世便无须多虑。无奈她离世过早，且无一可承遗念者，实甚遗憾。"源氏答道："其他几位夫人，福寿双全，但子女甚少，这恰是我命中不济之故。但在你这一代，人丁可兴旺了。"近

【1】《后撰集》古歌："万载常新花橘色，子规鸣啼仍依旧。"

【1】白居易《上阳白发人》其中两句："耿耿残灯背壁影，萧萧暗雨打窗声。"

【2】《古今和歌集》古歌："恐是长空里，恋人遗念留？每逢思慕切，天宇屡凝眸。"

来，源氏感情更为脆弱，无论何事一经提起，便悲痛难堪。夕雾深知其心，故不再对他多提旧事。恰在此刻，那期盼已久的杜鹃啼鸣于远处，不由使人想起古歌"杜鹃缘何作旧啼"[1]。其声凄切哀婉，让人不忍入耳。源氏吟诗道：

"雨敲寒窗浓愁夜，

子规哀泣锦羽湿。"

一字一泪，吟诵完毕，凝望天际，愈加失神。夕雾亦吟诗道：

"杜宇[2]通冥托言去，

菊花依旧满故园。"

侍女诸人深受感染，也纷纷对吟起来。无论诗句优劣，皆颇富情致。夕雾今夜不再回返，一心一意陪侍起了父亲。想到父亲独宿甚感寂寞孤苦，此后他便时来陪宿。夕雾回思紫夫人在世之日，此处他岂能走近？如今却随意出入。追思往昔，委实不胜感叹。

天气渐热起来。源氏寻得一处凉爽之地，安设一座，便独坐沉思。忽见池中莲花盛开，莲叶上露珠点点，顿想起古歌"人世苦泪多"[3]之句。一时怅然无措，恍若跌入梦中，直至黄昏时分。蝉鸣之声四起，格外喧闹。夕阳之下，瞿麦花鲜美可爱。如此景致，一人独赏终是索然寡味，遂吟诗道：

"夏日寂苦长悲戚，

鸣蝉有意伴相啼。"

此时流萤乱飞，不觉低诵"夕殿萤飞思悄然"[4]，遂又赋诗：

"流萤幽光夜始发。

愁绪似火昼夜焚。"

又至七月初七乞巧日。今年迥然不同于往昔，六条院内不闻管弦之声。源氏整日枯坐，痴迷沉沉，也无一侍女去看牛郎织女星相会鹊桥。天幕未启，源氏实难入睡，便独自起身，自边门走到廊门中，眺望庭院：星空下，朝露繁聚。遂步至廊上，赋诗述怀：

【1】《古今和歌六帖》古歌："不知人诉旧时事，杜鹃缘何作旧啼？"

【2】据《地藏十王经》（此为日本杜撰伪经）所说，杜鹃可往来于阴阳两界。

【3】《古今和歌六帖》古歌："悲伤复悲伤，人世苦泪多。"

【4】白居易《长恨歌》："夕殿萤飞思悄然，孤灯挑尽未成眠。"

"露凝闲庭泪泉涌，

鹊桥之趣不复在。"

不觉夏逝秋至，风声变得越发凄厉起来。法事举办在即，自八月初始，众皆奔忙起来。源氏以忆旧度日，终于捱至紫姬周年忌辰。源氏暗叹："恐日后唯有如此消磨岁月了。"法事正日，院内人皆吃素，且将紫夫人那张曼陀罗图供奉佛前。源氏作夜间功课之时，中将君端来一盆水，请他净手。见其扇面题得一诗，遂取了来看：

"恋慕常年泪如雨，

谁言哀消忌辰满？"

看后，想了想，便在后面添诗一首：

"残身垂暮日不多，

相思泪溢万顷波。"

至九月暮秋，源氏见园中菊花上覆着的棉絮[1]，便吟诗道：

"怀昔共护东篱菊，

哀今秋露湿单衣。"

十月时，阴雨连绵，一片昏暗。源氏愈觉愁闷，凝望苍茫夜幕，怅然哀伤，不禁独自轻诵"十月时雨无绝期"[2]之句。这时雁声鸣空，但见群雁振飞，掠空而去。他不禁心下羡慕，久久仰望，吟道：

"游魂萦心难入梦，

行空神明为我寻。"

此时，思念亡人，无法慰藉，事无大小轻重，皆令他触景伤怀，悲伤无限。

至十一月丰明节[3]时，宫中例行举行五节舞会。朝中之人欢欣鼓舞，自不待言。夕雾大将家两公子，被选为殿上童子，入宫之前，先来六条院参谒源氏。两公子年纪相当，姿容皆甚俊美。白底青色花鸟纹样小忌衣[4]，映衬之下，风姿更

【1】重阳习俗，将丝绵覆于菊花上，吸取花露，再用该丝绵擦身体，可防衰老。

【2】《河海抄》古歌："十月时雨无绝期，何尝如此湿青衫？"

【3】十一月中旬第一个辰日，若遇十一月三个辰日，则取第二个。当日天皇会赐群臣饮新谷酿酒，宴后举行五节舞会。

【4】供奉神膳者所穿制服。

为潇洒清秀。源氏见其天真模样，顿然忆起年少时邂逅的筑紫五节舞姬。于是赋诗道：

"众人欢腾丰明节，

唯我孤居忘日月。"

源氏今年延身尘世，隐忍度日。但出家之期，总为将近之事，故心绪不免更加忙乱。他思虑遁入空门前应有所安排，便寻出各种物品，按等级分赠予各侍女，聊为留念。虽不明示此举真意，但其贴身侍女皆瞧出其真正心思来。故岁暮之时，院内格外静寂，笼罩着悲伤之情。源氏整理物件时，积年情书突现眼前，觉得倘遗留后世，教人看见甚为不妥，而将其毁弃又觉可惜，踌躇了一阵，终究决定取出焚毁。忽见须磨流放时所收情书中，紫夫人的信专成一束。此乃特意整理而成，虽事已遥远，但至今笔墨犹新，这实可为"终身遗念之物"[1]。忽又念及一旦脱离红尘，便不能再得见，遂令两三个亲信侍女，将其即刻当面销毁。即使普通信件，凡死者亲笔，见了总有无限感慨，何况紫夫人遗墨。源氏一看，便两眼发花，不能视物，字迹也难以辨认，眼泪竟打湿了信纸。他怕侍女们看了笑话，自感羞愧，便将信移开，自己吟诗道：

"旧侣西去登彼岸，

目睹遗墨悲难禁。"

侍女们虽未展信阅读，但从源氏那痴迷神情便知此乃紫夫人遗墨，因此皆悲伤不已。源氏回想紫夫人在世时，尽管两人咫尺，但写来的信却是如此凄婉。至今重见，更感悲痛，不禁泪落如雨，无法抑制。但如此悲伤，又恐别人嘲笑痴迷，故不细看。却于一封长信末尾，留下一诗道：

"故人已去枉存迹，

不若随之同化烟。"

遂令侍女将那信拿去焚毁了。

十二月十九日之后，例行三日佛名会[2]。源氏已认定，此乃红尘中最后一

【1】《古今和歌六帖》古歌："谁言无用物，废弃不须收？手笔堪珍惜，终身遗念留。"

【2】即唱佛名，念《佛名经》，祝来世福慧。

次了,故一闻铿锵锡杖声,感慨之情即盛。众僧向佛祈祷不止,以佑主人长寿。源氏听得只觉悲伤,不知佛祖之意如何。是时,朔雪飞舞,地上积雪已厚。法师正欲退出,源氏将其召来敬上酒杯,以表谢意。此次礼仪隆重非往昔可比,因此奖赏格外丰厚。此法师一生服务朝廷,且时常出入六条院,故源氏从小便相熟。如今已满头银丝,源氏甚觉可怜。众亲王及公卿,依旧来到六条院,参与佛名法会。此时六条院园中,梅花含苞欲放,雪光映耀,格外鲜妍可爱。本该有管弦之乐的,但源氏一闻琴笛之声便悲情难禁,故取消了管弦,唯吟诵了些应时诗歌。源氏向法师敬酒时,曾奉赠有一诗,即:

"残命终难阅春色,
鬓际且插含雪梅。"

法师答诗道:

"叹我蹉跎发如雪,
祝君岁岁赏春花。"

受此感染,众皆吟诗助贺,彼此酬唱,各具特色。这日源氏居宿外殿,其气色姿容俱佳,烨然华丽,更甚于往年。那老僧见之,禁不住流下几行浊泪。

已近岁暮,源氏寂寥不已。忽见三皇子东奔西走,喊着:"怎样最响呢?我要驱鬼。"[1]那姿态令人喜爱。源氏想:"若今遁入空门,便再无缘见此人伦之趣了!"触景生悲,竟又难以自禁,于是赋诗道:

"不觉岁月空流逝,
余命难待换桃符。"

赋诗毕,他叮嘱家人道:"元旦之时,招待诸位来客应隆重胜昔,诸亲王及大臣之赠品,以及与其他人的礼赏之物,皆要格外丰厚才是。"

【1】当时除夕有赶鬼之风俗,令一人扮作疫病鬼,众人用各种器物发出声响,驱除鬼怪。据说可报来年平安。

THE TALE OF GENJI

VOLUME 42
第 四十二 回

云 隐

第四十二回　云　隐

　　此章只有题名而无正文。根据前后章节推算，此章有八年的时间空白。依据小说中故事情节的发展，该章应写源氏自遁入空门至死之事。

　　源氏何时死去不得而知，然作者又何以留出此空白？普遍的看法是：

　　书中前面部分已描述了许多人的死，其中主要人物紫夫人之死，描写得尤为沉痛。如果再续写主人公源氏之死，身为女性的作者，恐是无法忍受那种悲苦的。因此仅以题名"云隐"向读者暗示，让读者自己去想象。

THE TALE OF GENJI

VOLUME 43
第 四十三 回
匂皇子

第四十三回　匂皇子

却说光源氏逝去后,其荣耀世誉几乎无人可继,尽管他子孙众多。若将退位的冷泉院[1]算在其中,又未免不恭。今上所生三皇子与薰君[2],同在六条院长大,二人相貌各有千秋,均气度不凡,堪称俊男。与寻常人相比,自是迥然不同。若较之源氏,却逊色不少。但二人无上高贵,优雅端庄,世人无不顶礼膜拜,竟胜于源氏当年,声势越发不可比及。三皇子仍居于紫夫人故居二条院,从小由紫夫人悉心照拂。大皇子贵为太子,皇上及明石皇后自是特别看重。然对三皇子却最为宠爱,希望他留居宫中。无奈三皇子眷恋二条院旧居,不愿离开。举行冠礼后,便被称为匂兵部卿亲王。大公主居于紫夫人六条院故居东南院的东殿,其室内摆设修饰一袭旧例,可见她对已故外祖母至今仍念念不忘。二皇子娶了夕雾右大臣[3]二女公子为妻,居于梅壶院,常离宫去六条院东南院的正殿休憩。此二皇子为候补太子,德高望重,名颂世间。夕雾右大臣诸女中,大女公子已为太子妃,位尊无上。明石皇后曾有按次婚配之意,世人亦这般料想。然匂皇子认为,男女婚嫁,若非真心爱恋,终不妥当。夕雾右大臣亦想:"不必如此死板吧?"故不愿将三女公子嫁与三皇子。然若三皇子前来求婚,他也无话可说。而六女公子呢,却为稍负美名而又恃才傲物的诸亲王公卿所仰慕。

自源氏逝世,众夫人皆悲悲切切,退出六条院去,各自散居他处。二条院东院,为源氏分与花散里夫人的遗产,故她迁了进去。朱雀院的三条宫邸,为尼僧三公主居所。而明石皇后,则常居于宫中。自此,六条院内人声稀落,境况冷清。夕雾右大臣颇有感触:"据我所知,从古至今,主人生前殚精竭虑所造之宏伟宅院,一旦离世而去,即弃而荒废。人生如此沧桑,实甚惨不忍睹!有生之年,我定当恢复六条院旧貌,务使其门庭若市。"遂将一条院落叶公主请入六条院内,居于花散里故居东北院。如此安排之后,自己便于六条院与三条院之间,隔日轮流住宿,每处十五日。云居雁与落叶公主亦各得其便,和谐相处。

昔日源氏所造二条院,精美无比。后又营造六条院,更为富丽堂皇,颇有世誉。如今看来皆为明石夫人子孙而作。自此后,明石夫人则悉心照护众皇子皇孙,夕雾右大臣亦尽力奉养父亲诸位夫人,遵循父亲生前之制,视若亲母。然他

【1】冷泉院虽是源氏的儿子,名义上却是他的弟弟。
【2】三皇子十五岁,薰君十四岁。从第四十回到此已过去八年。
【3】夕雾擢升右大臣,此处首次提及。

仍不无遗憾："倘紫夫人犹在，我当终生侍奉！可却就此离去，未曾看到我的一片真心。真是遗憾啊！"念及此事，便惋叹不已。

但凡世事，皆如灯灭火尽一般。源氏逝去，事事无不使人万念俱灰，平添愁怨。六条院内自是无限伤悲，诸夫人及皇子、皇女的悲痛之情，更难以言述。对于风姿优美的紫夫人，也印记于心，此后无不万般想念。如春花之期诚短，声价却更高一般。

薰君由三公主所生，源氏曾将他托付于冷泉院，故冷泉院尤为关心。秋好皇后无亲生儿女，甚是孤寂，故对薰君亦喜爱备至，唯望老有所养。薰君于冷泉院中行过冠礼后，十四岁就做了侍从，这年秋升任右近中将。不久，冷泉上皇御赐晋爵四位，顿时身份倍增。又赐居御殿近旁的房室，并亲自布置装饰。所用侍女、童女及仆从，皆品貌出众。其豪华铺排，胜于皇女居处。冷泉院和皇后身边，诸容貌端庄的侍女，亦竭力网罗过来。已故前太政大臣[1]之女弘徽殿女御，唯生有一皇女，冷泉院宠爱万分。然对薰君的优待，毫不逊于此皇女。秋好皇后更是慈爱若母，务望他舒适安闲，留于冷泉院。

如今，薰君之母三公主潜心修佛，月有定规，年中举行两次法华八讲。时节之下，另有各种法事，以此度过。薰君觉母亲甚为可怜，常心生思念，省亲三条院时，倒若父母一般庇护三公主。但冷泉院和今上经常召唤，皇太子及其诸弟也与他亲密无间，以致少有闲暇陪伴母亲，故心中十分痛苦，恨不能身分为二。薰君幼时，约略闻知出生之隐情，长大后亦怀疑不已，却苦于无从探知，甚是烦躁。倘若暗示已略知身世蹊跷于母亲面前，自己亦感不安。唯忧虑不止："到底是何缘故，令我至今糊涂于世？若有善巧太子自释疑虑的悟力[2]，那才好呢！"他常冥思苦想，有时竟毫不自制，喃喃自语。曾赋诗道：

"此根缘系何处生，

独自抱疑无可询。"

自是无人能解。故常胡思乱想，独自伤心，如患病一般痛楚无常。他时常寻思：

【1】嫁与冷泉院的弘徽殿女御的父亲，同时也是柏木之父，源氏的妻舅。此书在此首次提及此人过世。

【2】善巧太子，罗睺罗尊者的别名，为释迦的儿子，释迦出家六年后他才出世，人皆异之。他无人教养，乃自己悟得为释迦之子。

"我母当年姿容甚美，为何毅然改扮尼装，一心向佛呢？难道真若幼时所闻：遭遇意外而愤世出家的么？可如今，竟无一丝透露。此中定有隐衷而无人告知我吧。"又想道："女人修佛有五障[1]，且悟力薄弱，要深晓佛道往生极乐，恐非易事。母亲虽朝夕潜心修行，实亦未必如愿呢。我须得助其遂志，免却后世烦恼。"他猜想那已逝之人，想必亦是含恨避世吧，唯愿自己百年之后，能与他相识。于是冠礼亦无心举行了，但无法违背常规，便草草完成。薰君行冠之后，更为世人称道，声名益发显扬。然则他却日日沉思，毫不在意世间荣耀之事。

皇上与尼僧三公主兄妹情深，亦甚觉薰君可怜，自是倍加关照他。薰君与诸皇子皆生于六条院，与明石皇后的几位皇子自小亲近，故皇后一直将他视如亲子。源氏生前曾叹息道："我最为遗憾的是，不能看这暮年之子长大成人，实甚痛心啊！"明石皇后每每念及，便愈加关怀备至。夕雾右大臣亦悉心照顾薰君，胜于自己的亲生之子。

昔日，源氏有"光君"之称，桐壶院对他宠爱无比。然由此也遭众人妒忌，加之其母势单力薄，故处境甚艰。幸而源氏深谙世事，巧妙应对，深藏不露，又宽善待人，于世局动荡、天下大乱之时，终能平安度险，终其一生，锲而不舍善修后世。如今这薰君，虽是年幼，却早已扬名于世，且心高志远。可见前世夙缘深重，竟若菩萨显世，非凡胎俗骨。然其相貌并非甚优，亦无甚惊叹之处，唯神态优雅无比，相见之人，不觉自惭形秽。其心境深邃，又与常人有天渊之别。那一股体香，竟非世间所有。只要其稍一挪动，那香气便随风飘送，百步之外亦能闻得，真是奇异之至。但凡高贵若此之人，必精心修饰，竭力装扮，争艳竞美，以引世人赞誉。薰君却并非如此，反因其奇异体香无从隐藏而烦恼不安。其衣饰诸物向来不加熏香，然身体之香与柜中之香融合，甚是浓郁悦人。便是那庭前梅花，稍稍与其衣袖触碰，便异常芬芳。春雨沐浴花树，水珠浸入衣服，历久犹有余香。野生秋原的"兰草"，芬芳馥郁，然他触碰之后，便香消气散，别生一种异香。无论何种花，只要经他采摘，那花香便尤为浓厚。

匀兵部卿亲王对薰君这奇异的香气，甚为嫉妒。每日专注于配制香料，将衣服熏过。春日赏花时，欲衣浸梅香，便独自藏于梅花园中。至秋日，对那毫无香

【1】《法华经》提婆达多品："又女人身犹有五障：一者不得作梵天王、二者帝释、三者魔王、四者转轮圣王、五者佛身。"

气、世人钟爱的败酱花，与小母鹿喜爱的带露的荻花，则置之不理。而对那经霜菊花，衰败兰草，不值一赏的地榆，只要含香，即便枯败不堪，亦爱不释手。他煞费苦心，全为一个"香"字。世人遂议论："这匂兵部卿亲王爱香成癖，过于浮薄了吧。"而以前的源氏，万事皆求平淡适宜的。

对这匂兵部卿亲王，薰君亦时常探访。管弦东会上，两人吹笛技艺，各领风骚，难分高下，彼此倾慕又暗自竞争，情趣相投。世人对此亦议论不已，时称"匂兵部卿、薰中将"。凡有待嫁之女的高官显贵，皆欲前来攀亲。那风流的匂兵部卿亲王，便从中挑选几个，打探其品性容貌，然绝少出色之人。闻知冷泉院之大公主品貌优越，其母弘徽殿女御身份高贵，性情雅淑。匂兵部卿亲王遂想："若大公主能许配与我，倒甚为如意呢！"公主身边的几个侍女，亦时时告之公主详情，以致他越发难以忍耐对其的倾慕之情了。

而那薰中将于婚姻之事，却全无思虑。他深感尘世生活索然寡趣，认为草草爱上一女子，实为作茧自缚。与其如此，不如回避为好。因此，他从未干那招人非议的风流之事。然或是因难觅如意之人而故作姿态，亦不得而知。他十九岁时便担任三位宰相，同时兼任中将之职。原本极受冷泉院及秋好皇后厚爱，又居朝臣之位，愈加尊贵无比。因念念不忘身世疑虑，常常郁闷愁苦，疏于言辞，更无心思于情色事上了。众人无不交口称赞。

冷泉院的大公主，令匂兵部卿亲王数年来魂牵梦萦。薰中将与大公主同处一院，朝夕相处，自是熟悉，知其品貌高雅，优美脱俗。遂常暗自思量道："若能娶她为妻，此生就心满意足了。"冷泉院虽极喜爱薰中将，寻常之事亦任其所为。然对大公主居处，却甚为戒备。这原属情理中事，薰中将亦不刻意亲近，深恐引起嫌疑。他想道："倘生出意外事故，是很不幸的事呢。"薰中将自小便甚可爱，常因一两句戏语，便令诸多女子倾心于他，风月之事自是颇多。然他对此很是顾忌，并不刻意追寻。这模棱两可的态度，倒常让对方着急，真心爱他的女子，也深为其冷淡痛苦。诸人都为能常见他，姑且忍受寂寞，而上三条院做尼僧三公主的侍女[1]，心念这聊胜于断绝。薰中将倒是性情温柔，仪表亦委实可观。这些女子便日复一日，乐于就此居住。

【1】薰君常到三条院来探母，因此在此可经常遇见他。

第四十三回 匀皇子

夕雾右大臣原想将自己家女公子各许配一人与匀兵部卿亲王与薰中将。因念薰中将曾说过："我须于母亲有生之年，朝夕侍奉面前。"便暂时打消了此念。且薰中将与女儿血缘太近[1]，原亦为他所顾虑，然又找不出更为称心之人，故甚是烦恼。六女公子为侍妾藤典侍所生，其相貌品性皆完美无瑕，远胜正夫人云居雁所生诸女。唯因其母身份低下，众人并不看重，不胜委屈，夕雾甚感怜惜。恰逢一条院落叶公主无子孤寂，夕雾便将这六女公子迎至一条院，做了她的义女。夕雾寻思道："且佯装无意，伺一恰当时机，让薰中将和匀兵部卿亲王与此女相见，这两人定然赏识于她的。"遂教习六女公子时尚之事，培养风流逸趣，以求男子倾慕，却不进行严正的教诲。

按惯例，正月十八为宫中赛射之日。诸亲王中既已成人者，皆前来赴会。夕雾于六条院中筹备还飨之宴[2]，甚为隆重。明石皇后所生各皇子，皆气度不凡，俊秀高雅，尤以匀兵部卿亲王出类拔萃。唯有四皇子常陆亲王，相貌远逊于其他诸皇子，许是其母为更衣之故。赛射早于往年结束，左近卫方依然获胜。事毕，夕雾右大臣兼左大将，便与匀兵部卿亲王、常陆亲王及明石皇后所生五皇子，同车前往六条院。宰相中将薰君，因赛射失败，默然欲离宫独去。夕雾拉住他道："可否送送诸皇亲赴六条院？"夕雾之子卫门督、权中纳言、右大弁及众公卿，皆劝他同去。此处离六条院路程颇远，遂分乘得几辆车。其时微雪飘舞，暮色清艳。伴随悠扬的笛声，车子驶入六条院。如此极乐之境，何处能觅？

还飨宴席设于正殿南厢内。获胜一方的中少将按例朝南而坐，诸亲王及公卿朝北陪坐，宴会遂告开始。值酣畅之时，众将监便起身表演《求子》舞，长袖翩翩，美妙无比。其时梅花盛开，近旁几株被袖风扇动，香溢四座。融入了薰中将那奇异的体香，越发沁人心脾。众侍女隔帘窥视薰中将，议论道："看不清他的美貌啊，这天太暗了。然这香气却令人沉醉！"众人闻着香气，交口称赞。夕雾右大臣亦认为薰中将非同一般，今日之相貌仪态尤为优美。见他仍默然坐着，便道："右中将不可闲坐啊，你也唱一段吧！"薰中将便唱了一段"天国神座上"[3]，倒也很合时宜。

【1】名义上，薰君乃夕雾之弟，与夕雾的女儿是叔父与侄女的关系。
【2】还飨，指赛射的优胜者到大将家中参加宴会。
【3】此为风俗歌《八少女》中歌词，是表演《求子》舞时所唱。歌云："八少女，我的八少女！八少女，呀！八少女，呀！站在天国的神座上！站呀，八少女！站呀，八少女！"

THE TALE OF GENJI

VOLUME 44
第 四 十 四 回
红 梅

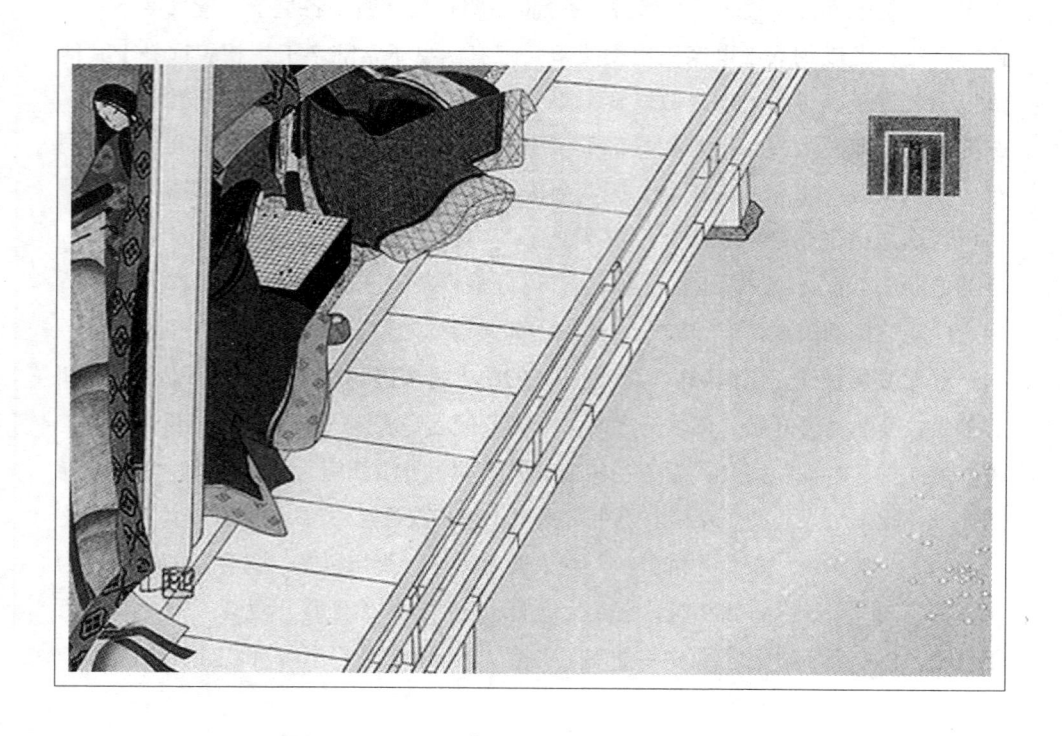

第四十四回　红梅

其时的按察大纳言红梅[1]，即已辞世的前太政大臣之次子，已故卫门督柏木之长弟。他天资聪颖，禀赋极高，且具优雅的品性。后来日渐长大，官位升迁，前程无可限量，且厚蒙圣恩，华贵无比。这红梅大纳言共娶得了两位夫人。第一位已辞世，眼下的这位乃后任太政大臣髭黑之女，即昔日与真木柱难分难舍之人[2]。此女先由外祖父式部卿亲王嫁与萤兵部卿亲王。亲王逝去后，便与红梅大纳言有了私情。日久情深，大纳言最后竟不避讥评，公然纳她为妻了。红梅的亡妻仅有二女，并无一子，故他总感膝下寂寥。于是向神佛祈祷，终让真木柱为他生得一子。真木柱先有一女，乃与萤兵部卿亲王所生，现悉心抚养，以作对亡夫的纪念。

身边众子女，红梅大纳言一视同仁，尽皆宠爱。有几个生性顽劣的侍女，彼此常生事端。而真木柱夫人生性爽朗，胸怀宽广，从中巧为周旋调解。纵然有损自己利益的事，也自行宽慰并不计较。故争端并不显露，日子也还平安。三位女公子年纪相当，已渐长成人，皆已举行了着裳仪式。大纳言特意建造了几所宽阔的宅院，让大女公子住南厅，二女公子住西厅，而萤兵部卿亲王之女公子则居于东厅。常人以为，萤兵部卿亲王这位女公子没了生父，恐不幸之事甚多。殊不知，她从父亲和祖父那里获得许多遗产，故其居所内摆设装饰与日常生活，皆十分高贵优雅，胜于他人。

红梅大纳言悉心养育三位女公子的美誉传播出去，慕名前来访晤求婚之人甚众，甚至连皇上和皇太子都曾有过暗示。红梅大纳言寻思道："明石皇后独得宠幸，无人能与之相比。若做个低级宫人，进宫又有何益？皇太子又为夕雾右大臣家的女御独拥，恐亦难与之争宠。只是就此犹豫，不让如此才德俱佳的女儿入宫，岂不辜负其天生丽质么？"如此一想，他便下了决心，将大女公子许给皇太子。大女公子其时亦是十七八岁，花容月貌，十分逗人喜爱。

二女公子之貌亦是出众，其端庄娴淑之姿更胜其姐，显见是个绝色佳人。红梅大纳言想："此女若嫁与常人，委实可惜。若嫁给匂兵部卿亲王倒很般配。"平日，匂皇子见到真木柱所生的小公子时，常招呼他一同玩耍。这小公子十分机灵，其眉宇额角饱蕴无穷富贵之气。一次，匂皇子对他说道："你回去转告你父亲说：

【1】第十回中唱《催马乐·高砂》的童子。
【2】亦称真木柱。髭黑娶玉鬘后，前妻带了女儿真木柱回娘家。

我并不想只看见你这个弟弟呢。"小公子便回去，向父亲如实禀告了。红梅大纳言一听，便知自己的愿望即将实现。说道："与其让一个才德兼优的女子入宫受委屈，倒不如嫁与这位皇子。这位皇子真是潇洒！我若能实现愿望，招得他为女婿，料不定我尚可益寿长年呢。"然而此时得先准备大女公子出嫁之事，不能顾及此事。他私下祷告道："愿春日明神[1]保佑我，让我女儿成为皇后。如此，则先父太政大臣的遗恨可慰[2]、亡灵可安了。"他满怀希望，送大女公子入宫做了太子妃。世人皆认为，皇太子对这位妃子宠爱有加。因大女公子对宫中境况不熟，便由继母真木柱夫人伴她入宫。真木柱尽心尽责，仔细周全地照料她。

住在南室的大女公子入得宫后，红梅大纳言邸内顿显清寂。西室的二女公子突然失去了亲密的姐姐，更是倍感孤寂。住在东边的女公子，虽与其他两位姐姐异父异母，然而也非常亲近，不分彼此。晚上，三人常常抵足而眠；白天，则在一起学习各种艺事。吹弹歌舞，东边的女公子十分内行，其他两位女公子将她视若师傅。只是这位东室女公子生性腼腆，连对母亲也极少正面相视，真有些罕见。但其品貌并不比前面两位女公子逊色，且那妩媚之状还略胜一筹。红梅大纳言想："我整日只为自己的女儿操劳，对这位女公子却不在意，真有些对她不住。"于是，对其母亲真木柱说道："三女儿的婚事，你如有了主意就及时告知我，我待她一定像亲生女儿一般。"真木柱答道："这事我还未曾仔细考虑，总之不能轻率行事。最终如何，也得听由天命了。只要我尚在人世，必全力照料她，但我去之后她就可怜了。我为此常常担心。不过，到时她或可出家为尼，安度余生，也不致落人讥笑的。"言罢落泪。接着又说到这女公子性情如何娴淑。红梅大纳言对这三个女儿，向来一视同仁，并无亲疏之分，然他尚未见过这东室的女儿，很想亲眼见一见。他常埋怨道："真无趣啊！这孩子怎地老是避着我！"他总想找个机会偷看，然终究都未曾见得。一日，他隔帘对女公子道："你对我如此生分，很叫我难过呢。你母亲不在家，我代她来照顾你。"女公子在里面稍作解答，其声音温婉动听，推想其相貌该又是何等美丽，惹人怜爱。大纳言常以为自己女儿比别人优秀，这时听见东室女子的声音，便想道："我那两位，恐怕比不

【1】春日明神是皇族藤原氏的氏神。

【2】前太政大臣将女儿送入宫中，即嫁与冷泉院的弘徽殿女御，本望登皇后之位。后因源氏提拔秋好皇后，弘徽殿女御失败，前太政大臣抱憾而终。

上她吧？我原以为我那两个女儿已无与伦比了，岂知此女比她们更好。可见天下大了，也未必美妙。"他这样一想，更想见到东室女公子了，便对她说道："近几月来，异常忙乱，也久不曾听得丝弦之乐了。你西室的二姐正潜心练习琵琶，恐欲有所造诣吧？然练习琵琶，倘仅学得一鳞半爪，其音便很难听。若你觉她堪造化，请费心指导。我并未专习何种乐器，然过去得意之时，参加了不少管弦乐会。因此缘故，对于何种乐器的演奏，皆能鉴别高下优劣。你尽管未曾公开演奏过，但每次闻得你弹奏琵琶，总觉颇似旧时之音。已故六条院大人的传授，仅夕雾右大臣一人承得。源中纳言（薰中将）与匂兵部卿亲王，是天赐才人，凡事尽可与古人媲美，尤其热衷于音乐。然其拨音的手法稍弱，尚不如右大臣。据我所闻，唯有你的琵琶之声，手法很与右大臣相似。弹奏琵琶，左手按弦必得娴熟，方达佳境。女子按弦，所拨之音独具娇气，倒更富情趣。你弹一曲，让我欣赏一下吧。"便叫侍女取来琵琶。一般的侍女皆不回避，却有几个身份高贵且年龄较小的侍女，怕被大纳言看见，往内室躲避。大纳言有些气恼，说道："诸侍女也皆躲着我，好没意思啊！"

其时，小公子正欲进宫，临行前先来拜见父亲。但见他周身值宿打扮，童发垂落下来，比绾成总角的正式打扮更加漂亮可爱了。大纳言很有兴致地看了一会儿，便托他传言丽景殿之女："你代我向大姐问好吧。就说我身体不适，今晚不便入宫。"又笑着说道："皇上常召你到御前演奏，你如今的水平恐不称心呢！练练笛子再去吧。"便要小公子吹双调。小公子取笛演习，竟比往日好。大纳言高兴地说道："你吹得很好呢，皆因为常在此与人合奏。此刻，不妨与姐姐合奏一曲吧。"便催促帘内的女公子。女公子推脱不得，只好勉强拨弦弹奏。大纳言合着乐拍，吹起了低沉而娴熟的口哨声。抬头见东边廊檐近旁，一株红梅正开得鲜艳，便道："'红梅灼灼开，唯君能赏得。'[1]庭前此花独惹人爱呢。匂兵部卿亲王今日将到宫中，何不送他一枝呢？"又说："唉，光源氏做近卫大将时，我已像你这般大小，常随侍他身侧。那时情景，总让人神往。如今，匂兵部卿亲王也是众口称赞的显赫人物，品貌俱佳，恐因我常常崇敬光源氏之故吧，总觉他远不及光源氏。尽管与他并非十分亲近，但一想起来便感悲伤。可见，与他关系亲密

【1】《古今和歌集》古歌："除却使君外，何人能赏心？红梅灼灼开，唯君能赏得。"

的人，被遗弃于这茫茫凡尘之中，更是悲恸欲绝了吧。"大纳言沉入往事之中，心境有些怆然，刚才的兴味也顿然消减。他情不自禁，叫人折了一枝红梅，交与小公子送入宫去，说道："只有此亲王，聊可寄托我对光源氏的眷恋之情了。昔日释迦牟尼圆寂，其弟子阿难尊者身上灵光显现，修为的法师皆以为释迦牟尼复活。如今我为表达旧时之情，也只有烦扰这位亲王了。"便吟诗奉赠，诗云：

"东风惠通园梅意，

盼待早莺入园鸣。"

他将诗书于一张红纸之上，放入小公子怀纸中，要他即刻送达。此小公子对匂皇子向来亲近，遂欣然入宫了。

自明石皇后上房中退出后，匂皇子欲回到宫中的住处。众殿上人随同出来，小公子也在其中。匂皇子见了，问道："何时进来的？昨日为何走得那么早呢？"小公子细声细气地答道："昨日早退，后来想起又后悔呢。今日我闻知你还在这儿，便急着来了。"匂皇子道："宫中好玩，我那二条院也不错。那里还有许多小伙伴呢，你常来玩吧。"众人见匂皇子只与他一人说话，不便走近，遂各自离开了。此时四处幽寂，匂皇子又对小公子道："皇太子以往常常召唤你的，为何现在不同了呢？你大姐太过分了，竟与你争宠呢。"小公子答道："老叫进去，烦死我了。然到您这里来……"他不愿说了。匂皇子说："你姐姐根本看不起我。这原是可以谅解的，然总叫人心下难受。东室那位姐姐呢，原本同为皇族之亲。你暗里代我问她，可爱么？"此时，小公子便呈上那红梅与诗。匂皇子愉快地想道："这诗若在我求爱之后，那才妙不可言呢。"他细细赏玩，舍不得放下。这梅花实在美丽可爱，枝条花朵与香气颜色，皆非寻常花枝可比。他说道："那些盛开的红梅，除了颜色艳丽外，总不及白梅香浓。倒是这枝红梅不同寻常，竟然色香齐备了。"匂皇子素喜梅花，此时心情又极佳，更是赞不绝口。之后，他又对小公子道："今夜值宿，就住我这里吧。"拉着他进了自己的房间，小公子于是未能往见皇太子。匂皇子身上无与伦比的浓郁香气，小公子甚为欢喜，与他躺在一起，倍感他可亲可爱。匂皇子问他："这折花之人[1]，怎不去皇太子身边？"小公子道："不清楚呢。只是父亲说，要让她侍奉相知的人[2]。"匂皇子曾闻

【1】指东室女公子。

【2】此处指匂皇子。

得，红梅大纳言有意将二女公子许配与他，而他钟情的却是东室女公子。只是答诗时，此意不便明言，故于第二日小公子回府时，他便随意赋诗一首， 叫他带回，其诗道：

"梅香若为早莺爱，

诚谢东风送信来。"[1]

又嘱托小公子道："此后别打扰大纳言了，你私下传信与东室那位姐姐即可。"

其后，小公子对东室姐姐倍加亲近，比往日更甚了。以这无邪孩童看来，东室姐姐言谈举止优雅，性情和蔼，便要嫁个好人。大姐侍奉皇太子，尽享人间荣华。只这东室姐姐却深闭闺闱，无人关心。他心中不平，觉得这位姐姐可怜。想道：她总得嫁给这位匂皇子吧。于是乐于给匂皇子送梅花去。然这答诗，只能交与父亲了。红梅大纳言看过之后，说道："实乃无聊啊！ 匂皇子浮薄好色，在夕雾右大臣和我等面前，却伪装正直。此类儿戏，恐反教人鄙视吧。"他复信一封，又派小公子带入宫中，内有诗道：

"园梅若蒙君赏识，

更染奇香增盛名。

如此多情，尚望见谅。"匂皇子见他明确表明，便想道："看来，他真想将二女公子嫁与我了。"于是有些兴奋激昂，答诗道：

"宿居花丛寻芳艳，

痴迷却恐世人言。"

此答诗并无诚意，红梅大纳言一见，心中不免生气。

真木柱夫人自宫中回来后，言及宫中情状，告诉大纳言道："前日，小公子宫中值宿，次晨到东宫来，浑身香气异常浓烈。众人皆无所觉察，皇太子却道：'昨晚，你到匂兵部卿亲王身边睡觉了吧，难怪不来我这儿呢。'他竟生妒意，实在可笑。匂皇子有回信么？可有什么打算呢。"红梅大纳言答道："有的。那日红梅开得正鲜艳，我顾自欣赏，甚觉可惜。匂皇子独喜梅花，我便随意折得一枝，叫小公子送去。匂皇子的衣香实在美妙，连宫女们都自愧不如。薰中纳言呢，身上自有一股奇香，世无所匹。定是前世的功德，以至今世的善报，叫人羡慕不已。

---

[1]梅香，指二女公子；早莺，指匂皇子；东风，指红梅。

虽同为花，独梅花出类拔萃，香气芬芳异常。匂皇子性喜梅花，本是应当的。"他以花喻人。

　　东室女公子逐渐长大，更加聪慧了，凡所见所闻，领悟甚快。但她对于婚嫁之事，却未曾虑及。世间之人，恐皆有攀附之心吧，择有权有势之家，千方百计前往求婚。故大纳言两位亲生女公子处，甚为热闹。而这位东室女公子呢，门前冷落，闺门常闭。匂皇子闻知，认为时机已到，便思虑向东室女公子求婚。他常叫来小公子，要他暗中送信前去。然大纳言总想着将二女公子许配与匂皇子，故常留意他的动向，盼他前来求婚。真木柱夫人见之，觉得颇难为情，便说道："匂皇子之意，并不在二女公子，你费这些心思终是枉然。大纳言得慎重考虑才是！"而东室女公子，对匂皇子的信并不回复。匂皇子因此越发急迫了。真木柱夫人自思道："匂皇子做我女婿，有什么不好呢？他品貌俱佳，日后必是幸福的。"然那东室女公子，以为他私情甚多，浮薄风流，同时深爱着八亲王[1]家的女公子，常不顾路途险远，前去宇治幽会。如此四处牵扯之人，绝对靠不住的。故她绝不肯答应。真木柱夫人觉得如此这样，会使匂皇子难堪，有时竟背了女儿，私自替她复信。

【1】桐壶帝第八子。

THE TALE OF GENJI

VOLUME 45

第四十五回
竹河

却说后任太政大臣髭黑家中,有几位喜好饶舌的侍女,她们常常无须别人发问,便自会滔滔不绝地说出些源氏家族的故事来,然而总与紫夫人的侍女们所说常有出入。她们道:"源氏后世子孙的传说,有些不甚确切呢。或许是老侍女们年老糊涂,记忆不清之故吧。"然是非公允,到底一时难以定夺。

再说已故髭黑太政大臣和玉鬘尚侍膝下,育得有三男二女。髭黑大臣曾竭力教养,旨在他们日后能出类拔萃。孰料天公不济,正于岁月难挨之时,髭黑大臣却因操心过度而溘然辞世了。遭此突变,玉鬘夫人竟一时束手无策。原本打算及早送女儿入宫的事,眼下也只好搁置起来。世态炎凉,人情冷暖,邸内虽是景物依旧,然遭此厄运,门庭也日渐冷落了下来。玉鬘尚侍的近亲中,颇有权势显赫者[1],因其身份高贵,往来并不亲密。已故髭黑大臣因生前生性孤僻,不善言谈,也与人交往甚浅。或许是此缘故吧,玉鬘夫人竟没有一个知心旧友。唯六条院的源氏主君,始终视玉鬘若亲生女儿,临终遗嘱中又另有所托,因而她所得遗产还算丰厚,仅次于秋好皇后。夕雾右大臣亦甚是关心玉鬘,每逢重大盛事,必亲往探视,其亲近反胜于嫡亲姐妹了。

对三位公子的前程,玉鬘夫人倒不十分担心。三位公子正值晓事年龄,皆已行过冠礼。虽因父亲亡故而略感孤苦无助,然也会逐级晋升的。倒是两位女公子,颇令她忧虑不已。髭黑大臣生前,皇上曾有示意,并时时计算年月,推想其女儿已出落成人,望他及早将女儿护送入宫。但玉鬘夫人私下认为:"明石皇后深受宠幸,倘女儿入宫,定然位居其下。与其埋没于嫔妃之中,察色行事,仰人鼻息,遭受委屈,不若留待家中。"如此思前想后,举棋不定。如今冷泉院亦想得到玉鬘之女,竟将往事重提,对玉鬘当年的无情,也怨恨不已,说道:"昔日尚且这般,如今年事渐高[2],仪貌粗俗,自是更遭人唾弃了。尽管如此,还是请你将我视作你女儿的保护人,将她托付与我吧!"他固执地请求。玉鬘心想:"这叫我怎生是好?他定将我看作了那等冷酷无情的女子。我这命运真是多劫啊!如今到了这般年纪,不如索性将女儿嫁与了他,以释前嫌吧。"但又犹豫不决。

两位女公子相貌姣美,世称美人,倾慕之人不计其数。夕雾右大臣家的藏

【1】如红梅大纳言,是她的异母兄。
【2】是时冷泉院四十三岁,玉鬘四十七岁。

人少将，亦诚恳地求婚于其大女公子。此藏人少将乃正夫人云居雁所生，品貌兼优，爵位显于其他兄弟，尤为父母宠爱。从亲缘关系而言，其与玉鬘的关系也密不可分[1]。故他与众弟兄常出入于髭黑大臣邸内，玉鬘夫人亦甚疼爱他们。这藏人少将与侍女们也混得颇熟，常向她们倾诉自己对大女公子的倾慕。众侍女便常在玉鬘夫人身边极力赞扬藏人少将。玉鬘夫人甚感烦乱，然又觉得他可怜。其母云居雁夫人也不时写信给玉鬘夫人，殷切请求。夕雾大臣亦曾道："如今他官位虽低，然看在我们面上，就请答应了他吧。"但玉鬘夫人早已决定：大女公子不嫁臣下，须入主宫中。至于那二女公子，若藏人少将官位晋升，门当户对时，嫁与他亦未尝不可。藏人少将则固执地坚持：倘玉鬘不许婚，便要将大女公子强行抢走。玉鬘夫人对这门亲事虽不刻意反对，然恐于正式许诺之前引发丑事，盛传于世遭人讥议，败坏门风。遂再三告诫传递信物的众侍女："你们务必谨慎，以免有所闪失！"侍女们从此忐忑不安，甚感为难。

再说六条院的源氏，暮年娶得朱雀院三公主生下的薰君，冷泉院如今视若亲子，封为四位侍从。其时，薰君年仅十四五岁，甚为天真，然内心早慧，深谙人事。加之仪表堂堂，玉鬘尚侍有心招他为婿。尚侍的邸宅与三公主的三条院相距甚近，故每逢邸内举办管弦乐会，众公子便常邀请薰君前来共乐。盛闻尚侍邸内美人之名，年轻男子无不心驰神往，皆身着锦衣绣袍，风度翩翩。若论相貌，则首推藏人少将最为秀美；论品性、风度，则这四位侍从最为温文尔雅。总而言之，无人能与此二人媲美。众人因薰君为源氏之子，故格外看重他，其盛名众口皆碑。年轻侍女更是赞不绝口。玉鬘尚侍也极为疼爱，常与他亲切闲话道："你父亲当年气宇轩昂，其俊逸之姿令人至今难以忘怀。夕雾大臣位高权重，若无特别机缘亦难见上一面。你颇具父亲遗姿，每次见到，便能聊以自慰。"故她视薰君如亲兄弟，薰君亦当她为长姐，不时探访。薰君品行端庄，举止稳重，绝非轻薄男子。侍候两位女公子的年轻侍女，见他婚事无期，皆非常着急。她们常与他玩笑，令薰君烦忧万分。

不觉已至第二年正月初一。玉鬘尚侍的异母兄弟红梅大纳言、藤中纳言前来贺岁。这红梅大纳言即昔日唱《高砂》的童子。藤中纳言则为髭黑太政大臣前

【1】从父亲方面来说，玉鬘是他的姑母；从母亲方面来说，是他的姨母。

妻所生的大公子，真木柱的同胞兄。此时，夕雾右大臣带着六位公子也来了。右大臣举止洒脱，六位公子亦皆容貌俊逸，且早年得志，意气风发。世人均道这一家至善至美。唯藏人少将虽特别受父母恩宠，却总是心事重重，愁眉苦脸。如往年一样，夕雾右大臣与玉鬟尚侍隔帷而谈。他说道："常想前来探访，共叙往日情谊，却总因无甚要事，愿望未遂。如今到得这把年纪，便没有再多的心思走动了。尊处若逢有事，还得尽请吩咐诸小儿办理才是。弟早已交待过他们要尽心效劳，不得怠慢。"玉鬟尚侍答道："寒门遭此恶变，今已微不足道了。承蒙照顾如昔，越发令我缅怀先人。"便将冷泉院欲召大女公子入宫之事略述了一二，并说道："家势衰微，入宫恐受冷落，故甚是忧虑。"夕雾答道："不知此事确定与否，曾闻今上提及此事。再则冷泉院虽已退位，声威似亦有所减退，然容貌俊美，无人可及。倘舍下有女可遣，必应召入院，可惜竟无一人够得上诸宫眷的秀美之姿。然不知冷泉院欲召尊府大女公子之事，是否已禀明大公主之母弘徽殿女御？昔日我亦曾有意将女儿奉送入宫，终因与此人有隙，未曾如愿呢。"玉鬟说道："弘徽殿女御也曾如是劝我，说近来颇感孤寂，愿与冷泉院悉心照顾我女，以遣寂寞等语，竟使我有些动心了。"

告辞玉鬟尚侍，众人即赴三条院向三公主贺年。与朱雀院、六条院源氏有旧情或其他关系的人，均不曾将这尼僧公主忘记。髭黑大臣家的左近中将、右中弁、藤侍从等公子，皆陪伴了夕雾大臣同往。一时锦冠华盖簇集，气势颇为庄严！

时至日暮，四位侍从薰君也亲来玉鬟尚侍处拜望贺年。白昼云集于此的众多显贵公子，本亦仪表堂堂。然这四位侍从的到来，不觉令其尽皆逊色了许多。侍女们极易感动，七嘴八舌道："终究是这位公子与众不同啊！""来做我家小姐夫婿，倒是匹配得很呢！"这薰君的确风姿可观。尤其是行动举止间，身体所散发的股股香气令人陶醉。即或是大家闺秀，只要略晓情趣者，亦定会注目凝视，赞叹不已。其时玉鬟尚侍正在念佛堂里，闻知薰君前来贺年，忙吩咐侍女道："快请公子入内！"薰君从东阶进得佛堂，于门口帘前坐下。佛堂窗几前的那些小梅，花骨朵朵，正欲开放。早春的莺啼尚欠婉转。众侍女百般挑逗薰君，希望这俊美之人于美景中更见风流飘逸。孰料薰君却独自缄默无语，颇令她们失望。内有一身份高贵，名叫宰相君的侍女，咏诗一首奉赠道：

"芬芳梅枝初吐蕊，

折于手中不胜看。"

如此才思敏捷，薰君甚感钦佩，便答诗道：

"遥看小梅似残柯，

未知初蕊格外香。

如若不信，请摸摸我的衣袖吧。"遂与她们调笑起来。众侍女齐声道："的确'花艳香愈浓'[1]啊！"皆兴致勃勃，肆意嬉笑，真想上前拉其衣袖逗趣。恰逢此时，玉鬘尚侍从佛堂里膝行而出，见此情状，不由轻声骂道："真个放肆！如此温顺的公子也要戏玩，不觉着害臊吗？"薰君听罢，暗想："说我为老实温顺之人，岂不令我委屈吗？"尚侍的幼子藤侍从，因其还不曾上殿任职，又无须往各处贺年，此刻正闲居家中。他捧出两个嫩沉香木盘，盛上果物茶水等招待薰君。尚侍想道："夕雾右大臣越长越与其父肖似。薰君虽不肖似父亲，然那沉着稳重的风度，倒具源氏主君当年的神韵。"回首往事，甚是伤怀。薰君人去而香气仍缭绕于室，令众侍女羡叹不已。

自被称为老实人后，薰君心中始终觉得委屈。这月二十过后，正值梅花盛开之时。为让尚侍等人改变看法，在众侍女面前一展风流之姿，他乃特赴其府邸造访藤侍从。进得中门，但见一穿着与他相似的男子站在那里。这人见薰君走来，慌忙躲避，不想却被薰君拉住。一看，却是常踌躇于此地的藏人少将。他想："此人许是痴迷正殿西边的琵琶、琴筝声吧，为情所困真个痛苦啊！而欲强行求爱，更是罪孽深重，不可赎恕！"片刻琴声停止。薰君便对藏人少将道："我对此地陌生得很，烦请你在前指引吧！"两人遂携手唱着《催马乐·梅枝》[2]同行，径直往西面廊前的红梅树走去。薰君身上香气飘散，胜于花香，侍女们早已闻得，忙打开边门，用和琴和着《梅枝》之韵，弹出美妙和谐的音乐来。薰君心想，和琴在女子手中不宜弹《梅枝》之类吕调，而她们却弹得如此纯熟。兴之所至，二人又将此曲，从头唱了一遍。侍女们便用琵琶来伴奏，其技艺亦甚精湛。薰君觉得此地确为风流之处，足令人心旷神怡。于是放纵情怀，与侍女们调情说笑起来。

【1】《古今和歌集》古歌："家有寒梅树，花艳香愈浓。谁将衫袖拂？芳沁此花中。"

【2】《梅枝》歌词："黄莺惯宿梅花枝，直到春来不住啼，直到春来不住啼。阳春白雪尚飘飞，阳春白雪尚飘飞。"

玉鬘尚侍叫人送来一和琴，薰君和藏人少将彼此谦让。尚侍便传言薰君："你的爪音酷似先父，这我早已闻知。趁今宵莺声相引之韵，愿得闻听，不妨弹奏一曲吧。"薰君心想："尚侍盛情邀请，若我怯场，未免有失礼遇。"于是勉强弹奏了一曲。玉鬘尚侍一听，琴声果然优美无比，不由想起不曾常见的义父源氏来。而今源氏辞世多年，玉鬘尚侍常常触景生情，睹物思人。今日听到薰君的琴声，自是令她更为感伤。她道："薰君相貌堂堂，肖似已故的柏木权大纳言。连这琴声亦与权大纳言有同工之妙了。"说罢泪流不止。许是年事渐高之故吧，近日她极易伤感流泪。藏人少将亦唱了一曲"瓜虋绵绵"[1]，歌声甚为美妙。因座上无老人唠叨烦扰，诸公子便无所顾忌，互相劝诱，尽兴而欢。主人藤侍从与其父髭黑大臣极为酷似，不甚擅长歌乐弹奏，唯知举杯劝饮。众人便怂恿他道："你也须尽兴唱个祝词啊！"他便附和着众人，唱起了《催马乐·竹河》[2]。歌声虽显稚气，却亦甚美妙悦耳。其时，帘内送来一杯酒，薰君道："听说醉酒吐真言，倘若饮醉了，叫我如何是好？"便不再接杯受酒。帘内又送出一套女子的裙子和礼服，熏香扑鼻，乃临时应酬赠与薰君之物。薰君甚是不解，问道："这又为何？"便将赏品推还藤侍从，起身告辞。藤侍从忙拉住薰君，将衣衫交还给他。薰君道："'水驿'酒[3]我已饮过，夜色已深，恕不奉陪啦！"说毕便逃也似的回家了。再说那藏人少将，见薰君随意出入此地而颇受喜爱，顿觉自惭形秽，心中不免怨恨，口上亦就泄露了出来。吟诗道：

　　"众皆赏赞熠熠花，

　　我独迷恋霭霭夜。"

吟罢，长叹一声，便欲回去。帘内一侍女即答诗道：

　　"皆因时地生雅兴，

　　不只梅香悦春心。"

翌日，薰君特遣使者送信与藤侍从。信中道："昨夜因不胜酒力，行为有失检点，让诸君见笑了。"他意欲让玉鬘尚侍闻知，便在信中用了许多女子惯用之假

【1】《此殿》歌词："此殿尊荣，富贵齐天。子孙繁昌，瓜虋绵绵。添造华屋，三轩四轩。此殿尊荣，富贵齐天。"

【2】《竹河》歌词："竹河汤汤，上有桥梁。斋宫花园，在此桥旁。园中美女，窈窕无双。放我入园，陪伴娇娘！"

【3】男踏歌会歌人在路上饮酒喝汤之所，此处为戏言。

名，并于一端附诗道：

　　"吟唱《竹河》末两句，
　　料君知悉我深心。"【1】

藤侍从即将信呈送正殿，与母亲一起观看。玉鬟尚侍看罢信，赞道："字迹好潇洒啊！如此年纪便已这般灵慧，足见前世造化深厚。虽幼年丧父，母亲皈依佛门，失却父母疼爱抚育，却是如此出众，真是苍天庇佑啊！"言中之意，指责儿子文笔拙劣，远不及薰君。这藤侍从的回信，文笔也确幼稚，信中道："昨夜，你喝了酒就走，真如经过水驿一般，大家皆见奇怪呢。

　　歌罢《竹河》尚未暮，
　　问君何故匆匆归？"

自此，薰君常以拜访藤侍从为名，出入玉鬟尚侍家，并将爱慕大女公子之意隐约吐露。那藏人少将心中怨恨，亦不无道理。尚侍邸里的人的确喜欢薰君，甚至尚未成人的藤侍从亦与薰君交好，形影不离。

　　转眼到了三月，樱花飞谢，弥漫山野。玉鬟尚侍邸内，一些樱花正争奇斗艳，一些已开始凋谢，微风拂来，漫天落英缤纷。春日昼长人静，欣赏春景倒正适宜。两位女公子便在侍女们的簇拥下，款款移步入得院来。她们正值豆蔻年华，皆花容月貌，端庄娴雅。大女公子容颜娇艳，气质高雅，显露帝后之姿。她身着表白里红的裥子、棣棠色罩衫，明艳入时，华丽照人，那无限娇媚由衣裙淋漓尽致地展现出来。二女公子也不相上下，身着淡红梅色裥，外罩表白里红衫，秀发柔美动人，似柳丝扶风。众人私下品评道：二女公子亭亭玉立的秀姿、清秀脱俗的容貌、温雅娴淑的性情，略胜大女公子一筹；然又远不及其姐之艳丽。二人相映绝伦，各有所长。一日，姐妹二人弈棋取乐。一时钗光鬓影，互相辉映，好一幅动人的图景！幼弟藤侍从做判决人，侍坐近旁。两兄长窥探一下帘内，说道："侍从真好福气，也做判决人了！"随即，毫无忌惮地坐了下来。女公子身边的侍女，均不由自主地整姿弄发。长兄左近中将叹道："宫中琐事繁多，不能像侍从这般伴随姐妹，真令人抱憾！"次兄右中弁也说道："听遣宫中，不敢分心，无暇照料家里，还望姐妹见谅呢。"两姐妹听兄长们如此客气，便停止了弈棋，不觉满面娇羞，那情状令人

【1】此诗暗含向大女公子求爱之意。

怜爱无比。左近中将又道："每逢出入宫中，我便常想，父亲今日若在世上，我们该有多好啊！"话不及说完，早已泪眼蒙眬。这左近中将年约二十七八，唯因父亲遗愿而尽心尽职地呵护着两个妹妹。

庭园中百花争艳，欣欣向荣。两位女公子便命侍女前去折得一枝樱花来，赞道："如此艳丽，何花能与之媲美呢？"长兄左近中将忆起昔日情景，慨然道："忆起幼时，你二人常争夺此花枝，一个说'这花是我的！'另一个道'这花是我的！'父亲裁决道：'这花归姐姐。'母亲却道：'这花应属妹妹。'我闻此虽不哭闹，但却很是伤心呢。"略停片刻，又伤感道："可惜樱花已老，追忆逝水流年，诸人先我而去，此身哀愁何其多啊！"如此时而感叹，时而嬉闹，倒也颇得闲情逸致。原来，这左近中将最近做了人家的女婿，像如今这般从容自在甚是难得。今日为樱花所动情，故耽待较久。玉鬘尚侍虽早为人母，且子女均长大成人，但容颜依旧，昔日风韵犹存，别有一番动人风姿。时至今日，冷泉院想必仍在恋着她的美姿吧。回首往事，难以忘怀，故竭力盼望大女公子能早些入侍。对于大女公子入侍冷泉院一事，左近中将并不十分赞同。他说道："此事终非长久之计，凡事都得讲匹配。冷泉院容貌俊丽，举世无双，自是令人仰慕，然已退位，非值盛年。即便那琴笛的曲调、花的颜色、鸟的鸣声，亦讲究合乎时宜，方能悦耳动听。故与此相较，不如做太子妃为妙。"玉鬘答道："这也未必。皇太子身旁早有贵人专宠[1]，倘勉强参与，必不能称心顺意，终为世人耻笑，务必谨慎才好。若你父在世，虽不知命运如何，然终有所助，亦不会如此尴尬了！"说到此处，众人甚是伤感。等众人离去后，两位女公子继续弈棋。二人以樱花树相赌，说道："凡三弈二胜者，樱花树归其所有。"其时，日薄西山，暮色幽暗，她们便将棋局移至了檐前。众侍女高卷帘子，皆希望自家女公子领先。

藤侍从送两位兄长回府，四周寂静无人，廊门皆敞开着。恰逢此刻，那藏人少将到藤侍从处访晤。藏人少将便走近门边，向内院窥视。天赐良机，只见得一群侍女正簇拥着两位女公子下棋。此时天渐昏暗，视物不清。藏人少将细细分辨，始知那着表白里红裙子的，乃日夜思念的大女公子。"罗衣深染樱花色。"[2]藏人少将顿时寻思：如此国色天姿，倘为他人之妻，实在令人惋惜。是时，夕阳返照，

【1】指夕雾之女。

【2】《古今和歌集》古歌："罗衣深染樱花色，谢后好将纪念留。"

侍女们姿态万千，令人十分迷恋。赛棋很快也见得分晓：右方的二女公子赢。身侧众侍女便欢呼雀跃而起，有人笑着高喊："快快奏高丽乐序曲助兴！"还有人兴致盎然道："这樱花，如今可归二小姐了！"藏人少将不明白她们争议何事，唯觉众人言语婉转动听，极欲参与其间。然见她们无拘无束，深恐自己冒昧闯入，会使她们手足无措，只得无奈地独自归去。此后他常悄然徘徊于此，企愿再得良机。

自这日始，两位女公子便每日以樱花为由，嬉玩争夺。一日黄昏，东风骤起，吹落樱花满地，令人怜惜不已。败方大女公子因景赋诗道：

"此樱纵非为我有，

风虐也替花担忧。"

大女公子的侍女宰相君护着女主人，续吟道：

"缤纷花落开未久，

不足惜此无常物。"

右方的二女公子也赋诗唱和：

"本是寻常花飞落，

切莫输樱意不平。"

二女公子身侧侍女大辅君接着吟道：

"多情花落镜池中，

不忘随波向我来。"

赢方女童趁兴走下庭院，徜徉樱花树下，拾得了许多落花，吟诗道：

"残英纵落伴风尘，

亦须收取珍我物。"

对方侍女不甘示弱，也以诗相酬：

"欲得长保樱花盛，

只恨蔽风无长袖。

未免有些小气吧！"她贬斥赢方的侍女。

玩乐之间，不觉岁月蹉跎远逝。却说玉鬘尚侍日夜茶饭不香，皆因心中挂念女儿前程。冷泉院日日来信，弘徽殿女御也致函敦促："你们举棋不定，诚心冷落我么？上皇以为我生嫉妒之心，在其间作梗，令人实在不快！答应与否，还请早作定夺。"措辞颇有些急切。玉鬘尚侍寻思："对方如此真心，实难令人推却，这定是前世夙缘了！"遂决定将大女公子送进冷泉院。妆奁服饰诸物，先前早已置齐，只是侍女用品须即刻筹办。是故举府上下，一片忙碌。

大女公子入冷泉院的消息为藏人少将得知，他顿时肝肠欲断，泣诉于其母云居雁夫人。云居雁也无可奈何，不得已，只得向玉鬘尚侍写信道："此书奉读。只因不肖之子痴心欲死，请勿怪罪。倘若体恤下情，务请置腹以谈，聊慰痴情。"其言凄楚，感人肺腑。玉鬘尚侍痛苦不堪，唯有哀叹，终于复信："此事由来已久，心中犹豫难决。近因冷泉上皇催促甚紧，言辞恳挚，使我心神缭乱，唯有遵命而行。令郎既然如此痴心，望其勿躁静候，以免外间议论，上苍难负有情人。"她私下计虑：待大女公子入主冷泉院后，再将二女公子许与藏人少将。只恐两女同嫁，过分触目显眼，且那藏人少将，眼下位卑官低。但藏人少将却难如她所愿移爱于二女公子。自那日薄暮偷窥大女公子花容月貌之后，他便朝思暮想，屡忆其面目，以致茶饭不思。如今遭此挫伤，时时徒自悲叹。

藏人少将心中苦闷，虽然深知大局已定，总想借机牢骚一番，遂去藤侍从处。恰逢藤侍从拜读薰君来信，见藏人少将闯入，正欲收藏，孰料被藏人少将识破，猜出是薰君来信，急将信夺来。藤侍从心想：倘若坚决不与，他必疑心内中有隐瞒，遂任其拿去。信里并无甚紧要之事，唯怨世事艰难之类语。附有一诗：

"时光无情空虚掷，

又逢春去人断肠。"

藏人少将阅毕，想："原来此人这般优雅，连慨叹怨恨也如此别致。我品性太急，招人耻笑冷落，大概也因这暴躁的脾气吧。"他胸中越发抑郁，再也无心与藤侍从续谈了，只欲去找熟悉的侍女中将谈谈。但想这也是徒费心思，故只有哀叹。藤侍从道："我要回复薰君，恕不奉陪了。"遂持了信去与母亲相商。藏人少将遇此情状，心中更为不快，几欲发作。可见痴情男人的心思了！

藏人少将至侍女中将室中，满腔怨恨，难以自抑。侍女中将见其为情所困，便言语谨慎，闪烁其词，心中怜惜不已。藏人少将谈及那日黄昏偷视赛棋一事，说道："如能与她再谋一面，即使若梦中一样缥缈也无憾了。哎！日后我将如何度日啊？恐怕与你这般促膝谈心之机也不多了！'悲哀之事尚可爱'，言之有理啊！"语甚真切。侍女中将颇受感动，虽觉怜惜，却计无所出。夫人欲将二女公子许配给他，以慰其痴，但他心中念念不忘大女公子。中将猜想，他必是那日黄昏目睹了大女公子姿色，才如此痴狂。这虽合于情理，然她仍埋怨道："你偷窥之事倘叫夫人获悉，她必以为你行为卑鄙而嫌弃你的，我已不再同情了。你真令人失望啊！"藏人少将答道："世间一切，我已无所谓了。唯那日大女公子未胜，好令我抱憾。倘若当时你设法带我进去，我只需稍作示意，定叫大女公子稳操胜券。唉！"于是吟道：

"我身无名空嗟叹，

何故倔强不饶人？"

中将笑吟：

"棋中之数凭智慧，

好胜逞强徒劳心。"

藏人少将依然心中有恨，又赋诗道：

"任君定夺我生死，

盼待援引困厄身。"

藏人少将喜乐无常，直至东方破晓，方忧伤辞归。

第二日四月初一便是更衣节，夕雾右大臣家诸公子，皆前往宫中相贺。唯藏人少将郁郁寡欢，神情恍惚，卧居不去。母亲云居雁老泪纵横，甚是怜惜。右大臣也说道："当初我恐冷泉上皇不悦，又以为玉鬘尚侍不会应允，故每次谋面皆未提出求婚之事，真令人后悔莫及。倘我亲口提及，她必定答应。"藏人少将照旧写信，申诉心中之怨。这回赠诗道：

"春时窥得花月貌，

夏日叹息绿树荫。"

此刻，几个侍女簇拥于玉鬘尚侍前，纷纷向她描述众求婚者失望后的种种苦状。侍女中将道："藏人少将言'任君定夺我生死'之语，显见并非空言，真是可怜啊！"尚侍深以为然。因夕雾右大臣与少将生母亦曾有意，藏人少将又甚为痴情，故尚侍决定，无论如何也须将二女公子嫁与藏人少将。然又以为，藏人少将阻碍大女公子入冷泉院，实在无理。何况髭黑大臣生前早做预定：无论如何位高权重，大女公子绝不与臣下结发同枕。如今入得冷泉院，尚嫌前程渺茫，愧对亡夫遗愿。侍女此时送进藏人少将来信，实在不合时宜。中将遂回复一诗：

"怅对青空沉思久，

方知君心在娇花。"

众侍女看罢，皆道："何必再拿他开心呢？这不太好吧！"然而中将怕改写麻烦，也就作罢。

四月初九日，大女公子入主冷泉院，夕雾右大臣也特遣众多车辆与听差，前去供用。云居雁夫人虽与异母姐姐玉鬘尚侍曾有怨恨，关系略为相疏，然虑及年来因少将之事，与她频频通信，眼下不闻不问，情理难通，怕遭世人耻笑，遂赠送了丰厚的华丽女装，以作众侍女的赏赐。并附信道："因小儿藏人少将精神恍惚，疲于照应，不能前来相助，特以致歉！而姐却吝赐示，与小妹生外了。"此信言辞沉稳，而字里行间又暗含不平，玉鬘尚侍阅后甚感抱歉。夕雾右大臣也去信道："弟本应亲来恭贺，无奈恰逢忌日，难遂心愿，甚感歉疚！今特遣小儿前来，以供驱使。望随意差遣，勿加顾虑才是！"同时，派源少将及兵卫佐二人前去。

红梅大纳言也派遣诸侍女及车辆，前往听差候用。其夫人即已故髭黑太政大臣前妻之女真木柱，与玉鬘尚侍关系非同一般[1]。然真木柱夫人对此却无动于衷。唯有其胞弟藤中纳言亲自前往，与两个异母兄弟即玉鬘之子左近中将及右中弁，共同帮办诸多杂事。他们回思往昔父亲在世之日，无不感慨万端。

藏人少将又给侍女中将写信，倾诉失恋之苦。信中说道："我大限已至，悲痛至极。唯望能得大小姐一语'我怜惜你'，或可苟延残喘，暂留于世。"中将呈信与大女公子。适逢姐妹二人正依依话别，相顾无语凝噎。昔日两人朝夕相处，形影不离，所居两室仅隔一界门尚嫌疏隔甚远，如今却长相分离，怎不悲痛？今日大女公子穿着格外讲究，容颜风姿高贵过人。回想父亲在世之日，殷殷关怀其前程之言，不由依恋不已。正值此际，侍女送来藏人少将之信。她取来看过，暗自寻思："这少将家势显赫，父母健在，当为荣幸中人，缘何这般低沉，出此等胡言妄语？"深觉诧异。又虑及"大限已至"，不知是真是假，遂于此信纸一端写道：

"'怜惜'非比寻常语，

怎可无由向人言。

只对'大限已至'之语，稍有理解。"便对侍女中将说道："你按此意回复罢。"孰料中将竟将原信送了去。藏人少将一见大女公子手笔，欣喜之下，如获至宝。

【1】红梅与玉鬘是异母兄妹，玉鬘又是真木柱的继母。

又想到大女公子信中理解"大限已至"一语,激动不已,热泪流淌无尽。遂仿借古歌"谁亦丧名节"[1]的语调,寄诗抒发心中之怨:

"人生岂可随意死,

企盼君赐一声怜。

君若愿言声'怜爱',我即刻可殉情而亡。"大女公子阅罢来信,心想:"如此复信,实在厌烦!定是中将不曾将我回信重抄,随来诗退回去之故。"她心中颇觉烦闷,缄默不言。

随行入冷泉院的众侍女与女童,皆装扮得光彩齐整,且合乎礼仪。入院仪式,与入宫大同小异。大女公子入院后,即去参见弘徽殿女御。玉鬘陪同女儿前来,与女御叙谈。直至夜深,大女公子方才进入冷泉院寝宫。秋好皇后与弘徽殿女御居宫中已久,昔日风韵已随年老而衰减。而大女公子正值青春年华[2],花容月貌,雪肤玉体。冷泉院见了,安有不怜爱之理?因而大女公子深得宠爱,荣贵无及。冷泉院退位后,形同人臣,安闲自在,生活更为幸福。他希望玉鬘尚侍能暂住院中,尚侍却立刻归去,便甚觉遗憾,惆怅不已。

冷泉院极为喜爱源侍从薰君,常召他近身侍候,恰似早年桐壶院之于光源氏。故薰君对院内后妃皆甚亲近,常自由出入。薰君对新入院的大女公子,面上虽然照例亲近,然私下却在猜度她对自己有何想法。一日黄昏,四围清幽,薰君偕同藤侍从一道入院。见大女公子居室近处的五叶松上藤花缠绕,开得十分娇艳,二人遂于池边石上席苔而坐,共同观赏。薰君不愿泄露对其姐的失恋之情,只闪烁其词,诉其失意之处。赋诗道:

"倘若昔日用心摘,

岂会遥望花姿美。"

藤侍从见薰君欣赏藤花时的愁苦神情,对其倍加同情。遂赋诗向他暗示:此次大姐入院,他并不赞成。其诗道:

"藤花原自舍家园,

无奈未能助君攀。"

藤侍从本性忠厚,甚替薰君抱不平。其实薰君本人对大女公子并非痴迷陷入,但

【1】《古今和歌集》古歌:"我倘失恋死,谁亦丧名节。虽曰世无常,汝亦负其责。"
【2】此时冷泉四十四岁,秋好五十三岁,大女公子十八九岁,弘徽殿不明。

求婚不成总觉有些惆怅。然那藏人少将却是痛彻心扉，哀乐无常，几乎失去理智，做出越轨的行为来。先前追求大女公子的诸人，有的已移爱于二女公子。玉鬘尚侍恐云居雁生恨于她，曾向藏人少将暗示，拟将二女公子许配与他。昔日，藏人少将偕同诸兄弟，常出入于冷泉院，亲亲睦睦，但自大女公子嫁后便不甚来访，极少涉足冷泉院了。或因事务而无法避开，有时才出现在殿上。每逢如此，自觉寡然无味，迅即逃离。

皇上素来知晓髭黑太政大臣生前悉心抚育女儿，力主大女公子入宫。今见玉鬘将她送入冷泉院，颇感诧异，便宣召女公子长兄左近中将上殿，探询其中缘由。左近中将说与其母道："我早已言及：此举有失偏颇，必令众人失望。然谓母亲一向见解独到，自有主张，故不便从中阻挠。如今皇上动怒怪罪，我深为自己前程忧虑！"他满脸不悦，深怨母亲此事欠妥。尚侍答道："有何办法呢？我也不欲这般匆匆裁定，无奈冷泉院数次执意恳求，言语令人感动。我想：也罢，无仰仗依靠之人，即使入宫，也必受人欺凌，倒不如在冷泉院处自在安乐，故我便应允了冷泉院。如今，你们皆谓此事欠妥，当初怎不明言阻止呢？至今却来怪我办事不力！甚至夕雾右大臣也怨我虑事不周。唉，我心中苦味谁能解？再者，这桩姻缘，怕是前生注定的罢！"她从容而谈，并不以此为错。左近中将道："前世姻缘，非凡眼所能亲见。母亲担忧明石皇后嫉妒妹妹，难道院内的弘徽殿女御会坦诚相处，善罢甘休？母亲预期女御会疼爱妹妹，诚能如此吗？无须多言，还得看未来的实际情形。但细一思虑，宫中除明石皇后外，不是尚有其他妃嫔么？而侍候主上呢，只要与同辈亲善和睦，自古以来，均谓此乃莫大的幸事。如今与弘徽殿女御相处，倘若稍有触犯，她必厌嫌而引来诽谤中伤，露丑于世人，那时你将后悔莫及了。"他们各持己见，尚侍苦不堪言。

其实，冷泉院甚是宠幸大女公子，二人感情日日浓厚。这年七月，新任皇妃有孕，娇羞的病态更是楚楚动人，这等美妙之人，也难怪当初年轻公子纷纷为之倾倒。见其沉鱼落雁之姿，谁能隐去贪色之念呢？冷泉院时常为她举办管弦乐会，并召薰君参加，故而薰君得以经常聆听其琴声。春日曾为薰君及藏人少将的《梅枝》弹和琴的侍女中将，也被召入一起演奏。薰君闻此和琴声，回忆旧事，极为感慨。

第二年正月，宫中举办男踏歌会。当时殿上王孙公子济济一堂，其中擅长音乐者不少，故踏歌人尽择其佼佼者。源侍从薰君做右方领唱，藏人少将也为乐队成员。当晚正值农历十四，天空清朗无云，一轮圆月悬挂，遍洒清辉。男踏歌人退出宫后，即赶往冷泉院。弘徽殿女御与新皇妃亦在冷泉上皇近旁置席相陪，公卿及诸亲王皆躬逢盛会，一时热闹非凡。其时，除却夕雾右大臣家族，与已故的太政大臣家族外，很难再觅如此辉耀于世的显赫家族了。男踏歌人皆觉冷泉院宫中更富情致，故而越演越有兴致。藏人少将料定新皇妃必于帘内观看，不由得心猿意马。踏歌人头戴棉质假花，虽无香味，然而在众表演者的头上亦生出许多情趣来。歌声优雅，舞姿完美，几乎无可挑剔。藏人少将回思去年春宵唱《竹河》之时舞近阶前时的情形，禁不住悲从中来。舞曲结束后，踏歌人从此处再去秋好皇后宫中。冷泉院亦到了皇后宫内观看踏歌。深夜时分，月色朗照，亮如白昼，藏人少将踏着节拍，心念新皇妃此刻必在瞧他，不禁心驰神迷，飘飘欲仙。在座诸人不断向踏歌人敬酒。少将颇觉众人专在敬他，显得极不自在。

　　源侍从薰君通宵歌舞，四处奔忙，甚是疲乏。刚躺下身歇息，便闻冷泉院遣人来召。他道："我周身疲乏，正欲稍歇呢。"无奈还得起身，来至御前。冷泉院向他询问宫中踏歌情状，又说道："领唱一向由年长并有经验者担任，你这般年轻却被选任，反比往年更好呢。真是前途无量！"言语中对他甚是疼爱。冷泉院随口唱起《万春乐》[1]，向新皇妃那边去了，薰君伴他同行。各侍女的娘家皆有人来观赏踏歌会，女客甚是不少，一派繁华气象。薰君暂于走廊门口歇息，与熟识侍女闲聊着。他道："昨夜月光太过明亮，反叫人不好意思。藏人少将被照得两目发眩，以前他在宫中时从未如此，恐并非月光之故吧。"了解内情的侍女听了，无不格外同情藏人少将。又有人赞薰君道："你实乃'春夜何妨暗'啊！昨夜月光辉映，愈显出你艳丽姿态。众人皆如此评说呢。"帘内的侍女于是吟诗道：

　　　　"可忆吟唱《竹河》夜，

　　　　　不无暗恋思慕情？"

侍女作此诗并无他意，然而薰君听了却泪下不止。其时他才醒悟，先前对大女公子的恋情也竟那般深厚。便答诗道：

　　　　"梦随竹河漂流去，

【1】踏歌人所唱汉诗，共八句，每句以"万春乐"结尾。

不堪苦多叹人生。"

众侍女皆觉薰君惆怅满怀，神情甚是可怜。并非他似别人那般易将失恋之痛现于脸上，而是他那高尚的人品。他说道："再多言语，恐有失礼，告辞了。"正起身欲走，冷泉院却叫住了他："到这边来！"薰君虽怅然若失，心中颇不宁静，然仍去了那边。冷泉院说道："曾听得夕雾右大臣说：'已逝六条院主往年常于踏歌会次日，举办女子音乐演奏会，极具情趣。而今不论做什么，几乎没有人能承继六条院风尚。当年的六条院，擅长音乐的女子众多，即便是一次小聚，也是有声有色，情趣盎然。'"说起当年，冷泉院不禁显露出留恋之情，遂命乐人调整好弦乐器具，他自己弹和琴，新皇妃弹筝，薰君弹琵琶，三人共同演奏了《催马乐·此殿》等乐曲。薰君听罢弹筝，觉得新皇妃的演奏技艺，比未入冷泉院时越发精湛。那爪音弹得十分入时，歌与曲皆悠扬婉转，悦耳动听。他不禁心驰神往，叹道："此人真可谓才貌双全，实在是世间难得的女子啊！可想而知，她的容貌也定更娇艳了吧。"此种相聚时机一多，自然慢慢接近，虽强烈抑制自己的情感，然一有机会，也不由自主地诉说内心的痛苦，对她仍不能割断情思。这于新皇妃心中，会产生怎样的感觉，则无从知晓。

新皇妃于四月里生下一女，冷泉院未曾准备举行盛大庆祝。但众臣料到冷泉院必定高兴，皆前来贺喜。包括夕雾右大臣，致送产汤贺礼者众多。玉鬘尚侍尤其疼爱这刚出生的外孙女，抱于怀中不肯放下。时小皇女刚满五十日，因冷泉院连续遣使前来催促，希望早日见到小皇女，故只得将其送回宫中。冷泉院先前只有一位皇女，为弘徽殿女御所生，如今见这小皇女甚是漂亮，便特别溺爱，新皇妃也愈加受到宠爱。弘徽殿女御的侍女为此很是不平，说道："怎能这样呢？"两位女主人倒并不轻易斗气，两方侍女却常发生一些不必要的纠葛。由此观之，长兄左近中将的话果然很有道理。玉鬘尚侍想："长此下去，如何了得？万一我女儿遭薄遇，岂不被世人耻笑？皇上如今固然十分宠爱，但秋好皇后与弘徽殿女御皆入侍已久，若她们不能互相亲近，我家大女公子岂不受气？"有人亦将皇上心绪不宁，而数次生气之事告知与她。她便想道："不如索性将二女公子也送入宫中吧。进后宫难避麻烦，就让她做个女官，司理公务也好。"便向朝廷奏请，让二女公子代任自己尚侍一职。尚侍乃朝廷要职，玉鬘早想辞去，一直未得准许。然对已故髭黑太政大臣的遗愿，不能不有所顾虑，朝廷便援引古时先例，准许了她的请求。众人皆认为二女公子当尚侍乃命运使然，因其母亲前年请求辞职曾被拒绝。

玉鬘窃喜一旦如此,女儿便可安居宫中。然而又深感对不起藏人少将,其母云居雁曾郑重来信相求,将二女公子嫁与藏人少将,自己亦曾复信透露此愿。如今突改初衷,云居雁定会责怪。为此她心情烦躁,坐立不安,遣次子右中弁向夕雾右大臣解释,表明并无他意。右中弁替母亲传话道:"上皇降旨,欲招次女入宫。众人见我家人进宫入院,皆认为受此皇恩,万分荣耀,殊不知其中亦有苦衷。"夕雾答道:"听闻今上因大女公子之事心甚不悦,这也难怪。如今二女公子做了尚侍,若不及时入宫,实乃不敬,还望尽早决断为是。"此时,玉鬘又去探望明石皇后,获其许可,方送二女公子入宫。她想:"倘夫君在世,女儿也不会落得这般地步。"思之甚觉凄凉。皇上久慕大女公子美貌,如今却无从获得,今只得一个尚侍,心中颇不如意。不过这二女公子却是丰姿绰约,举止优雅,尚侍之职正可胜任。玉鬘心愿既遂,便思隐身事佛。众公子皆劝阻道:"目前舍妹仍需照顾,母亲即便为尼,亦难潜心修行。且待她们身安位尊、再无牵挂之时,母亲再遂此愿吧。"玉鬘夫人便暂搁此事。此后时常微行入宫,探望女儿。

冷泉院爱恋玉鬘之情,至今仍未消退。故而即便有要事,玉鬘夫人亦不进院。但她想起昔日断然拒绝他的求爱,甚觉过意不去,时至今日仍歉疚不已,故将大女公子送入冷泉院。尽管众人皆不赞许,但她仍一意孤行。她对此事亦常疑惑,又不便将心中疑虑倾诉于新皇妃,因此便未去看望她。新皇妃对母亲心生怨意,她想:"我自小独受父爱,母亲无处不偏袒妹妹,即便争抢樱花树此等小事,亦总说我的不是。不想至今她仍不喜欢我。"冷泉院对玉鬘夫人的冷淡,亦怀怨怪,常有愤慨之语。他亲热地对新皇妃说道:"你母亲将你舍与我这老朽,便不再理会。本属常理,这也难怪。"于是倍加疼爱她。

时过数载,这皇妃又喜得贵子。多年来,后宫中其他诸妃从未生男,而今皇妃却出乎意料地生育得皇子,世人皆以此为殊缘,不胜欢喜。冷泉院更是喜上眉梢,尤其溺爱这位小皇子。但他亦有遗憾:此事偏偏发生在退位之后,万事皆已减色黯然。倘出现于在位之时,该是何等风光啊!弘徽殿女御原本仗着所生的大公主独享专宠,而今这新皇妃却生得体面儿女,冷泉院更是前所未有地看重,集宠爱于她一人。弘徽殿女御不觉羡忌,便常常借故生事,搅得各处不安,以致女御与皇妃之间隔阂加深。以世俗的眼光来看,只要是首先进入,且地位正当之人,无论出身怎样,即便无甚关系亦应特别看重。所以冷泉院上下处处偏袒身份高贵的弘徽殿女御，而排斥这新皇妃。故而新皇妃的两位哥哥便得理地对母亲说道："你看怎么样呢？我们的话没错吧。"玉鬘夫人听了极为烦恼，颇为女儿的处境担忧。叹息道："像我女儿这般痛苦生涯的人，世间定然极少。唉，没有非凡的高贵命运，万万不能有入宫之念啊！"

再说，昔日那些恋慕玉鬘夫人家大女公子的人，后来皆升官晋爵，其中可做东床之选者大有人在。那位被称为源侍从的薰君，当年尚是个黄口小童，如今已是宰相中将，与匂皇子齐名，即所谓"匂兵部卿、薰中将"是也。此人确实老成持重，诸多亲王大臣皆意招他为婿，然被一概回绝，至今尚孑然独身。玉鬘夫人时常说道："此人当时年幼不知事体，长大后不想竟如此聪慧俊美。"还有那位藏人少将，如今已是三位中将，声名显赫。玉鬘夫人身边几个多嘴饶舌的侍女，亦悄声议论："此人幼时长相亦很俊秀呢。"又说："大女公子与其入宫受弘徽殿女御之辱，倒不如当初嫁给他好呢。"玉鬘夫人听此议论，心中甚是难过。至今，这位中将仍恋慕大女公子，其情思毫不减当年。他一直怨怪玉鬘夫人太无情，对自己的妻子竹河左大臣家的女公子，不生一点爱意。他在纸上写的，心中念的，皆是"东路尽头常陆带"[1]之歌。大女公子虽身为冷泉院皇妃，精神却异常抑郁，常乞假归宁。玉鬘夫人看到她日子如此不畅，亦觉后悔。那二女公子入宫做了尚侍，却很快乐自在。人皆称她深明事理，甚可敬爱。

竹河左大臣辞世之后，夕雾右大臣升迁左大臣一职，红梅大纳言身兼左大将与右大臣二职。其余诸人，均有升迁：薰中将升任中纳言，三位中将升任宰相。其时，再没有其他家族有如此声势，为升官晋爵而庆贺的。

薰中纳言登门拜访玉鬘夫人，叩谢正殿前，以答祝贺之礼。玉鬘夫人见后，说道："如此寒门陋舍，承蒙不弃，君之盛情，铭刻于心。且又令我忆起六条院主君在世时的往事，实难忘怀。"声音温婉优雅，悦耳动听。薰君想道："她真是永葆青春啊！难怪冷泉院对她的爱慕无法断绝。如此看来，日后少不得要生出什么事端呢。"便回答道："升官晋爵，乃区区小事，不足为道！小弟今日是专程前来拜访。大姐说'承蒙不弃'，想必是怨我平日怠慢之罪了？"玉鬘夫人道："今乃你喜庆之日，本不该诉说怨恨。但你特地前来，机缘难得，且此等琐碎伤

【1】"常陆带"类似中国的"红线"。

心之事，不宜书传，只可面谈，因此我只有照直说了：我那入院的女儿，今处境艰难，如在笼渊。当初，幸得弘徽殿女御与秋好皇后的照拂，尚能安身度日。但如今两人怨恨她无礼夺宠，处处令其难堪。她不堪忍受，只得忍痛抛下皇子皇女，归宁在家，以求安心度日。却因此流言蜚语顿起，上皇深感不悦。你倘有时机，万望向上皇多多美言。昔日仰赖诸方荫庇，而断然入院之时，处处尚能和睦共处，坦诚相待，谁知今日却反目成仇。可恨我当时思虑单纯，草草行事，如今后悔莫及！"说罢长叹不已。薰君答道："据我看，此事太过忧虑了。入宫招嫉，乃亘古之事。那已退位的冷泉院，只求清闲自居，凡事皆不愿铺排张扬，故后宫诸人，皆望悠闲自在地安度岁月。诸位后妃难免勾心斗角，而这与旁人何干呢？于当事人来说，难免怨恨不平，常因琐碎细事而妒火旁生，这原是妃嫔们惯有的习癖。当初送女入院时，这点细小纠纷，是应该考虑到的呀！只要日后和气处事，凡事忍耐，便无甚事可忧虑了。此种事情，我们男子怎好顾问呢？"玉鬘夫人笑道："我本想向你诉苦，岂知却枉费心机，竟被你驳得哑口无言了。"她的语气轻快而又风趣，不像母亲关切女儿那般认真。薰君想："她的女儿受其熏染，亦定然具此风度吧。我那般爱恋宇治八亲王的大女儿，也不过是欣赏她这一点。"此时，二女公子亦归宁在家。薰君知道两位女公子俱在此，甚是激动，便推断其定闲待无事，或许正藏于帘后偷窥吧。遂感觉不安，努力做出一副斯文的样子。玉鬘夫人见之，想道："此人却配做我女婿呢。"

　　玉鬘夫人邸宅东边，是红梅右大臣官邸。升官后的右大臣，今日大宴宾客，前来庆贺之人络绎不绝。红梅右大臣一心想将悉心养育的女儿，许配与匂兵部卿亲王，然不知他为何并不在意。右大臣想起，正月间夕雾左大臣于宫中赛射后，在六条院举行"还飨"以及角力后举办飨宴，匂兵部卿亲王皆在场，便遣使去请他，以为今日盛会助兴增辉。但匂兵部卿亲王却未驾临。由此红梅右大臣与真木柱夫人眼中，薰君已长大成人，且品貌越发端庄高洁，事事皆胜他人，方是理想的女婿。玉鬘夫人与红梅右大臣乃是毗邻，玉鬘夫人见红梅大臣家门庭若市，车马如流，喝道开路之声盈盈入耳，便忆起昔日髭黑大臣在世时自家的繁盛气象，而今日却如此萧寂，落寞之感涌上心头。她说道："萤兵部卿亲王尸骨未寒，这红梅大臣便与真木柱如胶似漆，世人对他们皆嗤之以鼻，骂他们厚颜无耻，没料到他们两人的爱情却经久不衰。这对夫妇的生活，倒也让人艳羡。世事实难预料，我真不知如何是好！"

却说夕雾左大臣家的宰相中将[1]，于大飨宴后的第二日黄昏时，前来拜访玉鬘夫人。他知道大女公子乞假在家，爱慕之情越发浓烈。遂对玉鬘夫人说道："承蒙朝廷垂青，赐封官爵，但此事却丝毫不能令我振奋。只因心事未了，年复一年伤心抑郁，情结于中，竟无法觅得慰藉片刻的良方。"说完，装着擦泪的样子。此人年方二十七八，正当鼎盛之年，英姿勃发。玉鬘夫人听后，摇头叹息："这些贵族子弟真不像话！加官晋爵，他们却拿此不当一回事，只管任意而为，在风月场上消磨岁月。我家太政大臣倘若在世，我的几个儿子，恐怕也会沉溺于其中吧。"她的两个儿子，虽升任为右兵卫督和右大弁，然都未能升任宰相，为此夫人心中怏怏不乐。就年龄而论，她那已任头中将的三儿子藤侍从，也算是升迁得快的了，然而总不及其他公子顺利。

【1】即以前的藏人少将。

THE TALE OF GENJI

VOLUME 46
第 四十六 回
桥 姬

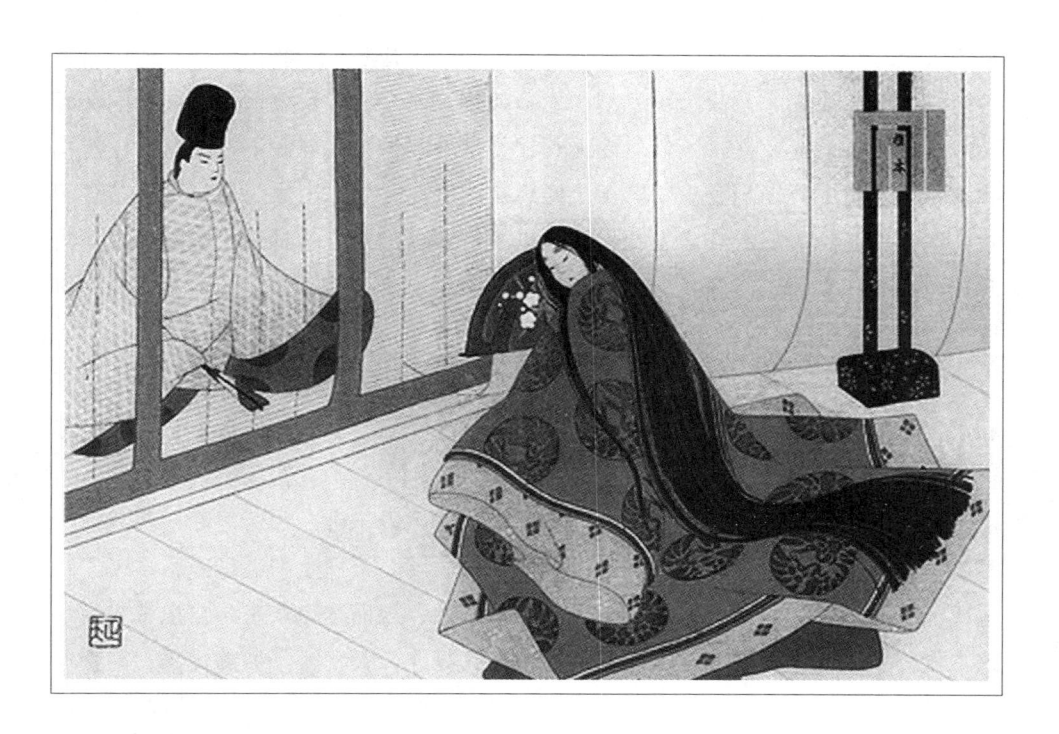

桐壶院的第八皇子，人称"八亲王"。是个早已被众人冷落的贵胄。其母出身名门望族，幼时本有望做皇太子，只因后来宫廷发生种种变故，使他遭到厄运[1]，最终落得无所事事。其九族亲戚后援之人，悲愤不已，纷纷借故出家去了。这皇子在官场与家族中，依托全失，深陷孤苦困境。八亲王的夫人是前代某大臣之女，先前父母曾对她婚后前景寄以厚望，但事不如意，她与她的夫君现已困顿寥落，只能在寂寞忧伤中度日。不过他们夫妻恩爱，相濡以沫，聊可慰藉寸心。

二人婚后多年，未能生育子女。八亲王时常仰天长祷："人生如此寂寥无奈，上苍倘能赐我个宁馨儿，也可添一些生趣。"天从人愿，他们终于喜得一个可爱的女儿。亲王夫妇欢喜异常，对女儿宠爱无比。不久，夫人又身怀六甲，众人祈愿生个男儿，不料又是一女公子。更不幸的是，夫人产后调理不当，一病不起，日渐沉重，最后竟撒手人寰。丧妻之痛令八亲王绝望迷茫，他想："我之所以苟且偷生于惨淡人生中，都只为不忍割舍恩爱娇妻，而今我独留人世，只能如同保姆一般抚育两个幼小女儿，不仅生而无欢，便是外间得知我如此沮丧沦落，也有伤我这亲王贵胄的体面与身份。"于是便想从此脱离红尘，出家为僧。可他转念两女儿弱小孤苦，怎忍心弃之不顾，犹豫不决，踌躇难定，时日便又蹉跎而过。光阴荏苒，两位女公子逐渐长大，八亲王朝夕面对出落得美丽如花的两个女儿，深以为大慰，不再感到余生难熬。

侍女们却都不喜欢二女公子，她们对她心存怨怼疑忌，说："此人生辰太不吉利了！"因而都不愿尽心照料她。但亲王十分疼爱这个女儿，他永难忘记夫人弥留之时留下的那句遗言：唯愿夫君怜惜疼爱这不幸的孩儿。亲王想："小女儿虽生辰不祥，但毕竟是我的亲生骨血，且夫人又那样疼爱于她，弥留之际还嘱我好生照看呢。"如此，他便愈加怜爱这个女儿。这二女公子初生即失母爱，亲王于悲怆凄惶中为她请的乳娘又颇不如意，不久就辞去，因而全由亲王亲自抚育成长。这二女公子也出奇地娇媚动人，仿佛是个什么异兆。大女公子娴静优雅，高贵尊荣，其气度是妹妹难以企及的。但在亲王眼中，两个女儿各有千秋，因此同样地

【1】弘徽殿女御及其父右大臣一派，欲立八皇子为太子，以推翻源氏。后冷泉帝即位，宣告右大臣一方在斗争中的失败。八皇子因此身陷困境。

疼爱。然而世道艰难，事事皆不如意。家道年复一年衰落下去。仆役侍从见八亲王已再无兴旺之机，遂逐渐星散。

亲王府邸昔日何等富丽堂皇、宏敞气派，如今其池榭庭台虽仍具昔日之规模，但终究是荒凉落寞了。亲王心情惆怅，常到庭中忧思徘徊、寂寥远眺。无人照料的庭院已杂草丛生，檐下的羊齿草四处蔓延疯长。昔日曾与心爱之人一起玩赏的四时花木，如春之樱花，秋之红叶，此刻他却孤身独对，只能平添无限感伤。无以解忧，他只能朝朝暮暮诵经礼佛，寄怀于家中佛堂。不过，他时常寻思："两个女儿牵累着我，使我不能了却出家的夙愿，这虽然是余生憾事，但也恐怕是前世命定的了。然则我绝不会像一般俗人那样，违背天命，续弦再娶。"随着时光的推移，他越发超凡脱俗，心境淡定，有如得道高僧一般。虽然有时也与人偶作男女之戏言，但他内心深处是完全没有续弦念头。有人相劝道："何必如此固执呢。尊夫人已逝，初时固然哀思无比，但时日既久，便渐渐淡漠，应当暂弃往事之忧，再娶一位夫人，让生活重新开始，也好使这荒凉宫邸，重振生机。"亲王对诸如此类的话，置若罔闻，对那些前来做媒的人，更是一笑置之。

亲王把全部心思都用在两个女公子身上，日常里除了礼经诵佛之外，就是陪她们游戏玩乐。在她们逐渐长大后，他便开始教她们琴、棋、诗、画，在各种场合和活动中，都十分注意细察她们的品性。大女公子静穆端庄，心思缜密；二女公子天真烂漫，娇羞妩媚，惹人怜爱。两人各具其美。春日里惠风和畅、暖云柔曼，亲王见塘中水鸟双飞和鸣，不禁又思念亡妻，唏嘘叹息不已，便教两女公子练琴。娇俏可爱的两个女儿，轻拢慢捻，琴音美妙万分。亲王触动情怀，含泪赋诗：

"水鸟相依浮水面，

独父离母何以生？

怎不叫人伤心断肠啊！"吟罢，不由以袖拭泪。这位亲王原本眉清目秀，却多年来修行辛劳，体态略显消瘦，倒更见清雅脱俗。为了方便照料孩子，他常着便服，服饰与举止略无羁绊，极显俊美潇洒之姿，见者无不暗中叹羡。大女公子神态从容，移过砚台，在上面随意写画着。

亲王递过一张纸，说道："砚台上不宜书写，写于此处吧。"大女公子羞羞涩涩，写出一诗：

"慈父恩深育成长，

雏鸟命殊失母亲。"

此诗绝非佳作，且写得还颇为吃力，但读来却生动感人。其字迹更透露出前途无量。亲王又转对二女公子道："妹妹也随兴赋一诗吧。"年幼的二女公子思忖良久，写道：

"慈父倘未勤心哺，

巢中之卵焉得出？"

日子便这般如水而逝，虽不无清苦寂寥，却也天伦融融。在亲王的悉心照料下，两位女公子出落得貌美如花。八亲王更将她们视为掌上明珠，他时常一手执经卷，一边教女儿吟唱歌曲。他教大女儿学弹琵琶，二女儿学弹古筝。她们年纪尚幼，常一起练习合奏，弹来音节和谐，美妙悦耳。

八亲王具有卓越的音乐才能，这是因为他的父亲桐壶院和母亲女御仙逝甚早，没有显贵之人教他深研经国治世的学问和立身处世之道，更兼他又没有什么知心朋友，生活十分枯燥寂寞，便召来宫中最擅管弦的乐师，整天与他研习音乐技艺，从而培养了不凡的艺术才华。这位亲王，是贵人中至为娇生惯养的，性情极似女流。祖传的财业，与外祖父大臣给他的遗产，虽样样齐备，不计其数，却皆损耗殆尽，如今只残留了一些珍贵的日常用品。

他与源氏，是同父异母的兄弟。当初，朱雀院的母后弘徽殿太后，图谋凭自己的威势，废冷泉而立他为太子。经过一番争斗，他终究没有成功，倒受了源氏一派的排挤。后来，源氏权势渐盛，这八皇子，就愈发没有出人头地的机会了。近年来，他俨然已成得道高僧，如今则放弃一切凡俗之事。可天有不测风云，就在他不问世事一心礼佛、抚育幼女自得其乐的时候，宫邸又突遭火灾，人祸之后逢天灾，他心情更加颓废。京中没有适当住宅，幸而宇治地方尚有一座不错的山庄，他遂举家迁入。八亲王虽已抛却尘事，然每念及此后两地永隔，难免黯然神伤。这宇治山庄，坐落在宇治川岸上，接近鱼梁之处，在此静心礼佛，自是不太适宜，然亦无可奈何。虽有春花秋叶与青山碧水聊解悲愁，但迁来之后，他整日哀叹，颓唐之状尤胜于前，尤其想起死去的爱妻，时时说道："囚闭这深山之中，远离红尘，再没有故人相依了！"忆起旧日之事，更觉得余生残年了无意趣，不由赋诗云：

"斯人化烟尽作尘，

何须孑然留残身？"

重重山峦隔绝的宇治，远离京都，并无一人前来访问。这里除了为山庄服役的那些形容粗鄙、庸俗不堪的山农樵夫和牧人之外，也很少见得其他人。八亲王心中的愁思如萦绕在山巅的朝雾，暮去朝来，永无消散之日。其时，这宇治山中，恰住着一位道行高深的阿阇梨。这阿阇梨博学多识，佛门声誉亦高，但难得被召进宫中，参与佛事，便一直在这山中过着闲适的生活。八亲王所居山庄，与阿阇梨住处较近，他在岑寂的生涯中，静心研习佛道，常就经文中的疑难之处，向阿阇梨讨教。阿阇梨也极尊敬八亲王，常来拜访他，对他近来所习佛经，作精到详尽的阐释。八亲王更感这人生匆促、无聊与无味，便推心置腹地和他叙谈："我心已经登临莲台，飘升极乐世界，安居高洁绝尘的八功德池。只为着这两个孩子尚未成年，终不忍遽然出家事佛。"

却说阿阇梨与冷泉院也很相知，常去伺候他研习经文。一次进京，他顺路入冷泉院拜谒。冷泉院像往常一样，正在诵读应习佛经，便就疑难之处请他赐教。阿阇梨借此机会提及八亲王，说道："亲王对内典深有造诣，实乃大智大慧之人。上苍让他降生人世，恐是专为前世佛缘吧！他弃绝尘世，一心礼佛，对佛道的虔诚，绝不亚于大德高僧。"冷泉院说道："他仍未出家么？此间一些年轻人，呼他'俗世圣僧'，真是可钦可叹之人呢。"当时，宰相中将薰君也在旁伺候，听得这些谈论，便暗自思忖："我也何尝不识这人世间的炎凉！正为虚掷光阴，浪度时日而悔惜。虽有心诵经习佛，只是不敢将此志公示于众。"又想八亲王虽身处俗世，而心为圣僧，不知其内心究竟如何。他便细心聆听阿阇梨的话。阿阇梨又说："出家之愿，八亲王早已有之。他难下决心之缘由，先为繁务羁绊，而今则为了两个幼失慈母的女儿。他为此而愁虑不已。"这阿阇梨对音乐亦颇喜爱，又道："那两个女公子的琴筝弹奏技艺也颇为卓越。琴筝合奏的优美旋律，和着宇治川的波声，妙不可言，能与那飘游天宫瑶池的仙乐媲美呢！"对他这朴重的赞叹，冷泉院报以微笑，说道："生长在这等圣僧之家的两位女公子，似应不谙俗务，岂料竟独擅音乐，实在难得。亲王既为不忍抛舍她们而忧烦不已，倘我能比他更长久地留在这世上，不妨托付与我吧。"冷泉院本为桐壶院第十皇子，八亲王内弟，他忆起朱雀院将三公主托付给已故六条院主的先例，便很想这两位女公子能做他游戏的伙伴。侧旁的薰君则想亲眼一见八亲王静心修禅的情状，故思谋着要前去拜访，而没有别的期望。

阿阇梨回山之时，薰君特地嘱咐他："我定要择日进山亲自向八亲王请教，烦请法师通报。"冷泉院也遣使进山拜访八亲王。阿阇梨领着冷泉院的使者来到八亲王的山庄。如在闲时，平常之人来造访这僻静山庄，也是罕见之事，今日忽有冷泉院的御使来到，真令人惊羡不已。众人热忱欢迎，八亲王还拿出当地的美味佳馔，款待贵宾。使者向八亲王转达了冷泉院的问候："闻得山居不胜优雅，甚为喜慰。"又出示了其赠诗：

"厌弃尘世慕深山，

层云阻隔拜君颜。"

八亲王谦然以诗作答：

"身离尘俗心未安，

暂居宇治试修禅。"

八亲王的答诗在佛道修行方面的措辞，甚是谦逊谨慎。因而冷泉院看了此诗后暗忖道："八亲王还挂念着尘世呢。"觉得他甚是可怜。阿阇梨将中将薰君心向佛门之事，告诉八亲王，说："薰中将曾对我道：'我自幼即企盼学得经文教义，只为公私俗务所羁，日复一日，延宕至今。此身本无甚祈求，为了尽心礼佛，虽深锁寂山，亦在所不惜，然而终是决心难下。今闻皇叔已深得佛门三昧，大智大慧，心甚仰慕，很想前来请教。'他请我代言，诚恳之态溢于言表。"八亲王答道："大凡看破红尘之人，皆因自身遭罹祸患，觉得尘世苦多乐少，再无美好希望可求，失去生存之趣，才会立志以空门为归宿。今薰中将正当盛年，凡事称心遂意，并无何等憾疚之事，却自小一心向佛，以为后世修福，真乃难得之事。像我这样的人，命途多舛而厌世，则极易受佛导引，自然能遂静修之愿。然只恐残年不多，未至大悟之境便告终结，以致前尘后世均无着落，深可叹惋。中将向我请教，叫我如何敢当？或可作为先入此道的友伴罢了。"此后两人书信不断，十分投契。终于，薰君亲自来到这里探访八亲王。

薰君目睹八亲王的居处，觉得眼前所见比耳闻的情形更为清寒粗陋，竟然与他想象中的草庵一样，简陋不堪。既为深山庄园，原总应有与悠闲之趣相配的秀美景致，但此地水波之声轰鸣如雷，令人心烦意乱，晚风声凄厉如虎啸，令人惊悚难眠。居于此地修习佛学，倒可借此涤荡俗念，可小姐们居于此地，岂能忍受？薰君料想之中，她们定然缺少世间女子的温婉柔和之情。佛堂和她们的房间，以一道纸门相隔，倘遇好色之人，一定要近门窥探，看她们究竟何等模样。

就连薰君亦偶有偷窥之意,不过他总是立刻摒除杂念,定住心神:"舍弃俗念,遁入佛门,本是我此行之目的,若竟有轻薄浮浪的不轨言行,岂不违背初衷,虚此一行?"他心中同情八亲王的艰难生活,诚恳地致以慰问。因此后常来此地,他发现八亲王正如他所预料,是个锁居深山、潜心修佛的优婆塞[1]。他对于经文教义解释得精到详尽,却不作高深之状。圣僧和才学极高的法师,世间并不少见。那些极具超然、德望高深的僧都、僧正等,极少闲暇,又多清高,故难于向他们请教。反之,平庸之辈,则往往面目可憎,言语乏味,毫无风雅可言。他们之可受人尊敬的,只是严守戒律的毅力罢了。薰君白昼公事缠身,没有闲暇,夜阑人静之时,便想找一位深通佛学之人,进入内室,于枕侧从容探讨佛事。若与那种鄙陋浅俗的佛家弟子交谈,定是索然乏味,只有这位八亲王,才是最理想的人。他人品高雅,令人敬爱。同是阐释高深的佛经教义,却深入浅出,明白易懂。他对于佛法的理解,固然未到登峰造极之境,但高贵之人理解人生至理,自较平常人等深刻。薰君渐渐和他成为知交,每次相见,总想能够常常随伺身侧,但他总是过于忙碌,有时身不由己,无法登门,只能在心中思念不已。

冷泉院因见薰君如此钦慕八亲王,便时常派遣使者致书问候。多年来,八亲王在这世间,一直默默无闻,门庭冷落,此时却变得时常有人问候拜访了。三年来,每逢节日,冷泉院皆备精美赠品送去。薰君也必表敬意,有时以玩赏之具回馈,有时以实用之物相赠。

这年秋末[2],八亲王照例举办季中念佛会,会期定为七日。只因宇治川边鱼梁上,水波声喧腾沸响,不得片刻安宁,故念佛会移往阿阇梨所居山寺佛堂里举行。亲王离家前往山寺,山庄里便只剩下两位女公子,极为冷清寂寞。她们每日除却闲坐静思,再无别事可干。适逢中将薰君已多时未访山庄,十分想念亲王,于深夜伴残月清辉动身,来访亲王。他没带多少随从,悄然离家,便服入山。亲王的庄园位于宇治川左岸,无需舟船,只需乘马即可抵达。马蹄渐入深山,草木愈加茂密,云雾迷蒙,树叶上晶莹露珠随山风狂洒四野,难辨路径。暮秋晚间,本已略有寒意,此刻衣衫沾露湿透,更觉寒砭肌肤了。此种经历于薰君并不多得,故其一面难禁,一面又兴趣盎然,口中吟诗:

【1】即在家修行的男子。在家修行的女子则叫作"优婆夷"。
【2】是年,薰君二十二,大女公子二十四,二女公子二十二。

"风吹木叶露易逝，

　　无端泪落更难收。"

他恐惊动山民多生事端，便令随从谨慎行走，不可发出声响。他们穿越柴篱，渡流水潺潺之浅涧，皆悄然而行，踏湿了的马足也小心翼翼。然薰君身上的香气无法隐藏，随风四散飘溢。山民中的睡醒者皆颇为惊异：未觉有谁于此经过，异香从何而至？

　　行近山庄，忽闻琴声入耳，却不知所奏何曲，唯觉其调甚为凄婉悲凉。薰君想道："早闻八亲王素喜奏乐，却一直未能亲闻。今日逢此机会，真乃三生有幸！"遂步入山庄，静心赏听：此乃琵琶之声，黄钟曲调，虽为世间常曲，恐因环境之故，加之弹者心境凄凉，故乐音入耳，甚感无常。尤其反拨之声清脆悦耳，又间有凄婉雅然之筝声，时断时续，颇有妙趣。薰君意欲驻足，找一隐蔽处尽心欣赏，不料身上香气早被人发觉。一巡夜男子走了过来，对薰君道："亲王恰好闭居山寺，小人即刻前去通报。"薰君道："不必了！功德限定日期，岂可前去打扰？但我如此披星戴月、踏霜破露而至，空归确有扫兴。烦请告知小姐，唯得小姐为我道声'可怜'，我便无憾了。"那丑陋巡夜人笑道："小人即刻让侍女转告。"言毕转身欲走。薰君急将他唤住："且慢！我早闻你家小姐，琴艺高绝，今日天赐良机，可否找一隐蔽处所，容我藏身静赏？冒昧前去打扰，她们势必皆停止弹奏，岂不可惜。"薰君容貌风采神俊，即便这粗莽耿直的男子，见之也肃然赞叹。他答道："我家小姐唯在无人之时，方愿弹琴，若遇京中人来，即使是卑微仆役，她们亦静寂无声。亲王之意，是不愿世俗之人知晓两位小姐，故不让其抛头露面。此乃他亲口所言。"薰君笑道："如何藏得住呢？他虽隐秘若此，然世人皆已知晓，你家有两个绝色美人呢。"接着又道："领我去吧！我只因好奇，想证实她们确否秀于平常女子，并非好色之徒。"那人叫苦道："这可麻烦了！我做了这不知深浅之事，日后亲王知晓，定要骂我。"两女公子居所前面，竹篱环绕，间隔森严，这巡夜人遂引薰君悄然前往。随从则被安置到西边廊下，也由这人应酬。

　　薰君往女公子住处，将竹篱门推开一隙，悄然向内探望。只见几个侍女，正立于高卷的帘前，婷婷袅袅，眺望夜雾中的迷蒙淡月。檐前一瘦弱女童，身着旧衣，似乎不堪这深秋夜的寒意。其他几位侍女，神情与那女童无异。室内一人，只在柱后微露一点身影，面前横陈一把琵琶，手里正把玩那个拨子。

其时，朦胧淡月忽然明朗起来，这人道："不用扇子，用拨子亦能唤出月亮来。"[1]说着举头望月，那姿容甚是娇艳。另有一人，背靠壁柱而坐，俯身于一张琴上，微露笑意道："用拨子招回落日尚且有理，但你却言招回月亮，可让我迷惑了。"那笑颜天真优雅，胜于前者。前者道："虽未能招回落日，但这拨子与月亮真有缘呢。"两人随意闲雅谈笑，极为亲昵，那神态同世人的描绘迥然不同，惹人怜爱。薰君心想："先前听年轻侍女讲读古代小说，书中常有深山野林，秘隐绝色美人之类故事，当初以为不过是编书人胡编乱造，不想今日亲见，果有此类风韵幽雅的好去处。"他的心思，此刻全系于此两位女公子身上。是时夜雾笼罩，无法看清院中景物。薰君心中暗暗祈求，月色能够再明亮些。正在此时，隐约听见有人小声道，"户外有人偷看"，那帘子便立刻放下，众人皆退入内室。然而并不见得慌乱，悄声无息躲了进去，连衣衫的窸窣之声，也未曾听见。这些女子温柔妩媚之态，令人折服，薰君不由深叹其风流高雅。

离开竹篱，薰君蹑手蹑脚行至外面，遣人回京，叫邸中派车来接。又对那巡夜人道："此次不巧，无缘会见亲王。却有幸聆听小姐琴声，真乃三生有幸，此心已无遗憾。烦你通报小姐，容我略诉顶霜踏露而来之苦。"值宿人马上进去通报。两位女公子未曾料到薰君会暗中窃听，深恐适才逸居闲处之状，已被他看到，不觉十分害羞。她们忆起当时，确有不同寻常的香气幽幽飘来，因出乎意外，竟未能察觉，自己真乃太疏忽大意了，心中因而惶惶不安，愈觉羞愧无颜。薰君在外面，不见传信侍女前来领见，又念凡事都该机智随俗，不应墨守成规。且夜雾正浓，他便径直走到刚才女公子居室帘前坐下。几个侍女慌乱中不知所措，只是神情紧张地送出一个蒲团。薰君启齿道："叫我坐于帘外，未免太不客气了。若非我真心诚意，怎么会不顾山路崎岖而来探访？这太不相称了！我每次来都身受霜露之苦，小姐难道不能体察我的心吗？"说时态度颇严肃，诸年轻侍女，竟无人对答。大家羞惭至极，恨不能遁地而去。这时，便有人到里面去叫已

【1】以扇招月，此典故或出自《摩诃止观》中"月隐重山兮，擎扇喻之"。下文中的"以拨子招日"说法来自舞乐《兰陵王》（又名《没日还乐》）中一种奏法，该奏法名为"日招返"。再后来说拨子与月亮有缘，是因为琵琶上插放拨子的地方称为"隐月"。

经睡了的老侍女。但她起床也费了不少时候，久久没有回音，仿佛故意让人难堪。正无计可施之时，大女公子说道："我等不通礼节，难以出来以礼相待，乞请恕罪。"声音优雅温柔，轻微得难以听见。薰君道："以我浅见，明知人之苦心，却假装漠然不知，乃世人之常态。大小姐亦如此对我，实在令人遗憾。亲王大智大慧，得以彻悟佛道，小姐早晚侍奉在亲王身边，久得影响，料想对世间万事，皆已洞悉。我今有难忍心事，想必小姐亦能明白，但请毋视我为平常纨绔子弟。婚姻大事，曾有人热诚撮合，然我立志向佛，决不动摇。此种故事，小姐定有耳闻。我所企求的，只是在闲居无聊之时，能与卿等共度须臾时光。你等在这山乡，抑郁苦闷，亦可随时召我，我当立即赴会。倘能如此，此心足矣。"他一口气说了这许多。但大女公子害羞至极，竟不能作答。幸好此时老侍女已经出来，乃前去应对。

"啊呀，真是罪过啊，竟让大人坐在这里！应该让大人到帘内来坐才是。你们年轻人，真是不识高下啊！"老侍女心直口快，开口便嚷。她嘶哑着声音，毫不留情地责备侍女们，两女公子都感到极不自在。只听她对薰君说道："真是贵客啊！我家亲王独处之中，冷清寂寞，连应该来访之人，也都不肯赏脸到这山乡，愈来愈觉疏远了。难得中将大人一片真心，屡屡诚恳相问，我们这些下人，也不胜感激呢！小姐们内心对你亦甚感激，只因年轻人面薄，所以对你招待不周。"她无所顾虑，信口而言，令小姐们颇难为情。但这老侍女人品高尚，言语大方。于是，薰君答道："正感尴尬，听你如此说，我甚感欣幸。有你这深明事理的人在此，我便无所担忧了。"侍女们在帐屏后边窥看，只见他倚柱而立，天色欲曙，照见他的便服、襟袖亦被露水打湿，一股世间罕有的异香，从他身上飘溢开来，令人惊异至极。这时，老侍女伤心地对他道："我害怕话多获罪，故时常沉默不语，将往事埋在心底。然往事颇令人感慨，常使我很想寻一良机，向你如实细禀。我诵经念佛时，常将这心事作为祈愿之一。大概是神佛终被感动，使我今日有此机会，实是庆幸之至。然而还未开口，泪水已盈满双眼，使我无法开口了。"她浑身战栗，不胜悲伤。薰君见此情状，寻思老年人易感动流泪，但这不同寻常的悲伤，却使他非常诧异。他便对她道："我前来探访，已有多次，每次总是踩着露湿的山路，打湿衣裳败兴而归，只因没有遇到似你这般明白事理之人！请将你想说的话尽情向我倾诉吧。"老侍女道："此种良机，恐怕很难再有。我这把年纪，说不定某日一命归去，不能再见到你。今日与你一叙，我只是想使您知道,世间曾有我这个老妪。我闻知在三条宫邸服侍三公主的小侍从,已经死去,昔日与我很要好的人,大多辞世。我也是垂暮之年,才得以返京,在此已有五六年了。你可知道,当年叫作红梅大纳言的兄长柏木卫门督之死,有一种传说?想起柏木卫门督逝世,仿佛刚过去不久。那时是如此悲伤,流了那么多眼泪,似乎至今还不曾干呢。但屈指一算,日子过得真快,转眼您已经长大成人,恍若梦中。这位已故的权大纳言[1]的乳母,是弁君我之母,故我曾朝夕侍于权大纳言身侧,对他甚是了解。我虽身份低微,但他常将埋藏于心的话向我诉说。后来病势危急、大限将到时,他又召我到病床前,嘱咐我数句遗言。其中有些话,确实应该告知于你。但我今天只能说到此,若你想知,待我有机会再一一道来。这些侍女们窃窃私语,难免怨我话多。"她于是打住了话头。

她的一席话令薰君十分惊异,犹如听到梦话。但这是他向来所疑之事,如今老侍女一提起,他便急欲探个究竟。然而今日人多口杂,不便探问。况且耗时整夜听人诉说往事,那也太无趣了。于是便道:"你所说之事,我不大清楚。但既为往事,我也十分感动,日后倘有机会,我一定要请你详细地告诉我。雾快散了,我衣衫不整,睡眼蒙眬,小姐们见了恐会怪我,故不便久留。"说罢,便告辞而去。此时,遥遥传来八亲王所居山寺的钟声,袅袅不绝,浓雾仍四处弥漫。此情此景,使人想起古歌"密云深隔断""白云绕峰峦"[2]之句,觉得住此深山野处,实在是可悲可叹。薰君颇同情这两位女公子,猜想她们闭居于此深山之中,必然寂寞无聊,愁思无限,便吟诗道:

"槙尾山[3]景浓雾锁,
　晨曦朦胧迷归途。"

吟罢频频回顾,口中低语:"真凄凉啊!"踌躇不忍离去。山乡侍女何曾见过如此风神俊逸的公子,即使见多识广的京都人见了,也将叹为观止。所以她们极想转达小姐的答诗,却又羞怯不已,难以开口。大女公子只得亲启朱唇,低声吟道:

【1】柏木死前升任权大纳言。

【2】《古今和歌集》有古歌:"离居各异地,密云深隔断。寄语意中人,两心隔不得。"又《后撰集》中有古歌:"白云绕峰峦,何必来遮隔?唯有恋人心,白云来遮隔。"

【3】槙尾山是宇治一带一座山的名字。

"层云叠嶂秋雾绕，

　　此时更难觅归道。"

吟罢轻声叹息，神态迷人至极。薰君恋恋不舍，不是为了这里的景色，全因着这娇美的绝色。但终怕人看清面容，只得在天色微明时分怏怏而去。他心中想道："岂知见面之后，急欲诉说之事，反倒少了。此时彼此还不甚相熟，交谈极不自然，待稍稍熟悉之后，我再向她诉说。不过，她们如此不明事理，将我作寻常男子对待，实在出乎我的意料，太可恨了。"他走进值宿人特备的西厢中，坐在那儿遐想遥望。此处正好能够望见宇治川鱼梁，只见许多人都站立鱼梁上，不知在干些什么。随从当中有知渔业的人道："鱼梁上捕冰鱼的人好多啊！可是冰鱼[1]很久都不游到滩边，他们都很扫兴呢！"薰君想道："这些渔人在简陋的小舟中，略装些柴薪，为了生活而忙碌奔走，这水上生涯真是漂浮无定。但仔细想来，世间有谁不和这小舟一样漂泊呢？我虽住在这琼楼玉宇，却也未必能如此安居一世呀！"便命取来笔砚，赋诗一首，赠予女公子。他说道：

"桥姬之心催泪生，

　　宛似舟篙弄湿袖。"[2]

一边将写好的诗交与值宿人送去，一边感叹道："她想必亦是愁绪万端吧？"深秋早晨寒气彻骨，值宿人冻得浑身哆嗦，拿着诗走了进去。大女公子想到这答诗用的稿笺，须是特别熏香，才不失体面，又想此时答诗须得神速，便立刻提笔写道：

"守神愁满宇治川，

　　朝夕水濡袖早朽。

真乃'恍忽之中泪若海'[3]，笔迹秀丽整洁。薰君看罢，觉得甚是雅致，不禁心驰神往。但闻随从在外叫道："京中来的车子已到。"薰君对值宿人道："待亲王返邸之后，他日我定前来拜访。"便将被雾打湿的衣服脱下，送与这值宿人，换上从京中带来的便服，登车往京城而去。

薰君回京后给女公子写了一封信，不用情书的格式，而用略厚的白色信笺，

---

[1] 一种白色、近乎透明的小鲇鱼，长仅二三厘米，是日本琵琶湖的特产。

[2] 桥姬原本是坐镇宇治桥下的女神。此诗以桥姬寓指女公子。本回题名由此来。

[3] 古歌云："泛舟拨水沾襟袖，似觉身浮泪海中。"据《源氏物语注释》。

特选了一支精致的笔，用浓艳的墨汁写道："昨夜冒昧拜访，你们一定很怪我的无礼吧？然而行迹匆匆，未能尽表心曲，不胜遗憾。今后再拜访时，尚望你们应允我昨夜之求，容我在帘前晤谈，无须顾虑才好。令尊入山寺礼佛，功德圆满，我已探悉其归期，届时定将前往，以弥补雾夜访晤不遇之憾。"文笔极为流畅。他不能忘怀那老侍女弁君的话，那两位女公子的美丽容颜更是在眼前挥之不去。他想："要弃绝红尘，实非容易之事。"他的学佛求道之心也有所动摇。他将一左近将监唤至面前，嘱咐道："你且前去，将此信交与那个老侍女。"他又想起那个值宿人那夜受冻的模样，很同情他，便用大盒子装了许多食物，一并给值宿人带去。他想："近日天寒地冻，山中僧人一定非常辛苦。八亲王住寺多日，对僧众也应有布施。"又于第二日置备了诸多绢棉，遣使送入八亲王所居寺中。使者送到时，适逢八亲王功德圆满，即将归家，他便将绢、棉、袈裟、衣服等物分赠给修行僧众，每人一套。全寺僧众无不感恩。那值宿人穿了薰君所赠的华丽便袍，与其身份极不相称，遇见他的人都取笑他，使他局促不安。这袍子用上等白绫制成，柔软舒适，带有莫名的异香，穿于身上，稍一行动则香气四散，使得他不敢随意走动。这个山里人，哪曾穿过这等袍子呢？因此心中十分懊恼，他便想除去这讨厌香气。然而，此乃贵族人家的衣香，如何能消去？

众侍女便将薰君写信给大女公子的情形告知八亲王，道："薰中将派人送了信来与大女公子。"八亲王看罢信，说道："此信不必非议。你们若将它视为情书，那就错了。这位中将与寻常青年男子大相径庭，心地坦荡无私，人也正派光明。我曾隐约地向他透露身后嘱托，所以他才这般关心。"八亲王亲自写信致谢，信中有"承蒙赐赠诸种珍品，山中居所已不能容"等语，而大女公子也给薰君回了一封书信。他接信拆阅，只觉得清丽悦目，措辞恳切坦率，不禁甚为赞赏。他想到那老侍女隐约所提的旧事，更是大有悬念，很想弄个明白，便欲近期再访宇治。又想："三皇子似乎说过：'在深山中生长的美人，倒别有一番风韵。'他既有此幻想，我倒不妨将此番情状告知他，让他心中不得安稳。"便于一个闲适的傍晚，前往三皇子住处。先照例闲话一番，复提起宇治八亲王的话，详细讲述那天拂晓时分窥见两女公子面容之事。三皇子听罢，果然十分兴奋。他便又继续绘声绘色渲染描述，借以打动其心。三皇子听后，恨恨地说道："那她写给你的回书，为何不曾给我瞧一瞧呢？倘是我，定如此做了！"薰君答道："不会吧！你收到了那么多女子的信，连只言片语也不曾让我知晓呢。总之，这两位女公子，非我这种不懂风情的人所能独占,故我邀你前去看一看。可是你出身高贵,如何去得呢?世间只有地位低微之人,为了猎取美色,才可无所顾忌,拈花惹草。然而像这种看得顺眼的女子,默默地闲居于荒郊陋舍,只有在山乡地方,才会出人意料地遇上。这种偏僻之地,被埋没的美人可多呢!我方才所说的那两个女子,生长于超然世俗的圣僧般人家,我向来以为她们毫无风韵,未曾将她们放入眼中,别人谈起时我亦不屑一听,哪知与我想象中的竟完全不一样。倘若那月光中没有看错,真就完美无瑕。无论品貌和姿态,都无可挑剔,可说是个梦中尤物。"三皇子听得心生羡慕。他想:"薰君这人,对于寻常女子,向来不甚动心,如今他却极力赞美,可知这两女子一定是超凡脱俗之人。"心中不禁对她们产生了无限爱恋。他劝薰君:"劳你再去细心看看如何?"他对自己不能随意前往深为烦躁郁闷。薰君见此心里暗觉好笑,答道:"不好,逢场作戏之事,我也断然不做!我已发下誓愿,对凡尘之事,永不关心,即使片刻也不能破例。如果不能自我约束,那就有违初衷了。"三皇子笑道:"啊唷,好气势啊!便如一个得道高僧似的,我看你真正能耐得多久。"其实,薰君哪能忘怀那山中佳丽,他比以前更想见到她们,而且心中很是感伤。

转眼已是十月,薰君于初五六日,再度往访宇治。他心情不佳,无心观赏沿途风光。他仅乘坐了一竹帘车,换上了厚绸常礼服,重新赶制了裙子,一身朴素打扮。随从者皆道:"近来鱼梁上景致正好,可顺便去看看呢!"薰君答道:"何必呢?人生无常,跟冰鱼[1]相差不多,鱼梁又有甚好看呢?"他来到山庄,八亲王诚心迎接,以山中筵席来款待他,薰君觉得别有一番风趣。暮色已至,二人将灯火移近,共同研读最近所习的经文,并邀阿阇梨下山,讲解教义。深夜,宇治川上刮起了狂风,水波所卷起的哗哗声以及秋风扫落叶之声,使山间显得凄厉可怖。薰君彻夜未眠。天将黎明时,不由想起上次拂晓听琴之事,便提出琴音最为感人等话题,对八亲王道:"上次拜访,在破晓浓雾笼罩之时,模糊听得几声悠扬的琴音妙律,却未能满足耳福,甚觉遗憾。"八亲王答道:"我已戒除声色,从前所学的,都已忘得差不多了。"但仍命侍者取过琴,说道:"要我弹琴,甚不相称。你得稍作演示,我方可回想得出来。"他命侍女取来琵琶,

---

【1】"冰鱼"的发音与"蜉蝣"相近,他在此所说的冰鱼实指朝生暮死的蜉蝣。

劝薰君弹奏。薰君遂弹起琵琶，与八亲王合奏。稍久，薰君又道："我上次朦胧听得的，似不是这琵琶之音。可能那琵琶音色，独一无二，所以声音特别美妙吧！"说着他兴致减退，便无意再弹。八亲王道："你这话可就差了！能使你赞赏的技法，怎么会传到这山野小地呢？你的夸奖未免过分罢。"他一边说一边弹起七弦琴来。那声音哀婉凄怨，如泣如诉，透彻肺腑。此种凄凉的感觉，大概是由这山中松风引起的吧。八亲王故作生疏之状，只弹了较为熟悉且韵味十足的一曲，便不弹了。他说道："我家里也有人弹筝，不知何时学会的。我偶尔也曾听到，似觉弹者稍有体会，但我从来不曾指点。不过是随意抚弹罢了，不成体统，只能和水波之声相应，无腔调可言，弹奏的声音，定不会使你满意。"说完他便对里面的女公子道："弹奏一曲吧！"女公子答道："私下玩玩，不曾料到被人听见，这已使我们羞愧至极，哪里还敢在人前献丑呢！"说罢便躲进里面，不肯弹奏。父亲多次劝说，她们一概回绝。薰君十分失望。八亲王心里想："两个女儿，被我教养得如此古怪，就像未曾见过世面的乡下姑娘，这哪是我的初衷？"他甚觉无颜，便对薰君道："我在此地抚育两女，默默无闻，但常患有生之年不多，朝夕难料，而这两女尚年幼，恐将来生活流离，不得安定。此一事使我放心不下，难以安然往生极乐。"他说得十分恳切。薰君深为感动，答道："我虽不能胜任保护之责，但您可视我为亲信。只要我还活于此世上，则断不会辜负你的嘱托。"八亲王感激涕零，答道："要是这样，我就放心了！"

薰君心中还挂记着那老侍女的事，想道："那些昔年旧事，即便与自己无关，听了也让人感慨不已，何况那正是我多年以来，所希望知道的。我常拜佛祈祷，希望明示，当年究竟发生了怎样的事情，竟使母亲削发为尼。"待到天将破晓，八亲王上佛堂做早课去了，他便将那老侍女弁君唤来问话。老侍女虽年近六十，但气质高雅，极善应对，侍奉两位女公子，全不像那些粗俗女佣。她提起已故柏木权大纳言日夜焦虑，以至于卧病不起的情形，便伤心十分，泪流不止。听了她的陈述，暗想："定是长期向神祈祷，得佛力佑护之故，才有缘听到这梦一般可悲可叹的往事吧！"他的眼泪也禁不住流下来，后来说道："然像你一样知道当年那些往事的人，如今世上一定还有。但不知这种让人惊异，又觉可耻的事，其他人会不会传出去？事隔多年，我还从未听说过呢。"弁君答道："这些事，只有小侍从和我知道。我们从未向人说过，虽然我只是一微不足道的侍女，地位卑微，却蒙权大纳言厚爱，有幸侍奉左右。故此间详情，我们都知道。权大纳言胸中十分苦闷之时，偶尔叫我们两人传送书信。关于此事，我实在不敢多言，尚望见谅。权大纳言弥留之际，对我也略有遗言。我这微贱之身，实不能担此重托。因此时常念及，不知怎样才能向您转述遗言。每诵经念佛，也常以此事为愿。而今果然应验，可见这世上佛菩萨毕竟还是有的，真是万幸。此外，我这里还保存有一样物品，你一定要看看。先前我曾想：'如今怕是没有办法了，不如烧了它。'说不定哪一日我突然死去，此物难免不落入别人手中，故一直很担心。后来见您时常到亲王家闲坐，我想定有时机，心中才稍稍安定，也能忍耐了。不想今天果真等到了机会。这便是命呢！"一边哭，一边告诉薰君，当初他诞生时的详细情况，又说道："权大纳言逝世之后，我母亲忽患重病，不久也死去。我身着两重丧服，日夜忧愁悲叹，伤感不已。此时，恰有一个对我暗用心机之人，花言巧语将我骗去，带着我到西海尽头[1]的住地去了，与京中全然断绝音讯。后来这人死于住地，我重返故土。离开京城十多年了，真是恍如隔世。此处的亲王，乃家父的外甥女婿，我自幼常在他家出入，便想来依附于他。又想我已不能列入侍女之列，冷泉院弘徽殿女御[2]往日与我要好，当去投奔她。然而又觉无颜，终于未去见她，遂变成了林中朽木。不知小侍从亦何时去了，昔年妙龄之人，今大都辞世。我这条老命，如今还苟活于世，其实十分可怜。"不知不觉间，天已放亮。薰君道："不说也罢！这些往事，一时也说不完。以后找个无人的时候，我们再好好谈谈吧。我仿佛记起：那小侍从，是在我五六岁时，突发心病而死的。若是没有见到你，我则将身负重罪，了此一生！"弁君拿出一只小小的袋子来，袋内装着一大叠已经发霉的信件。她将袋子交给薰君，说道："请您看毕即将它烧毁吧。当时权大纳言对我说：'我已经无所指望了。'便将这些信全部整理起来，交付与我。我原想再见小侍从时交与她，托她代为转交，却想不到她却永远地离去了。我非常悲伤，不仅因为我和她交情甚厚，更因为辜负了权大纳言之托。"薰君不动声色地接过信，藏入怀里。他想："此种老妪，会不会将这件事当作奇闻，传扬出去呢？"他心中颇不放心。但这老侍女再三发誓，说："我怎敢在外胡言乱语呢？请放心吧！"他心中尚犹疑不定。早餐时胡乱吃了一点东西，便准备

【1】即九州。
【2】即柏木权大纳言的胞妹。

告辞，对八亲王道："今日宫中斋事已完，冷泉院的大公主患病，我须得前去看望一下，故无暇久陪。待我将诸事办妥，且山中红叶还未凋零之时，定再前来拜访。"八亲王欣然应道："如此赏光，真使山居添色不少。"

回到家中，薰君即拿出装信的袋子。这袋子是用中国的浮纹绫做成的，上端写着一个"上"字。袋口用细带束着，打结处贴了一张小封条，写着柏木的名字。薰君在启封时，心中惴惴不安，打开袋子一看，里面装着各种颜色的信纸，有三公主给柏木的回信。又有柏木亲笔信："我今病情危急，大限将至。便是更简短的信，或以后也不能随意写给你。然对你的爱恋，却愈发深刻！想想你已削发为尼，悲痛无比……"信文颇长，写满了五六张陆奥纸，字迹怪异却犹如鸟迹。并附诗道：

"君离俗尘着缁衣，

我辞人世成孤魂。"

最后又写道："获悉此子幸蒙庇护，我心稍安。然

'偷生岩根小松劲。

但得旁观亦慰情。'"

写道此处，笔迹凌乱不堪，似乎又写不下去了。最后信封上写道："侍从君启"。那装信的袋子，几乎被虫蚀殆尽。信笺十分陈旧，霉气难闻，然而字迹却很清晰，就像新近才写的一样。文句也很顺畅，值得细读。薰君想道："弁君所言极是，如此隐秘的东西，倘落入他人手中，真不知如何是好呢！此类例子，怕世间少有吧？"他暗自垂泪，愈发悲伤。

他本打算入宫，但因心情抑郁，便改了主意去拜见母亲。他进去时，只见三公主正在神情专注、一心一意念经。薰君望着她，心中暗暗忧戚，想道："我又怎好向她揭示这些秘密情缘呢？只能将此事深埋心底！"

THE TALE OF GENJI

VOLUME 47

第 四十七 回
柯 根

第四十七回　柯根

这一年的二月二十日前后，匀兵部卿亲王亲往初濑寺施行佛事。他早有此打算，只是一直未能成行。此次决然前行，主要是因途中可在宇治宿泊。有人道："宇治"与"忧世"同音[1]，此行恐有不祥。但匀皇子却不理这无根据的附会，偏偏喜欢那可爱的名字。此次进香声势浩大，随行中不乏高官显贵；殿上人等更是众多。整个朝廷几乎是倾巢出动了。六条院主源氏传下来的一处位于宇治川右岸的御赐山庄，现已归属夕雾右大臣，别墅内景致优美，宽阔异常。匀皇子故将此处定为进香途中宿泊之地。不想因突发不祥之事，夕雾右大臣听信阴阳师劝告，没来亲自迎候匀皇子，只是派人向他致歉。匀皇子心中稍感不快，但听说有薰中将前来迎候，随即高兴起来。他想，如此便可托他向八亲王那边传递音信，所以反而感到称心。这匀皇子向来嫌夕雾右大臣过于严肃，与他无从亲近。夕雾的儿子右大弁、侍从宰相、权中将、头少将、藏人兵卫佐等，皆来奉陪。

宇治山庄对匀皇子的迎候，真是极尽殷勤，特别为他设了山乡盛宴，宴后又捧出各种玩物和棋类供他消遣。这全因他是深受皇上和明石皇后特别宠爱的皇子。在六条院中，更因他是由紫夫人抚养成人的，故上下诸人皆视他为主君。匀皇子很少外出旅行，觉得有些疲惫，希望能在这山庄多留几日。稍歇之后，入夜便命人奏乐消遣。川中涛声，应和着这管弦丝竹之音，夜阑之中，甚是悦耳。

彼岸的八亲王，听见仅一水之隔的对面山庄里，随风传来弦乐之音，不禁勾起了他对如烟往事的回忆。他不由得自言自语："笛音真是婉转清幽！可惜不知是谁吹的？从前我听过六条院源氏所奏横笛，笛音极富情趣，很是动人。但听现在这笛声，使人觉得有些做作，很像是源氏的妻舅太政大臣一族之人的笛声。我与世隔绝，寄身佛门，相忘身外之事，已有多年，如此恍惚度送岁月，想来真没意思啊！"转念间，他又虑及两位女儿的身世处境，很为她们担忧，想道："她们岂能终身笼闭于此山中！"又思忖道："迟早要出嫁，不如许给薰中将罢。但落花有意，流水无情，此人恐怕无心于儿女情长。轻薄之人，是绝不能做我的女婿的。"左思右想，心乱如麻。加之此处沉闷寂寞，短促的春宵，也似难挨的冬夜。

而匀皇子在欢乐的旅途中，醉眠一觉，天明醒来，只嫌春宵太短呢！他游兴

【1】日语的"宇治"与"忧世"发音相同。《古今和歌集》载喜撰法师诗云："庵在京东南，地名宇治山。人言是忧世，我独居之安。"

未尽，便欲于此逗留几日。

正值仲春，此间碧空如洗，春云暖暖。樱花有的已开始飘落，有的正争芳竞艳。川边风拂弱柳，水中倒影荡漾，真是极为优雅高洁。京中之人，难得见乡村野景，今番得见，便觉新奇，留恋不舍。薰君不愿错失良机，意欲探访八亲王，为避人耳目，便欲独自驾舟前去，却又担心有轻率之嫌。正感左右为难，八亲王来信了。信中有诗道：

"风送笛韵仙乐音，

白浪阻隔见君难。"

那草书字体，错落有致、潇洒闲逸，很是美观。匂皇子对八亲王早就有心向往，听说来信，便来了兴致，对薰君道："莫如我替你回吧！"便提笔写道：

"汀畔叠浪纷相扰，

宇治川风捎信来。"

于是，薰中将决定即刻前去拜访八亲王。他邀约了几个雅好丝竹的人同行，一路吹奏《酣醉乐》，乘船直抵彼岸。

八亲王的山庄依山傍水，临水这一方构筑着石阶回廊，石阶直伸水面，极富山水情韵。众人抵岸，即弃舟登陆，沿石阶次第而上，无不赞叹此种建筑设计奇妙。大家登堂入室，只见室内光景也别具一格：竹帘屏风富于山乡特色，朴素典雅的各种陈设布置，也都十分别致。主人为迎远客光临，已将四处拾掇得一尘不染。大家见墙边任意陈列着几种古乐器，便逐一取来弹奏，将双调《催马乐·樱人》，改弹为壹越调[1]，音色尽皆优美清丽。众人都知八亲王擅长七弦琴。便想听他弹奏琴曲，但他只是弹筝，却无操琴之举。只那筝音时而有意无意与客人们的奏鸣相应和。众人皆觉其筝音精妙优美，无不为之动情。八亲王还特意安排了别具山野风情的筵席招待来客。更出人意料的是，许多身份高贵的王孙贵族，如资历颇深的四位王族之类的人，居然穿戴得整整齐齐来向宾客奉觞进酒。这些贵族定是想到八亲王家迎候这班贵宾的人手不够，前来助兴捧场的，谁不对这僻居山乡、生活枯寂的女公子深表同情呢！

留在对岸的匂皇子，因其身份地位，不能随意行动，此时感到异常苦闷。他

【1】"壹越"相似于中国的"黄钟"，是十二律的第一音。有如西洋乐中的C调。

不愿让难得的机会擦肩而过，隔岸亦要凑此雅兴，便写了一信，并派手下人去折来一枝娇艳樱花，然后吩咐一眉目清秀的殿上童子，连花带信送去彼岸。信中写道：

　　"樱花缤纷游人恋，

　　　折撷繁枝插鬓边。

我正是'为爱宿一宵'[1]了。"其中颇有深意。两位女公子接信后无所适从，竟不知该如何回复，因此心甚烦乱。那老侍女道："如若认真细看，便延误回信，这样反而不好。"于是大女公子便叫二女公子执笔写道：

　　"探寻山樱春之客，

　　　顺便路过篱笆下。

你不是'只为春山来'吧？"笔法很是自然。隔着宇治川，两岸的两所庄院中响起的乐音，在川风的吹拂中来回荡漾，似在遥相呼应，仿佛脉脉传情，入耳唯觉悠扬动听。

　　不久，皇上派红梅藤大纳言，前来迎接匂皇子返宫。匂皇子只能听从父皇之命，带着大队人马浩浩荡荡返回京都，心里想的是，一定得另觅机会再来重游。贵族公子游兴未尽，一路频频回首，眷恋不舍。一路上只见樱花盛开，群芳争妍，春色无限美好。众人乘着这一路春光，即兴吟诗、和歌，好不风雅。

　　匂皇子跟两位女公子的隔岸通信，未能尽诉衷肠，心中甚是不甘。返回宫中后，他不用薰君从中传言，便经常写信派人直接送往宇治。八亲王看了他的信，对侍女们道："这信还得回复。我想这皇子定然生性风流，听说这里有两个小姐，便心生好奇，写了这些信来开玩笑吧。"他劝女儿回信，二女公子便依父亲之意回了信。大女公子是个矜持稳重之人，对于情场艳事，她是绝不关心过问的。八亲王偏居山乡、苦度孤寂的岁月，常常怨艾时光难捱，心中愁绪日益堆积。两位女公子年龄渐长，出落得花容月貌，这不但没有给八亲王带来快乐，反倒更增添得许多愁苦和牵挂。他常想："倒不如长得丑些，即便委屈于这荒山僻壤，亦无甚遗憾，我也就没有这么多苦难了。"为此，他心中甚是苦恼。这一年，大女公子二十五岁，二女公子二十三岁。

【1】《万叶集》有古歌："采槿春郊上，为爱宿一宵。"

八亲王心中早有打算：一旦有稍为合适之人，只要他真心爱我女儿，哪怕不甚称心如意，也可将女儿嫁与他。可眼下还没见到这样的人，只有几个浪荡轻薄儿，偶然知悉我有两个女儿，凭一时兴趣便写来求爱信。他们是不将我这没落亲王看在眼里，故意相与戏弄。八亲王最痛恨这些人，一向毫不理会，唯匂皇子，自始至终真心恋慕求爱，决不死心，这想必是宿世姻缘了。按命理推算，今年是八亲王的厄运年。随从们觉得："亲王每日虔诚礼佛诵经，求的是往登西方极乐世界。但他牵肠挂肚于两个女儿，若是到了临终时仍想到她们，只怕是正念也会纷乱不堪，必影响超度来世。"

却说宰相中将薰君，他多年来一直心怀疑虑：自己的身世究竟如何？从老弁君那里了解实情后，反倒生出更多愁苦来。虽然这年秋天他升任了中纳言要职，在朝廷中声望与权势更加显赫，但他却并未感到愉悦，仍是郁郁寡欢。想到生父因忧惧而死，他便决心代为修行佛道，以减轻其罪孽。薰君很可怜那个老弁君，常在私下照顾她。

初秋七月，薰君想起很久不见八亲王，便动身前往宇治。京城里还看不出些许秋意，然临近音羽山，便觉秋风习习，槙尾山一带的树木，已略见斑驳的红叶，山林深处，景色美丽而新奇。薰君此次来访，八亲王比往常更欢迎。他向薰君倾诉了很多心里话，嘱托道："我死之后，请抽闲时常来看看我这两个女儿，请勿忘记她们。"薰君忙答道："以前您早已嘱咐过我，侄儿已谨记于心，决不懈怠。侄儿对俗世已无甚留恋，一生无所追求。世间之事，对我来说都如同浮云，毫无意义。尽管如此，只要我尚存生息，所托之事便将牢记于心，恳请皇叔放心！"八亲王感到无限欣慰。其时夜深人静，月出中天，仿佛远山也近了。八亲王专心念经片刻，便和薰君闲谈。他凄然道："以前于宫中，逢此明月清风的秋夜，御前音乐会必然举行，我亦时常参与演奏。那时，宫中聚集所有弹奏技艺高超的人一起合奏，但此种演奏韵味不足，倒不及技艺纯熟的女御、更衣的室内弹奏。她们在清静的明月之夜，弹奏悠扬悦耳的乐曲，那琴声特别动人心魄，耐人寻味。虽她等在内心里不大和睦，但从不在表面上显露出来，外表纤弱，却能扣人心扉。也许正因如此，佛才说女子是有深重罪孽的。就父母爱子的辛劳而言，男子是不大需要父母操心的，而女子呢，如果嫁得轻薄之人，是命运所迫，便无更改，父母总要替她难过。"他所言乃平常人之事，但自己何尝又不怀着此种心情呢？薰君推究其内心，颇为同情，便答道："世俗之事，侄儿确已不再留恋。虽自身毫无一门精通的技艺，唯有听赏音乐一事，委实无法割舍。故那位释迦牟尼弟子迦叶尊者，闻琴声而忘威仪，亦翩翩起舞[1]。"他以前偶然听得女公子们的琴声，很美妙，希望能再听到。八亲王遂走进女公子室中，恳切地劝她们弹奏。大女公子取过筝来，只略弹数声便哑无声息了。是时，四下里寂无声响，室内甚为肃静，情景美妙无比。薰君神思飞扬，颇有与女公子们随意演奏之意。然女公子们有所顾忌。八亲王是知道他心事的，欲用女儿的琴声与他亲近，但见此情形，也只能说道："这次让你们彼此相熟，以后好自为之吧。"他起身欲往佛堂修佛，临走吟道：

"撒手西去草庵荒，

盼君不负吾斯言。

今日与君相见，别后恐再无相聚之日了。只为难忍悲伤，对你说了许多有失体统的话。"言毕不觉潸然泪下。薰君答道：

"既与草庵长结契，

岂敢背信负重托。

且待宫中相扑节[2]后，定当前来拜望。"

八亲王去了佛堂，其时月亮即将没入山中，清光直泻入室。帘内人影幢幢，隐约可见，两位女公子便退入内室。她们见薰君并非世间那等好色之徒，且言谈有条不紊，有时便也适当对答几句。薰君心中想："八亲王恁般诚恳，自愿将女儿许配与我，我却并不急于得到，而匂皇子却急欲会见两位女公子。"便觉自己毕竟与别人不同。他又想："其实我并非有意疏远两位小姐。我们彼此问候，在春花秋月之时，可倾诉衷情，共享风月雅趣。像这般女子，倘我拱手让与了别人，也太可惜了！"他竟私下将女公子据为己有了。薰君一直记挂着上次那个老侍女对他说的那些话，此时便又将她唤来，要她继续叙述先前未能说完的旧话。子夜时分，薰君告别宇治山庄，启程返京。一路上，他想起八亲王为归期将至忧愁担心，甚是怜惜，于是打算在朝廷公务忙过之后再去造访。

匂兵部卿亲王拟今秋赴宇治赏看红叶，正为寻找适当机会而冥思苦想。他

【1】据《大树紧那罗经》载："香山大树紧那罗于佛前弹琉璃琴，奏八万四千音乐。迦叶尊者忘威仪而起出。"迦叶尊者是释迦牟尼的十大弟子之一。

【2】宫中惯例七月下旬举行相扑比赛，赐宴群臣。

频频使人传送情书，然而两位女公子对他并不信任，只将此信视为无关紧要的四时应酬之文。不过她们并不讨厌，也时常回信给他。

深秋时分，八亲王心绪越来越坏。他嘱咐两个女儿道："世事变幻无常，生离死别，在所难免。倘你们另有可慰情之人，也许可消减你们的死别之悲。我将你们孤苦伶仃弃在世间，没有代替我的保护人，实甚痛心！虽然如此，但倘被这世俗情爱所阻，竟使我不得往生极乐，堕入轮回苦海之中，也太不值了。我与你们在一起时，就早已看破红尘，绝不计较后世之事。希望顾念我和你们已故母亲的颜面，不要产生轻薄之念。若没有深缘，万不可轻信人言离此山庄。须知你们两人身份，异于普通女子，若能坚定意志，自能安度岁月。特别是女子，倘有耐性闭门索居，免得身受世人非议，弄得臭名昭著，才不失为明智之举。要有在此山乡终此一生的准备。"两位女公子不曾虑及自己的终身大事，只觉得片刻也不能离开父亲。此刻这番教训，早令她们悲伤欲绝。但八亲王心底，早已摒弃一切俗世尘念，只是多年来和这两个女儿相依为命，因此也不忍突然别去。女儿肝肠欲断，实在可怜。

八亲王决定独自前往阿阇梨那清静的山寺中去，以便专心礼佛修行，临行的前夕，他在山庄各处仔细巡行看顾，心中愁肠百结，想的是：此处简陋朴素，自己暂在这里栖身度日而已。但自己逝去之后，两个女儿又怎能长久笼闭在此呢？他一面暗自流泪，一面祈祷神明，其情景实在令人感动。于是，他将几个年龄较长的侍女唤上前来，嘱咐道："今后，你们要尽心侍候两位小姐，让我放心离去。大凡出身本来低微卑贱、平淡无奇之人，子孙衰落也是不足为奇的。但像我们这等出身的人家，别人如何看待虽可不顾，倘过于萧条，委实愧对祖宗。人世间无论是荣华富贵或是困苦艰难，都不关紧要，哪怕是寂寞平凡一生，只要能严遵家法古训，不做有辱门风之事，声名不污，则问心无愧。若能如此，一生也便是极有意义了。凡事务必谨慎，勿让两位小姐委身于品行不端之人。"天亮之前将要入山。出发前，他又进入女公子室中，凄然道："我去世后，你等切勿过分悲伤。应该往宽处想想，时时弹奏琴筝慰心。如意称心之事，世间少有，故切不可强求。"说罢转身而去，但行不数步便又频频回首。

八亲王入山之后，两位女公子更觉百无聊赖，她们朝夕相伴，片刻不离，议论道："倘我们两人之中少了一人，另一人如何度日呢？人生在世，不论现在将来，都是祸福无常，变幻不定的。一朝分别，哪堪悲伤？"她们时悲时喜，然而情谊更笃，无论是游戏玩耍还是做正事，都同心共助，互相慰勉共度时日。

原定的功课圆满之日到了，父亲这一天应当归家，两位女公子望眼欲穿，切盼父亲及早返回。不料日暮时分，山中使者带来了八亲王的口信，道："今早受了风寒，暂留山中，正寻访求治。但为父内心似比往日更为惶恐，不知何故，恐不能与你们再见了。"两女公子惊慌不已，但究竟如何又不得而知，即刻于父亲的衣服中，挑了厚实棉衣，交给使者要他赶快送去。二三日后，仍不见八亲王下山，两位女公子便遣使去探问，使者带回来的依然是八亲王的口信："情势不甚危重，只是有些不适。倘略有好转，即刻抱病下山。"

山寺之中，阿阇梨日夜守护着卧病的八亲王，他对亲王说："这病表面看来无甚紧要，但或许是大限已到，请切勿操心女公子之事。凡人命由天定，无须放心不下。"劝他舍弃一切世俗杂念，又谏阻道："今日断不可下山了。"

八月二十日，天色凄凉异常。两女公子记挂父亲病状，心中如罩浓雾密云，昼夜不散。天际一弯残月破云而出，映照水面如澄亮明镜。女公子叫人将向着山寺的板窗打开，对着那边凝望。天色渐明，山寺传出隐隐钟声。山上下来了一个传信之人，啼啼哭哭道："亲王已于夜半时分亡故。"连日来，两位女公子时刻惦记父亲，不断探听病况如何，此时突闻噩耗，悲痛万分，顿时双双晕厥倒地，不省人事。她们以前曾寻思：若父亲亡故，我们也不能再存活于世。故醒来后便悲伤恸哭，只想随父亲一同去了。她们伤心欲绝，俯身于地，泪水几已哭干。倘能如世间常情，亲睹亲人死别，也可少些遗憾，但两位女公子未见父亲最后一面，实是不胜悲怆。然人寿长短自有定数，毕竟强求不得。阿阇梨早受八亲王委托，因此一应法事，都由他独力承办。两位女公子要求道："无论如何，我等欲见亡父遗容一面。"阿阇梨只答复道："此刻甚为不便。亲王在世之时，就早已言定不再与女公子见面。如今亡故，自应遵其遗言。你们应断了此种念头，顺从他吧。"女公子又探询父亲在山时的种种情状，但这阿阇梨道心坚强，不屑回答此种琐碎之事。八亲王很早就有皈依佛门之愿，只因两女儿无人照护，不忍离去，故在世之日与她们朝夕相依，受其牵累，一生始终不离尘俗。如今死别，则先死者的悲哀和后死者的眷恋，都是无可避免的了。

京城里的中纳言薰君得知噩耗，痛惜不已，失声痛哭。人已别去，心中未尽之言不得抒发，如今回想起人世无常之事，难免泪若雨下。他想："我们最后相见时，记得他曾对我道：'今日与君相见，别后恐再无相聚机会了。'只因他生性敏感，常说些世事无常、性命由天的话，故我也没放在心上。孰料自此一别果真成了永诀！"他几番思量，回首往事，追悔莫及，悲痛万分，便即刻遣使赴阿阇梨山寺及女公子山庄中吊唁慰问。山庄中一片凄凉，除了薰君之外，竟无他人前来吊唁。两位女公子虽心绪烦乱，也被薰君一番诚心感动。死别虽为世间常有，但身临其境者，却无法不深感悲痛，况两位女公子从此孤苦无依，因而更是无限伤心。薰君深表怜悯，虑及亲王既已亡故，尚有诸种功德需做，便准备了诸多供养物品，派人送至阿阇梨山寺。山庄女公子处，他也送得许多布施物品，细细托付给那老侍女，由她一手办理。山庄里请来了僧侣念佛诵经超度亡魂，亲王生前居室中，供了一尊佛像，作为遗念。七七期中守孝之人，平日出入其间，都在佛前虔诚诵经。

父亲亡故，两位女公子的生活，仿佛坠入了暗无天日的黑夜里。转眼已是九月，山野一片凄凉，秋雨霏霏，更是令人黯然神伤、凄然泪下。树叶纷纷坠落，流水潺潺幽鸣，眼泪如瀑布般簌簌而下，诸种声音汇为凄婉断魂的呜咽。两位女公子身处悲境，日夜愁叹。众侍女都深为她们担心：照此下去，生命恐将不久，便不辞劳苦，想方设法劝慰她俩。

匂兵部卿亲王，闻得八亲王死讯后，也时常遣使来信吊慰，但两位女公子心绪颓丧，没有心情回答此种来信。匂兵部卿亲王不见回信，便心生怨恨，他想："女公子并非恁般对待薰中纳言，这分明是有意与我疏远。"他原本打算在红叶茂盛时，再往宇治山中赏叶赋诗，但如今八亲王已逝，他已没有借口前往，心下更是懊恼。八亲王七七丧期过后，匂兵部卿亲王想道："凡事总须适可而止，两位女公子的丧父之哀，如今想必已经消减？"他便在一个秋雨霏霏的傍晚，写了一封长信。信中附有一诗：

"鹿鸣草枯闲愁浓，
泪似露珠秋山寒。

对此潇潇秋雨，凄凉暮色，无动于衷，也太不解趣了吧。值此时节，郊原的野草日渐枯黄，也深可使人感慨呢！"大女公子看罢信，对妹妹道："我确是不大识情趣的，已几次不回他的信了，还是你写为好。"二女公子听姐姐如此说，心中想道："本想随父而去，却抛舍不下姐姐，苟活于世上，哪还有心思写信！想不到今日，尚有哀愁苦恨。"想到此，不禁潸然泪下。她推开笔砚，说道："谁言悲哀有限呢？我的忧伤苦恨是没有了时的。我此刻至多能勉强起坐，无力动笔。"

说罢，又悲泣不已。大女公子一时也不好再说什么，只得一味劝慰。匂亲王的使者，黄昏稍过才到达这里，大女公子便差人对他道："天色已晚，不如在此留宿，明日再走不迟吧。"使者答道："主人吩咐今晚务必返回，不敢从命。"便急着要走。大女公子一时心下犯难，自己心情并未恢复，但觉得总不能让使者空手而归，只得写诗一首：

"悲泪化雾罩山庄，

伤心泣声伴鹿鸣。"

诗是写于一灰色纸上的。时值暗夜，信笔所致，墨色浓淡不分，也顾不得美观了。匆匆写毕封上，她便交付使者带回去了。

此时风雨欲来，路途阴森可怖。但匂亲王的使者有命于身，只得径直赶路，即便途经那些阴森可怖的小竹丛，也不敢稍有停顿，而是策马加鞭，不多时便回到宫邸。匂亲王见其浑身湿透归来，赏赐也格外丰厚。匂亲王随即将信拆开阅读，发现此信笔迹与往日不同，似觉更为老成熟练。两种字体均十分秀美，此次究竟出自何人之手？匂亲王反复细看揣摩，不得而知，也不睡觉了。侍女们都很疲倦，极欲睡觉，心中老大不快，都在一边窃窃私议："先前急等回信，故觉也不睡。此时得到了回信，看了半天还不肯睡，不知此信又出自哪位美人之手。"

次日朝雾未散，匂亲王便起床，又给宇治山中写信。信中有诗：

"雾里失却觅朋道，

凄悲鹿鸣殊异常。

我和你们一样悲伤呢。"看过信后，大女公子暗忖："过去全赖父亲一人庇护，得以平安度日。自父亲离世，我们能活到现在，也甚是不易了，今后若稍有疏忽轻率而导致不测意外，则父亲在天之灵，亦将不得安宁。不得太过亲切回复此信呢！"她们对男女私情之事，不敢贸然行事，便不答复此信。其实，她们并非视匂亲王为寻常好色男子，他那潇洒飘逸的笔迹、恰当的措辞，确是不可多得。不过，她们虽承认他的才情，却认为这男子高贵多情，自己实在难以高攀，于是便作此想："何必回信呢？但愿于山乡度此余生吧。"但那匂亲王认为如今她们的父亲已逝，无所顾忌，便不断写信给两位女公子。山中的两位女公子不为所动，依旧只字不回。她们想："这位亲王是闻名于世的风流男子，他定是将我们视为精通风流韵事之人。这人迹罕至的凄凉山庄中的回信，在他看来，手笔是何等幼稚啊！"她们心怀顾忌，故不肯给他回信。

然而，她们对薰中纳言的来信却是认真回复，只因他的来信态度格外诚恳。一时书信往来频繁。八亲王七七丧期已过，薰君便亲自前来探访。其时，两位女公子正在东室一间较低的房间里守孝，薰君走近房间，让老侍女弁君进去报信。两女公子自思薰君英姿勃发、光彩照人，而自己愁云满布，暗淡无光，顿觉局促不安，不知如何是好。薰君真诚说道："对我请勿如此疏远，应像亲王在世时那般，彼此亲近晤谈。对于花言巧语的风情行为，我是不习惯的。让他人传言，更是使我词难达意。"大女公子幽然答道："我等苟活至今，实属意外之事。然噩梦永无醒期，心中迷乱不已。仰望日月光辉，也会不由感到耻辱，故连窗前也不敢随意前去了。"薰君道："你们这般苛求自己，不免有些过分。居丧期间，行为恭谨，实是出于对亡父一腔深情。至于日月之光，只要不是自心贪求欢畅，悦意出去欣赏，就不算罪过。小姐心中悲哀之状，正需要我来安慰呢！你们这般待我，令我甚为尴尬。"侍女们道："实情如此，我家小姐的悲哀深切，无可比拟。承蒙公子悉心安慰，美意实在感人肺腑啊！"经这几句淡然的谈话，大女公子便静下心来，她们何尝不明白薰君是一片好意。她设想薰君此次探访，只因往昔与父亲有过故交，如此不惮跋山涉水之劳苦前来探访，心意实在不浅，于是便膝行而出，稍稍接近薰君。薰君极尽慰问之言语，重述对八亲王的盟约，甚是恳切。他说话时并不趾高气扬，故大女公子也不觉他过于严肃。然而一想到，今天和这不相识的男子亲口交谈，且今后不得不仰仗他照顾，追昔抚今，竟感无比伤怀，她只是轻声地敷衍了一两句话。薰君从黑色帷屏的隙间，窥得其神色凄苦，萎靡不振，更觉得她实在可怜。想象孤居山乡寂寞情形，以及那年黎明时分，窥见其姿色时的情景，他便情不自禁吟诗道：

　　"霜打浅茅日渐黄，
　　　居丧思亲人憔悴。"

大女公子和道：

　　"丧服浸透孝女泪，
　　　悲戚之身无置处。

正是'残破丧服垂线缕'[1]……"因悲伤过度，后面所吟数字，竟轻不可闻。

【1】《古今和歌集》有古歌："残破丧服垂线缕，条条欲把泪珠穿。"

吟罢，便退回内室去了。薰君不便强留，虽觉得意犹未尽，颇为惆怅，也只得离去。

八亲王既已归西，山庄里便不宜留宿男宾，薰君就准备立即回京。他回想："八亲王曾对我说：'今日与君相见，别后恐再无相聚机会了'，我当时不以为意，谁知竟让他一语成谶！那时是秋天，眼下也正是秋天，日月循环往复，没有什么变化，而亲王却已撒手归西，人生实在莫测啊！"

正思量间，那个老侍女弁君又出人意外地前来招呼。她对薰君讲了许多事，皆是现在过去的令人悲伤的内容。虽然她面容苍老，但因对那桩悲切之事甚为了解，故薰君并不嫌厌她，和气地与她讲话，且对她道："我在孩提时代，遭先父之丧，深感人世祸福无常，虚幻可悲，故长大成人后，对于爵禄富贵，竟觉得丝毫无趣了，唯向往如亲王那般闲适幽静的生涯。如今眼见亲王亦辞世而去，愈觉无趣，便欲早日脱离此无常之世，皈依佛门，以修来世，只因亲王遗眷无所倚托，使我不得放心。我说此言，或许有些失礼，但亲王有所嘱托，只要我尚存一息，自然会不辞辛劳，竭力照顾她们。虽如此，自你把那件意想不到的旧事告诉之后，我便对这尘世愈无眷念了，只欲早日离去。"他边说边流泪。弁君哭得更加厉害，竟好久说不出话来。薰君的相貌竟与柏木相差无几，弁君看后，便忆起了陈年旧事，因此更加悲伤。这老侍女的母亲乃柏木大纳言乳母，其父是两位女公子的母舅，官至左中弁而卒。她多年漂泊异乡，回京之时，两位女公子的母亲也已不在人世。因与柏木大纳言家已致生疏，不便前往，八亲王便收留了她。此人出身虽不高贵显耀，且惯做宫女，但八亲王以为她知书达理，便叫她服侍两位女公子。至于柏木的秘密，即便对多年来朝夕相处的两位女公子也不曾有丝毫泄露。但薰中纳言推想："老年人多嘴多舌，为世间常例。这弁君虽不会轻易向一般人说出，但一向对这两位含羞温顺的女公子，是无话不谈的。"便觉可耻可恨。他不肯放弃亲近她们的企图，也许还有着不让旁人知晓的原因吧。

八亲王生前不喜好修饰，与一般人不同，故山庄中一切皆甚简朴，然而却清洁雅致，处处饶有山乡情趣。现在常有法师出入，各处用帷屏隔开，诵经念佛的用具依然保存着。阿阇梨向两位女公子启请道："一应佛像，请移至寺中。"薰君听得此话，料想这些法师也将要离去，此后这山庄中人迹疏落，留于此处的人，不知将是何等寂寥！不由痛苦不已。随从人告之："天色已很晚了。"他只得上车返去。适有鸣雁飞越天宇，便赋诗道：

"秋雾漫天雁飞过，

　　哀鸣似诉世无常。"

　　在凄凉的山庄里，两姐妹时常相对而叹"唉！日子真是百般无聊啊！人生如梦，却未料到不幸之事即刻从天而降，令人猝不及防。我们日常听闻人世无常的事例，也都确信无疑。人生难免一死，只不过早迟而已。如今回想起来，往昔一向无忧无虑，平安无事，度过了多年悠悠岁月。而如今即便听到风声，亦甚觉凄厉，见到陌生人出入门庭、呼唤问讯，亦觉心惊，性命全无保障。可忧可怕之事实在不少，令人苦不堪言。"八亲王生前常去山寺中念佛，故也常有法师前来相访。阿阇梨心系两位女公子，自己却不便亲到，只是不时遣人前来问讯。山庄里人影日渐稀少，两女公子知道这原是预料中事，也不免感到怅惘和悲伤。八亲王离世后，一些出身卑贱的山农野老，有时也来这山庄探望女公子。众侍女难得见到这种人，都惊奇地看着他们。进入深秋时节，有些山民樵夫打得些木柴，拾得些野果，亲自送至山庄中来。姐妹二人含悲带愁，日日泪水盈眶苦熬光阴，不觉已至岁末。

　　此时飞雪飘零，四处风声鹤唳，有几个侍女劝她俩振作些，说道："唉，这晦气的年头，已到尽头了。小姐快收起悲伤，高高兴兴迎接新春吧！"两位女公子却觉得无边无际的苦难生涯才只是刚刚开了个头。她们寻思："喜迎新春的话倒容易说，做起来却是难乎其难啊！"

　　这时节，阿阇梨的山寺中，也派法师送来了木炭，并致词道："每逢岁末，皆要送些什物，数年来已成定例。今年承袭前例，务望收纳。"两位女公子不禁又幽然想起，往昔逢得岁末，此间亦必送供阿阇梨棉衣，以备他闭居山寺时御寒。法师借了童子，拜辞山庄，在深深的积雪中登山回寺，身影在雪地山林忽隐忽现。两位女公子满眼含泪目送他们，言道："如果父亲尚在，即便削发为僧，往来之人定然更多。我们也不会不得见父亲之面，以致恁般寂寞。"大女公子便吟诗道：

　　"人亡路寂无行踪，

　　怅问松雪怎遣情？"

二女公子和道：

　　"松上雪消复重积，

　　人亡怎比雪再生？"

天空又下起雪来，她们竟极为羡慕那无生命的飞雪。

年底时，薰中纳言前来探访两位女公子。他本欲新年时来，只因开年事情必定十分繁杂，无暇抽身前来，故提前于此时赶来致意。沿路途上，积雪极深，不见行人，薰中纳言却不惜贵体，冒雪入山探访。两位女公子不胜感激，待他甚为亲切，命侍女为他特设一雅洁座位，又命将深藏已久的火钵端出，拂拭一新，供他使用。众侍女回想起亲王生前对薰君格外垂青，便想一同共话旧事。大女公子总觉得与他相见，甚难为情，但又恐对方见怪，只得勉强出来，虽不十分随和，但言语得体，态度温文尔雅，远胜从前。薰中纳言满腔热望，见她如此拘谨，当然感到有些失望，十分想她能更亲切一些。他转念又想道："这也太想入非非了，人心毕竟还是能改变的。"便侧转身子，对大女公子道："匀亲王甚是怪我呢。也许是由于我在跟他的谈话中，顺便向他提及过有关尊大人对我的恳切遗言，或者他本就有些敏感，总以猜忌怀疑来揣度人心吧。他曾不止一次地埋怨我道：'我指望你在小姐面前替我美言数语，而你反在小姐面前说我坏话。'这实在令我感到意外。他前次到宇治，不知小姐为何轻慢待他？世人都传言匀亲王好色，其实全是误会，此人并非轻薄之人。只闻得有些女子，听了几句奉承之言，便轻率委身于他，而他内心却轻视此种女子，不再理睬她们。恐怕谣传便由此而起吧。世间有这样一种男子，凡事因缘而定，处世洒脱不拘，喜好迁就，缺乏主见。他们即便遇有不称心如意之处，亦认为此乃命中注定，别无他法。嫁给这样的男子，倒也有爱情持久的，可是一旦情感出现裂痕，便像龙田川的浊水[1]一般恶名远扬，以前的爱情自是消失得全无踪迹。此种事例并不少见。但匀亲王绝非此种男子，他用心持久，只要是遂其心愿、趣味相投的人，不会做始乱终弃之事。他的性情，我最为熟悉不过了。倘你有意，有心与此人结缘，那我将不辞劳苦，以便玉成其事。"他说得甚是真诚。大女公子觉得他所指的是她妹妹，她本可以长姐身份代为作答，但她反复思量，终觉难以答复。后来莞尔一笑，道："叫我如何说呢？恋慕之言屡次相提，这更使我为难了。"措词温婉，仪态甚是动人。薰君又道："但请大小姐以长姐之心，体谅我一片至诚之意。适才我之所言，并非关于大小姐自身的事，匀亲王似乎对二小姐有意。听说他曾有过信来，提及

【1】《古今和歌集》有古歌："龙田川水浊如此，恐是神南堤岸崩。"神南为地名。

过此事，但不知是写给哪位的，也不知是谁回的信给他？"大女公子听得此言，不由想道："幸而至今没有写信与他。如若当时任情而动，回复去信，虽则无伤大体，但薰君说这般话，定会教我无地自容！"便默不作答。将笔取来写了首诗。诗道：

"只见君影踏雪来，

不与他人传飞鸿。"

薰君看了诗，道："如此郑重声明，反而显得生疏了。"便答诗道：

"雪川停骖觅佳侣，

我当先渡他人前。"[1]

如若这样，我倒能相帮。"大女公子不曾想到他会说出此话，心中怏怏不乐，只得不再作声。薰君觉得，这位大女公子真算得上是秀雅端庄的淑女，虽无不可沾染的高贵，却也并不似时髦女子那般妖娆，便在心中推度其仪姿，觉得自己理想中，女子正该如此。他便不时寻机，在言语中隐约示意爱慕之情。但大女公子却装作无动于衷。薰君自讨没趣，只得转变了话题，一本正经谈论些往昔的趣事。

随从等众在外催促道："雪夜行路，实在不易呢！时候不早了。"薰君只得站起身来，准备回去。他又对大女公子道："我四处察看，觉得这山庄实在孤寂。京中私邸，出入的人极少，也极为清静，小姐倘肯栖居寒舍，我将不胜荣幸。"侍女们听得此话，欢喜不已，都觉得这样甚好。二女公子看见这等光景，想道："姐姐定不会听他的。这成什么话呢？"众侍女又拿出果点，招待薰君，颇为丰厚。又取出丰盛的酒肴，犒劳随行从人。

曾蒙薰君赏赐一件熏香的便袍而出名的那位值宿人，如今已满面虬须，甚是难看，令人极感不快。薰君心念此等人怎应留在身边，便将他召至跟前，问道："近来怎样？亲王故世之后，你很伤心吧？"那人泪流满面答道："公子有所不知，小人孤苦无依，全仰仗亲王庇护，如此安度了三十多年。如今已身无着落，亦无亲王这样的'大树'[2]可依靠了。"他的相貌显得更加丑陋不堪。薰君叫他将八亲王生前供佛的房门打开，走了进去，见到处蒙积尘土，只有佛前的饰物，

【1】大意是：匀亲王与令妹之事我愿成其好，不过需先玉成你我之事。

【2】《古今和歌集》有古歌："孤客无依投树下，岂知树老叶凋零。"

颜色依旧未改。八亲王诵经用的床，早已收拾起来，不见影迹了。他不由得忆起当年与亲王的约定：如若自己出家，也效仿亲王。便吟道：

"欲求柯根修行道，

不料室空贤人亡。"【1】

吟罢，将身子靠在柱上。众侍女窥得他那仪姿，心中赞叹不已。附近的庄院，是薰君让人管理的。天色已晚，随从人便去那里，取得些草料来为马添食。薰君对此全然不知，他忽见许多村夫牧子，在随从人的带领下来了，心里想："可不能让他们知道此事啊！"只说是为探访老侍女弁君来的。他又不断嘱咐弁君，叫她好生照顾两女公子，便登车返京去了。

冬去春来【2】，日光明丽，河流也都解冻了。阿阇梨的山寺里，派人送得些芹菜和蕨菜来，并说是融雪之后在山泽中采摘的。侍女们便拿来，做成供女公子佐膳的素菜。她们道："山乡自有特色，见草木荣枯而知季节变换，也是很值得高兴的。"但两女公子想："有何值得高兴呢？"她俩依然心事重重，愁闷忧郁，只纳闷自己如此伤恸无尽，为何竟能活到今日。睹物伤情，大女公子便吟诗道：

"吾父若在山中住，

定送蕨菜报春来。"

二女公子和道：

"青芹生长深雪渚，

吾父已去献与谁？"

两人只得藉此吟和，消磨漫长的生涯。

每逢时令节气，薰中纳言和匂亲王皆有来信，但多为长篇冗谈，无甚意味，照例省略不记。见樱花盛开，匂亲王便忆起去年春天以"折撷繁枝栽鬓边"之诗赠女公子的往事。曾与他同游宇治的贵族子弟们，也都赞不绝口，说道："那宇治山庄真有意思，只可惜无缘再访。"匂亲王听了，便赋诗赠两位女公子，以示不胜恋慕之情。诗道：

"去岁遥望山樱艳，

【1】柯根喻朴实无华的八亲王。《宇津保物语》有古歌："居士修行处，山中柯树根。棱棱难坐卧，安得似香衾。"本回题名据此而来。

【2】薰君二十四岁。

今春当折簪鬟边。"

两女公子见他如此张扬，觉得很生气，欲置之不理。但此时正值寂寞无事，且来信十分精美，便勉强敷衍一番。二女公子答以诗道：

　　"愁云深锁樱花墨，

　　君寻何处可折枝？"[1]

她照旧毫不留情加以拒绝。匀亲王见每次收到的回信，总是那般冷淡，心下甚觉懊丧，却又别无他法，只得一味埋怨薰君未从中撮合。薰君心中觉得这人很是可笑，便以庇护人身份与他周旋。每逢匀亲王产生浮薄之念，他必然告诫道："你这般轻薄，要我如何为你出主意呢？"匀亲王自己心里也明白这一点，回答道："我心中还没有称心如意之人，产生浮薄之心念，亦在所难免啊！"夕雾左大臣本欲将六女公子许配与他，但匀亲王拒绝了，左大臣对此十分不满。匀亲王私下对人道："血缘太近[2]呢。何况左大臣严于律人，丝毫不留情面，倘若做了他的女婿，恐不甚自在呢！"遂不再重提。

　　薰君很久没到宇治去了。因为这年中，三条宫邸遭火灾，屋舍毁损严重，尼僧三公主只得迁至六条院暂住。他必须为此而奔忙相助。他是一个谨严之人，善于克制忍耐，绝非平常人所能相比。他一味恪守八亲王的嘱托，竭诚照顾两位女公子，希望诚心能被她们理解。他虽早已将大女公子视作自己的意中人，但她既然尚未明白地表示，他因此也不敢做出超越礼仪的事来。

　　这年夏天，天气炎热无比，胜过往年。薰君料想山中定然舒爽，便动身前往宇治避暑。从京城出发时是凉爽的早晨，到达宇治已是正午了，此时正值烈日行空，光照毒人。薰君便叫值宿人将八亲王生前所居的西室打开，自己进内歇息。近日两位女公子居于佛堂里，离薰君的居所甚近，她们觉得似乎不宜，便决定移回自己的房中。行动虽极为隐秘，但相离甚近，这边自然会听到声响。薰君有些不能自禁，他见西室与正厅之间，所设纸门的一端有一极细的孔，便将屏风掀开，向那边窥探。岂知那边的帷屏，正好挡住了视线，薰君不由气恼，便欲退回。此时，恰好一阵风来，将帘子高高吹起。只听得一侍女叫道："外面望得见呢！快些将帷屏拿去挡住才是。"薰君想道："天下竟有如此愚笨的办法！"不

【1】居丧期间孝女须身着黑色孝服，故谓"樱花墨"。
【2】匀亲王是源氏外孙，夕雾之女是源氏的孙女，两人是姑表兄妹关系。

由高兴起来，又向那边窥视。一时帷屏全被移至了门帘旁，正好将那边瞧个正着，里面的人正从开着的纸门走向那边的房间去。薰君先看见一个女子[1]走了出来，她将帷屏撩开，向外窥视着佛堂外面正在闲步纳凉的随从人等。她身着深灰色单衫，腰系萱草色裙子，深灰色的单衫在萱草色裙子衬托之下，显得格外鲜艳夺目。她的体态甚是苗条，吊带随意挂在肩上，持着佛珠的手儿隐于袖中，长长的头发垂在身后，发端一丝不乱。薰君虽只望见她的侧影，便已觉得她香软浓艳，格外美丽。她那艳丽、温雅之相，竟相似于以前曾隐约窥见的明石皇后所生的大公主，心中不禁大为赞叹。

　　随后，又见一女子曲膝而行走了出来，这女子更为可爱，其面容与秀发都比前者显得高雅。她身着黑色夹衫，举止神态温柔妩媚，令人一见便油然生出怜爱之情。她的头发末端略疏，大约稍有脱落，然色泽若翡翠，一绺齐整的额发，极显清丽。她素手纤纤如葱，拿着一册写在紫色纸上的经文。她十分谨慎小心，心思缜密地说道："那边的纸门外恐能被瞧见呢。"只听得几个侍女答道："纸门外立着屏风，视线均已挡住了，谁都不会瞧见的。"这位后来的女公子又道："倘被人窥见了，岂不十分难为情吗？"她颇不放心，曲膝走了进去，其步态优雅至极。那先行的女公子，不知何故停于门口，转身嫣然一笑，那是何等娇媚啊！

【1】此女子是二女公子，后出来的是大女公子。

THE TALE OF GENJI

VOLUME 48
第四十八回
总角

又是一年的秋天来到了。那多年听惯的川风，今秋似乎显得更是凄凉。山庄内，正忙着置备八亲王的周年忌辰。薰中纳言亲赴宇治，为两位女公子即将除服，诚恳表示慰问。阿阇梨也来了，求神拜佛诸事，皆由薰中纳言和阿阇梨操办。两位女公子则应侍女等的建议，或缝制些布施所用的僧衣，或装饰经卷等等，干些琐碎之事。尽管如此，她们还是显得心力不济，愁苦不堪，幸有薰君等人的照料安排，这周年忌辰才没显得太冷清。

两位女公子此刻边编制香几四角的流苏，边诵念"如此无聊岁月经"[1]等古歌，且不时言语。挂在帷屏上的布帘，露着一条窄缝，屏外的薰君透过那窄缝看见络子，已知晓她们在做些什么，便吟唱起了古歌"欲把泪珠粒粒穿"之句。他不禁推想："伊势守家那女公子在作此歌[2]时，定然也是同样心情吧。"帘内两位女公子听见他的吟唱，颇感即景有趣，但又羞于开口应答。她们想："纪贯之所咏'心地非由纱线织'[3]一歌，仅寻常离别，便愁思绵绵，又何况生死诀别呢。古歌之善于抒情，可见一斑。"薰君正在撰写愿文，叙述些经卷与佛像供养的旨趣，且信笔题诗一首：

"永结良缘似总角。

红丝百绕同心圆。"[4]

写好后，便差人送入了帘内。大女公子一见，发现还是老一套，不由兴味索然，但碍于情面，还是奉答道：

"余生犹若泪珠脆。

纵有红丝难结缘。"

吟罢，想起"永远不相逢"之古歌，不免思绪绵绵，隐隐憾恨。

薰君遭受这般冷遇，羞愧不已，但又难以作恼，只得暂将此事抛开，与大

【1】《古今和歌集》有古歌："身多忧患偏长命，如此无聊岁月经。"

【2】《古今和歌六帖》载此古歌："啼声纺作长长线，欲把珠泪粒粒穿。"作者是伊势守藤原继萌之女，在宇多天皇皇后藤原温子做宫女，得天皇宠爱，擅作诗歌，为三十六歌仙之一。

【3】《古今和歌集》载纪贯之古歌："心地非由纱线织，离愁何故细如丝？"纪贯之，亦是三十六歌仙之一。

【4】总角，头发结成的髻，常代表少女，此处以喻编制流苏。《总角》歌词："总角呀总角！请你听我唱：你我分开睡，相隔约寻丈。双方滚拢来，从此长相傍。"本回题名据此来。

女公子认真商谈匀亲王与二女公子之事。他一本正经地说道："匀亲王在恋爱方面，常常操之过急，即便心中不甚满意，一旦说出，也决不反悔。故我千方百计探询尊意，你心中有何顾虑，为何如此斥绝呢？男婚女嫁之事，您并非一无所知，但一直对人置之不理，枉费我一片真情。今天无论如何，请你给予我明白的答复。"大女公子答道："正因为你用心真诚，我才与你相处，而不惜抛头露面。可您连这点都不明白，足见你心中尚有浅薄的念头。若是善解情意之人，于寂寞之中，自会生出百般感想，但我薄知寡识，对此也无可奈何。此事应该如何，彼事应该如何，父亲生前对我等有过嘱咐。但是您所说的婚姻之事，却只字未提，或许先父之意，是要我们断绝尘念，以度余生吧。故我实难答复你的垂询，只是妹妹如此年轻，便隐居深山，也太可惜了。我亦曾私下想过，但愿她不要一意孤行，执迷不悟，他日命当如何，只能拭目以待了。"说罢，喟然长叹，陷入茫茫沉思之中，实足令人怜惜。

薰君想："她自己尚且未婚，自然不能主断妹妹之事，不能答复也在情理之中。"于是，便唤来了那老侍女弁君，与之商谈，对她道："这些年，我一直在此修行立德，但亲王病危之际，自知死期将至，便托付我照顾两位女公子，我点头答应了。未曾料到，两位女公子心中似乎另有打算，不由我处置，其中不知是何等缘由呢？对此，我顾虑重重。先前，你一定也听到过我生性古怪，对世俗男女之事，了无兴致。恐是前世因缘，我对大小姐一片诚心，且此事已传扬开去。所以我想：'既如此，何不依了亲王遗志，让我与大小姐结为夫妇。'此种奢望，世间也不乏先例吧？"接着又道："匀亲王与二小姐之事，我向大小姐提及过。但大小姐似乎放心不下，有些不信任我，不知为何如此？"说时一脸忧戚之色。弁君心中想："这倒是般配的两对……"但她并非那些愚昧无知，嘴上唯唯诺诺、阿谀奉承的侍女，只是答道："匀亲王虽书信频频，但小姐们总觉得此人并不真诚。或许，两位小姐的性情异于常人，过于孤傲吧，故似乎未曾有世俗婚嫁之念，加之，侍女们的胡言乱语，也常常使得两位小姐心中不得安宁啊！这些侍女都心存不满，亲王在世之时，她们不曾得过什么荫庇，现在亲王已逝，更是今不如昔。众人觉得前程无望，纷纷借口散去了，就连那些故朋旧友，也都不愿长久待下去，她们这些侍女怎不牢骚满腹呢？她们道：'亲王看重门第，凡不是门当户对的亲事，皆认为委屈。如此陈规未弃，故两位小姐的亲事至今未定。如今亲王既逝，两位小姐孤独无靠，应该随机应变，灵活处理，倘有人对此说三道四，大可置之不理，但凡总要有个依托才是。即便是以松叶为食的苦行头陀，也不甘寂寞，总得皈依某一佛门呀。'然而两位小姐意志坚定。但大小姐却挂虑二小姐，但愿她能随缘而定。您常常不辞劳苦，前来访问，如此数年不断。两位小姐心下感激，也愿与您亲近，凡事与您商议。如果您对二小姐有意，大小姐定会应允的。"薰君答道："我既然蒙亲王遗托，自当悉心照顾二位小姐，实不必说什么感激二字。我没有特别亲睦的弟兄，甚是寂寞难耐。那明石皇后虽为我姐，也不便用琐屑之事，随意打搅；三条院的公主，年纪尚轻，却与我以母子相称。地位不同亦不便过分亲近；而其他众女子，一概生疏，更不敢接近。在这世间触景生情，或喜或忧，无由倾吐，我只能隐藏心中，实在沉闷难挨，故愿与大小姐倾心相谈人世异常，尽陈心中之事。大小姐对我关心备至，我受宠若惊。我虽已绝尘缘，但心之所爱仍难割舍，要我移情别恋，实乃强人所难。虽然我得过八亲王托孤之遗命，与其中任何一位小姐结缘，都在情理之中，然而我对大小姐一片深情，岂能随意改变呢？日常里，我心中十分孤寂，只是沉闷度日。谈情说爱之事，我从未轻易去做。我如此不解风情，故虽对大小姐倾慕已久，但也羞于启齿，只在心中忧虑，怨恨不已，一点也不曾有所表示，自己也觉得过于呆板了。至于匂亲王与二小姐一事，我是真心相助，为何以为我存心不良呢？"老侍女听后，心想：两位小姐落到如此境地，却蒙二人如此爱恋，这实乃难得之事啊！她一心希望促成这两件美事。但两位小姐一本正经，叫人望而生畏，因此也没敢劝说。

　　薰君欲在此留宿，便与两位女公子随意交谈，直至夕阳西下。但女公子总是十分拘谨，不能向他畅所欲言。薰君面露怨恨之色，嘴上虽不明说，但大女公子却能觉察出来。虽然心中甚是为难，但也只好勉为其难，随意作些应付。然薰君并非不通情理，故大女公子也不好过分冷淡，总算接见了他。她差人将门打开，接通了自己居住的佛堂与薰君所居的客间，又在佛前点了一盏灯，并在帘子处添加了一个屏风，还教人到客间里点上灯。但薰君不想点灯，他道："我心中甚觉很闷，也顾不到礼节了，光线要暗一些才好呢。"说完便躺下了。侍女们拿出许多果物请他品尝，又准备了丰盛的酒肴款待侍从。随后，侍女们便远离二人所居之处，聚于廊下等处。于是，二人悄声谈起话来。大女公子不甚随和，却甚是妩媚动人，言语之声娇脆欲滴，让薰君牵肠挂肚，心如火燎。他若有所思道："仅此障碍，便阻碍了我们的来往，叫我苦不堪言。我如此懦弱，也太不成器了。"然只得故作镇静，一味奢谈些世间的悲喜事及富有趣味之事。大女公子早已告诉侍女，教她们留于帘内，但侍女们想："哪能如此疏远他呢？"已经纷纷退出，靠于各处打盹，佛前也无人挑灯点火了。大女公子十分难堪，轻声召唤侍女，可是哪里还有人应声。她对薰君道："我心绪烦乱，四肢乏力，待我休息到天明后，再与你交谈吧。"遂回内室去了。薰君随即道："我深山跋涉远道而来，更是疲乏。唯与你交谈，方可教我忘掉劳顿，你却要如此回避，教我如何是好？"他便将屏风挪开一个缝隙，钻进了佛堂。大女公子半个身子已入内室，却被薰君从后面一把拉住。大女公子恼惧不已，失声叫道："这便是你所谓'毫无隔阂'吗？真是荒唐之至！"那娇嗔之态却更是惹人怜爱。薰君答道："我这毫无隔阂之心，你全然不解。你说'荒唐'，是害怕我非礼吧？我绝无此念，可以向佛起誓。你还怕什么？外人也许不信，但我确实与众不同。"借着幽暗的光线，他撩起她额前的头发，只见她容貌娇美无比，真是无瑕可指，便想："在如此荒郊僻野，尽可肆无忌惮。如果来访者是其他好色之徒，那该如何是好？"回思自己过去的优柔寡断，不觉为之一惊。然见到她伤心落泪的模样，顿生怜悯，他想："此等事，切不可操之过急，待她心情好些，再说不迟。"他觉得使她受此番惊吓，心中有些不忍，便低声下气安慰她。但大女公子恨恨道："原来你如此居心叵测。我身着丧服，你也毫不顾忌，一味闯了进来，真是卑鄙！我一个弱女子遭此侮辱，这悲哀何以自慰呢？"她不愿让薰君看到自己一身丧服，十分尴尬，心中懊恼不已。薰君答道："你如此痛恨我，使我耻于开口。你以身穿丧服为借口，借故疏远我。但你若能体谅我多年的诚心，便不会如此拘于形式了吧。"便从那天东方欲晓、残月犹挂之时听琴的情景开始，叙述多年来对大女公子的相思之苦。大女公子听了羞愧不已，她寻思道："他外表如此老实，原来却心怀鬼胎！"薰君将身旁的短帷屏拉过来，遮住佛像，暂时躺下了身子。佛前供着名香，芳香扑鼻。庭中芒草的香气，也让人如痴如醉。此人道心至诚，不便在佛像前面放肆胡来，他想："如今她在丧期，我无礼相扰，实属不该，且有违初衷。待丧满之后，她的心情定会缓和些吧。"他尽力控制住自己，使情绪平静下来。秋季自古就是生悲的时节，何况这又是深山中，风声呼啸和昆虫鸣于篱下，皆使人听了悲从中来。薰君谈及世事无常时，大女公子也偶尔作答，其姿态端庄美妙。打瞌睡的侍女们料定两人已经结缘，都各自归寝。大女公子忆起父亲的遗言，想到"人生在世，苦患真是难以预料"，便觉无事不悲，黯然泪下，如宇治川之水，流泻不止。

不觉天已破晓。随从人等皆已起身，外面传来了说话声以及马的嘶鸣声。薰君便想起了过去听说的那些旅宿的诸种情状,顿时趣味盎然。大女公子也缓缓膝行出来,他见纸门上映着晨光,便推开纸门,与大女公子一起向远处眺望。屋子不是很大,足能见到檐前羊齿植物上,颗颗晶莹剔透的露珠。两人相视,都觉对方甚是艳丽。薰君道:"我只愿与你如此相处,一道赏花观月,共话人世之无常,除此别无他求了。"他态度非常谦和,令大女公子恐惧之心稍减。她便答道:"这样面对面,恐怕不好吧!以屏相隔,才更能随心所欲谈话呢。"天明欲曙,山中附近鸟雀扑腾离巢之声、山寺晨钟之声,皆依稀可闻。大女公子觉得,与男子同处一室,羞愧难当,便劝道:"此刻你可回去了,教外人得见实在不好呢。"薰君答道:"如此冒着朝露归去,反引起外人猜疑,似乎实有其事。至今以后,我们表面可作平常夫妇模样,而内里有别,保持清白,我绝无非分之想。你倘不体谅我这般心意,那也太无情了。"他并不欲即刻告辞归去。大女公子觉得如此相坐,实在尴尬,心中甚是着急,便对他道:"以后遵言便是,但今早请听我一言。"薰君答道:"唉,如此破晓别离,令人好生难过!我真是'未曾作此凌晨别,出户彷徨路途迷'[1]啊!"说罢,嗟叹不已。此时依稀听到某处鸡鸣,不由又忆起京中事来,便吟诗道:

"荒野鸡鸣声声悲,
　拂晓云霞丝丝情。"

大女公子答吟道:

"荒野不闻鸟脆鸣,
　俗世烦忧访愁身。"

薰君送她回到内室后,再从昨夜所经的纸隔门返回,躺下身子。他心中思念不已,无法入睡,不忍就此离别返回京都,且想道:"倘我以前也恁般眷念,这几年来定不得安宁。"

大女公子回得房中,心中不安,不知众侍女如何看待昨夜之事。她不能入眠,寻思再三:"父母不在,只得任人摆布。身边的人花言巧语,从中作祟,可恶可恨。说不定哪日祸从天降,太可怕了!"又想:"此人并非恶人,言谈举止也不算过分。父亲在世之时,也是恁般看法,还说此人可托付终身,但我自愿茕茕独

【1】此古歌见《花鸟余情》。薰君很少做出这样逾矩的事。

身，而妹妹年轻貌美，就此空自埋没，也实在可惜。她倘能嫁个如意郎君，也不枉此生，此事我一定尽力促成。但是我自身之事，却难以顾及，此人倘是平常男子，多年来对我关怀备至，也不妨以身相许；可此人气度不凡，高贵难及，反而教我胆怯。我莫如孤身度此余生吧。"她左思右想，辗转哀泣。抑郁的心情无可排解，她便走进二女公子卧室，在她身旁睡下了。二女公子独自躺着，听见众侍女悄悄议论，异于平常，心中好生纳闷。忽见姐姐进来睡在身侧，惊喜之余，她连忙拿衣服来替她盖上，不想闻到一种浓烈的衣香，料定是从薰君之处带来的。她觉得姐姐很是可怜，众侍女的议论是有缘由的，便一言不发，佯装入睡。

薰君将弁君唤来，千叮万嘱，又细心写了封信与大女公子，方才启程回京。

大女公子想道："昨日戏作总角一歌与薰中纳言，妹妹定疑心昨夜我有意同他'两隔近咫尺'而面晤吧？"甚觉羞愧难当，只得借口"心绪不良"笼闭于房中，整日神情颓丧。众侍女道："眼见周年忌辰将至，那些零星琐屑之事，仅有大小姐方能料理周到，不想恰逢此时她又病了。"正编制香案流苏的二女公子道："我尚未做过饰花呢。"她催促大女公子来做。此时房内晦暗，无人能见，大女公子只好起来，与她一起制作。

薰中纳言遣人送来信。大女公子却道："我今日身体欠安。"让侍女们代复。众侍女皆埋怨道："叫人代笔，不可吧？有失礼节呢！"周年忌辰已过，丧服均除去了。两位女公子当初以为，父亲去后自己无法度日，如今好不容易熬了一年，那生涯不堪凄苦。想至此处，二人不觉痛哭流涕，叫人于心不忍。一年来大女公子皆着黑色丧服，如今改换成淡墨色衣服，仪姿更显雅致。二女公子正当芬芳年华，更是国色天香。二女公子梳洗秀发之时，大女公子忙来帮衬，细瞧妹妹的姣好容颜，竟使她忘却了世间烦恼。她想："若能遂愿，将妹妹嫁与那人，他不会不答应吧。"此事她心有定数，不觉会意微笑了。除了这位姐姐，二女公子再无其他保护之人。大女公子对她悉心照顾，如同父母一般周到。

薰中纳言回京之后，时时难忘山中佳丽，常于心中寻思："往日大女公子穿着丧服，故不便答应我。现在丧期既满……"好不容易等到九月[1]，便匆匆前来宇治访晤。他欲同前次一样与她见面，众侍女传达了他的心意。大女公子却道："我

【1】八亲王忌辰在八月，九月已服满。

心情极坏，身体不适……"虽一再恳求，仍不肯与他见面。薰君道："这般冷漠，大出所料。不知旁人如何看待？"便写了封信，让人送入内室交与她。大女公子回复道："眼下忌期虽满，初除丧服，悲伤却深，心绪烦乱，不便晤谈。"薰君亦不好多说，便将那年老侍女弁君召来，闲谈了一番。大女公子想道："他这般亲近那年老侍女，她一定心向了他，谁知有何不轨之念？古书中常谈及，女子失节作恶，往往并非一己之念，大都由侍女教唆所致。人心叵测，不可不防啊！"

此处侍女们日子孤寂，能给她们带来些生趣的，唯有薰中纳言了。她们皆私下议论："若能将小姐配与此如意郎君，移居常人艳羡的京都，以遂我等之愿，肯定享福不浅呢。"众人一并设法，欲将薰君带至大女公子房中。大女公子不知众人之意，她想的是："果真他用心诚挚，何不将妹妹许配与他。就他的性情，即便女子容貌寻常，一旦结缘，也不会怠慢。何况妹妹容颜姣美，人见人爱。或许他已相中了妹妹，只是不便开口吧？"又想到如果不先告知二女公子，自己便自作主张，推己及人，似乎对她不住。因此，她与妹妹闲谈一阵后，便说道："父亲遗愿，即便忍受孤苦，亦不可轻率嫁人，遭世人讥笑。父亲生前，我们扰搅了他的清静，未能让他脱离凡尘，我们实是罪孽深重！父亲的临终遗言，应不违背才是，我们孤居独处，并不觉得痛苦。然众侍女时有怨言，认为过分乖张，甚是讨厌。我对你的归所，亦有思虑：你不应如我一般孤居独处，让年华付之流水，空自嗟叹。若能像世间平常女子，配个如意郎君，那我这孤苦的姐姐亦觉安心，也很荣光了。"二女公子闻得此言，甚是不悦，怪怨姐姐何出此念，答道："父亲遗愿，并非欲姐一人孤身终老啊！他只是因为深恐我幼稚无知，易受外人轻辱，故对我疼爱甚深，胜过于你。我不能让你独受孤寂之苦，愿与你朝暮相伴，永不分离。"她甚是同情姐姐。大女公子亦觉内疚，只得说道："我心思烦乱，皆因众侍女时常怨我性情古怪吧。"便不再言语了。

残阳西斜，薰君并无归意，大女公子颇为忧虑。弁君进入室内转告薰君心意，并为他叫屈，说不应怨恨他。众侍女也都进来劝她："大小姐还是脱去这淡墨色丧服，换上往常衣装吧。"她们欲于此日促成此事，弄得大女公子甚是狼狈。倘她们真有心撮合，倒是易如反掌呢。小小的小山庄，恰如古歌"繁花满山梨，处处难隐身"啊！

大女公子默然无语，一味嗟叹。她想："此生此世托付与何人呢？若父亲在世，倒可言听计从，许配何等样人，皆为宿命前定。人活此世本是'身不由己，'[1]的，便是遇到不幸之事，亦很正常，不会遭人嘲讽。可恶此间众侍女，自恃年纪稍长，自视聪明，不厌其烦，以各类身份及理由来劝说。然终为奴仆，道理偏颇，怎可听信？"众侍女虽再三劝说，但大女公子毫不动情，唯觉烦厌。二女公子平素虽与她无话不谈，但对于男女私情漠不关心，悠闲自得，故她也无法与其商议此事。大女公子感到此生命运多舛，便孤身面墙，沉思无语。

　　薰君本欲暗中追求，不想让外人知觉，此等好事便顺理成章。故他并不希望由众侍女出面，仅让人对大女公子传言："小姐若真不接受，请一如既往，保持先前关系罢了。"但弁君与几位老侍女暗中撺掇，想公然促成此事。此举虽出于关心，但或因她们年老智昏，目光短浅，惹得大女公子极为嫌恨。大女公子对走进内室的弁君道："我父尚于人世时，多年来常称道薰中纳言诚心体恤。如今父亲离世，蒙他鼎力相助，此番情谊，终生难忘，可没料及他有如此心愿，对我倾诉恋情，我常含怨申诉，甚觉难过啊！我倘为随俗婚嫁之人，此番好意，岂有不受之理？可我已绝尘缘，发誓终身不嫁，所以不觉痛苦，倒是妹妹年华虚掷，令人惋惜。从长计议，这孤寂生涯对她不利。倘他对我父仍念旧情，请将我妹视若我好了。我二人情同手足，我心甘情愿付出一切，望你转述我此番心意。"她面带羞色，一吐为快。弁君颇为怜悯，答道："往日我早料到大小姐有此心意，曾周详地对薰中纳言谈及。可他道：'要我陡转此念，本不可能。再说匀兵部卿亲王对二小姐倾慕日久，应由他们二人结缘，我当助一臂之力。'此亦为情理中事。纵是父母均在，苦心养育的千金小姐，若能结此良缘，亦难能可贵呀！恕我直言：家道中落，形势忧人。我常虑及二位女公子，不觉悲伤。固然人心难测，他日亦不得而知。既已至此，此桩婚事到底完美。小姐不违父命，本属当然。但亲王曾数次谈及：'若薰君有此番心意，那我家一人有了归宿，便可安心了，实在可喜可贺啊。'凡父母皆逝的孤女，或贵或贱，婚姻不如意者，并不鲜见，有谁会讥笑呢？那薰中纳言身份与人品，皆十分出众，如此赤诚前来求婚，岂可断然不理不睬，一意遵守遗训皓首佛道？难道真如神仙，不食人间烟火么？"她喋喋不休，诉说了一通。大女公子唯感气恼，横卧不语。

　　二女公子见姐姐神情沮丧，颇觉心酸，依然与她同室而卧。大女公子深恐弁

【1】《后撰集》有古歌："是非不敢公然说，身不由己处世难。"

君等人将薰君引进室内，可这间小屋又别无他处可藏匿。由于天气尚热，她便将自己那件柔软的外衣给妹妹盖上，然后在距她稍远的地方躺下来。

弁君将大女公子所言转告于薰君，薰君想道："她为何恁般厌弃俗世？定是自幼与圣僧般的父亲相伴，早就对人世无常有所彻悟吧。"愈发觉得此女与自己相类，可亲可近。他对弁君道："照此看来，今后隔着帷屏亦不可相谈了。不过仅此一回，烦你将我带到她寝室去吧。"弁君亦有此念，便招呼众侍女早些安息，与几位知情的老侍女并行此事。弁君忽然想到，两女公子同室而卧，行此事颇有些不便，但又想："她们向来如此，我怎好劝她们今夜分室而卧呢？好在薰中纳言与大小姐早已认识，不会弄错。"

薄暮冥冥，宇治川中陡然起风，甚觉凄厉，本不牢实的板窗，被吹得咯吱作声。弁君便趁此时机，悄悄将薰君引到两位女公子卧室中。大女公子总不能入眠，忽听得脚步声，起身欲逃，但想起妹妹尚在一旁酣睡，便十分放心不下。可又无别的办法，甚觉为难，欲将她唤醒，一起逃避，然而太晚了。她浑身瑟瑟发抖，缩身于一旁偷窥。室内灯光晦暗，但见薰君身着衬衣，极熟悉地撩起帷屏，钻了进来。大女公子想："妹妹好不可怜！怎样才好呢？"见隔壁旁立得一屏风，她只得躲到其后。她想："昼间我劝她嫁与此人，她还怨我。此时又因了我放他进来，日后一定对我怨恨不已吧。"心里甚觉痛苦。回首往事，皆因无一可靠之人托庇，方孤苦伶仃存活于世，饱受诸般痛苦，与父诀别之日那傍晚凄凉景致，历历如在眼前，她不禁感慨悲愤。

薰君见里边仅有一人躺着，料定是弁君早作安排，欣喜若狂，心中狂跳不已。细细一看，却是二女公子。两位女公子相貌相仿，但妹妹略略娇美一些。二女公子陡然醒来，面色惶惶不安，薰君一望而知她不明底细，因而甚觉愧疚，转念一想，大女公子有意躲避，其薄情委实对人不住。他想："若二女公子嫁与他人，我实在割舍不下。然而违背初衷，又令人憾惜，今夜姑且忍耐一下吧！我定要大女公子相信，我对她的恋情出自真心。倘若夙缘难逃，对二女公子亦产生此番情意，也不生怪。她们毕竟是姐妹呀。"他按捺住心中激情，将她视作大女公子，温柔可亲地同二女公子言语，直到东方既白。

众老侍女闻得室内话音，知道此事终无所成，惊诧问道："这就怪了，二女公子何处去了？"一时众人尽皆糊涂了。其中一人道："此事甚是蹊跷，必有原因吧。"另一容貌丑陋的老侍女，张嘴呗齿道："每逢见到这薰中纳言，便觉脸上皱纹皆少了，甚觉光彩。这端庄的如意郎君，大女公子为何要退避三舍呢？莫非正如民间所说的那样，或许真有鬼魂附身吧。"又一人道："喂，不可胡言乱语，哪有什么鬼魂附体的！定是我家那两位女公子，自幼远离尘嚣，婚姻大事无人引导，因而有所顾虑。待日后习惯了，自会明白的。"还有人道："但愿大小姐早开心锁，好好待他。"她们说说笑笑，逗闹一阵后便去睡了，顿时鼾声雷动。

秋宵苦短[1]，情意绵绵，不觉天已大亮。薰君目睹眼前这绝色佳人，岂能满足？他便对她道："接受我这份情意吧，不应如你姐那般冷若冰霜。"与她约好后会之期，便悄然退了出去。他觉得似刚从梦里醒来，甚感惊奇。可那薄情人，此时心绪如何？他欲弄个明白，便又屏住气息，悄悄回至往日歇息的房间，躺了下来。

弁君来到女公子房间，问道："奇怪，二女公子现在何处？"二女公子因昨夜突然遭逢不速之客，正羞愧难当，蜷卧于寝室一侧，心中茫然无措。她想起昨日昼间姐姐所言，心中尤甚抱怨。此时，阳光洒满房间，大女公子从屏风后爬出，那困倦狼狈样，如蜇伏的蟋蟀。她深知妹妹心中气恼，颇为不安。可又无言相慰，心中不由憋闷地想道："妹妹教他看得一清二楚，好不害臊！今后定要有所防范了。"

弁君来到薰君处。薰君便将大女公子何等固执，终不肯见面等详情诉说与她。弁君亦怨大女公子无礼，不识大体，气得头昏眼花，对薰君颇为同情。薰君对她道："往日大小姐待我冷漠，尚以为她不理解我的心意，故未计较，静待他日会有开怀相待之日以自慰。而今夜此事太无脸面了，真想一死了之。亲王临终时，一再叮嘱我好些照顾两位女公子。因体谅他用心良苦，故未出家修行。而今我对两位女公子，再不敢有奢望了。那大小姐冷若冰霜，倒让我铭记于心，永世难忘。兴许因匂亲王前来求婚，大女公子欲许一身份高贵之人？我如今职低位薄，被她拒绝亦属当然，日后再无颜面来见诸位了。此番行为，愚蠢至极，望不与外人道吧。"他牢骚满腹，行色匆匆回京去了。

弁君等人皆低声道："如此，双方皆无好处呀！"大女公子亦寻思："到底为何啊？倘他将妹妹抛弃，又怎样才好？"她忧虑悲苦异常，怪怨众侍女不解人

【1】《古今和歌集》有古歌："秋宵长短原无定，但看逢人疏与亲。"

意，自以为是。正沉思默想之时，薰君派人送了信来。此次来信，比往日令人欣喜，但又觉奇怪：那信上束系得一枝枫叶，其一半为青，如不知秋意已浓，另一半却呈深红。信中有诗道：

"异色同染一枝枫，
花神可识谁更浓？"

仅此两句，对昨夜之事只字未提，并无恨意。大女公子见后想道："照此看，他是有意敷衍塞责，草率归去了。"心中顿时惴惴不安。众侍女催促道："还是快复信吧！"大女公子欲让妹妹代替，又羞于启齿；自己又难以着笔，犹豫了片刻，才写道：

"纵难悉晓花神意，
无疑红枫秋意浓。"[1]

她泰然自若，信手写来，笔迹颇见功底。薰君见后，方觉欲与之一刀两断，到底艰难。他想："大女公子一再说'她与我情同手足，我愿为她付出一切'，我尚未答应她，定是她怀怨于心，故做出昨夜之举吧。若我未将她的好意存放于心，对二女公子亦如此冷漠，她定恨我薄情寡义，那我的初愿更难成遂了。且那传话的年老侍女，亦将视我为薄情郎。总之，为了那份情，我已追悔莫及。本欲脱离凡尘，可又难断欲念，已足贻笑天下，再说，效法世间轻薄男子，去缠绵一薄情女子，更为世人讥笑，岂不若'河中敞棚舟'[2]了？"他辗转反侧，直至天明。残月西坠，晨色清悠，他便起身前去拜望匂兵部卿亲王。

薰君自从三条宫邸遭了火灾后便迁居六条院，这里与匂亲王府邸临近，故可时常造访匂亲王。六条院内清静幽雅，庭中花木争奇斗艳，池中月影清澈，犹如画中一般，别有一番情趣，颇得薰君喜欢。这日清晨，匂亲王闻得香气扑鼻，便知是薰君来了，忙穿戴整齐，出门迎候。薰君于台阶上坐定，匂亲王未将他延请至屋内，便也坐于走廊边栏杆下，二人一起纵谈世事。匂亲王谈及宇治两位女公子，对薰君不肯代劳甚是埋怨。薰君想道："岂有此等道理，我自己尚未成功呢。"转念又想："倘我助他将二女公子谋定，我的事不就顺理成章了么？"遂改

【1】两诗以青叶红叶喻姐妹二人。浓字，指情深。

【2】《古今和歌集》有古歌："河中敞棚舟，来去堀江川。犹似痴情者，重来恋此人。"

变了初衷，与他协商，谈得甚是投机。黎明时分，山雾渐起。天光迷蒙，月影婆娑，树荫幽幽。眼前的这番韵致令匂亲王不由得更加想念那静寂的宇治山乡，便对薰君道："近日内你若再往宇治去，一定要将我带上啊！"薰君担忧意外之事，甚觉为难，又不好多说。匂亲王于是戏赠诗道：

"花开荒野何须拦，
　君心独占败酱花。"

薰君答道：

"秋雾深锁败酱花，
　护花使者得翠华。

她怎可随便见得外人呢？"他故意逗惹匂亲王。匂亲王忧愤道："怎是个'不惜时光者'[1]"薰君暗想："此人素来有此想法。昔日只因我不知二女公子底细，深恐她形貌丑陋，性情亦不若料想那般温柔可爱，凭空说来也是徒然。昨夜方知其完美无缺。可大女公子费尽心思，潜心安排，欲将妹妹让与我，我若辜负此番美意，未免太无情吧。然要我移情别恋，我万不可从命啊！既如此，且先将二女公子推与匂亲王吧，不然匂亲王与二女公子皆要嫌恨我了。"他心中任意盘算，对匂亲王的指责，仅一笑了之。薰君又道："时至如今，两位女公子全无婚嫁之意。要我从中促成，确有些难办。"匂亲王不得而知，总埋怨他不够大度，实在可笑。薰君对他道："女公子心生烦恼，皆因你举止轻浮，也怪不得她们。"那口气，宛如女公子父母一般严厉。匂亲王只得唯唯答道："其实我对她的恋慕，全出自肺腑，请观我以后言行吧。"二人便仔细商讨访晤宇治的法子。

他俩商量，拟于八月二十六前往宇治。这个日子是秋分法事圆满之日，此日宜于婚嫁。他们知道，匂亲王的母亲明石皇后，平素不许他微服外行，倘为她得知，那定会出事，可他渴慕已久，执意要去，薰君只得暗中相助。两人先悄悄前往附近薰君庄院，让匂亲王下车在此等候，薰君一人先到八亲王山庄。山庄里众人得知薰中纳言驾到，纷纷出来迎候。两位女公子闻知薰君又到来，心里甚是担忧。可大女公子想："既已向他暗示，要他转恋妹妹，我倒可宽慰了。"二女公子却以为他爱慕姐姐至深，不会对她再动心思。自那夜邂逅，她对姐姐已存戒

---

[1]《古今和歌集》有古歌："败酱花艳艳，秋野竞芬芳。不惜时光者，光阴顷刻逝。"匂亲王诗中咏败酱花，薰君故意引此诗中句子逗惹他。

心，亦不若往常那般亲近了。往日薰君所有话语，皆由侍女送传。今日怎样才好呢？众侍女一时也左右为难。

夜色渐近，薰君便派了一人，用马将匂亲王接来，又唤来弁君，对她道："我尚有一言欲相告大女公子，可她甚是嫌恨我，定已不愿再见我面。但我又不可隐而不言，望你能够向她传达我的这一意思，无论如何容我最后与她晤谈一次。再有，今晚夜色稍深时，仍将我引至二女公子房中去吧。"言语之恳切，让人实不忍拒。弁君心想："无论哪一位女公子，能够成全总是好事。"便进去向大女公子传达了薰君的心意。大女公子心想："他果真移情妹妹了。"格外欣喜，心里也踏实了许多，便将那晚他进来的相反方向的厢房纸门关好，准备隔门与他晤谈。薰君见她不开门，只好说道："将门开一下吧，我仅有一言相告。若声音太大，别人听见不好。如此好气闷啊！"大女公子不肯开门，答道："如此言谈，别人也不易听见的。"可她又转念一想："许是他真转恋妹妹了，无意隐瞒，故与我一叙。这又有何关系，我与他并非不曾见面，不要太过分了吧，还是让他在夜色未深之时，趁早见到妹妹才好。"便将纸门拉开了一道缝，探出头去。岂料薰君伸手抓住了衣袖，将她拉过来，深切诉说相思之苦。这一下让大女公子甚觉后悔，狼狈不堪，心想："唉，真料不到，这下可好，怎就轻信他呢？"然而只得好言相劝，望他善待妹妹。真难得她一片苦心！

按照薰君的安排，匂亲王来到薰君上次进入的纸门外，将扇子拍了两下。弁君以为是薰君，便出来引导他。匂亲王料想她熟谙此道，不由暗自窃笑，径直跟她进入二女公子房中去了。那边厢的大女公子哪能知晓，正敷衍开导薰君，要他早些到妹妹处呢。薰君不由好笑，又怜悯她，他想："倘我守口如瓶，她会埋怨我一辈子，让我无可谢罪。"便对她道："此番匂亲王偕我同来，此刻正在令妹房中，定是那欲成全此事的弁君安排的吧。既已如此，我全无着落，必受世人耻笑。"大女公子闻听此言，不由一怔，道："没想到你居心若此，数次欺哄，真是可恨！"她痛苦异常，不觉两眼昏黑。薰君答道："事已至此，你生气乃情理之中，我只是深表歉意。倘这还不行，你就抓我打我吧！你倾慕于身高位显的匂亲王，但此乃前生注定，意不可违呀！匂亲王对令妹有意，我甚是为你难过。如今我愿难遂，尚孤身一人，实在可悲，你就不能了却夙缘，静下心来想想吗？此纸门的阻隔有何用处，谁会相信我们的清白？匂亲王亦不会相信今夜我如此苦闷吧。"瞧他那架势，欲破除这纸门进来似的。大女公子不胜痛苦，可转念一想，还得设法骗他回去，便镇静下来，对他道："你所言夙缘，岂能目及？前途如何，尚无眉目，唯觉'泪眼迷离悲去途'[1]，心里一片茫然。我对你说什么才好呢，真如噩梦方醒啊！倘后人言过其实，如古书描述，定将我视为一真正的傻子呢。你此番安排，到底是何心思，我不得而知，望你不要存心设法来为难我吧。今日我倘能渡过此关，待日后心绪稍好，定当与你叙谈。此刻我已心烦意乱，苦不堪言，极想早些歇息，你快走吧。"此番话说得痛彻心扉。薰君见她言真意切，态度严正，顿觉有些愧疚，隐隐怜悯起她来，便对她道："尊贵的小姐啊，我该怎样说，你方能体谅我呢？我皆因顺从了你的心意，方弄得如此难堪，如今我这样活下去，也无意义了。"又道："不然，我们就隔门而谈吧，唯望你对我亲近些。"便松开了她的衣袖。大女公子随即退入室内，隔开一段距离。薰君心中怜惜，便说道："如此也好，直至天明，我定不再造次。"此夜辗转不成眠。室外川中流水轰鸣，不时惊觉，夜风凄凉。他甚觉身似山鸟[2]。漫漫长夜，何时达旦？

山寺晨钟报晓。薰君估计匂亲王正酣眠入梦，心里不由有些妒恨，便干咳了两声，意欲催他起来，此种行径实出无聊。他吟道：

"引人入胜反自迷，

且问何苦破晓归。

世间何曾有此等事啊！"大女公子答道：

"妾身愁苦君当知，

惘然迷途勿恨人。"

其声低婉，依稀可闻。薰君依依不舍，说道："如此严相隔离，真闷死我了！"又说了些怨恨的话。

天色微明，匂亲王从室内出来，动作温雅，衣香缕缕。他早存偷香窃玉之心，而精心打扮过。弁君见此陌生人出来，满脸迷惑，甚是惊讶，但她一想薰君绝不会为害两位女公子，也便心安理得了。

二人趁晓色犹晦之际，同乘侍女用的竹舆匆匆回京。匂亲王只觉归程比来时漫长了许多，想到日后往来不便，不免心中烦闷，又想到古歌有"难得隔夜再相

【1】《后撰集》有古歌："泪眼迷离悲去途，纷纷滴向眼前来。"
【2】雌雄山鸟总是不在同一株树上休憩。

逢"[1]一句，更是忧心忡忡。二人趁清晨人影稀疏，赶回六条院，将车驱至廊下，跳下车来。两人颇感此番行径新奇，躲入室内，相视而笑。倒是薰君想到竭诚给他引路，自己却两手空空，不免遗憾。遂对匀亲王道："此番效劳，你当如何谢我？"但亦不好多说什么。

再说宇治山庄中，两位女公子如梦方醒，心乱如麻。二女公子对姐姐此番安排，甚是抱怨，因此懒得去理她。大女公子未料昨夜会发生此等意外，唯觉对她不起，妹妹对自己的怨恨亦属当然。众侍女皆进来问候："大小姐到底出了何事？"这位身居家主的长姐，两眼昏昏，不能言衷，众侍女皆颇感意外。

匀亲王一到家，即刻传书至宇治，以表慰问。大女公子将匀亲王来信拆开，匀亲王信中诗道：

"遥迢寻侣披霜露，

岂可视为等闲情。"

意韵流畅得体，一气呵成，字体亦十分秀丽。大女公子寻思："此人倒也风流倜傥，既已成了妹夫，倒要好生对待才是，可不知日后究竟会怎样。"欲交给妹妹看，而二女公子躺在床上，不肯起来。信使急于返回，一再催促："时候不早了。"她觉得代作此复，又颇为不妥，便悉心劝导妹妹，要她亲复，且将一件紫菀色女装裙子，及一条三重裙赏给信使。那使者不知详情，觉受之有愧，便包好交与随从。此使者实际并非公差，乃为往日常送信到宇治的一殿上童子。匀亲王不欲让外人得知，故派此童子前来。他猜想这犒赏定是出自那多事的侍女之意，一时颇不痛快。

此夜匀亲王仍欲前往宇治，便请薰君一同前往。而薰君道："冷泉上皇召见我，随即得去，今夜不能奉陪。"没有答应他。匀亲王想："定是他又犯怪毛病了。"他甚是失望，但亦不得勉强，遂独自赴宇治。见匀亲王到来，大女公子想："事已至此，岂能因此亲事有违女方心意，便怠慢他呢？"此心不再固执。山庄中虽较陋朴，但为迎候新婿，照山乡风俗，亦布置得井然有序，亮丽堂皇。想起匀亲王远道来此的诚心，实令众人欣喜。二女公子则怅然若失，任人妆扮，深红衣衫上泪迹斑斑。通于情理的姐姐，只有默默陪泪，对她道："我亦不能长留

【1】《万叶集》有古歌："恩爱夫妻新共枕，难得隔夜再相逢。"

于世，日夜思虑的皆是为你托付终身之事。众老侍女成日耳边喋喋劝慰，皆言此桩婚姻美满。我想年老之人见多识广，此番言语也是在理的。我阅历浅薄，时时想：'我二人一意孤行，孤身以卒天年，恐非良策。'却不料如今此番意外，以致忍辱负重，悲愤烦恼。许是世人所谓的'宿愿难避'吧。我之境况甚是艰难，等你心绪稍宁，再将此事缘由，尽皆告知于你。事已至此，切勿怨我，否则是遭罪的。"她抚摸着妹妹的秀发说道。二女公子缄默不语，深知姐姐为她从长计议，乃一片苦心，也能够理解。然而她思绪不止："倘有朝一日遭人遗弃，为世人讥评，负姐姐厚望，那有多伤心啊！"此间心绪真是十分奇特。

　　昨夜匂亲王猝然入室，令二女公子满面惶然、手足无措，但即便如此，匂亲王仍觉她的容颜极其娇艳；而今夜她已是温顺的新娘，匂亲王不由爱之弥深。一想起相隔遥远，往来不便，他心中甚觉难过，便心怀挚诚信誓旦旦。二女公子一句亦未听进，毫不动情，显得很是孤僻。世间无论何等娇贵的千金，只要与平常人稍多交往，或与家中父兄有所接触，见惯了男子行为，则初次与他相处，亦不会如此羞赧难堪。可这位二女公子，并非不受家人宠爱，仅因身居山乡，性情不喜见人而退缩，如今忽与男子相处，才唯觉惊羞。她生怕自己一副乡野仪容，被另眼相看，因此胆战心惊，有口难言。实际上，她才貌双全，就连大女公子也是有所不及的。

　　众侍女禀告大女公子道："新婚第三夜，循例应请众人吃饼。"大女公子仪态优雅，品性仁慈和蔼，又有一副柔肠，当然亦觉得仪式应该体面宏大些，且应亲自料理。可她实在不知应如何安排，且年轻女孩子以长辈身份，出面筹划此类事，唯恐外人讥笑，不觉间满面红晕，模样颇为可爱。

　　薰中纳言遣人送了信来。信中道："拟欲昨夜造访，皆因旅途劳顿，未能前来，实在遗憾。今宵本应前来相帮，但因前夜借宿之处不佳，偶染风寒，心境恶劣，故犹豫未定。"纵笔疾书，以陆奥纸为信笺，毫无风趣可言。新婚第三夜，他所送贺礼，皆为各类织物，均未曾缝制。卷叠成套置于衣柜内。他遣使送交弁君，以作侍女衣料，数量并不多，许是他母亲三公主处的成品。一些未经练染的绢绫，也尽数塞于盒底，上面是送与两位女公子的衣服，质料精美。他又循古风，于单衣袖上题得一诗：

　　"君既不言同衾枕，
　　我亦慰情道此言。"

诗中暗含胁迫之意。大女公子见了，忆起自己与妹妹皆为他见过，甚觉羞愧，为此信如何回复费尽了心思。此时信使已去，她便将复诗交与一笨拙的下仆带回。其诗道：

"休言缠绵同衾枕，

心灵通情自可容。"

由于心情烦躁，故此诗平淡寡趣。薰君阅后，倒觉言出真情，对她倍加怜爱。

这一日黄昏，匂亲王处于宫中，见早退无望，心急如焚，嗟叹不已。明石皇后对他道："至今你虽尚为独身，便有了好色之名，恐怕不妥吧？万事皆不可任性行事，父皇亦曾告诫过呀！"她怪怨他常留居私邸。匂亲王听得此言，颇为不快，转身回至值宿室，给宇治的二女公子写信。信写好后他仍觉气恼，恰此刻，薰中纳言来了。因他与宇治夙缘不浅，匂亲王见了他亦感到一种亲近喜慰，遂对他道："如何是好？天色既晚，我已无主意了。"说罢叹息连连。薰中纳言欲试探一下他对二女公子的真心，便对他道："多日不进宫，若今晚不留于宫中值宿，你母后定要怪你的。适才我于侍女室中，闻得你被母后训斥。我悄悄带你至宇治，恐亦要受牵连吧。"匂亲王答道："母后以为我品行不端，故如此责备，大概是轻信了谣言。其实我尚未因此类事受过世人责难，我身份高贵，平素里岂能如一般风流公子那样拈花惹草呢？"薰中纳言见他如此言语，甚觉可怜，便对他道："你受责备，我亦不惜此身，担此罪过了。'山城木幡里'[1]，虽有些惹人注目，但唯有骑马去了，你看如何？"此时暮霭沉沉，即将入夜。匂亲王别无良策，只得依从。薰君对他道："我不奉陪也好，可留于此处，代你值宿。"他便留宿宫中。

薰中纳言入内，拜谒了明石皇后。皇后对他道："匂皇子呢，又出门去了么？此种行径，成何体统！若为皇上得知，又将以为是我纵容，叫我如何作答？"皇后所生诸皇子，如今皆已成人，但她仍红颜不衰，越显娇媚。薰中纳言暗想："大公主一定与母后一样貌美吧。倘能与她亲近，听听她那娇柔之音，该多好啊！"他不觉心驰神往。他继而又想："凡世间重情之人，对不应爱恋之人遥寄相思，方发生此种若即若离之感念。可一旦情有所钟，相思之苦莫可言状。似我这般性情古怪的人，绝无仅有了。"皇后身边众侍女，个个性情温良，品端貌正，其中也

【1】《拾遗集》有古歌："山城木幡里，原有马可通。只因思君切，徒步来相逢。"木幡山在京都和宇治之间，故引用此歌。

有俊艳卓绝、惹人倾慕的，而薰中纳言主意既定，从未动心，对她们的态度甚是谨严。尽管其中也有眉目传情、矫揉造作之辈，可皇后殿内乃肃穆之地，故众侍女亦得貌似稳重。世间本人心殊异，其间不乏春情萌动而露破绽的，起居坐卧，皆能时时见到。薰中纳言见了，觉得人心百态，或可爱或可怜。

再说薰中纳言隆重的贺仪，宇治山庄中早已收到，可直至半夜尚不见匂亲王驾临，仅收得他一封来信。大女公子暗想："果然如此！"甚是伤心。直至夜半，秋风凄厉，阵阵芬芳的衣香飘来，才见匂亲王赶到。他英姿勃发，山庄里众人无不欣喜若狂。二女公子亦为他的此番诚意感动至深，对他也露出些脉脉温情。她天生丽质，风华正茂，此夜浓妆艳饰，更为迷人。匂亲王曾目睹形形色色佳丽，亦觉此人实在卓尔不群，容颜及仪姿，近看越显标致。山庄众年老侍女，皆兴奋喜悦，奔走相告："我家如花似玉的小姐，倘嫁一平庸男子，那多惋惜呀！此段姻缘乃命中注定吧。"她们窃窃私议大女公子，觉得她性情古怪，拒绝薰中纳言求婚，实在不该。众侍女皆已年长色衰，她们身着薰君所赠绫缎制成的衣衫，显得不伦不类。大女公子见了，想道："这等人倒是一味涂脂抹粉，孤芳自赏呢！我如今已过盛年，容颜尚且日渐消瘦，倒自觉眉目清秀，不至那般老丑，该不是有意袒护自己吧？"她心情郁悒，闷闷不乐躺下了，继而又想："如此下去，岁月不再，我也会因姿色衰逝，而与美男子失之交臂的。女子的生命就这般无常！"她仔细看了看自己那纤纤细手，又陷入世事的沉思中。

匂亲王回思今夜出门的艰辛，想到日后往来不便，不由悲从中来。他便将母后所言俱告于二女公子，又说道："我虽念你心切，但未能常聚，勿疑我薄情才是。果真我对你有丝毫杂念，今夜便不会义无反顾来见你了。我甚是担心，恐你不能体谅，今晚方毅然前来。今后又恐不能长相厮守，故考虑再三，决计将你接入京中。"他言辞十分诚恳。但二女公子心想："如今便料到日后不能常聚，世人传言此人轻薄，恐真有其事了。"她心情郁闷，忆及人世沧桑，不觉心灰意冷。

天明之时，山乡晓雾弥漫，别有意趣。雾中舟楫穿梭，依稀可见其后卷起如雪浪花，此真一处好所在啊！极富情趣的匂亲王，此时兴味盎然，打开侧门，携二女公子至窗前，一并观赏晨景。阳光从山端穿透浓雾射人，更为二女公子容姿增色不少。匂亲王想："人们称道的国色天香，恐不过如此吧。我原以为姐姐大公主之美丽已是无人可比，如今看来并非如此。"他欲细致欣赏她的美貌，可片刻之后便得返驾回京，哪能容他从容细观呢！水声淙淙，宇治桥古朴苍凉，依稀可见，浓雾渐逝，两岸更是凄清。匀亲王道："如此荒寂，安可久留？"说罢内心酸楚不已。二女公子听了，羞愧难当。匀亲王英姿飒爽，眉清目秀，他又当面山盟海誓，愿此生此世患难与共。二女公子结此良缘，颇感意外，认为他较之那严正的薰中纳言更可亲近。她细细寻思："薰中纳言性情古怪，举止严肃，令人望而生畏。而我对这匀亲王，于相识之前，连一封简单来信也不敢欣然复他，以为此人更为威严，岂知一旦相识，便依恋难舍，连我自己亦不明白是何道理。"室外，匀亲王随从咳嗽声不断，催促返驾。匀亲王亦欲早些返京，免得招人耳目。他心烦意乱，向二女公子一再嘱托：今后若因意外，不能前来相聚，无须疑心。临别赠诗道：

"恐有孤枕泪湿袖，
　桥姬勿疑情绵绵。"

他徘徊不前，归留难定。二女公子答诗道：

"不言离别今宵誓，
　但得情若宇治川。"

她满怀忧伤，形诸颜面，匀亲王倍加怜爱。二女公子心中脉脉柔情，目送朝阳中雄姿英发渐渐远去的情郎，暗暗回味他留下的衣香，心旌动荡不已。匀亲王因今日走得较晚，众侍女得以瞧见他那威仪，均赞不绝口。说他定是身份高贵，风姿才这般优雅，那薰中纳言虽亦俊秀，却过于严正了些。

　　途中，匀亲王止不住忆念二女公子离别时那忧伤的容姿，竟想调转马头，返回山庄。然恐为世人笑话，他只得隐忍离去，自思欲日后再次暗中前来拜访，实在艰难了。回京之后，他每日写信给宇治的女公子。宇治众人皆以为他对爱情忠诚。但他久不前来，大女公子也不免为妹妹担心，她想："我自己虽无此种离愁，却反为她痛楚。"她深知妹妹一定更为忧伤，表面上镇静自若，私下里独身之志更坚。她想："但愿我不遭受此番痛苦吧。"

　　薰中纳言料想，宇治的女公子对匀亲王定是望眼欲穿。回想起来，此尚是他这媒人之过，甚觉歉疚。便屡屡前去拜访匀亲王，欲探他的心思。见他饱尝相思之苦，便知此缘定能长久，也安下心来。

　　一日黄昏，天色昏暗，云层骤集，山雨欲来。匀亲王心绪甚是恶劣，独自枯坐，他想：如今已是九月十日，那山乡秋风瑟瑟，定然是一片凄凉。他的心思早已飞到了宇治，而又踌躇难定。薰中纳言深知此时他之所思，便前来访问。他吟着古歌"入秋风雨多，山中当如何"【1】，欲勾起他的情思。匂亲王即刻转悲为喜，竭力劝服薰君，一同前往山庄。二人于是同乘一车，往宇治而去。入山愈深，思之愈切，他们一路所谈，尽是那两位女公子的苦境。傍晚时分，风雨淋漓，四野更显萧索。山雨浸湿衣衫，衣香更为浓郁，人间哪有此等香，山庄众人突然见二人凄风苦雨驾到，怎不欣喜迎待呢？郁积于心的疑虑，瞬息荡然无存，众人笑容满面，忙设筵布座。先前于京中带来侍奉二女公子的几位京中差女，素来对这孤寂山庄甚多怨怼，今日见贵人驾临，都又惊又喜。大女公子此刻见到匂亲王光临，喜不自胜，然见那多事的薰君亦在，便觉十分羞耻，隐隐生厌。但她又暗暗将薰中纳言与匂亲王相比，只觉其气度更为镇定从容，不能不承认他到底是世上不可多得的男子。

山乡虽较简陋，然京中贵人临驾，款待亦甚隆重。薰中纳言自视为主人一方，大方自在，不拘礼节，但他却不能接近内室，被安排住在暂定的客堂，使他深觉遭受冷遇。大女公子亦知他心有不满，觉得有些不好，便与他隔屏晤谈。薰中纳言满怀怨愤说道："一贯这般疏离于我，真是'戏不得'【2】了啊！"大女公子已对他的品性颇为了解，但她目睹妹妹婚事历尽忧患，愈觉结婚乃一大苦事，因而终身不许之愿更为坚定。她想："眼下他虽可怜，倘嫁给了他，将来定受其苦。不若永久保持圣洁的友谊为好。"她的主意坚决。薰中纳言向她问及匂亲王的情况，大女公子虽未直言，但言语之间亦透露出心有所虑。薰中纳言甚觉遗憾，便将匂亲王如何思念二女公子，如何留意探察他的心情等事和盘托出。大女公子觉他诚挚，便说道："待今日过去，他日心绪平静时，再详告不迟吧！"其态度倒有些和缓，但并未打开屏门。薰中纳言想道："此刻若将屏门强行拉开，她定会痛恨。断定她不会另有所爱而轻易钟情吧。"他素来沉稳，此刻的满腔激情，亦得隐忍下去，只怪怨她道："如此隔门而谈，总觉无趣，我心中郁闷，可否如上次那般晤谈？"大女公子答道："我较往日更'只恨颜憔悴'【3】了，担心令你生厌。我心有所虑，自己亦不知为哪般。"说时嘤咛轻笑。薰中纳言觉得甚是亲

【1】见《新千载集》："入秋风雨多，山中当如何？遥想山居者，青襟泪亦多。"

【2】《古今和歌集》有古歌："欲试忍耐心，戏作小别离。暂别心如焚，方知戏不得。"

【3】《古今和歌集》有古歌："只恨颜憔悴，朝朝对镜鬓。纵然睡梦里，亦不愿逢君。"暗示对他心怀情意，不愿让他看见自己丑陋的样子。

近，说道："如此拖延下去，后果当会如何呢？"说罢连连叹息。他似那林中山鸟，孤宿至天明。

匀亲王不知薰中纳言是孤枕独宿，对二女公子道："薰中纳言被视为主人，好不舒畅自在，我甚是羡慕呢！"二女公子心下私疑，不知他与姐姐到底怎样了。匀亲王左盼右盼，好容易才得此相聚机会，想到即刻又要离去，心中十分留恋。但两位女公子怎能体会到他的心思呢？她们一味悲叹："此段姻缘是好是坏？日后可会遭人耻笑？"恋爱也确实煎熬人心！

为着这段情缘，匀亲王日日苦恼不已。他知道，六条院为夕雾左大臣控制着。其人费尽心思，欲将六女公子嫁与匀亲王，匀亲王却不予理睬，为此，左大臣耿耿于怀，常刻薄地讥讽他轻浮浅薄，还在皇上皇后面前诉苦。故匀亲王倘将这既无声望又无势力的宇治二女公子娶为夫人，则顾虑之事甚多。若将二女公子作一般情人对待，叫她于宫中当差，这倒不难，但匀亲王绝不愿如此做。他梦想："父皇退位之后，哥哥即位。他遵父皇母后之旨，被立为皇太子，那时二女公子充当女御，也便顺理成章了，地位自然高人一等。"然而这美好的梦想尚未能变成现实，因此痛苦不堪。

匀亲王本欲暗中将二女公子迁至京中，但又苦于无合适的居所。而薰中纳言决定将今春遭了火灾的三条宫邸重新修建，意欲正式迎娶宇治大女公子同居。他想："匀亲王如此痛苦地思念二女公子，却只能胆战心惊地私下幽会，众人皆不好受，真太可怜了。我身为臣下，毕竟少许多束缚，倒不如干脆将他们私好之事，启禀于皇后和皇上。那时匀亲王虽会一时遭人品头论足，但是从长计议，为二女公子着想，暂时的屈辱也是值得的。如今连一夜也难以从容相聚，实乃痛苦啊！我定要让二女公子做一位堂堂的亲王夫人。"他不打算隐瞒掩饰这件事情。十月初一至更衣节[1]，人们此时应改着冬装了，他又将准备迁居三条宫邸时备用的帐幔等物，偷偷送往宇治，叫她们先用，还吩咐乳母等专为宇治的众侍女新制了各式服装，同时送去。他心下想："恐怕只有我还关心宇治的女公子吧？"

十月初，薰中纳言想到此时宇治的鱼梁风景独好，便劝请匀亲王前去观赏红叶。去之前，薰中纳言给宇治的女公子写了一信，其中道："……需至贵处泊宿，

【1】十月初一更衣节，改换冬装。

请作好准备。前年一起看花的诸人,此次亦可能借口造访山庄,将一同前来。请切勿抛头露面……"他们本欲仅带得几个贴身随从及殿上亲信,登上路程,作小小的旅行。然皇子的威势极盛,离京出游,何等大事,此事自然闻人耳目。左大臣夕雾之公子宰相中将,也不想错过这个机会,定要跟同。这样一来,匂亲王的随行僚属便又多了起来,不过称得上高贵的,唯这宰相中将与薰中纳言二人。

宇治山庄接到薰中纳言来信,便忙碌准备,换上新帷帘,清扫房屋庭院,除去岩上腐叶和塘中蔓草。薰中纳言预先派人送来许多美味果品与饭肴,又遣送几名相称杂役。两女公子颇觉歉疚,但只得权当命中注定,接受了恩惠,静待贵客临门。

匂亲王的游船,伴着船中奏出的美妙音乐,在宇治川中逡巡。山庄众侍女闻得这优美的乐曲,皆站在靠近河边的长廊上,向河中观望,但见红叶饰于船顶,丽如锦绣,依稀可辨船上的摆设、装饰,然不能看到匂亲王本人。众人想不到私人出游时,也这般声势盛大,可见人们对皇子的奉承确是异常殷勤。众侍女睹此情境,想道:"何等风光啊!嫁得这般权势高显的夫婿,便是一年七夕一度,也终身无悔啊!"黄昏停舟泊岸时,众人头插或深或淡的红叶,共奏《海仙乐》,随驾文章博士吟赋诗歌,喜乐不已,唯匂亲王独怀"何言近江海"[1]之情。他心中只怜悯牵挂着山庄中的二女公子郁郁怀恨的情状,因而对一切都无甚兴味。大家又各自拟题,互相赋诗吟诵。薰中纳言告知匂亲王,待大家稍为静息之时,再前去造访山庄。不料此时,宰相中将的哥哥卫门督又遵明石皇后旨意,带领众侍从,声势浩大地前来护驾。皇子离都出游,是一大事,虽是微行,消息也会不胫而走,传诸世人。再说,此次匂亲王只带得很少侍从,突然启程,明石皇后闻之惊诧不已,便忙吩咐卫门督带了大批殿上人随来。这情形令皇子和薰中纳言十分尴尬扫兴,皆暗暗叫苦,但那些不解此情之人,只管举杯邀明月,通宵达旦狂歌乱舞。

更为始料不及的是,京中竟又派中宫大夫带得许多殿上人,前来迎匂亲王回宫。匂亲王还欲在此游玩一日,因此心中十分恼怒,不想回京,却又不能违背

【1】《后撰集》有古歌:"不见海藻生,何言近江海?"日语中"海藻"音同"相见","近江"音同"相逢"。因此诗意为:"此处不生长名为'相见'的植物,为何人们将这海叫作'相逢'?"

皇后旨意，便写了封信与二女公子，信中只直率详实地叙述感想，并未抒发缠绵之情。二女公子推想，皇子人事稠杂，不便回信。但她心中实在感到失望痛苦，想的是：似我这般地位寒微之人，与尊贵的皇子结缘，到底有些不配。以前遥居两地，久别苦思，也很正常；而今喜得大驾前来，孰料又是过门而不入，只于附近寻欢作乐，这使得二女公子颇为幽怨。匀亲王更是郁郁寡欢，伤心忧愁。他不时怅然远望，凝眸于八亲王山庄中的树梢，以及树上缠绕的常春藤的颜色。这景色平素在皇子看来，也都极具意味，倍显优美，然在此刻，只能倍添凄凉惆怅。随从取了不少冰鱼，陈列于深浅不一的红叶上，请皇子观赏。众人皆竞相称赞。匀亲王虽与众人一起游玩，但他此时心事重重，正寸寸柔肠，忧愁忧思，哪有这般雅兴啊！薰中纳言也极为后悔，先前写信告知她们，如今事情反而无味。

同行诸公子，去年春天与匀亲王一起游过宇治，此时追忆八亲王邸内美丽的樱花，纷纷说起八亲王死后，二女公子的孤苦寂寞。虽有人对此茫无所知。其中也不乏略闻匀亲王与二女公子通好之人。因为，天下之事，即便发生在这种荒山僻野，世人也会知晓。诸公子众口一词，说道："这二位女公子貌若圣仙，又弹得一手好筝，此皆八亲王在世之时，朝夕尽心教导之故。"宰相中将赋诗：

"昔日春芳窥两樱，

秋来零落寂寥情。"

薰中纳言与八亲王交情深厚，所以此诗特为他而吟。薰中纳言答道：

"春花群放秋叶红，

山樱荣枯世无常。"

卫门督接过吟道：

"层林尽染红叶下，

秋去游人何以赏？"

中宫大夫也吟道：

"好景烟消无人赏，

多情藤葛绕岩间。"

中宫大夫年纪最长，吟罢此诗已老泪纵横，或许是念及八亲王少时的荣耀。匀亲王亦即赋诗：

"萧瑟深秋山居寂，

松风应恤休劲吹！"

方一吟毕，泪似雨下。那些略知此事的，或想："皇子当真对宇治女公子缠绵钟情，失此相见机会，难怪如此伤心。"此行声势威盛，伴者甚众，所以他不便上山庄造访。众人回味昨夜所赋佳句，吟诵不止，其中用和歌咏宇治秋色者亦不少。但此种酗酒狂舞即兴之诗，哪里会得佳作？

宇治山庄的人听见匂亲王船上呼喝开道之声渐行渐远，终至消逝，便知他不会来了，众人皆怅然失望。众侍女原来忙碌准备迎接贵客，此时也都失望泄气。大女公子甚为忧伤，想道："此人的心容易变更，似鸭跖草之色，真如他人所言'男人无真言'。这里的几个下仆，一起谈论古代故事，说起男人对于自己所不爱之人，也常言语甜蜜。但我一直认为，那些修养不高、品格低下之辈，才会如此言而无信；身份高贵的男人，则大相径庭，他们以名誉为重，言行定极为谨慎，不致胆大妄为。如今看来这也是不对的。父亲在世时，曾闻此人风流浮薄成性，所以才未答应与他结缘。薰中纳言屡次夸说此人多情，不想还是让他做了妹婿，平添得这许多忧愁，真是太没意思了！他轻视于人，对我妹妹薄情寡义，薰中纳言定知此事，不知他怎样看待呢？此处虽无其他外人，但侍女们对此事都嗤之以鼻，实在太可耻了！"她思来想去，心乱如麻，烦恼至极。二女公子呢，则因匂亲王先前一直信誓旦旦，所以对他深信不疑。她想道："他绝不会完全变心。身当其位，行不由己，也在情理之中。"虽然以此自慰，然久不相逢，也不免心生怨尤。二女公子倍觉伤心痛苦的是，他难得至此，却过门不入，实在令人寒心！大女公子目睹妹妹如此痛苦难堪，想道："倘妹妹与其他人一样，别墅豪华，地位高贵，匂亲王可能就不会如此了。"因此愈觉得她可怜。她想："若我长生于世，恐怕遭逢也会与妹妹差不多吧。薰中纳言大献殷勤，不过是为了打动我心。我虽一再借口推托，然而也有限度，哪能永远如此呢？再说这里的侍女，皆不晓利害，只顾竭尽全力劝与合好。虽然我甚感厌恶，也恐有朝一日难以幸免，或许父亲在生时已预知会有此种事情发生，故一再告诫我独善终身。恐怕命中注定，我将孤苦无依吧。倘我再遇不淑，被人耻笑，让逝去的父母也不心安啊！但愿我能逃避此种折磨，早登仙途，免得余生罪孽深重。"她不胜悲苦，每日茶饭不思，虑及自己死后山庄中的情状，不免朝悲夕叹。她看见二女公子伤心之状，更是愁苦至极，想道："若我也弃了这妹妹而去，叫她孤苦无依，她将何以打发时日呢？曾朝夕目睹她那花容月貌，亦为她高兴，费尽心机抚育，希望她高雅贤惠，前程无量。如今身许高贵皇子，但其人薄情寡义，以致贻笑于人，教她今后有何面目安身处世，与人同享幸福呢！"她思绪不断，越觉姐妹二人轻微，空活人世，念之不胜悲切。

回京之后，匀亲王原拟再次微行潜往宇治。不料夕雾左大臣的儿子卫门督却到宫中揭发："匀皇子偷赴山乡，与宇治八亲王家女儿通好。世人都在窃窃私议他的浮薄呢。"明石皇后听得忧心惴惴。皇上对此甚感不快，道："让他无拘无束，住于私邸之中，实在不是好事。"要他从此常住于宫中，以便严加看管。

夕雾左大臣欲将六女公子许配与匀亲王，匀亲王不从。双方长辈便议定，强令他娶六女公子。匀亲王则时刻想念二女公子，念念不忘宇治山庄，心中越发痛苦。明石皇后常对他道："你若有中意之人，便叫她前来，与人共享荣华尊贵。皇上对你关怀备至，而你却行为轻佻，遭世人谴责，我亦为你惋惜。"薰中纳言闻知此事，心急如焚，惶惶不知所措。他独自寻思："此种结果，皆因我一人酿成。当初我念念不忘八亲王临终嘱咐，见二位女公子美貌薄命，不忍见她们玉埋沙中，断送幸福前程，才身负照料之责。我当时钟情的是大小姐，而此人有违我愿，将二小姐让与我。其时匀亲王有意于二小姐，恳切要求促成此事，我便将其介绍。现在回想起来，若我当时兼得两位小姐，也无人怪罪于我的，真是悔之晚矣！"

一日，细雨绵绵，闲寂无聊，匀皇子来到大公主处，此时大公主身边侍女稀少，她正在神情专注地静观图画。匀皇子便与她隔帷而语。他素来觉得这位姐姐貌美出众，无人可比。她品性高雅，博学多才；容颜娇美，性情温和，数年不曾见有第二人。但联想到宇治的二女公子，他又认为："宇治山庄中那人，与我姐姐相比，其高雅优美绝不逊色。"他对二女公子倾慕不已。为慰藉苦闷忧郁之心，便随意拿起身边散放的画幅来欣赏，画上尽皆种种美媛淑女，以及所恋男子之屋宇。画家倾心描摹的人生百态，更使他时时想起宇治山庄。他一时兴致大增，竟向大公主索得数幅，欲赠与宇治的二女公子。其中有幅描绘在五中将教其妹弹琴的画，上面题有"采摘应有人"[1]之诗，匀皇子看了，心中似有所感。他稍近帷

---

[1]《伊势物语》中有歌云："嫩草美如玉，采摘应有人。我虽无此分，私心甚可惜。"在五中将以嫩草比拟他的妹妹。在五中将，即在原业平，《伊势物语》中的主角。

屏，向里面的大公主低声道："亲兄亲妹，古来不避，你为何对我恁般疏远呢？"大公主不知他此话因何画而发，默不作声。匂亲王便将那画塞进了帷屏的隐缝。公主埋头看画，头发飘洒于地，散落屏外。皇子从帷屏后窥得，觉得姐姐美丽无比。冷泉院的公主，教养甚好，名声极佳，颇讨人喜欢。他虽然心中倾慕，却从未言及，然而此时看到大公主如此娇美之姿，禁不住想道："倘非近亲……"恋慕之情难耐，便赋诗：

"隔帘偷窥芳草青，

迎风弄姿春心乱。"

众侍女怕见到匂皇子，都避于一旁。大公主说道："不咏别的诗，为何偏言此奇言怪语呢？"便不再答理他。匂皇子知道姐姐说得也是，在五中将那个吟"何须此多虑"[1]的妹妹，也太轻佻了，令人可恶。这大公主与匂皇子二人，乃紫夫人亲自抚育，视如心肝，众多的皇室子女中，他们二人也最为亲近。明石皇后对大公主关怀备至，概不使用稍有缺憾的侍女，所以大公主身边众侍女，不少身份高贵者。匂皇子喜拈花惹草，见有姿色的侍女，便与其打情骂俏。但他时刻想念宇治的二女公子，多日已不通音信。

却说宇治那两位女公子，无日不翘首盼望匂亲王的到来。她们觉得此别甚久，猜想皇子终已将她们忘却，心中不由悲伤。正此时，薰中纳言闻知大女公子患病，前来探望。大女公子的病并不严重，便欲借此谢绝他。薰中纳言道："惊悉玉体有恙，故远道前来探看，请让我接近病床。"他挂念心切，求之甚恳。众侍女无奈，只得带他至大女公子便寝之室的帘边。大女公子心中烦闷，苦不堪言，但也并不生气，坐起身来与他答话。薰中纳言向她解释那日匂亲王过门不入之故，并说明此举绝非他本意。最后他劝道："请耐心等候，勿生怨恨之意。"大女公子言道："其实，妹妹对他并非怨恨在心，唯已故父亲生前屡次告诫，如今不免有些伤感。"说完似有泪下。薰中纳言心生同情，也很过意不去，便说道："世间岂有轻易成功之事，不可草率呀！君等阅历甚浅，或固执己见，以致空自怨恨，这也在所难免。万事冷静郑重，必定周全无忧。"想想自己如此热心他人之事，也觉得纳闷。

【1】《伊势物语》中诗歌："既有同胞谊，何须此多虑？君言羡嫩草，可笑此诗歌。"为五中将妹妹答他的诗。

今夜贵客至此，二女公子很是担心，因为每至夜间，大女公子病情会加重些。众侍女便对薰中纳言道："请薰中纳言照例去那边坐才是呢。"薰中纳言回道："今日我担心大小姐的病，才冒着风险专程来访。这样要我出去，还有什么情理可言。除我之外，谁能如此？"他便出去与老侍女弁君商谈，吩咐立即事佛祈祷。大女公子感到不快，想到自己情愿早逝，也无祈祷之必要，但若辜负美意断然拒绝，又有不忍。她到底想长寿，想起来亦甚可怜。第二日，薰中纳言再次前来问道："小姐今天病情如何？可否如往日一样与我会谈？"众侍女转告大女公子。大女公子回话道："染病几日，今日异常痛苦。既恁般诚恳相求，便请他进来。"薰中纳言不知大女公子病情如何，心中颇为担忧。见她今日态度异常诚恳，反而于心不安，便于病榻之侧，与她倾心相谈良久。大女公子道："病魔缠身，痛苦不能作答，待他日再叙。"其声纤细衰弱，薰中纳言伤心绝望，无限悲叹，虽担心不已，但终不能如此停留，只得打道回京。临行他说道："此地安可久留？还不如借疗养之故，迁居他处为好吧！"又吩咐阿阇梨尽力祈祷，才辞别回京。

薰中纳言随从中有一人，不知何时与山庄中一侍女相好。男的对女的谈道："匂亲王不能微行出游，是被皇上禁闭宫中，撮合他与左大臣家六女公子的婚事。因女家早有此意，故诸事顺利，婚礼准备年内举行。匂亲王对此亲事索然无味，笼闭宫中，总想些风流雅事。皇上与皇后一再训诫，他拒不听从。我们主人薰中纳言呢，毕竟与众不同，他性格孤高，遭人讨厌，只有到这里来，才得到你们的敬重。外人都说这种深情真是难得呢！"这侍女听后，又转告她的同伴。不久，大女公子也得以闻知，因此更为心灰意冷。她身心本已憔悴衰弱，此刻更想早日辞世而去。身边虽无须回避的外人，但她仍觉无颜以对世人，真是痛苦不堪。她想道："匂亲王初爱妹妹，只是在未有高贵妻室时逢场作戏罢了，因顾虑薰中纳言斥责其薄情寡义，才佯装多情。妹妹与此人，缘分已尽了。"如此一想，她神思恍惚，只觉得自己无处置身，也顾不得一味责怪他人薄情，便倒身躺下，对侍女之言充耳不闻。二女公子陪伴在旁，由于"心郁闷"[1]而瞌睡难禁。她的姿态极为优美：头枕肘上，昏昏而睡，云鬓覆枕，甚为迷人。大女公子向她凝视

【1】《拾遗集》有古歌："昔年依慈母，曾闻戒昼寝。但逢心郁闷，瞌睡苦难禁。"这里引此古歌，暗示她忘记八亲王的遗诫而结婚。

片刻，忆起亡父遗训，悲哀又起。她不住地反复思量："父亲生前无罪，定不至于堕入地狱。他撇下我们这两个苦命的女儿，连梦也不曾托付，请迎接我到他所在的地方去吧！"

天近黄昏时，阴沉沉，雨凄凄，北风呼号，落叶飘零。大女公子躺于床上，浮想翩翩，她身着白衫，神情优雅无比，秀发光艳，虽久不梳理，仍纹丝不乱。她久病以来，脸色微微发白，却更显清丽动人，须得那清风雅趣之人，才能欣赏这楚楚哀愁之态。狂乱的风声，惊得昼寝的二女公子醒转坐起身来。她面色红晕，娇艳无伦，棣棠色与淡紫色的衣衫，绚丽异常。她对姐姐道："我适才梦中见得父亲，他愁容满面，正在此四周环顾。"大女公子闻之，又是悲伤，说道："父亲逝去，常欲相见，却从未梦得。"姐妹二人相对而泣。大女公子想："近来我对父亲日夜思念，或许他的灵魂就在此处，也不得而知。我极欲伴了他去，但罪孽深重，不知能否如愿。"她希望能有中国古代的返魂之香[1]，以期与父亲灵魂相见。

天色既暮，匀亲王派人送得信来。如此悲伤难耐之时，这远方来信或可使她们得到些许慰藉，但二女公子并未立刻拆信阅读。大女公子言道："待心情平静之后，坦率回信与他吧。此人虽轻佻，但只要他还念旧情，偶有书信敷衍，别人就不敢有所图谋了。我去之后，若没有了他，怕有更可笑的人来此纠缠呢。"二女公子道："姐姐真是无情，竟欲弃我而去！"忍不住伤心哭泣。大女公子道："父亲去后，我便再无存世之念，只因命中注定，才苟活至今。我隐忍于世，无非为你之故。"命人拿灯拆看匀亲王的信。信中陈述极详，内有诗道：

"同是仰望此长空，

何缘阴雨添愁浓？"

其诗借用古歌"何曾如此湿青衫"之典，无甚新意，看来匀亲王是勉强凑成此诗的。大女公子读后更是怨恨此人了。然而匀亲王美貌超群，风流潇洒，二女公子对他梦系魂牵，久别之后，颇为怀念。但她也不免心存疑惑：他曾信誓旦旦，该不会就此断绝情缘吧。使者等候回信，众侍女竭力劝言，二女公子才答诗一首：

【1】传说汉武帝点起返魂之香，李夫人灵魂回来相见。

"霞雪飘零秋将逝，

朝夕翘首望长空。"

其时正值十月，故诗也应时。

已有一个多月不到宇治了，推想那山庄中人，定是望眼欲穿，匀亲王心中实在焦急难耐。他夜夜寻思如何能去得宇治，无奈障碍重重，真是百思无计啊！今年的五节舞会[1]，早早来到，宫中诸事喧哗扰攘，忙得不可开交。匀亲王虽诚心欲前往宇治，但还是无法可想。在宫中，虽然有时也与众侍女调笑，但对二女公子总是牵挂于怀。明石皇后总是劝他与左大臣家结下那门亲事，并对他说道："你到底该有个有名分的妻室，倘另有所爱，也可迎娶入宫，理当厚遇。"匀亲王拒绝道："此事不可草率，容我仔细考虑之后再说。"他是真心不愿让二女公子遭此不公厄运，宇治山庄中却无人知晓他这片忠心，徒使他悲伤与日俱增。薰中纳言也觉得匀亲王浮薄变心，又是可怜那二女公子，又是暗怨亲王薄情，从此再也不想访晤匀亲王了。但他对山庄中的女公子仍关怀如初，一再前往探看。

十一月里，薰中纳言听说大女公子病情好转，便决计前去访晤，但事务缠身，五六日仍未能动身。不过他时时挂念她们，急于知道近况，终于下定决心暂时抛开公务，前往山庄。先前他曾一再叮嘱僧人为大女公子举行祈祷仪式，病不痊愈不能罢休。现在她病情已有好转，阿阇梨等僧人便都返回山寺了，此时的山庄真是人声寥寥。老侍女弁君出来，向薰中纳言禀告大女公子病状。她说道："大小姐不似什么重大病症，但见她终日郁郁悲痛，不思茶饭。本来异常柔弱，最近又因匀亲王一事，愈是愁肠百结，果物之类也不再吃了。长此下去，恐难以挽转了。我等苦贱若此，而苟且长命，诸事见之不遂心愿，束手无策，恨不得早她而去。"言犹未尽，泪流不止。此情让人无话可说，薰中纳言道："何不早与我说起？近来我缠身于冷泉院及宫中诸般事务，已多日不曾探望，心中甚为牵挂。"他依旧被带到以前那个房间里，坐于大女公子枕边。只见她静卧无语，似乎已不能出声。薰中纳言异常生气，说道："小姐病势沉重若此，却无人与我通报，真是大意！我虽百般挂念，也是徒劳。"她便又将阿阇梨及许多有名的僧人请回，第

【1】五节舞会定于十一月的第一个丑日，故年年日期不同。

二日重又在山庄开始了祈祷诵经，还召集得不少侍臣前来此间照料。一时里山庄喧哗扰攘，再度变得热闹非凡。这热闹场景除去了众侍女旧日的忧愁，使她们生出些希望来。

天色既晚，众侍女对薰中纳言道："请于那边稍坐。"便延请他吃些泡饭等食物。但薰中纳言道："须让我在身边侍候才好。"此时，南厢已备好众僧座位，东面靠近大女公子病床处，设得一屏风，请薰中纳言于此就座。二女公子觉得与薰中纳言相距太近，面有愧色。众人皆以为，此二人前世结有不解之缘，与他十分亲近，也是应该的。祈祷自初夜[1]开始，由十二个嗓音悦耳的僧人，诵念《法华经》，他们声如洪钟，气势非常庄严。南厢内灯火通明，病室则一片黑暗。薰中纳言撩起帷屏垂布，膝行入内，但见两三个老侍女在旁侍候。二女公子见薰中纳言入内，即刻回避开去，故室内人迹寥寥。大女公子躺于床上，面容憔悴。薰中纳言对她道："你为何一语不发？"便握着她的手催她说话。大女公子娇喘微微，哽咽道："相别多日，我苦不堪言，担心就此仙去，不胜悲苦。"薰中纳言道："没来看你，让你如此渴盼！"说罢号啕不已。大女公子略感头上发热。薰中纳言道："你前世造得何种孽怨，遭此报应？恐怕是有负于人，因而身患此病罢。"他凑近大女公子耳边，絮絮叨叨说个没完。大女公子羞愧烦躁不安，以袖遮脸。她的身体日见衰弱，仅一息尚存。薰中纳言想道："倘她就此死去，叫我怎能心安！"便觉胆肝俱断。乃隔帘对二女公子道："二小姐每日如此看护，实在辛苦。今夜你就放心休息，让我在此陪伴吧。"二女公子起初放心不下，但想到他如此安排必有缘由，便稍稍远退。薰中纳言紧挨大女公子坐下，殷勤照料。大女公子羞涩不安，想道："我同他竟有这等缘分！"她回想此人温柔敦厚，十分稳重，远非匂亲王可比。她颇担心自己给薰中纳言的印象，是一性格怪异、冷若冰霜之人，因此就有些亲近他。薰中纳言彻夜坐于其侧，指使众侍女喂服汤药，但大女公子一概拒绝了。薰中纳言想道："病已至此，怕难久于人世！"心中不免忧虑重重。

念经诵佛之声，彻夜不绝，颇为庄严响亮。阿阇梨也通宵诵经，仅不时打个小盹。此刻醒来，便接着吟诵《陀罗尼经》。他虽年迈音枯，但因功德深厚，其

【1】初夜是晚上十时开始。

诵经之声低沉有力。他向薰中纳言探询："小姐病情怎样？"随即提及八亲王昔日情状，不觉潸然泪下。他道："不知八亲王魂灵何在？贫僧猜想，定然早入极乐。但前几日幸逢梦中，见其仍是世俗衣着，对我言他早已绝断红尘，唯因心系两女，不免心烦意乱，所以尚不能往生极乐，十分遗憾。他想借我一臂之力，往生极乐。他这话颇为明白，贫僧一时不知怎么办，唯竭所能，邀五六位在我寺中修行的僧人为之勤法礼佛。后又叫他们举行'常不轻'礼拜[1]"薰中纳言听其如此诚意，不由感激涕零。大女公子闻知，认为自己妨碍了父亲往生极乐，便觉自己罪孽深重，不可饶恕，因此不胜悲哀，几至昏厥。她昏昏蒙蒙地想到："但愿我能于父亲往生极乐之前，随他而去，共生冥界。"阿阇梨简略阐述，就又去修行了。举行"常不轻"礼拜的五六个僧人，在附近各庄来往巡行，直至京都。此时晓风凛冽，他们便回到阿阇梨做功德之处，至山庄正门即作揖叩首，吟诵偈语，其声之庄严，非同一般。尤其到了回向经文的末尾之句，众人感动不已。薰中纳言本是信奉佛道之人，更为此景所动。二女公子时时牵挂姐姐，便来到后面的帷屏旁边探看。薰中纳言闻此声息，即刻正襟端坐，对她道："二小姐觉得这'常不轻'声音怎样？虽非正式法事，但也颇为庄严。"便赋诗道：

"残冬晨霜覆沙洲，

群鸟哀鸣动我愁。"

他用口语诵此诗句。二女公子见他与那负心汉貌似，便视为同一人，没有直接附和，便让弁君传言：

"千鸟悲鸣拂晨霜，

可知惊醒梦中人。"

这老侍女哪里配当二女公子的代言人，但答诗也还不错。

薰中纳言回想："对于诗歌赠答等小事，大女公子向来十分精细，待人亦甚温和诚恳。倘此次真成永诀，可叫我如何承受！"便忧惧满怀。他念及阿阇梨所言梦中曾见亲王一事，料想八亲王在天之灵对两女公子的苦境定有所挂念，便毅然将京中事务置于不顾，请僧人在八亲王生前所住的山寺里举办法事，并派差役前

【1】口唱《常不轻菩萨品》，四处巡游，见人即拜之仪。《法华经·常不轻菩萨品》二十四字经文："我深敬汝等，不敢轻慢。所以者何？汝等皆行菩萨道，当得作佛。"

往各处寺院为大女公子祈祷。祭告神明，除秽去恶，所有法事，皆一一做到。然这等法事，只有病人自己盼望痊愈，才会十分灵验。而今大小姐急欲早登仙途，故法事徒然无效。大女公子想的是："我还不如趁此早些死去，薰中纳言这般亲近，难免令人嫌疑，我亦无法疏离他了。倘结此缘，他的爱情能否久长，到那时追悔莫及，反倒贻笑于人。若我此次不死，定当借病出家修行。若要爱情长久，非此法不可。"她便定下心，不管结果如何，都绝不更改。但她对薰中纳言羞于启齿，便转而与二女公子道："我近来病情日重，此生无望。听说出家修行，功德无量，犹可祛病益寿，快请阿阇梨为我授戒吧。"众侍女听得此言，个个涕泪交零，说道："岂有此理！薰中纳言大人闻知，会作何感想？"她们皆觉此事不宜，故无人向薰中纳言提及。大女公子遂觉怅然。

山庄里有薰中纳言在此，大家颇觉放心。薰中纳言久居宇治山庄中，此事被人传扬，众人都为薰中纳言叹息。不少人络绎不绝前来问候。邸内之人与亲近的家臣，见薰中纳言对大女公子一往情深，尽都各自替病人祈祷。薰中纳言蓦然想起此日为丰明节，油然生起思念京中之心。北风呼啸，雪花飘飘。要是在京中，天气断不会如此寒冷，他忧伤地想道："我好命苦啊！难道缘分已尽？但又对她无从怨恨，只盼她早日康复，好向她诉说心中恋慕。"晦暗的一日就此过去了。他静思默想，吟诗一首：

"阴云沉滞锁深山，

　愁绪无尽心晦暗。"

薰中纳言依旧隔帘坐于大女公子病榻近旁。寒风袭来，掀起帷屏上的垂布。二女公子慌忙退至里间，好几个侍女也都走开了。薰中纳言膝行至大女公子身边，涕泪涟涟道："小姐病体如何？我用尽种种办法，却听不到一丝你的声音，令我好不失望。倘小姐弃我而去，真让我伤心绝望啊！"大女公子似已失却知觉，仅稍稍举袖掩面，气若游丝地答道："等我病情略见起色，再与你言语罢。此刻我只觉得气闷欲绝，实在遗憾！"薰中纳言泪如泉涌。忽念不该哭泣，然悲痛难耐，竟号啕大哭。他想："我定是前世欠下她的孽债，才会如此痴情。为之用尽心机，却换来生离死别！"他又向病人端视，见其容颜更加端庄优雅，惹人怜爱。她的手腕纤细，体质虚弱，然肌肤温润白皙，艳色未减，身穿绵软的白色衣衫，摊开绣被而横卧，恍若一平躺的木偶，秀发垂枕，光彩可鉴，煞是好看。薰中纳言看罢，暗想："难道真的舍我而去？结局终究如何啊？"更觉惋惜不尽。面对大女公子不施粉黛的病美人姿态，薰中纳言凝视良久，不觉浮想联翩，道："若你就此抛下我，我也无意再生。倘天意要我留于世间，一定归隐深山，与世隔绝。唯不放心令妹独立于世，孤苦伶仃，无人照料。"他欲以此话激发大女公子，以期回答。大女公子将遮脸的衣袖略微挪开，答道："此身命薄，你视我为冷漠寡情之人，已无法可想了。然我曾含蓄向你请求，对于遗下的妹妹，请你爱她如我。当初若不违我言，如今我也不致如此，为她担心而死难瞑目。仅因此事，尚恋当世。"薰中纳言答道："我不也一样命苦么？除你之外，别无所钟，故未曾听从你的劝告。如今追悔无穷，颇为内疚。但令妹之事，尽可放心。"他以此话安慰她。此时大女公子病情渐重，痛苦难耐。薰中纳言只能虔诚地祈求佛佑，并召阿阇梨等进入病室，直接面对病人举行诸种祈祷。

然而，他终于只能眼睁睁地看着大女公子闭上双眼，停止呼吸，踏上了黄泉之路。唉，人死如草枯！这难道是佛菩萨特意要薰中纳言厌弃尘世，因而遭此厄运吗？薰中纳言束手无策，唯捶胸顿足，号啕大哭，也全不顾旁人耻笑了。二女公子见姐姐弃她仙去，恸哭悲号着要随姐姐同去，以至于哭得不省人事。几个侍女慌忙将她拉开，扶往别处。薰中纳言想："该不会是做梦吧？"举灯细看，但见大女公子衣袖掩面，恍如睡去；端庄美丽，不减生前。他悲痛不已，竟想让这遗体永存于世，像蝉壳一般，常能得见。临终法事时，人们为她梳头，芳香四溢，气息如同生前。薰中纳言想到："总想在她身上找些缺陷，以减轻对她的思恋。倘佛菩萨诚心助我脱离尘世，祈请示意她的可恶之处。"如此向佛祈愿。然而悲伤更盛，难以排遣，他横下心："就硬着心肠，让她化身烟火中！"于是薰中纳言强忍悲痛为大小姐送葬。葬仪寂寥，烟火稀少。薰中纳言极度悲伤，怅惘地返归宇治山庄。

大女公子七七期间，宇治山庄宾客盈门，匂亲王亦屡屡遣使探问。山庄顿时略显生机，再无凄凉之感。但二女公子仍然昼夜悲伤，既伤心姐姐去世，又怕他人讥评与匂亲王的那段姻缘。她想到亡姐素来认为此乃负心之人，结识此人，真是一段恶劣姻缘，故姐姐至死怨恨不已，心中便倍感羞辱，唯叹自身命薄，整天昏昏欲睡。薰中纳言在此忧愁潦倒之际，极想出家，以遂宿愿，然而又恐三条宫邸的母亲悲伤，亦挂念二女公子孤独无助。思之再三，不觉心乱如麻。他继而暗忖："倒不如遵大女公子遗言，善待她的妹妹。她虽是大女公子的胞妹，我岂能移情于她？但与其让她孤苦无依，不如将她视作共话之人，时常面晤，亦可略略慰藉我对她姐姐的怀念。"于是薰中纳言对二女公子道："以后我定视小姐为令姐遗念，多与小姐晤谈。但请莫要见外，凡事只管吩咐就是。"二女公子颇感不幸，倍觉羞辱，不愿与之晤谈。薰中纳言颇有感触，想道："这二女公子，乃爽快可爱之辈，比令姐稚气却品质高洁，但略逊令姐的含蓄柔顺。"他决定不回京，独自在山中隐居，深居简出，不胜愁苦，世人闻悉，皆很同情，为之黯然泪下。宫中及各方人士，皆纷纷前来吊慰。

时间匆匆而逝。七日佛事甚是隆重，祭祀供奉，无不丰盛。然碍于名分，薰中纳言不便着黑色丧服。大女公子生前的几个贴身侍女，皆深黑丧服[1]于身。薰中纳言见此情景，悲声吟道：

"难着丧衣祭亡君，

血泪枉然濡襟袖。"

泪水浸透了他淡红色光彩照人的襟袖，那惆怅哀思的神态，于凄凉中不失一种逸致。众侍女从帘隙觑见，相互议论道："大小姐英年早逝，着实令人悲哀。这位薰中纳言大人我等皆认识，今后逐渐疏远，真让人惋惜。他与大小姐的交情，不曾料得竟如此深厚，但双方却无缘交会！"说罢都很伤心。此日漫天飞雪，竟日不息。薰中纳言心绪不佳，终日郁闷寡欢。向晚雪止，十二月的月亮，高悬于万里清空，此时颇让人生厌。他卷起帘子，遥望明月，欹枕倾听远处山寺中"今日又空过"[2]的朦胧晚钟声。即景赋诗道：

"难堪久居无常世，

欲伴落月西沉去。"

时值北风呼啸，正欲叫人关上板窗，忽见冰面如镜，倒映着四周的峰峦。月光清丽迷人，夜色美不胜收。薰中纳言想道："京中新建的三条宫邸，富丽堂皇，但无幽雅之味，倘大小姐尚在人世，我便可与她相携共赏了。"他左思右想，柔肠寸断，又吟诗道：

"欲觅绝药踏雪川，

【1】依与死者关系，越亲密的丧服颜色越深。女侍照例只需穿浅黑色衣服。穿深黑色丧服，可见情谊深厚。

【2】《拾遗集》有古歌："山寺晚钟声隐约，伤心今日又空过。"

免受相思断肠苦。"

他甚是期望遇到那个半个偈的鬼怪[1]，便通过求法，葬身鬼腹。此念真乃怪哉！

薰中纳言唤众侍女到得面前，温和地向她们询问大女公子生前的事情。他仪态之优雅，语调之从容，韵味之悠长，令众侍女大饱眼福。年轻者慕其美貌，几至神思恍惚；年老者深为大女公子哀叹。一老侍女道："大小姐病情严重，皆因匂亲王格外冷淡，焦虑二小姐被世人贻笑。又不便向二小姐道出此间实情，只是独自饮恨吞泪。其间，她茶饭不思，连果物也不沾，身体日趋衰弱。大小姐表面似对诸事隐忍，其实心机颇深，无论何事皆经深思熟虑。她甚忧二小姐，怨恨自己不该违背亲王大人的遗诫。"她又追述大女公子在世时常说的话，众人皆涕泪交织。薰中纳言自责："全因我一时糊涂，竟使大女公子无故遭此烦忧厄运。"他恨不得时光倒流，以纠正错误。但转念一想，觉得人世不幸之事甚多。哪能时时怨天尤人！便潜心诵经念佛，欲彻夜不眠直至天明。夜阑人静，寒风凛冽，雪花飘飘，整个山庄不胜凄凉。此时，忽闻得门外人马嘈杂之声，众人皆惊："如此严寒之夜，有谁踏雪而来？"但见匂亲王身着行装，浑身湿透，落魄地走了进来。薰中纳言闻知是他，便回避了。

匂亲王因念及大女公子七七丧期未满，二女公子定是苦不堪言，便冒着风雪夜半赶往宇治。他指望以其诚意补偿其先前过恶。二小姐拒不接见他，她想，姐姐就是为此人忧愤成疾，命归泉壤的，即便此人而今真的改过自新，但姐姐已经去世，并未看见他回心转意，亦无济于事。众侍女都来相劝，二女公子方答应隔屏晤谈。匂亲王向她诉说近来怠慢之故，话语滔滔不绝。二女公子面无表情，默然听他诉说。匂亲王见二女公子也是气息奄奄，深恐她会跟随姐姐而去，不胜内疚，又心急如焚。他今日是置母后责斥于不顾，拼着性命来的，故苦苦哀求道："请将屏障撤去吧。"二女公子只答："且待我稍稍清醒些……"始终不与他对面晤谈。薰中纳言见此情状，忙唤来几个解事的侍女，道："匂亲王有违初衷，罪不可恕，二小姐怀恨也不足为怪。但罚之有度，切莫过分。匂亲王从未受过这般

【1】《阿含经》及《涅槃经》中有此典故。雪山童子遇鬼，向之求法。鬼唱："诸行无常，是生灭法。"下面还有两句，鬼言饥饿唱不出了，童子问："欲食何物？"鬼曰："欲食血肉。"小童曰："教我下半，我身即与你吃。"鬼续唱曰："生灭灭矣，寂灭为乐。"小童就将这四句偈语写在石壁上，投身喂鬼。

冷淡,心中肯定苦不堪言。"便亲自教侍女去劝说二女公子。二女公子闻之,觉得连他也是如此不解人意,更觉羞辱忿懑,便一律不予理睬。匂亲王道:"如此冷淡实在薄情,昔日的海誓山盟,一概作废了!"他连连叹息,憾恨空耗时间。此时夜色凄凄,阴风惨惨。他独自躺着,哀叹不已,虽是作茧自缚,其情状却也很令人可怜。二女公子便又隔屏与之应对。匂亲王向诸佛菩萨庄严立誓,保证终生不改此心。二女公子想:"他又在信口开河了。"陡生厌恶之心,然心情亦不同于恨别伤离之时。匂亲王那可怜的模样,终令她心软了下来,改变了自己的想法。她恍恍惚惚听了一会,支支吾吾念道:

"回首杳无音信事,
　将来怎可为凭证。"

匂亲王倒更加悲愤不已,答道:

"将来时短生无常,
　目今誓不负尔情。

世间变化无常,请不要将我推向愧疚的深渊!"又安慰她良久。二女公子答道:"此时心中异常难受……"遂退避内室。匂亲王亦将旁人闲话置于不顾,长吁短叹直至天明。他想:"她的怨恨确实在理。但却也太不顾我的面子了,真令人伤心落泪。诚然,她心中的怨恨,亦可想而知了!"他思忖良久,深觉二女公子十分可怜。

薰中纳言久居宇治,俨然如同主人。诸侍女亦如此看待他,皆周到地为他安排膳食。他面容苍白清瘦,目光呆滞,常常若有所思。匂亲王见他如此,觉得可哀可笑,但心中甚是怜悯,于是郑重相慰。大女公子之死,虽言之无益,薰中纳言却很想向匂亲王倾吐,但又觉得悲不堪言。且恐匂亲王耻笑他一片痴情,所以少言寡语。薰中纳言每日饮泪,久之面目已非,但却清秀有加。匂亲王心想:"此人倘是女儿身,我定生恋慕。"他心中掠过这种念头,不由对薰中纳言在此山庄颇为疑忌忧心,欲于适当之时,将二女公子迁往京都。可二女公子对他冷若冰霜,而他又深恐母后闻知,定对他无益,故很担心,决定是日即返。临别时,他对二女公子言语良久。二女公子也觉不宜过分冷淡,欲回复几句,然终未释怀,难于启齿。

已至岁末时节,宇治山庄一片萧瑟凄清,连日晦暗,风雨肆虐,积雪难融,薰中纳言终日沉思,怅然若失,如入梦中。大女公子断七法事,场面颇为体面。

匀亲王也吊仪隆重，布施颇多。

　　薰中纳言在山庄中天天愁叹度日，不觉已到新年，他的众多亲戚朋友，对他久居此地责怪不已。如今断七既过，他只得无奈返京，悲痛之情莫可名状。他住在此间，人来人往络绎不绝，此后离去，这里肯定倍加凄凉，故众侍女都很伤心。她们忆及大女公子逝世时这里异常喧腾，想到今后的寂寞沉寂定是十分痛苦，不禁七嘴八舌道："先前每逢兴会，他常竭诚探访。近来逗留于此，日日亲睹尊颜，仰承鼻息，似觉他温柔多情更胜往常。事无巨细，都蒙他悉心关照，可现在就要分别了！"众侍女皆泪流满面，对他恋恋不舍。

　　明石皇后听说匀皇子与二女公子之事，便想："大女公子使得薰中纳言如此痛悼，可见那女子定是国色天香。推想起来，她的妹妹亦定非等闲之辈，怪不得匀皇子会这般倾心！"想到这里，心中颇为同情，遂悄悄告诉他："不妨将二女公子迎入二条院，以便你二人能够朝夕相见。"匀亲王有些怀疑，他怕母后是在设计，使二女公子成为大公主的侍女，但一想到今后能与二女公子朝夕相处，又不禁喜形于色。他便赶忙派人给二女公子送信，信中道："无时不想入山面晤，但苦于身受羁绊，终不能如意。思之再三，我决意将你迁至京都，今已找到合适之居所，堪称万事俱备。"

　　薰中纳言闻知此事，惆怅而凄然地想道："这世上，待二女公子如同父母者，独我一人，此外再无他人了。我营造三条宫邸，本想给大女公子，现在大女公子虽已逝去，正可让二女公子来此居住。匀亲王或会怪疑猜忌，但全无道理，因为我根本没有任何邪念。"

THE TALE OF GENJI

VOLUME 49

第四十九回
早蕨

第四十九回　早蕨

宇治山庄虽荒落偏远，却也能见得春色，正如古歌道："叶密丛林深，日光仍射来。"[1]二女公子每日但觉恍若如梦，日子皆于昏昏沉沉中度过，又哪有赏玩的闲心呢！自父亲亡故，姐妹二人便相依为命，情亲意合，日日赏花听鸟，共度春夏秋冬。其间，她们也吟诗作赋，弄墨弹琴，聊度时光。只可惜如今唯一的亲人亦失去了，可喜可悲之事，再无人可以倾诉，凡事只有沉闷于胸，黯然垂泪。父丧之时，固然令人万分悲痛，但于悲痛之余，尚有姐姐可以依赖，如今孑然于世，思前想后，她竟不知日后该如何计谋了。故此，二女公子一直心乱如麻，神志迷糊，以至昼夜难分。一日，阿阇梨派人送得信来，于信中言道："时间流逝，近来情形可好？贫僧其间祈祷照常，不敢懈怠，此乃特为小姐祈求福德！"同时送上一只装着蕨和问荆的精致篮子，并附言道："此蕨与问荆，乃众童子专为供养贫僧而采摘，皆为初生时鲜之物。"且附得一诗：

"昔日愿许八亲王，

逢春送蕨情谊深。

此意请告与小姐。"笔迹甚是拙朴，且所附诗歌，有意字字分离。在她看来，此诗意义深切，较之那些巧言不实、哗众取宠之人的诗作，实乃动人。二女公子料想，阿阇梨吟咏此诗，定颇费了些心思。她禁不住粉泪盈盈，便命侍女代为答谢：

"今摘山蕨与谁赏，

深慨物是人却非。"

并犒赏使者。二女公子尽管近来历经多种悲伤磨难，面容也稍稍清瘦了些，原本青春姣美、姿色秀艳的她，因此酷似已故的姐姐。回想昔日两人，各蕴风骚，那时倒未觉得肖似，可如今忽得一见，竟令人怀疑她已故的姐姐又返魂人世。这令众侍女惊异地看着这二女公子，想道："薰中纳言大人为了时时可见大小姐，竟想永留她的骸骨。既然二人如此酷似，何不迎娶二小姐，以解日夜思念之苦？"众皆以为憾事。幸而薰中纳言邸内常有人来宇治，故两处情况时时相通。据说薰中纳言因伤心过度，精神不济，虽是新春盛节，两眼也常红肿。二女公子听得，心知此人对姐姐如此恩爱，便愈加深了对他的同情。

【1】《古今和歌集》有古歌："叶密丛林深，日光仍射来。无人行到处，也有好花开。"

匂亲王因身份关系，不便随意来往宇治，因此决定移居二女公子去京都。

正月二十日的黄昏时分，暮色苍茫，匂亲王独坐窗前，惆怅郁闷，偶尔拨弄琴弦，品赏红梅之沁香，仍不能稍解愁绪。这日恰逢宫中内宴，薰中纳言满怀惆怅，衷曲又无人可倾诉，心中苦闷不堪，待内宴事务忙过之后，便来匂亲王府中访晤。薰中纳言于低处折取红梅一枝，步入室内，那芳香甚是馥郁。匂亲王雅兴骤至，赠诗一首：

"不显娇艳暗藏香，

折枝心境若此花。"【1】

薰中纳言答道：

"赏花焉存窃香意，

既遭猜疑即折枝。

不可胡言乱语啊！"两人如此调笑，可见交情之深。

谈至近来情形，匂亲王便问询宇治山庄之事："大女公子故后，那里的情况可好？"薰中纳言向匂亲王细诉几月来，自己因失去大女公子而受的无穷凄苦，以及睹物思人，回想起大女公子音容笑貌时的喜忧哀乐诸情状。薰中纳言此番话，令匂亲王泪流涟涟，同情之色溢于言表。秉性多情且易落泪的匂亲王，即便为旁人之事，伤心之泪也会浸透衣袖。

天色似乎知晓人心，忽然间暗淡了许多。到夜里，春寒料峭，酷似冬天，萧萧寒风刮个不停，连屋里点着的灯也给风吹灭了。虽说"春夜何妨暗"，然仍不很自在，两人皆不愿就此结束交谈，直至深夜，那无穷无尽的衷曲，仍未及畅叙。匂亲王闻知薰中纳言与大女公子恩爱无比，便道："你们深厚的爱情，是否所言无虚呀？"他怀疑薰中纳言尚有不肯倾吐的隐情，很想探询出来，然这实乃委屈薰君了。不过匂亲王颇懂人情，除了对薰君的不幸与愁苦心境深表同情外，且以能言善辩之辞劝导薰君，直至他将久积胸中无处倾诉的愁苦一吐为快，散尽哀愁。匂亲王提到二女公子迁京一事时，薰中纳言道："诚能如此，甚是可喜！否则彼此伤悲，我亦深恐不安。除了此女，非我难以忘怀之人，不得遗爱，故有关此女的基本生活，我会作为其保护之人，但不知是否被人饶舌。"便将大女公子

【1】匂亲王欲说薰君对二女公子之情含而不露。

生前将其妹托他照拂之意，对匂亲王作了些简略的说明，但似"岩濑[1]林中有郭公"的那一夜，二人当面共谈之事，则隐秘心中。他唯心里寻思："我痛切思念大女公子，而大女公子的遗爱只此一人，我正应像匂亲王一样庇护于她。"薰君唯自己对二女公子缺乏关怀，很是内疚，继而想道："若常生此念，断会生出愁情，恐将发生于己于人皆无利的荒谬恋情，多愚蠢啊！"便断了此念。但他又想道："她迁居京都后，实能照顾她的，恐唯有我了。"于是便协助匂亲王准备迁居之事。

二女公子念及迁京之后，这"伏见邑""荒芜甚可惜"[2]的宇治，心中颇觉难过，整日不停愁叹。然她又想到：若辜负他的善意，长期闭居于此荒僻山庄，实无意趣，况匂亲王时时来信诉怨："如此分居两地，情缘必将断绝。不知小姐意欲如何？"这话不无道理。二女公子心思烦乱，忧郁寡欢，竟不知如何才是。宇治山庄里，除了她郁郁寡欢以外，人人皆喜笑颜开，忙着准备迁居。他们还到各处选得些年轻貌美、聪明伶俐的侍女，准备带往京城使唤。迁居日期，择定于二月初旬。眼看即将逼近，二小姐又苦恋起这荒僻居所及花草树木来。毕竟于此生活多年，她想到将迁至遥远的京都，自己便如抛舍了峰顶春霞而远去的鸿雁了[3]。且所往之处，又非永久的居家，倒似旅舍，岂不失却体面，遭人耻笑？她因此顾虑甚多，烦厌抑郁，每日皆忧心忡忡。姐姐丧期既满，本应除去丧服，至川原举行祓禊之仪，然又颇觉如此过于薄情，她常常向人说："我幼时母亲逝去，已记不得她音容，不生恋念。姐姐便是母亲，我当穿深黑丧服才是。"然丧礼中没有此等规定，而她对姐姐感情极深，故此深感遗憾，悲恸不已。此时，薰中纳言又特派车辆、前驱人员及阴阳博士前来宇治，准备祓禊仪式。且赠诗道：

"悲欢离合本无定，

除却丧服着彩装。"

各式彩衣送到，还有迁居时犒赏众人的礼品，虽不甚隆重，但按各人身份，考虑得非常周到，倒也称得上丰厚。众侍女对二女公子言道："薰中纳言大人信而有

【1】据《湖月抄》说，"岩濑"（地名）音似"托人传言"，因此这里为不托人传言而面对面共语之意。

【2】《古今和歌集》有古歌："吁嗟我终生，应住伏见邑。倘使迁居去，荒芜甚可惜。"伏见，地名，此用来比拟宇治。

【3】《古今和歌集》有古歌："抛舍春霞遥去雁，多应惯住没花乡。"

义，不忘旧情，诚挚之心委实令人感动，世间情同手足的至亲兄长，恐怕也难相比吧？"几个老年侍女对风花雪月已无兴致，唯感受此重赏，颇有些受宠若惊，心中感恩。年轻侍女议论说："昔日二小姐常得与之见面，往后各居异处，怕难相见了。可怜二小姐的牵挂，又会是何等悠长呢！"

在二女公子迁京之前，一日晨时，薰中纳言到得宇治山庄，照例被引至客室里休息。他独自思忖："倘大女公子尚在人世，定与我恩爱相敬，必已被我先行迎入京中。"竟忆起大女公子的音容举止来。他又想到："她虽未对我山盟海誓，但温情有礼，并无厌嫌之心。仅因自己性情怪异，以致遗愁留恨，不得长相厮守。"薰中纳言思前虑后，颇觉悲哀。忽地记起此间纸隔扇上有一小孔，先前曾于此处偷窥，便移步近看。唯因里间帘子遮掩，不能窥望。室内众侍女因怀念大女公子，皆正哀思啼泪。二女公子更是泪如雨下，抽噎不止。她茫然若失地躺着，毫无心思虑及明日乔迁之事。薰中纳言托侍女向其传言："数月未曾造访，其间幽怨愁苦，实难言语。此日谨向小姐略陈一二，稍安寸心，但望小姐能照例接见，幸勿拒绝，否则，我定如异乡游魂，痛苦难堪了。"二女公子颇觉为难，答道："我并非有意让他伤心。唯因心情恶劣，深恐神思错乱，应对不周，有失尊意。"侍女们七嘴八舌劝道："恐伤大人好意。"她于是在里间纸隔扇旁侧，与之晤谈。

薰中纳言风度翩翩，原本令人望而自惭形秽，数日不见，越发英姿焕发，潇洒倜傥，与众人迥异。二女公子见之，顿时又忆起那片刻不忘的亡姐来，越发悲伤。薰中纳言对她道："虽对令姐的哀思不尽，唯此日乃乔迁之喜，也该忌讳。"便避谈大女公子。接着说道："即日不久，我将迁至小姐新居附近之所[1]。世人论及亲近，有'莫辨夜昏与晨晓'之说。小姐若有用我时，不必拘束，尽管吩咐。我若尚存于世，定当竭诚相助。世间人心叵测，此言不会令小姐唐突吧？小姐意下如何？我委实不便自断。"二女公子答道："离此故居，我实在于心不忍。虽说你将迁往我新居附近，与我相邻，但此时我心绪杂乱，无以相答，还望见谅。"她说时情真意切，态度很是可怜，与大女公子神似。薰中纳言想到："此人投靠于他人，全怪我当初优柔寡断，错失良机所致。"纵然后悔万千，然已迟

---

[1] 二女公子将迁居二条院，薰君也将迁居新落成的三条官邸。

矣。他便闭口不提那夜之事，佯装早已遗忘，泰然处之。

　　庭院之中，几树红梅芳香弥醇，颜色艳丽，甚为可爱。树中黄莺也不忍即刻离去，啼鸣不已。两人谈话时，对"春乃昔时春"[1]的愁叹，凄切异常。二女公子忆起姐姐在世之日，为消遣寂寞凄苦之日，安慰忧伤无奈之心，常常赏玩红梅。如今睹景思人，实不堪追慕。微风入室，梅花馨香与贵客衣香，虽非柑橘[2]之味，然又催人忆旧，她遂吟诗道：

　　"山风凄厉愁煞人，

　　花香枝俏不见君。"

吟声隐约，词句断续。薰中纳言甚觉亲切，当即奉答一首：

　　"此袖曾染娇梅香，

　　如今植根他人院。"

不禁泪眼盈盈。但一想到此行目的，他遂做出无事之姿，悄悄拭去泪水，唯告道："尚待迁京之后，另行造访，再作效劳。"言罢起身辞别。

　　薰中纳言传令众侍女，为二女公子迁居之事妥善筹备，又特教那满脸髭须人守于山庄中，并命凡邻近宇治山庄且于自己庄园谋生的人，须常来山庄照料。其他余下的一切大小事务，他也皆安排得分外详尽周至。老侍女弁君曾道："我侍候两位小姐，时至今日，如此徒增寿命，委实厌恶！务请众人权当我已死去。"她看破红尘，已削发为尼。薰中纳言恳求再三，定要与她相见。薰中纳言与她亲切叙旧，十分感慨地说道："若今后我常来此处，恐无人可以谈心。你能不嫌弃山庄，实乃幸运之事，令我喜不自禁。"话不曾完，已潸然泪下。弁君答道："我这贱命，是越怨越长寿，实在恼人。大小姐早我而去，留我这朽身于世，尘世之事使人忧愁。而我的罪孽，又何等深重啊！"便将满腹骚怨诉之于薰中纳言。薰中纳言只是善言抚慰。弁君虽已年老，但仍有几分韵致，而削发之后，额际更添妩媚，又另显一种优雅。薰中纳言不禁悼念起大女公子，设想当初若是任其出家，或许不会如此早逝，或可一起谈佛论道，长相厮守。他多方寻思，竟觉这老尼也让人羡慕，遂拉开帷屏，与之细细叙谈。弁君的言谈举止也自然悦人，足见昔年

【1】《古今和歌集》有古歌："月是前年月，春乃昔日春。独怜身似旧，不是旧时身。"

【2】《古今和歌集》有古歌："时逢五月闻柑橘，猛忆伊人舞袖香。"

身份不凡。她愁苦地对薰中纳言赋诗道：

"老泪不干如川水，

唯念投身随君去。"

薰中纳言对她言道："舍身赴死，并非超脱之举，且罪孽更为深重。自然而死或许可往生极乐净土，但舍身自杀则沉入地狱深层，由此何苦呢！若能悟得世间万事皆空才好。"便和诗一首：

"纵然投身悲泪渊，

不能化解朝暮思。

此恨何时方是尽头呢？"他的悲伤无穷无尽，此时也无心返京，一味怅然若失地凝神沉思。不觉天色已晚，倘若肆意在此歇宿，又恐匂亲王疑忌而自讨没趣，他于是动身返京。

薰君刚去，弁君便将他的思虑转达于二女公子，二女公子心绪愈发悲哀难耐。侍女们则个个欢天喜地，心情激动，忙于缝制衣饰。几个年老的侍女也忘乎所以，刻意装扮。相形之下，弁君尤显憔悴之色。她便赋诗诉愁：

"众皆盛妆赴帝都，

僧尼袖染藻盐涩。"

二女公子心有触动，答道：

"身如浮萍风飘絮，

泪满襟袖何异君？

此次赴京，难料是否能作久留。若有变故，当立时还乡，永不再离开，则你我尚有相逢之时。但想到即将离你而去，让你在此孤苦度日，也觉难分难舍。你虽委身佛门，也不必深居简出，闲暇之余，还望稍念着我，请多多来京。"此番话情意绵绵。二女公子又对她道："我见你对姐姐的深切怀念，甚于他人，可知你们二人前世因缘深厚，便觉亲切倍增。"弁君闻听此言，愈发眷恋不舍，竟如孩童般号啕大哭，不可抑制。二女公子还将大女公子生前常用器物，皆留于山庄，任由弁君使用。

山庄中一切准备妥当，各处已清扫得一尘不染。迎送的车辆皆停靠于檐下，颇具气势。此番迎娶，主要由匂亲王操办，但其具体细节，则由薰中纳言亲手调度，安排自是十分周到。前来迎接的官员，人数众多，均位居四位、五位。匂亲王本欲亲自前来，但恐过于讲究，反招致诸多不便，遂决定私下迎娶。他只于宫中焦躁地等待。薰中纳言也派了诸多人员前来。暮色苍茫之时,室内众侍女及室外奉迎人员,皆催促动身。此去前途祸福难料,二女公子心绪缭乱,唯觉不胜伤感。与二女公子同车的侍女大辅君吟诗道:

"苦尽终有甘来时,
　幸未投身宇治川。"

吟时面色欣然。另一侍女吟诗道:

"难忘当年死别情,
　欣幸今朝乐无尽。"

二女公子闻后想道:"此二人皆居山庄多年,对姐姐亦极忠诚。岂知时过境迁,她们早已不记得姐姐。她们为归京而无比欢乐,与弁君心境大不一样。唉!人情冷暖,委实让人寒心啊!"一时默默无语。

自宇治入京,路途迢迢,山道崎岖难行。二女公子见此光景,想起往昔匂亲王少于前往宇治,自己便怨其薄情,此日方知旅途艰辛,顿生几分谅解。初七之夜,一轮钩月悬浮苍穹,清光皎皎,四周云蒸霞蔚。二女公子素未远行,对此番美景,反生出无端愁苦,独吟道:

"仰观东岭瞻月出,
　叹月厌世又入山。"【1】

此去之后,前途难卜,她又平添些许焦虑,可想想流年岁月,又何苦为此烦忧?若时光回转,再现昔日之境,该有多好。

日暮时分,方抵达二条院。二女公子从未见过这般华丽壮观的宫殿,不免眼花缭乱。车子驶入"三轩四轩"之中,匂亲王已急不可耐,快步走近车旁,搀扶二女公子下车。殿内早已装饰得富丽堂皇,设备齐全;众侍女的居室,也经匂亲王亲自尽心布置得尽善尽美。世人起初不知匂亲王对二女公子真心若何,见此场景,方知其情深意切,皆惊叹羡慕。

近日三条宫邸正在修建,薰中纳言原定本月二十日后乔迁入内,因而每日都在这里督察工事。三条宫邸距二条院很近,薰中纳言甚是关心二女公子迁居情况。此日便于三条宫邸候至深夜,派赴宇治参加迎娶的人员一到,便向他禀复了

【1】此诗流露出她此时虽出山,却有可能他日再归山林。

详情。薰中纳言闻知匂亲王对二女公子的怜爱，欢喜异常，却又痛惜自己错失良机，哀怨顿生。他只得孤寂复咏古歌"川流可否复倒回"[1]，且吟诗道：

"纵无云雨同衾枕，

亦曾促膝通宵谈。"

醋意之中，生出一些怨恨。

夕雾左大臣原本定于本月内，嫁六女公子与匂亲王。如今匂亲王却迎娶了宇治的二女公子，似乎以示"先下手为强"，瞧不起六女公子，心中甚是不快。匂亲王闻此，甚觉歉疚，便常常写信问候。六女公子着裳仪式及婚嫁之事，早已准备妥当，声势隆重盛大，世人皆叹。若此时延期，恐将遭人耻笑，故定于二十日后如期举行。左大臣想起："薰中纳言乃同族之人[2]，与之攀亲虽失体面，然此人倘为别人爱婿，委实可惜，不如将六女公子嫁与他。近日他暗自钟爱的大小姐已死，恐他正孤寂悲伤呢！"遂托一可靠之人，探询薰中纳言之意。薰中纳言答道："我心早已随她死去，世事这般无常，我悟得人生可恶可厌，不愿再染指此类事情。"他全然无意于婚事。左大臣闻知，恨恨道："如此不识抬举！我低颜自荐竟也遭拒绝！"两人乃手足之亲，且薰中纳言品行高贵，深孚众望，左大臣对他只能是无可奈何。

此时，春暖花开。薰中纳言遥望二条院中樱花灿烂，不由记起宇治山庄人去楼空，便独自吟诵"风中任零落"[3]。意兴未足，又来二条院拜访匂亲王。近来匂亲王常住此处，与二女公子情意绵绵。薰中纳言见之，始觉"像模像样"，然不知缘于何故，心间总有一丝酸涩。尽管如此，他仍真心为二女公子的归宿庆幸。匂亲王与薰君推心置腹谈东论西。傍晚时分，匂亲王要入宫去，命人配备车辆，诸多随从人等皆为此忙碌。薰中纳言便告辞，径直来到二女公子所居之处。

此时的二女公子，较先前居山庄时迥然不同，她深居内闱，心情舒畅。薰中纳言从帘影里窥得一小女童，遂叫其通报二女公子。众侍女也皆来劝请二女公子："此薰中纳言大人，小姐万不可像对平常之人那般怠慢。昔日一片诚心，小

---

[1] 见《源氏物语奥入》言："川流可否复倒回，依然还我旧时身。"

[2] 薰中纳言是夕雾的异母弟，是六女公子的叔父。

[3]《拾遗集》有古歌："蔓草萦阶砌，荒凉似野原。樱花无主管，风中任零落。"

姐想来不会没有觉察，如今正是报答的时候呢。"但二女公子总有顾虑，觉得贸然前去面晤，毕竟有伤风雅，只宜由侍女传递话语。帘内立即便送出一坐垫来，让薰中纳言安坐。有一侍女，可能是知道内情之人吧，前来传达二女公子的答话。薰中纳言道："相距甚近，本应来得勤些，但无事而常来造访，恐将遭人嫌疑，连累小姐，故逡巡不敢前。真乃时过境迁，隐隐相望贵府庭院树木，感慨甚深啊！"声色极其悲切。二女公子想道："若姐姐尚在，住于三条宅邸中，便可时时往来。每逢佳节，共同观花赏月，时日亦可多些乐趣。实在可惜！"她追忆往昔，觉得如今虽迁至京都，与昔日闲居山庄相比，倒更孤苦悲伤。实乃遗憾之至！此刻，恰逢匂亲王因欲出门，来向二女公子辞别。他衣着华丽，英姿飒爽，望见薰中纳言坐于帘外，便对二女公子道："为何让他坐于此处？长期以来，他对你可是关怀备至啊！先前我也曾深恐他不怀好意，然而那是小人之虑，你应请之入内，与其叙旧问安吧。"听他这么说，她不由得想："薰中纳言往昔情挚深切，关怀备至，倒是不应怠慢于他。他也曾说，倘将其视作姐姐的替身也可亲近一些。我也愿向他表明此番心迹。"不料匂亲王又改口道："诚然，过分随意，亦非所宜。此人心底里难免无可疑之处。"二女公子见其自相矛盾，赘言甚多，不由心中厌恶。想到匂亲王时常胡作猜忌，论东道西，她真是痛苦不已。

THE TALE OF GENJI

VOLUME 50
第 五 十 回
寄 生

第五十回　寄生

　　且说曾有位藤壶女御，乃已故左大臣[1]的第三女。皇上做太子时，她即被选入宫为太子妃，深得皇上宠爱，不幸的是空度多年岁月，最终仍未被立为皇后。其间明石女御入宫，被册立为正宫，为皇上生了许多皇子。藤壶女御自此便被明石皇后压制，常悲伤不已，嗟叹命薄。她生得一位女儿，唯企女儿富贵荣达，以此聊慰寸心。故她尽力调教。藤壶女御所生皇女被称为二公主，而明石皇后所生女儿则称大公主。皇上对大公主自幼宠爱有加，故世人皆以为二公主不及大公主，然实际并非如此。

　　这二公主貌美无比，亦颇得皇上疼爱。女御父亲左大臣在世时，位尊权贵，颇得威望，至今余势尚存，故女御生活一直优裕，自众侍女服饰乃至四时行乐等诸般事务，无不周到气派，新颖高雅。二公主十四岁时，行将着裳。为此事，从春日开始，上上下下皆弃了其他事务，致力于这仪式的筹备，一切相关的细枝末节，皆别出心裁，极尽完美，且四处收集祖传宝物，尽心装饰。正值忙碌之时，藤壶女御突然于夏日里不幸身染疫疾，一病不起，竟撒手西去。此乃祸福无常之事，皇上亦徒自长叹悲痛。女御在世时为人温顺大度，慈祥可亲，故殿上人无不惋惜，皆痛心："宫中少此女御，今后将难免寂寞啊！"连位卑职低的众女官，也无不哀悼。二公主年纪尚小，更是痛彻心扉，日夜思念亡母。皇上闻此情状，心里甚是难受，愈发怜爱她。七七四十九日丧忌过后，他暗暗将她接回宫中[2]，时时照顾探问。二公主身着孝服，表情郁悒，如此倒使她别具风韵。她性情温婉，较其母更显持重，皇上看了甚是欣慰。然而使他忧虑的是：此公主母亲娘家，没有权势显赫的母舅作为后盾，而大藏卿与修理大夫，虽与其母同父异母，但在殿上既没地位又没威望。如此之人若做二公主保护人，反倒令二公主面目无光。皇上越想越觉得她可怜，便时常亲自照顾，为她颇费心思。

　　此时正当花开时节，御苑中菊花经霜，色泽更艳。天色黯淡时，落下一阵雨。皇上牵挂二公主，便到得她房中闲谈。二公主应对从容，毫无稚气。皇上益发觉得她可爱，不由得想："这样一个窈窕淑女，世间不会无人爱恋吧。"便情

【1】此左大臣即是《梅枝》一回中的左大臣。其第三女由源氏提拔，入宫做了太子妃，今上即位后封丽景殿女御。后迁居藤壶院，称藤壶女御。

【2】按照宫中惯例，妃嫔患病要送回娘家。因此藤壶女御是死在娘家，二公主当时正随行在侧。

不自禁地回忆起父亲朱雀院,当年将女儿三公主下嫁六条院源氏大人之旧事:"当初有人讥笑,说皇女委身下臣,有失风度,不如让其独身云云。但如今看来,那薰中纳言人品俊逸超群,三公主所有用度全凭此子置备照顾,先前声望并无一丝损减,依然过着如意称心的生活。起初若不下嫁源氏,难保如今会有如此好结局,说不定早遭他人贬责呢。"思虑良久,他拿定主意,欲趁自己在位时,按朱雀院挑选源氏之法,为二公主挑选一可靠之人。他觉得,这驸马除了薰中纳言外,别无更好人选。他常想:"此人与皇女,正是般配的一对呢。他虽然已有倾心之人[1],但想来不会怠慢我女,做出有损名节的事来。他终要娶个正夫人才是,不如趁他未曾决定以前,向他暗示一下吧。"

　　皇上陪二公主对弈,不知不觉天色已晚,天上飘落细雨,平添一段情致,菊花傍着暮色,更增艳丽。皇上召来侍臣,问道:"殿上此时有何人尚在?"侍臣奏道:"有中务亲王、上野亲王、中纳言源氏朝臣在此恭候。"皇上道:"传中纳言朝臣到此。"薰中纳言领命来到御前。他气度非凡,人未到香气已至,且一切姿态皆有别于众人,难怪皇上特别召见。皇上对他道:"今日阴雨绵绵,悠闲胜于往日。却又不便举行管弦之会[2],甚是寂寞。消闲解闷,下棋最为适宜,你意下如何?"即命取出棋盘,叫薰中纳言上前,与他面对而坐。薰中纳言常蒙皇上恩宠,留侍身侧,已习以为常,今日也不甚在意。皇上对他道:"我今有一难得赌物[3],轻易不愿让与旁人,对你倒是例外。"薰中纳言闻此,亦没去细想,只唯命是从而已。未下几盘棋,皇上已是三次输了两次,不由长叹:"真气恼!"又道:"今日'许折一枝春'[4]。"

　　薰中纳言并不言语,立刻走到阶下,信手折得一枝娇艳菊花,赋诗奏道:

　　　　"倘若寻常篱下菊,

　　　　何妨任情折枝来。"

语意甚为含蓄。皇上答:

　　　　"霜打园菊已枯去,

【1】是时宇治大女公子未死。
【2】二公主此时正为其母藤壶女御服丧,因此不宜举行管乐之事。
【3】暗指二公主。
【4】《和汉朗咏集》载纪齐名诗:"闻得园中花养艳,请君许折一枝春。"

唯余香色留此间。"【1】

皇上频频向他委婉示意。薰中纳言尽管直承皇上旨意而来，但因他历来性情乖僻，故不立刻应允，他心想："我怎可任人摆布，违背我的本意呢？别人曾多次将可爱的女子说与我，我皆婉言谢绝。如今若是做了驸马，岂不是做还俗的和尚。"其想法也实在怪诞。他明知有钟情于二公主而求之不得之人，仍想道："若是皇后生的，那才好呢。"这想法有些过分了。

夕雾左大臣原本欲将六女公子嫁与薰中纳言，他料想："即便薰中纳言不愿即刻应允，但只要心意诚恳，他定不会拒人于外的。"岂料现在皇上又欲将公主下嫁薰中纳言，真是节外生枝。他心中不由怨道："如今世风日下，人情淡薄，女儿之事实在使人烦心。皇上尚要寻访女婿，更何况做臣下的！青春苦短，真让人为女儿担心呢。"转念又想："匂兵部卿亲王，对我女儿虽非真心实意，然而也时常寄信与她，从未间断。即便是他一时兴起，但也总算前世有缘，日子一长，定然不至于不爱她。若嫁与出身低贱之人，尽管'深情浓浓水难漏'【2】，但毕竟无甚颜面，不合我心愿。"于是，他慎重托付妹妹明石皇后，望她玉成六女公子与匂亲王之事。因多次要求，明石皇后颇感厌烦，对匂亲王道："真让人伤心啊！左大臣多年来诚心欲招你为婿，你却推诿再三，实在无情至极。大凡皇子，运势好坏，皆由外戚的威望而定。皇上时常提及，欲让位于你兄长，那时你便有机会做皇太子了。若身为臣下，正夫人既已确定，则不能花心再娶。即便如此，如夕雾左大臣那样忠贞专一之人，也有两位夫人。她们不也是相处融洽吗？况且，你若能遂我之愿而位及太子，则可多娶几位夫人的。"这一席话不同往常，说得非常恳切细致，而且颇有分量。匂亲王心中早有此意，当然不会等闲置之。他唯虑："做了他的女婿，幽居在那循规蹈矩的宅邸里，不能随心所欲去寻欢作乐，倒是件很痛苦的事。"但又想到，如此为难左大臣，确实不该，心意便日渐松弛下来。但匂亲王本乃轻狂之徒，在他眼里，身边的每位女公子，都如花般惹人喜爱。他对按察大纳言红梅家女公子的恋情，至今仍藕断丝连，每逢樱花缤纷时，尚常去信叙旧。这一年便在不知不

【1】"园菊"喻藤壶女御，"香色"喻二公主。

【2】《伊势物语》有古歌："深情浓浓水难漏，缘何相见永无期？"

觉间流逝[1]。

第二年，二公主丧服之期已满，议婚之事便无阻碍了。有人向薰中纳言进言："你怎能如此愚笨呢？皇上甚中意于你，只要你略表心意，定会立刻将女儿嫁与你。"薰中纳言忖度："过分冷落，充耳不闻，也太怠慢无礼了。"于是，遇有机会，即委婉表示。皇上自然应允。薰中纳言闻悉皇上已择定良辰吉日，自知已不应再心意彷徨。但他仍不能自制地常想："即使是品貌平平之人，只要略似宇治大女公子，我也会倾心于她。真想能得到古时汉武帝的返魂香，让我们再次相见啊！"心中仍念念不忘那早夭的宇治大女公子，因而不胜悲伤。他想："如此情深之人，却为何无缘结为夫妇，真是不幸至极！"追思往昔，更觉愁肠百结，悲从中来，故并不企盼与尊贵的二公主的结婚佳期快快来到。

且说二条院的二女公子，听说夕雾左大臣正忙于安排六女公子与匂亲王的结婚事宜，婚期已定于八月之中，心中无限幽怨。她哀叹道："我的生涯怎会平安无事呢？我早已知晓：如我这般卑微之人，难免不幸，惹人讥笑。早闻此人草率轻薄，不值托付，但稍经接触后，倒也看不出他有何薄情，更何况曾对我信誓旦旦。如今他有了新欢，突然疏远于我，叫我如何忍受得了呢？即使不愿和我分开，但痛苦必定不少。此生命苦，恐怕只得回山中去了。"她觉得被人抛弃，回去遭人耻笑有失体面，较之终身不嫁，老死山中更没面子。她深悔自己先前不顾父亲临终遗嘱，率自离开山庄，如今自食恶果，始觉羞愧难当！她想："已故姐姐随意不拘，似无甚主见，但她心底意志坚如磐石，真让人钦佩，难怪薰中纳言至今对她念念不忘，整日哀伤叹惋。倘若姐姐未死，而与他结为连理，是否也会遭此不幸呢？所幸她思虑甚远，决不受他诱惑，甚至宁愿削发为尼。她若尚在人世，定为尼姑无疑。如今想起，姐姐是多么识大体啊！倘若父亲与姐姐黄泉有知，定会责我太不慎重。"她既悲又愧。然而事已如此，抱怨也无益，只得含泪忍悲，假装不知六女公子之事。近来，匂亲王对二女公子柔情蜜意，更胜往常，无论朝起夜寝，皆缠绵悱恻，与她交谈。且与她相约："在天愿做比翼鸟，在地愿为连理枝。"

【1】这年薰君二十四岁，十一月中宇治大女公子去世。第二年二月，二女公子迁居京都。上一回《早蕨》中所讲是上一年的事。

时至五月，二女公子觉身体不适，竟生起病来。其实并无特别病痛，唯饮食减少，精神不振，终日躺卧不起。匂亲王尚不曾见过此状，故不知缘由，以为炎夏酷热之故。但心中甚为纳闷，于是有时也随便问道："到底怎样了？你这病状，似已有身孕呢！"二女公子羞耻难言，只佯作没事。侍女未曾从旁透露，故匂亲王无法确定。八月里，二女公子从别处得知匂亲王与六女公子的婚期。匂亲王本想告知二女公子，只因怕说出来自讨没趣，又对她不起，故一直不曾告诉，以致此刻，二女公子恼恨他蒙蔽自己。这结婚一事岂能遮掩？众人皆知，唯独不告知于她，叫人怎不生恨？自从二女公子搬到二条院后，非特殊情况，匂亲王概不于外夜宿，更不用说其他各处了。今后，另有新欢而久不来此，叫二女公子如何忍受呢？为此，他便时常有意去宫中值宿，以使二女公子习惯，但二女公子更觉得他虚伪无情，怨恨不已了。

　　此中境况为薰中纳言闻得，对二女公子不禁万分同情。他想道："匂亲王乃轻薄之徒，虚伪易变，今后势必喜新厌旧。左大臣位尊权显，倘若不顾情义，不准匂亲王时常回来，那从来不惯独宿的二女公子，日后定会以泪洗面，长夜难堪，那多么可怜。唉，我这人何等无用啊！怎么当初拱手将她让与匂亲王呢？我自倾心于已故大女公子后，超然高洁之心，已变得混沌不堪，只为她而迷失本性。我一味苦想，若在她心许之前强成其事，则有违我当初与她交往本意，故只一心盼她好感，襟怀大度地待我，然后再渐深交。谁知她对我又恨又爱，犹豫不决，却以'妹妹便如我'，欲让我移情于我所不愿的二女公子，以此自慰。我怨恨不已，唯思使其计谋难逞，便匆促将二女公子拱手让与匂亲王。由于为情所困而迷失心志，最终使得匂亲王到宇治铸成了此事。此刻反思，当初太没主见，后悔也迟了。迄今为止，或是匂亲王能稍许忆起当时之景，或恐我谴责他薄情，所以他有所顾虑，尚未完全抛弃旧情。然则眼下，他绝不会言及当时情况了。可见沉溺于女色、意志不坚者，必然会做出轻佻之举，不仅使女方委屈，恐朋友也会被连累。"他心中十分痛恨匂亲王。薰中纳言生性用情专一，故对别人的这种行为亦深恶痛绝。他又想："自从那人辞世之后，皇上欲招我为公主之婿，我也不觉得有何喜悦之情，只愿得到二女公子，此情日盛一日。只因她与死者有血缘关系，故我不能忘却。这二人的手足之情特别浓厚，大女公子临终托我：'我去之后，望你能诚挚相待妹妹。九泉之下，我也会感激不尽的。'又道：'我一生无他遗憾，只是你未曾娶了我妹妹，故对这世间，尚难放心。'大女公子黄泉下有知今日之事，定恨我更甚。"自与那人疏离，他夜夜孤枕而眠，时时惊觉。追思往昔，虑及二女公子将来，他只觉人生无常，实无情趣。

薰君中纳言在无聊之时，也偶与侍女戏言风流韵事，有时召她们侍于身侧。这些侍女中，不乏妩媚婀娜之人，但无一能使他动心。虽有些身份较为高贵，并不低于宇治山庄两女公子的，只因世易时移，家道中落，生活清苦无着，而不得不在这三条院宫邸供职，但薰中纳言坚贞自律，从不染指。他深恐自己一时不慎再坠情网，导致自己出家之时牵累太多，难以修得正果。时至如今，他仍为了宇治女公子而痛苦不堪，自己也感到奇怪。某夜，因念及往事，彻夜难眠，朝起时，但见缕缕晓雾弥漫篱内，群花争艳，风姿绰约。朝颜盛开，更爽心悦目，古歌道："花艳天明时，零落疏忽间。"[1]这花极似无常人世，令人看了不免感慨万端。昨夜格子窗未曾关得牢固，卧床略躺天已明亮，因而此花开后，他便一眼望见。于是他唤来侍臣，说道："今日我欲往二条院，替我安排车子，简单行事。"侍臣回奏："亲王已于昨日入宫值宿了，恐不在二条院内。"薰中纳言道："便是亲王不在，但夫人患病，前去探望也无不可。今日乃入宫之日，我定在日高之前赶回。"便整理装束。出门时，举步下得阶来，于花草中稍稍站立一会儿，虽非故作风流倜傥之态，却给人以玉树临风、清俊高雅之感，随行诸人不免相形见绌。他欲采朝颜花，便轻拂锦袖，拉过花蔓，露珠纷纷摇曳而下。他即景独吟道：

"朝露未消花已萎，

昙花一现更可怜。

何等无常啊！"便随手摘了几枝。对败酱花则不顾而去。[2]

晨曦渐晓，薰中纳言于晨雾弥漫之时来到二条院。二条院内皆为女子，众人仍沉醉于梦乡之中。他想道："今日来得过早了，此时若敲门或高声咳嗽惊醒众人，似有失礼节。"便召唤随从于中门探视。随从回来禀道："格子窗已打开，里面似有响动。可能侍女们已在做事。"薰中纳言借着晨雾遮掩，轻轻移步入内。众侍女皆以为是匀亲王夜访情人而归，待那混着特殊香气的雾气飘进之时，才知是薰中纳言。几个年轻侍女，遂随意地评价道："这薰中纳言大人，果然生得相貌堂堂，只是过于严肃，令人望而生畏。"这些侍女毫不惊慌，从容

【1】《花鸟余情》中古歌："花艳天明时，零落疏忽间。但看朝颜色，无常世相明。"

【2】见《古今和歌集》古歌："瞥见败酱花，不顾匆匆去。只为此花枝，生在南山路。"

送出坐垫，甚是礼貌周到。薰中纳言道："我有幸坐于此，且承蒙被当作客人相待，不胜欣慰。但如此疏远于帘外，我终觉抑郁，今后不敢再来造访了。"侍女问道："然则大人意欲如何？请赐教。"薰中纳言道："我本常客，当到北面幽静之处才好。但全凭主人作主，不敢生怨。"说罢，依靠在门槛上。众侍女便齐劝二女公子："小姐当亲自出来才好。"薰中纳言原非威武气概之人，加之近来更显文雅，故二女公子如今与他面对，已无多少羞怯，也较自然随便了。薰中纳言见二女公子神色有异，便问道："近来无恙吧？"二女公子神情郁悒，甚于往日，并不直接回答他。薰中纳言很怜悯她，便像兄长般细致教导她诸多人情世故，并加以多方安慰。二女公子的声音酷似其姐，使得薰中纳言甚为惊讶，几乎以为她便是大女公子。若非虑及外人非议，薰中纳言便要掀开隔帘，走进去仔细看看她那忧郁之态，但念世间真正无忧无虑者，怕尚无一例吧。他便对二女公子道："原以为，虽不能如有些人那样，一生尽享荣华，但也会无忧无虑。却不料心被魔祟，竟遭遇终生恨事，加之自己生性愚笨，我终日苦恨追悔，心绪烦乱，甚无聊赖啊！他人追名逐利而忧愁，原本理所当然，而我的忧伤与之相比，真像有前世罪孽啊！"说罢将才摘得的朝颜花置于扇上，细细观赏。见其花瓣色彩渐渐变红，更显艳丽，他便将花从帘外塞了进去赠与二女公子，并吟诗道：

　　"欲将君身比朝颜，

　　但因此露夙缘深。"【1】

那朝露倚花，颤颤欲滴，此诗也非矫情而作。二女公子只觉得情趣盎然。她见那花已带露慢慢枯去，遂答诗道：

　　"娇花萎谢露未消，

　　残滴犹在徒悲哀。"【2】

尚有何倚呢？"声音断断续续，轻细微弱，酷似大女公子，越发使得薰中纳言伤痛不已。

　　他对二女公子说道："秋色凄凉，平添许多伤悲。我前日闲寂之时，曾去了宇治一趟。但见'败庭残篱'【3】，萧瑟之状，便触景生情，悲伤难禁。忆昔先

───────────

【1】以露比拟已死的大女公子。
【2】以花比大女公子，以露比自己。
【3】《古今和歌集》有古歌："故里荒芜人已老，败庭残篱似秋郊。"

父亡故之后，察看其临终前二三年间所隐居的嵯峨院[1]，或本邸六条院，无不感慨恋怀，或泪溅草木，或挥泪随风而逝。大凡曾在先父身边供过职的女子，无论高下，皆甚重情义。原来聚居在院内的诸夫人，渐次出家了；至于出身低微的侍女，更是心境黯然，悲情难抑。她们或远赴山乡，或为田舍中人，但辗转不知所归者尤众。宅院尽皆荒芜，旧事淡忘之后，情景又好了起来。左大臣移居六条院，明石皇后家众皇子也搬了进来，顿时恢复了往日浮华。无论何种悲哀，时间一久，皆会自然消融，可见悲哀终有限度。虽是追叙旧事，因其时年幼，丧父之悲，竟未能深悉；而近日来，诀别令姊之痛，令我如身陷梦魇，永无醒时。此次悲伤，使我蒙罪尤深，以致对身后之事[2]，也担忧起来。"说罢泪不自抑，可见其深情款款，即使并不知悉大女公子与他那段情缘者，见此悲痛之状也会深为所动。何况二女公子又因心中失意，便比往常更加怀想亡姊。今日闻得薰中纳言之言，悲伤尤甚，只管默然流泪。帘内帘外，二人皆哀哀啼泣。

二女公子缓缓说道："前代人有'唯患浮世苦难多'[3]之言。在山庄之时，并未特别留意尘世与山乡之别，只是等闲度日。如今，虽常思重返山乡赋闲悠居，但一直未尝如愿。弁君这位老尼，倒令人羡慕呢！月中二十过后，即为亡父三周年忌辰，我颇思再回宇治去，倾听那山乡庙宇的钟鸣之声。今欲恳请你悄悄带我去一趟，不知君意肯否？"薰中纳言答道："你欲探视旧居，此番心意虽好，然而山险路遥，跋涉艰辛，便是男子，也倍觉艰难。是以我虽心中常常挂念，却终是难得一行。亲王忌辰的一应佛事，我已托阿阇梨办理。至于那山庄房舍，不如将其赠与佛寺，尚可减轻些罪孽，更省得每次前去，勾起无限感慨，徒增悲伤。此仅为在下拙见，如小姐另有打算，则我定当谨遵奉行，请小姐尽管吩咐。我所期望者，亦正是小姐无所拘泥，尽心吩咐而已。"二女公子闻得他已承办了佛事，自思应当作些功德以慰亡父，并欲借此重返宇治，从而永居深山，尽其一生。薰中纳言从她言语中窥得此意，便劝道："小姐当静下心来，切勿作此打算。"

旭日升起，诸侍女渐渐集聚过来。薰中纳言唯恐久留此地让人猜疑，便欲

【1】源氏晚年出家，隐居嵯峨院。此事前文未曾提及，当是《云隐》一回中事。
【2】当时人相信对人世的留恋，是一种罪过，妨碍死后往生极乐世界。
【3】《古今和歌集》有古歌："唯患浮世苦难多，山乡虽寂可安身。"

离去。他道："无论我到何处，总不曾被拒于帘外。今日很不顺意，话虽如此，我今后仍当再来拜访。"言毕告退。他恐匂亲王以后知晓，怪他偏在主人出门期间访晤，居心鄙陋，便召此处管家右京大夫前来，对他说道："我以为亲王昨夜已经回府，故此登门相访，岂知他并未归家，很是遗憾。此刻我就要入宫去了，或许可见到他。"右京大夫答道："可能今日就要回来的。"薰中纳言道："我入夜再来。"说罢辞别而去。

薰中纳言每与二女公子相见，总要后悔当初未遂大女公子意愿而迎娶了她。但转念又想："既是自己主张，又怎可后悔呢？"自大女公子死后便日夜斋戒。母亲三公主年纪尚轻，性情风貌仍是乐观豁达。她留心到薰君这般光景，很为他担心，对他说道："'此身在世日苦短'[1]了，我盼望能早日看到你成家。不过，我既为尼，对你弃世向佛之举，又怎好干涉。但你真就此出家，我再活在世上又有何图？不过徒增悲痛与罪孽罢了。"薰中纳言惶惑愧疚，心知对不住母亲，便极力在她面前装得乐观悠闲，仿佛已尽摒哀思。

六条院这边，夕雾左大臣将院内东殿装饰得辉煌华贵，一切尽善尽美，只等亲王到来。十六日夜，月渐升高，而匂亲王那里尚无音讯。左大臣心中焦躁，想道："此婚姻他本不甚乐意，难道竟不愿到来？"心中颇不安定，便教人去打听情况。使者回来禀报："亲王今日傍晚出宫之后，去二条院了。"原来，匂亲王恐二女公子触景伤怀，不欲让她瞧见今夜情状，故决定从宫中出来后，径直到六条院来。二女公子处，写信便了。但他又可怜二女公子见信后，不知怎样伤心，于是又潜回二条院去了。左大臣心里不快，自思倘他今夜不来，我岂不成了世人笑料！便打发儿子头中将，到二条院去迎他，并赠诗一首：

"圆月清辉映楼台，
　中宵已过不见君。"

头中将赶到二条院时，匂亲王正与二女公子一起移步窗前，漫赏月色。二女公子温柔娇媚，姿色诱人，令匂亲王万分割舍不下。他知道她心中难受，便千盟万誓温存了一番，虽是"难得慰其心"，也极尽了自己的一片温爱情意。

二女公子近来愁思万千，然而竭力隐忍，面上装得甚是平静，因此头中将

【1】《古今和歌集》有古歌："此身在世日苦短，何必心烦似乱麻？"

来到时，她处之泰然，竟似全然不知，可内心悲痛不已。而匂亲王，念六女公子终亦可怜，便要前往六条院，遂对二女公子说道："我去去即回。你一个人'勿对明月'[1]。我此时也心烦意乱，实难奉侍。"他觉得这时彼此相对，亦甚伤心，便出门而去了。二女公子虽极力隐忍，望着他远去，仍不禁簌簌掉下泪来，大有"泪浮孤枕"[2]之感。心中奇怪："嫉妒之心，原来我也未能免除，人心真是难料！"又想："我姐妹两人自幼孤苦，全赖那厌弃尘世的父亲教养。自己习惯了山里孤寂岁月，只当人生本就这样寂寞凄苦，岂知世间，原还有如此痛彻肺腑的忧虑。我因历经了与父亲、姐姐的永别之悲，遂无意再滞留尘世，只是天意不遂我愿，竟至苟活至今。来到京都之后，虽不料竟然能与贵人同列，但也不曾指望能够长久，只想夫妻平安度日而已。如今竟发生了这等痛心之事，恐怕我俩的缘分，从此将尽了。我原可退而自慰：他虽对我冷淡，到底不似父亲与姐姐一般撒手离去，终可以不时一见。但今夜如此狠心离开，使我痛感一切皆成空幻，悲痛之情难以自抑。不过只要活下去，可能自会……"她终于转念自我安慰。然毕竟悲从中来，辗转冥思，一夜无眠。往常听得松风徐来，较之荒僻的宇治山庄，甚觉闲雅宁静，极可喜爱，但在今夜，二女公子只觉其声难闻，扰人心绪，更甚于柯叶，遂吟诗道：

"萧萧松籁剥秋山，

愁绪无情潜心来。"

由此观之，昔日宇治山庄的种种愁绪，似已忘却。几位老年侍女劝道："小姐回里屋去吧，老望着月亮是不吉的。[3]唉！怎连果物也不吃点儿呢？先前大小姐便是如此，至今思之，尤让人放心不下。"众年轻侍女无不叹息："世间烦恼无穷尽啊！"又私下议论："唉，怎能这样呢！先前的爱恋如此深厚，总不至于就此抛弃了吧。"二女公子听了，心里更不好受，转而一想："我就此不出一言，且静观将来如何吧。"或许她不愿别人议论，要自己一人独藏了这份怨恨吧。熟知内情的侍女互相言道："薰中纳言大人情真意切，当初何不嫁了他呢？真是可惜！"又道："二小姐真是命运多舛啊！"

【1】白居易《赠内》："莫对月明思往事，损君颜色减君年。"

【2】《拾遗集》有古歌："泪川之水日渐涨，孤枕漂浮睡不安。"

【3】当时认为，凝望月亮是不吉祥的。

匀亲王虽深觉有负于二女公子，但他生性贪色，又想尽力讨得六女公子欢心，故刻意打扮，衣香格外浓烈，其美艳神采难以比拟。六条院众人正等着新婿到来，那排场更是华丽盛大。起初，匀亲王担心："传闻六女公子颇为壮健，不是身段苗条纤弱的女子，并不知其真实模样。该不会是那种粗狂刁蛮，毫无温柔可言的女子吧？倘真是如此，岂不无趣？"但见得面后，似觉得并不如此，便对其亲昵有加。入秋之后夜虽长，他来得甚晚，故到后不久，天已破晓。

匀亲王返回二条院后，没有直接去见二女公子，只在自己室内独睡。醒来后，他便忙着写信慰问六女公子。旁边诸侍女皆窃议道："原来恋情甚深呢！"又道："即便情爱两边持平，但那边威势显赫，门第尊贵，恐怕要压过这边呢。真是苦了此处夫人。"她们非寻常侍女，皆为匀亲王亲近随侍之人，对这件事深感不平，故发泄了许多不满。匀亲王本欲在自己室中，静候六女公子回音，但与二女公子一夜未见，其挂怀之情，似乎更甚于往日野宿之时，是以便来到她房中。二女公子小睡初醒，容姿正艳。她见匀亲王进得房来，不便继续躺着，略微将身子抬了起来。匀亲王见她双目微肿，面浮红晕，甚觉其姣美大胜往昔，不由流下眼泪，默然凝视着她。二女公子甚感羞涩，埋下头去，但见云鬟低垂，其态款款，自有一番美丽。匀亲王心有愧疚，一时难致殷勤慰藉之语，便言及他事："你身体怎地一直这般病弱呢？先前不是说，只因气候炙热么？如今既到得秋日，而你的身体仍然如此，真让人担心啊！却也怪了，祈祷也不见效呢，然法事仍当继续举行才是，若能找到道法高深的圣僧就好了！"尽是些堂而皇之的话。二女公子暗想："他又说些不着边际的话，甚是可恶。"心中更感不快，但又不便置之不理，便对他道："如今之病，他日定会好的。我的身体一向与他人不同。"匀亲王笑道："你说得好容易啊！"他觉得以娴淑娇媚而言，无人能与这位二女公子媲美。但他对六女公子的眷恋，实也不浅，他心中挂念着六女公子，恨不得早点再去会见新人。不过，与二女公子相聚期间，他仍是温情脉脉，向她立下誓愿，定要互不相渝，永为夫妇。二女公子答道："人生实甚短暂，我不曾料及，会在此短促的'尚在期间里'[1]，受你冷淡。你这番誓言，是否要等待来世去实现呢？若是这样，我便不畏'蹈覆辙'[2]而来伴

【1】《古今和歌集》有古歌："我命本无常，修短不可知。尚在期间里，忧患莫频催。"

【2】《古今和歌集》有古歌："不厌人情薄，流连在世荣。会当蹈覆辙，意外受讥评。"

你。"她一向是隐忍自制,然而今日终是忍耐不住,流下泪来。近来她每有积怨,总是极力隐忍,不愿让匂亲王看出来。许是此时忧积于心,已到极限,再也不能自控了吧。所以一经哭出,便似秋雨,绵绵无绝。她甚感羞耻,连忙转了身去。匂亲王将她拉过来,对她说道:"我原以为你温良贤达,定能相信我的话,岂料你对我已生分!否则,不会一夜就变心吧?"说着,便用衣袖替她擦泪。二女公子脸上微现笑意,答道:"一夜之间就变心的,其实是你呢,你言语之中,分明可以听出。"匂亲王道:"哎,此话真是欠思虑啊!我心中无疚,甚为坦然,况且甜言蜜语,终难掩虚伪之色。你向来不谙凡俗世故,固亦可爱,却也很难为我。倘若你做了我,也只能如此,如今我真是'不由自主'啊!若有朝一日能偿宏愿[1],我对你的情爱,必远胜他人,务必相信我。但此事不可轻易泄露,你且静养身体,以待时机吧。"

此刻,去六条院送信的使者返回了。这使者已酒醉迷失心智,放肆来到二女公子居处正门前面。他的全身,快要被大量珍贵的犒赏品掩盖。众侍女一看,便知此人是前去送信得了赏赐,此刻是带着回信来了。匂亲王虽然并不想隐瞒写信之事,但终觉不宜声张,恐使二女公子不满,故暗暗希望使者稍有心机才好,但此时已是无法遮掩,只得命侍女取将过来。他想:"既如此,倒应尽力让她相信,对她全无隐瞒才好。"遂当着二女公子的面,将信拆开,二女公子暗想:"他是何时写那慰问信的?好急切啊!"心中甚是不快,回信拆开,见是六女公子的义母落叶公主[2]代为书写,心中方稍觉宽慰。但此时阅信,亦甚尴尬。那信中写道:"权且代笔,甚觉失礼。但因小女情绪欠佳,不能亲笔相谢,只得代为回复:

　　无情朝露摧残甚,

　　初次放蕊容姿暗。"

其书高雅脱俗,文笔优美。但匂亲王道:"诗中略现怨恨之情,倒令我有些不安。我本打算在此安心度日,却未料猝然生出此事。"

往昔,二女公子在读古书时,或所闻之常人传说中,总是怪异为何女子为了男子的爱被人分享,便大感伤痛。如今自己身受其苦时,才恍然醒悟:此痛确乎寻常啊!倘是寻常之人,丈夫娶了二妻而一妻嫉怨,皆会赢得众人同情她的。但

【1】指立为皇太子。
【2】夕雾的六女公子是藤内侍所生,过继给夕雾的第二位妻子落叶公主。

匂亲王却不能与常人相比，故这类事情不足为怪。世人皆以为，众皇子中，匂亲王地位颇不同于他人，有望立为太子，便是多立几门侧室，原本是无可指责的，故他娶得六女公子，并无人同情二女公子。二女公子迄今受如此优遇与宠幸，众人皆以为实甚幸运呢。而二女公子自己，只因已惯了独受厚宠，今忽然被人分得去，不免有落寞失势之愁叹了。匂亲王此时待二女公子，比往常更为温柔恳挚，说道："你不吃不喝，恐不能承受呢。"便送上精致的果品，又吩咐手艺高超的厨师，特为她烹出美食。可二女公子仍然点滴不进。匂亲王叹气道："这如何是好？"此时，天色黯淡下来，时至傍晚，他便回自己的正殿去了。夜风沁凉，暮色幽冥，其景致亦甚可爱。匂亲王本性洒脱，此时更心旷神怡，但愁闷积胸的二女公子，对此长夜无光、萧风鸣啸之景况，却是悲不胜收。偶闻蝉鸣之声，便勾起对宇治山庄的怀恋，遂吟诗道：

"蝉鸣依旧萦山野，

时值衰秋惹人恨。"

是夜，天刚落下夜幕时，匂亲王便急赴六条院。听得一片杂沓之声随风而逝，二女公子倏觉"泪水滔滔胜钓浦"【1】，对自己的嫉妒也生厌恶。她躺卧于寝台，思前想后，一夜不能入眠。回忆起匂亲王开始时，便使她苦痛的诸种情状，更觉悔之莫及。她想："不知这次身孕如何？本族人中，大多命若薄纸，我或将死于产中，亦不得而知。虽性命不足惜，但就此而去，毕竟是令人悲痛的，且难产而死，罪孽深重……"

六女公子与匂亲王结婚三朝仪式，夕雾左大臣欲办得恢弘气派，十全十美。然此日正逢明石皇后贵体不适，故不能过分大操大办。众皆入宫探问皇后。所幸她的病并不严重，只是微受风寒，故而夕雾左大臣不久便退出。他请薰中纳言共驾离宫，并邀他参与操办此婚庆之事，但念及先前曾欲嫁女与此人，心中又颇感过意不去。薰君在众亲之中，与他血缘最近，况薰君颇为精通仪式布置等诸事，故无论如何得招请他前来。薰君今日尤为尽力，提前抵达六条院。他并不为六女公子嫁与匂亲王之事可惜，只管与左大臣一道尽心尽力料理诸般事务，左大臣见他毫不为六女公子而情动，却又略感不快。匂亲王于日暮后方抵六

【1】见《河海抄》："恋情欲绝扬声哭，泪水滔滔胜钓浦。"

条院。新婿席位在正殿南厢的东面。八桌筵席一字摆开，诸种器具珍贵堂皇。又设二桌小席，上摆盛三朝饼的雕花脚盘子，新颖别致。所有摆设高雅讲究，实难赘述。

此时左大臣出来说道："夜色已深了！"便派侍女去请新郎前来就席。匂亲王正与六女公子玩戏取乐，并未即刻而来。先出来的是云居雁夫人之兄，左卫门督及藤宰相。片刻后，新郎方来到，言谈举止风流无匹。头中将以主人身份，向匂亲王敬酒，殷勤劝膳。薰君亦不住劝酒，匂亲王只是对他报之微笑。恐是他回想起曾与薰君说"左大臣家规严厉"，且以此亲实不相称之故，而对薰君示意吧。然薰君似乎并不解其微笑之意，一味郑重其事，四处招呼众人。东厅的匂亲王所带随从，大多为位尊权高之殿上人，亦皆受到犒劳赏赐：四位者六人，每人得赏一套女装及一件长褂；五位者十人，每人得赏三重裙腰装饰，各不相同的唐装一套；六位者四人，每人受赏绫绸长褂及裙等。对亲王的贴身侍卫及诸舍人，犒赏物品最为丰盛，众人难及。犒赏品按其规定，在数量上似觉不足，便在配色及质料上精心选材，细致加工，务求完美。此等隆盛热闹景致，原是百看不厌的，旧小说早有描述，大约亦不过如此吧？

几个地位稍低的薰君随从，见此盛况后，回到三条宫邸，不断怨叹道："我家主人，竟此般迂腐憨厚，自己为何不做人家女婿呢？孤家寡人有甚好处啊！"薰君虽听到他们于中门旁大发牢骚，并未言语，只觉这些人可笑。此时夜静更深，他们疲乏欲睡，眼见匂亲王的随从人等趾高气扬，酒足饭饱后躺于一处休息，不由得羡慕不已。薰君步入室内，躺下心想："看着他当新婿确也有些令人难堪。本是直系亲眷[1]，却神气十足地成了女婿，于辉煌烛光中举杯交欢。这匂亲王倒应付自如，不失礼貌呢。"他钦佩匂亲王举止优雅得体。又想："此人确实出类拔萃，难怪时人皆愿招匂亲王为婿，我倘有爱女，亦宁愿嫁与他而不送入宫中。然有人又道：'薰中纳言或更好呢。'此语流传一时，可见他们对我亦很钦佩呢。可恨我的性情太古板、太老气了。"想到此，颇有些得意。又想："皇上有意将二公主下嫁与我，倘真个如此，这倒是件增光添彩的事。但未知二公主品貌如何，倘肖似大女公子，那真乃荣幸至极。"可见他还是有意此事的。他反复思量，不能

【1】夕雾是匂亲王母舅。

入眠，便走进侍女按察君房中。此女平日甚得薰君怜爱，他在此直睡至天明。晨光初露，他连忙张皇起身，这侍女颇为不快，吟诗道：

"偷结良缘越禁关，

暗留恶名忧情断。"

薰中纳言甚觉对她不住，便吟诗聊作应答：

"人疑关河水面浅，

岂料深渊底下流？"

便是"深"，尚不能使人相信，更何况言之"水面浅"呢！这侍女更难过了。薰君便打开边门，柔声说道："我只想你起来一道看看那飘曳云锦的天空，然并不是效仿风流人物。我近来夜不能寐，觉得长夜难挨，思量人生之事，不觉悲苦至极，故心中很不宁静。"如此推诿一番，便出门而去了。他不善对女子说些柔情蜜意的话，然而她们仍不视他为寡情之人，这或许是其俊俏风流，吸引女子的缘故吧。她们即使偶尔能听听他的声音，看看他的容貌，亦就满足了。许多女子，为了遂得这可怜的心愿，而不惜屈身到三条宫邸，为已做僧尼的三公主做侍女。于是，随其不同的身份，亦就生出不同的哀婉故事来。

六女公子生得无比娇艳，婀娜多姿。那披肩秀发，冰雪肌肤，耀眼生辉，见者无不为之动容。总之，她全身无一处瑕疵，誉为"美人"实不为过。六女公子与亲王面晤时，颇为害羞，但并不一味垂眉低首，总是显露出聪明精干、多才多艺来。她那些侍女、女童，无不容颜出众，穿戴独具匠心，其美观令人惊异。此次婚仪，其隆盛之状，胜过了云居雁的大女公子入宫做太子妃之时，这或许是为了显示匀亲王的威望与自己的姿色之故吧。六女公子深得父亲宠爱，又正值二十一二的青春年华，发育完全，身体丰盈圆润，似怒放的花儿。父亲尽心调教，关怀备至，人品亦甚高洁，难怪被父母视若掌上明珠。然就娇媚与温柔而论，却不及二条院那位二女公子。

这以后，因身份高贵之故，匀亲王不能随意前往二条院。昼间只能于六条院南部昔日惯居之地度日，夜间则要伴随六女公子。他长时间未赴二条院，二女公子时常望眼欲穿，却总是空等失望，不见其来。她想："这本乃预料中事，但想不到绝情如此轻率。怪当初主意不坚，高攀了贵人。"万般思忖：只觉当时草率出走山庄赴京，如噩梦一场，今悔之不及，不胜悲伤。她又想："如此苦待，倒不如寻个机会返还宇治。虽不与他从此决绝，但亦可聊慰苦衷，只要不与之结怨便可。"她思虑再三，终于鼓起勇气，诚恳地给薰中纳言去了一信，信中道："有劳你前日为亡父举办法事，阿阇梨已详述于我，若忘却旧情，不诚挚追念，亡父在天之灵必然寂寞。受此恩惠，不胜感激，倘遇机缘，定当面谢。"不拘格式，随意直书于陆奥纸上，字迹却甚为娟秀。虽只言片语，却情真意挚。二女公子往日对薰中纳言来信作复，向来顾虑重重，不敢畅怀倾诉，此次却亲为写信，并提及"面谢"，薰中纳言看罢，意外之余，如受恩宠，心情为之振奋。他推想定是匀亲王贪新弃旧，使二女公子孤寂难耐，不由对她甚为怜悯。虽信中直陈意思，全无风趣可言，薰中纳言却再三细阅，不忍释手。他复信说道："来信拜读，一切均悉。前日亲王三周年忌辰，我以虔诚之心前往祭奠追念。我知你意欲前往，窃以为此举甚为不宜，故未曾奉告而独自前去。来书称我不忘前情，未免以为我不解情缘，甚为怨恨，唯望面见相述，就此拜复。"他将此信，直接书于一厚实之纸上。二女公子阅毕回信，不禁忆起当年发生在宇治山庄的事情，那往昔的一夜，离奇古怪而又令人陶醉，神秘而又费解，直到今日，她才真正了解到薰君的正派无邪，与那匀亲王迥然而异。

翌日薄暮，薰中纳言思恋二女公子之情渐次浓厚，便来到二条院。他打扮更为精心，将衣服香气熏得异常浓烈，手中则轻握那把惯用的丁香汁染的扇子，全身华丽雅致，香气芬芳无可言喻。他的来到使她心中产生了一个怪念头："即便草率嫁与此人，亦是不错的。"她已不再年幼无知，将他与那匀亲王一比，倏觉天渊之别。回思昔日常与他隔物相会，甚觉歉然，深恐被他视作不解风情的女子，故而今日将其请入帘内，只在帘前设一帷屏，自己坐于里间稍远处，与他叙谈。薰中纳言恭敬地说道："此番虽非小姐特召，但幸蒙破例面晤，倍加欣喜，只愿即刻造访。但听闻昨日亲王在府，顾忌颇多，因而推延至今。承谢赐坐帘内，隔帷相谈，想到我多年痴情终为你理解，真乃不易！"二女公子仍旧心慌羞怯，一时不知怎样回答，勉强回复："父亲三周年忌辰，幸蒙代祭，感激不尽，若像往昔般掩埋于心，则连细微谢忱亦难报答，实甚歉愧，故而……"她说话时态度谦恭，声音柔软如玉纶之音，但其身体逐渐后退去，因而言语断续不接，依稀隐约。薰中纳言心中着急，对她说道："恕我冒昧，小姐与我相隔太远！我希望畅怀倾诉，倾听小姐指教呢。"二女公子亦觉相距太远。遂微微趔行靠前。薰中纳言听其走近，心如脱兔，然片刻便镇静如常，若无其事。他想起匀亲王对二女公子如此薄情，便仗义指责，并又殷切安慰，好言相劝了一阵。二女公子虽满怀怨恨，但缄口不语，只向他表示"何怨世无常"[1]之意，用只言片语引开话题，委婉恳求他带她前往宇治。

薰中纳言回答她道："依我之见，此事实难从命。你须得事先据实告知亲王，得其指示，方为万全之策。否则，稍有闪失，亲王怪罪起来，小姐必难承受。亲王一旦同意，则迎送诸等事情，我自应全力担负，岂敢怠慢！我为人向来秉正无私，异于他人，亲王对此最为深知。"他表面仿若无事一般，其实心中无时不悔恨自己为何将二女公子轻易让与亲王。他多想如那古歌所咏，让"时光倒转去"，而将二女公子娶回呀，便将此意含蓄地说与二女公子。其时暮色已近，二女公子觉得，如此久留他于帘内，实乃不妥，便对他道："今日我心绪烦乱，就此停止罢。待略微转好，再谨聆指教。"说着欲朝内室退去。薰中纳言万分懊恼，急急说道："也罢，小姐准备何时动身去宇治呢？我可遣人除去路上杂草，以免沾染邪气。"他以此讨好她。二女公子暂且止步，答道："本月已过去大半，延至下月初吧。只须微行前往，不用特意求得许可。"

薰中纳言闻其声音，甚觉清脆悦耳，沉溺往事，不禁迷醉。情急之下，他实难忍耐，竟探身进入帘内，将二女公子的衣袖扯住。二女公子一言不发，只是往后退缩，想道："真令人厌恶啊，原来他也居心叵测。"薰君则拉着她的衣袖，顺势将剩在帘外的半截身子，也挪进帘内，并且毫无顾忌地卧在她身边，说道："我还记得，小姐曾说'只怕被人看见'。我怕听错，便进来问一下。请不要避开我，你这态度多教人伤心啊！"说时满含怨恨。她无意回答，只觉荒唐耻辱，怒火攻心，差点晕厥。最后她强行镇静下来，说道："你真用心险恶啊！这成什么样子呢？侍女们不知该怎么议论了！"她口中骂着，几乎哭出来。二小姐身边侍女，见一男子钻进帘来，不明究竟，便急忙走过来。见是薰中纳言，知他是常来探望关怀的熟客，推想今日定有事来访，便佯装不知，又自行退下了。二女公子于是更孤单无援了。薰中纳言觉得她的话不无道理，颇感愧疚，但仍分辩道："可记得昔年夜中，也曾如此相晤？当年你姐姐也应允我亲近你，而你却视为无礼，你也太不识大体了。我无丝毫色情之心，你尽可放心，又怎会遭人责怪呢？"说时理直气壮。他近日时常追悔旧事，心中痛苦不堪，便在二小姐面前，絮絮叨叨

【1】《河海抄》有古歌："何怨世无常，不怪人情薄。只恨宿命穷，此身长落寞。"

地吐露心迹，心中才稍得安慰，竟毫无离去之意。二女公子对此一筹莫展，只觉得这种人比那素不相识的人更为可恶，难以对付，唯吞声饮泣。薰中纳言对她说道："你太任性了，何必呢？"他举目凝视二女公子，那姣美怜爱之态，无可比拟，其典雅含蓄，比之当年夜间所见，更趋丰盈成熟。念起昔日主动将其让与匂亲王，以致今日如此魂牵梦绕，他追悔莫及，怨气难消，竟呜呜咽咽地哭了。薰中纳言对当年的失误痛悔不迭，心若翻江倒海，竟无法沉静下来。然昔日一夜面晤，尚且坐怀不乱，今日定不会越礼乱来，他也深感此行徒然无获，不胜懊恨，若外人看了还有失体面。思虑再三，他终告辞而去。

薰中纳言已意乱情迷，只道尚在深夜，哪知天早已破晓。唯恐狼狈之相被人看见，招来讥讽，心中烦乱不堪。他想："这般懊丧悔恨，只怨我屡失良机，未能抓住呀，然而有悖情理之事，我是不会去干的，且凭一时冲动而偷得片刻欢愉，势必提心吊胆，心无宁日。偷情求欢，实在是劳神费力，女的一方亦担惊冒险。"他听闻二女公子身体不适，是因怀孕之故，今日看来，并非谣传，否则身上不会束上那条遮掩腰带。薰中纳言深感她极为可怜，为顾全其声誉，不忍恣情放肆。但是他这种理智的想法，终抑制不住本能的情感欲念，二女公子的影子缠绕脑中，时刻浮于眼前。那优雅的举止，风流娴雅的面影，使他神魂颠倒。他决心将她弄到手，方能罢休，此心实甚叵测，但却无法摆脱，故一切事情皆抛置脑后了。他想道："二女公子让我陪她赶赴宇治，这正是机会呢，只恐不好通过匂亲王，况偷偷出走，毕竟有失体面。怎样方可不受世人非议，而又能冠冕堂皇地遂己心愿呢？"他神不守舍地回到家中，怅惘躺下。

晨曦初开之时，他便慌忙不迭地写信与二女公子。表面照例是华丽高雅的文章，且附诗一首：

"露道空归多懊恼，

秋容满载似昔年。

遭君冷落，令我'茫然无知徒自忧'[1]。呜呼，我已无话可言了。"二女公子极不愿回答他，又深恐失礼，引得众侍女奇怪，因此反复思量，最终写成寥寥几字："来书拜悉。只因心绪不佳，不能细复，望能见谅。"薰中纳言拆阅复信，殊

【1】见《河海抄》："善解自身无怨恨，茫然无知徒自忧。"

觉言少情淡，大失兴致，只一味痴迷地回想着她的面容。却说那二女公子，如今已知晓些人情世故，昨夜对薰中纳言虽严辞痛斥，但也并不异常厌恶他。她态度不卑不亢，从容文静，婉转温和，终于巧妙地将其送走。薰中纳言此刻回想她那娇媚生恨的样子，既嫉恨，又伤感，愁闷不堪。他想："此人较前更为出众了，有朝一日倘被匂亲王遗弃，我倒愿意接纳她。即便不能公然结为夫妻，也可暗中寻欢，况我本无伴侣，对她亦真心恋慕，何怕之有？"他只管幻想，其用心真乃不良。自己表面仁义正直，原是另有所图，然男子之心原皆是可恶的，并非他一人如此。虽说大女公子之死，令人悲恸难忍，但并不如此次这般，教人愁肠百结，悲恨交加，其苦非言语所能表达。于是，他一听见有人道："匂亲王今日又来二条院了。"便蓦然忘却自己乃二女公子保护之人，顿时醋意横生，心若刀割。

　　匂亲王久不回二条院，亦感过意不去，这日忽然归来，使二女公子既觉惊诧又生幽怨。但她觉得事已至此，恨怨亦无益，故而对他仍温存亲热，无丝毫疏远之意。她恳托薰中纳言带她回宇治山庄，然被轻易婉拒，由此想来，便觉世态炎凉，真是红颜命薄啊！她决计："我只要'无绝期'[1]，那便听之任之，且安然度日吧。"故温柔和悦，专心专意招待匂亲王。亲王愈发神痴魂迷，尽量以百般疼爱来弥补他的歉意。二女公子肚子已渐渐凸出，身上束着的那腰带，已膨大起来，样子甚是可怜。对于怀孕的人，匂亲王未曾留意过，甚感奇异。他久住于谨严规矩的六条院，实觉束手束脚，一朝回到二条院宫邸，便觉一切皆随心所欲，甚是惬意。于是向二女公子重约盟誓，千言万语不尽。二女公子听罢，心想："天下男子为讨女子欢心，皆伶牙俐齿。"又忆起昨夜那放纵妄为之人来。她想："数年来认为他举止稳重，孰料一遇色情之事，也就原形毕露，忘乎所以了。那薰中纳言趁势进入我帐内，实在是可恶至极！虽他与我姐姐之纯真情谊实属难得，但对此人终须谨慎为好。"她对薰中纳言生了防范之心，然想到今后匂亲王不在家期间，那人可能还会前来纠缠，不由得十分忧心，可又难以向亲王启齿。

　　此时，匂亲王忽嗅出二女公子衣服上有薰中纳言的香气，便出言询问二女公子："究竟是怎么回事？"又默察她的神色。薰中纳言的香气奇异独特，极易分辨，况这亲王深谙男女情爱之事，因此心生疑虑，二女公子心中自知，一时

【1】见《拾遗集》："池中水泡真堪羡，身世漂浮无绝期。"

无言以答，只是痛苦不已。匀亲王心想："此事我早已料到，他怎会不生此念呢？"越想越懊恼。二女公子先前也担心此事，所以昨夜已将所有衣服换掉。哪知这香气竟然附于身上，令人好生奇怪。匀亲王对她道："此足见你与他已亲密无间了。"又说了许多不堪入耳之话。二女公子愈发有口难辩，唯觉无地自容。匀亲王又道："我这般深切关怀你，但你却'我先遗忘人'[1]，背离丈夫，做出有失门风之举，实乃下贱之人所为。我与你又不曾长年久别，为何你竟移情别恋？这委实大出我之所料！"此外痛恨之言颇多，不再赘述。二女公子只是默默流泪，匀亲王恨恨不已，吟诗道：

"汝袖新染他人香，

我身恨牵旧情长。"

被他如此辱骂，二女公子却无言辩解，唯说道："何来此事！"便和诗道：

"同衾共枕情长久，

离散岂凭细微因？"

之后又是一番啼泣，那模样越发楚楚动人，叫人怜爱万分。匀亲王想："就因她这般模样，才勾起那人牵念。"这匀亲王早就甚是担忧：二女公子容貌出众，倘外族男子有幸闻其声、窥其貌，必心思萌动，恋慕于她，遂常常佯装毫不经意，暗中却细心观察。他时常寻查二女公子身边小箱柜之类，企望能找出些证据来，然而除了简短的片言段纸外，总是一无所获。他常猜疑薰中纳言与她的关系不比一般，没有情缘才是怪事，如今被他发现了这香气，他怎能不妒恨呢？他想："薰中纳言风姿俊逸，但凡稍解风情的女子，必然一见钟情，如何能断然拒绝呢？且这两人才貌般配，想必早已有缘了。"如此一想，更是嫉妒不堪，自己也忍不住落下泪来，倒真是个风流情种。这二女公子实甚清秀娇媚，令人怜爱。即便是有了过错，也无人忍心冷待于她，故而不久，匀亲王心中妒火便逐渐消减，且宽恕了她，倒以好言相慰了。

翌日，匀亲王与二女公子舒畅睡至日高，方始起床盥洗，吃早粥。匀亲王时常出入那富丽堂皇的六条院邸，对高丽、唐朝色彩缤纷的绫罗绸缎，早已司空见惯，如今看到自家邸宅装饰虽极寻常，且侍女穿着亦俭朴，却也清爽怡人。二

【1】《古今和歌六帖》有古歌："人未遗忘我，我先遗忘人。如此无情者，岂可久相亲！"

女公子身着柔软淡紫色衫，外罩暗红面子蓝里子褂，甚是随意。那姿态与全身簇新、雍容华贵的六女公子相比，竟然不相上下，其优雅温柔，自是令亲王无限深爱。只是她往常圆润丰满的面庞，近来略清瘦，却愈发白嫩娇艳，高贵雅致，他又想到昨夜闻到香气之事，不由得怨恨妒嫉。匀亲王对二女公子无论如何放不下心，故这一日闭门不出，只写了两三封信送往六条院。几个老年侍女私下讥议："才分别多久，就如此急不可耐，哪来这么多情话呢。"

薰中纳言闻知近日匀亲王不去六条院，只居于二女公子处，不禁十分担忧她之现状。他懊丧地想："真糊涂，此举何等愚鲁恶劣！我本是她保护之人，怎可萌生邪念呢？"想到此，便竭力平静下来，以为匀亲王无论怎样宠幸六女公子，亦绝不会遗弃二女公子，故又替她暗自庆幸。他又记起她那些侍女的衣服已陈旧不堪，于是到三公主处问道："母亲这里可有现成女装？与我几套，有用处呢。"三公主答道："那九月作法事用的白色服装，即将做好，染色的眼下尚未置备。倘急用，便叫他们赶制吧。"薰中纳言道："无须母亲费神，并非急用，只须现成的即可。"遂命裁缝所的侍女，拿出几套现成女装，几件时髦褂子，又取了些纯色绫绢。为二女公子所用的衣料尽是些讲究的红色砑光绢，此外又添了许多白绫，这全是薰中纳言自己备用的。没有做女裙的料子如何是好？便加了一条腰带，他在带上系诗一首：

"心惜罗带附他人，

何故缠怀徒诉恨？"

薰中纳言遣使将所办衣物，送交侍女大辅君。使者转述薰中纳言的话道："匆促之中，所奉衣物，实不足观，望妥为分配。"此次所赠二女公子的衣料，尽量不显眼地装在盒子里，然包装却甚是精致。只因此种馈赠，乃经常之事，众人早习以为常，故不谦让推辞，这大辅君深受二女公子看重，未将他所赠衣料，拿与二女公子过目，自行分送完毕。众贴身侍女服饰原本考究，而那下级侍女，此时穿上所赐白色夹衫，与平时的粗衣陋服比起来，虽不华丽，也皆清爽宜人。

匀亲王虽然深宠二女公子，对其关照亦甚周全，但这位皇子长居深宫，养尊处优，不识世间疾苦，他又怎能关心到日常细微之事呢？他习惯风花雪月的生活，玩花弄露尚怕湿指，与之比较，薰君这钟情之人则是处处用心，一枝一叶皆照顾到，实甚难得的。故而乳母等人，时常讥讽匀亲王："要他照顾，那是白费心思。"平日里二女公子见几个女童衣服破旧，颇觉羞愧，常不免私下自恨命苦：

"住此豪华之所，反倒寒碜丢丑了。"而六条院左大臣家，豪华铺排世人皆知，匀亲王的随从见此鲜明对比，怎不见笑呢？因而二女公子非常愁闷，时常哀叹。对二女公子而言，能长久地关心照料她一切的，除了这薰君之外，恐再无他人了。薰中纳言很会察言观色，正好投其所好，故送些衣物，求其欢心。若对交情浅薄者，送这些琐杂之物，定然失礼，但对二女公子而言，并非轻侮失礼，反倒方便。自己如送她奢华昂贵之物，定遭世人非议。薰中纳言正是考虑到了这些，故只送些现成衣物。随后他又命人缝制了各式华丽衣服、礼服，连同许多绫罗绢纱一并送去。

　　这位薰中纳言心性骄矜高远，是个出类超群之人，自幼生长于锦绣富贵中，养尊处优倒也不次于匀亲王。但他自目睹了已故八亲王那宇治山庄的衰败光景后，大为惊异，始知失势之人，前后生涯竟这般悬殊，委实可怜。于是由此及彼，推想世间诸种情况，常常寄予深切的怜悯，薰中纳言此经验真也实属难得。

　　薰中纳言写给二女公子的信，比以往更加详细动情，时时流露出难于忍受的相思。这是因为他虽然力求驱除邪念，胸怀坦荡地照料二女公子，然力难随心，备受相思之苦，所以终不能忘情于她。二女公子见了信后，自思孽债深重，驱之不去，哀叹不止："若是素无往来，倒可骂他痴狂无赖，了断此事。可他不同别人，相交已久，深可信赖，何能忽然断绝？若此，反遭别人猜疑，而引出无数风波。我并非寡情薄义，却不知该如何感激他的诚挚与厚爱，但要为此敞心开怀，我委实顾虑重重。唉，这怎生是好？"她思前想后，心迷意乱。可如今，能与她诉说衷肠者，几无一人。那几个从宇治山乡带回的老侍女，虽一向熟悉，但除相叙往事，便无甚可谈。更不用说倾诉衷肠了。她想："倘姐姐在世，他怎有这种心思呢？"不胜悲伤。虽然她悲恨匀亲王薄情，但薰中纳言更令她痛苦劳神。

　　薰中纳言难耐相思之苦，便托故于某日暮色苍茫之时到二条院拜问。二女公子知其来意，忙叫人送出坐垫，并传言："今日因心绪欠佳之故，不便晤谈，尚请谅解。"薰中纳言听罢，好不伤怀，泪水便要流出，又深恐被侍女见了有失气度，便竭力忍耐，勉强答道："即使患疾，陌路僧人尚可住于身旁呢。权当我为医师，让我进来吧，托人传答，实无趣味。"众侍女见他神情悲伤可怜，想起那夜强入帷内一事，便对二女公子道："这样怠慢他，实在不该呀。"便放下正殿的帘子，恭请他进入守夜僧人所居屋内。二女公子心中十分恼恨，但侍女话已出口，只得忧心满怀，稍稍膝行而前，与他相晤。她话语不多，且声音低微。薰中纳言听罢，蓦然记起初染病疾的大女公子也是这般情景，甚觉不祥，悲伤顿涌，眼前发黑，一时竟难吐片语。他痛恨二女公子离他太远，便探手入内，将帷屏推开少许，顺势移身进去。二女公子芳心大惊，但又奈何不得，只好唤来贴身侍女少将君，颤声说道："我胸疼痛，替我按按。"薰中纳言听后，说道："且莫再按，否则那将愈发疼痛呢！"他长叹一声，直起了身体，甚是讨厌这侍女扰他好事，心中异常焦躁不安。他继而说道："为何身体如此不济？据以往那些怀孕之人说，起初身体确实不适，不久便会适应。可你如此长久不适，却是何故呢？恐是你太过年轻，不堪担忧吧。"二女公子不胜羞愧，低声答道："我之胸痛由来已久，我姐亦患此病，据说患上此病便很难长命呢。"薰中纳言想到世间无人可"寿如千年松"[1]，不由对她亦忧怜，便不顾身前侍女，将心中对二女公子的恋慕之情倾诉殆尽。但他措词文雅纤巧，其意含蓄，无一轻慢粗俗之语。旁人只道是相慰之言，二女公子却能领悟神会。少将君听了并不明白底蕴，只觉得此人深可嘉许。

　　薰中纳言凝眸远眺窗外，但见暮色降落，时已傍晚，夜虫唧啾之声清晰可辨。庭中假山只剩一团暗影，其他景色模糊难分。他不管二女公子如何着急，仍是悄然不动地倚柱而坐。他常常忆起旧日情状，无时不忘大女公子，故对她说道："自幼厌恨凡尘俗世，常愿清心淡泊地度过此生。但我却终是尘缘未尽，你姐对我百般冷遇，我仍对她情愫难断，至今绵绵不绝，日渐一日，本有的道心亦逐渐消逝了。为排遣郁悒哀思，我亦想追寻女子，睹其姿容，聊以慰藉，然却无一女子可令我倾心。经过这般苦思煎熬，我确认世上女子，皆不能惹我动心了。故倘有人视我为轻薄贪色之辈，我定觉万般耻辱。今若对你有稍许邪念，我当羞愧而死。然仅如此晤谈，常将所思之事全然倾诉，企望能有所裨益，并且彼此解怀倾谈，谁能追究其过失呢？我心素来端正秉直，天地可鉴，世上人无可挑瑕疵，你为何不相信我呢？"他满腹怨言，哽呜含泪说了许多。二女公子柔语答道："我怎不相信你呢，要不怎会不顾旁人猜忌，而这般亲切地招待你？长年得你厚爱、多方照拂，我尚感无以为谢，故一直将你看作依赖之人，要不怎么会主动致信与你呢？"薰中纳言道："你何时写信与我？我没一点印象呀？你的话多让人动

---

[1]《古今和歌六帖》有古歌："青松千年寿，谁堪与此比？可叹浮生短，情场不自由。"

心啊！写信约我，大约为赴宇治山乡吧？这多烦你信赖，我岂有不感激之理？"他仍心怀不满。但因旁边有人，不便任情倾泄，他便低声吟诵古歌"恋情终有枯尽时……"，继而说道："如此相思，已不堪忍耐，我恨不得立去'无声地'[1]呵。在宇治山乡，便是不再新建寺院，亦当依故人颜面绘影雕像，作为佛像，拜诵祝愿，寄托衷情。"二女公子道："你立此心愿，令我感动。不过提起雕像，教人联想起放入寺院门前'洗手川'[2]，代受罪过的偶像，反觉对不起她了。且世间一些画师，看主人出手是否阔绰而定美丑，故对画像也并不令人满意。"薰中纳言道："确实如此。这雕匠与画师，怎能造出我心中之像！传闻近世有一雕匠，所雕佛像形神逼真，难辨真伪。真愿有此等神工巧匠！"他总念念不忘大女公子，其神情悲伤，显见刻骨铭心。

　　二女公子对他甚为怜悯，将身子移近稍许，柔声说道："至于雕像，我倒想起一事，只是羞于启口。"她说时，态度随和亲近了许多。薰中纳言心中甚喜，忙问道："何事？尽管说吧！"同时将手伸进帷屏内，握住了她的手。二女公子甚觉厌恶，但又不敢声张，一旦声张起来，让近旁侍女看了，说不定又会弄出许多绯闻来。故她只能佯装无事，答道："今夏京都，不知从何处来了个匿迹多年之人，声言要来探望我。我推想这人同我定有关系，然又从未相见，恐到时生疏尴尬。不久，她果真来了，一见之下竟发现酷似姐姐，我十分惊诧，却又觉得甚是亲爱。我与姐虽然同胞而生，其实据侍女们说，相异之处颇多。这人与姐姐毫无干系，竟如此逼肖酷似，教我无法分辨。"薰中纳言听了，几疑梦语。他说道："我为何不曾听说过呢？恐命中有缘，二人才会如此酷似。"二女公子叹道："有何缘分，我亦不明白。父亲在世时，时常担心离世后，留下女儿无所依赖，生涯悲苦。我一人留世，已使他操碎了心，倘此种事情再被人传播，更将受人非议了。"薰中纳言从中约略推知：这个女子可能是八亲王偷情所生，然不知是在何处抚育长大的。她说此女酷肖大女公子，牵动了他的心思，便忙追问："这些话，使我不甚明了，既然说了，就请详告于我吧。"二女公子终觉难为情，不肯

---

　　[1]《古今和歌六帖》有古歌："不堪相思苦，未便放声哭。欲往无声地，不知在何国。"

　　[2]"洗手川"是寺院前的河流。举办祓禊时，有将偶人放入川中，随水漂流，让偶人代罪受过。因此说"对不起亡姐"。

多说，只是推托道："你若有心寻她，我可将住处告知于你。至于其他情况，我亦弄不清楚。说得太细，亦无甚趣味了，倒减你兴致。"薰中纳言道："为寻爱人亡魂，便是跋山涉水，亦当舍命赴之。我对此人虽无恋慕，但与其这样朝思暮想，忧伤无限，还不如去寻得其踪。倘能有如你姐之像，可否尊为宇治之圣？务望详细指点才是。"

二女公子见其决意如此，便说道："父亲在世时，尚不认她做女儿，我却多嘴饶舌将其透露。这如何是好呢？我只是听你说要找能工巧匠，替姐雕像，我心受感动，才不由得说出来的。"遂告诉他："此人长居于偏远之乡，其母见其可怜，便教她与我信函来往。我不便置之不理，亦时常复信于她。哪知她却亲自来寻我了。恐是灯光映衬之故吧，我见她全身周遭无不天然得体，其秀丽竟超出我的预料。若能蒙你照拂，将其供奉为宇治山乡的本尊佛菩萨，真是她终生福气呀。恐怕这是做梦吧。"薰中纳言思忖："二女公子虽看起来说得亲切，且头头是道，其实是厌恶我絮叨纠缠，是以巧妙敷衍我罢。"因此，他甚感不悦。但一想到那酷似大女公子之人，又甚觉恋慕，他不由想道："她虽痛恨我那额外的思念，但却未当众羞辱我，可见她颇能体谅人呢。"念及于此，心情开朗了许多。此时已值深夜，二女公子深恐在下人面前有失仪态，便趁薰君不注意时，悄然退入内室。薰中纳言前后寻思，亦觉二女公子不无道理。但他心潮激荡，难以平静，怨恨与痛惜交错奔涌，以致方寸大乱，眼泪便要奔涌而出。然他心中深知，一切莽撞行径于人于己皆不利，遂尽力忍住，起身告退，愁叹连声，甚为凄惨。

他在返邸之途中寻思："我这般愁恨，以后怎么办呢？真是不幸！有何法既让我称心如意而又不遭世人讥评？"恐是对恋爱之道不甚熟悉之故，他总是无端地为自己为他人思虑未可预料之事，常至通宵达旦。他想："她说二人酷肖，是否真有其事，总须验证一下。那人母亲低贱，且家势衰微，向她提亲应该容易的，倒是那人若不如我意，反而不妥了。"故对这女子也不很思慕。

九月二十日后，薰中纳言来到了久已未访的宇治八亲王旧宅。是时，山中秋风萧瑟，木叶凋落，一片惨淡之状。与这山庄相伴的，只有那落叶秋风与宇治江水，难觅人踪，到处显出荒凉、破败的景象。薰中纳言一见，便黯然伤悲。他召来留于此处的老尼弁君。弁君走至纸隔扇门口，立于深青色帷屏后，并不上前，告道："恕我不敬，只因年衰骨朽，丑陋不堪，无颜见得贵人呢。"便只隐身帷屏后，不肯出来。薰中纳言答道："你我相知甚深，我料想你孤苦伶仃，寂寞无聊，故特来叙旧解忧。不觉间，又过去了许多日子，真乃岁月飞度啊！"说时满眼噙泪，弁君更是泪如串珠。他继而又说道："想到去岁此时，大小姐忙碌不已，正为二小姐婚事担忧呢，岂料她……唉，真是悲伤时时有，秋风催人愁啊！当初大小姐担心的事，很有道理。如今听闻二小姐与匂亲王的婚姻，确实不大美满呢。细想起来，真是变化莫测啊！不过无论怎样，只要存活于世，总有时来运转之期的。只是大小姐怀此忧虑而去，我总觉对她不起，心中实甚悲痛。匂亲王又娶了六女公子，这乃世间常有之事，他绝无疏远二小姐之心，倒是那个入土化魂的人，深可哀伤呢！人死是难逃的，只是先后不同而已，可那总是一件残酷而悲伤的事。"说完啜泣不已。

薰中纳言又遣人请来阿阇梨，对他说道："我时常来此，由于触景生情，不免悲从中来，然则这于事无补的，故想拆毁这山庄，依傍你那山寺建造一佛殿。此为迟早中事，早些动工为好。"他将举办大女公子周年忌辰的佛事托付与阿阇梨，并将建造图样以及若干佛堂、僧房等勾画出来，与之商谈。阿阇梨大加称赞，说此乃无量功德。薰中纳言又道："当年八亲王建造此宅时，定是费尽心思，而今将它拆去，实是罪过。但想来亲王当年，也有意建造寺院，以积些功德，只因念及他两个女儿，所以才未能如愿。而今是匂亲王夫人的产业，我本不该随意处置，然此地距河岸太近，太过显眼了，莫如将其拆去，代之以佛寺，另易地建造庄屋，你觉得如何？"阿阇梨道："无论怎样，此事皆乃慈善之举。据说以前曾有一人，痛惜儿子死去，将尸首包好挂于颈上多年，后感化于佛法，遂舍弃尸裹，潜心向佛，终入佛道[1]。如今大人睹物思人，看到这山庄，便生悲伤，委实有碍修行。若能易为寺院，则对后世有劝修教化之功，理应早日动工。可即刻召请风水博士，选定吉日动工。再特选几名技高的工匠，督促指导，而其他诸多细节之事，则按照佛门定规布置即可。"薰中纳言便将诸种事宜，规定布置下来，并召集附近领地人员，吩咐道："此次工事，均须遵照阿阇梨之意。"

此时，夜幕已降，薰中纳言只得宿泊山庄。长夜难眠，他想："这恐是最后一次看见此山庄了。"于是趁尚能见物，向各处巡视了一番。各处佛像皆已搬移入寺中，尚剩些弁君所用器具，他见那物品陈旧简陋，便想起她那孤寂贫困的一

【1】观音和势至前生是两个小孩，被继母杀死。文中裹尸挂于颈者乃两个孩子的父亲。

第五十回　寄生 | 731

生，甚觉可怜。他心中担忧，便对她说道："在未完工前，你可住在廊房中，此宅也须改造了。若欲送物件与二小姐，可遣人来此，仔细安排。"又叮嘱她诸种细致之事。若是别人像这般老朽丑陋，恐怕薰中纳言早已拒之千里，哪能如此关怀，但此人却异乎寻常，薰中纳言不但许她睡于近旁，还与她叙旧谈心。因旁无他人，尽可放心说话，故弁君也无顾忌，说起了薰中纳言的生父柏木往事。她道："你父弥留之际，是多么渴望见你一面啊！可那时你还在襁褓中呢，当时情景我仍记忆犹新。我竟能活到见你升官晋爵之日，定是当年殷切服侍你父，才得此善报吧。想起真是悲喜交集，我这苦命之身，却朽而不死，见到了诸多逆事，甚觉耻恨。二女公子多次言于我道：'怎不常来京中走动呢？只管幽居，想是疏远我吧。'实我老迈无能，除念经诵佛外，不想烦扰别人。"便不厌其烦地叙述大女公子生前的生性特点、性情爱好乃至诸多轶闻趣事，虽口齿不清，却也说得确切。薰中纳言听后，设想大女公子与人一起时，像孩子般不善言语，而性情却温文尔雅。念此，眷念之情越发强烈。他将两女公子的品性比较了一番，想道："二女公子比她姐姐更具风情，但对于性情不甚合宜之人，甚是冷淡疏远。她只有对我大为同情，愿与我永结情谊。"

　　谈话之时，薰中纳言有意提起二女公子所说的那个酷肖大女公子的人。弁君答道："此女诸多情况，我也不甚明白，大多是听人传言而已。据说八亲王尚未迁居山庄之前，夫人病故了。因难耐寂寞，亲王不久便与一个叫中将君的上等侍女私通。此侍女品貌倒还端正，但亲王与她交往短暂，故知者甚少。后来这侍女生下一女，亲王也知这事，然心中厌其牵连，遂与她断绝往来，又痛忏深悔，便遁入了佛门，过着青灯古佛的僧侣生活。中将君失去凭恃，便辞此而去，后来听说嫁了一陆奥守，跟夫赴陆奥任地去了。事隔几年，中将君回京后，托人暗示亲王：女儿已出落成人，漂亮可爱，一切皆平安无恙。亲王听了却十分冷漠，不肯收留她，中将君十分怨恨。其夫后来做了常陆介，便又跟随赴任去了。此后杳无音信，殊不知今春这位小姐，竟寻到了二女公子。她恐有二十岁了吧？不久前她母亲曾来信，说到'长得风姿绰约，但怪可怜的'等语。"薰中纳言听得详细说起此事，想道："看来二女公子与其姐相像之言，倒不会有假了，只不知能否有幸一见？"念此，欲见之心愈发急切，便对弁君说道："此女只要略似大小姐，即便在天涯海角，也要寻她回来。八亲王虽不认她，然毕竟是有血统亲缘的人。你也无须专程前往告知，只在书信往来之时，顺便将我意转达于她就是了。"弁君道："中将君是已故亲王夫人的侄女，与我是姑表姐妹之亲。她当时在八亲王府邸时，我居于外地，所以与她不曾深交。前些时大辅君从京中来信，说这位小姐将到亲王坟上祭扫，望我能好生看顾，但她一直未来。你既然有意，等她到时，我定将尊意告知于她。"

天将放亮，薰中纳言只得动身回京。昨日黄昏时分，京中送来许多绢帛等物，于是他便将所送之物分赠予阿阇梨与弁君，寺中诸法师及弁君的仆役也皆有布匹等赏赐。此地确实苍凉寂寞，贫瘠不堪，但因薰中纳言时常探访，赏赐诸物于她，故倒也自足安稳，可以潜心自在地研修佛法。

临行时，朔风呼啸，残叶乱飞，一片凄惨暗淡之状。薰中纳言看到这般光景，不胜悲凉，但一些常春藤仍显得十分顽强，缠在虬枝盘旋的古木上生长，并不褪色，使人稍感欣慰。薰中纳言叫人摘下几片红叶，拟送与二女公子，且独自吟诗道：

"忆君曾似寄生藤，

旅居再苦独为情。"[1]

弁君回道：

"朽木孤守寄生地，

重访荒居悲独宿。"

此诗虽古朴凝重，然亦不失雅致风趣，薰中纳言尚觉可以此自慰。

回京之后，薰中纳言遣人送来红叶与二女公子。其时匂亲王正闲暇在家，侍女竟毫无顾忌地送了进去，说道："这是三条宫邸那人[2]所送。"二女公子以为又是谈情论爱之信，心中颇感不安，然又不能隐瞒，一时急得手足无措。匂亲王寓意颇深地说道："多好看的红叶！"便拿来观看，见信中写道："尊处近日可好？我前日赶赴宇治山乡，山中萧疏惨淡，徒增无限伤心。至于详细情况，容他日面叙。山庄改建佛殿一事，已交阿阇梨照办。曾蒙应允，方敢易建庄屋，其他诸事，吩咐弁君即可。"匂亲王看后言道："此信写得甚是体面委婉呢，恐是他知我在此吧。"薰中纳言可能确有提防，故不敢在信中放肆。二女公子见信中并无他意，正暗自庆幸，殊不知匂亲王却说出此等讥讽的话来。匂亲王只得笑道："你

---

[1] 本回题名据此。

[2] 指薰君。

与他复信吧,我不看便是。"便转身朝向他处了。二女公子不便再撒娇做作,便写道:"闻君探访山庄,改建佛殿,实乃功德之举。日后我修佛参禅之时,不必另觅他处,倒可省心无妨,而山庄亦不致日渐荒芜了。承你多方看顾,费心尽力,区区之言不敢言谢。"其回信显见两人交谊极为普通,无可厚非。然匂亲王生性重色,多疑于人,表面宽容大度,而内心却是猜忌重重,放心不下呢。

是时庭中衰草遍地,唯有芒草坚强繁生,令人略感欣慰。也有芒草尚未抽穗,晚风压腰,摇摇欲坠。此景虽极寻常,但时值晚风萧瑟,亦足勾人情思。匂亲王吟诗道:

"幼芒频频承珠露,

哪能不报滋润情?"【1】

他身着平日惯常之服,披上一件便袍,便操起琵琶来。琵琶声和着黄钟调,哀愁凄惨,真是个珠落玉盘,清音回肠荡气。二女公子原本酷爱音乐,闻得此音,心中怨恨顿消,轻倚茶几,从小帐屏旁边稍稍探头张望,姿态更是妩媚动人。答诗道:

"轻风微拂芒花寂,

秋色凋零惹人悲。"【2】

并非我一人悲哀,只是……"接着潸然泪下,然终觉难为情,忙用扇遮了脸。

匂亲王揣摸其心境,也着实为她感到可怜,但他气度终归狭小,难以消释醋意。他想:"她郁闷之态,尚且让人怜爱,更何况情绪极佳时呢?那人恐怕是不会轻易弃之吧。"顿时妒火上升,痛恨不已。

白菊未经霜冻,故未全然盛开成紫色。用心栽培之菊,盛开之期反倒更迟,然此时偏有一枝已呈紫色,异常美丽。匂亲王随兴将其摘来,口吟古诗:"不是花中偏爱菊。"并对二女公子说道:"古时曾有一亲王,日暮赏菊吟诗之时,忽逢一古人自天冉冉而降,授之以琵琶秘曲。只叹现今万事浅陋,委实令人感叹至深。【3】"遂停止弹奏,推开琵琶。二女公子甚感遗憾,道:"只怕是人心浅薄,

---

【1】"幼芒"暗指二女公子;"珠露"暗指薰君。

【2】"轻风"以喻匂亲王;"芒花"则是自喻。

【3】《河海抄》载此传说:醍醐天皇的皇子西宫左大臣高明,一日正在庭前赏菊,吟咏此句。唐朝琵琶妙手廉承武的灵魂化作一个小人,自空中飞来。指点他"开后"乃"开尽"之误。又传秘曲《石上流泉》。

而不致研习罢了，流传的秘技怎会轻易变更呢？"匂亲王见她似乎想倾听那早已生疏的娴熟古法，便对她说道："一人弹奏实在枯燥，你来与我合奏吧。"遂命侍女取筝来，让二女公子弹奏。二女公子说道："先前我也曾习过，但大都早已忘却，恐有辱听闻。"她心存顾虑，未碰筝琴。匂亲王道："如此小事，你尚且拂逆我意，委实太绝情了！我近来所逢之人，虽不曾久处深知，但细琐之事也不曾对我隐瞒。女子总须柔顺乖巧才好，那位薰中纳言大人不也是如此认为么？你对此君极为亲睦信任吧。"他嗔怨起来，极其认真。二女公子无计可施，只得操起筝来，玉指轻触。因筝弦线已松，故此次所弹为盘涉调，筝音清朗悦耳。匂亲王唱《催马乐·伊势海》[1]以和，嗓音铿锵豪迈。众侍女躲于一旁窃听，纷纷喜笑。几位老侍女暗自议论："亲王钟爱他人，原为憾事。但身居高位之人，有三妻四妾亦不为过。小姐也算福运之人，先前孤居宇治山乡时，岂料有如此好景呢？如今声言要回返山乡，真乃愚蠢呢！"如此唠叨不停，众年轻侍女干涉道："安静呢！"

匂亲王为教导二女公子弹琴，便以时日不好等为由托辞不去六条院，在二条院逗留了几日，六条院里的人不由得生出些许怨恨。此日夕雾左大臣下朝之后，亲临二条院。匂亲王闻后，心里嘀咕："为何声势浩大亲临此处呢？"遂前去正殿里迎候。左大臣道："只因事疏无聊，况且久未来此拜问。今触景生情，使人感慨至深！"随行人中，有夕雾的几位公子及几位宫中显贵，华盖云集，气势煊赫。二条院人见之，自觉无法攀比，不免自惭形秽。侍女们皆争相前来窥视左大臣，有人评道："这位大臣倒生得气宇轩昂！众公子也正值盛年，英俊挺拔，不过尚无一人可及其父。真个俊美男子！"但也有人讥议道："夕雾左大臣如此身份煊赫，竟也亲自前来迎接，太失体统呢。"二女公子想着自己出身寒微，怎能与这声势盛隆之人相提并论，唯觉惭愧，心绪更为悲伤。那左大臣与亲王闲聊了几句昔日二条院之事，便携同匂亲王回六条院去了。二女公子不由得窃思道："与其如此遭人白眼，尚不如闲居山乡，或能免除精神之郁悒呢。"郁郁不乐之中，这一年又已过去。

【1】《伊势海》歌词："伊势渚清海潮退，摘得海藻拾海贝。"

第五十回　寄生

时至正月末，二女公子的产期迫近，身体渐感不适。匀亲王未曾见识此类事情，心中不免焦躁，甚觉无计可施，唯有增添几处寺院，举办安产祈祷。明石皇后闻之，也遣人来慰问。二女公子同匀亲王已婚三年，其间唯有匀亲王一直钟爱于她，其他人并不关心，谁料到明石皇后竟派人来探问呢？众人因此皆感惊奇，也仿效前来。

薰中纳言也常替二女公子的身体担忧，却只能适度问候，不敢逾越半步。他时常忧愁叹息，但也只能暗自祈祷，期盼二女公子平安。此一时期，又恰是那二公主该行着裳仪式之期，朝廷上下无不为此事忙碌，所有预备事项，均由皇上亲自统筹，故二公主虽无外戚支持，然着裳仪式的排场，倒也体面堂皇。她母亲藤壶女御生前，曾预先替她备置了一些物品，此外皇上又命宫中工匠新制诸多用具，众国守也从外地进贡种种稀世物品。这仪式真是盛况空前，豪华无比呢。皇上原定二公主的着裳仪式后，即招薰中纳言入宫为驸马，因而男方照例也得做些准备。然薰中纳言性情特异，全然未将此事记虑在心，他只时时顾及二女公子生产一事。

二月之初，宫中临时举行任免官吏。那兼任左大将之职的红梅右大臣因故辞去此职，先前的右大将便被提升为左大将；而薰中纳言则荣升为权大纳言，兼任右大将。薰君荣升要职，几日来便忙碌于拜客贺喜，照例匀亲王处也必须前去。匀亲王为了二女公子，正住于二条院，薰大将遂来此处。匀亲王闻之，甚是惊异，说道："此处有诸多僧人，在作安产祈祷，实在不便应酬。"无奈，只得换上常礼服，仪容整齐地下阶答拜。两人举止都很雅致，薰大将启请匀亲王："是夜特设飨宴，犒赏卫府的官员同僚，万望大驾光临寒宅。"因二女公子之事，匀亲王颇为犹豫不决。

此飨宴在六条院中举行，唯见达官显贵、王公贵族、皇子王孙、夫人、公主云集殿上，喧嚣嘈杂，那热闹场面，不比夕雾升职举办的飨宴逊色。匀亲王终也前来出席，但因心中有事，唯略应酬一下，便又匆匆离去。六女公子闻之，说道："这成何体统呢？太失礼仪了吧。"非为二女公子身份低微而发，唯因左大臣声势煊赫，此女素来任性，颐指气使惯了，养成了独尊的秉性。

次日晨，二女公子终于平安分娩，生下一男婴，众人皆喜悦万分。匀亲王近来的奔忙和操心，总算没付之东流。薰大将荣升之后，又为庆幸二女公子安产而平添一喜。为了答谢匀亲王昨夜的赴宴，又兼庆贺他喜得贵子，他便亲到二条院，站着[1]相询庆贺。因匀亲王闭居于此，故前来贺喜的人甚多，第三日祝贺送礼，照例唯有匀亲王邸内人参与。待到第五日晚，薰大将照世间常规，赠送了屯食五十客，及赌棋用的钱及盛于碗中的饭，另赠二女公子方形套层食品盒三十只，婴儿衣服五套以及褓褓哺育等物品。为免招人眼目，这些礼物并未特别装饰，但仔细打量，件件精致异常，足见薰大将用心细致。此外，对匀亲王与众侍女也各有赠赐，尽是件件华贵，周到俱全。第七日夜，明石皇后特为之举行庆贺仪式，前来参加仪式的人个个身份高贵，贺礼丰厚。皇上闻知匀亲王生得儿子，说道："匀皇子初为人父，我岂有不贺之礼！"便赐赠了一具佩刀。第九日夜，是夕雾左大臣的祝仪。夕雾对二女公子虽不甚有好感，但碍于匀亲王情面，也只得勉强派诸公子前往道贺。此时二条院内喜气洋洋，一片祥和富贵之气。数月以来，二女公子心情忧郁，加之身患疾病，故一直愁容覆面，憔悴不堪，而今日日喜庆，满面红光，心情也为之愉悦振奋。薰大将想："二女公子已为人母，匀亲王势必对其宠爱更深，今后必定更要生疏了。"心中甚是遗憾懊恼。但想到这原本是自己企盼之事，他又觉几分释怀。

且说藤壶公主[2]的着裳仪式在二月二十日后如期举行。接着便是薰大将入赘之日，此夜之事不便提前公开，然一些喜好饶舌的人讥评道："众人皆知，高贵无比的皇女，竟招赘一下臣，实在有辱体面且委屈公主。便是皇上决意将公主许嫁薰大将，也不应如此草率入赘。"然皇上决定之事，务必立即实行。既招薰大将为驸马，则对其宠幸乃理所当然之事，身为帝王女婿之人，从古至今，不乏其例。皇上正值盛年，却迫不及待地招赘臣下为婿，倒使人颇费思量，故夕雾左大臣对落叶公主道："薰大将如今圣恩隆厚，乃前世罕见之缘。六条院先父直到朱雀院晚年即将出家之日，方娶得薰大将之母三公主，更何况我呢？能在劫难之中蒙你厚爱，实乃三生有幸。"落叶公主细一沉思，见其所言甚是在理，故羞怯缄口不言。

新婚三日之夜，皇上就将二公主的舅父大藏卿，以及自她母亲死后以来照顾她的诸人，均提升封赠为家臣。又私下隆重犒赏薰大将的前驱、随身、车副、舍人等，如此琐事，均照寻常人家办理。之后，薰大将每日宿于二公主房中，欢

【1】时俗以产家为污秽，来客不坐，因此站着交谈。
【2】即二公主。其母曾居藤壶院，母亡后，二公主仍居此院，故有此称。

乐自在，自不必说。但他心中，对那宇治大女公子仍是牵挂不已。他昼间返回私邸，闲来无事，唯有沉思默想；入夜，便精神不振地赴藤壶院。日子一长，此种劳心费力之事，他甚觉厌倦，便想将二公主接至私邸来。母亲三公主闻之，甚是高兴，便将自己所住正殿让与二公主。薰大将答道："母亲好意，实不敢当。"乃于西面新筑殿宇，造一廊道通佛堂，意欲请母亲迁居西面。东厢前年遭火灾之后，经重新修建，更显富丽，轩敞宜人。此次只须稍加修饰，细细装备便是。薰大将如此盘算，皇上也知晓。他想："婚后未久，便随意移至私邸居住，如此是否妥当？"但爱子之心，人皆有之，皇上也未能免，于是，遣使送信与三公主，尽谈二公主之事。已故朱雀院，曾将三公主郑重托付皇上看顾，故三公主虽已出家为尼，但威望不减，万事皆如先前一般。无论何事，若为三公主请奏，皇上皆允，由此可见圣眷情深。薰大将得两位显赫之人的荫护，应当万分荣幸了吧？可他心中仍有郁郁之情，时时耽于凝神沉思，牵挂那宇治建造佛寺之事，唯愿早些完工。

薰大将度算二女公子所生小公子，已快满五十日，便尽心准备庆贺所用炊饼，连那盛装食物的箱笼盘盒，皆精心设计，选用优质名贵的材料制作。他招请了众多工匠，让其各显其能，用黄金、白银、沉香、紫檀等造出种种珍品来。自己照例挑选匀亲王不在家的一日，亲赴二条院造访二女公子。二条院中的人，觉得他较先前更加神气风雅。二女公子想："如今他已娶了二公主，总不至于再似先前那般扰我不休吧。"遂放心出来与之会面。孰料他依然初衷未改，见面便伤心落泪，道："此次婚姻非我所愿，乃人力使然，心中遂更迷乱，可见世事难测啊！"不住诉说其愁思。二女公子对他道："哎呀，你这话好没来由，倘被人听去多不好啊！"但又想："他如今官运亨通，然而仍无快意，此乃思恋故人所致，真乃情痴。"顿觉他甚是可怜，确信他实在不同一般，唯怜惜姐姐早逝。倘若在世，岂不美妙？但她转而又想："姐姐纵然在世而嫁与他，难保不会同我一样遭冷遇，那时岂不同为苦命？唉，家道中落之人，实难找得如意之人啊！"如此想来，更觉姐姐不改初志而就此离世，实乃明智之举。

薰大将恳求见新生的小公子一面。二女公子很觉羞涩，但她想："时至如今，何必再拒绝呢？此人唯有意乱情迷一事可恼，除此之外却无由拒绝呢。"她未作声，只令乳母将小公子抱了出去。小公子生得体健肤净，声音清亮，咿呀欲言，时时露笑。薰大将见了羡慕不已，极愿是自己儿子，足见他六根未净，尚恋尘世。他不由想道："大女公子生前，若与我做了夫妻，恐怕也早已有如此可爱的公子，岂不甚好？"至于新娶的二公主，他倒不企望早生贵子，其心情真是古怪。薰大将见二女公子肯让他看这幼小的新生公子，不免又生出许多遐想来，便愈发亲切地和她谈话。不觉日色已暮，促膝长谈恐有不便，他只得怏怏告辞。他走后，便有几位多嘴的侍女谈论："他的衣香好浓啊！正像古歌'折得梅花满袖香'，黄莺亦会寻来吧。"

经宫中测算：夏日赴三条宫邸一方不吉，便决定四月初，趁未交立夏，将二公主迁至三条院薰大将私邸。动身前一日，皇上特赴藤壶院，亲设藤花宴，为众人辞送。南厢房全珠帘高卷，正中设为御座。此宴因由皇上举办，飨宴均由宫中御厨操持，故王侯公卿及殿上人等齐来参与，如夕雾左大臣、按察大纳言、已故髭黑大臣之子藤中纳言，及其弟左兵卫督等。亲王中匂皇子及其弟常陆亲王，亦来赴宴。殿上人座位设于南庭藤花下。受召前来的乐队，早已候于凉殿东面，只管吩咐便可笙鼓齐鸣。夜幕降临，乐人吹奏双调，殿上管弦乐会正式进行。二公主命人取来诸种管弦乐器，众公卿自夕雾左大臣起，一一奉献于御前。薰大将献上已故六条院主亲笔书写而交付尼僧三公主的两卷琴谱，其上插有一枝五叶松。夕雾左大臣接过，转献皇上。各类乐器大都为朱雀院遗留，最引人注目的，是夕雾梦中得柏木嘱托，而转赠与薰君的那支横笛。皇上对此笛曾赞不绝口，认为音域宽广、音质优美，绝无仅有。皇上赐酒，夕雾左大臣不胜酒力，不好再接受，便将此杯让与薰大将。薰大将不便推卸，勉强接过，唱了声"诺"，声音仪态优美适中，别具一格。盖因他今日踌躇满志，方精神倍增吧，他将酒倾入另一瓷杯，收藏了天子所赐酒杯，仰头一饮而尽，遂下阶拜谢。他舞姿翩然，优雅异常。那些地位显贵的众亲王大臣，幸蒙天子赐酒，皆引以为荣，何况薰大将以驸马身份受此恩典呢？实为世间奇闻。素来尊卑次序不可更改，他在拜舞之后，便悄然回到末席，于旁人眼中，均觉委屈了他。

按察大纳言[1]心中好不嫉恨，暗怨自身命薄，不能得此殊荣。原来，他曾暗恋二公主的母亲藤壶女御。女御入宫后，他还不死心，常传情达意于她。后来见二公主漂亮，便向女御示意，望能永结连理。女御始终未向皇上转告此意，故按

【1】这里的按察纳言，一说是红梅，此处按照他的旧官职称呼他；另一说法认为这另指一人，而非红梅。

察大纳言很是不满，恶意讥讽道："薰大将人品果真不错，但皇上乃堂堂一国之主，岂有失威仪屈尊一女婿呢？让其恣意出入九重门内、御座之侧，甚至亲为举办飨宴，真是有失体统！"他虽存怨恨，然又欲目睹此番盛宴，故亦前来出席，心中无时不想贬损薰大将。

此时殿上红烛高照，众人奉辞祝歌。上前呈献吟诵之人，个个难掩心中兴致，然而诸多诗歌皆为附庸风雅之作，并无多大意趣。众位显贵王室所咏诗歌也都艳丽轻薄，无甚特别之处。薰大将步下庭，折取了藤花一枝，将皇上饰冠奉上，并赋诗一首道：

"举袖攀折紫藤花，

奉赠君王饰冠冕。"【1】

其诗之得意神采，颇令人生厌。皇上答诗道：

"藤花娇妍万年盛，

如今长览无厌时。"

另有一首：

"深苑移植紫藤花，

香飘九重岂等闲。"

恐为那心有所怨的按察大纳言吟咏。另外诸多诗歌，高雅之作不多，故不列举。

暮色浓重，管弦乐声更见情致。薰大将放声高歌《催马乐·安名尊》，音韵悠长，格外美妙；按察大纳言亦尽展昔年歌喉，神气百般地与薰大将合唱。夕雾左大臣尚未成年的七公子，亦上台吹笙助兴，皇上特赐一件御衣与他，夕雾左大臣忙下阶拜谢。犒赏众人物品，品种繁多。公卿及亲王等皆由皇上颁赐；殿上人及众乐人等，则由二公主赏赐。直至天色微明，皇上方乘兴归驾。

当天夜间，二公主即从宫中迁至三条院。二公主乘坐有盖的辇车行进在前，后面跟着三辆无盖丝饰车，六辆黄金饰槟榔毛车，二十辆普通槟榔毛车，二辆竹舆车，皇上身边众侍女皆前来护送。随从侍女三十人，女童仆役八人。

迁居之后，薰大将方于私宅中，细观那二公主容貌，见其仪姿绝世，身材纤巧。他甚觉自己幸运，心中颇感舒畅，欲借之将那已故的宇治大女公子忘记，然

【1】"紫藤花"喻二公主，意为高攀。

而终是枉然。他想:"此番相思之苦,恐今生今世再无可慰之机了。须来世成佛,弄清此段痛苦姻缘为何所报,方可忘怀吧。"

为了消减自己的忧思,薰大将只能专注于宇治山庄改造佛寺之事。贺茂祭之后二十几日,他来到了宇治,察看了佛寺的施工情况,作了应有吩咐之后,他思忖:倘若不去探望那老尼姑,恐对她不起,便往她居处行去。

行不多久,忽见一辆素朴的女车,由众多东国武士护卫着,正从宇治桥驶来,后跟着一些仆从,颇具气势。薰大将看了想道:"恐是乡下来的吧。"便走进了修葺一新的山庄。令人惊诧的是,那辆车竟也向山庄驶来,众人不由得议论纷纷,薰大将稍加制止,派人前去询问:"车中为何人?"一位浓重方言口音的男子答话道:"前常陆守大人[1]家浮舟小姐,赴初濑进香归来,欲到此来借宿一夜,愿能讨个方便。"

薰大将听了,顿时想起往日二女公子与弁君的话,心想:"这不正是那酷肖大女公子的人吗?"忙让随从人等退避一侧,又遣人去说道:"请你们小姐进来吧。北面已有客人借宿,南面尚且空着的。"薰大将及随从人等,衣着极为简便,并不显得气派,然从神色举止上,可看出绝非寻常人家,故那行人亦颇为恭顺,将马退避一旁谦让。由于为新建山庄,设备甚不完备,薰大将进入室内,脱去罩袍以免发出声响,仅穿便袍及裙子,从南北两室间隔着的纸门上,由缝隙往外视窥。

那女车驶入后,车上人并未马上下车,先派人向老尼弁君打听:"请问住于此地的贵人,不知为谁?"众侍女因适才薰大将预先打过招呼:"我住于此地之事,决不可告诉他们!"故众侍女答道:"请小姐放心,此处原有一客人,但并未住于此。"于是,女车上先下来了一年轻侍女,她的举止毫无乡人的俗气,伸手将帘子轻轻撩起。接着,一个年纪稍长的侍女下了车,对车中人道:"请小姐快下来吧。"车中人答道:"此处似乎有人偷看呢!"声音甚是微弱文雅。那年纪稍长的侍女,肯定地说道:"您总这般小心翼翼,此处关门闭窗,哪能有人偷看呢?"车中人方挪动脚步,用扇子小心遮住脸,走下车来。此人身量苗条小巧,极富雅致。薰大将见之,便忆起大女公子的样子,心头不由扑扑跳动。此车高轩,两侍

【1】指常陆介。常陆国守由亲王担任,臣下不能担当。但实际事务由介管理,因此称他为常陆守。

女很轻巧地跃了下来，可她却颇觉为难，往四下看了看，好久才下得车来，匆匆膝行至里面去了。她穿着深红色女裤，外罩暗红面蓝里子的常礼服，及浅绿色小礼服。虽然室中有一四尺高的屏风阻隔着，但薰大将躲在高处探视，故看得清清楚楚。这位浮舟小姐疑心隔壁有人，便将脸向着里边，斜倚在那里。二侍女毫无倦色，仍相互言谈："小姐今日定疲惫至极。木津川中的渡船，在二月水浅倒很平稳，现在却是涨水渡河，实在危险。但较之东国旅行，又有何难呢？"小姐缄默无语，躺下身来。她那丰腴的手臂微露，甚是可爱，哪里像身份低微的常陆守之女，倒似一显贵之家的千金。

薰大将站得久了，不觉有些腰部疼痛，但唯恐被人察觉，有失面子，只得不动声色地站着。他忽听那侍女惊讶地说道："啊呀！何处传来如此美妙的香气？我尚未闻过呢，怕是那老尼姑在熏香呢。"那年老侍女随即附和道："果然如此，此种香气，甚是好闻呢，京里人毕竟时尚风雅。我们夫人算是调香名手了吧，但亦未调出过此等香料啊！那老尼生活虽较简朴，服饰倒也极为讲究，尽管全是灰青色，但式样颇好看。"她对弁君称赞不已。这时，从那边廊下走来一女童，说道："请吃些点心。"便接连送来几盘食物。侍女将果品送至小姐身边，说道："小姐吃点吧。"但小姐动也未动。二侍女便各自拿起栗子，嘣嘣嚼起来。薰大将极不愿听此噪音，便欲离开，可后退几步，却又念念不舍，又忙回到原地去偷看。自明石皇后以下，身份高贵、品性温良、姿色艳丽的女子薰大将见得甚多，却都很难打动他的心思，众人皆认为他太过迂讷。奇怪的是，此乡野中不明身份的女子，却使他贪看得不舍离去。

外面的老尼姑弁君心下寻思，得去看看薰大将，便欲进去。薰大将的随从们忙巧妙掩饰道："大将身体稍觉欠安，此刻正在房中歇息呢！"弁君想："他往常不是曾说，欲得到这人吗？今日定是正坐等日暮，想乘此机会与她会晤吧。"她哪知，薰大将此时正在偷看不已呢！

薰大将领地庄园中人，此时循例送来些盒装的食品。弁君亦得赠送，便欲请东国来的客人共享，权作招待。她作了一番修饰，便来至客人房里，那老侍女见她装束整洁干净，相貌亦端正清秀，不由得暗暗称赞。弁君说道："我料想，小姐昨日将到，盼了一夜不见踪影。为何今日才来呢？"那年老侍女答道："我家小姐因旅途劳累，昨日于木津川那边休憩了一夜。今日清晨又耽误了些时辰，所以来迟了。"随即便催促小姐起来。小姐艰难地坐起来，见多了个老尼姑，颇难为情地将脸转向一侧。薰大将这边正好瞧个正着,只见她眉目清秀,俊发飘洒,确实端庄典雅。那已故大女公子的容貌,他虽不曾细细瞧得,但一睹此人之貌,竟觉格外肖似。忆及前事,他不禁淌下泪来,只听那小姐与弁君答话,声音轻柔,极像匂亲王夫人。薰大将便又想道:"咦,如此可爱的人!世上竟有这等事,我却一概无知,实在不该。如此酷肖大女公子,即便地位低下,我亦会相思的。且她虽不蒙八亲王承认,到底是他女儿啊!"因此,顿觉此人格外可亲可爱。又想:"倘我能即刻行至她身边,对她说声:'不想你尚在人世。'有多好啊!唐朝玄宗皇帝当年,要方士寻觅蓬莱仙山[1],结果却仅取得了些钗钿回来,岂能满意?我可比唐玄宗要幸运得多了,她虽非大女公子,可如此肖似,亦聊可自慰。许是与她夙缘深厚吧。"老尼姑略微与她谈了些话,便要告辞。她明知那两侍女闻到的衣香,是薰大将在近处窥看留下的,然不好言明,只默默退了出去。

　　天色渐晚,薰大将方穿上衣服,离开那缝隙。他将弁君唤到那纸隔扇边,向她询问道:"我真有福分,想不到能在此见到那女子,我当初托付于你的事怎样了呢?"她回道:"自从大人吩咐之后,我便一直等待机会,不知不觉去年过去了,今年二月,小姐在其母亲陪同下,赴初濑进香经由此地,我方与她见得面,于是便将大人的心意,隐约告知了她母亲。她母亲道:'让她代大女公子,怕有些担当不起吧。'那时我亦闻知,大人刚被招选为驸马,不便提及此事,故未及时转告于你。本月小姐又前往初濑进香,回途中到此借宿,实因念及旧缘亲情,否则未必肯前来。此次因她母亲有事,未能同行,仅小姐一人,故我不便告诉她大人在此。"薰大将道:"我亦告诫随从千万不可胡言,以免乡人瞧见。然极难保众人不泄漏出去,如今我该怎样才好?小姐倒容易应付,你可向她传言暗示:'我二人在此邂逅,恐是前世缘分。'"弁君笑道:"倒没听说过,你这缘分何时结成的呀?"继而又道:"我这就给她传言去。"说罢,便转身向浮舟房中走去。薰大将心中忐忑地独自吟道:

　　　　"恍若旧识鸣翠鸟,
　　　　遥途披荆寻故人。"[2]

【1】杨贵妃故事,可见白居易《长恨歌》。
【2】本回又名"貌鸟",即好鸟,乃根据此诗来。

THE TALE OF GENJI

VOLUME 51
第 五十一 回
东 亭

薰大将虽欲寻访常陆守养女，向她求爱，却又怕遭世人非议，以为过于轻率，有失稳重，故不敢直接写信给浮舟，而是托了老尼弁君，屡次向浮舟的母亲中将君转达爱慕之心。而这母亲却认为薰大将终不会真心爱恋她女儿，只觉得承蒙这位贵人用心良苦的追求，很是荣幸罢了。她暗自思忖道："此人乃当今红极一时的人物，我女儿若是攀附了他，那才好啊！"没料到她对此事恁般犹豫。

　　这常陆守身边的子女有五六个，多是已故前妻所生。后妻也生了位小姐，夫妇两人很是疼爱。常陆守对这些子女精心养护，却独对后妻带来的这个浮舟不甚关心，视同外人，夫人常为此而恨他薄情寡义。及女大当婚时，她日夜不宁地为女儿的婚事操劳，唯望她嫁得一个好夫君，享尽荣华富贵，从此扬眉吐气。浮舟天生丽质，聪慧无比，其他姐妹断不能及，做母亲的又怎甘心将她与别的女儿等同看待？故心中怜惜，终觉委屈了她。

　　闻知常陆守有好几个可人的女儿，当地贵公子纷纷来信求婚，故前夫人所生的二三位小姐，很快选得如意夫婿，且已成婚。中将君眼下关心的，便是为自己带来的这个女儿择一佳婿。她对浮舟悉心照料，怜爱备至。常陆守乃公卿之家出身，众亲属皆身份高贵，因而家财甚为丰厚，生活极其奢华，只是他性格粗野，颇有田舍野夫之气，恐是自小生长于那远离京都的东国之故吧。对于有权势的豪门大户，他常是敬畏不已。此人事皆如意，只可惜少了些雅趣，不擅琴笛而专司弓箭。虽为寻常地方官人家，但家财甚丰，他家侍女皆是当地的年轻女子，个个装饰华丽，平日里或是合唱简单的曲子，或讲讲故事，亦时常通宵守庚申[1]，做些简单粗俗的游戏。

　　倾慕浮舟的贵家子弟，闻得她家的奢华之状，皆议论："此女子想必十分美貌，格外惹人喜爱吧。"众人将她描绘成一个可心美人，梦寐以求。追求者中，有个年仅二十二三岁的左近少将，也许他太过朴素，几个与他交往的女子，皆相继疏远了他，如今竟极为诚挚地向浮舟求婚。浮舟的母亲心想："此人当为众多求婚者中最合意者，见识广博，品行高洁，性情温和。光景比他更好的高贵公子虽多，然对一地方官的女儿，即便是美貌无比，恐怕也不会来求婚的。"浮舟之母对左近少将极其看重，凡他寄来的情书，都交与浮舟，并伺机劝她写些富有情趣

【1】守庚申：炼丹术语。即当庚申之夜，揭三猿之像以祭祀帝释天和青面金刚的仪式。

的回信，私下认定其为浮舟的夫婿。她想："常陆守不关心我这女儿，我却要极力提拔她，凭她姣美的容貌，日后决不会受人轻视的。"她与左近少将商定，于今年八月中完婚，便忙着准备嫁妆之类，连微小繁多的玩具，也都极尽精致。泥金画、螺钿嵌，凡精美玲珑之物，她皆收拾起来留与浮舟，却将一些粗劣物品交与常陆守，对他道："这可是精致之物呢。"常陆守不辨优劣，只要是女子用物，皆购来往亲生女儿房里堆放，多得连行走都不便了。他又从宫中内教坊聘来老师，教女儿学琴与琵琶。每教会一曲，不拘站坐，顺势就向老师膜拜，又命人取出许多礼品，大大犒赏。有时于暮色幽暗之时，教习绮丽大曲，师生二人合奏，常陆守听了感动得直掉泪，又擅乱地评赞一通。浮舟母亲稍有些鉴赏能力，见得此等情景，觉得庸俗不堪，并不附和赞赏。丈夫总是怨恨她道："你轻视我的女儿！"

那左近少将等不及八月，便让媒人过来敦请："亲事既然已定，何不早日成婚呢？"浮舟母亲觉得她单独提前筹备尚有困难，且她还不知男家心意究竟如何，故当媒人来到时，她对他道："我对这女儿的婚事尚有忧虑。先时你提起此事，我也曾多方思虑，左近少将职高位显，既蒙他青睐，自当遵命，是以订了婚约。但浮舟早年丧父，全赖我养护长大，我素来担心教养不严，日后被人耻笑。其他女儿皆有父亲教养，一切由他做主，不须我费心，只是这浮舟，若我突遭无常，她恐就无依无靠，不堪设想。素闻左近少将通情达理，故尽抛前虑，将女儿许嫁与他。然我深恐他日意外，遽然变心，让我们遭人讥嘲，那时岂不可悲？"

这媒人到了左近少将处，将常陆守夫人的话如实转告。少将闻言，顿变脸色，说道："我可不曾知道，她非常陆守的亲生女儿！虽同是常陆守家人，但世人若闻知她乃前夫之女，定然鄙视。我于他家行走，面上也不好受。你是明白的，怎能胡乱告知我！"此媒人觉得冤屈，答道："我原本不知他家情况，我妹妹在他家供职，稍知内情，我才向他们传达了尊意。我只知浮舟小姐在他家众多女儿中最受宠爱，便以为她是常陆守的亲女儿。孰料，他家还有别人的女儿呢？且我又不便过问，只听说：'浮舟品貌兼优，她母亲极尽宠爱，尽心教养，唯愿她日后嫁个德才兼备的好夫婿。'恰好你来向我打听：'谁可以替我向常陆守家提亲？'我自思与他家尚有些关系，便答应前去。谓我胡乱告知，岂不冤枉！"此人性情憨直，颇善言辞，竟说出这一番话来。左近少将也不相让，说道："你以为做地方官的女婿，很有面子么？不过近来这种事多了，常人并不计较，只需女家父母另眼相待便可。然而，即便将前夫所生之女视同亲生，外人亦以为我只是贪他财产。源少纳言和赞岐守[1]体面地出入常陆守家，独我一点也得不到他顾爱，实在大伤面子。"媒人到底是鄙俗谄媚之徒，深恐这门亲事不成，自己在两方皆没趣，便放低声调对少将言道："若你真欲娶常陆守之女，这位夫人另生得有一小女儿，虽然年纪尚轻，我倒可为你撮合。这位小姐人称'公主'，深得常陆守疼爱呢。"左近少将说道："更换追求之人，恐不甚妥当吧。诚然，我向他家求婚，本是为了这位常陆守的声望，希望得到他的扶持，我之目的，并非仅在于一个美貌女子。倘只求品貌出众，其实易如反掌。家境清贫而酷好雅致，最终总是穷窘落魄，被人看轻。我只求一生富贵安闲，受些议论也无关紧要。你不妨去试试吧，若是常陆守许可这门亲事，倒也未尝不可。"

媒人的妹妹于常陆守家西所——浮舟房中供职。先前少将给浮舟的书信，皆由她传送。其实媒人又何曾见过常陆守，这日贸然闯到常陆守府上，求下人通报，说有要事相商。常陆守闻报，淡然道："我好像听人说起过此人，他来过府上多次。可今日我并未唤他，却不知有何事？"媒人忙央人代答："我是受左近少将之托而来。"常陆守才同意见他。媒人见得常陆守，便将此前原委一一禀报："前不久，少将致信夫人求娶浮舟小姐，蒙夫人允诺，原定于月内成婚。可正当佳期已定、大礼将成时，有人劝少将道：'浮舟小姐虽为夫人所生，却非常陆守的亲生女儿。堂堂贵公子若结了这门亲，外人会讥笑你攀附常陆守呢。堂堂贵公子与地方官结亲，总是企望岳父敬他如主君，爱他如亲子，一应事务皆替他撑持。如今你娶了常陆守的养女，恐怕得不到其他女婿那般礼遇，反倒受其怠慢呢。这又何苦呢？'劝的人一多，使得少将颇犯踌躇。他求婚之初衷，原在于大人的盛名威势与雄厚家道，冀望大人扶持，却没想到这小姐并非亲生。故他对我道：'人道他家还有众多年轻小姐，如蒙不弃，任许一人，便当慰平生。你就为我打听打听吧。'"

常陆守道："我对少将此事所知不详。其实对这浮舟，我本当将其与别的女儿一视同仁的，然而家中子女甚多，虽欲照顾周全，终究力不从心。由此夫人就多了心，怨我将此女视作外人，漠不关心。此女之事，夫人索性一概自己做主。少

【1】此二人是常陆守亲生女儿的夫婿。

将向她求婚一事，我略有耳闻，只是不知他竟如此看得起我，倒令我不胜荣幸。我有一个亲生女儿，在诸多女儿中，最为我所疼爱。此前虽有几人来求婚，但皆因虑及当今之人大多薄情，如订亲过早反招烦扰，因而一概拒绝。我昼夜思虑，原是想为她找个沉稳可靠之人。我曾见过这位少将，那时我尚年轻，在其父大将大人属下任职，觉得他真是年少英武，心下钦慕，情愿为他效劳。惜乎日后迁职外地，时日既久，遂致生疏。今既蒙下顾，正遂我愿，不胜欣喜。所可虑者，改了少将先日之约，恐夫人心生怨恨，却当如何？"这番话极为谨慎。媒人见他已应允，喜不自胜，回道："此事不需挂怀，少将只需您的应允。他曾言：'凡被生身父母所钟爱，即便年岁尚幼，亦合我意。若是情意勉强，形似媚俗，则非我愿。'少将品性高尚尊贵，深孚众望。虽年轻贵公子，却深解世故人情，毫无奢靡放浪之习气。其领地庄园，比比皆是，目前俸禄虽不甚丰厚，然家世资财甚厚，远非寻常暴富之辈可比。此人来年即可晋升四位，这次将升任皇室侍从长，此乃皇上金口所言。皇上曾道：'此人才干非凡，无疵可责，怎地未曾婚娶？须得尽早择定岳丈为其援助之人，稍待时日，即可升此人入公卿之列，我一日在位，便可保他一日荣贵。'一切政务，皆由少将一人料理。因他生性机敏，故能胜此重任。如此人才，世无其匹，如今主动上门求婚，望大人可要速作决定。眼下去少将府上提亲之人甚多，倘大人心意不定，难保他不移情别处。我专程登门，实乃全为大人着想。"这些话本是信口胡诌，然素来鄙俗浅薄的常陆守，却听得满面笑容。他道："眼下俸禄尚少等事全无干系。既有我在世，必当倾力以助，休道捧之手上，即便骑于头上，我亦甘愿，却怎会叫他受窘？若我中道而逝，不能尽终，我所有田产财宝悉数归于此女，别人休想相争。我家子女虽多，但此女自小受我百般疼爱，只要少将一心一意爱她，我宁可倾尽我所有珍珠宝贝，为他谋求高位。承蒙皇上如此看重，我做他的后援人，便大可放心了。此姻缘无论对少将还是小女，皆为大好之事。你意下如何？"媒人听得常陆守如此满意，自是欢喜异常，并不告诉他妹妹，亦不去向浮舟母女辞别，径自赴少将府邸去了。

　　媒人甚感常陆守这番话恳挚中听，便向左近少将如实转告。少将以为常陆守粗陋世俗，不过并不嫌厌，只管饶有兴趣地听着。听到愿为其倾家荡产去谋取高位，觉得言之过甚，有伤体面。他心中踌躇不定，道："此事你可曾告知夫人？她一向热衷于我与浮舟小姐的婚事。我既背约，必定惹人非议，说我出尔反尔，不懂情趣，这却如何是好？"媒人则道："这无关紧要。如今这位小姐也深受夫人宠爱，由夫人悉心照料长大。夫人之所以要先许嫁浮舟小姐与你，不过是因为众姊妹中她年纪最长而已。"少将自思："夫人最为关怀者，乃是这浮舟，如今我忽有变更，恐不妥吧？"但转而又想道："为人总当以自身前途为首虑，故也只得随她去怨怒，随世人去讥议了。"这左近少将原是精明之人，他作此变更之后，也不更换结婚日期，便于原定的那日晚上，与浮舟的妹妹结了缘。

却说那常陆守夫人，不动声色地忙着一应准备。她要侍女们都更换新衣，将房间修饰装点；又将浮舟打扮得更加美丽动人，使人觉得，虽是少将这等身份之人，也终有些配不上她。夫人暗里为她伤心："我这女儿真可怜！倘其父当年认她，亲自抚育长大，虽则父亲去世，我亦可稍作僭越之想，许了薰大将之所求。可现在，唯有我明白她的高贵身份，外人对她全不看重。知悉实情的人，反倒因昔年八亲王不肯认领而轻视她。仔细想来，着实可悲！"又想："时至今日，乃无可挽回，毕竟女大不中留啊！好在这少将的身份品行尚好，态度诚挚，倒也聊可慰心。"故她打定了主意。加之那媒人巧舌如簧，女人们轻易相信，因此受其蒙蔽。

夫人想起婚期迫近，心中很是兴奋，一刻也闲不住，不断东奔西走地忙碌。常陆守走进来，对她大讲一通："你真是浅薄无理之人，竟瞒了我要将我女儿的恋人争去！你以为你那位亲王家的高贵小姐，就必为贵公子所追求么？其实不然呢，他们反倒喜欢我们这等低贱人家的女儿。可怜你费尽心思，人家却全不动心，偏偏看中了另外一人。事既如此，我当然只能说'悉听尊便'了。"常陆守鄙俗暴躁，哪管对方怎样思量，一味任情而言。夫人惊得半日无语，痛感世态悲凉，眼泪夺眶而出。她来到浮舟房中，一见浮舟天生丽质，楚楚动人，又稍觉心慰，想道："幸好上天赐给她如此美貌，有多少人能比得上她呢？"便对乳母道："何曾想到，人心竟如此易变！我对女儿皆同等看待，却尤其关心这孩子的姻缘前程，常思若能为她觅得个好夫婿，情愿舍此残生。岂知如今这位少将竟嫌她无父，抛弃长姐聘娶年幼的妹妹，真是岂有此理！这可悲之事，发生于近亲远朋之中，我向来也不忍目睹耳闻。常陆守却以为极端光彩，一口应承，百般张扬，这对翁婿倒是匹配啊！此事我绝不参言。我寻思暂时离开这里，到别处住几日才好。"一时悲声连连。那乳母也甚是气愤，很为自家小姐叫屈。她道："其实也无甚可惜，恐悔了这门婚事，对我家小姐是福而非祸呢！以少将的卑鄙心地，未必真会识得小姐的天生丽质。我家小姐的夫婿，当是德才俱备、通情达理之人。上次我隐约窥得薰大将的仪容风度，真是英俊无匹，足以令见者延寿呢。他既有此真心，夫人倒不如顺了天意，将小姐嫁与他吧。"夫人叹道："唉，这等事，休要梦想了。人皆道这位薰大将所求甚高，不但寻常女子决不求娶，就连夕雾左大将、红梅按察大纳言、蜻蛉式部卿亲王[1]等人的千金，他都拒绝了，最后终与深受皇上宠爱的二公主成了婚。如此看来，需得怎样才貌超群、完美无缺的美女，才能博得他的真心呢？我想送小姐到薰大将的母亲三公主处做事，使她能常常见到大将。这三条院虽好，与人争宠也太没意思。人皆以为匂亲王的夫人有福分，不想近日也陷入了困苦。以此观之，欲得夫婿体面而可靠，先要他心志专一。我即是一例：先前的八亲王何等风流儒雅，却对我全无情意，很令我伤心；而这常陆守呢，虽浅陋粗鄙，俗不可耐，然而志虑专一，心无旁顾，是以我终得平安度日。虽然他时时粗暴，不通情理，确也可厌，但并不切心痛苦，偶尔争吵，过后也便无事了。皇族公卿，极尽荣贵，又如何相配？恐勉强进去，也是无益。唉，我家小姐真是天生苦命！虽是如此，我总要全力为她寻个称意的夫婿，以免遭世人嘲笑。"

常陆守正为次女的婚事忙碌着，他对夫人道："你那些可爱的侍女，权且借与我吧。虽然新做了帐幕诸物，然一时来不及换到那边去，索性就用这边的房间吧。"他来到浮舟的住处，忽儿站起，忽儿坐下，吵吵嚷嚷地指导下人装饰。浮舟的房间原本极美观雅致，他却别出心裁，这里那里地胡乱摆些屏风，又塞进两个橱柜，弄得不伦不类，他对自己的布置，颇有些自得。夫人看着难受，但因决定不再参言，故不去管他。可怜的浮舟，只得迁至北所。常陆守对夫人道："同是你亲生女儿，何以亲疏迥异呢。唉，我算明白你了！也罢，世间并不乏没有母亲的女儿呢。"昼间，常陆守便与乳母为女儿悉心装扮。这女儿十五六岁，矮胖体圆，头发很多，长短与礼服一般，容貌也还过得去。常陆守万般珍爱地抚摩那长发，说道："其实，未必非得嫁给这个企图另娶别人的男子。不过这位少将身份高贵，品行优秀，又有盖世才华，深得皇上赏识，想招他为婿的人家甚多，让给别人太可惜了！"他真是个笨伯，受媒人蒙骗却不知晓，讲出此话。左近少将对媒人的话也深信不疑，知道常陆守殷切若此，直到万事俱备，便于约定之日晚上

【1】桐壶帝之子，与八亲王为兄弟关系。

前来入赘了。

浮舟的母亲与乳母甚觉常陆守此举荒唐,便派人送一封书信与匂亲王夫人,信中言道:"无故打扰,实甚冒昧,故而许久不敢写信与你。现今,小女浮舟须暂迁居处,以避厄神[1]。尊府如有僻静之室暂可借赐,实乃大幸之事。我浅陋薄识,亲自调养此女,颇多不及之处,亦甚觉痛苦。走投无路之际,唯君可赖了。"这是一封含泪而就的信,令二女公子很是感动。

她暗思:"父亲在世时,不愿认这女儿。如今父亲和姐姐都已故去,仅我孑然在世,是否应认她为妹呢?倘我对其漂泊流离、困苦无助之状置之不理,于情于理实是不通。况且并无别的缘故而致姐妹分散,这对亡人也不光彩吧?"她犹豫未决。浮舟之母亦曾将自己的境况诉于二女公子的侍女大辅君,故大辅君亦劝道:"中将君此信定有难言之苦,小姐不可冷淡作复,让她寒心。姐妹之中出有庶民,乃寻常之事,切不可疏离冷淡于她。"于是二女公子回信道:"既蒙见嘱,岂有不遵之理。舍下西向有一间颇为僻静之室,可供居住,只是设施太过简陋,如不嫌弃,即请迁居于此。"中将君阅信后,欣喜无限,拟带浮舟暗地前去。浮舟早想认识此位异母姐,没料及这次意外变迁,反倒赐她这个机会,故甚是欣慰。

常陆守诚心盛情接待左近少将,却不知如何方可风光气派,只管搬出大卷东国土产的劣绢,赏赐侍从,又端出大量食品来,摆得到处都是,高声叫众人来吃。众仆从皆认为招待甚是阔绰,少将亦觉搭上这门亲事实乃聪明之至。夫人心想此时离家出走,一概不理睬太不近情理,便强忍着暂住家中,只是袖手旁观,任常陆守所为。常陆守东奔西走,忙于安排:这里作新婚的起居室,那里作侍从之居。他家屋子原本甚宽,然前妻之女婿源少纳言占居了东所,他家又有不少男子,故未剩闲空房屋。浮舟之房因让与新婚居住,她只得住在走廊后面的屋子里。夫人觉得太委屈她了,思量再三,才向二女公子乞请居所。夫人想到:浮舟因无贵人相援,才遭到如此冷遇,故不顾二女公子并未承认此妹,定要将浮舟送过去住。随浮舟过去的只有一位乳母和两三个侍女,住在西厢朝北的一处僻静房屋里。母亲亦相随前往,并特地问候了二女公子。尽管长年断绝音讯,然已不再陌生,二女公子与她们相会时也甚为大方。常陆守夫人觉得,二女公子实在是高贵

【1】时人迷信:某时某地有厄神会对人不利,其人必须迁地回避。此处是一个借口。

之人，见她如此精心照料小公子，不禁又慕又悲，心想："我本是已故八亲王夫人的侄女，当属至亲。唯身为侍女之卑，所生之女便低人一等，不能与其他姐妹相比，故处处遭逢厄境，受人欺凌。"如是一想，便对今日强来亲近甚感无趣。这时二条院极为冷清，故浮舟母亲也得以住了两三日，从容观赏此处景致。

一日，匀亲王归府，常陆守夫人早想睹其风采，便透过房中缝隙窥视。唯见匀亲王容貌清秀超群，如初摘之樱花，其面前跪着几个四位、五位的殿上人，伺候左右。众殿上人，也个个风采俊逸，容光焕发，比她依托终身却又颇为粗俗的丈夫常陆守，更见优秀高雅。众多家臣依次向他汇报种种事情，又有许多年轻的五位官员，立于其侧。她的继子式部丞兼藏人，在宫中做御使，亦前来参拜。她见匀亲王如此权势显赫，神色庄严令人生畏，不禁想道："何等风华绝代的男子呵！嫁得此人真是福贵无量。先前未曾晤面，料想此人虽身份显贵，然定对爱情浮薄，二女公子也难得快乐，如今一见，深感猜测未免太过浅薄。以匀亲王如此风采，做其妻室，即使像织女那般，一年只相会一次，也是幸福无比啊！"此时匀亲王正抱了小公子逗乐。二女公子隔了帷屏坐着，匀亲王掀开帷屏，与她和颜悦色谈话。两人姿貌清丽，实乃天赐一对璧人呢！再忆起已故八亲王的寒酸模样，真是相去甚远。不久，匀亲王起身进去，小公子便同乳母和侍女们一起玩耍。此时，又有众人前来请安，匀亲王皆以心情不好为由，予以拒绝。他一直睡到傍晚时分，饮食也于此处享用。浮舟母亲看到这般情形，心想："此处万事高贵轩昂，异乎寻常。看了这般盛景，便觉自家虽说奢华，却品性低微，到底粗俗浅薄。仅有浮舟，即便相配这等尊贵之人，毫无逊色之处。常陆守一心想凭借资财，将几位亲生女捧至皇后尊位。她们虽同为我所生，可与浮舟相比，实是相差甚远。如此想来，今后对浮舟的前程，也须抱远大志望才好。"她彻夜不眠，时时计量着浮舟将来之事。

日高时分，匀亲王方才起身。他道："母后身体不适，今日我须进宫请安。"便忙着准备服饰。浮舟母亲又想看个仔细，便再从隙缝中窥视。匀亲王身着艳丽的礼服，越发显得高贵不俗，俊美优雅，其尊贵气度，实在无与伦比。只见他恋恋不舍小公子，只管逗他作乐，后来用过早餐，方才起身出去。侍从室中早有许多人在等候，见他出来，纷纷上前向他报告事务。其中有一人，虽是刻意装扮过，然其面貌猥琐，毫不足观。他身着常礼服，腰悬佩刀，至匀亲王跟前，更觉相形见绌，委颓万分。此时，有两个侍女窃声讥评，一个道："他就是常陆守的新婿左近少将啊！原本聘了住在此处的浮舟小姐的，后来说不娶得常陆守的亲生女儿，便不肯用心爱护，竟改娶了一幼女。"又一人道："然而，随浮舟小姐同来之人不谈此事，都是常陆守方面的人在私下谈论呢。"她们未曾料到，这些议论皆被浮舟母亲听了去。常陆守夫人听得此般议论，不禁生出许多气恼来，为昔日自己对少将那样看重而悔恨不已。如今方知，他不过是一个俗不可耐的人。此时小公子爬出来，自帘子一端朝外张望。匂亲王瞧得，便转过身去，回至帘前，向二女公子道："倘母后身体稍好，我即刻便回。若是不见好转，今夜就在宫中伺候。如今与你暂别一夜，就牵挂不已，甚觉难受呢！"他又逗弄了小公子一番，才出门而去。浮舟母亲窥得其容姿，只觉光彩照人，百看不厌，心中甚为惊羡。匂亲王出去之后，这里顿觉失去了生气。

　　常陆守夫人走进二女公子房中，对匂亲王百般赞誉。二女公子觉得乡土气息有趣，微笑着由她去讲。她说道："昔年夫人仙去之时，您才刚出世，亲王与身侧之人，皆为你的前途担忧不已。真是前世修得如此好命，即使在山乡野地，你亦能顺利成长。只是你姐姐不幸早逝，实在令人万分惋惜！"说到此处，她竟悲不自禁，流下泪来，惹得二女公子也悲伤饮泣，道："人世无常，难免有可悲之事。然想到自身犹能存于此世，也稍可自慰。父母先我而去，原是世之常事。母亲连面貌亦未曾知便弃我而去，故对她也不是特别悲哀，唯十分伤心姐姐早逝，永生不能忘怀。薰大将为她万分悲伤，千般慰藉也无济于事，足见其人情深意挚，令我愈加悲痛怜惜。"中将君道："薰大将做了驸马，皇上对他恩宠有加，想来他定是踌躇满志了，倘大小姐未去世，恐怕也不能相阻吧！"二女公子道："这也难料。倘如此，我姐妹同一命运，更会遭人讥议耻笑，实是生不如死。人早逝受人哀悼，本是自然之情，然薰大将对她却是异乎寻常，不能相忘。父亲逝去后，他也万般操心，热情关怀超荐功德之事。"她俩谈得甚是亲热。

　　中将君又说道："我全没想到，他托弁君老尼传言，欲将浮舟接去，当作大女公子的替身。这虽是'一株紫草'[1]之故，然其挚诚关切之情，实在令人感动。"她谈到为浮舟百般操心焦虑时，竟又抽噎泪下。想到外间早有左近少将背叛浮舟之传闻，也便约略向二女公子提及，却不得其详。她道："只要我仍在世，

【1】《古今和歌集》古歌："一枝紫草生原野，遍地闲花尽有情。"此诗中"紫草"喻大女公子，"闲花"喻浮舟。

倒不可怕。我母女二人亦可互相依傍，相互慰藉，以度时日。唯担心我故去之后，她若遭逢不测之灾，以致飘零他乡，那才真是悲惨呢。我常为此忧心忡忡，时常想到不如让她剃度出家，隐居山寺，诵经念佛，从此弃绝尘世之缘。"二女公子道："你的境遇实甚艰难。似我们这种遗孤，遭人欺侮，也是常有之事呀！但出家闭居，终究不是办法。如我本已决心遵照父亲遗嘱，离弃尘世，却也遭逢此种变故，于尘世随波逐流，浮舟妹妹又如何做得到呢？再则，花容月貌之人，只可惜荒废青春啊！"中将君觉此番话颇有道理，甚是喜悦。她虽然已过中年，但毕竟出身高贵之家，气度也甚为优雅，唯身体十分丰满，却甚合"常陆守夫人"之称。她道："已故八亲王薄情寡义，不认浮舟这个女儿，令她失尽颜面。如今与你相叙畅言，也便消去了昔日的怨恨。"她又与二女公子倾谈起过去多年的外地漂泊生涯，也谈及陆奥地方浮岛的美景。她道："筑波山下的日子，真可谓'孤身一人多忧患'[1]，没人理会我的苦楚，直至今日才得以尽诉衷情。我极想长久留住你处，无奈家中众多孩子定大声吵嚷，盼我回去，故也不放心久避于此。我常痛惜命苦，以致屈居地方官之妻，因此不愿让浮舟落得与我相同命运，遂想将她托付与您，一切听您安排，我概不过问。"二女公子听了这番愁怨之言，也不忍再要浮舟受累。浮舟原本姿容艳美，品格优秀，几乎无瑕可指。她那腼腆娇羞之态，自然天成，如同孩子一般纯真，却又颇具涵养，即使遇见二女公子身边的侍女，退避也十分巧妙。二女公子蓦然觉得，浮舟说话的情态委实酷似姐姐，便生出了去找那个求姐姐雕像的人来看一看浮舟的心思。

恰在这时，侍女来报："薰大将到了。"便安设帷屏，迎接客人。中将君道："我也拜见一下这个难以窥见的人吧。人皆道这位大将俊美无比，不过我想，总不及匀亲王吧。"二女公子的贴身侍女道："依我们看，真说不准谁比谁好呢。"二女公子道："两人并坐之时，匀亲王自显逊色；若是单独看，便难辨优劣了。相貌俊美的人，时常令别人失色，甚是讨厌呢！"众侍女皆笑了，答道："匀亲王自是不会逊色的。世上男子何等俊美非凡，总压不过他。"外面传报：薰大将已经下车。此时，已闻得前驱气势雄壮的呵斥之声。薰大将并未即刻入内，等了很久，众人才见他缓步而来。浮舟母亲乍眼相看，并不觉得如何，待仔细端详时，

【1】《拾遗集》古歌："孤身一人多忧患，何须痛恨世间人。"

才觉他确实高贵清丽、优雅无比。她不禁自惭形秽起来,只觉自身卑俗不堪,忙伸手理理头发,尽量显现出端庄斯文的样子。薰大将所带随从甚多,大概是刚从宫中退出。他对二女公子道:"昨夜得知皇后身体欠佳,我即进宫请安。诸皇子均未在旁侧,皇后很是孤寂,故我便代匂亲王侍候,直至此时。今晨匂亲王很迟才入宫,我料想大约是你舍不得,留住了他吧?"二女公子但答道:"承你代为照顾皇后,此种深挚情意,委实令人感激!"薰大将大概是趁匂亲王今夜在宫中值宿之机,故特来拜访。跟寻常一样,他与二女公子交谈甚是亲切,时时谈论到对故人难以忘怀,又说世事无常,令人悲哀。措词虽较为含糊,隐约愁情,溢于言表。二女公子暗思:"已过了如此之久,他居然仍旧眷恋情深呢!他至今不肯忘怀姐姐,大概是因他先前曾说过,对她挚爱深切之故吧?"他不停地叙说自己的苦情,神色甚是悲伤凄凉。二女公子孰能无情,自是感激不尽,但她对许多怨恨自己无情之话,厌烦之余又很是担忧。为打消他此念,她便隐约告诉他,那个可作大姐替身之人,眼下正隐居此处。薰大将一听,自然来了兴致,很有些心驰神往。但很快又恢复常态,道:"哎!倘此人真能如我所愿,足以寄情,倒真是一件幸事。但若仍是令我心烦,那倒反猥亵了这山川净地。"二女公子答道:"终是因你未曾虔诚求道修行吧!"说完便嗤嗤地笑了起来。浮舟母亲在一旁偷听得此话,也甚觉好笑。薰大将说道:"既如此,便请你转告我的心意吧。你这般推荐,忽然又使我忆起往事,似觉很有些不祥呢。"说时不觉泪水沾襟,便吟诗道:

"替得故人长厮守,
　拂去相思作抚物。[1]
为掩饰本意,仍旧用戏谑的口气来说。二女公子回道:

"抚物拂身投水去,
　君言长伴谁可信?
你真是'众手均来拉'[2]的纸钱呢!若是这样,那便是我的过错了。我是不该向你提到她,这会对她不起呢!"

薰大将道:"你也知道'终当向浅滩'[3]。只是此生犹如泡影,渺茫漂浮,

【1】抚物系被禊时用以拂拭身体的纸人纸衣,意为拂去灾祸。
【2】借古歌喻爱薰君的女子甚多。
【3】借古歌喻我所爱的,最终只有你。

如同你投进河中的'抚物',如何令我安心呢?"天已微暮,薰大将仍是不愿离开,二女公子不禁心生厌恶,劝道:"今晚早些离去吧!否则,在此借住的客人会诧异的。"薰大将道:"请你转言于客人,说这实是我长久之愿,绝非一时兴起,毋令我失望。我平生不谙风情,遇事犹疑怯懦,甚是可笑!"叮嘱了一番,方才归去。

　　浮舟母亲对薰大将极口赞美:"何等儒雅俊美!"不由暗思:"往常乳母说起此人时,便劝我将浮舟许配与他,我却以为荒诞不经,概不理会。现睹其绝世风姿,觉得即便是隔有银河,一年相逢一次,亦愿将女儿嫁与这璀璨夺目的牵牛星。我这女儿长得如花似玉,嫁给寻常人也太委屈她了。于东国常见惯了粗俗武士,竟把那左近少将看成出色之人了。"她自悔当时孤陋寡闻。凡薰大将所倚靠的罗汉松木柱、坐过的褥垫,皆染上了奇妙的余香,如此说来,别人还道是随意夸张呢。对于他的品貌,时常见到他的侍女们,总是交口赞美不已,有的道:"佛经中说,诸种功德之中,以香气芬芳为最。佛菩萨这般说,真是不无道理。在《药王品》经中,说得更为详细,其中有一种香气叫作'牛头旃檀'[1],是从毛孔里发出的。名称虽甚可怖,然定真有此物,这薰大将便是明证,可见佛家不说诳言呢。想来,这薰大将自小便是勤于修行佛法的。"另有人道:"前世真不知他积得多少功德呢。"这样的赞誉不绝于耳,听得浮舟母亲也止不住满面带笑。

　　二女公子私下向中将君转述了薰大将之言,说道:"薰大将心意专诚,绝不轻易改变决定之事,只是眼下刚被招为驸马,情境确实不利。但你与其让浮舟妹妹出家为尼,还不如尝试许嫁此人呢。"中将君道:"为使浮舟此生不受人欺,避免忧患之苦,我本想叫她闭居于'寂寂无鸟声'[2]的山野之中,但今日得见薰大将的神采,连我这般年纪之人也为之心动,觉得即使依附于他身侧,作个奴仆也是莫大幸福,更况年轻女子,定然倾慕于他。但我这女儿'身既不足数'[3],会不会成为忧患之由呢?不管身份如何尊卑,女子往往因男女之事,不但今生吃苦,后世亦要饱受牵累,由此看来,也实甚可怜。无论如何,请

---

　　[1]《法华经·药王品》中说:"若有人闻是药王菩萨本事品,能随喜赞善者,是人现世口中,常出青莲花香。身毛孔中,常出牛头旃檀之香。"
　　[2]《古今和歌集》古歌,前两句为:"我心如深山,寂寂无鸟声。"
　　[3]《后撰集》古歌:"身既不足数,不要相思苦。岂知亦犹人,沾袖泪如雨。"

您为她做主,千万不要弃之不顾。"二女公子为难地叹道:"薰大将情深意挚,有目共睹,自是可以托付。然以后的情形,谁能预料呢?"说完便不再言语了。

翌日拂晓,常陆守遣了车子来接夫人,并捎来一信。信中言语似颇愤激,竟有些威逼之意。夫人噙泪恳请二女公子道:"不胜惶恐,此后万事托付与您了。这孩子还得寄居尊府一些时日,让她出家抑或其他,我尚未决断。在此期间,还望你不要弃舍这微不足道之身,多多教她一些道理。如此相求,实属无奈,还望见谅。"浮舟从未离过母亲,心中颇为难受。幸好这二条院的景致优雅,加之得以亲近这位异母姐,心中亦甚觉欣慰。天色微明,夫人的车子方始出发。此时,恰遇匂亲王从宫中回来,他因想念小公子,暗地退出,所以只乘了简朴车辆,未讲身份排场。常陆守夫人的车子与他相遇,连忙退避一侧。匂亲王的车子到了廊下,他下车后望见那辆车,问道:"此为何人?天未明便驾车离去。"他见车子如此偷偷急驶,便妄自猜测,以为是刚从情妇家溜走,这想法委实荒唐。常陆守夫人随从忙道:"这是常陆守贵夫人,因急事回府呢。"匂亲王的几个年轻侍从讥笑道:"声称'贵夫人',倒是神气呀!"众人均哄笑起来。常陆守夫人一听,想到自己身份卑微,不觉悲从中来。她时时牵挂浮舟之事,便希望自身高贵些。倘浮舟也嫁与一个身份卑微的丈夫,她不知会怎样悲苦呢!

匂亲王进屋之后,向二女公子询问:"那个叫常陆守夫人的,与此有何来往呢?天色蒙霭之时便匆忙驶车出去,那几个随从还颇神气呢。"说时带着疑虑的口气。二女公子闻言,心中难受,答道:"此人仅是大辅君幼时的友人,又非什么足以为道的人物,何必惊诧怪异呢?你总是狐疑满腹,说这些难听之话,'望君勿相蔑'[1]才好呢!"说时转了身去。此夜匂亲王难得安眠,不一会儿已至东方曙色。直到众人前来请安,他才走出正殿来。明石皇后身体原本并无大碍,今已康复,众人皆感欣慰。夕雾左大臣家众公子便以赛棋、掩韵作乐。

日色将暮,匂亲王走进二女公子住室。此时二女公子正在洗发,侍女们各自在房中歇息,室内显得清静而空荡。匂亲王召一女童传话,说道:"我来时,你却要洗发,让人好不气恼,是有意让我孤寂无聊么?"二女公子听了,立即叫侍女大辅君出来答话:"夫人都是趁大人外出时洗发的。然因近来身体极是疲劳,已

【1】《后撰集》古歌:"既蒙许相爱,何故又生疑?望君勿相蔑,不妨将我遗。"

是许久未曾洗了。除了今日，本月内又另无吉日，九月、十月皆不宜，故只得在今日洗发。[1]"言语中，很是歉疚。其时，侍女们均在照顾睡觉的小公子。匀亲王倍觉无聊，便一个人四处闲走，忽然看见那边西屋内有个不认识的女童，料想此处住有新来的侍女，便走去探看。透过纸隔扇的缝隙，他朝里瞧了一下，见离纸隔扇约一尺之处，设置了一扇屏风，屏风一边挂着帷屏。透过帷屏上掀起的帘布空当，他见有一女子的袖口露了出来，里边衬着紫菀色的艳丽衣衫，罩着女郎花色外套，因有折叠的屏风相隔，从此处窥视，里面的人并未察觉。他猜想："这位新到的侍女定然十分迷人吧。"便小心推开纸隔扇，悄悄走进廊内去了。此处廊外庭院中，各色秋花正争奇斗艳，丽若彩锦，环池一带的假石亦饶有情趣，浮舟正于窗前躺着观赏景致。匀亲王又将原已开着的纸隔扇拉开些，向屏风那端窥视，浮舟以为是常来此处的侍女，万没料到是匀亲王，便起身坐着，那姿态曼妙无比。匀亲王本就贪恋女色，哪肯错过此等良机，便捉住了浮舟的裙袖，又关上了开着的纸隔扇，在纸隔扇与屏风之间坐下。浮舟见此，惊慌失措，忙用扇子遮住脸面，缓缓回眸张望，那神态更是娇媚异常。匀亲王忽然握住她举扇的手，问道："你是谁呢？请将姓名相告于我。"浮舟战战兢兢，恐惧万分。匀亲王极是诡秘，将脸朝向屏风，遮住脸不让她看见，故浮舟以为是正渴望寻她的薰大将，且又闻得一阵异香，越发认定是薰大将无疑，不禁倍觉羞辱，却又不知该怎么办。乳母听得里面响声异常，颇感惊奇，便将那边屏风拉开，走了进来，问道："怎会这样？好奇怪啊！"匀亲王却置若罔闻，无所顾忌。尽管此举荒唐无聊，他却是巧舌如簧，依然谈论不休。不觉天色已深，匀亲王仍追问道："你究竟是谁？若不相答，我便不放过你。"说毕，便毫无顾忌地躺下身去。至此，乳母方知是匀亲王在此，惊诧结舌，讲不出一句话来。

二女公子那边已点起了灯，侍女们叫道："夫人头发已洗好，立刻便出来。"此时，除了起居室，别处的格子窗已经渐渐关上了。浮舟所居之室距离正屋较远，屋中放了几组屏风，各种物件，杂乱地堆置一处。自浮舟来后，这里便将一面的纸隔扇打开，与正屋相通。大辅君有个女儿，也在此处做侍女，名叫右近，这会儿正依次关着窗子，向这边渐渐走近。她叫道："呀，还没上灯呢！早早地关

【1】时人迷信，洗发须选吉日。每年正月、五月、九月因办佛事，不宜洗发；十月叫神无月，也不宜洗发。

了窗子，黑漆漆的叫人发慌。"又打开了格子窗。匂亲王听见她的声音，感到有些狼狈。乳母心中虽是焦急，但她本是精干无畏之人，此时便向右近叫道："唉，这里有些奇怪呢。我不知如何是好！"右近道："究竟何事呀？"便摸索着走了过来，见浮舟身侧躺着一个穿衬衣的男子，又闻得阵阵郁香，便明白是匂亲王又犯了风流之癖。但她推测浮舟定不会从他，便说道："呀，这太不像话了！叫我怎么办才好呢？赶快去那边，将此事暗中向夫人报告吧。"说完就匆匆去了。浮舟的侍女觉得，让夫人知晓此事终是不妥。而匂亲王却并不在意，只是想："这位罕见的美人到底是谁呢？听右近的语气，似乎并非才到的一般侍女。"他更觉奇怪，便追问不休，越发对浮舟纠缠。浮舟苦不堪言，虽无明显愤怒之色，可心中却是又羞又急，唯欲立刻死去才好。匂亲王似有察觉，便以温言好语相慰。

右近对二女公子说道："亲王这般……浮舟小姐好生可怜，必定痛苦不堪！"二女公子道："他又犯旧病了！浮舟之母闻知，定会怨怪：此等行为未免太轻率荒唐！她临走时，一再言说托付与我，甚是放心呢。"深觉愧对浮舟。但她想："可又如何阻止他呢？他本性贪色，侍女中凡稍有姿色者多难幸免，何况浮舟。不知他是如何发现浮舟在此的。"她不胜懊恼，竟致不能言语。右近与侍女少将君相与议论道："今日王公大人来者甚众，亲王在正殿陪伴游戏。按常例，他回内室该是很晚，故我们放心休息去了，谁料他今日回来得甚早，以致惹出事端，眼下如何是好呢？那乳母好生厉害，始终守在浮舟小姐左右，直瞪着亲王，恨不得将其赶走呢！"

恰在此刻，宫中有人来报："今日黄昏，明石皇后猝然心痛，此刻病情沉重。"右近悄然对少将君说道："不巧此时生起病来，我去告知亲王吧。"少将君道："免了吧，此时传达，徒费心思，惹恼了大人可不是好事。"右近道："尚未到那种地步，不要紧吧。"二女公子闻知，遂寻思："倘若匂亲王的好色之癖传出去，怎么了得？谁再敢带女眷来此呢？"其时，右近已将明石皇后的病势，报与了匂亲王。她虽夸大其词，匂亲王却不急不躁，问道："使者是谁？莫要恐吓我。"右近如实回话："皇后侍臣平重经。"匂亲王依然不舍浮舟，视若无人，躺在浮舟身边纹丝不动。右近无奈，只得将使者叫至这西室前询问，传言人也跟来了。使者报告道："中务亲王早已入宫探视。中宫大夫方才动身，在下途遇其车驾。"匂亲王知道皇后常遇不测之病，他想："今日倘若拒赴，定遭世人指责。"只得向浮舟吐诉诸多怨恨之辞，约定再见之期，方才依依不舍离去。

浮舟仿佛噩梦未醒，躺于床上，汗流湿透，良久不能言语。乳母边扇边说道："住于此地，凡事皆要小心，绝不可大意。他已知晓你居于此，日后定会纠缠不休。这种事情，好叫人后怕！他虽贵为皇子，可仍应姐夫之名，如此太无规矩了。无论优劣，总得另择一个清白之人才好。今日若真蒙其欺骗，小姐名誉必毁，故我摆出一脸凶煞之相，死死瞪着。他对我厌恶至极，狠掐我的手。如此求爱，与粗俗人无异，实在荒唐至极。如今在你家里，常陆守与夫人闹得不可开交。常陆守曾言：'你唯照顾浮舟一人，竟全然将我女儿弃之不管。新女婿进门那日，你却躲在别处，成何体统！'常陆守气焰嚣张，仆人们皆感其言语难听，无不替夫人难过。全是那左近少将使坏，可恶至极！否则，哪来如此事端与争吵。多年来，家中虽也有口角，然皆无伤大雅，还算和睦。"她边说边叹气，而浮舟却一句也听不进，仍然沉浸于遭逢侮辱的悲伤之中。她甚是担忧：不知二女公子对此事作何感想？她愈想愈伤痛，竟俯伏着嘤嘤啜泣起来。乳母颇为怜悯她，安慰道："小姐请勿伤心，丧母而无人疼爱，那才可悲呢。无父而遭人轻视，本谓憾事，然而，若有父而遭心毒之继母憎恶，不若无父更好。不管怎样，你母亲定会替你谋虑，千万别就此消沉，况且尚有初濑的观世音菩萨，怜你身世而庇佑你。像你这样一个弱女子，多次不畏长途跋涉去进香礼佛，任何菩萨皆会念你心诚而佑你幸福，令那些轻蔑者惊愧，我家小姐岂会耻笑于世人呢？"她说得颇为有趣。

匀亲王出门之时，匆忙中以图便捷，从此处出去而未走正门，故其说话声清晰传入浮舟房中。匀亲王吟咏着古歌经过此处，声音虽格外优美，浮舟听了却不禁生厌。替换之马已牵了出来，匀亲王仅带十余个值宿随从，入宫去了。

二女公子念及浮舟不幸受辱，甚是同情，遂佯装不知此事，遣人去告知她："皇后玉体欠安，亲王进宫慰问，今晚留宿宫中。我或因洗发受凉，身体略有不适，难以入睡，请你过来叙叙，料想你也寂寞无聊吧。"浮舟叫乳母代答："我心绪甚坏，想早些歇息，万望夫人谅解才是。"二女公子立即又遣人去慰问："心绪如何不好？"浮舟答道："我也道不明白，唯觉格外烦闷苦痛。"少将君暗向右近递了个眼色，并说道："夫人心中必定不好受的。"只因浮舟不同寻常，故得夫人格外怜爱，她想道："亲王如此作为，实在是浮舟之大不幸！一向倾慕她的薰大将，倘若闻知此事，必然会鄙视她的轻浮。亲王本性无耻，胡乱编些无稽之谈，常常不堪入耳；有时碰到确有几分荒唐之事，却不当一回事。然薰大将口虽不言，却私下怨恨，实乃善于掩饰且修养颇深的君子。浮舟身若浮萍，如今又增不幸。往昔我未曾谋其面，今日见了，觉其性情与姿容着实叫人怜爱，不忍舍弃不管。人生一世，难免会遭受诸多苦痛，的确不易。就我而言，有生以来，身世不幸之事仍多，并不比浮舟稍好，然而，终究未曾狼狈失魂，可谓尚有颜面了。如今倘若薰大将不再来百般纠缠，断绝其念，我便再无可虑了。"夫人头发浓密，洗发之后一时不干，起居甚为不便，她身着白衣，显得颇为窈窕可爱。

浮舟心情极坏，不愿去会二女公子。乳母却不断劝她前去，说道："不去反倒惹人生疑，以为真的出了事，你坦然前去访晤才是。你不必担心右近等人，我会将实情详细告之。"她走至二女公子的纸隔扇前，叫道："有话对右近姐姐说呢，请她出来！"右近出来。乳母对她说道："我家小姐刚才遇上那件怪事之后，大受惊吓，以致身体发热，心情痛苦至极，实在叫人可怜。烦你带她去夫人处，让她回回神儿。小姐自身清白，却蒙此羞辱，何等冤屈。倘若对男女之事略知一二，尚好受些，可怜她全然不懂。"说罢扶起浮舟，叫她去二女公子处。浮舟羞愤至极，心里虽极不情愿，但她生性柔顺，也未强要反抗，便被推送至二女公子房中。由于额发被泪沾湿，她便背灯而坐，意欲掩饰。二女公子身边众侍女，向来以为主人容貌当为世间最美，而今见了浮舟，深感并不逊色，的确美得高雅。其时，右近与少将君在浮舟近侧，她无处可藏，于是两人不禁看得痴了，想道："亲王倘若看上此人，将无可奈何了。他生性喜新厌旧，凡是新的，即使姿色普通，也不肯放过的。"

二女公子与浮舟亲切交谈，对她说道："在这里，无论何事，请不必拘束。自大姐去后，我始终怀念她，至今仍悲情难抑。我一生苦恨之事甚多，终日寂寞哀愁。初见你，便觉你与大姐相貌甚似，心中顿觉亲近，颇为欣慰。这世上，我再无亲人，你若如大姐一样爱我，我便终身无憾了。"浮舟尚有些惊慌，拘谨谦卑，竟不晓如何回话。她仅如此言道："多年来，常叹与姐姐远隔山水，如今有幸拜见，心中喜慰不已。"说时声音娇嫩无比。二女公子取出些画册来给她欣赏，让右近念画中所书文字。浮舟与二女公子相对而坐，不再羞怯，唯一心赏画。二女公子端详其灯光所映姿容，觉得毫无挑剔之处，的确完美无瑕，特别是那额角眉梢，满是秀气，竟与姐姐无异。她看着浮舟，只顾思念姐姐，更无赏画心思了。她不禁惊叹浮舟的容貌，竟同姐姐与父亲如此酷似。曾闻几个老侍女议论过：姐姐生得像父，而她长得如母。凡面容相似之人，见了总觉格外亲切。她由浮舟想起了父亲与姐姐，禁不住潸然泪下，又想道："姐姐举止端庄，高贵无比，且又亲切慈爱，令人觉得极为温柔优雅；而浮舟呢，大约举止尚显稚气，诸事皆还拘束之故吧，论品质尚不及姐姐。此人若能再沉稳一些，嫁与薰大将倒也相配。"她如姐姐般替浮舟思虑着。

看罢画册，二人又随意叙谈，直至东方泛白，方去休息。二女公子挽留浮舟睡于其侧，与她叙起父亲在世时诸事，及数年来宇治山庄的生活状况，虽不完全，却也随意聊了极多。浮舟追思亡父，只恨与父从未谋面，令她伤心。一位知晓昨晚之事的侍女道："这位可爱的小姐，虽受夫人特别怜爱，但已遭污辱，可怜爱也枉然。"右近答道："不，这事没有依据。那乳母牵住我的手，向我仔细摆谈事情经过，说来真无此事。亲王不是吟唱着'此逢犹似不曾有'[1]出门的吗？然也难说，也许是故意吟唱此歌吧。不过，昨夜这位小姐的神情，甚是安详，不像出过事。"她们悄然议论，无不怜悯浮舟。

乳母借得辆车子，从二条院赶回常陆守家去见夫人，将前日之事详细禀报。夫人闻之惊痛，只觉肝肠寸断。她焦急不已，料想众侍女定已议论纷纷，轻视她女儿。更担忧的是，匂亲王夫人不知有如何看法。大凡这种事，没有女人不争风吃醋，她以己推人，如坐针毡，越发焦灼不堪，刻不能待，遂于当日黄昏赶至二条院。此时恰逢匂亲王在外，免去了尴尬。常陆守夫人对二女公子说道："我将此无知的孩子托付与您，本来不必担心，哪想总是心中挂念，寝食不宁。家里那些孩子皆怪我呢。"二女公子答道："浮舟聪明晓事，你不放心，慌慌张张道出此话来，反令我好生惭愧。"言罢淡然一笑。常陆守夫人见其神色安稳沉静，反因自己心中有事，更显不安。她不知二女公子心中所想，一时竟无话可说。稍后，她答道："能侍奉小姐身边，总算偿了多年之愿。传到外边也有个好名声，确是体面得很。但是……终究尚存忧虑，还是不如让其闭居荒山修道，倒最是无忧。"言及此，竟流下泪来。二女公子也甚觉同情，遂道："其实你大可不必如此忧心。我对她甚是看重，事无大小，我自会很好照料她……此处虽有个举止放肆之人，常会弄出些荒唐事，幸而众人皆深晓其习性，防范之心自是常在，小姐不会出事的。不知你对我可有看法？"常陆守夫人忙道："不不，我绝非对你不放心。已

【1】此处所引应该是《河海抄》中古歌："夏夜初眠天即晓，此逢犹似不曾有。"

故八亲王恐失颜面，不愿认她这个女儿，这也罢了，但我与您原是极有血脉渊源[1]，正因此故，始敢将浮舟托付与您。"她说得极为诚挚，末了又道："明后两日，乃浮舟特别禁忌日子，我得领她去幽静之所避避灾星，以后再来拜望。"言毕，便欲携浮舟离去。二女公子大感突然，不胜伤悲，但也不好强留。常陆守夫人被昨日之事所惊吓，心中颇不宁静，匆促归去。

　　常陆守夫人先前曾于三条地方建了一所玲珑小宅，聊作避灾之所。此处原本简陋，又未完工，陈设皆不完备。她领浮舟到此，对她说道："唉，我因你竟遭众多烦忧。在世诸事皆不称心，此生尚有何益？倘若仅我一人，哪怕身份微贱，生活困苦，我也愿寻一僻处度此余生……亲王夫人，原是不愿认你作妹的。与她亲近，若是惹出事端，岂不耻笑于世。唉，人世真无趣呵！此处房屋虽是简陋，但无人知晓，你便委屈一下，暂且避居于此吧。我会尽快为你作妥善考虑。"她嘱咐已毕，便欲归去。浮舟抽抽泣泣，料想一生在世何等命苦，遂觉心寒。她确是十分可怜，然母亲更觉心痛，将女儿禁闭于此，也觉得太委屈了她，实在有些于心不忍。她一直愿女儿顺利长大，遂人心愿，自蒙受那可悲恨之事，深恐为世人轻蔑，心下担忧不已。这母亲通明事理，唯易发怒，且稍多固执专断，便是让浮舟躲在家中又何妨。只是她以为那样会委屈了浮舟，故作此下策。母女俩形影相随，从来不曾分居异处，而今突然被迫分开，皆揪心难受。母亲嘱咐道："这屋子尚未竣工，恐有不周全处，你须得小心为好。此间侍女皆可使唤，值宿人员虽已反复盼咐，可我仍是担心。若常陆守不催促，我决不愿抛下你，如此一来，心里真如刀绞一般呵！"母女依依惜别。

　　常陆守为招待快婿左近少将，忙得不辨东西，他责怪夫人不肯诚心帮忙，失却颜面。夫人气恼地想："若非此人，哪会生出这些事端。"她那宝贝女儿因此而蒙受不幸，令她痛恨不已，故甚是轻蔑这少将。她回想前些日子，这少将于匂亲王面前那卑琐姿态，令人难以相信，故更不将他看在眼里，何尝会有尊贵的念头？她忽又想："他在此如何，我尚未见其日常起居德性呢。"遂于某日白昼，她乘少将闲居家中，至其居室边上，自门隙向里偷看。见他上身着白色罗绫外衣，内衬鲜艳的淡红梅色衣衫，正坐于窗前，独自观赏庭中景色。她觉此人模样

【1】中将君是二女公子母亲的侄女，二人属表姐妹。

清秀，瞧不出一丝拙劣。那女儿年纪尚幼，毫无意趣地靠于身侧。她回想匂亲王与二女公子并坐时姿态，以为这对夫妻的确逊色。少将与左右诸侍女谈笑戏玩，夫人细细观看，但见他随意不拘的洒脱姿态，与先前在二条院那副奴颜媚态相比，断若两个少将。恰值此刻，忽闻少将说道："兵部卿亲王家的荻花煞是漂亮！同为花，在他家却开得艳丽无比，不知是何品种。前日我去时，欲折得一枝，恰巧亲王正出门去，终未得逞。他唱着'褪色荻花犹可怜'[1]的古歌，潇洒俊逸，真想教年轻女子一睹其丰采呢！"言毕，也得意洋洋地吟出了些诗句。夫人暗忖："哼，装模作样！几日前在匂亲王前那丑态，真令人不堪忍受，谁知他所吟为何诗。"然细察其此刻仪态，又觉他并非完全卑劣之人。她便欲看看他到底有何能耐，遂令侍女传话，赠以诗道：

"藩篱庇荫娇小荻，
　绿叶承露何变色？"[2]

少将微觉愧对于她，答曰：

"若知小荻出宫城，
　此心怎会怜异花？"[3]

望能拜见夫人，陈表衷曲。"夫人猜他定已获知浮舟乃八亲王之女，更愿浮舟能荣贵如二女公子。禁不住回想起薰大将的音容笑貌来，她想："匂亲王与薰大将，皆俊美无异，但他居然闯入浮舟内室，做出轻狂举动，如此肆无忌惮，实在可恶！而薰大将却举止得体，他虽恋慕浮舟，却并未冒昧以行，面若无事。如此谨慎沉稳品性，着实难得，连我也甚遂意，何况年轻女子，哪有不倾心的？少将这等低下卑鄙之徒，若真娶了浮舟，那才是浮舟的耻辱！"她左思右想，唯替浮舟之事担忧，好不容易为她谋划的良策，然实施起来则极为不易。她以为："薰大将已惯熟高贵如二公主之人，便是品貌胜过浮舟的女子，怕也难激起兴致。据我经历，人的气质品貌，与其出身大有关系。试看我的子女，凡与常陆守所生，皆不如八亲王所生的浮舟。又如左近少将，在常陆守邸内品貌超群，然同匂亲王相较，则又逊色无比了。万事皆可由此推度，薰大将已娶当今皇上宠爱的二公主为

【1】《拾遗集》有古歌："褪色荻花犹可怜，何况繁露欲摧枝。"

【2】小荻：指浮舟；绿叶：指少将；露：常陆守亲生女儿，浮舟之妹。

【3】宫城野是荻花之乡，暗示浮舟乃八亲王之女。

妻，在其眼中，浮舟怕一无是处吧？"这般猜测，不觉万念俱灰，甚为惆怅。

居于三条小宅的浮舟，孤寂乏味，只有观看庭中花草，而花草皆为俗类，便觉无一丝生趣。身边来往者，皆为操土话的东国人，她闭居于这粗陋憋闷的屋子里，甚觉抑郁。偶尔忆及二女公子姿容，思念不已。那无所顾忌闯入者的音容，此刻也涌上心头。当时他究竟胡言些什么？至今唯记得不少温婉之语。他的衣香，似乎仍然残留鼻间，那恐怖细节皆已忆起。一日，其母遣人送来一信，殷切慰问，牵念尤深。浮舟念及母亲用心良苦，而已却屡遭不幸，不觉淌下数行伤心泪水。母亲信中写道："独处异地孤寂难耐，实在是委屈我儿了！"浮舟忙回信答复："请母亲切勿挂怀，女儿已习惯此处境遇，不曾觉得孤寂。赠诗道：

倘若此间非红尘，

定可远离浮世苦。"

此诗流露稚气，母亲看了不觉泪流，想起女儿这般不幸，竟落得无处安身，的确可悲可怜。遂答诗道：

"但愿寻得无愁世，

以求福泰降儿身。"

如此率直之诗相与赠答，母女俩聊以慰藉。

却说薰大将于深秋时节，常夜夜辗转难眠，悲愁叹息，思念大女公子已成习惯。时逢宇治新建寺宇竣工，他便特地前去观看。他一见到宇治山中红叶，便生出久别重逢的情致来。以前的山庄变成新屋，十分豪华气派。回想所拆山庄，乃已故八亲王所建，一味古朴幽雅，犹如高僧居所，心中顿生怀念之情，遂觉有些眼前新屋难以与之相提并论，感慨伤感之情浓甚于昔。以前山中装饰之物，并非一致，有些庄严大度，有些纤丽精致，适合女眷居住。如今竹编屏风等粗笨家什，皆移至新建佛寺中供用，此处的新制器什，皆具山乡风味，格外优美且富情趣。薰大将便坐于池边岩石上，一时不忍离去，因此赋诗：

"绿水盈池景依旧，

故人清影不见留。"

他擦去泪水，径自去老尼弁君处访问。那老尼突见薰大将光临，大为感动，悲喜交加，强忍许久才没掉下泪来。薰大将于门边隔帘而坐，只将帘子一角卷起，与她叙话，弁君隐身帷屏后作答。薰大将随意谈及浮舟道："传闻浮舟小姐已来至匂亲王家，但我却不便向她开口，尚烦您代为传达。"弁君答道："前日其母寄信来，提及她们如此东躲西藏，全为了避凶之故。那信中写道：'眼下藏身于偏陋之所，实可哀怜。倘若宇治与京城不远，颇欲寄居贵处，以求荫庇，然因山路坎坷难行，来往实在艰辛。'"薰大将道："人皆不敢走这山路，唯我不怕烦累，频频前来。此夙缘实在不浅，思之令人无限动情！"一言及此，又伤感流泪。他又道："便烦您修书一封，送至那避凶之所。最好是您躬身走一遭，可好？"弁君答道："传达尊意，并非难事。唯如今要我去京都，实难从命，况且连二条院夫人处我尚未去过呢。"薰大将言道："派人送信，万万不可！若传了出去，岂不有失颜面。那爱宕山的高僧，不也随时而定，下山赴京么？虽有犯例之嫌，然可成人之美，也有无量功德呵！"弁君说道："遗憾我'此生既无济世德'[1]，进京去为此事，泄露出去，怕要贻笑于人了。"遂不肯去。薰大将则再三强求："这机会难得，无论如何，得劳您前去了。后日我派车子接您。先打探好她寓居之所，我绝不使您难堪。"说时满脸笑意。老尼弁君不明白薰大将心中所想，十分不安，转念又想："薰大将平日也是规矩之人，从未有过荒唐之事，料他爱惜名望，概不会与我为难吧。"于是回答："既然你如此心切，我便去吧。其闭居之所离贵邸尚近，烦你先与她一信，否则，外人必谓我自以为是。既已遁入空门，尚要做红尘月老，岂不有失体统。"薰大将说道："这倒不难，唯恐让人讥议，以为'薰大将爱上了常陆守之女'，何况那常陆守乃粗俗之人。"弁君不禁笑了，颇觉此人可怜。垂暮时分，薰大将辞归。临走，他采集了一束花草，又摘数枚红叶配在一起，准备送与二公主。他对二公主一向亲近，只因身份之故，才不过分亲昵。皇上待他，如百姓待子般慈爱，对其母尼僧三公主也关心细致，故薰大将格外看重二公主，将其视为至高无上的正夫人。他深被圣恩，又兼驸马尊宠，却暗中别有恋慕，也自觉内疚。

转眼约定期已至，薰大将遣一贴心仆人，陪一素不相识的放牛人，随同一辆牛车去宇治接弁君。他对那仆人道："到庄园择一忠厚者任护卫。"弁君先已应允进京，此刻虽极不愿意，也只得前往。她浏览山中美景，想起种种古诗，感慨不已。很快车子抵达浮舟所居三条小宅。此处确实冷僻，不见行人，弁君甚是放心，令车子驶进院内，叫引路人传道："老尼弁君奉薰大将之命前来拜访。"随

【1】《后撰集》古歌："此生既无济世德，怎能年高似古桥。"

即,一个曾伴小姐赴初濑进香的年轻侍女出来了,将弁君扶下了车。浮舟久居此荒僻地方,朝夕唯觉寂寞难耐,忽闻弁君来到,兴奋不已,当即叫人将她迎入自己房中。她看着弁君,想着她曾侍候过亡父,更是亲近。弁君开口道:"自从那日见过小姐,暗自仰慕,无时敢忘。只因出家之人与世事断绝,故连二条院二小姐处,我也没去探望。此次薰大将再三嘱托,无奈只得遵命,前来传言。"浮舟与乳母前日曾在二条院窥过薰大将风姿,私下甚美之,且又亲闻其言:无时曾忘自己,故而倍觉感激。不曾料,今他竟托人前来探望。

刚入夜,浮舟便闻轻微敲门声,声称来自宇治。弁君料想乃薰大将之使臣,遂令人开门。只见一车悄然入内,她正感纳闷,忽有人来报:"是特来拜望尼僧老太太的。"而所报名号,却是宇治山庄附近的庄园主。弁君便膝行而出,行至门前迎接。此刻正飘着细雨,寒风透过门内,带来已惯熟之奇香,弁君始知来者乃薰大将。如此贵人突然到来,而此中毫无准备,四处乱成一团,众人手足无措,直道:"如何是好,如何是好!"薰大将让弁君转告:"我唯欲借此僻静处所,向浮舟小姐表述衷情。"浮舟闻言,一阵慌乱,不知如何作答才好。乳母急切劝她:"他专程而来,岂可置之不理呢?暗地派人去告知夫人吧,常陆守邸宅距此处很近的。"弁君即道:"无须如此紧张,年轻人之间相互叙谈,也并无大碍。何况大将生性温柔敦厚,而又行事严谨,倘小姐不许,他决不会有轻狂行为的。"此时雨势略猛,天已全黑,忽闻值宿下人操东国方言道:"东南边的围墙已塌损,甚不安全。这位客人的车子不要停在那儿,快些进来吧,要关大门了。"薰大将不惯那东国语调,甚觉难听。于是,他吟唱着古歌:"佐野何处庇我身?"[1]遂坐于屋檐之下,吟诗道:

"东亭门闭榛草生,

久立斜雨不解情。"[2]

他以袖轻拂身上珠雨,浓郁芬芳随风飘散,直扑诸东国乡人鼻孔,令他们惊讶不已。

【1】《万叶集》有古歌:"漫天风雨行人苦,佐野何处庇我身?"

【2】本回题名据此来。典出《催马乐·东屋》,词曰:"(男)我在东屋檐下立,斜风细雨湿我裳。多谢我的好姐姐,快快开门接情郎。(女)此门无锁又无闩,一推便开无阻拦。请你自己推开门,我是你的好妻房。"

因无理由推托，只好在南厢设座，延请薰大将。浮舟初时不愿即刻出来与之见面，众侍女竭力拥她出来，然后将拉门关上，只留一隙缝。薰大将见了，心中不悦，说道："我此生从未坐于这种门外呢，这做门的工匠真是可恶。"竟拉开门，径直走了进去。他并不言及愿她替代大女公子之事，仅说道："自宇治邂逅，一睹芳容之后，日夜相思至今。如此难以忘记，定是前世夙缘甚深吧！"浮舟容姿原本妍丽无比，薰大将甚觉满意，对她怜爱有加。

不觉便至破晓时分，外面大路上，叫卖之声喧闹不绝。薰大将闻声想："黎明时分，那些商贩头顶货物叫卖，模样必定古怪。"于如此舍中宿夜，他尚是首次，故觉得别有意趣。后闻值宿人已回室内歇息，便即刻唤随从车夫，将车子移至边门外，自己遂抱了浮舟上车。事发仓促，众人皆惊诧不已，慌乱道："眼下正值九月，不宜婚嫁，如此不可呵，这可如何是好？"皆十分着急。弁君也未曾料到，甚是同情浮舟，然而她仍劝言道："诸位不必多虑，大将定有安排。"今日十三，明日交九月节气。弁君便对薰大将道："我今日就此辞别了。二小姐定会获悉此事，若悄然来去，未免不周。"欲告之二女公子。薰大将觉得眼下尚早，似有不妥，答道："他日再去拜谢吧。今日去那边，若无人领路，甚为不便。"定要弁君同往，又择了浮舟一名叫侍从的侍女，与弁君同去。而乳母及弁君所带女童，皆留在此处。

人们初料这车将去附近某地，谁知却径直朝宇治驶去。预备调换之牛，皆已备于途中。过了川原，驶近法性寺，天才放亮。侍从悄悄窥视薰大将容貌，被其俊美容姿惊呆，不由自主倾慕起来，哪里还虑及世人将对此讥评。浮舟则因事出意料，惊得神志不醒，兀自俯伏车中。薰大将见了，忙温婉致意："车太颠簸了，你颇感不适么？"说着便将她搂抱起来，拥于怀里。此时，旭日从车前轻罗隔帘上透射进来，车内鲜亮无比。老尼弁君颇觉害羞，她想："如求得大小姐在世，与她相伴此行，该有多好啊！只恨我长生此世，蒙此意外变故。"她心中不免悲切，却要强忍，但又如何忍藏得住？终是愁容显露，泪溢不已。侍从见了甚是不悦，暗想："这老尼真可恶！今日小姐新婚，她在车中本已不吉，尚露愁苦之相，抽抽泣泣做甚？"颇觉这老尼可恨又可笑。其实侍从哪知弁君心事，唯以为老年人喜哭罢了。

薰大将觉得浮舟委实可爱，但沿途观赏秋景，怀旧之情萌生。入山愈深，伤感愈浓，恍惚间如同沉浮雾中。他斜靠车壁，冥思不已，长袖露于车外，重叠在浮舟衣袖之上。山雾湿却衣衫，淡蓝色衣袖与浮舟红色衣袖映衬，色彩鲜艳生动。车行陡坡中，始才惊觉，遂将衣袖收进，他不觉随吟一诗：

"晓雾弥漫湿我袖，
　新人惹得旧恋愁。"

这诗句，更使老弁君啼泣不止，泪水湿透了衣袖。侍从愈觉诧异，一路上兴高采烈，怎么平生了这等怪事！薰大将听得弁君的啼泣，自己也陪着落泪，然又可怜浮舟，怕她见了伤心，便对她道："多年来我屡次经过此路，今日忽生感慨，不免有些伤怀。你还是起身看看这山中景致吧，这山谷很幽深呢。"便扶她起来。浮舟无奈，只得勉强撑起，将扇子遮面，羞涩地向外凝看，那眉目神情，果真肖似大女公子，只是过于庄重，稍有些差异。薰大将觉得，大女公子既天真无邪，却又不乏深远周全之思虑。是故他对亡人，真是"此情盈盈天地间，欲要逃身不可去"[1]了。

当车至宇治山庄时，薰大将想："大女公子亡魂倘若在此，此刻必定看见我来到吧。想来实在可怜！我今日这些荒唐举止，归根究底，皆是因为她。"下车后，薰大将欲让浮舟安心休息，自己先避开了。车上的浮舟，念及母亲对她如何挂念，悲叹不已。然有如此俊美男子与她深情私语，甚觉欣慰，遂欲下车。老尼姑命车停于走廊边，方才下来。薰大将想道："我并非久居此处，何必费此心思！"附近庄园中人，闻知薰大将驾临，争相前来拜见。浮舟小姐饮食之事，概由老尼姑负责办理。来时沿途荆榛满目，此刻进得山庄，让人顿觉天地开朗，环境清幽。新修房屋设计合理，临窗尚可观赏山水景色，浮舟便觉几日来的积闷，一扫而光，然一念及自己身世难料，便又有些忐忑不安。薰大将忙寄信与京中母亲及二公主，信中道："眼下佛寺内部装饰，尚未完结。前日曾知会我前来看看，今日适逢大吉，便急忙赶来了。近来心绪不宁，加之这几日乃出行忌日，便想借此斋戒两日，事后即刻回京。"

薰大将闲居于此，更是俊逸风采。他进得室中，令浮舟自觉无颜，可又无处躲藏，唯有默然坐着。她身上所着服饰，历来皆由乳母精心备办，无不力求华美艳丽，却难免带些乡村土气。见此，薰大将不觉忆得昔日，穿着素旧之衣的大

【1】见《古今和歌集》古歌。

女公子，反倒高雅自然。然而浮舟的头发格外漂亮，发梢艳丽悦人，薰大将一见，觉得比二公主更美。他为其境况思虑：怎样安排她呢？立刻将其迎娶，送入三条宫邸，显然不妥。那样定遭世人非议，有损声誉。倘若列入侍女之中，我又如何舍得？唉，左右为难，不如将她暂隐于这山庄之内。但如此，我又不能与她长相厮守，太令人难以忍受了！"他甚是怜爱浮舟，温和诚挚地与她摆谈，直至日暮。其间，二人也谈及已故八亲王，历叙旧事，兴致倍增。但浮舟总是小心谨慎，胆怯羞涩，使得薰大将大为不悦。他寻思："这虽有些遗憾，却也不坏，日后定好好教习。若沾染些村野俗气，品性不纯，言行粗俗，那才真让人遗憾不已呢。"他终于转忧为乐。

薰大将取出山庄中所藏的七弦琴与筝，料想浮舟对此必是一窍不通，甚觉扫兴，遂兀自抚琴述怀。八亲王去世，薰大将已久不于此奏乐，今日重操乐器，便觉极富意趣。正尽兴弄琴，心痴神迷之时，月亮清幽露脸了。他回想八亲王，总将琴声奏得十分清悠回转，犹如潺潺流泉一般润泽，全无锋芒毕露之处，于是对浮舟说道："若你幼时，与父亲和大姐一起生活于此，必会受到许多熏陶。想当初八亲王气度何等非凡，连我也觉得可敬可畏，仰慕不已呵！你为何老住在那穷乡僻野呢？"浮舟羞愧窘迫，唯有一旁默然斜倚，抚弄手中扇子。从侧面瞧去，肌白凝润，额发轻垂似画中之人，神情酷肖大女公子。薰大将感动不已，更欲勤心教她丝竹之事，令她更合心意。他遂问道："这七弦琴你可会弹？你自幼生长东国，吾妻琴，总会弹吧？"浮舟答道："我连大和词也知之甚少，何况大和琴[1]呢。"薰大将没料到，她竟能如此巧妙作答，便觉得其才情不错，将她置之于此，总不是办法。他已深觉日后相思之苦，由此可见，他对浮舟也真心爱恋。此时，他挪开七弦琴，口中吟诵古诗："楚王台上夜琴声。"[2]那侍从虽生长于东国，只知弓箭之事，闻此吟声，也觉得格外美妙，赞叹不已。她们见识也太浅了，并不懂得班婕妤看见秋扇而悲之事，只不过是叹赏吟声的优美罢了。薰大将想道："我为何选

【1】吾妻即东国。东国的琴名曰"吾妻琴"。此处故意用该词。大和词是和歌。这里浮舟回答得很巧妙，避开"吾妻琴"而说成"大和琴"。

【2】《和汉朗咏集》载古歌："班女闺中秋扇色，楚王台上夜琴声。"汉成帝的宫女班婕妤失宠，作诗自比秋扇。浮舟手持白扇，因此薰君有此联想。但他只言下句，提示上句。

那些不太吉利的诗句？可怜诗句甚多呢。"是时，一侍从受老尼姑差遣，送来果品食物，一只盒盖呈上，几种果物置放于其间，下面垫了红叶与常春藤。果物旁边有一纸条，月色之下，见上面涂有一诗。薰大将睁大眼睛，看得十分仔细，像急欲吃下果品一样。老尼姑赋诗道：

"寄生秋山红叶中，
　昔年月华仍清丽。"[1]

乃古风书体。薰大将看了，往事顿上心头，感到既羞愧，又为之悲伤不已，也吟诗道：

"物我依旧宇治地，
　蟾月新临香闺人。"

并非什么答诗，仍叫侍从传给了老尼弁君。

【1】以月光比喻薰君。

THE TALE OF GENJI

VOLUME 52

第 五十二 回
浮 舟

却说自数月前一薄暮时分，与浮舟偶然相见后，匂亲王便一直牵挂于心，不能将她忘记。此女子虽出身低微，但淑性高雅，容貌端庄秀丽，令人魂牵，确实世间少有。匂亲王生性多情耽色，上次与浮舟见面时，只握了握她的手，心中终不满足。由此怨起二女公子来，怪她为得些许之事，竟心生嫉妒，将此女隐藏，实在太无情义。二女公子不堪其苦，真想将此女来历如实相告。转而想道："薰大将虽不欲将浮舟做正室，但对她情意深厚，才将其匿藏。我若一时把持不住，将此泄露，匂亲王岂能就此罢休？他那不轨之心我早已识透，即便我身旁侍女，几句言语惹他动心，他也定然不会放过，不管何处都会追上去。况浮舟这样使他念念不忘，若被他获得，定会做出不雅的事来。倘从别处探得，那就不知如何了。虽然这对薰大将和浮舟皆极不利，然此人一贯如此，我无法阻止。但总不能轻易行事，一旦惹出祸端来，我这做姐姐的，自然更觉羞辱。"她如此拿定了主意。虽心头惴惴不安，却未吐露半点，只像一般怀了嫉妒之心的女子郁郁不乐而已，并不拿其他理由来应付匂亲王。

此时薰大将则显得从容镇定，他想浮舟定在宇治等候，心中定然焦急，便怜悯不已。但自己乃高贵之身，行动每每不便，须寻得适时的机会，方可与她相见叙话。如此等待，怕比"神明禁相恋"[1]更觉痛苦难耐。转而一想："不久我便会将她迎接进京，共度良日，暂时让她居于宇治，好做我山中之旅伴。到时我将托故在山中多待些时日，与她舒心叙谈。将此僻静之处作她居所，让她慢慢明白我的用意而安心，也可免去世人对我的攻诘。稳妥行事，实为良策。若立刻迎入京都，则必然招至诸多言论：'如此突然？''谁家女子？''何时成功的？'等。这又与当年初到宇治学道之志相违。倘被二女公子知晓，更会怨我舍弃故地，忘却旧情，实非我愿。"他竭力抑制，同时又作不切实际的计划。他已在准备浮舟进京后的住处，暗暗新建得一所宅邸。只因近日公私诸事缠身，难得闲暇。但仍一如既往照顾二女公子，绝无懈怠之意，旁人也甚觉诧异。二女公子此时已渐通事理人情。薰大将如此待她，便感慨他看重旧日之情，身为其所恋之人的妹妹，竟也受其关照，这真是世间少见的情感之人，因此异常感动。随着年事渐长，薰大将的人品与声望更是优秀。而匂亲王对她的爱恋，则常显示出许多淡薄寡情来，

【1】《伊势物语》有古歌："恋苦何妨来共叙，神明原不禁相思。"

为此她常自哀叹："我真是命运多蹇呵！只恨当初未听姐姐安排，与薰大将成亲，结果嫁得个薄情郎。"如今欲与薰大将会面，又实非易事。宇治时的物事，历经数年，皆已成旧事。二女公子心中顾虑，恐不明内情的人会说："平常人家，素日不忘旧谊，时时友好来往；但如此高贵之人，为何也轻易与人来往，不顾规矩呢？"况匀亲王对她与薰大将早有猜疑，使她更加痛苦惧怕，只得与他疏远。薰大将却对她亲睦如常，忠贞不渝。匀亲王浮薄不拘，常有让她羞辱难堪的举动。幸而小公子逐渐长大，异常可爱。匀亲王想到这可爱的儿子，便对二女公子另眼相待，将她视作真心相爱的夫人，待她宠爱有加，甚于六女公子。二女公子的忧患，由此也日渐减少，得以静心度日。

待正月初一后，匀亲王来到二条院。小公子新年之际又增一岁，一个昼日，匀亲王正与他玩耍，便见一年幼女童慢慢行来，手拿一个大信封，绿色浸染色纸包好的；另有一小松枝，上面结挂了个小须笼[1]，和一封未经装饰的"立文"式书信在一起。她正欲将这些东西送交二女公子。匀亲王不免奇怪，问她道："这东西从何而来？"女孩答道："宇治的使者，要将这些东西交与大辅君。因一时找不到，便要我转交，以往宇治那边送来的东西，都要给夫人看的，我便拿到这里来了。"她说时气喘吁吁，继而又抿嘴笑着道："这小须笼上涂得彩色，是金属的呢。松枝也做得很精妙，似真的一般。"匀亲王微微一笑，伸手讨道："如此漂亮，我也看一下如何？"二女公子十分焦急，催促道："快将信交给大辅君吧。"说时脸色微变。匀亲王想道："亦许是薰大将送与她的信，却借故是给大辅的，想以此遮掩真相。既以宇治为名，必是他的无疑。"便俯身将信取了过来。不过他还是有些迟疑：若真是薰大将给她的，岂不当面使她难堪。便对二女公子道："我拆来看看，不会怪我吧？"二女公子道："这怎能行呢？侍女间的私人信件你也拆看，不很可笑么？"说时镇静自如。匀亲王道："既然这样，那我但拆无妨了。倒想见见，女子之间，其信定有趣味。"他便将那封信拆开。但见文字稚气，信中言道："作别时久，转眼已是新春之节。山居荒落沉寂，峰顶云雾遮蔽，莫辨京华重烟之地。"信纸一端另附道："奉上粗鄙玩物，望小公子笑纳。"此信写得并不出色，分辨不出书者何人。匀亲王疑惑不解，便将另一封立文式的

【1】编完笼子不剪去多余的竹条，像须子一样保留着，叫作"须笼"。

信封也拆开。此信也为女子所书,上面言道:"新岁又至,府上定是安然无事,君身康泰万福。此地山色秀丽,侍奉殷勤周到,但终不合于闺中小姐居留。我等也觉不妥,小姐若在此间长住,烦闷枯坐,必伤及身体,倒不如至贵处走动,以慰寂寞。然上次所经羞耻之事,令小姐心寒,不敢轻易前往。这卯槌[1]辟邪之物一柄,是小姐特意赠送与小公子之物,务请避开亲王,代为赠奉。"又抒发得许多悲伤愁叹之情。匀亲王觉得此信怪异,便反复细看,询问二女公子道:"此信是谁写的?"二女公子答道:"此乃先前居于宇治山庄中一侍女的女儿所写,最近不知为何借宿山中。"匀亲王心下疑惑。见信上提及所谓羞耻之事,便觉得此女子似曾相识。他细看那卯槌,竟是精致异常,分明是寂寞生涯中人制作。在小松枝的桠丫上,插得一只假作的山橘,并附诗道:

"幼松前程无限量,

　谨祝福寿伴贤郎。"

猜想此乃念恋的那女子所咏,虽不甚优秀,匀亲王也觉得十分触目了。他对二女公子道:"你立即与她复信,不然太没礼貌了。此类信无甚秘密,你不必生气。且好,我去那边了。"匀亲王离开后,二女公子对少将君私下怪怨道:"事情坏了,信交到这小孩子手里,你们竟然都不知道?"少将君道:"若是看见,便不会让她送去亲王那儿。这小孩呆头呆脑,全然不会说话,以后长大了不中用的。"她不断埋怨这女孩。二女公子道:"算了,也不必再怪怨她了!"此女童长得漂亮,是去冬有人带来的,连匀亲王也格外看中她。

匀亲王满腹疑惑,回到房中,暗想:"先前听说薰大将常去宇治,不时偷偷在那里泊宿,借口怀念大女公子。然如此高贵之人,怎么会于偏远山庄随意宿夜呢?不想,他是藏了这样一个女子在那儿呢!"他忆起一个叫道定的人,是掌管诗文的大内记[2],时常出入薰大将邸内,便召唤他来。大内记即刻赶到。匀亲王吩咐他,将做掩韵游戏时所用诗集选出,堆积于一边的书架上,趁机问道:"听说右大将常去宇治,近日还去么?又听说山庄佛寺造得极为堂皇,我倒想前去看看呢!"大内记回答道:"佛寺确实庄严富丽。但听说还有一所非常讲究的念佛堂,

---

【1】正月的第一个卯日用以驱邪的小物。用桃木、玉、犀角、象牙等物制成的小槌,长约三四寸,用五色丝线装饰。

【2】大内记是起草诏命的文官。

也在计划建造中呢。去年秋以来,右大将前往宇治更加频繁,他的仆役们曾悄悄告知于我道:'大将在宇治藏得一女子,却非寻常情人。特意指派附近庄园里的人,前去服役守夜呢。京都大将邸内,也常暗暗派了人去。此女子福分不浅,只是久居偏僻的山中,不免孤独寂寞。'此话是去年底,我听他们说起的。"匀亲王听得极其认真,追问道:"他们没说起是何女子么?听说他去那里,是访问那老尼姑。"大内记道:"老尼姑住于廊房内,那女子则住于刚建成的正殿,里面俊俏侍女众多,日子过得倒不错呢!"匀亲王便道:"此事真是颇费思量!不知那女子是怎样一个人,如此煞费苦心做甚么?此人毕竟与一般人不同。听得夕雾左大臣等评论他,说他入道之心甚切,时时前往山寺,甚至夜里也泊宿山庄,实在虑之不周。起初我也想:他如此秘密前往宇治,并非事佛向道,其实是心念恋人故地!可万没料到,尚有如此之图,真是人不可貌相呵。表面是何等沉稳威严,却干出如此勾当。"便对此事甚感兴趣。这大内记,是薰大将一亲信家臣的女婿,故薰大将的所有隐事,他尽皆明白。匀亲王暗自思忖:"此女子是否便是我曾邂逅的那人呢?须得去验证一下才行。薰大将如此费心隐藏,想必此人定非寻常。然不知为何,与我家夫人如此亲近。夫人与薰大将,一齐隐藏这女子,真让我嫉妒难忍!"从此他全心投入这事。

待到正月十八日竞射,及二十一日内宴一过,匀亲王便觉空闲,再无他事可做。地方官任免期间,众人皆极力迎逢,匀亲王对此,却漠然视之。他所虑的,仅是如何去宇治,私察暗访一趟。而那大内记升官心切,从早到晚,不断向匀亲王讨好献媚。这正合匀亲王心意,便亲切地对他道:"你能不避任何险阻,万死不辞为我办事么?"大内记忙诺诺从命。匀亲王便道:"此事说来惭愧。实不相瞒,那避居在宇治的女子,曾与我谋得一面,后来忽然销声匿迹,据说是右大将寻了将她藏了起来,不知是否属实,我想验证一下。此乃隐秘之事,不宜张扬,万望能办妥。"大内记一听,便知这件事棘手。但他求功心切,便答道:"到宇治去,路途崎岖难行。但行程尚近,倘黄昏出行,亥、子时恐能到达,于破晓动身返回。除随从人员之外,不会再有人知道此事。只是尚不知那边详情如何。"匀亲王道:"你的主意虽好,可如此草率出行,外人知晓定会非难于我。至于路途远近生疏与否,我倒不曾顾虑!"他自己虽前思后虑,认为实不可行,但心犹有不甘。于是选定曾陪他去过的二三人,另有这大内记,以及乳母儿子做随从,这些都是他的亲信。又派大内记打听,知这两日薰大将不会赴宇治。临出发时,匀王不由得回想起昔日情形：从前他和薰大将和睦友好，去宇治总是薰大将导引。而如今却隐秘前往，实乃有愧于他。昔日情景历历在目，然这位京中从不微服骑马出门的贵人，如今为了那女子，居然生出胆量，身着粗衣布服，骑马在崎岖的山道上疾行，一路上想："倘是立即就到，该有多好！唉，今日若一无所获，不知该多扫兴……"如此心神不定，惴惴不安。

一路上急驰狂奔，黄昏时分，一行人终于到达宇治。这大内记先找来一个熟悉薰大将内情的家臣，探明情况。绕过值夜人住所，窜到西围苇垣处，拆篱钻了进去。这地方他未曾来过，不由心慌，幸好此地偏僻，无人守护，他便偷偷摸了进去。见正殿南面发出灯光，接着轻微的谈话声传出。他忙退回来，向匀亲王报告："里面人还没有歇息，可以放心进去呢。"便引他进去。匀亲王走进里面，跨到正殿廊上，见格子窗留有隙缝。但挂在那里的伊豫帘子[1]簌簌作响，他只得屏神息气。这屋子刚刚修成，尚有些隙缝未能填补，侍女们不曾料到会有人来偷看。匀亲王向内窥视，但见帷屏的垂布高撩，灯火闪亮，几个侍女正在缝衣服，一个相貌端庄的女童在一旁搓线。匀亲王细致打量这女童，似觉相识，但又疑心或许不是。又见昔日曾见过的，那叫右近[2]的侍女也在。那位小姐正半枕半卧，凝视灯火。她额发低垂，弯眉秀眼，高贵优雅，酷似二女公子。这时，右近一面折叠手中衣物，一面言道："小姐若真要去石山进香，恐怕三两天是回不来的。昨日京中来的使者说：'地方官任期一过，大约在二月初一，大将就会来这里的。'不知大将对小姐如何说的。"浮舟脸上愁容满布，沉默不语。右近又道："可是不巧，仿佛有意躲避大将似的，教人很尴尬呢。"右近对面的侍女道："小姐去进香，只要写信告知大将便可，悄然逃避可不好呢。进完香，不去常陆守夫人家停留，即刻返回。此处固然荒芜些，倒也无拘无束，尽可安闲打发日子，比在京中自在多了。"另一侍女道："小姐应在此等等，大将不久便会来接小姐进京，那时再从容前去，探访常陆守夫人。乳母也是性急，为何如此急迫，小姐前往进香，须知世间万事急不得呢。"右近说："为何不劝阻乳母呢？年纪一长，思虑往往不周呢。"她们不停地怨怪那乳母。匀亲王记起，昔日邂逅浮舟时，确有一使人生

【1】伊豫国产的帘子。

【2】二女公子有一个女侍也叫右近。

厌的老侍女，像是在梦中见过一般。侍女们信口胡谈，尽是些不堪入耳的话。有一人说道："那匂亲王的二条院夫人福气真好！六条院左大臣，尽管权势显赫，待女婿也异常优厚。然而，自二条院夫人生了小公子后，亲王对她更为重视，胜于六条院夫人。她身边没有像这乳母那样爱管闲事之人，故可随心所欲安排自己的事情呢。"又一人道："若大将诚心宠爱这里小姐，痴心不变，那么我家小姐，也会有如此福分么？"浮舟听到此，便欠身道："你们怎可如此说话！谈论二条院夫人，倘被知晓，实难为情！"匂亲王一听这话，便有所悟："我家夫人，和她定有什么亲缘关系。不然，模样为何如此相似？"他便在心中，将两人细致比较。二女公子在优雅高贵方面，比她略胜一筹；此女却五官清丽端庄，娇艳可爱。依匂亲王的癖性，凡他魂思梦想之人，一旦得见，纵使其有不足之处，亦断不肯就此放弃，何况浮舟容貌并不逊色。他便生出了占有的欲念，暗忖："她似乎要远行，不知其母尚在何方？还能再见到她么？倘今夜就能拥她入怀，实乃美妙呢！"他神不守舍，一味窥看不止。

听得右近道："我很想睡了呢，余下的明日缝吧。常陆守夫人虽急，也得到日高时派车来的。"便收拾针线，挂好帷屏，横躺着打起瞌睡来。浮舟也缓缓走到里面睡了。右近起身到北面房中去看了看，返回躺在小姐近旁睡去。侍女们都倦了，一会儿相继睡着了。匂亲王见此，甚觉无计可施，只好就着格子门轻轻地敲。右近猛然惊醒道："何人？"匂亲王便咳嗽两声示意。右近觉出这人为贵人口吻，只道是薰大将连夜返回，便起身准备开门。匂亲王在门外轻声道："打开门吧！"右近惊喜地道："万没料到，大人竟会在深夜赶回来呢？"匂亲王便顺口道："从大藏大辅仲信[1]处得知：小姐要出行，便急急赶了回来，不想在路上耽误，故而迟来。请快开门吧。"声音轻细，右近分辨不出，以为真是薰大将，便开了门。匂亲王进了门，又低声道："我路中遇到可怕之事，狼狈得很呢，还是不要将灯弄得太亮。"右近叫道："唉，真吓人啊！"她忐忑不安地移开灯火。匂亲王道："万不可让人知道我已回来，如此难堪之相，实难见人呢。"他装模作样，竭力模仿薰大将的言行，竟混进内室去了。右近听见他如此说，很是担心，便伏在暗处窥视。但见他装束整齐华丽，其浓郁的衣香与薰大将无异。匂亲王将衣服

【1】薰大将家臣，大内记的岳父。

脱下，装作很熟悉的样子，挨近浮舟躺了下来。右近便道："还是到原来住的房里去吧。"匂亲王一言不发。右近只得给他送来衾枕，唤醒那些睡在屋里的侍女，让她们回避。侍女们素来不招待随从之人，故众人并未有疑。有一人竟自以为是说道："如此夜深，还特地赶来，真是情重如山啊！恐怕小姐还不知他这一片心意呢。"右近便制止道："安静些，安静些！"众侍女便不再言语，重新睡去。此时，浮舟发觉身边之人不是薰大将，顿时惶恐不安，六神无主。然匂亲王并不言语，只管放任而行。倘是起初，浮舟便觉察出真相，多少总会想些法子，加以拒绝。可现在弄得她无法可施，恍如梦里一般。匂亲王软声细语，诉说上次不得相亲之恨，及别后相思之苦。浮舟才明白，身边之人竟是那匂亲王。她顿觉羞愧难当，又怕被姐姐知道，不知如何是好，因此痛苦万状，呜咽不止。匂亲王自思日后难得和她再见，也颇悲伤，陪着她哭了一回。

翌日，天色尚未大亮，随从便来请匂亲王回京，右近才恍悟昨夜之事。匂亲王却赖着不走，他思慕浮舟已久，想到一旦离开，再来便颇为不易，心里暗道："无论京中之人，如何吵嚷相寻，今日我定留此地。所谓'片刻欢娱胜千金'【1】，倘今日就此过去，真要教我抱恨终身！"便唤右近前来，对她道："我虽不体谅人，但今日决不返京。去安排随从人等，让他们在附近地方好好躲避起来吧！再叫我的家臣时方走一趟京中，如有人打探我的去向，便回答说'往山寺进香了'，要巧妙应对才是。"右近听他如此表白，真是又惊又恼。她后悔昨夜疏忽大意，以致酿成如此祸端。懊恨之际，她又想："如今吵闹，也是徒劳，那样倒使匂亲王有失颜面。那日在二条院，他对小姐已是一往情深了，这或是前世姻缘所定吧。也是不能怨怪谁的。"她如此自慰，便宽下心来，答道："今日京中会派人迎接小姐呢。不知亲王对此有何主张？你俩既有宿世姻缘，教我们亦无从言语。但今日确实不巧，万望亲王冷静思虑，暂时回京去吧。若真有此心，伺机再来如何？"她说得尽管有理，但亲王仍坚持道："我倾慕小姐已久，今日只想伴侍她左右。至于世人如何责怪，我全不理睬。我是定了心的，否则我等有身份之人，怎会不畏艰险跋涉而来呢？若有人前来迎接小姐，便假以'今乃忌日，不宜出行'为由而拒绝。这事万万不能张扬，尚望你等为我二人考虑，体谅我的苦

【1】见《拾遗集》古歌："为恋殉身何裨益？片刻欢娱胜千金。"

心。"由此可见匂亲王痴迷浮舟，实已是神魂颠倒。右近快步出去，对那些随从人员道："亲王如此行事，实有失皇子身份，你们何不竭力劝阻？他昨夜之举，乃荒唐至极，你们作为随从，竟糊涂地为之前导。倘是山野民夫，不慎冒犯了他，将如何是好？"却说大内记，自知此事已一塌糊涂，只好哑口无言，侧立一边焦虑。右近又大声问道："哪一位叫时方？亲王令他……"时方笑答："遭你如此骂了一通，我可是吓住了，即便亲王挽留，我也要溜走了。实不相瞒：亲王如此，我们也以为耻，可大家不得不拼着性命前来。这里的值宿人员恐就要起身了，我得赶快走了。"说罢，一溜烟去了。右近苦苦思考：如何方能瞒过众人耳目呢？此时，众侍女都已起身出来。右近便神秘地说道："大将心情不佳呢！昨夜回来时非常隐秘，料想途中遭遇了歹徒吧，他吩咐过，不得将此事告知外人，就连换用的衣服，都得在夜间悄悄送去。"众侍女惊讶不已，道："呀，好吓人呢！木幡山那地方荒凉冷寂，这次大将未带前驱开路喝道，才遭了祸患吧？想起来真叫人丢魂啊！"右近忙道："轻声些，千万不可透露出去，仆役们听到可就糟了。"她骗过了众侍女，而心里却焦躁不安：倘使薰大将的使臣忽地来了，可怎生是好？便虔诚地祷告："初濑观世音菩萨，保佑我们今日平安吧！"

日升之时，格子窗一律打开了，右近细心服侍浮舟小姐。正厅的帘子全都拉下，且张贴得有"禁忌"的字条。若常陆守夫人屈躬来迎，就对她说："小姐昨夜梦见不祥之事，不能出来会面。"而送来的盥洗水，也仅为一人之用，匂亲王甚不满意，对浮舟道："你洗了我再洗吧。"浮舟平日看惯了薰大将斯文模样，现在见匂亲王为她如此焦灼欲死，便暗忖：世间所谓情种，或许就是这个样子吧？又念及此身命运多舛，要是此事泄露出去，不知世人又如何讥议！倘被姐姐知晓，更将如何是好？幸好，匂亲王并未知道她是何人。他曾屡屡询问："我数次恳求，请你告知姓名，你却缄口不答，真急煞人啊！无论你出身何等低微，我总会百倍地心疼你，尚望见告。"但浮舟总不肯透露一字，然而别的事情，她都温顺地一一作答。因此也得匂亲王百般怜爱。

晌午时分，常陆守夫人差遣来迎的车才到达。总共两辆车，七八骑人，照例是武夫打扮。众多操着东国土话的粗陋男子在后相随。众侍女厌恶至极，将他们引至另一边的屋子里去。右近心下思量："这如何是好？若说薰大将在此，以骗他们，则万万不可。以薰大将那种身份显赫高贵的人离京，他们岂有不知之理？"思来想去，她便拿定主意，草草写了一信，给常陆守夫人，信中道："昨晚小姐忽来月例，不便进香，且夜梦不祥，今日须斋戒。出行之日适逢禁忌，恐鬼怪故意作梗吧，真乃不巧。尚望见谅。"随即将此信交付来人，请他们用罢酒饭，返归京都。她又派人，去告知老尼姑弁君："今日为忌日，小姐暂不赴石山进香。"

往常浮舟无事便望云看山，无聊度日，常觉岁月难挨。而今日，匂亲王深恐薄暮之时，便要离浮舟而去，也惜时如金。如此深情，使浮舟动心不已，顿觉今日时光难留。匂亲王伴侍浮舟，长久端详她容貌，觉得处处生辉，实无瑕疵，真所谓"百看无厌时"[1]。其实浮舟容貌不及二女公子，而比起年华正盛、美艳娇小的六女公子来，更是逊色得多。只因匂亲王痴迷至深，才视她为绝代美人。以往浮舟亦认为，薰大将之美，无人出其右。而今日看这位匂亲王，顿觉他的俊俏潇洒，更在薰大将之上。匂亲王将笔砚取过来，颇为洒脱地书写。他那精彩的戏笔、优美的绘画，使得浮舟倾心不已。之后，他温柔地对浮舟道："若我们不能随时相聚，你便看看这画吧！"画中一对美貌男女相依相偎。他指着画道："唯愿两情常如此。"说完这话，泪水不禁潸然而下，吟诗道：

"纵然盟得千春誓，

人生亦有大限时。

我如此推度，委实不吉。倘我日后，尽力而不能与你厮守，怕会念你而死的。想你起初冷淡于我，我便不应来寻你，如今徒添痛苦啊。"浮舟听罢，也悲从中来，便用那墨笔写道：

"大限原本不足惜，

君心不定尤堪悲。"[2]

匂亲王看罢此诗，暗道："倘我心亦变化无常，实乃可叹了。"便更觉浮舟怜爱无比，笑问道："可曾有人对你变心么？"又细细询问薰大将当初送她来此的情由。浮舟颇觉羞愧，答道："你为何细细察问呢？我不想说起的。"半娇半嗔，更是可爱至极。匂亲王心想此事迟早定会知晓，便不再询问。

夜幕下垂之时，赴京的使者左卫门大夫时方赶回来，对右近道："明石皇后异常焦急，也派使者前来，探问亲王行踪，道：'夕雾左大臣亦气恼呢。亲王

【1】《古今和歌集》有古歌："山樱春雾罩，百看无厌时。"

【2】此诗意为：寿命无常已不足惜了，男子的心无常更使人哀伤。

私自外出，实乃草率之举，亦难保无意外之事。一旦皇上闻晓，我等必被责怪无疑。'我说道：'亲王只是前往东山，访晤一高僧去了。'"接着，时方又埋怨道："身为女子，实乃罪孽深重！害得我们这些随从，也不得安生，还不得不道谎言呢。"右近言道："你说访晤高僧，妙极！这可消除你的罪过！亲王实在古怪，怎么会如此？事情如此重大，若是预先知道他来，我们定会设法阻止呢。谁知他鬼祟而来，叫我们怎生是好？"说完便进屋去，向匀亲王转达了时方的话。匀亲王早已料到此种情形，便对浮舟道："我碍于身份，行动不便，故心中极为痛苦，倒想做一个平常的殿上人，即便是片刻也好。其实对这类事，我从不会为其所缚，只是薰大将若闻知，如何感想呢？我同他原本亲戚，亲睦如手足，一旦他知道此事，我该是多么难堪呀！况且：世人往往责怪于人，却不省思自身。唯恐薰大将不知你盼待之苦，而怨怪你不贞。故此，我想带你离开此是非之地，挪居到与世隔绝的别处去。"匀亲王今日不便在此留宿，只得准备返京，然而他的灵魂，似已被摄入浮舟的怀袖中了[1]。天色微明，屋外催促亲王的咳嗽声不断。匀亲王紧握浮舟的手，来到门口，依恋难舍，吟诗道：

　　"生离悲苦未曾识，
　　　别路凄迷泪眼昏。"

浮舟亦黯然神伤，答吟道：

　　"别离晓泪盈衫袖，
　　　微身难留匆行人。"

天色向晓，风声鹤唳，浓霜满道，已觉寒气彻骨。匀亲王身在马上，心系浮舟，纵有千般不舍，万般留恋，此时当着如此多随从人员，亦不便久久缠绵。只得郁郁寡欢随了大家，悲恸欲绝离开了宇治。为防不测，两个五位官员大内记道定和左卫门大夫时方，一直步行于匀亲王左右两侧，直到险峻山路走完，方才跨上马去。马蹄踏碎薄冰，发出凄凉的碎裂声。为何几次恋情，都离不开这条山路呢？匀亲王总觉得与这山乡似有因缘。

　　返回二条院后，匀亲王回想起，二女公子有意将浮舟匿藏起来，心中不免生恨，便不到她房中去，而径直回到自己那房间躺下。但他心乱如麻，难以入

【1】《古今和歌集》有古歌："别时似觉魂离舍，落入伊人怀袖中。"

睡。待渐渐消下气来，又缓步来到二女公子房中。见二女公子安详地坐着，姿态矜持高雅，比他痴恋的那人更具魅力。他想到浮舟容貌气质都酷似二女公子，不禁又恋慕起来，顿觉心如刀割，苦不堪言，便又回转帐中欲睡。见二女公子跟了进来，他便说道："我心绪恶劣，似觉寿命将近，实甚可悲。我诚心爱你，但一旦舍你而去，你必会变心的。因那人对你倾慕已久，是不会甘休的。"二女公子暗想："如此胡乱之语，竟也说得出口？"答道："怎能如此说法呢？倘被那人知晓，定会怪我诋毁，我身多忧患，你随意一句，我便心痛落泪呢。"便背转了身子。匂亲王又极为平静地说道："倘我真个恨你，你将作何感想？我对你总算宠爱备至了，连外人都怨怪我有些过分呢！可你还以为我不若那人吧。这就算是前世命定，别无他法了。但即便这样，你又为何时时有事隐瞒于我，叫我好生怨恨！"他不由忆起与浮舟的今生夙缘，不觉掉下泪来。二女公子见他如此大动真情，顿觉十分惊诧：他又听了什么谣传呢？她久久沉默，暗自思量："我当初是受他摆布而轻率成婚的，因此他处处疑心，我和那人关系暧昧。那人与我毫无亲缘关系，而我却信任他，受他的关照，确为我的过失。为此他便不信任我。"她思前想后，痛苦不堪，神情哀怜凄楚。其实，匂亲王是存心找寻口实来搪塞找到浮舟一事。而二女公子，却以为他是在怀疑她与薰大将的暧昧关系，说出如此怨气之话，便猜想有人造谣中伤。由于不明实情，她见了匂亲王，不免感到羞愧。正值此间，明石皇后从宫中派人送得信来。匂亲王大惊，脸带不悦之色，转回自己室中去了。但见皇后信上写道："昨日未曾见你入宫，皇上牵挂不已。若是身体安康，望即刻入宫。时隔日久，我也十分想念你。"他念起母后父皇为他担忧，自感惭愧。然而心绪委实不佳，因此没有入宫。不少贵族官僚趁机前来拜访，都被他一律拒绝于外。他独身枯坐帘内，冥思终日。

　　向晚之时，薰大将突然前来。匂亲王忙上前迎候，道："到室内坐吧。"便亲切地和他叙谈起来。薰大将言道："听闻你近来身体不适，皇后很是担心，眼下可好了些呢？"匂亲王一见薰大将，觉得惶恐不安，话也不便多说。他不由暗忖："他倒像个高僧，道行真不简单：深山藏娇，让那女子苦等，而自己却悠闲自得，实是不该。"平日逢蝇头小事，只要看见薰大将故作诚实，他定会讪笑讥讽，并当面揭穿他。至于深山藏娇这样的事，他更不知要如何肆意嘲弄呢。然而今日，他竟缄口不言，显得痛苦难堪至极。薰大将对此毫无知晓，关切地劝慰："你神色不好，万望多加注意才是！当心伤风着凉呵！"他又恳切地劝慰，之后告辞而去。匀亲王想道："他风度洒脱，使人见之自感形秽。若那女子将我与他作一番比较，有何想法呢？"他左思右虑，始终摒弃不了对那山中女子的思念。

再说宇治山庄中众人，因不再赴石山进香，空闲起来，便感寂寞无聊。那匀亲王眷恋浮舟，写信一封，将相思之情尽倾纸上，遣专人送往。为避免外人知晓，他选了那不知内情的时方大夫的家臣作为信使。右近佯对周围的人道：此人乃她从前的旧相识，才做了薰大将的随从，常来看望她。诸事全凭右近。转眼正月匆匆而过，匀亲王思念之心，焦急难耐，然而不便再到宇治探访。又觉就此任其自然，必相思成疾，因此烦恼更深，终日愁叹不止。而薰大将稍有闲暇，便微行前往宇治。去寺中拜佛诵经，布施物品之后，于日落之时，方悄然来到浮舟房中。他头戴乌帽，身穿常礼服，虽是微行，然其打扮并不素朴，模样甚是儒雅。他缓步跻入室中，风度优雅，令人见之忘俗。浮舟深感愧对于他，忆起那个非礼之人，想到今日又要逢迎另一男子，便觉痛苦至极。她想："匀亲王信中曾道：'我自与你相识以来，以前所有相识之女子皆觉可厌。'听说真的不再去他夫人那里。倘是知道我今日又接待薰大将，不知将是何种感受？"她越想越觉痛苦，后来又思道："薰大将委实品貌兼备，沉稳含蓄，举止温文尔雅。解释久不至此的原因也并不啰嗦，从不随便使用'思念''悲伤'等语。表达久别相思之苦巧妙婉转，这比那种甜言蜜语、声泪俱下的诉说，更加使人感动，这一点正是他异于常人的秉性。至于其风流逸趣方面，虽不及那人，然讲到忠厚可赖，则要远远超过他。我此次意外地对那人产生了恋情，倘被大将知晓，怎生了得！那人痴癫若狂地想我，我竟对他生怜爱之心，真乃荒唐愚昧之举呵！若大将以此视我为淫荡之人，而遭其遗弃，那我就孤苦凄清，以致抱憾终身了。"她暗自警告自己，愁绪满怀。薰大将不知真情，见她如此神态，想道："久不曾谋面，她倒长大了许多，深谙人情俗事了。也许是常居这偏远孤寂之地。忧愁过甚之故吧！"便顿生怜悯之心，比以往更加体贴呵护了，遂说道："特意为你建造的新居快落成了，距三条宫邸甚近，临水却不荒凉，还有樱花可观赏呢。我想春天即可迁入，到时，我们再不会有这般相思之苦了！"浮舟想道："匀亲王于昨日信中，也说早为我备好一清静如意之地，薰大将尚蒙在鼓里。念及大将如此周全的打算，委实可怜。无论怎样，我岂能弃了薰大将，而追随匀亲王呢？"匀亲王的面影又浮于眼前。但觉既是孽由自作，此身何等不幸啊，便啜泣不已。薰大将忙劝道："千万不要如此悲伤，你心情不佳，我也不得高兴。难道有人向你说了我什么不是？你万万不可听人挑唆,我若对你存二心,怎会不顾一切远途劳顿,来此看望你呢?"此时,新月如眉,二人移近轩窗,举首望月,各自默然无语,陷入沉思。男的追忆大女公子,不胜悲哀;女的思虑日后,更显忧郁,哀叹自身命薄。二人各怀苦衷。夜雾笼罩着远山,汀中的寒鹊于朦胧夜色中更显英姿。宇治长桥隐约可见,川上柴船穿梭往来。此番美景于别处确实难以见到,故薰大将尤为珍爱,每每因景忆昔,历历如在目前。此女子即使并不相似大女公子,然今日终得一聚,实是可喜可慰的。何况这浮舟较之大女公子,情韵丝毫不减。且渐通世事人情,熟悉了京都之居,举止态度极为优雅得体。薰大将觉得其妩媚更胜于往日了。但浮舟忧心忡忡,眼泪不觉流淌而出。薰大将不知如何安慰,便赠诗道:

"此缘长似宇治桥,

千春不朽勿忧患。

我一片诚心可鉴呢。"浮舟答道:

"世上岂有不朽物,

何况宇治断石桥。"

薰大将与浮舟,此次更是缠绵,依依难舍。他本欲多住些日子,但恐遭别人非议,不免顾虑重重。又想到再聚之日不远,不在于今日一时之欢,便打定主意,于拂晓时分回京去了。归途中,每每想起浮舟成熟迷人的样子,思念之情更胜于往日了。

转眼便至二月初十,匀亲王与薰大将,皆出席宫中举办的诗会。会上所奏曲调,甚合时令。匀亲王一首《催马乐·梅枝》,优美的嗓音颇令众人折服。他诸事皆出色,仅是贪恋女色,不免令人遗憾。适逢天忽降大雪,风助雪势,异常猛烈,演奏会只得停止。众人回到匀亲王值宿室,用过酒饭后,各自歇息了。薰大将甚想与人畅谈,便来到檐前。星光下,隐约可见积雪已厚,他身上的香气随风飘散,颇有古歌所谓"春宵何妨暗"之意趣。他随意吟诵古歌"娇床红袖寂……今宵盼君临"[1],语调高雅,举止潇洒,确令世人叹慕不已。匀亲王方欲就榻安寝,忽闻吟诵之声,以为"诸多可吟之诗,为何只选此首!"心中甚为不悦。

【1】《古今和歌集》古歌:"绣床铺只袖,独寝正无聊。宇治桥神女,今夜盼君临。"古人将睡衣的一只衣袖放在铺上,睡在上面,表示思念情人。

暗想："如此看来，他与那女子关系的确不一般。我以为她独寝而盼侍的，仅我一人，孰知他亦有如此感受，真叫人生恨！她放弃了如此钟爱她的男子，转而热切恋慕我，究出何因？"他对薰大将甚是妒嫉。

第二日清晨，四下一片银白。众人将昨日所赋诗作，一一呈请皇上御览。正值鼎盛年华的匀亲王，站立御前，优美风姿尤为出众。薰大将虽仅长二三岁，却显得老成持重，竟有故作深沉之嫌。但此种仪表已为众人接受，世人皆极力赞誉，说他身为驸马，当之无愧。且其学问及政见方面，皆很优秀。诗歌批诵完毕，众人纷纷从御前退下。人都称道匀亲王诗作优秀，竭尽赞美之辞。而匀亲王并非喜形于色，他奇怪众人有此番闲情来吟诗作乐。自己对作诗却感到乏味，心思早飞到浮舟那里去了。

匀亲王看出薰大将亦在思念浮舟，心中更是忧虑。他便竭力准备，择日前往宇治山庄。此时京中积雪渐消，残雪零落，恰似在等待同伴。可进得山中，道上积雪愈来愈厚。羊肠坡道蜿蜒于深雪之中，不露痕迹。如此险峻难行的道路，众人从未走过，举步难艰。引路人道定，身为大内记兼式部少卿，皆为不低的职位，但此刻不得不屈就，牵起衣裙徒步于侧护驾，那模样甚是好笑。

却说宇治山中，虽已闻知亲王今日前来，然料想如此大雪，不知能否动身，众人也未在意。不料半夜时分，右近得报，说匀亲王驾到。浮舟获悉，对亲王此番诚意，亦感动不已。右近近日常为此境况不胜烦恼，此时见亲王竟半夜踏雪而来，不觉为之心动，所有担忧一扫而光。如今只得好好待他，便找那唤作侍从的侍女，她亦为浮舟的亲信，且知情达理。同她商量："此事极难办！愿你能与我一道，不得泄露。"二人便想办法，将匀亲王引入室内。他衣服早已湿透，香气沁人心脾，令人担心，而这香气与薰大将的相似，很容易蒙混过关的。

匀亲王心有所虑：到了山中，若即刻返京，倒不如不去。然若长住山庄，又怕人多嘴杂，走漏消息，故先嘱时方提前出发，在对岸安排一处房屋，以便与浮舟同去那里。时方布置妥当后，于夜深赶至山庄报知匀亲王，匀亲王随即动身。右近从梦中被唤醒，不知亲王要带小姐去何处，故惊惶不定。她迷迷糊糊上前帮忙，浑身颤抖不止。匀亲王一言不发，抱起浮舟便上了船，右近吩咐侍从同去，自己留于此处。那船便是浮舟平日望见的，那种极小极险的小舟，当船划向对岸时，浮舟似觉如箭离弦，将赴向那深渊大海，心中甚是恐慌，于是死死抱住匀亲王。匀亲王顿觉她更为温柔可爱。此时夜空残月斜照，水面明净如镜。舟子报，前面小岛名为橘岛,便将小舟停下,欣赏夜景。整个小岛如一块巨大的岩石,上面为四季常绿的橘树覆盖。匀亲王指了指橘树,对浮舟道:"你看它们,虽甚为平常,绿叶却千年不变。"便吟诗道:

"轻舟橘岛结长契,

心如绿树永碧青。"

浮舟亦觉此番风景甚是新奇,遂答道:

"橘岛绿树万年青,

浮舟叠浪前途冥。"【1】

美妙的晨景,与可爱的人儿交相辉映,匀亲王觉得此诗别具风情。

  片刻,小舟便驶至对岸。待下船时,匀亲王舍不得让人抱浮舟,自己亲自抱起她,在别人从旁搀扶下上得岸。看见的人暗想:"此亦真怪!这女子究竟是何人,值得这般厚爱?"此处房屋,本为时方叔父因幡守的一处别庄,甚为简陋,且尚未完工,故陈设极不周全。竹编屏风等器物,全是匀亲王见也未见过的粗货,避风尚且不能。墙边积雪尚未融尽,此时天色阴暗,眼见又将降雪了。

  不多时,太阳露出脸来,檐前晶莹剔透的冰柱,发出奇异的光彩。辉映之下,浮舟的容颜显得更是艳丽多姿。匀亲王身着便服,行走十分轻捷。浮舟仅穿着微薄的衣衫,体态娇小玲珑,此时丰姿更俊。她觉得此身装扮,恣意不拘,毫不修饰地暴露在这绝世美男子面前,不觉羞涩无比,但却无可躲藏。匀亲王凝视她,欣喜不已,浮舟那种自然天成的美姿,他平素于二位夫人身上从未见过。这侍从亦显风姿绰约,楚楚动人,正立侍于侧。浮舟想起此种私情,不仅为右近得知,如今侍女亦全看在眼里,颇觉难为情。匀亲王对侍从道:"你是何人?万不可将我名字告诉外人啊!"别庄管理人,将时方视为主子,热切款待。时方与匀亲王的居处,仅隔开一扇拉门,他甚觉得意。管理人对他亦很客气,答话低声下气。时方见这人不认得匀亲王,将自己作为主子不由得好笑,但也并不向他言明。他叮嘱道:"阴阳师占卜说,我近几日身逢禁忌,京中亦不可留居,故到此处避凶,你万万不能让外人靠近。"如此,匀亲王与浮舟毫无顾忌,纵情欢叙了一日。可匀亲王忽又想到,薰大将若来此处,浮舟亦对他如此吧?不由得妒火

【1】本回题名据此诗来。浮舟的名字也从中来。

攒胸。便将薰大将如何宠幸二公主之事，俱告于她，而绝口不谈薰大将吟诵古歌"娇床红袖寂"深恋她的事。其居心叵测，可见一斑。时方遣人送果物与舆洗所用物具。匂亲王戏笑道："尊贵的客人，这下人差使是你干的吗？"侍从本是个情窦初开的少女，倾慕着时方大夫，与他倾心晤谈，一直至日暮。匂亲王眺望隔岸宇治山庄的浮舟居所，但见积雪斑驳，云霞掩映处，透出几枝树梢。远处雪山屏立，夕阳斜照，如明镜般熠熠发光。他便将昨夜途中险境，一一讲与她听。有意夸大其情状，骇人听闻。又吟诗道：

"踏雪破冰路未迷，

神魂早随佳人去。"

又取来粗陋的笔砚用具，随意书写古歌"马过木幡里，别有蹊径至"之句。浮舟亦于纸上题诗一首：

"漫天飞雪凝作冰，

我身悬浮无依着。"

写好又信手涂掉。匂亲王见到"无依着"几字，心中不悦。浮舟料到伤了他的心，不免慌张，抬手将纸撕碎。匂亲王风度本令她倾慕，此刻更甚了。匂亲王的千般诉说与优雅仪态美不尽言。

匂亲王秘赴宇治时，借口外出避凶两日，已对京人作了吩咐。此间便与浮舟从容纵欢，别无他虑。二人耳鬓厮磨，情爱渐深。右近留于宇治山庄，为浮舟派送各类衣物，只得编造借口。这日，浮舟将凌乱的秀发作了一番整饰，穿上颜色搭配得当的深紫色及红梅色衣装，风姿更显绰约，惹人怜爱。那侍从亦褪去昨日旧衣，穿了华美照人的新装，愈加显得漂亮。匂亲王逗趣，将此新装给浮舟套上，并让她端着脸盆扮作侍女，心想："若将她送与大公主当侍女，定受宠爱。大公主身边，虽有众多出身高贵之人，但却无如此可爱的容貌。"此日二人纵情嬉戏，其动作放肆，令人脸红。匂亲王对浮舟反复行愿，定要秘密带她入京。且要浮舟发誓："在此期间决不与薰大将相见。"浮舟窘迫不已，一言不发，竟淌下泪来。匂亲王见她如此，心想："她竟不能将那人忘怀！"因此不胜忧伤。此夜，他爱恨交织，时哭时诉，直至黎明。晨幕未启，他又将浮舟带回宇治山庄，仍亲自抱她入船，柔声说道："你思念的那人，会如此待你么！是否真的懂得我一片诚心？"浮舟觉得亦是，遂点了点头。匂亲王心下方安，更觉这人温柔可亲。右近打开边门，迎接他们入内。匂亲王流连忘返，不得不就此告别，只觉心中空空，似犹未尽欢。

匂亲王回到二条院，甚感困顿，茶饭不思，不过几日，面色憔悴消瘦，模样大变。皇上以下众亲，皆忧心忡忡，前来探视，一时络绎不绝，以致写给浮舟的信亦不能尽详。宇治山庄那令人讨厌的乳母，因回去照顾女儿分娩，此时已返回庄来。浮舟对她心存疑忌，展阅匂亲王的来信谨慎不已。浮舟留此荒僻之地，一心只望得到薰大将关爱，能将她迎入京中。她母亲亦以此为荣。此事虽未宣扬，但薰大将言已既出，则浮舟入京已为时不远。故母亲早物色好了侍女，挑选乖巧女童，一一送至山庄。浮舟初愿如此，故觉此乃意料中事。但那狂热痴迷的匂亲王，时时让她想起，他那哀婉的倾诉时时萦绕耳边。以至于一闭上眼，那仪姿神态便历历如在面前，令她十分恐慌。

连日淫雨，匂亲王再次进山的愿望化为泡影，相思之苦愈加难耐。念起"慈亲约束似蚕茧"[1]，他只恨此身束缚太多，好让他作难！他便写了长信，让人给浮舟送去，附有诗道：

"凝望山居云霭阻，

阴霾不散我心悲。"

虽是随意写就，却笔法隽秀，颇富情趣。浮舟正值青春年盛，性情浮泛，读了此信，亦是缠绵悱恻，怎不叫她倍加恋慕呢？然而忆起初识的薰大将，觉得他到底修养深厚，人品卓越。或许因他是与她初恋的男子，故格外重视吧。但转念一想："倘我那私情为他得知，定会疏远我，那我将如何是好？母亲正急着盼他早日迎我入京，若突遭此等变故，她定会伤心的。而表面专注的匂亲王，素闻他品性轻薄，眼下虽甚亲近，日后待我如何，却难以预料。即使真心相爱，将我隐匿于京中，长期视为侧室，我又如何对得起亲姐姐呢？况且，此等事怎可能就此隐瞒下去。记得那日黄昏在二条院，不经意为他见到，之后我虽藏于僻荒的宇治山中，也被他寻得。况且京中人众往来，即便隐匿，也终会为薰大将知晓的。"她思量再三方醒悟："我也有不周之处。为此而遭大将唾弃，委实痛惜！"正对匂亲王来信凝神遐思，薰大将的信又送到了。她未敢将两封信同时展看，两相对照太难为情，便躺着先阅匂亲王的信。侍从对右近以目示意："小姐最终见新弃旧了

【1】《拾遗集》有古歌："慈亲约束似蚕茧，欲见娇娘可奈何！"

呢。"此话意味深长。侍从道:"有什么奇怪的!大将虽仪表不凡,但匂亲王风度更为优雅,那放荡不羁的形态更显男子魅力。若我是小姐,得了他这番爱怜,决不愿就居于此地。定到皇后处谋个宫女职位,以便时常相见。"右近道:"你怎如此浅薄!大将这般人品高尚,岂能轻易觅得?不要说相貌,单是优越的性情及仪态,便让人艳羡。小姐与亲王,终有些不妥吧!再说将来还不知如何了结呢?"二人随意而谈。右近有了侍从分担心思,亦方便自在多了。

薰大将的来信中言道:"相隔日久,思之甚苦。幸蒙赐信,乃得以慰藉。今日致柬,略表寸心。"信的一端题诗道:

"愁绪如雨无绝期,

遥望春水念斯人。

相思之苦甚于往日了!"此信书于一方白纸上,立文式装封。笔迹虽不特别工整,却颇见书法功底。而匂亲王的信笺折得极为小巧,二人的来信各具其妙。右近等劝道:"此时无人得见,先给亲王复信吧。"浮舟颇为羞涩,说道:"今日还是不复为好吧!"她迟疑许久,方提笔写了一诗:

"藏身宇治隐忧患[1],

空寂山乡再难留。"

浮舟不时展看匂亲王所绘之画,常常对画饮泣。她思虑再三,总觉与匂亲王之情难以久远。然若成全薰大将,而与匂亲王绝断,又觉甚是可悲,便赋诗复匂亲王道:

"浮萍飘絮无寄处,

欲化云雨向山峰。

一旦'没入白云间'[2]再无缘相见吧!"匂亲王阅罢此诗,不禁失声恸哭。他想道:"她到底深爱我啊!"浮舟那忧郁的神情,让他念念难忘。

那平日威仪的薰大将,这时从容地展读浮舟的复书,不由叹息:"唉,孰料

【1】日文中"宇治"与"忧患"同意双关。

【2】《花鸟余情》有古歌:"此身化灰烬,没入白云里。君欲觅我时,只见荒烟起。"又有《新敕撰集》古歌:"此身投沧海,没入荒波里。消失同水泡,谁复思念你?""没入"二字出自这两首诗,前者与复诗中"化云雨"关联,后者与浮舟后来投水相关联。

山中那般孤寂，好让我心痛啊！"更觉她惹人怜爱。浮舟信中答诗道：

"连绵心雨[1]无休止，

愁似川水泪伴袖。"

他手握此书，反复吟诵不止。

一日，薰大将与二公主闲谈，顺便提及道："我心中一事，怕对你不住，故一直隐埋于心。实言相告：先前我恋慕一女子，寄养于外地。她闲居于荒僻之乡，甚是凄苦，我难忘旧情，拟欲将她接至京中来住。我自幼不惯寻常之居，常想弃世脱俗，性情不合于世人。而自与公主结缘后，便未曾有抛舍尘世之念了。连一区区女子亦让我忘情，不忍舍弃呢。"二公主答道："我何必为此等事心怀嫉恨呢？"薰大将道："只怕有人搬弄是非，于皇上面前诋毁。如此遭致责罚，不值得吧！"

薰大将欲让浮舟住进那处新建的居所，又恐遭人非议，说他专为侧室修建的房屋，故隐秘地派人装修。承办此事之人，为大藏大夫仲信。此人本为薰大将的亲信，岂知他乃大内记道定岳父，故此秘密便辗转传至匂亲王耳中去了。道定对匂亲王道："绘屏风的众画师，皆为亲信的家臣，所有设备极其讲究。"匂亲王闻得此话，更是着急。他突然忆起，自己有一乳母，是一远方国守之妻，即将随丈夫赴任至下京方面。他便嘱托此国守："我有一位隐秘的女子，需托付与你处，请勿告知外人。"国守不知此女身份，颇有些为难。但此事乃匂亲王所托，不好推拒，只得答道："在下接受便是。"匂亲王安置好了隐匿之所，方稍稍宽下心来。国守定于三月底赶赴任地，便准备那日前去接浮舟，并派人告知右近："我已将一切布置妥当，你等万勿泄漏此事。"但他自己未便亲自前往。此时右近传信来告："那个多事的乳母在家，千万不可亲自前来。"

薰大将迎接浮舟之日，定于四月初十。浮舟不希望"随波飘无定"[2]，她暗想："为何命运这般奇特，将来是好是坏，实难预料啊！"她心乱如麻，决定前往母亲处住些时日，细细思虑。然常陆守家，少将之妻产期临近，诸人诵经祈

【1】《古今和歌集》古歌："君心思我否，但看晴与雨。欲问知心雨，雨降竟如注。"此歌流露出她对薰君不思念她的怨恨。

【2】《古今和歌集》古歌："寂寥难忍受，愿化作浮萍。但得川流引，随波飘不定。"

祷，喧嚷不绝。且去之后，亦不能与母亲同赴石山进香。于是，常陆守夫人便到宇治。乳母前来迎接，对她道："大将已送来了不少衣料，万事总须周全完美。要我这老婆子来料理，只怕办得不像样呢。"她兴致颇高，说东道西。浮舟听后想道："如若做出怪异举动让人耻笑，母亲与乳母又作何想法呢？匂亲王真逼人太甚，今日又有信来，说'便是隐归深山白云之中，[1]我亦要找到你，愿与你同去。望尽快安下心来吧。'这叫我如何才好？"她心绪烦乱。母亲见她脸色发青，形容消瘦，甚是惊骇，问她："你今日怎么了，脸色为何恁般难看？"乳母答道："小姐近来玉体一直欠佳，茶饭不思，愁眉紧锁。"常陆守夫人道："奇怪!真有鬼魂附体？若是身上有喜，这也不可能，未去石山进香，是为了净身么？"浮舟听得此言，心中难受，忙将头垂了下去。

　　暮色降临，皓月临空。浮舟回想那夜，于对岸欣赏残月，眼泪簌簌下落，心想自己实在糊涂。乳母又前去将老尼姑弁君叫来，和常陆守夫人三人共叙往事。弁君言及已故大女公子，盛赞她修养颇深，一切应有之事，考虑得井井有条，岂知她却于风华之时，不幸夭亡。又说道："倘大小姐在世，定与二小姐一样，做了高贵夫人，与你常相交往。夫人便不会再受孤寂之苦了。"常陆守夫人暗想："浮舟这孩子，本与她们是亲姐妹。一旦宿运通达，心随人愿，一定不会逊色于二位姐姐。"便对弁君道："我多年为她操劳，直到如今方稍许放心，日后她迁至京都，我们便不会常来此地了，故今天相聚于此，大家随意谈些旧事!"弁君道："我等出家之人，常来小姐处怕不吉利，故未时时前来。如今她将遥迁京都，我倒有些恋恋难舍呢。此等偏荒之地，怎可久居，能入居京都乃小姐福分。那薰大将不仅身份高贵，品性亦甚高雅宽厚，实乃少有之人。仅他找寻小姐那番苦心，足见其赤诚至深了。我早已对你提及过的，没错吧？"常陆守夫人道："谢谢老人家呢。日后虽难以预料，但如今大将确实一往情深，挚爱着她。匂亲王夫人的爱怜，我们亦当感谢。仅因偶然变故，几乎丧家流落，实甚惋惜。"老尼姑笑道："匂亲王贪恋女色，甚是讨厌。他家那几位年轻侍女，正暗暗怨恨呢。大辅姐之女右近[2]对我道：'亲王虽是贤良，是位好主子，唯有那件事让人嫌恨。倘为

【1】《古今和歌集》古歌："纵然遁迹层云里，定要寻时绝非难。"
【2】此右近非浮舟的右近，是匂亲王家的女侍。

夫人得知，又怨我等狂薄，实在无奈。'"常陆守夫人道："唉，想来确实叫人后怕。薰大将虽有皇上的女儿为妻，但好在浮舟与公主关系不甚亲密。今后境遇如何，只得顺其自然。倘若浮舟再次见到亲王，发生有辱颜面的事，那时不管我有多么悲伤，恐也难见到我的浮舟了！"浮舟听了这谈话，五内似焚。她想："与其这样，倒不如死了干净！若那丑闻传出，我还有何脸面留存于世？"此时庄外，宇治川水汹涌澎湃，其声凄厉悲切。常陆守夫人叹道："如此骇人的水声，我尚未听到过。果真此地不宜久居，薰大将定不舍得让浮舟住于此处的。"她不免暗自欣喜。于是众人又谈及自古以来这河水造成的种种灾难。一侍女道："前不久，此处一船夫的小孙子，划船时不慎，掉进河里淹死了！河里淹死的人向来很多呢。"浮舟想道："倘我投身这宇治川中，被河水冲走。虽会引得不少人悲伤思念，但悲悼之情不会长久。而我若存活于此世，惹出丑闻来，必定遭人轻视和耻笑。这种痛苦才永无休止呢！"如此想来，千般耻辱，万般惆怅，一死则可了却。但转念一想，又甚觉悲伤。母亲对她的百般牵挂与担忧，更让她心如刀绞。母亲见她病态怏怏，面容憔损，异常心疼，便吩咐乳母道："得寻一处居所，替她祈祷健康。还须祭祀神佛，举行祓禊。"众人万没料到，浮舟此时正想"祓禊洗手川"[1]。母亲又对乳母道："看来侍女少了些，还须找得几位，刚来的不宜带入京都。那些出身高贵的夫人，尽管宽厚仁爱，若发生争宠夺爱之事，也会导致两边侍女争端。因此，你须慎重选择，万勿大意。"她极为周全地吩咐着，又道："家中产妇不知何等情况了，我得即刻回去看看。"浮舟极度忧伤，今日一别，恐再也难见母亲，便央求道："望母亲带女儿回去暂住几日吧。女儿心境恶劣，一刻也不能离开母亲。"她依依难舍。母亲答道："我同样舍不得你，只是那边极为嘈杂，众侍女去了，怕不方便呢。别害怕，即使远在'武生国府'[2]，我亦会设法来看你的。只因我出身卑微，使你处处受到羞辱，真是可怜呀！"说罢泪流满面。

  薰大将听说浮舟玉体欠佳，甚为挂念，便写信来问询。他在信中说道："原欲

【1】《古今和歌集》古歌："祓禊洗手川，誓不谈恋情。神明闻此誓，掩耳不要听。"意浮舟将断绝恋情而投水。

【2】《催马乐·道口》："还乡诸公听我一言，请君转告我的双亲：我在道口武生国府，盼望彼此互通音信。"武生国府，地名。

亲临宇治，倾诉相思之苦，无奈万事缠身，推卸不得，至今未能如愿。你进京之日愈近，我企盼之心愈苦。"匂亲王这边，因昨日未得到浮舟回复，今日又写了长信来，说道："怎能如此犹豫？我甚是担忧你'随风飘远去'[1]，真是六神无主了。"两边使者常于此相逢，且曾在大内记道定家会过面，故彼此熟识。这日二人又凑到了一起，薰大将随从问道："你为何常来此地呀？"匂亲王使者答道："我特来拜访一位朋友的。"薰大将随从道："访问朋友，岂须亲自带上情书[2]？"那人只得回答："实不相瞒，是那左卫大夫时方的，要我转交与此处一位侍女。"薰大将使者心中疑惑，此人言语不能圆通，欲于此处弄个水落石出，又有些不妥，便分手回京去了。这使者颇有心计，入了京都，遣身边一童子，悄悄跟着那人，看他到底回到哪家府上。童子回来报道："他到匂亲王家中，将信交给了大内记道定。"匂亲王使者却很蠢笨，不知行踪已被人追查，实甚惋惜。那使者回至三条院，正逢大将出门，他便叫一家臣转交回信。当日，明石皇后返六条院省亲，故薰大将穿着官袍前往迎候，前驱之人极少。那使者将回信交付与家臣时，低声道："我遇见一桩怪事，查明底细，故此时方回来。"薰大将隐约听见，从车中出来时，便向随从问道："何等怪事？"随从觉此处不便讲，便默默站立于一侧。薰大将知其必有缘由，亦不再追问，乘车而去了。

近来明石皇后贵体欠安，倒无特别重病。众皇储及公卿大夫，纷纷前往探视，一时殿内极为热闹。大内记道定担任内务部之职，因公务纠缠，故晚到一些，他要设法将宇治的复信呈交给匂亲王。匂亲王来到侍女值事房，将他唤至门口，急着拿到浮舟回信。恰逢薰大将出来，见他躲在房里读信，想道："定是不同寻常的情书吧！"他便好奇地躲在那儿偷看。匂亲王双手展开红色信纸，专心读信，浑然不觉。此时，夕雾左大臣亦正好出来，将取道侍女值事房。薰大将即刻走出纸隔扇，于门口咳嗽示意，告知左大臣来了。匂亲王随即藏起了信。左大臣向室内探头张望，匂亲王大惊失色，忙整理身上衣带，以作掩饰。左大臣对他道："皇后此病，虽长时不曾复发，但仍让人放心不下。你即刻派人去比叡山，将住持僧请来吧，我要回去了。"说罢匆匆离去。夜半时分，众人方从皇后御前退

【1】《古今和歌集》古歌："盐灶须磨渚，青烟飘渺扬。随风飘远去，不管到何方。"

【2】情书常插有花枝，因此看得出。

下。左大臣让匂亲王与众皇子、公卿大夫及殿上人等，同赴自己邸院。

薰大将走在最后，想起临出门时那随从的神情，似有秘密欲告知，便乘前驱至庭前点灯之机，将他唤来问道："你有何要事相告？"随从答道："今日清晨，小人于宇治山庄，见左卫门大夫时方朝臣家一男仆，手持一结于樱花枝上的紫色信件，从西面边门中交与了一侍女。小人作了些试探，但那男仆答话却前后矛盾，显见是在编造。小人甚觉奇怪，便暗派一童子跟随，后见他回到兵部卿亲王府上，将信交与了大内记道定朝臣。"薰大将甚是诧异，忙问："那回信是何样的？"随从答道："小人倒未曾注意，信是从其他门里送出的。童子报告说信纸为红色，格外讲究呢。"薰大将便立即想起，方才匂亲王那般专注展读的，不正是红色的么？这随从竟如此细心，以后定当重用。此时近旁耳目众多，大将不便再细问，回邸途中想道："匂亲王实在使人惊奇，如此僻远的地方都被他搜寻到了，他又是如何获知此人且竟迅速爱上了她？看来，我原本以为将她安置在荒僻山乡，就万无一失，此想法确是太单纯了。我与他从小就亲同骨肉，我曾想尽办法为他牵线带路，他怎能如此忘恩负义呢？回思起来，教人好不痛心！若此女子先前与我无缘，便随任怎样爱恋，我亦不会计较。多年来，我虽倾慕二女公子，然不曾越轨半步，关系清白，足见我心何等诚挚稳重。况我对二女公子的爱恋，亦并非始于今日。只因我识大体，顾虑后果，所以未逾越规矩。如今看来，实在是愚蠢至极。近日来，匂亲王患病，客人甚多，极为杂乱，如何静心写信呢？想必他与山中定相往来了吧。于恋人心中，宇治这条路实在遥远。先前匂亲王也曾心烦意乱，有一日众人皆以为他失踪了呢。回想昔日，他恋爱二女公子时，因不能去宇治，其忧愁苦闷之状，真叫人难受。"他追忆着往事，顿时明白，为何那天浮舟愁容满面，神思无定了。凡事心中了然，甚是伤怀。又想："世间最难揣测的，便是这人心了！那浮舟看上去是何等温婉娴静，孰料亦是个见异思迁的女子，与匂亲王倒蛮般配。"如此一想，便欲不再争抢，让与匂亲王。转而又想："真叫我与她断绝往来，实甚难舍。当初我若是想纳她为正房，倒要有一个讲究。然今日看来，并非如此，索性让她做个情人吧。"这般反复思量，实甚荒唐。他又想："如今若我嫌恶她，弃她不顾，则匂亲王定将她占据。但匂亲王绝非怜香惜玉之人，被他喜新厌旧，送与大公主作侍女的女子，迄今已有几人了。倘浮舟将来也落得如此下场，叫我如何忍心呢？"他终究割舍不下。为打听明白，遂写封信与她。趁身旁无人之时，叫那个随从前来，故意问道："近来，道定朝臣仍与仲信家的女儿常相往来么？"随从答道："是。"又问："那经常到宇治去的，是你所说起的那个男仆么？那边的女子家道中落了，所以道定对她甚为关怀吧！"他长叹一声，又再三叮咛道："务必将信快些送到，万不可被人发现，不能有差错。"随从遵命，心想："难怪大内记道定常打探大将的动静和宇治方面的情形，原来是有道理的。"但他不敢多说。大将也不多问，不欲让仆人掺和。宇治那边，见薰大将的使者来得比往日更加频繁，不免忧虑重重。薰大将信中仅写数语：

"波越末松[1]浑不觉，

赤诚相恋太愚痴。

请勿为外间人耻笑！"浮舟对此信颇感疑虑，心中顿生忧惧，难以下笔复信。若是明白诗意而答信，实难为情；若是不解其意，以为言辞怪僻，又未免浅薄。思之再三，便将那信原样折好，于上批注几字："此信奉送有误，务请退回。因身体欠安，恕难作复。"薰大将看了，想道："她竟如此聪明。"轻轻一笑，对她并不介意。

薰大将信中的隐约其词，令浮舟心中忧惧更深。她想："荒唐羞耻的事情，终难避免啊！"其时右近走过来，道："为何要退回大将的信呀？那样不吉哩！"浮舟道："其信言辞怪诞，甚难通晓，或许是误送，故而退回。"右近觉此事奇怪，先前将信交付使者时，已偷看过了，但她却佯装不知，说道："哎，如何是好呢！大将似乎已有所察觉了，这事令大家都难过！"浮舟听罢，顿时窘困不堪，无言以答。她万想不到，右近已偷阅了信件，还以为另有知情人告之于她。然又不便细问，心想："这些知情的侍女将怎样看待我，委实令人羞耻啊！虽说是我自身造成，但这境遇也实在不幸呵！"她忧虑不堪，躺下身来。

右近和侍从闲谈起来。右近道："人世间，这种事情是不可避免的。在常陆国时，有两个男子追随我姐姐。这两个男子皆深切爱恋她，难分高下，我姐姐无法选择，终日不得安宁。一次，她对后一个略多表示了好感，那前一个便嫉妒心起，不顾一切将后一个杀了，自己亦放弃了我姐姐。真可惜朝中损失一位良才。凶手尽管也为国守府上出色的家臣，然做出这等丑事，如何能继续留用？遂被驱

【1】"末松山"—高山名，乃时人责难背信弃义的常用语。

逐流放了。这都因女子引起，故而我姐姐也受牵累，被遣出了国守府，去东国做了平民妇。母亲常为这事悲恸不已，这罪孽何其深重啊!我这样说似不太好，但不管何等身份之人，在这种事情上是万万马虎不得的，否则后果难以设想。即使能保全性命，也会咎由自取，因此我家小姐须得拿定主意才好。匂亲王对小姐深情无比，胜于薰大将，只要是真心的，小姐跟随他亦无不可，了却这般忧愁苦闷。夫人如此精心关照小姐，我母亲又一心欲迁往京都，盼望薰大将来迎接。孰料匂亲王竟然抢先，这事愈发纠缠不清了!"侍从道："快别说这吓人的话吧!凡事都是命中有数的，我看只要是小姐心之所向的人，便是命运安排的。老实说，匂亲王那种热诚恳切，实在令人感动不已。薰大将虽急切地想迎娶小姐，但小姐不会倾向他吧?据我看来，倒是不妨先避避薰大将，追随俊俏多情的匂亲王为好。"她早对匂亲王倾心艳羡，此刻更是竭力夸耀他。但右近道："不妨到初濑或石山去，求求观世音菩萨：不管追随何人，务请太平无事。薰大将所辖各庄院的仆从，均为粗鲁蛮横之人，宇治地方的人，大多是同族的。凡在这山城国和大和国境内，大将领地各处庄院里的人，都是这里的那个内舍人的亲从。大将任命内舍人的女婿右近大夫做总管，总理此处事务。大凡出身高贵之人，定然难做出粗鲁的事来。然乡野俗夫，不晓事理，时常轮番值宿于此，难免不会发生意外。想起那日夜里渡河一事，至今犹有余悸!亲王为了谨慎从事，不带任何随从，衣着也简单朴素，若让这帮不明事理的人发现，后果实难料想呵!"听得她们如此说，浮舟便想："如我不倾慕于匂亲王，她们怎会这么说呢?真教人羞辱惭愧!究其实，我心中并不恋慕二人。因匂亲王那痴迷急迫的模样，令我惊诧，恍如做梦，不由稍稍留意于他。至于久蒙照拂的薰大将，我断无疏远之心。若似右近所讲，弄出事情来怎生是好?"她左思右想了一番，说道："如此命苦，不如死了好!我这不幸之身，即便常人中也罕见呀!"说罢俯伏着身子，悲伤啜泣不已。这两位侍女深知内情，皆劝道："小姐莫要悲痛如此!我们是为了宽慰你，才这样说的。昔日，即便你遇到烦忧之事，也泰然处之，谈笑自如。自发生亲王之事后，你便忧愁继日，怎不叫我们担忧呢?"侍女们也皆烦乱不堪，绞尽脑汁想办法。唯那乳母，洗染缝补兴致甚高，忙着准备迁居入京之事。她见浮舟愁眉不展，便将新来的几个长得十分俊秀的女童唤至浮舟身边，劝她道："瞧瞧这些可爱的孩子，解解愁吧。总是躺着郁闷不语，只怕是有鬼魂附体呢。"说完叹息不止。

再说薰大将对退信之事，未作任何回复，不觉已过数日。一日，那神气十足的内舍人，突然来到山庄。诚如右近所言，此人年老而粗鲁，说话时语调与常人不同。他叫人传言："叫侍女来听话。"右近便出来接见。他道："大将召我进京，迟至今日方回。大将吩咐颇多，有一事特别关照。大将说近有一小姐居住此地，应由我等担当警卫，不再另派京中人来。听闻近来常有不明身份的男子与侍女往来，大将对此颇为气恼，责骂我太不谨慎，这等事是守夜人应及时查明的，怎能丝毫不晓呢？大将道：'日后务必谨慎，若发生非常之事，必严惩不贷！'大将口出此言，不知何由，我心惶惑不安。"右近听得此番话，甚觉恐怖，竟答不上一句话来。她到屋里，转告了内舍人所说之话，叹道："听他所说，与我所想的不差毫厘！定是大将已探得消息，不然，为何一封信都没有呢？"乳母依稀听得这些话，甚是高兴，道："大将真是有心之人！此地盗贼出没，值宿人亦不如过去负责，大多是散漫惯了的下官，连巡夜也省却了。"

如今这境况，令浮舟甚感焦愁，悲叹道："不幸之事，真的快要降临了！"她又念及匂亲王来信，频问相逢之期及思念不堪之意，愈发使她苦不自禁。她想："究竟让我如何选择呀！不管我追随哪一方，另一方都有不能设想之事发生。思来想去，唯有一死，方能了结。昔日不也曾有这样的例子吗？两位男子倾情于同一位女子，那女子处于两难之间，只得赴水而死……[1]如此看来，再也找不到更好的办法了，与其留于世上，遭受罕见之苦，倒不如以死了却吧。这样，我死尚不足惜，只是母亲定然悲伤。但尚有许多子女须她照顾，日久自当忘怀。若我苟活于世，因此事而惹人耻笑，母亲势必更感羞辱伤悲。"浮舟一向质朴坦率而又温婉柔顺，只是自幼修养浅薄，所以一遇非常之事便六神无主，自觅绝途。她想销毁旧信，以免留下把柄，让人耻笑。但并不于众目睽睽之下一下毁灭，而是渐次处理，或用灯火烧毁，或撕碎了丢入水中。不知实情的侍女，以为小姐整理旧物，在作迁京的准备。遂有侍从劝解："小姐不必这般！这些真挚的情书，若不想别人知晓，尽可掩藏箱中，闲暇时再取出来看，亦甚惬意呢。每封情书，各具情

【1】故事可见《大和物语》及《万叶集》。从前津国有名女子，两名男子（菟原氏、智努氏）同时爱着她。她的母亲难以决定，便让他们去生田川上射水鸟，射中的就可娶她的女儿。两名男子一人射中鸟头，一人射中鸟尾，女子吟诗："住世多忧患，投身愿自沉。生田川水好，毕竟是空名。"继而投水而死，两男子随之投川，一人执女子手，一人执女子足，三人俱死。

趣，信笺又如此高雅，况信中都是些情深意切的话语。此番尽皆毁灭，委实可惜啊！"浮舟答道："何来可惜！我在世之日已不多了，倘留得这些信在世间，不利于亲王。而大将知道了，亦定会怪我不知廉耻的！"她胡思乱想，不甚忧伤，忽然忆起佛经中的一句话：背亲离世，罪孽深重。又犹豫不决起来。

不觉三月二十已过，匀亲王约定的日子即将来临。匀亲王送与浮舟的信上道："我定当于那日夜间亲自来接你。务请早作准备，谨慎行事，万不可泄漏消息。"浮舟却想道："亲王虽微行前来，但这里必防卫森严，怕没有机会相见，叫人好不悲哀啊！只能看他抱恨而归了。"亲王的面容又现于眼前，挥之不去。她终于忍不住，拿封信遮了脸，放声哭了起来。右近忙劝解道："千万别这样啊！会被人家窥破呢。悲伤有何益，快给他复信吧。有我在此，凡事勿须恐惧。你这般娇小的身体，即便要飞去，亲王亦有办法带你走的。"浮舟稍稍镇静了一下，擦擦泪水答道："你们皆以为我倾心于此人，令我好委屈！若真如此，你们尽管说吧。但我向来觉得此事甚是荒唐。那固执蛮横之人以为我是爱慕他的。我若断然不理，不知会生出何等可悲之事呢。每念及于此，倍感命运多舛！"遂不回复匀亲王来信。

匀亲王不见浮舟回信，暗自揣测道："她为何始终不肯答应，连信也不回我，莫不是听了薰大将的花言巧语，跟了他呢？"他愈想愈难受，不禁妒火中烧。他冥思苦想，始终认为："她定是倾慕于我的，只是受了侍女们的挑唆，才移情别恋的。"顿觉"一心只为那人愁"，不能忍受，他又毅然赴宇治去了。

山庄在望，但见篱垣之外，防护甚严，气氛异于平常。此时有人前来查问："来者报名！"匀亲王慌忙退回，叫一个谙熟此地情况的仆人前往。此次仆人也被讯问，这情形的确不同于往日了。仆人甚感尴尬，忙回答："京中有重要信件，要我亲自递交。"便说出了一个右近身边的侍女名字，叫她出来接函受话。侍女传言于右近，右近也颇为难，只教她回话道："今夜实在不便，敬请谅解！"仆人向匀亲王回复了此话。匀亲王心想："为何突然如此疏远我？"他心中难忍，遂对时方道："你且进去，找到侍从问问，总得想个办法，教我知道原委吧。"便派了他前去。幸而时方机敏，胡言乱语敷衍了一番，得以进去找到侍从。侍从道："我也感到诧异，不知薰大将为何突然下令，加紧了夜间巡查。小姐也为此忧虑不堪，很担心亲王受辱。今日亲王果然遇到麻烦，这以后的事更难办了。不如暂且忍耐，待亲王选定迎接日期，我们暗自做好准备，报知你们，大事便成了。"

又叮嘱他勿将乳母惊醒,行事需小心谨慎。时方答道:"亲王来此,委实不易,恐怕不见小姐是不会罢休的。我若就此而回,定要遭他责骂,不如我们同去向他解释吧。"便催侍从一同前去。侍从道:"也太蛮横了!"两人争执不休,不觉夜色加深。

其时匂亲王骑于马上,站在离山庄稍远之处。几只野犬,蹿出向他狂吠,声音可怖,令人心惊肉跳。随从人等不免担心:"亲王身边并无多的人,又如此轻简打扮,若遭遇粗野狂徒,将如何是好?"时方催促侍从道:"快些,快些!"侍从争执不过,终于跟着过来。她将长发收拾在胁下,发端挂在前面,样子颇为可爱。时方本要她乘马,她始终不肯,于是只好跟着她,捧着她的长裾。又将自己的木屐给她穿上,而自己则穿了同来的仆人那双粗劣的木屐。行至匂亲王面前,将详情报告给他。但如此站立谈话,也不甚方便。遂寻了一所草舍,于其墙根下杂草繁茂之处,铺了块鞍鞯,匂亲王便坐在上面。匂亲王暗想:"我这样子真是狼狈啊!果真要殉情此中了,不知今后有何面目?"顿时泪流不止,那模样令心软的侍从愈发悲伤。这匂亲王相貌、姿态极为优美,就是那可怕的恶鬼,见了亦于心不忍。此时,匂亲王略微平静了一些,可怜地问侍从道:"为何连一句话都说不上?怎会骤然如此警戒呢?许是有人在薰大将面前说我坏话?"侍从便将详情告诉他,又道:"一旦决定来迎日期,务望准备妥善。亲王这般低颜屈驾,我们必设法遂你所愿,在所不惜。"匂亲王自觉狼狈,也不再怨恨了。此刻夜半更深,群犬仍狂吠不止,随从人等便驱赶它们。吆喝声被守夜人听到,便鸣弦示威,那响声甚是令人胆寒。但闻一男子装模作样地叫道:"当心火烛!"匂亲王惊慌失措,只好吩咐返驾归京,心中的悲伤难以言喻,便对侍从吟道:

"山险路峭云雾重,

无处舍身饮泣归。

你也早些去吧。"让侍从回山庄去。匂亲王衣衫被深夜露水沾湿,衣香随风飘散,美妙无比。侍从拜别亲王,含泪返回山庄。

这边山庄之中,右近将谢绝匂亲王访问之事,告诉了浮舟。浮舟听罢,愈发心慌意乱,唯躺着不动。恰巧侍从回来,将详情告知浮舟。浮舟悲痛不已,无法言语,泪水湿透了枕头。她不愿让众侍女猜忌,便竭力忍住。翌日清晨,已是面目浮肿,羞于见人,只好躺在床上迟迟不起。好一阵后,才悄悄披衣起来,吟诵经文,唯愿以此消减罪孽。她又情不自禁取出匂亲王那日为她作的画来看,眼前便浮现出那人作画时的优美姿态和俊俏面容。昨夜他冒险前来，却不能相叙，想来直教人悲痛万分啊！可又想起那薰大将："他苦心思虑，想尽一切办法欲迎我入京，长相厮守。倘突闻我死去，定会悲恸欲绝，委实愧对他啊！我既死后，也难逃世人非议，实甚可耻。然若苟活于世，被人指责为轻薄女子，予以嘲笑辱骂，势必令薰大将更为难堪，倒不如死了的好。"于是独自吟诗道：

"不惜舍躯绝忧患，

但恐后世留恶名。"

此时对母亲也百般依恋起来，连那相貌丑陋的弟妹们，也觉得可亲。又念起匂亲王夫人二女公子……离世之时，方觉留恋之人甚多啊！众侍女兴致颇高，正准备大将迎接事宜。缝衣染帛，忙忙碌碌，谈笑之声可闻，唯浮舟无动于衷。一到晚上，她就胡思乱想，怎样不为人知地走出家门，从容赴死。为此整夜辗转反侧，难以成眠，耗散了精神。天一亮，她眺望宇治川，觉得自己已濒临绝期，比待宰的羔羊更为凄凉。

匂亲王又送来一信，情思甚是缠绵。但浮舟此时已心如止水，无心思再写信，唯附了一首诗：

"不留遗骸俗世间，

使君何处哭新坟？"

将它交与使者带回。她本欲让薰大将得知，自己赴死的决心已定，但转念又想："若二人皆知此事，迟早会相互道破，如此无聊的事，何必多此一举。必不能使人知道我的去向，让我独自去吧。"遂决意暂不将此告知薰大将。

母亲从京中写来一信，信中道："昨夜我在梦中，见你精神不振，便为你诵经祈祷。今日白昼瞌睡之时，又复梦得你遭遇不祥之事，惊醒后即刻致信。万望诸事小心谨慎，切勿大意。你所居处甚为荒僻，薰大将频频赴访，他家二公主怨气定多，若生魂相扰，实乃不必。你身体愈见不好，偏我又做如此噩梦，实极为担心。原想即刻前来看你，又逢你妹产期临近。时时如有鬼怪缠扰，使我不敢稍有懈怠，故至今未能如愿前往你处。望你也诵经祈祷，请求保佑吧！"随信送来的还有各种布施物品及致僧侣的请托书。浮舟想道："我命已将绝，母亲却丝毫不晓，这番关怀之语，委实叫人心疼！"便乘使者赴寺院之机，回信与母亲。提起笔来，方觉心中千言万语，难以倾诉，终于一句也未能写出，唯赋了一首小诗：

"唯盼重结来生缘，

何须惜恋如梦生。"

此时，寺中诵经的低沉钟声，随风而至。浮舟卧于榻上，静听着钟声，即刻又赋得一诗：

"钟声幽咽泣无泪，

南柯梦断报慈亲。"

写于寺中所用的诵经卷数清单纸上。使者道："今夜不便回京了。"便将那纸单仍系于枝条上。乳母道："不知何故，我心跳不止呢，夫人亦道做了噩梦，须吩咐守夜人严加守护。"躺在床上的浮舟，闻得此话，顿时悲恸欲绝，泪又涌出。乳母又道："不吃东西怎行呢？喝些粥汤吧。"如此好言劝慰，尽心侍候。浮舟想道："这乳母年老体衰，我去之后，她又怎么办呢？"甚为担心，觉得乳母也很可怜，便想隐约告诉她自己赴死的决心。但未及说出，已泪流不止。她唯恐别人生疑，看出破绽，便打消了此念。右近躺卧于她身边，对她道："过度忧愁，魂魄会飞散呢！小姐近来忧愁不止，难怪夫人要做噩梦了。不妨早作决定，跟随一人，其他诸事任其自然吧！"她说时叹息不已。浮舟默然无语，静静地躺着，用那件便装的衣袖，蒙住了脸。

THE TALE OF GENJI

VOLUME 53

第 五十三 回
蜉 蝣

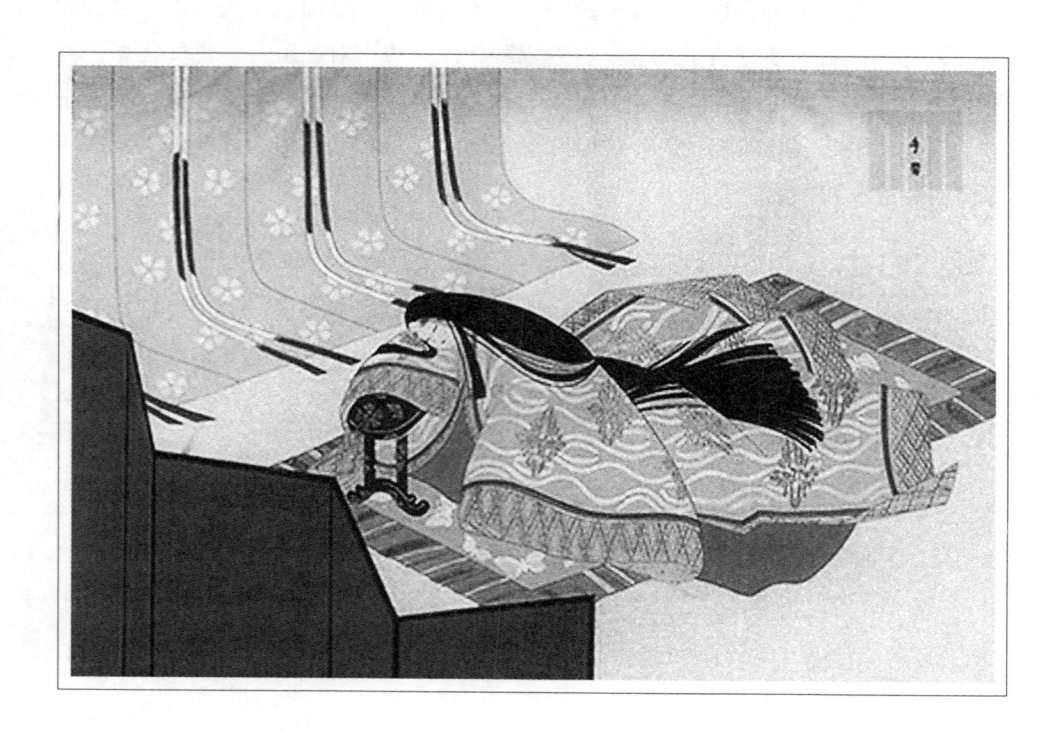

却说第二日凌晨，宇治山庄众人发现浮舟失踪，顿时惊恐慌乱，奔走相寻，然而总不见踪影。这情形酷似旧小说中千金小姐被劫后的种种描述。恰值此时，京中母夫人因放心不下，又派一使者前来问询，使者道："鸡鸣时我便动身出发了。"面对此状，上至乳母，下至侍女，皆手足无措，慌作一团，不知如何回复。那不知实情的乳母及众人，只是叨扰惶惑。知晓内情的右近和侍从，从浮舟昨日的愁苦之状，断定其已舍身赴水，只是不敢张扬。右近啜泣着，打开母夫人来信，见信中道："许是太挂牵你之故，昨夜无法安睡，梦中也不能将你看清。且噩梦缠绕，使得今日心绪甚为烦乱，老是惦念你。近日薰大将即将接你入京，入京之前，我欲先将你迎来我处。可惜今日雨落不止，只有留待日后了。"右近又将昨夜浮舟回复母亲的信打开来看，待读完那两首诗，不由号啕大哭起来，她暗想："果如所料，诗中之意多么令人伤心啊！如此决断，为何不让我知道呢？小姐与我万事都推心置腹，绝不隐瞒，为何在赴死之时，却无声无息丢下了我，叫我怎能不生恨！"她竟似一个孩童般呼天抢地哭诉着。小姐平素忧愁苦闷，她早已习以为常，然万料不到如此柔顺之人，会赴此黄泉末路。右近思绪烦乱，悲痛不已；而平时自以为是的乳母，如今也早吓呆了，嘴里只知念道："这怎生是好！这怎生是好！"

再说匀亲王获得浮舟答诗，深觉异于往常，其诗意隐含不祥，不由暗忖："她原本倾心于我，恐是疑我变心，故避往别处。不知她到底作何想法呢？"他忧心如焚，迅速派人前去打听。使者飞奔到山中，见处处皆悲哭不已，不由手足无措，不知将信交与何人，忙乱中只得向一女仆探问。女仆悲戚道："我家小姐昨夜竟突然离世，众人正不知所措呢！偏逢能主事的人又不在此，我等下人，真不知如何是好。"匀亲王派去的人并不知底细，听此讯息，惊骇不已，慌忙返回报告。匀亲王闻此，恍如置身梦中，惊诧万分地想道："先前倒未曾听说她有何种重病啊？只知道她近日郁悒不堪，且昨日回信中并无此种迹象，用笔精巧极致，甚过往常呢？"他疑虑难释，忙唤来时方，要他前去查询。时方答道："恐是薰大将已听到什么风声，故严斥守夜人尽职守护，近来仆役们出入，都要仔细拦阻盘问。我倘无适当借口，忽赴宇治山庄，被大将知悉，恐必怀疑。且那边突然死了一人，定喧哗扰攘，进出之人一定也极多吧！"匀亲王道："你言之有理。但无论如何，总不该不闻不问，漠然视之！必须设法找知情者打探清楚，先前仆人之传，恐会有误呢。"时方见主人恳切之情，甚觉不好违命，便忙在黄昏时出发了。

这时方一路疾行，很快到达宇治山庄。此时雨势已弱，但因路途难行，他只得穿了简便服装，如一仆从模样。进得山庄，便闻许多人叫嚷，其中有人道："葬礼应于今夜举行！"时方顿时不由得惊住了，传言求右近会面。但右近不肯见他，只是传话道："时下我心境怆然，不知所措。大夫大驾光临，不能起而相迎，甚为抱歉。"时方恳切道："倘我不能探明缘由，如何回去复命呢？还是请那位侍从出来，容我问问吧。"侍从只得出来，对他道："人生祸福，实难预料啊！小姐恐自己也未曾想到。请将实情禀复亲王：忽遭不幸，众人已惶惑无措，悲痛难耐，待稍许平静，再详告小姐景况。眼下正值丧期，须得四十九日忌辰期满，大夫方可再来。"说罢嘤嘤不止。内室中也是哭声嘈杂，其中隐约听见乳母在叫："小姐啊，快些回来呀！你去了哪里？尸骨亦未留，实令人心伤啊！平日时时相处，尚嫌不够呢！老婆子日夜企盼，小姐能谋得福运，为此才延喘至今，未料到小姐忽地弃我而去。如此可怜之人，鬼神不敢相夺，上天也会让她生还吧！夺我家小姐魂魄的，不论人鬼，都该快些将她还与我们！也得让我们看上她一眼，留下她的尸骨啊！"她悲恸欲绝地数落。时方听说尸骨不见，甚觉奇怪，便对侍从道："尚望你能如实告我。可否有人藏了她？我代亲王来了解实情。若日后真相显露，与所报情况相违，亲王岂不怪罪于我？匀亲王不信此事，故专派我来。不论何种情由，尚须据实回报。亲王如此好意，又怎能拂逆？沉溺女色之事，在中国古朝廷倒是常见的，可如我们亲王那般情深义重之人，实难寻觅呢！"侍从暗想："这使者倒也会说话，令人可亲。倘我相瞒，日后终会被揭破。"思虑至此，便答道："大夫疑心小姐被人藏匿，若有其事，我们又何必这般悲痛呢？我家小姐近来郁闷愁结，薰大将便说了几句。其母亲和这乳母都忙着准备，让她挪居到薰大将处。而至于匀亲王与小姐之事，小姐绝未向外人泄露过。她心中常感激思慕，故心情异常恶劣，孰料她便自寻绝路。为此，众人哀伤不已。"此话虽不甚详尽，事实总算大略知得。时方仍有些怀疑，道："只言片语难叙详尽，且待亲王亲来造访吧。"侍从答道："唉，那如何敢当！小姐与亲王的姻缘，如今若被世人知晓，倒亦光荣。然此事一向隐秘，唯如此，方不负死者遗愿。"众人皆尽力遮掩这忽至的横死，故侍从怕时方久留会露出破绽，便力劝他离去，时方亦知趣地告辞了。

正当倾盆大雨之时，母夫人匆匆从京中赶来，其悲苦之状无法言语。只听她哭诉道："若于我在时死去，纵然我悲痛万分，但因死生无常，人世亦不乏其例。而今你却尸骨不存,叫我心怎安啊!"匀亲王与浮舟恋情瓜葛,母夫人浑然不知,故并未料到其会投水自尽,推测大多是鬼怪妖狐之类作祟。她想起在小说中有不少这类记载,做了一番狐疑猜想,终于想起二公主:或许她身边的乳母心怀叵测,闻得浮舟将被薰大将接入京城,便忌恨在心,暗中与仆人狼狈勾结下此毒手,倒不一定。想到此处,越发怀疑仆人,问道:"新近有无陌生的仆人出入?"侍从等答道:"没有的。此地偏僻荒凉,新来的人都不习惯,总是借口有事便溜之大吉,一去不返了。"山庄仆人本已屈指可数,寥寥无几了。侍从等回想小姐近日神情,记得她泪流满面道:"倒不如死了的好。"再看她平素留存砚台底下之诗,多是些"不惜舍躯绝忧患,但恐后世留恶名"等悲观之诗,愈断定她已投水。侍从凝眸眺望宇治水,听那水声汹涌澎湃,顿感悲凉与恐惧,便和右近商议:"由此表明,小姐确已投水自尽。倘我们一味狐疑,而使众多关心此事之人未得确切答复,实是不妥。况小姐与匀亲王秘密隐情,并非其真心自愿。即使母夫人现在知晓此事,也无可厚非,况匀亲王也并非令人感到可耻的等闲之辈。我们与其让她猜疑,不如先告知真相,否则,待被发现之时,谁担当得起?且殡葬亡人,终须得个遗体,这没有遗体的丧事,倘若持续日久,必定会被外人说东道西,索性将实情告诉夫人。众人尽力隐讳,想必定会掩瞒过去的。"两人便将事情悄悄告诉了夫人,说时泣不成声,不能尽言。然而夫人已知大概,顿时泪如泉涌,伤心言道:"既是如此,想我女儿定是葬身于无情的恶浪中了!"那悲恸欲绝的神情,恨不得自己也随之赴水。后来她对右近道:"还是派人到川中打捞打捞吧,至少总得将遗骸找回,方可殡葬。"右近答道:"此时去捞,恐踪迹全无,川水定已冲到大海去了。况作此无用之举,定遭世人讥讽张扬,实是难听啊!"母夫人思前想后,悲情郁积于胸,实在无可抒发。于是命右近与侍从二人,推一辆车子到浮舟所居房间门口,将她平日所用褥垫和身边常用器具,以及换下来的衣服诸物,尽皆装入车中。请来乳母家事佛的儿子及其叔阿阇梨与众弟子、相熟的老法师,以及七七四十九日中应邀而来做功德的僧人等,佯装搬运遗骸,齐心协力将车子拉了出去。母夫人和乳母悲痛万分,哭得昏天黑地。此时,那内舍人带了他女婿右近大夫蹒跚而至,道:"行殡葬仪式,务须先向薰大将禀明,择定吉日,慎重举行才是。"右近回答:"只因另有缘故,不敢过分张扬,只得草率从事了。"于是,将车驱往对面山脚一处平地,禁令外人不得靠拢,仅让几个知道实情的僧人料理火葬。对于此等简陋仪式,乡村那些极为迷信的人皆讥评道:"这葬礼可真怪呢！规定的礼节尚未完备便草率了事，竟如身份低微人家所为。"又有人道："听说京都中，只要有兄弟的人家，都故意低调呢。"诸种讥评，令人不安。右近想道："若不加警惕，一旦泄露风声，使薰大将知悉无小姐骸骨，势必会猜疑匂亲王隐匿了小姐。反之亦然。若二人因旧日之情，猜疑消除，定又会疑惑另有人隐藏了小姐。小姐前世善缘，故今世处处受贵人怜爱，倘死后被人猜疑，以为她被下贱之人带走，实乃有辱于她。"于是她甚为焦虑，细细察看山庄中众仆役，对于在当日混乱中窥破实情之人，她皆反复叮嘱不可泄露；而对于不知实情者，则绝口不提此事，如此做得天衣无缝。两人互相告道："待过些时日，便将小姐寻死真相如实告诉大将和亲王，让他们早些知道，以削减忧伤。但是暂不可泄漏，否则便有负死者。"这两人负疚甚深，故竭力谋划。

此时京中，正逢尼僧三公主患病，薰大将于石山佛寺潜心祈祷。虽远离京都，然对宇治思念甚切。宇治突发之事，亦并无人前去告知。只是宇治山中的人，见薰大将未派使者前来吊唁，甚觉过意不去，方才有一人前往石山，将此死讯禀报于薰大将。薰大将大为诧异，束手无策，只得派了最为亲信的大藏大夫仲信前往吊唁。浮舟死后的第三日晨，仲信方才到达宇治。仲信传达大将的话道："我闻知噩耗，本想即刻亲自前来。但因母夫人疾患在身，恰值祈祷，功德期早有规定，以致未能前往。昨夜殡葬，应事前来做通报，择定日期，郑重办理才是。为何如此匆忙？人虽已死，丧事繁简，虽为徒劳，然此乃人生最终大事，竟如此简捷，使得乡人也大加讥评，实乃有失颜面。"众侍女听了使者此话，只得推说悲伤过度，以致有此简慢之举，除此便再无解释。

薰大将听了仲信回报，忆起往事，悲恸欲绝。他想道："我好糊涂，为何要将浮舟置于宇治这可恶之地呢？倘非如此，定不会遭此意外变故。原以为她可安闲度日，没想到却仍有人扰她清净，实乃我的罪过啊！"他悔恨自己粗心，自责不已。然于母夫人患病期间，悲痛此等事情，实乃不祥，于是决意下山回京去了。到得二公主房外，他并不进去，仅叫人传言道："我一亲近之人，近日忽遭不幸，为避不祥，不进房了。"便将自己笼闭室中，慨叹命运无常。他不由得追忆浮舟生前仪容，实是俊美可人，越发悲伤恋慕。后又想道："她在世之时，我未珍惜爱护，而空度年月，如今人去楼空，后悔不及。我命中注定，在恋情上颇多苦痛，本想立志做个化外之人，孰知天有不测风云，一直随俗沉浮，许是佛菩萨为此责备我吧？想让我去虔心求道，想出这个隐去慈悲面目而让人受苦的办法吧！"于是尽心研习佛道。

匀亲王似乎更加悲伤。浮舟死讯传来，他顿时昏厥，以至于二三日内，一直昏迷不醒，好似魂魄散去。众人惊恐万状，以为鬼魂作怪，为他驱鬼捉怪，忙作一团。直至他无泪可流之时，心情才略微镇静下来，不由又忆起浮舟生前情状，愈添思慕伤感之情。但无故红了两眼，怎好叫人看见，便以身患重病为由，敷衍外人，然悲伤之情仍溢于其表。一些人见了便道："匀亲王如此伤心，究竟为了何事？瞧那愁肠寸断的样儿！"匀亲王悲痛悱恻之事，终于传到薰大将那里，薰大将想道："如此看来，真如我所料，浮舟与他，并非仅仅一般的通信关系。唉，似浮舟这般温情美丽的人，只要一见，岂有不惹得他神魂颠倒的。幸亏她去了，否则不知会做出何等过分之事来呢！"他如此一想，先前的哀悼痛苦情状，便顿时减轻了许多。

众人听得匀亲王患病，便纷纷前来看望，一时络绎不绝。薰大将想："他为一低微女子的死，尚如此闭居哀悼，若不前去慰问，实在说不过去。"便亲往探访。此时，薰大将正为刚逝的式部卿亲王服丧，身着淡墨色丧服。这倒很相称，心中只当为浮舟服丧。他面庞虽显瘦削，却更透出几分清俊。其余问病之人，听见薰大将前来，尽皆退去。正值日薄西山、幽静可人之时，匀亲王见薰大将来此，颇觉尴尬，未曾开言，早已泪眼蒙眬，不能自抑。他竭力镇定之后，道："并无大碍，唯感叹人世变化无常，以致忧伤成疾。众人皆认为须慎重为是，父皇和母后也为此坐卧不安，我实乃有愧！"言罢，泪如泉涌。他想避开人目，便举袖拭去，但泪水已如连珠落下。他甚觉羞愧，但转念一想，薰大将未必会知晓我为浮舟而悲伤，只道我懦弱如同儿女罢了！但薰大将想道："他果是为浮舟悲痛忧伤呢！不知二人何时有这关系的？数月以来，他不是暗中嗤笑我傻吧？"他这样想时，对浮舟的哀悼之情，顿时消逝无形。匀亲王窥视其神色，想到："此人何等冷漠无情！只要稍有怜悯之心者，即使不为生离死别悲苦，也会为空中飞鸟的哀鸣而愁苦。我无故这般伤心流泪，若他察觉我之心事，也会因同情而落泪的。只不过他对人世变化莫测之事领略已深，故能泰然处之，而无动于衷"，便以为此人实可钦佩，可将他喻作佳人曾经倚过的"青松柱"[1]。

【1】古歌："讵怜座畔青松柱，曾是佳人笑倚来。"

两人闲聊一会儿后，薰大将想："不应在浮舟的事上再躲闪隐讳。"便决计坦然陈述，道："往昔，我俩皆无话不谈，常推心置腹，一吐为快。而后有幸入了官场，你也身居高位，便少了从容叙谈的机会，无事也不敢随意造访。今日告诉你一事：你曾在宇治山庄中得见的那位红颜薄命的大女公子，有一个与她同一血统的人，居于隐蔽之所。我知晓后，便常去照顾她。但我当时正值新婚之期，深恐遭人非议，便将她暂时安顿在宇治的荒僻山庄。我并非常去看望，而她仿佛也并非唯我是从。倘我视她如正夫人般高贵，便绝不会如此待她，但我无此用心。她的模样，并无缺憾，故而细心怜爱。谁知近日猝然逝去，使我倍感命运多蹇，人生无常，因此甚为伤怀。这件事，想必你已知道了吧！"说罢，不禁潸然泪下。他甚觉此番落泪，有失体面，便觉愧疚。可泪如泉涌，一时如何抑制得住，因此颇为难堪。匂亲王疑惑地想："他这口气不同于往日，恐是已知晓内情！"但他仍装作不知，道："此事真是可悲，我昨日也闻知一二。本想差人问候，打听得详情，但又传出，你不欲让更多人知道此事，因此只得消却此念。"他故作冷漠，然悲痛郁结于胸，故言语甚少。薰大将道："只因她与我有这般关系，故想将其推荐与你，或许你已见过了吧？她不是曾到过你府上么？"这话心照不宣。遂又道："你尚染病在身，我不该说这些无甚紧要的俗事，恕我冒昧。请善自保重吧！"之后，便告辞而去。途中，薰大将思忖："他的思念何等深沉！浮舟不幸薄命，但命中注定为高贵之身。这匂亲王，乃皇上最为宠爱的皇子，无论容貌、仪态等，皆异常优秀，无与伦比。其夫人亦非寻常之人，处处皆堪称贤淑高贵之楷模。但他置之不顾，而钟情于这浮舟。且因哀悼这女子而患病，致使世人大举祈祷、诵经、祭祀、祓禊，一时忙乱不堪。我亦算高贵之人，夫人贵为当今皇家公主。我痛悼此女，并不比他逊色。如今一旦念起，悲伤尚难以自禁！话虽如此，这等悲伤，确也实在愚蠢。"他强抑悲伤，但仍思前想后，心迷意乱，便独自吟诵白居易"人非草木皆有情……"[1]诗句，随身躺下了。想起浮舟那极为简单的葬仪，深恐她的姐姐二女公子闻知后悲哀难过，觉得委实对不住，不由深感不安。他想："其母亲身份卑微。此种人家大多迷信：凡家中有兄弟之人，死后葬礼必须从简，浮舟亦即如此。"念此，心中越发难受。关于宇治诸多细况，他多有

---

[1] 白居易《李夫人》："人非草木皆有情，不如不遇倾城色。"

不知，故而欲亲赴宇治，探询浮舟死时情形。但他不便久留宇治，倘去之即回，又未达目的。为此，他心中烦乱不已。

日月飞逝，四月又至。一日傍晚，薰大将突然想起："倘浮舟不死，今日不正是她迁京之日么？"此番思量，又生悲哀。是时，庭前花橘簇拥，香气四溢。杜鹃飞过，声声啼鸣。薰大将独吟"但愿杜宇通冥府"[1]一诗，仍感心中郁结，未能倾吐。此日匂亲王正好来到北院，薰大将便命人折得花橘一枝送去，并赋诗系于枝上：

"谅君怀悲怜杜鹃，

亦自抱憾暗饮泣。"[2]

匂亲王因见二女公子模样与浮舟极为相像，不由万分感慨。正当他们静坐默思时，接到薰大将所赠花束及信。匂亲王阅罢，颇觉意趣，便答诗道：

"花橘香时怀故人，

子规解意啼声悲。"[3]

啼鸣声声惹人烦呢。"匂亲王与浮舟之事，二女公子早已知晓。她想："我的两位姐妹，皆这般短寿，一定是她们所虑太多，过于忧愁悲伤吧。因我少有忧患，才得以延喘至今！然人世无常，我也不知能苟活多久。"念此，越发伤心。匂亲王鉴于她已略知此事，倘再瞒下去，已不忍心，便将往昔之事略加修饰告之。二女公子道："你总是瞒着我，使我又气又恨。"两人悲喜交加，神情激动。因二女公子乃死者姐姐，故与之叙聊亦更为亲切。那边六条院内，万事皆奢华铺张。因匂亲王患病而举办祈祷，关切之人甚多。岳父夕雾左大臣及诸舅兄弟，无时不在旁守候，烦乱不堪。这二条院却异常清静，匂亲王甚觉舒畅。

匂亲王思量：浮舟究竟何故而突然寻死？竟像是梦中。他郁郁不欢，便遣时方等人去宇治迎回右近。住在宇治的浮舟母亲，心魂俱被女儿牵去，一听到宇治川水鸣咽，便欲随她而去。她忧伤悲愁无时可解，痛苦不堪，只得回京去了。因此，只剩得右近与几个僧人作伴，异常岑寂无聊。宇治先前警戒森严的关口，如今却无人阻拦。这时，时方等人奉命而来。他忆及往事，不由得叹道："甚是遗憾啊！

【1】《古今和歌集》古歌："但愿杜宇通冥府，传言我正哭声哀。"

【2】时人信杜鹃可通冥府，故用以比喻已死的浮舟。

【3】据《古今和歌集》古歌："乍闻花橘芬芳气，猛忆伊人怀袖香。"

匀亲王最后那次抵此,竟被挡驾,不让入内。"远在京中的他,却因这常人不足道的恋情而愁绪万般,甚觉无聊。但见此光景,又忆起昔日好几夜风尘仆仆赶来的情状,及匀亲王与浮舟相拥乘船的情致,觉得其人风姿绰约,柔美动人。回首往事,众人感慨万千。右近一见时方,便哽咽不止。时方道:"匀亲王再三盼咐,专程遣我来此。"右近复道:"正值丧中,怎好离开去拜见匀亲王呢?别人看了亦觉奇怪。即便去见,恐怕亦难禀报清楚,匀亲王又怎能确悉详情呢?且待七七丧忌完毕后,寻个借口,说'我得出去走走',这才说得过去。倘我能有幸存活着,只要心境稍好之时,便是匀亲王不来传,我也要亲自前去,向他述说噩梦般的经历。"她磨蹭着,不肯于今日起身。时方哭道:"我们都是些不知内情的人,对匀亲王与小姐的关系并不详熟,但目睹匀亲王对她的钟爱,觉得本不必急切亲近,且待将来侍奉你们。如今出现这等伤心事,我们更愿关心你们了。"继而又道:"匀亲王向来细致周到,此次还专派了车来。倘空车回去,定使他大为失望。事已至此,那就让侍从姐姐代你入京见匀亲王如何?"右近便唤来侍从,道:"烦你走一趟吧。"侍从答道:"我言语笨拙,且丧服在身,匀亲王府邸会忌讳的。"时方道:"府中正为匀亲王患病而祈祷,确有诸种禁忌,然对服丧之人,并不禁忌。况匀亲王与小姐凤缘深厚,亦应服丧。且丧忌之日所剩不多,只得劳驾你了。"这侍从一直倾慕匀亲王俊美之姿,正愁浮舟死后与匀亲王无缘再见,今日却有此良机,不禁暗喜,便听从安排,随车入京去了。她身着黑色丧服,更增添几分高雅气质。因她已没有主人,不必穿裳,也未将裳染成浅墨色,便叫随从带了一条浅紫色的,待参见匀亲王时穿。她不禁感慨地想:倘小姐在世,此日进京,须微服暗行,还得小心谨慎才是。侍从对于匀亲王与浮舟之间的恋情万分同情,故一路上想起浮舟小姐便流泪不止,直至匀亲王府中。

　　匀亲王听说侍从来到,顿添伤感。总觉此事欠妥,便未告知二女公子。匀亲王来到正殿,于廊前迎接侍从。侍从一下车,匀亲王便急切询问浮舟临终前的种种情形来。侍从便细述了小姐此间如何伤感万端,唉声叹气,及那一夜是如何凄惨哭泣等等。她道:"小姐整日枯坐沉思,对万事皆无心思。虽满腹心事,却从不向人流露,只是沉闷于心中。因此,连一句遗言也未曾留下。如此果决,实未料及。"此详细叙述,使匀亲王越发悲痛,推量浮舟心情,怪她何不随波逐流,顺其天命,而效此等烈举。又懊悔当时不能守候身旁,执意阻止她!如今一切皆去了。念此,心里锥刺般疼痛。此时,侍从亦道:"我们亦痛悔万分,未能深究她毁掉书信之事,实甚大意呵!"如此对答,直至天明。侍从又将浮舟写在诵经卷数单上的诗句读给他听,乃浮舟答复母亲的绝命诗。匂亲王素来不曾注意过这侍女,此时亦觉甚可爱,便对她道:"今后就在此侍候夫人吧。"侍从答道:"我求之不得,但心中悲痛未曾消解,待丧忌之后再说吧。"匂亲王道:"但望如愿,盼你再来。"此刻,他连这侍从亦难离舍了。破晓时分,侍从告辞,匂亲王拿出本为浮舟置办的梳箱与衣箱各一套,器物甚多,但只赏赐了侍从一些与其身份相宜的东西。侍从未料得此行受赏,心中自是百般欣喜。但将所有赏物带回,又恐同辈猜疑嫉妒,她甚觉为难。但又不便拒绝,只得全部带回。回到山庄,便与右近偷偷打开来看。"衣服恁般华丽,于丧忌之日如何隐藏呢?"二人不由得相与叹息。每逢寂寞难耐之时,看到这许多新颖精致、巧妙可爱的东西,便不禁睹物思人,越发悲泣。

  分外伤感的薰大将,也极想知道更详细的情况,因而决定亲自往宇治探询。他一路上尽思往事:"当初我为何要访问匂亲王呢?后来竟虑及全家,连对这个弃女也如此关心。我只是倾慕法师的道行高深,方才来此。原本打算向这先辈请教佛法,为后世修身积福。不想竟事与愿违,萌动了凡心。恐是因此之故,才遭受这般惩罚吧?"到得山庄,他唤来右近道:"此处详情,我闻知甚少。真是伤心遗憾!七七丧忌之期,行将结束,我本该过后再来,但实难忍耐,故此时赶来。小姐究竟患了何病,竟如此猝死?"右近思忖道:"小姐投水之事,弁君等皆知晓,大将迟早也会闻知。我倘瞒了他,将来再有别的消息,反倒要怨我,不如对他实说了吧。"原来浮舟与匂亲王的恋情,右近欲费尽心思隐瞒,并早有准备:倘面对薰大将,应该如何如何。然则今日,当真面对他那异常严肃的表情,想好的话竟皆忘掉了。她只得语无伦次,叙说了浮舟失踪前后状况。薰大将听后,不胜惊诧,一时无话可说。他想道:"此种事情,绝不会发生!浮舟凡事从不轻易开口,完全是个温顺柔弱的女子,怎会有如此烈举?定是侍女为蒙蔽我而如此捏造!"他疑心浮舟被匂亲王藏匿,越加烦乱不安。但匂亲王痛悼之时,却无佯装之相。再认真观察众侍女,个个伤心痛哭,并无虚伪的迹象。众人闻知薰大将到此,皆悲痛不已,齐声号哭。薰大将闻之,问道:"只有小姐一人失踪吗?还有无其他人?请将当时详情告知于我!小姐决不会因我一时冷淡背弃而去的。究竟因何不可告人之事?我总觉其中蹊跷。"右近觉得薰大将甚为可怜,又见其猜疑,甚觉为难,便对他道:"我家小姐出身贫寒,生于穷乡僻壤,大人当早有所闻。最近又居于此荒寂山庄,常多愁苦,只有大人的偶尔前来,可短暂解忧。故她一直盼着早些去京,以便守候于大人之侧。此愿虽不曾说出口，但心中却时刻想念着。闻知此愿即将了遂，我们皆欣喜庆幸，并纷纷为乔迁准备。那位常陆守夫人，因即将遂了多年夙愿，更是满心欢喜，日夜筹划。岂知不久，便收得大人一信，让人疑惑费解。守夜人传言，说有放肆之人出入，必须严加警戒。那些粗暴村夫不晓事理，便胡乱猜测，顿时谣言四起。而此后又久无大人音信，故小姐深为失望，日夜哀叹命苦，便生了绝望之念。母夫人为求女儿福运双至，一向尽心竭力。小姐却觉得贪恋此种幸福，定遭世人讥笑，越发伤心，故陷入悲观情绪，只顾整日郁郁愁闷。此外，恐别无死因。即使被鬼怪隐藏，总不会一点不留痕迹吧？"说完，她已泪盈双眼，悲恸难抑。薰大将再无可怀疑，顿生悲痛。他道："我身不由己，举动皆受人注目。每逢思慕她时，总是想道：迎她来京之日，不会太久了，很快便会光明正大与我长聚了。长期来，全靠此慰情，得以度送时日。她疑心我冷淡，其实是她先弃舍我，教我好不痛心啊！还有一事，本不想再提，但此处无他人，说也无妨。便是匂亲王一事，他与小姐交往，究竟始于几时？我知他擅长讨女儿家欢心，我想小姐亦是被他所惑，而又深恨不能长相厮守，故而悲哀，以致舍身赴水，以求一死。其中详情还须实告，再不可隐瞒！"右近一惊："看来他全知晓了！"虽深感遗憾，她只得答道："这伤心之事，原来大人早有所闻。我是与小姐形影不离的……"她略加思索，又道："大人定然知晓，小姐曾在匂亲王夫人处小住过几日，殊料一日，匂亲王竟闯了进来，终因我等严词痛斥，方才退出。小姐心怀恐惧，便迁居到了三条院。此后，匂亲王无踪可寻，亦便罢手。但后来不知匂亲王从何处探得消息，不断遣人送信至此。小姐置之不理。此时正当二月间。我等皆劝她道：'倘一直如此，倒显得小姐无礼，不通事理。'于是小姐才做了一二次答复。除此外，并无他事发生。"薰大将听了，想道："右近恐只能说这些，我若过于深究，那反倒不好。"于是俯首沉思："浮舟留恋匂亲王，对他心生思慕。另一面又不能忘我，以致踌躇难决，痛苦不堪。她本就善良柔弱，难以决断此事，恰又居于宇治川畔，怕是一念之差吧？倘我不将她安置于此，即使天大的忧患，亦未必能找到投身自尽的'绝谷'[1]。看来，这宇治川水才最可恨！"近来常奔走于这崎岖山路，皆为了那可怜的大女公子与这浮舟啊！他一想起，便悲痛难忍。连这"宇治"地名亦常刺痛于他，不愿再听了。遂又

【1】《古今和歌集》古歌："每逢忧患时，常思投绝谷。绝谷皆太浅，忧患何残酷！"

想道："二女公子最初将此人视作大女公子的化身，向我提及时，恐怕便有些不吉吧。总之，此人的死，全在于我的粗心。"他思来想去，觉得浮舟母亲也实在可怜，自己低微，女儿的丧事也颇简略，令人遗憾。右近一番详尽诉说，使他不由得想道："有这样一位出色的女儿，却不幸夭逝，做母亲的该是何等悲伤啊！浮舟与匀亲王的恋情，她母亲可能不知晓，定会误认为我背信变卦，才使女儿寻此短见的，也许此时正怨恨我呢。"他顿感歉疚不安。

浮舟未死于家中，本无不吉祥之忌。但薰大将见随从皆在身边，不便入屋去，故命人卸下车辕，放在边门外面，以做凳子。但又觉不甚雅观，便走到林荫下，于青苔密布之处，坐下休憩。念想从此将永不再来此地，直至此宅荒老，无人再来问津，心中满是凄凉之情。四下环顾，见此时的宇治更显寥落，便独自吟诗道：

"今辞宇治忧伤地，

谁将荒宅再寄生？"

阿阇梨如今已升为律师，薰大将便召他入庄，召集一些僧侣，替浮舟大行法事。他觉得只有这样，才可消浮舟自绝的罪障。随后他又详细安排了周忌的诵经供养。天色已暗，薰大将即将返京，心中思量再三："倘浮舟在世，我今夜定会与之欢聚，不再返归。"他便差人去唤弁君。弁君却派人代答道："此身实甚不祥，为此整日愁叹，神思愈益衰弱昏迷，唯有怅然而卧，此身再无用处。"她既不肯出来，薰大将也不得固执强求，便打道返府。他一路上悔恨交加，何不早些将浮舟迎入京中呢？那宇治川的水声，刺得他心如刀绞。他暗自叹息："竟连尸身也见不到了，此种死别，真可怜可悲呵！她是随波逐流了呢，还是沉入了水底？"薰大将哀叹不止，旁人无法劝慰。

却说常陆守邸内，正为祈祷小女儿安产而举办法事。浮舟母亲想到，自己到过丧家，身染不祥，故返京后便未回邸，而暂时寄身三条院的陋居。她对浮舟的哀思无法排解，且又牵挂那临产的女儿。后来闻知顺利分娩，方才放心。但因身染不吉之气，不便去看望女儿，终日只得浑噩而过。此时，薰大将暗中派人送来一信。母夫人悲喜交加，拆开来读，见信中写道："夫人忽遭不幸，本应前来吊慰，然因心烦意乱，泪眼迷离，且夫人亦因失去爱女，不胜悲痛，故未敢造次。待心绪稍宁，再登门叩问。岁月易逝，人世易变，悲恨之情，难以消减。痛感世事无常，愁闷苦恼。我苟活于世，还望夫人看在爱女分上，以我为遗念，时时亲近往来！"言辞委婉恳切。薰大将又命捎信人仲信传话，道："只因我行事缓慢，未能及时将令爱迎入京中,夫人可否怨我?事已至此,尚望不再深究。敬请夫人放心,自今后,凡事当尽力效劳。浮舟兄弟之中,若有人有入仕之志,定当鼎力相助!"夫人认为子女之丧,无须过分忌避,因此固请仲信入内小憩。自己挥泪作书道:"承蒙细心看顾,方使我身处逆境尚能苟延残喘。小女长时愁眉不舒,使我痛感出身低微之罪过。闻知要迎她入京,我亦为她从此可脱离苦境而高兴。殊料又遭此厄运,让人一听到那'宇治'二字,便觉胆战心惊,哀伤不已。今蒙赐书问候,尽殷殷之情,窃喜寿命可延。倘得幸存于世,还得仰仗鼎力相助。只因泪眼迷惑,未能恭敬回复,乞请谅解。"照例应送使者礼品,但此时不甚适合。若不送则又觉欠妥,便取了条准备送与薰大将的斑纹犀角带与一把精美佩刀,一并装入袋中放于车上,对仲信道:"此乃死者遗物,以作留念。"便以此赠送。仲信回府后,薰大将见了所赠物品,道:"实在不必如此。"使者报道:"常陆守夫人亲自见我,哽咽着感激不尽。她道:'家里小儿,也得到大将如此关照,我们身份低微,真是羞愧难当。我当避众人耳目,尽遣不肖之子于邸上,令其服役吧。'"薰大将想道:"与此等人家,虽关系不甚密切,但天皇后宫中,也不无地方官女儿。若因前世之缘,而得皇上宠幸,世人也不至于议论吧?况普通臣下,娶贫贱人家女子为妻,也非罕见之事。外间传言,我与一地方守吏女儿来往,然我初时未想将她娶为正室,因此便不能算做我的过错。如今我看在那已故女儿面上,照顾她的家人,无非抚慰悲痛的母亲罢了。"

常陆守来三条院寻找夫人。他勃然大怒,站着对她嚷道:"放着生孩子的女儿不管,竟躲于此地逍遥!"只因夫人从未将浮舟之事告知他,故在这人心中,只是以为浮舟处境窘迫。夫人原打算,在浮舟被薰大将接入京中后,方将此喜事告之与他。谁曾料得此灾运之事发生,故亦无必要隐瞒下去,便抽泣着将实情俱告与他,且取了薰大将的信与他看。常陆守本乃趋炎附势之人,见了此信大为诧异。他反复玩味,叹息道:"这孩子,放弃了如此荣耀福分,真不识好歹!作为大将家臣,经常在府中出入,却从未被他召见过。他可是少有的显贵尊严之人呵!有他关照我儿,我们全家算走好运了!"顿时喜上眉梢。然夫人痛惜女儿,只知掩面啜泣。见此,常陆守也不禁落下泪来。若浮舟尚在人世,薰大将便不会如此关心常陆守家儿子。仅因他而使浮舟丧命,心觉愧疚,以此安慰其母,才不顾世人说东道西。

薰大将虽为浮舟举行七七法事,心下却又疑她是否真已死去。然则无论其生死，举办法事总是功德之事。因此便嘱律师于宇治寺中秘密隆重作道场。照他的吩咐，六十位法师所赠布施品，皆格外丰厚。浮舟的母亲亦来此，另做了诸种佛事。匂亲王将黄金盛于白银壶中，送至右近处，算做她的供养。他深恐外人生疑，不便公开铺张法事。不知内情的人皆纷纷猜疑："这一位侍女的供养，为何如此丰厚？"薰大将亦派遣了大批亲信，前来寺里办事。众人大感不解："此女究竟为何等样人，法事竟办得这般隆重？真是奇怪啊！"不久，常陆守也来了，他毫不拘谨，竟似主人。众人更觉纳闷。常陆守因女婿少将喜得贵子，近来大办贺筵，甚是忙碌。家中珍宝应有尽有，近又收藏了唐土与新罗[1]诸种珍品。然而因身份之故，此等物品也不甚体面。此次法事虽不公开进行，但排场极为铺张。常陆守见后，心想："可惜浮舟不幸去世，否则，她日后福分高贵，将无可比拟啊！"匂亲王夫人也送来诸种布施物品，另外设筵犒劳众僧。皇上也略闻薰大将曾有一钟情女子。为不让二公主得知，竟一度藏匿于宇治山庄，可想他思念之深，亦为他惋惜。薰大将与匂亲王二人，一直为浮舟之死悲伤。匂亲王本是激情澎湃，突遇此变迁，更是痛心疾首。但他原本轻薄成性，为转移情绪，又不断与别的女子纠缠起来。薰大将却心负愧疚，虽尽力关照浮舟家族，仍难消解心中愁闷。

　　再说明石皇后，为叔父式部卿亲王陪丧，此间尚居于六条院。式部卿之位，由匂亲王之兄二皇子代任。因职位尊严之故，他不便经常前往参见母后。匂亲王心中愁闷无聊，便常找与母后同来的姐姐大公主闲玩，以此消愁解忧。大公主的众侍女个个妩媚，匂亲王因未能仔细欣赏而颇觉遗憾。薰大将曾不由暗恋上一人，便是大公主身边的侍女小宰相君。其人容姿绝美，令人心驰神往，品性亦极为优良。她对琴与琵琶尤其独到精深，一弹一拨，都美妙动人。书信往来或谈论话语，亦极富情趣。匂亲王往日亦有此念，故欲夺薰大将所爱。但小宰相君却道："我可不像别人那般！"她那矜持庄重的态度，颇得薰大将赞赏，感叹此人的确与众不同。而小宰相君亦察觉大将内心痛楚，便附诗劝慰，诗曰：

　　"若能化解君忧愁，
　　　愿弃此躯替浮舟。"[2]

【1】唐土指中国；新罗指朝鲜。
【2】此诗含二意：一是愿弃躯换回浮舟；二是望替代浮舟得到薰君之爱。

我愿以身相代。"此诗写于一张高雅的信笺上，极为别致。凄清之夜，正值思绪惆怅，此诗如此熨帖，薰大将深为感动，便答道：

"遍历无常何曾忧，

　此中唯君知我愁。"

他思虑良久，为表谢意，便步入她房间，道："正值无限忧伤，喜得赠诗，欣慰之至。"薰大将因出身高贵，素来矜庄持重，举止文雅，不愿任意穿行侍女群中。而小宰相君身居侍女陋室，对薰大将的突然降临，一时手足无措。幸而她一向不卑不亢，应对自如，更令薰大将恋慕。他便想："此人与我所爱的那人相比，竟更优雅些呢！若是做我侍寝之人，终日守在我身边就好了。"他暗暗将此念埋于心里。

时值莲花盛开，明石皇后举办法华八讲[1]。先为亡父六条院主，再为义母紫夫人，各自择定日期。法会异常庄严，规模盛大。讲第五卷那日，仪式隆重更甚，有幸前来六条院观赏之人，皆为众侍女远近亲故。第五日朝座讲第八卷，大功告成，功德已至。法事期间，殿内暂作了佛堂装饰，如今须恢复旧状，故北厢中纸隔扇得需全部打开，仆役才好布置整饬。此间便将大公主暂移居至西面廊房。因听讲过度疲惫，众侍女皆回自己房里休息去了，大公主身边仅少数侍女侍候。此日，薰大将欲寻一法师商谈要事，便换了便袍，来钓殿寻找。僧众皆去后，薰大将便坐于池塘旁纳凉。是时园中人影甚少，那位小宰相君，正与同伴们暂歇于近处一帷屏围隔成的休息室内。薰大将屏息静听衣衫曳动声，猜想小宰相君定在其中，便于纸隔扇隙缝中窥视。但见里面布置优雅清爽，不似普通侍女房间。从参差的帷屏隙间望去，室内一清二楚。有三位侍女与一女童，正将冰块盛于一盖子中，吵闹着将它割开来。她们未穿礼服和汗衫，一副放任不拘的模样。薰大将未曾想到，此处便是大公主的居处，顿觉眼睛一亮，一位身着白罗衫的女子，美貌绝伦，正微露笑唇，看着喧哗弄冰的侍女。此日酷热难当，大公主将浓密的头发略微向前挽起，风姿绰约美妙。薰大将想："我所见的美人不少，却无如此美丽的。"相比之下，近旁的众侍女，个个黯然失色了。他略微定神，仔细观

【1】法华八讲：日本佛教用语，又称御儿讲会、御儿讲。为讲赞供养法华经之法会。

看，只见一侍女，身着黄色生绢单衫，外缀淡紫色裙子，纤手握扇，打扮格外整齐。她对弄冰的人道："如此费力，倒更热了！且放下看看吧。"她微微笑着，眉目传神，娇羞动人。薰大将一听那声音，便怦然心跳，此人正是朝思暮盼的小宰相君。众侍女费了好大力，方才将冰割碎，一人手捏一块。一侍女颇为放肆，将那冰块置于头顶和胸间。小宰相君便用纸包了一块，送至大公主跟前。大公主伸出那双纤细娇嫩的手，在包冰的纸上揩拭了一下，道："水滴下来真烦人，我不要！"薰大将隐约听得那声音，亦觉无限欣喜。他想："此人小时候我曾见过的，那时我仅是个懵懂顽童，但偏偏能领悟她那美好动人的模样。后来我再也未能见到她了，亦未曾听过有关她的事。今日却有缘与她相见，怕是神佛的赏赐吧？会不会又如从前，成为某种忧患的种子呢？"他惴惴不安，呆呆立于那儿遐思。一女仆正于北面乘凉，记起纸隔扇未曾关上，若有人前来偷窥，自己又要遭斥责，忙慌张跑了过来。见一不曾认识的穿袍子的男子站着，她心中甚觉焦急，亦顾不得让外人瞧见，便沿着回廊匆匆奔来。薰大将想："我此种好色行径实有不雅，万不能被人发现。"便转身离去，躲了起来。那女仆极为担心："里面没有帷屏遮隔，此处望进去一览无遗！陌生人定不会到此的，怕是左大臣家的公子吧？若被人知晓，定要严加追究的，幸而此人穿着丝绸单衣与裙子，走动时未发出声响。里间的人该不会知道吧？"薰大将想："若不是去宇治，我道心一定坚定了。如今倒成了忍受俗苦的庸人！倘当初早些出家，则已安居深山，悠闲自得了。"思前虑后，不觉心绪烦乱。又想："我常年来，不是一直渴望见到大公主吗？如今得见，却反增痛苦。这真是无聊！"

　　薰大将回至三条院，次日清晨起身很早。细看夫人二公主的容貌，娇美可人。但他想："二公主的美貌虽不亚于其姐，但细微处毕竟有许多差别。其姐端庄高雅，艳丽照人，实在美不可言！"便对二公主道："如此大热天气，你另换件薄衫穿上吧。女子衣饰，定要及时变换，方可显出时节意趣。"又吩咐侍女道："到皇后那边去，叫大式为公主缝件轻罗单衫。"众侍女猜想："定是大将欲将公主竭力装扮，以便欣赏她的美姿。"众人均很兴奋。薰大将仍旧去佛堂诵经，之后回房休憩。他午时来到二公主房里，见侍女已取回轻罗单衫，挂在帷屏上，便对二公主道："你可穿上这罗衫了，大庭广众之下，如此半透明的着装尚嫌轻浮，在家倒是但穿无妨。"又亲自为她穿上。裙子为红色，也如昨日大公主所穿。二公主秀发浓密，长长垂下来，美貌确实不比大公主差。应该说各得神韵吧。他又叫人拿些冰来，让侍女划破一块送与二公主。竭力模仿昨日情景，自己也觉好笑。他想："有人喜欢将心目中的人描入画中，只需看画便聊可慰情。此人虽不是大公主，但作为其妹，更好慰我之情吧！"转而又想："若是昨日，我亦能如此刻一样参与其间，恣意欣赏大公主……"如此想来，他不禁长叹一声，便问二公主："近些时日，你可曾给大公主去信？"二公主摇摇头，道："在宫中时，往往应父皇之命，我才写信与她。后来父皇未说，我便停止了。"薰大将道："仅因你下嫁给了臣子，大公主才不再与你通信，甚是遗憾。你可去拜见母后，向她诉说此事，以申心中怨恨。"二公主答道："怎可怨恨？这万万使不得的。我不去！"薰大将道："或对母后说大姐因我是臣下，颇为轻视，因此我也不愿给她写信了。"

此日瞬间即逝。次日清晨，薰大将照例前去参见明石皇后。匂亲王照例也在。今日他身着丁香汁染的深色轻罗单衣，外罩深紫色便袍，打扮俊逸，神情清爽，相貌优美，不亚于大公主。他肤如凝脂，眉眼俊秀，且较先前略微清瘦。其形貌酷似大公主，竟使薰大将顿生爱恋。但又想："万万不可！"迫使自己镇静下来，唯觉比未曾见得大公主前更为痛苦了。匂亲王命人拿了些画送与大公主，随后也去了大公主处。

薰大将恭敬地与明石皇后交谈佛经内容，后又谈到六条院主及紫夫人在世时些许琐事。末了，见到那些选送大公主后剩下的图画，便道："夫人二公主近日闷闷不乐，可怜得很呢！仅因她下嫁于臣子，那大公主不再与她通信，故嫌隙于大公主。但望将此类图画顺便送去一些，若由我带去，便恐不甚珍贵了。"明石皇后道："这就怪了，她怎会有此种想法呢？往常她姐妹二人同居宫中，尚能书信来往，如今分居两地，相互问讯自然少了些。你且告诉她，不要顾虑太多，我自会规劝大公主的。"薰大将道："二公主怎可冒昧去信呢？她虽不是你的嫡亲女儿，但你我姐弟情分尚在。若你能看在我面上垂爱于她，便是幸运之至。况且二人平素书信往来频繁，如今突然疏远[1]，实甚令人遗憾。"他说此番话，实出于好色居心，但明石皇后哪能料到。

辞别明石皇后，薰大将欲前去探望那夜曾入其室的小宰相君，借以看看那间

【1】匂亲王与大公主是嫡亲姐弟，皆为皇后所生，二公主则是已去世的藤壶女御所生。

廊房。他步过正殿，向大公主所居的西殿走去。此处侍女防备甚严。薰大将仪貌堂堂、风流潇洒地走近廊前，见夕雾左大臣家诸公子正与众侍女谈笑，便于边门前坐下，道："此处我常来走动，却很少见到诸位，我常感觉老了似的，往后定常来亲近亲近。你们不会嫌我不合时宜吧？"说罢便瞟了瞟几位侄子。一侍女道："今日开始常来于此，年岁会减呢！"众人信口谈笑，倒也有趣。他并无特别之事前来此处，仅与侍女们胡乱闲聊些，但也感惬意，于是坐了很久。

  大公主来到母后处。母后问道："薰大将曾到你那里去过吗？"大公主侍女大纳言君忙答道："薰大将来找过小宰相君。"母后道："他一向沉稳，怎会找侍女谈话呢？小宰相君聪明伶俐，倒可放心。"她与薰大将虽是姐弟，但素来慎重客气，因此亦要侍女们不可太随便了。大纳言君又道："小宰相君深得薰大将喜欢，他常去她闺房叙谈，直至深夜，恐二人关系实不一般吧？而小宰相君呢，对匂亲王却很无情，说他待人轻薄，连信亦不给他回。"说罢便笑了起来。明石皇后亦跟着笑了，道："小宰相君确实聪明伶俐，匂亲王的浮薄本性尚未瞒过她。匂亲王那品性应好好改一改。说来令人遗憾，连这里侍女们都讥笑他。"大纳言君又道："我还听得一件怪事呢：最近薰大将那个死了的女子，原是匂亲王夫人的妹妹。或许不是同母所生吧。还有一前常陆守之妻，据说为此女叔母或母亲，不知到底怎么回事。此女子住于宇治，匂亲王与她私通。薰大将闻讯后，便决定即刻迎她入京，并添派守夜人，严加戒备。匂亲王又悄悄前去，未能进山庄，仅于马上与一侍女谈了片刻便回来了，此女子亦钟情匂亲王，不料一日却忽然失踪。听乳母说是舍身赴水了，众人甚是伤心呢。"明石皇后听后，暗暗吃惊，道："真是荒唐！此等话乱说得的么？如此闻所未闻之事，世间自有人传言。为何不曾听得薰大将谈及？他仅叹人世无常，甚是惋惜宇治八亲王家人薄命。"大纳言君亦道："下仆所言虽不足信，但此言乃一宇治山中的女童道出。那日她到小宰相君娘家，千真万确谈过此事。她还道：'小姐之死，千万不可泄漏出去。此事发生得太离奇，定要有所遮掩。'也许是宇治那边并未将详情俱告于薰大将吧。"明石皇后甚为焦虑，道："你且去告知那女童，万不可再讲与外人！匂亲王任性放浪，定遭世人非议啊！"

  不久，大公主果真写信与二公主了。薰大将见了，颇觉笔迹优秀出众，心中甚是欣喜，竟后悔未能早些促成通信，错过了许多赏看的机会！明石皇后亦将众多上等图画赠与二公主。而薰大将亦暗暗弄到了好些精品，遣人送与大公主。内中有幅描绘了《芹川大将物语》中的情景：远君相恋大公主[1]，秋后一黄昏，难耐心中思念，便来到了大公主房中。画面精彩无比。薰大将看后，颇觉远君便是自己了，便想道："心中的大公主若能如画中一样，该有多好啊！"不由得感慨命运，便赋诗道：

　　"芦荻凝露秋风拂，
　　长暮不堪相思苦。"

本想于那幅美妙的画上，题写此诗，一并与大公主送去，却又顾忌会惹来诸多烦恼，觉得还是将种种欲念封存心中为好。一番柔肠寸断、思虑彷徨之后，凄然怀念起死去的宇治大女公子，想道："倘她仍活着，我断然不会对别的女子有半点非分之想。皇上闻知，也不会以公主相赐。哎！还是这'宇治桥姬'[2]，以致我何等忧伤烦恼！"这般愁思苦想，又勾起对匀亲王夫人的思念，不禁爱恨交加。恨自己真是愚蠢透顶，当初竟将此人让与了匀亲王！如今后悔已晚矣。此时，他眼前又浮现出秘密逝去的浮舟来。她极为幼稚，不晓世事，自轻丧生，也实在愚笨。然则忆起右近所述浮舟忧愁苦闷的情形及闻知自己变心后愧疚不已，时常悲伤哭泣的模样，又甚是怜悯，心想道："我只当她为可爱专一的情人，原本无意正式娶她为妻的。如今看来，怨不得匀亲王和浮舟，而是我办事不周所致。"他时时这般自怨自艾。

　　薰大将平常气度轩昂，神情端详，但对于恋爱之事，也时常忧心愁苦。那轻薄之人匀亲王，自浮舟死后，更是整日哀怨，无人稍可慰藉，也没有一人与他诉说对浮舟的哀情。唯其夫人二女公子，偶尔叹息一声"可怜"。但她与浮舟为异母妹，且近来才得相认，并非从小在一起，两人感情不甚深厚。那匀亲王也不便在妻子面前随意说起浮舟。再说自宇治山庄的侍女们确认浮舟投水自尽后，便相继离散归家了，最终眷恋旧情、留守在那里的，只有乳母、右近和侍从三人。这侍从原本与浮舟不甚亲近，但也暂且留下，陪伴乳母和右近。先前，在这偏僻之处，唯有宇治川的水声，可以带来一点希望，聊以自慰，而如今望见这川水，竟也让人觉得凄凉可怕了。最后，侍从也离开宇治，居于京都之中一颇为简陋之所。匀亲王思念死去的浮舟，便打算接她到二条院，遣人找到她道："请你到二条

【1】此处大公主为《芹川大将物语》中的人物，此物语现已失传。
【2】以宇治桥的女神比拟大女公子。

院来，如何？"然这侍从顾虑二条院与旧主人浮舟的复杂关系，为免听到非议，便婉言谢绝了匂亲王的好意，表示愿去明石皇后处做侍女。匂亲王道："到得那里也好，我也可随时差使你的。"侍从心想，进入宫中，便不再寂寞无依了，遂找人说情，做了明石皇后的宫女。别的宫女虽觉侍从出身低微，但见其相貌周正，人品亦好，自然不再鄙视她，彼此相处和睦。薰大将也常来这里，每每见到，便引得侍从无限感伤。先前她曾听说，宫中千金小姐高雅娇贵。如今她留心察看，竟觉无一比得上她的旧主人浮舟。

话说已逝的式部卿亲王，其前妻留下个女儿。亲王今春一死，现在的亲王夫人，对这女儿极感厌恶。亲王夫人有个叫右马头的兄长，此人不足挂齿，却私下看中了这女儿。这荒唐的后母，竟让女儿受屈，将她嫁与其兄。明石皇后闻之，甚为惋惜，道："这女子真命苦呵！昔日她父亲何等疼爱，如今却落得如此地步。"这女儿忧戚愁叹不止。她那做侍从的哥哥见皇后既然如此怜惜……便将妹妹送进宫中，与大公主做伴，很得众人尊敬。依照其身份，大公主为她取名宫君，她除了穿一条侍女用的短裙外，不穿侍女服饰，虽则如此，但也实甚委屈。匂亲王闻知后，心想："眼下相貌可与浮舟相比的，怕是只有这宫君了，她毕竟是八亲王兄弟之女。"于是爱慕之心又生，时刻都想看见她。宫君做了宫女之事，为薰大将闻得，他不禁想道："真是岂有此理！前不久她父亲曾想让她做太子妃，也曾表示欲嫁与我的，世事难料啊！遭遇此种变迁，倒不如投身水底为好。"甚是同情宫君。

明石皇后暂居六条院，与宫中相比，众侍女均认为更加敞亮，舒适有趣。因此便跟来许多侍女，往日的空房也住满了人。连回廊与厨房等处，也挤得满满的，倒也十分快活自在。夕雾左大臣的威势与当年源氏相比，毫不逊色，万事皆至善至美。源氏家族较先前更为繁荣，排场也愈加阔绰别致。在皇后居于六条院期间，匂亲王若是本性依旧，定会惹出诸多风月之事来。但近期他颇为安分，以致众人均以为他改掉劣习。孰料自看见宫君，他那旧病便又犯了，时时动起心思来。

秋日渐凉，明石皇后准备回宫了。年轻侍女们依恋不舍，纷纷向皇后请求："正值迷人金秋，红叶正艳，不可错过呢！"于是日日临院观景，临水赏月，管弦妙曲绕耳，那场面热闹非凡，胜似往常。匂亲王对乐曲颇有几分兴致，便时时参与弹奏。其容貌秀丽，虽朝夕见惯，仍觉若初开之花。薰大将则来往其少，因其威严肃整，众侍女皆望而生畏。二人同来探视皇后时，侍从由屏后窥望，心想："这二人，都为我家小姐所爱慕。倘小姐在世，该享受多好的荣福啊！却突然间寻了短见，真是太可惜了！"她从不提及宇治发生的事，心里却痛惜不已。匀亲王向母后禀告宫中之事时，薰大将只得告退。侍从想道："切勿让此人发现我。小姐周年忌辰尚未满，我却离开了宇治，他定会怪罪的。"遂躲避起来。

　　在东面的走廊处，薰大将看见许多侍女正在开着的门边低声谈话，便对她们道："你们可曾知道，我是最可亲近之人呢！我虽为男子，却比女人值得信赖，也能教与你们应懂得的事。我的心情，你们定会慢慢知晓的。"众侍女皆缄默不语。其中有一侍女唤作弁姐的，年事较长，颇谙世故，答道："对于并不亲密之人，总是不便亲近的。不过世间凡事都有例外，比如我，便不是那可以随意见你的可亲近之人。但我们这些身为侍女的，若装着怕羞躲避你，未免太好笑了吧！"薰大将道："你如此确信，在我面前不怕羞，我又觉得有些可惜了。"他朝里间瞧了瞧，但见一旁堆着换下的唐装，想必那人正纵情挥笔。砚盖中装着些小花枝，看来是供玩耍的。帷屏后躲着几个侍女，还有几个转过身往门外张望，头发尽皆乌黑美丽。薰大将顺手移过笔墨，题诗一首：

　　　"宿卧败酱花荫下，
　　　玉洁不留好色名。[1]
为何如此担心呢？"便递给了纸隔扇后面坐着的那个侍女。她背向着他，并不转过身来，唯专心地写道：

　　　"败酱不似寻常花，
　　　经霜沐露不留痕。"
其笔迹虽不甚工整，却自有一番趣味，颇有可观之处。他不认识此人，料想此人本欲上皇后殿中，被他挡了路，便暂时躲避于此。弁姐也看了薰大将的诗，道："这诗老气横秋，无甚趣味！"便赠诗道：

　　　"适逢鲜花茂盛时，
　　　试宿花荫心乱否？
便可确定好色与否。"薰大将答诗道：

　　　"承君留我伴一宿，
　　　即是闲花志不移。"

---

　　[1] 古歌："遍地败酱花，伴花宿荫下。时人讥好色，漫把恶名加。"这首诗用败酱花比喻众女侍。

弁姐看罢，道："何故如此相辱？我是说于荒郊原野中野宿，并非我等欲留你。"薰大将只得说了些无关的话，众人倒想他再往下说。然他准备离去，道："我这般挡住你们，未免过分。也罢，我不再拦住你们了。看你们今日躲躲闪闪的，想必另有原因吧？"说完起身告辞了。

来到宅院东边，薰大将凭栏眺望庭院，欣赏夕阳中次第竞芳的秋花，心中甚是伤感，不由低声吟咏起白居易的诗句来：

"大抵四时心总苦，

　就中肠断是秋天。"

忽闻有女子裙衫曳动之声，定是方才那背身吟诗之人。她穿过正殿，向前走去。其时匂亲王走过来，问侍女们："适才过去那人是谁？"一侍女答道："是大公主的侍女中将君。"薰大将想道："这侍女亦太冒失了，岂能轻易告诉心存非分之念的男子！"他深感遗憾，但见侍女皆喜欢匂亲王，又顿生妒意。心想："许是匂亲王神情威严，那些侍女才不得不如此。我为匂亲王的轻狂暗自妒恨忧愁，吃尽了苦头。这些侍女中，定有他所倾心爱恋、品貌出众的女子。我何不设法夺取过来，也让他知道我现在的感受？我敢断定，真正聪慧的女子，决不会拒绝我的。但这种侍女又有几人呢？想想那二女公子，常嫌匂亲王的行为不合本分，又担心我和她的恋情被世人知晓而妄加议论，故只能隐秘，然而始终不曾放弃对我的爱恋。二女公子能有如此见识，堪称世所罕见。然而这些侍女，与我向来疏远，其中能否有这种人，那就无从得知了。近日不堪寂寞，夜不能寐。何不轻狂一下？"他这想法实在有失身份。

于是，薰大将又如前日一般，特意去了大公主的西廊，这纯属无聊。夜里，大公主到明石皇后那里去了，侍女们皆随意聚在廊前，闲谈观月，甚是惬意。其中有一侍女正在弹筝，琴技娴熟，声声悦耳。薰大将无声无息地走近，竟无人知晓，但闻："'故故将纤手'，[1]弹奏得如此美妙！"众人大为诧异，来不及将揭起的帘子放下，一人起身答道："'气调'相似的兄弟，[2]不在此地！"辨

【1】唐代张文成所作《游仙窟》中句子："故故将纤手，时时弄小弦。耳闻犹气绝，眼见若为怜。"

【2】同为《游仙窟》中句子。原句为"容貌似舅，潘安仁之外甥；气调如兄，崔季珪之小妹。"中将君引典故之意是说，你要看大公主，可去看匂亲王，他们是姐弟，不过他不在这里。薰大将引典故之意是说，我是大公主的母舅，不妨亲见大公主。

其声音，知此人便是中将君。薰大将仍以《游仙窟》中典故相答道："我是'容貌'相似的母舅呢！"得知大公主不在，他已毫无兴致，便问道："公主时常前去那边，这省亲期间她还忙些什么呢？"侍女答道："公主无论在何地，都无须做事，唯寻常度日罢了。"薰大将想到大公主高贵的身份，止不住一声叹息。但只得强忍情绪，接过侍女的和琴，未及调弦，便一阵弹拨，倒也合律合调，与这秋日的景象匹配，真是绝妙动人。忽然琴声戛然而止，沉迷其间的侍女，皆大为叹息。此刻薰大将心事满腹，正寻思道："我母亲与大公主的身份相当，唯一不同乃大公主为皇后所生。但各自受父皇宠爱却完全一样。为何这大公主偏偏更优越呢？许是皇后出生之地明石浦，乃风水宝地吧！"又想："今生能娶得二公主，已是莫大幸运，然若获得大公主之爱，那真是完满之至！"这亦未免太狂妄了。

再说，那已故式部卿亲王之女宫君，在公主西殿也有她的居所。其时诸多年轻侍女，皆在那里赏月。薰大将叹道："此女甚是可怜！她本与大公主同是皇家血统呢，岂知如今……"回想昔年式部卿亲王曾有心将其许配与他，或许与此人还有些缘分吧，遂向那里走去。只见两三个身着值宿制服、相貌姣好的女童在外面闲走。一见薰大将过来，忙避入室内，其娇羞之态甚为可爱。但薰大将却不以为然。他向南行至一隅，有意咳嗽几声，便出来一年事稍长的侍女。薰大将道："宫君的遭遇实令人怜惜，我欲向她表达，却又怕这些常用之言，让人觉得虚假应付，因而正欲'另寻言词'[1]呢。"那侍女并无去报告宫君之意，颇自以为是地答道："小姐虽遭此不幸，然忆起亲王生前的娇宠以及大人的怜爱同情，定将不胜欣慰。"薰大将听罢这泛泛之语，甚为扫兴，厌恶顿生，道："宫君与我也算兄妹，具有同族之谊，如今遭此曲折，我理应关怀备至。今后无论何事，但请嘱咐，定当效劳。若像今日叫人传言，避舍三分，岂不是有意拒绝我么？"侍女也觉得有些失礼，便竭力劝说宫君出来相见。宫君于帘内答道："如今我伶仃无依，'苍松亦已非故人'[2]了。承蒙念惜往日情谊，不胜感激。"此为亲口对答，非侍女传言，其声甚是娇柔，极蕴优雅之趣。薰大将想道："她若为此处一平常宫女，倒是很有趣味。可惜身为亲王家的女公子，今境遇改变，不得顾惜身

---

[1]《古今和歌六帖》古歌："特地钟情汝，专心誓不移。相思字太俗，另外觅新词。"

[2]《古今和歌集》古歌："谁与话当年？亲友尽凋零。苍松虽高寿，亦已非故人。"

份,竟要直接与人通话。"颇生怜惜之情。他又猜想,宫君定然美貌无比,很想见上一面。忽念匀亲王为此女煞费心思,暗中好笑。薰大将喟叹世间称心如意的女子不易多得,便想道:"身份高贵优越的亲王,抚育出宫君这样的大家闺秀,并不足怪。最令人向往的,还是成长于高僧般枯寂的八亲王家的女子。宇治山庄荒凉偏僻,且家道中落,女儿却个个美玉无瑕,即使那众人皆视为命苦志弱的浮舟,与其面晤时,亦觉优雅清丽,可爱无比!"他无时不牵挂着宇治一族。不觉暮色苍茫,她们的不幸因缘历历浮现眼前,令他伤感万分。此时,诸多蜉蝣乱飞于幽暗之中,隐约可辨,便赋诗道:

"但见蜉蝣未可及,

　隐隐不知何处去。[1]

万事亦皆如这蜉蝣一般,'似有亦如无'[2]了吧?"

【1】本回题名据此诗。
【2】《后撰集》古歌:"蚍蜉生即死,似有亦如无。世事皆如此,莫谈荣与枯。"

THE TALE OF GENJI

VOLUME 54
第 五十四 回
习 字

且说比睿山横川附近，有一道行深厚的僧都。他那八十余岁的老母及年近五十的妹妹，皆为尼僧。母女俩早年曾许有心愿，因此，此时要去初濑的观世音菩萨处还愿。于是僧都吩咐他的得意门徒阿阇梨随同前去，置办佛经供养等事宜。这母亲与妹妹，在初濑做完功德佛事后，返回途中，行至奈良坂山时，母亲不幸染病。年老得病，如何方能平安抵家？众人无不忧心忡忡。幸好在宇治地方，寻得一熟识的人家，便于那儿借宿暂住。然而，老尼僧休养一日后，病势仍不见好转，只好差人至横川告知僧都。此时，僧都正闭居山中，潜心修道。他曾立下重誓，不再下山。然想到母亲年事高危，倘真病死途中，如何是好？便匆忙下山，到宇治探望。虽人老终不免一死，礼仪却不可偏废。僧都便与几个弟子，为祈祷母亲康泰之事而紧张忙乱起来。此家主人知道有人病危，说道："我们近日正在斋戒，将去吉野御岳进香。如今这般年老病重的人在此，倘有个三长两短，如何是好呢？"他深恐人死家中，斋戒晦气。僧都亦觉实在对不住，且他本嫌恶此地狭窄肮脏，便欲带老母回家。孰知此时方位不吉，不宜行路。思忖良久，忽忆起附近有一处宇治院落，是已故朱雀院的田产，那儿的守院人与他是故交，便派人前去，要求借宿几日。使者很快回来报告道："守院人全家，前往初濑进香去了。"他带来一位形貌古怪的看家老人。那老人告诉他们道："若是要住，就请早些吧，院中正屋都空着呢。否则，进香的人常常来此投宿的。"僧都一听，甚是高兴，答道："这样甚好。虽是皇家产物，然并无人居住，想是很不错的。"便先遣人去看视。因平素常有人来投宿，那老头亦习惯于应酬，陈设稍微简陋，料理亦颇为整洁。

僧都及其随从到得宇治院落，四下环顾，只觉荒凉阴森，倍感恐怖。忙催促几位法师吟诵经文，禳灾驱邪。陪同去初濑进香的阿阇梨与同行诸僧人，想明白此地是怎样一个所在，便点起一盏灯，叫一下级僧侣擎着，走在前面。一行人便往正房后面荒僻之处行去。到得那里，只见林茂草丰，蓊郁中透出阴森，不觉凉意直透脊背。再向林中深处望去，见地上一眩白色之物，不甚分明。众人好奇，便将灯火拨亮了些，走近细看，却像一物呆坐着。一僧人道："定是狐狸精化成的吧？可恶的东西，将它逼出原形来！"渐渐向它靠近。另一僧人道："不要靠得太近，恐是个魔鬼呢！"于是，便作起降伏妖魔的符印来，眼睛盯着那怪物，一动不动。众人惊悸不已，幸好是秃头和尚，不然真会毛发直立呢！倒是擎着灯火的那和尚毫无惧意，径直逼拢了去。只见那东西长发柔和油亮，正俯在一株古老的大树根上低声啜泣。众人惊讶不已,说道:"这倒是奇了,还是去请僧都来吧!"遂去见僧都,并将所见情形一一告知。僧都亦觉稀奇,说道:"狐狸精幻化人形,往昔只听说而已,倒未真见过。"说罢,便召来四五随从,同他前去看个究竟。到了那里,见那怪物仍如僧人刚才所言之状,并未变化。他不由得疑惑起来,然又不敢走近,只好站于一侧守望,企望天明时,能看得清楚。又默默念起降伏妖魔的咒语。过了好一阵,他似乎已看明白,说道:"那是个女子,并非什么妖孽。许是被人抛弃的死者,后又苏醒过来,过去问问她吧。"一僧人疑惑地说道:"即便如此,孤身女子怎会到这院子里来呢?怕是被什么妖怪骗了,带到此处来的。这对病人不吉利吧?"僧都唤那个护院老人来,问个究竟。寂夜中声音回荡,更增恐怖。那老头装扮亦不得体,帽沿搭在脑后,从里屋出来。僧人问他道:"此处可否住有年轻女子?"便将那女子指与他看。老头答道:"又是狐狸精在作怪,这林子里常闹妖怪。前年秋,住在这里的一家不满两岁的孩子,被狐狸精掳了去。我寻到这里时,那精怪竟像无事一般呢!"僧人问:"那孩子呢,可否死了?""倒没有死。那精怪不会伤人,不过吓吓人罢了。"他毫不经意地叙说,似已习以为常。众僧说道:"那么,这女子恐亦是狐狸精作弄的吧?还得好好看看。"于是,便叫那掌灯的僧人走近去询问。那僧人上前喝道:"你究竟是人是妖?大名鼎鼎的高僧在此,你藏得何处去?还不快快如实道来!"良久不见动静,便去扯她衣服。那女子忙用衣袖遮脸,哭得更伤心了。僧人又道:"喂!可恶的妖怪,看你能藏到哪里去!"他极想弄清这女子的面容。忽又想到以前比睿山文殊楼中那个面目狰狞的女鬼[1]来,不免踌躇惧怕。见众人皆注视着他,便欲逞强剥她的衣服。那女子顿时伏倒在地,号啕大哭起来。僧人道:"想不到世间会有此等怪事!"便要弄个明白。此时落起大雨来,其中一人道:"倘若不管她,让她独自待在雨中,肯定活不了。暂且将她挪到墙脚去吧!"僧都此时开口说道:"我看她实乃一真人。若是这样,眼看一个活着的女子,抛弃在此不施救助,实乃罪过。便是水中鱼、山间鹿,眼看遭遇险境、命在旦夕而不尽力相救,恐也难容我佛。生命短暂,即或一二日,应当万分珍惜。便为鬼魂摄住,或者遭人遗弃,或者被人诱骗,处于危险之地,总归是不幸的,此类人当蒙我佛之助。且给她喂些

【1】据《河海抄》说。此故事载于绘画物语《朱盘》,现已失传。

热汤看看，若竭尽了全力而救治不活，也就罢了。"便吩咐众人，将那女子抱进屋里。弟子中有人异议道："恐有不妥吧！此处正有患病垂危之人，将此等怪物送了去，岂更不吉利呢？"亦有人说道："且不论她是否鬼怪幻化，所见毕竟乃一活人，岂能就此见死不救，未免不忍吧！"众人莫衷一是。僧都亦顾不得许多，便将那女子置于一僻静隐蔽处，以免众仆役看见。

老尼僧被迁移至宇治院暂住，不料下车时，病势更转恶劣。众人忧虑不堪，慌忙救治。僧都等到母亲病势稍缓，便问徒弟道："适才那女子，如今情势如何？"徒弟回道："一直昏昏啼哭，想必为妖孽之气迷住了。"僧都之妹听得此话，忙问出了何事。僧都便将发现那女子之事俱告于她。孰知此妹尼僧，顿时哭泣起来，说道："我曾在初濑寺中做得一梦呢，这个人生得怎样？快带我看看！"弟子道："就在边门旁呢。"妹尼僧立刻前去，见那女子，孤零零躺卧在那里，顿生怜悯之心。然见她年纪尚轻，模样倒也端正，上身白绫衣衫，着一条红裙。虽凌乱不堪，湿迹斑斑，然身上衣香淡淡犹存，气质亦甚高雅。妹尼僧细细端详了一会儿，不禁悲喜交加，失声叫道："这正是我日夜悲悼思念的女儿回来了！"她啼泣不止，招呼侍女，将那女子抱进内室。众侍女不曾见到此女子在林中的情形，故并无惧意，无所顾忌地抱了她进去。那女子虽极为衰弱，尚能勉强睁开眼来。妹尼僧对她说道："你倒说话呀！你究竟为谁？为何一人来到此地？"然她似乎毫无知觉。妹尼僧又拿些热汤，亲自相喂，仍是气息奄奄，昏迷不语。妹尼僧想道："如今既已认领她，若是死了，岂不更添我的悲伤么？"她唤来阿阇梨，吩咐道："她恐怕不行了，你快快替她祈祷吧！""何必徒劳呢？这女子无可救治了。"阿阇梨不以为然。然终未能拗过妹尼僧，只得向诸神诵读般若心经，祈祷不止。僧都过来看望，问道："究竟为何物所祟呢？且待镇服了妖孽，弄个明白！"众人见那女子仍无反应，昏昏如故，不免纷纷议论起来："这女子恐活不了，没料到被这种不祥之事纠缠于此，实在晦气。然这人看来颇为高贵，即便死了，也不可随便弃于此地，真让人着急！"妹尼僧忙打断他们道："小声些！勿得传出去，否则会惹出麻烦的。"她怜爱此女子，极想挽救她，故竭心尽力照料守护，比对那患病的老母更细心体贴。此女子虽身份不明，然她那美丽凄楚的模样，亦获得众侍女的同情，纷纷悉心呵护，望她醒过来。她偶尔睁开眼睛，那清泪一味涌出。妹尼僧见了，说道："真可怜啊！你定为菩萨引导来此，替代我那失去的爱女的。若就此死去，更添我心中伤悲了！怕是有得凤缘，才能与你偶逢于此。请你对我说一句话吧！"那女子伤心哭道："我如今也是毫无用处的人了，便是能活下去，也会给你徒增负担，不为外人得见。还是将我扔进河里去吧！"她声音轻若游丝，妹尼僧好不容易才听清楚。见她说出此话，妹尼僧悲切地说道："你好不容易方能言语，我正欣喜呢，为何说出此等不中听之言？何至于要这般凄绝呢？我又怎能如此做呢？你到底为何来到此地的？"那女子只是闭口不言。妹尼僧回味她刚才话中意思，只得猜疑：莫非此人身有无可告人之缺憾，才如此绝望？然细心察看，见并无异状，心中顿又生疑：果真是迷惑人的精怪么？

却说僧都等人，笼闭于宇治院两日，专心替母尼僧与这女子吟诵经文，祈盼平安。然而，众人纷纷议论这件怪事，心中疑虑更甚。附近的乡人，有几位曾听差于僧都处，听说僧都在此，便赶来诉旧问候，言谈中提及道："原意欲嫁与薰大将的八亲王的女公子，最近不知因何忽然亡故。我们几个前去帮办丧事，故未能及时前来拜谒，尚望见谅。"众人听了，甚是诧异。妹尼僧暗想："这女子莫不是那女公子的灵魂所化？"她愈想愈觉不安，心中顿生恐惧。众侍女亦道："昨晚我们望见火光，可能是火葬吧。仪式倒似极为简朴呢。"乡人答道："也是，他们有意办得简单，不愿过分铺排张扬。"几位乡人因刚历经丧事，身染不吉之气，所以未进内室，只在外面寒暄几句，便离去了。侍女们说道："听说，八亲王家大女公子为薰大将所爱，然大女公子已死多年。适才所说的女公子，又为谁呢？薰大将已娶得二公主，难道还有别的女子么？"

不觉几日，僧都母亲病体痊愈，行期亦利。众人觉得久留于此等荒僻之地实在枯燥，便预备返回。侍女们说道："那女子身子尚未恢复，路途之中，真叫人担心啊！"只得置备两辆车，派两位尼僧服侍老人。让那女子躺在妹尼僧所乘的车子中，由一侍女看护。一路上，车辆缓走慢行，不时停下来给那女子喂汤药。此去离目的地比睿山西坂本的小野，路途尚且遥远。本该途中休息一宿，结果兼程赶路，深夜时分方才到达。僧都照护其母，那不明身份的女子由妹尼僧照料。母尼僧素来有旧疾，经过一路长途颠簸，又犯病几日，经僧都悉心照料方才痊愈。

僧都恐外人知晓他带了位年轻貌美的女子回来，于他身份不利。故凡未曾亲见此事的弟子，皆不让知晓；即便知道的，亦是严加告诫。妹尼僧亦吩咐众人不得外传，她深爱此女，唯恐有人来寻了去。她常想，如此一位娇贵的女公子，怎会落魄潦倒至此乡野之地呢？她又猜测，恐是进山上香的途中得病，被后母偷偷遗弃于那里的。尽管猜测种种，然终无法明确。此女子仅有一句"还是将我扔进川中吧"外，别无他言。因此，妹尼僧日夜照顾，盼她早些恢复健康。然此女子数日来，仍是沉迷不醒，毫无生气。妹尼僧到此亦不得不怀疑，或许此女子再无生望了。虽如此认为，仍是尽心尽力看顾。她将在初濑寺所做的那个梦，说与人听，并请曾为她祈祷的阿阇梨暗暗替她焚芥子[1]。

  妹尼僧继续照料此女子，然四五月后，仍不见好转。她万分苦恼，只得长书一封，派人送到山上，向僧都求救。信中说道："欲请兄长下山，救治此女子。既然时至今日，她尚未断气，想来不会丧命，必是鬼魂死死纠缠。尚望兄长慈悲为怀，普度众生！倘求你进宫，你定不允，然到此山居来总可吧？"情真意切，颇使人动情。僧都回书道："此女性命能拖延至今，实乃我佛庇佑，倘若当日弃之不顾，实乃我佛耻辱，罪过不浅啊！此次与她邂逅，定是缘分至此吧，我定当前来，竭力救助。倘救治无功，只能怨她命该如此了！"他很快下得山来。妹尼僧欣喜不已，再三拜谢，并将那女子数月来诸情状一一相告。她说道："患病日久，定然神情憔悴、形容枯槁的。而此女子除昏迷不醒外，姿色仍未稍减，容貌亦未改变，依旧清秀动人。我时常以为，她即刻便要咽气，可一晃数月，仍然活着。"她颇为激动，说时泪眼蒙眬。僧都听后，不由感慨道："我初见到她时，便觉其容貌非出一般！且让我再去看看。"便过去探视了一下，说道："此人确实容貌卓越非凡，非前世功德，哪能如此秀美不俗呢？或许是罪孽报应而遭此厄变吧！不知你听得什么消息？"妹尼僧答道："尚未听到。不过，她定是观音菩萨赐予我的。"僧都道："大概是某种因缘，才使菩萨垂怜于你，恩赐你如此一绝色女子。若不是这样，怎能有此等福分呢？"他以为此事怪异，替她禳灾驱邪，祈佛保佑不止。

  此僧都常年隐遁山中，即使朝廷召唤，亦不愿受召。不想此次，为一红尘女子而轻易出山，倘为外人得知，不知又要如何大肆渲染了。他曾想过，弟子亦曾告知他，故祈祷仪式进行得极为隐秘。他对众徒弟说道："勿四处张扬！我虽屡犯佛门清规，然决不会在'情、色、欲'三字上犯错。如今我已年届花甲，即便难逃讥议，那亦为命中之数了。"众弟子答道："若有小人谣言，实乃亵渎我佛，定遭天谴。"僧都又立下种种誓言，说道："此次若还不奏效，决不甘休！"他通夜

【1】佛教密宗的做法，祈祷时焚芥子做祈祷。

合掌礼佛祈祷，直至天亮，定要把那鬼魂移至巫婆身上，然后叫它说出是何方妖孽，为何如此祟人。且让弟子阿阇梨来齐力拜佛念咒。于是几月来不曾显现的鬼魂，终被众人制服。那鬼魂借巫婆之口，大声嚷道："放我走吧！先前我在世上，亦为有道行的法师。仅因饮恨离世，久久彷徨于冥府之途，无法超生。此间我住在宇治山庄，前年已摄取一人生魂[1]。如今此女子心怀绝念，终日徘徊在求死路上，我见她完全厌倦了尘世，方于一漆黑之夜，提得她来。然我万未料到，竟有观世音菩萨护卫着她，使我未能遂愿，以致为僧都制服。"僧都问道："你为何名？"定是巫婆害怕之故，仅含糊不清说出几个字来。

不久，鬼魂散去，此女子顿然清醒了许多。她非别人，正是那出走宇治山庄、欲含恨投身宇治川的浮舟。此时，她睁眼环视周围，见皆为衰老丑陋、并不识得的僧尼等人，仿佛置身于一遥远的天国，心中甚觉茫然。她竭力回忆，然究竟住于何处、本为何名，亦不甚记得清楚，更不必说清晰鲜明的过去了。她仅记得的是，自己不愿存活于此世，欲投河赴死。此处究系何地呢？她思索再三，亦慢慢记得："一日晚，我痛惜命运悲苦，人世黯淡，便趁众侍女熟睡后，悄悄溜出了边门。那时夜风凄厉，河水猛涨。我孤身一人，毛骨悚然，顾不得前后，一味沿了廊檐行进。夜黑迷离，方向难辨，欲回去亦不得，朝前行又不可。急得喊道：'我要去死！我要去死！鬼怪们，请快来将我吃了吧！'昏迷中，便见一眉目清秀的男子过来，或许是匂亲王吧，对我说道：'跟我去吧！'我似觉得被他抱起，此后便渐渐迷糊过去。后来，他将我放于一不知名的地方，便消失了。没想到求生不得，求死亦如此艰难，便十分悲伤，哭个不停。她哭着哭着昏了过去，什么亦记不得了。如今，听此处的人说起，我在此地已待了许多日子。这些陌生人日夜照料，我种种丑模样，岂不尽为他们看见？"甚觉难为情。想到自己求死未成，又弄出许多事来，愈是黯然神伤，情绪更为低落。往日昏迷中，亦知吃些东西，如今清醒后，竟连汤药亦不肯喝了。妹尼僧见她如此坚决，急得泪流满面，央求她道："久病若此，眼下热才退尽，心情也显爽朗了，我见了满心替你高兴呢，不想你却又如此。"她更加悉心守护。家中其他人亦因此女子的尊贵美貌而倍加怜爱。浮舟心中虽然仍欲求死，然见众人如此关怀，便逐日进食，渐渐能

【1】指大女公子，下文"如今此女子"即是浮舟。

起坐了。大概因病痛折磨之故，只是面庞比先前消瘦了些。妹尼僧欣喜不已，时常默默祝愿她早日康复。一日，她竟然对妹尼僧要求道："为我削发受戒吧！否则，我不愿存留人世了。"妹尼僧说道："如此秀丽的容貌，怎舍得让你出家，与青灯古佛做伴呢？"然终拗她不过，只得将她头上秀发略微剪掉几根，算给她受了五戒。然她心中仍不满意，但因其性情温顺，故亦不便一味请求，只得权且如此。僧都见浮舟已完全好转，便对妹尼僧说道："看来，她的身体已无大碍，只须日后将息调养，求其身心痊愈即可。"便告辞回山去了。

却说这妹尼僧，得到一位这般美丽的女子，恍如梦里一般，一面感激菩萨恩赐，一面喜滋滋为浮舟梳理头发。浮舟病中，全未顾及头发，仅将它束好自然盘着，如今解散开来，依然亮丽柔顺。此处"芳龄九十九"[1]的老尼甚多，她们看着姣美艳丽的浮舟，只觉是自天而降的仙女，生怕随时都会凌空飞走呢！众人对她劝道："为何如此闷闷不乐呢？我们皆颇疼爱你，何不肯亲近我们呢？你是何人？家住何方？怎又来到了此地呢？"一一盘问她。浮舟深以为耻，不便如实相告，只得掩饰道："大概是我昏迷日久，终将一切忘了吧。以前所有旧事，我都记不得了。模模糊糊只记得，曾经欲弃世而去，每日傍晚便到檐前沉思。一日晚上，一人突然从庭前大树背后走出，将我引走了。此外，连我为何人，也记不起来了。"她说时神情黯然，令人心生叹惜，遂又言道："千万不可让外人得知，我尚在人世，若为传扬出去，会添得许多事情。"说完便呜咽起来。妹尼僧亦觉如此追问，会使她更伤心，便就此作罢。妹尼僧疼爱此女子，甚于竹取翁之于赫映姬[2]。故她时常担心，怕浮舟化作轻烟遁去，消逝无踪。

母夫人尼僧，德行高尚。其女妹尼僧，夫婿曾是一位高贵官人，后来不幸逝去，膝下仅有一女，甚为疼爱。夫死之后，她招赘了位贵公子为婿，全心照料二人。孰知那女儿又逢不幸，她悲恸欲绝，便削发为尼，遁入空门，于此山之中度送残生。孤寂生涯之中，常常忆念亡女，忧愁哀叹不止，极欲寻找一酷似女儿之人，以慰思念之情。此次，居然得到这位，其模样姿态，比她女儿更出色优秀。

【1】《伊势物语》古歌："有女爱慕我，我见其白首。百年缺一岁，芳龄九十九。"乃是夸张言其老。

【2】"赫映姬"为传说中的人物乃月亮上诞生后落入凡间的美丽女孩。传说一位伐竹翁在竹心中取得一个漂亮的小姑娘，遂带回家悉心抚养，3个月后她便长大成人，取名"细竹赫映姬"。

影响人类文明进程的文化与科学巨著

她虽疑惑是在梦中，然仍难抑心中欣喜。妹尼僧虽日渐添老，却依然容姿清丽，举止态度亦颇为优雅。她们居于小野，比浮舟先前的宇治山庄好很多。房屋建造别致，庭前树木翁郁葱茏，处处花草艳丽动人，水声淙淙，自有无限情趣。

　　时至秋季。景色明丽，天空清寂，令人感慨万端。近处田庄中有许多年轻女子，正忙着收割稻子，她们沿袭乡约旧俗，放声歌唱，舒畅欢娱。驱鸟板的鸣声别具情趣，让浮舟回想起昔时常陆的情形。此地山高谷深，比夕雾左大臣家落叶公主的母亲所居山乡尤甚。那些松树劲拔苍翠，山风袭来，松涛阵阵，似有千军万马隐藏其中，细听又觉无限凄凉。浮舟整日闲着，唯有诵经念佛，寂然度日。月明星稀之夜，妹尼僧便常与一名叫少将的小尼僧，合奏弦乐。妹尼僧弹琴，小尼僧则弹琵琶。妹尼僧对浮舟道："你也该来弄弄，没事时以此消遣也好。"浮舟暗想："我命运不济，从未有过抚弦弄管的福分，以致自幼年到成年，向来不懂风雅意趣，可怜之至！"她每每见到这些年长的妇人，吹箫鼓瑟玩弄丝竹以遣寂寞，总是感慨无限，觉得自己此身孤寂无趣，枉来人世一遭，不禁深深叹息。于是，习字时禁不住吟道：

　　　　"心灰泪干投激湍，
　　　　谁知栅栏阻川流？"

此番意外被人救起，竟使她更添忧伤。虑及此后生涯，更觉悲从中来。每每月夜朗照之时，老尼僧等众皆要吟咏唱和，忆昔种种往事，纵谈世间百态。唯浮舟默然无语，一味耽于沉思。又写诗道：

　　　　"风尘流落孑然身，
　　　　家人居京未可知。"

她时常想："当我决意舍身时，方觉世间恋眷之人颇多，如今倒不曾记得了。离家多时，但不知母亲和乳母怎样了。她们一心盼望我荣华富贵，现今却早以为我没在人世了吧。她们该是何等悲伤和绝望啊！岂知我仍留于人世呢。众人恐不能体会我眼下的痛苦与寂寞吧？昔日那些形影不离、左右相随的右近人等，你们又在何处呢？"

　　妙龄女子摒弃尘世，积年累月幽居于深山僻野，原本是极不容易的。故常居于此处的，除了七八个年纪颇大的老尼外，几乎再无其他人了。她们那些居于别处，或在京中服役的儿女孙子们，便常常回到此地来访晤。浮舟忧虑："这些常来访问的人，倘若将我仍活着的消息传到京中与我有关的人那里，他们定会以为，我做了不该做的事，方落得如此境地。岂不将我视作世间下贱的女子么？那将有多么羞辱啊！"于是，她从不与此类来访者相见。只有妹尼僧两个侍女，一个名叫侍从，一个名叫可莫姬的，时常陪伴左右。两位侍女无论容貌性情，皆不能与京中的女子相比。是故她常常孤寂难耐，感慨万分。想起自己往日，曾咏"倘若此间非红尘"之句，仿佛此处便是了。浮舟一直隐匿于此地，妹尼僧亦深恐她为外人得知而惹来麻烦，便对此地一切人等皆隐瞒了有关她的详情。

那妹尼僧以前的女婿，今已迁居中将之职。由于其弟拜了僧都为师，此时正跟他隐居山中修道，故中将时常途经小野去看望他。这日，中将又顺路前去探访。听得一阵喝道开路声，浮舟便远远望见一相貌威武的男子进得山庄来。她即刻便又忆想昔日薰大将暗中到得宇治山庄来相访时的情形。这小野山庄，虽然是个极为荒僻之居，然主人却安排得高雅整洁。中将身后，跟着一群服装各异的年轻男侍从从院外走了进来。侍女们便请他坐在南面。中将便坐在那里，细赏园中开得鲜艳绚烂的瞿麦花、败酱花和桔梗花。他二十七八岁年纪，看去却极显沉稳，一副精通世故的模样。妹尼僧立于纸隔扇旁，未曾开口便先哭了起来。好一阵才说道："年岁匆匆逝去，往昔情谊愈渐淡忘。然贤婿仍能记着老身，远道前来看顾，为山乡增辉，实甚感激，真乃其世缘深吧！"中将感激尼僧岳母一番心意，答道："昔日恩情，至今时时怀想。只因此地远隔喧嚣尘世，故未便常来打扰岳母清静。舍弟修道山中，实令人羡慕，然每次进山探望，皆有他人恳请同行，致使我不便贸然造访。此次临行，谢绝了诸人，方敢前来拜望岳母。"尼僧岳母道："说你对修佛有意，实是沿袭了时下流行之说。若能不忘昔日情谊，不沉溺于庸俗世俗，我则感天谢地了。"说罢便招待随从人等用些泡饭，中将吃了些莲子之类。因此处为先前常来之地，亦并不觉得生疏。忽然降下阵雨，中将一时无法出行，只得留下来与岳母细细叙谈。

妹尼僧见女婿如此贤顺，不由想道："我女儿已去逝多年，也不觉得悲伤了。可憾的是，这样一个品貌俱佳的女婿，到头来还得成了别家的人！"她私下甚是疼爱这女婿，故毫无顾忌，将心中所虑和盘托出。那浮舟此时见妹尼僧与中将谈兴甚浓，亦不由得冥思苦想，回忆起过去的事情来。她身着一袭平常的白衫，穿了当地人的绛色裙子。在她看来，样子必定是丑陋不堪的。然而，布衣荆钗的浮舟，更落得天生丽质，超凡脱俗。侍立一侧的侍女说道："那新来的小姐，与已故的小姐有几分相仿呢。今日中将大人来访，真是太巧了，是否又是一段姻缘呢？如今，一个家中无妇，一个小姑独处，不如中将大人娶了这位小姐，成就天造地设的一对佳偶呢！"浮舟听见她们如此说，大惊，暗想道："此事万万不可！如今于此人世之中，倘再做了人妻，岂不又要徒增恨事？唉！我还是完全忘却此事才好。"

妹尼僧回内室歇息去了，中将等人盼望雨停，心中焦躁，忽听得一熟悉的声音，是过去一直陪伴小姐的少将君。便唤她过来，对她说道："我想，昔日那些侍女恐已离去，故不便来访，你是否会责备我薄情寡义呢？"尼僧少将君曾侍候已故的小姐，颇得主人亲近，此时忆起旧日之事，尽诉悲伤之词。中将忽又问道："刚才我经过廊下时，适逢大风将帘子掀起，偶然见得一个长发披垂、模样非同寻常的人，我正纳闷，出家人居处怎会有此等人物。能否告诉我那是何人呢？"少将君心知他已瞧得浮舟背影，想道："若给他看清楚了，恐怕又要动心呢。从前的小姐远不及这人貌美，他尚且至今不能忘怀。"她心中思忖着，答道："太太自小姐去后，夙夜思念，难安其心，不想偶然得到了此人，与太太终日相伴，才使她稍得安慰。大人不妨与她从容见上一面吧。"中将不明了是怎样一个人，心中狐疑不定。他猜想此女必定美貌非凡，越想越觉情愫暗生，心神难宁。又向少将君探听，然少将君不愿具情相告。她只说道："以后便会知晓的。"中将亦不便追问，只得按捺住满心好奇。正在这时，随从人等叫道："雨停了，该动身了！"中将便告辞而去。经过园中时，折了一枝败酱花，独立庭前，有意无意吟道：

"此中佛道境，

何用败酱花？"【1】

中将离去后，有几个老年尼僧不免啧啧称赞："此人知'人言终可畏'，毕竟是个正派人啊。"妹尼僧亦说道："他风流倜傥，又老成稳重，确实难得！我迟早要招女婿，何不就此招了他？他虽与藤中纳言家女公子成婚，然感情不洽，常常宿于其父亲处。"又对浮舟说道："你一向愁眉不展，心底之事又不愿说与我，不免令人担忧啊！近几年来，我沉浸于丧女的悲痛中，直到你来到我身边，方才淡忘了死去的女儿。世上那些原本关怀你的人，随着时间流逝也会淡忘你的，哪能长久不忘呢？"浮舟听得此话，悲悲戚戚，呜咽起来，她噙泪答道："我对母亲岂

【1】《后撰集》古歌："此中佛道境，何用败酱花？人言终可畏，传闻殊不佳。"

敢隐瞒半点？只因经历了此番特别遭遇，便觉世事如梦，似已身处陌生境地，竟记不得人世间曾有关怀过自己的可亲之人，眼下恐只有母亲你一人了。"她说时半娇半嗔，妹尼僧亦不由得释颜欢笑。

中将辞别小野，便上山拜访僧都。僧都认为贵客临门，便叫人诵经礼佛，彻夜长谈，且共奏管弦，天明方散。中将与那当禅师的弟弟，更是无话不及。闲谈中说道："途经小野之时，访晤于草庵净地，心中不胜感慨。想不到削发被缁、遁入空门之人，犹有如此风雅情怀，真是难得啊！"后来又颇有些神往地说道："我在那儿且有一发现呢。偶然间，我窥见一长发披垂的美丽女子，身材绝非等闲侍女，如此美貌女子居于那等地方可不合适呢。整日与尼僧经佛相处，坐视日升日落，卧听木鱼清音，实在是很可惜的。"禅师答道："听说那女子，是她们今春赴初濑进香时偶尔得到的。我未亲历此事，故也不甚清楚。"中将感叹道："不知她身世如何。想必因心中创伤，看破红尘，故而弃世隐身，于此荒凉僻静之处居住吧。颇像旧小说中的人呢。真是令人悲伤！"

第二日，中将下山回京去。道经小野，他道："过而不入，实有无礼之嫌。"便又入草庵拜访。妹尼僧料得中将定会复来，仍一如既往盛情款待。众人今日服饰一新，颇得风韵，可妹尼僧却是愁容满面。中将于众人谈话时，趁机问道："闻得有一女子藏匿此处，究竟是怎样一个人呢，能否相晤一面？"妹尼僧甚觉为难，又想到中将定然已发现，不告诉他恐有些不妥，便回答道："自女亡后，悲痛难抑，不想最近偶得此女抚养，悲切之心得到了些许抚慰。然她一直郁闷忧愁，不知有何忧心之事。此女藏身于这沟谷之地，不欲他人知她尚存于世，以致无法寻到。不知你从何得知的？"中将说道："哪敢怀有轻浮之念，忍受深山跋涉之苦前来造访，实乃将其比拟为亡妻而加以怀念，并无非分之想，怎可将我当作外人而加以拒绝呢？她究竟为了何事，而欲离开人世？我倒想劝她一劝呢。"他很希望浮舟能与他一见。临行时，在便笺上留下一首诗道：

"不愿花开他人院，

　唯我可做护花神。"

托少将君送去。妹尼僧亦看了此诗，便劝浮舟道："此人温文尔雅，修养甚好，且回他一信吧。"浮舟极不情愿，托辞说道："我的手笔极笨拙，岂敢答诗？"妹尼僧说道："恐有些失礼呢！"无奈中，只得代她写道："刚才我曾对你说过，此女异常厌恶人世的：

厌世寄生草庵下，
　　不随人意复苏生。"
毕竟初次相见，中将亦不为怪，便打道回京都去了。

　　回京后，中将日夜思念那女子，颇想致信问候，又恐唐突冒犯她。隐约的一瞥，竟使他常常神思恍惚，亦觉此女甚是可怜。八月十日过后，他按捺不住心中激情，趁进山猎鸟之机，又去小野草庵寻访了一回。他照例呼唤小尼僧少将君传话进去："自前日有幸一见倩影，思念之心，至今不得稍安……"妹尼僧深知，浮舟绝不肯应对，便替她答道："她好似待乳山上的败酱花，可能'另有意中人'[1]吧！"中将进屋坐定，向妹尼僧询问道："上次听得此女子满腹忧伤，可否见告，让我知道得更详细些？我也时常感到不能称心如意，有心隐入空门，怎奈双亲不允，以致身陷俗世，心情郁结愁闷，极欲与伤心饮恨之人互吐胸中积怨呢！"妹尼僧见中将爱慕之心溢于言表，便似母亲样叹惋道："你追寻伤心之人，此女倒甚合适。可惜她厌弃红尘，一心只求遁入空门，无意婚嫁。如此妙龄女子，出家之后实堪忧虑啊！"说罢，走进内室，劝导浮舟："你这般冷淡待人，实乃失礼吧！对此等事，幽居闲雅之人，也应略微应酬一下吧？"任她如何劝导，浮舟仍冷漠答道："我全不知道待人接物的方法，本是毫无用处呢。"说着便躺下了。久候不见回音，中将催问："为何不回答我？如此无情义！'相约深秋时'是骗人的吧。"他十分苦闷怨恨，便又吟道：

　　"寻觅芳菲至草庵，
　　荻原秋露湿衣衫。"
妹尼僧听见后，对浮舟道："你可曾听见了？他有多凄苦，你总该回他一诗吧。"她如此劝说浮舟。然而浮舟心中实在不情愿，想到今日若和他一首，日后定要常来求和，那时岂不自寻烦恼，故此一直默默不语。众人虽觉扫兴，然又无计可施。这妹尼僧年轻时倒也风流，如今虽老，情思犹存，便代答一诗道：

　　"秋郊路遥凝露寒，
　　湿雾濡袖乃情愿。
让你难堪了。"

---

　　[1]《新古今和歌集》古歌："好似败酱花，生在待乳山。另有意中人，相约深秋时。"

帘内众侍女，见浮舟如此固执，皆不明白其心思，只觉这中将与那已故的小姐，都值得可怜，便劝导她道："今日中将特意来访，你谨慎应酬几句，恐无大碍吧！"她们欲让浮舟动心。众女子虽已落发为尼，与青灯古佛度日，然春心尚未尽数收敛，不时蹈袭时俗，唱些粗劣艳歌，因此，浮舟深恐她们放了那男子进来。她侧身横卧着想："我命定是个忧愁之人，不幸延命至今，不知将来会如何呢？只望世人将我完全忘记吧！"此时，中将伤心欲绝，一忽儿吹笛，一忽儿独吟"鹿声凄凄"[1]之歌。他怅恨不已，说道："我因怀念故人，方来此探望，却未料遭如此冷落，看来已找不着抚慰我心之人了。可知此处，也并非'无忧山路'[2]啊！"便欲动身回府。他原想："若是过于沉湎女色，当然不成体统。我只不过偶见那女子美好身姿，便生寄托情感之心罢了。既然她拒我于千里之外，如深闺佳人躲避，那还有何意味呢？"妹尼僧膝行而出，说道："何不乘便，在此欣赏一回'良宵花月'[3]呢？"中将没精打采地答道："我连些许慰藉都不能寻到，还有何景何物值得欣赏呢？"妹尼僧格外惋惜，突然想起中将那美妙动听的笛声来，便赠诗道：

"月近山吞且泊身，
　夜半清辉景正美。"

她作了如此坦率的诗，却对中将说道："这本我家小姐所咏。"中将见诗解意，又振作起来，答诗道：

"容我坐待西月沉，
　窥得香阁慰此行。"

中将笛声悠扬动情，八十多岁的母尼僧闻得，亦从屋内走了出来。她大约未认出中将是何人，故并无顾忌。这老人声音颤抖，咳嗽连连，兴致勃勃地对女儿说道："我们来弹琴应和，好么？月夜琴笛相和，情趣无限呢！孩子们，将七弦琴拿来！"正在帘外的中将，猜想定是那母尼僧，他想道："这般年老之人，延寿于今实在不易。孰知外孙女竟先她而去，真是浮生若梦、人世无常啊！"他在笛上，用盘涉调吹出一段美妙乐曲，曲罢说道："如何？愿闻七弦琴声。"妹尼僧

【1】《古今和歌集》古歌："秋到荒山添寂寞，鹿声凄凄扰人眠。"
【2】《古今和歌集》古歌："欲向无忧山路去，碍难舍弃意中人。"
【3】《后撰集》古歌："良宵花月何幽静，欲与知心人共赏。"

素来附庸风雅，谦虚说道："我弹琴恐不入调，你的笛声倒美妙无比呢！"说罢便弹。只因弹七弦琴的人，至今日趋减少，倏然听得，更觉新奇动听。琴笛声与松风隐约应和，那月光也显皎洁起来。老尼僧愈为感动，深夜仍毫无倦意，一味坐此赏玩。一曲既罢，她说道："我年轻时也曾弄过和琴。恐怕如今弹法已变，故我那儿子曾阻止我道：'母亲年事既高，琴艺不佳，还是应以念佛养生为乐事，操持此等旧技，实乃乏味呢！'故不便再弹。然我私下里，仍保存有一张极好的和琴呢！"见她技痒难耐、跃跃一试之态，中将窃笑不已，说道："僧都说出此话，也太无情了！那极乐净土中，众菩萨也喜好音乐，仙人们也崇尚舞剑，都是极为庄严之事，怎会有碍修行呢？今夜，定要一睹老祖母的风采！"老尼僧听他如此说，顿时兴致大增，叫道："喂，主殿君，取我的和琴来！"同时咳嗽不止。众人虽觉难堪，然想到她年事已高，也不怪怨。和琴取到后，她随意在和琴上拨弄曲调，亦不配合刚才笛声，别的乐器只得停止演奏。她以为众人欲专欣赏她的和琴，便自得地用迅猛的拍子反复弹奏几句奇怪的古风曲调。中将曲意赞道："弹得真好，我从未听到如此悦耳的歌调呢！"她好不容易才弄清中将的话，继而说道："如今年轻人全不喜爱呢。数月前来到此处的那位小姐，一点不懂得此种雅趣，虽然人长得好看，整日躲在房间里，也实在无聊吧。"妹尼僧见她在中将面前评议浮舟，很觉尴尬。老尼僧尽兴之后，中将便告辞返京了。他一路吹笛而去，笛声悠扬，遥遥传到小野草庵中。听到之人无不感动，皆辗转反侧，长夜难眠了。

　　第二日，中将派人送信说道："昨夜，因思念故人，倾慕新人，心绪扰乱不堪，难以久待，故匆匆辞别：

　　思故恋新皆动情，

　　通宵悲泣万斛愁。

尚望小姐能体谅我之苦心，否则，岂敢失之礼仪。"妹尼僧阅得来书，凄然流泪，回信道：

　　"闻君玉笛犹忆昔，

　　凝目送君热泪横。

此小姐如此不解风情，昨夜我已向你示意，想必你已知道了吧！"中将觉得此信毫无意韵，看完便弃置一边了。

　　自此以后，中将的书信犹如凋零之秋叶，绵绵而来，甚使浮舟嫌恶。她以为天下男子皆居心不良，故对众人说道："让我削发出家吧！方可早日断绝他此等念头。"于是潜心念佛诵经，欲早些抛舍种种尘缘。她一妙龄女子，全无青春雅趣，使妹尼僧等人心生怀疑，以为她生来郁悒。然其容貌楚楚动人，实在惹人怜爱，常使妹尼僧不自觉原谅了她，故仍时时呵护，聊以慰情。即便浮舟微微露出笑容，她也视若珍宝，欣喜异常。

转瞬又至九月，妹尼僧又欲赴初濑进香还愿。她追念亡女，多年来痛彻心扉，不想菩萨赐她一个酷似女儿的佳人，故甚是感激，早想去致谢还愿，便对浮舟道："与我一同前往好么？路径偏僻，外人不会知悉的。虽说天下菩萨相同，然初濑的菩萨更灵呢！诸多例子足以证实的。"她要浮舟一同前去。然浮舟想道："昔日母亲与乳母，也常常带我到初濑进香，然至今看来，并不应验，自己求死也不得，反而招致更多苦难。如今，跟着这些并不熟识的人前去，又有何意味呢？"她不愿同往，然而不便强硬拒绝，推辞道："我一直心绪烦乱。如此远程往返，恐只会徒增烦恼，故忧虑甚多。"妹尼僧知道她心中害怕，亦不便强求。此时，见浮舟的习字纸中夹有一诗：

"此身沉浮浑如梦，

不赴古川看二杉。"[1]

妹尼僧相戏道："你提及'二杉'，定是期冀再逢那个人了？"浮舟心事被她触动，不由得一惊，脸上顿时出现一抹红晕，使那面容娇美无比、魅力更添。妹尼僧亦随口吟诗道：

"不知杉木根生处，

且寄追念故人情。"

妹尼僧本欲便装前往，然拗不过众人欲同去，只得让尼僧少将君和另一个叫左卫门的年长侍女留下陪伴浮舟，此外只有几个女童。

浮舟送走妹尼僧一行人后，一人孤单地返回室内。她想道："我身世凄苦，孤身在此，只得依托此人。如今她已外出，更叫我形影相吊啊！"正值闲愁难遣之时，中将差人送了封信来。尼僧少将君将信递与浮舟，说道："小姐打开看看吧！"浮舟漠然置之，不为所动。自这以后，她更加避着人，寂然独坐，沉思不

【1】这首诗据古歌："初濑古川边，二杉相对生。经年再相见，二杉依旧青。"可见《古今和歌集》旋头歌。

语。少将君深恐她闷出病来，便说道："小姐心绪不畅，我也觉痛心不安。我们两人下盘棋吧。"浮舟答道："我怕下得不好呢！"然她不特别推辞。少将君便将棋盘取来。她自认为棋艺高超，便让浮舟先下。孰知这浮舟棋艺不俗，不禁暗暗惊讶，因此第二回，便自己先下了。她边下边说道："若是师父回来，见小姐棋艺如此高明，那才高兴呢！师父也是棋类高手。听说她兄长僧都早年酷爱下棋，以棋圣大德[1]自比。一次，他对我们师父说道：'我棋道虽非正修，你那棋艺，恐也略逊于我吧？'两人便拉开棋盘，后来僧都输了二子。既是如此，可见师父的棋艺比那棋圣大德还要高明呢！"浮舟见她兴致颇好，但年岁颇老且形容难看，与此类高雅的技艺实不相宜，顿觉厌烦，后悔今日自寻烦恼。她勉强下了几盘，便借口身体不适，停下歇息了。少将君道："小姐也应常找些寻常有趣之事以排遣孤寂。这般艳若霞月之人，终日消沉隐忍，恐有不适宜呢！"秋夜风声鹤唳，凄厉无比，浮舟百感丛生，独吟道：

"纵然不解秋宵苦，

冥想沉思泪自流。"

不觉皓月升空，天色更显清丽。中将便趁此美景亲来造访。浮舟慌忙避入内室，无以应对。少将君不由抱怨道："月夜特来造访，本应有所体察，略略听他讲述，又有何碍呢？真是太无情了！"浮舟见她如此怨恨，担心她引那男子闯了进来。她本欲借口出门去了，然又觉中将此番定已探听实在，方才来此。无奈之中，只得沉默不应。中将没料到浮舟仍然如此，忍不住怨声连连，恨恨说道："我并不奢望小姐亲声叙话，唯愿她能近前，听我诉心中之情，恭请指教罢了。"尽管他话语说尽，浮舟仍无任何回复。中将气愤不过，叫道："于此等优美雅致之地居留，却不识人间情趣。如此冷酷无情，难道铁石心肠？真是气人啊！"随即赋诗道：

"山野凄清秋月夜，

唯有同愁易相怜。

小姐可有同感？"少将君见浮舟如此执拗，便怪怨道："眼下师父远行，人情世故，唯你应酬了。你这般不置可否，也太无礼了吧！"浮舟无奈，只得低吟：

【1】延喜年间（901—922年）日本棋道名人，名叫橘贞利，后出家，法名宽莲。人称棋圣大德。大德即法师。

"日月虚度不知忧，

误教斯君任作愁。"

少将君将此诗传答，中将甚是感动，却又对少将君说道："为何不多多开导她，慢慢引她出来呢？"少将君答道："小姐生性本有些冷淡呢！"她进去一看，浮舟竟然躲入她从未去过的老尼僧房中去了。少将君大感意外，出来告知中将。中将说道："凡久居山野、苦思冥想之人，大多经历坎坷，遭逢过苦难，可她并非不识人情俗趣之人，何以待我如此？也许，此人在恋爱上经历过苦痛吧。究竟她为何如此消沉厌世，尚望实情相告。"他恳切地探问。然少将君哪敢将真情说与他，只得敷衍道："她是师父应该照拂之人，因日久疏离，前次初濑进香时遇到，便带她回来了。"

无奈之中，浮舟步入平素令她惧怕的老尼僧房内，寻隙躺了下来，却难以入睡。老尼僧入睡后，鼾声如雷。前室睡着的两个年老的尼僧，鼾声亦不绝于耳。浮舟越听越怕，仿佛随时皆会被这鼾声与黑夜吞噬。她虽并不怜惜生命，终因胆怯之故，似那投水之人怕走独木桥而返一般，心中不胜惊恐。[1]女童可莫姬虽亦随她进来，此时一听中将那些动情的话，便身不由己跑了过去。浮舟左等右等，不见她来，唯叹此侍女不可倚重。等候在外的中将万分无奈，只得起身回京。少将君等心中不平，皆评议浮舟道："如此胆小畏惧，不近情理之人，真可惜了那张漂亮的脸儿呢！"众人纷纷安歇去了。

夜半时分，老尼僧咳嗽醒来，发现躺在身边的浮舟，十分惊异，若鼬鼠[2]般拢手于额寻视，叫道："奇怪呢，你是何人？"她语音尖厉阴森，目光紧逼，让人不寒而栗。浮舟见她身披黑衣，灯光映衬脸色，更显苍白，疑心鬼怪，不由想道："在那宇治山庄被鬼怪掳去时，因失去知觉，并不畏惧。如今，却不知此鬼要将我怎样了。回忆以前种种痛苦，心已烦乱，偏又逢如此怪异骇人之事，命运真是悲苦！只恐死去之后，或许会遇到更凶猛的鬼怪呢！"她夜不成眠，记忆里皆为旧日琐事，尤觉自己深可悲哀。又想道："我一直于远东常陆国虚度年岁，虽有父亲，然从未谋面。我在京中偶然寻得一姐姐，便高兴自此有了依托，岂知节外生枝，与她断绝了。将终身托付与薰大将，本以为苦尽甘来，孰料又发生了那等

【1】当时传说的故事，一人欲到海边投水自尽，走到独木桥时，觉得害怕，返了回来。

【2】鼬鼠疑惑时，拢手于额而注视。

羞耻之事，毁掉了一切。如今想来，我与匂亲王产生恋情，定不相宜的。迷信他那'橘岛绿树'，盼能与我'结契'，方落得今日这般境地。此人真是可恶！薰大将虽开始对我有些淡漠，而后却又爱我忠贞不渝。诸种情缘，实在值得恋慕。若被他闻得，我尚在人世，多无地自容啊！只要活着，或许尚能见到他俊逸的风姿吧。我为何生出此念，真是罪孽！"她独自于心中神思远近，直叹秋夜难明，好容易挨到雄鸡报晓，不由得暗自高兴。天放大亮时，她想，若能听到母亲的声音该多好啊！不觉又莫名惆怅。直到此时，可莫姬仍未回来，她便照样躺着。那几位打鼾的老尼僧，很早便起身了，她们或要粥，或要别的什么，嚷个不停。众人对浮舟道："你起来吃点吧。"她们将东西送至她身边。浮舟见她们侍候如此粗笨，便婉言拒绝了，然那些人仍欲坚持。正僵持不下时，好几个低级僧人自山上下来，报道："僧都今日下山！"此处尼僧甚觉奇怪，问道："突然下山，可有要事？""一品公主（即大公主）被鬼魂附身，召座主进宫举行祈祷，因僧都未去，未能见效，故昨日两番遣使来召，催得急呢！故僧都只得今日前往。"那僧人神气地说道。浮舟忽然想："僧都来得正好，我不如大胆求他，让他遂了我出家之愿。眼下草庵人少，无人拦阻我正是天赐良机呢。"她便恳请老尼僧："我心绪不佳，欲借僧都下山之际，让他为我行落发之仪。老人家可否替我请求？"老尼僧不知就里，竟稀里糊涂答应下来。浮舟便回转房内，将头发稍稍解开，她抚摸着秀发，想到再不能以此番模样见到母亲，不觉悲从中来。也许是生病之故，她那头发略有脱落，然而仍然浓密柔长，宛如黑亮的缎子。她泪眼汪汪，独自吟唱"慈母料知此剃度"[1]之句。

至日暮时分，僧都方来到小野草庵。侍女们早已洒扫完毕，便请他于南面屋子就座。众多光头僧众熙攘来往，情状大异于平常。僧都来到老尼僧室中，询问道："母亲一向可好？妹妹可到初濑去了？前次遇到的那女子，是否还在此处呢？"母尼僧答道："仍在这儿呢。她只道心情烦乱，正欲请你为她行落发受戒之仪。"僧都便走到浮舟那边，来到房间门口，问道："小姐在此么？"言毕，便在帷屏外坐下了。浮舟虽觉难堪，亦只得膝行而前，与他认真应答。僧都对她说道："只因我乃僧人，不便常致书相问，故不知你情形如何了。我们能意外相

---

[1]《后撰集》古歌："慈母料知此剃度，自幼不抚我黑发。"素性法师剃度时其父遍照僧正所唱之歌。

逢，定有些缘分。此处僧尼之人粗陋浅拙，小姐生活于此，尚能习惯否？"浮舟答道："多谢僧都好意，我原本决意赴死，只因意外得救，苟且偷生至今，实在伤心。承蒙众人照应，我虽愚笨，也知应答谢盛情。然我一心只想投身佛门，还望僧都垂怜，帮我一了夙愿。否则，于尘世之中，犹有别于凡俗之女子。"僧都见她如此伤怀，劝说道："这般年轻，何必决意出家呢？许多人出家之时，自觉道心甚坚，然天长日久，却后悔不迭，其中尤以女子为甚，那时已经晚了。万万要慎重决定啊！"浮舟啼哭着请求道："我自小命运多舛，母亲等也曾说过：'便让她出家修行吧！'待到稍懂人情世态，此心日渐炽烈。或许我死期已近吧，近来常常神思恍惚。恳请僧都替我受戒。"僧都想："真是令人难解啊，这般聪慧美丽的妙龄女子，居然毫不眷恋尘世生涯。回思我为她驱逐的那妖魔，也声称她有弃世之心，如此看来，她实与佛道有缘。当初若不为我所救，此女恐怕早已香消玉殒了。凡曾遭鬼怪所祟之人，倘不事佛，今后定遭意外之事呢！"便对她道："只要心归佛门，便是诸佛菩萨所赞扬之事。身为法师，岂能反对？我今夜须赴一品公主之处，明日在宫中举行祈祷，七日期满回转之后，再为你落发受戒吧！"浮舟想到，那时妹尼僧已返回草庵，闻得此事，定要千般阻拦，那就晚了。她担忧此事，定要立刻出家，于是再三请求道："我已如此痛苦，若以后病势沉重，再受戒也觉遗憾了。今日正是难逢之机啊！"僧都乃慈悲之人，听她说得凄酸，更觉其可怜，便答道："今夜已深，我年老力衰，经过这一番旅途劳顿，本想略事休息之后进宫。然你如此急迫，今夜且与你受戒罢了。"浮舟欢喜不已，即取来剪刀，放于梳栉箱盖上呈出。僧都唤来两法师，是在宇治找到浮舟的那二人，今随僧都来此，他对其中一阿阇梨说道："请与小姐落发。"此阿阇梨想道："她确是孤苦寂寥，忧思郁结，尘俗生涯必然痛苦不堪，出家倒省心呢。"浮舟便将秀发从帷屏内送了出来，阿阇梨见这头发油黑亮丽，美丽异常，手拿着剪刀，竟舍不得落下。

此时，少将君正在自己的房间里，与跟僧都同来的当阿阇梨的哥哥叙谈，左卫门也在房里与一熟人畅叙。荒僻山野，难见故人，故一旦得见，便高兴地谈论琐事，岂知浮舟受戒之事。待浮舟身边的可莫姬慌忙告知时，少将君方才大吃一惊，急急跑到这边来。此时，僧都正将自己的袈裟披于浮舟身上，说道："聊尽仪式吧。请小姐先朝父母所在方向拜三拜！"这一说，浮舟便想起自己飘零身世，不知母亲身在何方，忍不住悲痛，泪水潸潸而落。少将君着急道："怎会这样！师父回来，又不知怎样骂我们了。"僧都只怕这话，又惹得浮舟心绪烦乱，事已至此，再无补益，故立即斥止了少将君。少将君虽心有不满，也不敢多说。僧都念动偈语："流转三界中，恩爱不能断。弃恩报无为，真实报恩者。"[1]浮舟听罢，想想今日削发，已恩爱断绝，真有些悲不自胜。阿阇梨好不容易替她落了发，剪罢，说道："请尼僧再为你修整修整吧。"额发由僧都亲自剪落。仪式完毕，僧都说道："你芳容既变，今后追悔就来不及了！"于是，向她讲述种种真言玉律。浮舟也觉得长久的愿望今日幸得实现，真是可喜可贺，一时心情轻松了许多，觉得今后日子也充实了。

众人离去后，草庵又归于寂静。夜来风起，其声呜咽凄切。少将君等说道："小姐在此孤苦度日，原本一时之事。荣华富贵，翘首可待，可而今做了尼姑，以后的日子又怎度过呢？即使人至暮年，然至遁入空门之际，也觉分外凄苦悲凉啊！"浮舟不以为然道："如今，我算遂心如愿了，不再顾虑人世之事。如此求之不得呢。"她精神畅快。第二日，浮舟想道："我入佛门，众人皆不赞成。今日我换尼装之后，难以见人吧。且头发松散杂乱，不甚整齐，何处寻得一同情我之人，替我修剪修剪呢？"她心中顾忌重重，关了门窗，藏身于幽黑暗淡的屋内。她一向寡言少语，难得坦露心迹，且如今身边又没有可以倾心相谈之人，故每有心绪郁结，便借笔抒怀、消遣度日。诗道：

"人生在世乃虚无，

舍却此身归佛门。

如今一切无所谓了。"然仍有些悲伤，又诗道：

"曾别人世临大限，

今朝复又弃尘俗。"

恰值伤心之余，中将君派人送信来。草庵中人正嘈杂议论，传说浮舟出家之事，不知如何是好，便将此事告知信使。那信使忙回去报与中将君。中将深感失望，想道："她如此冷淡，竟连一封简略的回信也不肯写与我。如今居然削发为尼，真是遗憾。前日夜间我曾与少将君言谈，尚希望细细欣赏她那美丽的头发，而今看来，真是永无机缘了！"惋惜感叹不已。于是，再派使者送来一信，说道："事已至此，其奈何哉！

【1】落发之前，须向父母、氏神、国王三拜，此时法师念此偈语。

浮舟驶向莲花台，

吾欲步后渡彼岸。"

浮舟正自伤感，例外拆了中将来信看，却更添无限凄苦。她情不自禁，在一小张纸上写道：

"出世之心若止水，

浮舟远去任漂流。"

让少将君另用纸封好，将这随意之书送了过去。少将君道："送给中将的，再抄一下好些吧？"浮舟答道："抄一遍反倒糟了。"便不再抄。中将得到浮舟答诗，珍惜不已，然知事已无法挽回，徒自悲伤不止。

不久，妹尼僧从初濑回来，见浮舟已出家，心中悲痛不舍，哭道："我亦为尼僧，本应劝你出家，然你年纪太轻了，以后的日子如何度送呢？我世寿难料，念我去后你孤身一人，故日夜祈祷，求诸佛菩萨保佑你一生平安。"见尼僧痛哭失声，浮舟不由想道："我母亲闻知我死讯，而又不见尸骨之时，恐也是这般痛苦吧？"便觉心痛如绞，只得默默转身，黯然无语，神情更显凄美。妹尼僧又说道："如此草率决定，真让人伤心呵！"便哭着替她置备尼装。她擅长裁剪淡墨色的法衣，另外请人缝制裙子、袈裟。众尼僧皆来帮忙，替她缝制法衣，帮她打扮。众人皆遗憾地说道："小姐来此山乡，顿添了光彩，我们正高兴呢！真想终日相处，以解寂寞烦闷。岂知你也步我等后尘，真可惜可叹！"众人又埋怨僧都，不应遂她落发之愿。

僧都的禳解果然不同凡响，一品公主的病不久便痊愈了，世人无不称道。然又深恐公主病后复发，仍将他留住宫中，延长祈祷日期。雨夜岑寂，僧都受明石皇后宣召，去为公主通宵祈祷。皇后遣散了劳累多日的侍女，只留下少数几个，陪侍左右。她也入帐内陪伴，向僧都言道："皇上恩信已久，而此次禳解更是奏效，我亦想将后世之事托付与你了。"僧都启禀道："贫僧寿世无多，佛菩萨曾数次暗示，今明两年恐难熬过。故一直幽居深山，潜心修炼。若非皇上宣召，是决计不下山的。"又言及，此次鬼怪作祟的种种可怕之事。便中又道："贫僧不久前曾遇一稀奇怪事呢。今春三月，老母赴初濑还愿回归时，途中偶病，借宿于一荒凉宅邸休养，贫僧深恐此宅经历年久，无人居住，怕怪物作祟病人，不料……"遂将寻得一女子的情形相告。明石皇后说道："此事的确稀奇！"立刻害怕起来，将身边睡着的侍女唤醒。那受薰大将喜欢的叫小宰相君的侍女，尚未入睡，听见了僧都的讲述，其余被唤醒之人，则不曾听见。僧都懊悔说出此事，让皇后受惊，便不详叙其时情景，只言及后来之事："贫僧应召下山之时，途经小野草庵时，又见得那女子。她执意出家，苦苦请求贫僧，为她落发受戒，贫僧见她态度诚恳，便遂她心愿。那里的尼僧乃贫僧之妹，原卫门督遗孀。因女儿亡故，痛苦之余，意外得到了这女子，自然十分高兴，只将她视作自己女儿，尽心照顾。那女子实在是姿容出众，非比一般，落发修行而失却芳容，确也令人可惜。却不知此女来自何处。"僧都口舌伶俐，话不绝口。小宰相君问道："如此荒僻之地，怎得如此美人呢？身世端倪，如今恐已清楚了吧。"僧都答道："不甚明白，或许眼下她已经说出。若真的出于名门千金，时久总会露出底细。当然，山野人家也会有这般美丽的女子，龙女不是也能成佛么？[1]即使身份低微，恐是前世修来的功德，蒙上天恩赐，方如此花容月貌。"他这样一说，明石皇后便联想起宇治那边消失已久的浮舟来。匂亲王夫人也曾对小宰相君说过，那浮舟的死因离奇古怪，便疑心是僧都所说之人，又未便肯定。僧都道："此女深恐外人知她还活着，似有凶人寻找她，才要躲藏呢。"明石皇后对小宰相君说："告诉薰大将吧，定是此人无疑了。"然她尚不明白，薰大将与浮舟是否都隐瞒此事，终觉不应急于告知薰大将，便未让小宰相君前去。

待到一品公主之病全好后，僧都便告辞回山了，途中又至小野草庵。妹尼僧不住怪怨道："如此青春女子，出家反会增加罪孽呢！你自作主张，竟不来告我，实无道理！"然埋怨已无济于事。僧都回道："事已至此，理应潜心修行，世上之人无论老少长幼，生死难卜，她割舍人生，想是自有道理的。"浮舟见他如此说，很为自己昔日羞愧。僧都又拿出些绫罗绢物给她，说道："拿去制做些新的法服吧！你不用忧心，只要我尚在人世，定要对你照拂。荣华富贵、锦衣玉食之人，尚觉人世可恋，而你深山修行，该断绝了那人世可恨可悲之事吧？人生在世，原本是'命如叶薄'[2]的！"他虽为僧人，却也斯文儒雅，富有情趣。随即又吟出"松门到晓月徘徊"诗句。浮舟暗想："说到我心里头了！"是日风势凛冽，无休无止。僧都又说道："秋风萧萧的天气，山居之人最易落泪。"浮舟思

【1】龙女成佛，典出《法华经》。
【2】白居易《陵园妾》中云："陵园妾，颜色如花命如叶。命如叶薄将奈何……"

忖道:"我也是幽居山野之人,难怪流泪不止呢!"行至窗前,远远望见一群穿着各色旅装的人,正一路向这边行来。平日里,此处偶尔可见从黑谷的山寺方面步行而来的僧人,至于上比睿山而经过此地的,便很稀奇了。浮舟甚是诧异。不想来人原是中将,他因浮舟之事生怨,心绪一直不佳,欲来此发泄心中怨恨。见此处红叶遍地,异常鲜艳美丽,顿觉心旷神怡。遗憾的是难找得任情而为的女子,便对妹尼僧道:"寂寥之中,来此观赏红叶。我旧情难断,可否借宿一夜?"妹尼僧触景生情,伤心吟诗道:

"风扫叶落寒山谷,

叹无树荫留过客。"[1]

中将君答诗道:

"山野凄清无幽人,

不堪虚行观林霭。"

他念念不忘出家的浮舟,对少将君言道:"能否引我暗中看看那位小姐?你曾许诺于我的,不可言而无信的。"少将君只得进去探看。此时,浮舟衣着整齐,外穿淡墨色绫绸,内衬暗淡萱草色服装,娇小玲珑。发端美丽如折扇,沉静铺开。脸庞端庄秀丽,薄施粉黛,俏丽若三春之桃,洁净如九秋之菊。念珠垂挂帷屏,低眉垂首,一心诵经,其模样直如画中之人。如此标致容姿,少将君每每见得,皆忍不住惋惜流泪。若是思慕已久的中将见了,恐会生出无限感触呢!于是,少将君将纸隔扇钩子旁一小孔示意中将,将阻碍的帷屏之物挪开。中将急不可耐,忙向洞中窥视,良久,感慨道:"竟出落得这般标致,真是天下无匹了!"他便觉得浮舟执意出家,由自己而起,心中说不出的懊丧,几欲哭泣出声。又恐浮舟听见,忙退避出来。他暗暗纳罕:"如此标致和悦之人,总该有人来寻找吧。世间倘是谁家女子走失或出家,恐早已传得沸沸扬扬呢……"他左思右虑,不得其解。转念一想:"她身穿尼装,反而清丽悦人呢。定要将此人得到。"他恳求妹尼僧玉成此事,说道:"倘出家之前,小姐不便与我相见,如今既已剃度受戒,与我见面,总不会顾虑重重吧!望能多方开导,明我数次访晤之心。我本难忘令爱旧情,岂知旧愁未消,新情又添啊!"妹尼僧答道:"我正愁此女孤苦伶仃,无人可托。你若

【1】暗示浮舟已出家。

不忘旧情，经常来此访晤，我便可放心了。否则，我寿终正寝之日，她不知何等可怜呢！"中将听得这话，猜想此女与妹尼僧关系必然非同寻常，然终不解其中玄妙，便说道："我之阳寿长短难料，然承蒙信任，当竭力做好小姐终身保护之人。唉！真无人来寻领她么？总得让人知道，才能放心啊！"妹尼僧回言道："倘她生在尘世，众人知悉，必前来寻觅。然既入空门，尘缘已尽，也不愿人寻她了。"中将凄然作诗，转与浮舟道：

"君弃尘缘皈佛门，

吾遇疏嫌落遗恨。"

少将君即向浮舟转告中将对她的深情厚谊及其肺腑之言："请视我为兄吧，相互倾诉世间之事，可否？"浮舟答道："歉意至极。可我对你的深切恳请一点也听不懂呢。"竟不回诗作答，心想："我屡逢不幸，早已淡漠人世，唯愿同其枯木，终老一生。"她先前郁悒愁闷不断，直至遂了出家之愿后，方觉神清气爽。偶尔下几局棋，也与妹尼僧吟诗对歌，愉悦地打发时光。同时，她潜心修道，《法华经》已是烂熟于胸，其他诸佛经也不肯少阅。一晃进入冬季，大雪纷飞，草庵之外积雪盈足，人迹罕至，小野居地愈加荒凉冷寂了。

新年到时，小野草庵未见春色。溪流尚被封冻，绝无声响，四野一片沉寂。浮舟对往日人事早已厌弃，然终未完全忘却。她于诵经事佛之余，随意习字作诗：

"雪飞云低野山间，

触景忆旧愁未消。"

她常陷入沉思，想："弃绝尘俗已一年有余，可否有人想起我呢？"一日，一人踏雪前来，挎一只常见竹篮，盛了些新采嫩菜，专门送给妹尼僧。妹尼僧转赠了浮舟，且附诗道：

"踏雪采得新菜至，

愿君若此常青春。"

浮舟回诗道：

"雪压山野新菜青，

此身残留图报恩。"

妹尼僧见浮舟情意真切，心甚感动，说道："倘是尘缘未绝，投身世俗，那该多好啊！"竟呜呜咽咽起来。此时浮舟房前檐下，几株红梅傲雪而开，芳菲依旧，使她油然想起古歌"犹是昔年春"。对于红梅，浮舟可谓情有独钟，不知是否为那

"遗恨难亲近"[1]的衣香引起的？后半夜时，她将净水供于佛前之后，便叫一小尼僧于庭院中折来一枝梅花。那红梅幽恨般地散落了几瓣，浮舟独自吟道：

"拂袖飘香不见人，

熏衣留芳惜春晓。"

母尼僧有一在纪伊国任国守的孙子，年约三十，仪貌庄重，气度脱俗。他从任地返京，前来问候祖母。因母尼僧垂垂年老，耳聋眼花，与她哪能闲叙得清，于是便过来探访妹尼僧。对姑母妹尼僧道："未料老祖母已如此年迈力衰了，真令人心酸啊！可能难久于人世。我长时在外，不能随侍祖母左右一尽孝心，真是愧疚！想想父母早亡，早将老祖母视作父母了。常陆守夫人[2]常来此访唔么？"这常陆守夫人大概是指纪伊守之妹吧。妹尼僧答道："此处渐渐越发寂落了，已久不闻常陆守夫人音信，恐你祖母难得等她回来了！"浮舟此时，偶然听得"常陆守夫人"，却道是自己母亲，便侧耳细听。纪伊守又道："我回京耽搁已久，然公务繁杂，未能及时赶来探问。本欲昨日到此，不料薰大将又邀我同去宇治，在已故八亲王山庄耽搁一天。仅因薰大将曾钟爱八亲王家大女公子，孰料大女公子不幸亡故。他悲痛之余，又移情于其妹，将其藏匿于此山庄，不料这妹妹去春也亡故了。时逢周年忌辰，大将特意去那山寺，与律师商议举办佛事事宜。我有意奉赠一套女装，作为布施之用，不知可否在你处缝制？可吩咐她们快些将衣料备齐。"浮舟听得此话，忍不住又唏嘘痛惜。然恐人瞧见，忙转过身，向里坐下了。妹尼僧问道："八亲王有两位女公子，不知匂亲王夫人是哪位呢？"纪伊守自顾自说道："后来那位女公子，因其母出身低微，薰大将便对她不甚重视。如今他悔恨不已，悲痛万分。大女公子死时，他也悲恸欲绝，几欲一了尘缘呢！"浮舟觉得，此纪伊守为薰大将所亲信之人，便心生恐惧。纪伊守又说道："可两位女子都亡于宇治，令人奇怪。昨日大将神色黯然，甚是哀戚。他徘徊于宇治川边，面对苍苍河水，真是泣涕如雨呢！回去后，于房中柱子上题一首诗：

'川上倩影渺无踪，

【1】《拾遗集》古歌："君衣香可恋，遗恨难亲近。只为梅香似，折来聊慰情。"暗指匂亲王的衣香。

【2】注释家多认为，这常陆守夫人是当时国守夫人，非浮舟之母。另外还有一说，说她是妹尼僧之妹。

枉留伤别泪泉涌。"

他神情黯然，默默无语。此种情深义重、风流俊逸的男子，任何女子见了，也会心动。我追随薰大将多年，对其甚是敬畏。除却此人，便是一品之爵，也不能使我仰慕。"浮舟暗忖："如此人物，也能体会大将人品。"便又听妹尼僧言道："薰大将虽不如六条院主光源氏，可当今世间，就数他们这一族人丁盛旺了！那位夕雾左大臣如何呢？"纪伊守答道："夕雾左大臣清新儒雅，才学出众，品德高尚。还有匂亲王，也是相貌堂堂之人。若我身为女子，定去随侍左右呢！"此番话似乎专为浮舟而说，真让她又悲又喜。只是事情离奇，虽与己相关，亦觉如在梦中。纪伊守倾心吐诉之后，亦就离去了。

　　听说薰大将对自己念念不忘，浮舟便想到母亲来，她此时尚在悲伤之中吧？纵使母女相见，可此身已事佛祖，也会让她失望的。妹尼僧等人受纪伊守请托，此时正忙着罗织染制，赶制女装。浮舟见众人为自己周年忌辰置办布施品，甚觉荒诞滑稽，无奈不好说明，只得远远坐了观看。此时妹尼僧对她说道："过来帮帮吧，你很心灵手巧的呢。"说着，便将一件单衫递过来。浮舟又气又恼，不伸手去接，只是答道："心情郁闷呢。"就睡下了。妹尼僧一见，忙放下手中活儿，担心地问道："怎样了呢？"这边，一尼僧于一红色的衫子上，套上一件表白里红的褂子，对浮舟道："你穿这样的衣服才配呢！总是淡墨色的，太乏味了。"浮舟便写诗一首道：

　　　　"若将缁衣换锦绣，

　　　　　暗自怀旧徒伤悲。"

她又担心道："我的身世端倪，迟早定会为他们得知，到时可要怨我冷酷无情了。"前思后想，又从容说道："旧事我早已模糊不清，当见你们缝制此种女装时，方感怀于昔日之事呢！"妹尼僧回道："即使迷糊，恐也不会全忘。只怕你讳莫如深，好令人伤心！我出家多年，手脚已笨拙，哪能裁制好此种服装？见到此，只令我又忆起爱女来。不知你可否也像我一般，思念你的母亲？你的母亲尚健在么？我虽知女儿已不在人世，仍时时觉得她只是去了某处，有一日还会回来的。似你这般突然音讯全无，必定有更多的人挂念你吧！"浮舟戚然答道："出家之前，母亲尚在人世，只怕如今早已亡故了。想起只会徒增伤悲，故不便告知于你，并非隐瞒啊！"说罢泪流满面。

　　再说薰大将为浮舟置办周年忌辰法事，既毕，想到从此弦断琴绝，便觉伤感，唯有尽力照顾常陆守家人。浮舟的异父兄弟，已成年的，或被升为藏人，或于薰大将府中当了将监；未成年孩童，则相其清秀者差遣使用。一朦胧雨夜，薰大将前去拜访明石皇后。此时侍从甚少，两人便互倾往昔旧事。薰大将言谈道："先前我恋慕宇治山庄一女子，世人纷纷讥议。然我以为，只要真心相爱，定是宿世姻缘，便不断去造访。不想那地方不吉，屡屡发生不幸之事，如今已是人去院空，我也去得甚少了。前几日乘便去了一趟，睹物思人，痛感人世变迁难料，方觉那圣僧的山庄，颇能发人深省呢。"此时，明石皇后忆起了僧都曾诉之事，心中可怜起薰大将来，便问道："那里可是鬼怪出没之地？那女子是如何亡故的呢？"大将便想到，皇后以为二人于同一地方相继亡故，很是离奇吧，遂答道："想必如你所言，那荒僻之地确有恶物吧。我所钟爱的女子，的确死得奇怪呢。"也不细述此事。明石皇后觉得，若知别人亦明白此事，薰大将定会不高兴。又想起匂亲王曾为此事忧郁成疾，虽然不该，也够可怜了。可见两人都有所忌讳，故她亦不好再问。遂悄悄召来小宰相君道："大将为此很伤心呢！本欲将僧都前次所言如实相告，又恐说错，终不便开口，你且乘便将僧都所言告知他吧！"小宰相君回道："皇后尚且不便，下人如何开得口？"明石皇后道："这得因情势而定，我尚别有不便之处。"小宰相君料得是匂亲王之事，心中便觉好笑。

待薰大将到小宰相君房中来时，小宰相君便乘机告知僧都所言。薰大将惊疑不已，他暗想道："前日皇后向我提及浮舟，看来她已知道此事，怎不说于我知呢？真是可恨，也难怪，我亦未据实告知于她。对此事我一直隐瞒，殊不知外间早已传遍了，活人之秘密尚且难保，何况死人呢？众人评说便是一定的了。"他觉得对小宰相君，亦不便倾心相告，只是说道："如此看来，那人酷似我那所亡之人了。她尚且在那里吧？"小宰相君答道："僧都奉召进宫途中，已为她落发受戒。早在重病之时，她就道心已坚，一心只念出家为尼，虽经众人力劝，仍不改初衷，愿投身佛门。"薰大将想道："如此想来，地方都是宇治，且此人与浮舟相似颇多。若能确认是她，真是出乎意料了！倘只听传闻，又难以置信。亲自去找吧，又怕人家知道了，笑我痴狂。且若为匂亲王得知，势必念及往事，去打扰她求道修行了。奇怪明石皇后未能向我言明，恐是亲王特意安排。故皇后虽觉离奇，也只得闭口不谈。我虽衷心怜爱浮舟，也只得断绝其念，阳世不能相逢，阴世总能再见吧！"他思来想去，心烦意乱。他以为皇后不会将此事详细告知于他，然又想探探她的口气。于是有一次，他对明石皇后说道："听人告知，死得离奇的那女子，至今仍在世，怎会有此等事？或此女生性怯弱，原来没有投河赴死的决心。据那人所说的来看，她或许是被鬼怪掳了去。恐怕真是这样吧！"于是较详尽告诉她一些浮舟的情况。而对于匂亲王，薰大将只是从容约略谈起，并不露声色："我最好佯作不知此事，若匂亲王得知，定会说我轻薄好色呢。"明石皇后言道："僧都是在一夜深人静的夜晚告知于我，我心惧尚未能详，那匂亲王哪能知道？他生性乖戾，恐真被其得知，又要添麻烦呢！世人皆讨厌他在儿女恋情上轻率浮薄。我真为他忧心呢！"薰大将亦觉明石皇后诚挚稳重，凡别人私下告诉她的，绝无半点宣扬，于是亦放心了。

薰大将想道："不知她居于何处，我得亲去探看。故须先去拜访僧都，方能弄个明白。"他朝夕思虑。每逢月中初八，比睿山便要举办法事，供养药师佛，参拜根本中堂[1]。此次因有挂虑之事，薰大将上山处理完诸事后，便下山直赴横川。此事暂不告知浮舟家人，只带浮舟之弟小君同去。他恐是欲为此番梦幻般的遭遇增添些愁情意味吧！他一路反复思量："倘浮舟真在人世，而已遁入空门，或已移情他人，不知我将是多么伤怀啊！"心中越发难安。

【1】根本中堂：为比壑山的第一佛堂，是日本国宝中的国宝，传说里面供奉的药师如来像是传教大师亲手雕刻的。

THE TALE OF GENJI

VOLUME 55
第 五十五 回
梦浮桥

到得比睿山，薰大将即照例供奉佛祖，第二日便去了横川。僧都见如此高贵之人，突然光临山中，惶恐不安。薰大将与这僧都原本并不熟，只因举办祈祷等事，与他早已认识。此番又因一品公主身患疾病，僧都前来祈祷，效果之灵验，非同一般，薰大将有幸亲眼目睹他的本领，从此才陡然增加了信任，对他看重起来。两人认真谈了一会儿佛法，僧都取来泡饭，请薰大将用餐。似薰大将这般身价的贵人特地来访，僧都怎会不小心接待呢？待到四周人声寂静之后，薰大将方得以开口问道："小野那边，你可有熟识的人家？"僧都回答道："有的，贫僧的母亲就住那儿。她是一个年迈的尼僧，因为在京都没有合适的居所，加之贫僧又一直深居此山，故便委屈她在这附近的小野住下，以便早晚过去探望。只是那地方甚是简陋。"薰大将听了，说道："此地如今衰败了，先前可热闹呢。"便向僧都挪动了一下，低声道："我有一事不甚了解。想问，又犹豫不便开口，怕你也不晓。实言相告，曾有一令我钟爱的女子，听说僻居此小野山乡，倘若真是这样，我很想知道她的近况。最近却忽然得知，她已落发受戒，成了你的弟子，不知是否当真？此女年纪尚轻，父母健在。世间有人对我埋怨不堪，说她的失踪，皆因我而致。"

　　僧都一听此言，不禁暗暗惊讶，想道："当初我一看那女子，就断定她绝非常人，如今不出所料。今日听薰大将如此一说，可见他对这女子爱慕已是深可体味的。我虽为法师，岂可贸然而为，替她改装落发呢？"他不知该如何回答，顿觉尴尬。又想："显然，他已知道了实情，这般向我问询，倘强要隐瞒，反倒难堪。"他于是答道："贫僧甚感奇异，的确有这么一女子，不知她到底为了什么事情。大将所说，恐怕就是这个人吧。"接着又说道："那边寺中的众尼僧，去初濑进香还愿，回来的路上于一名为宇治院的宅子里借宿。贫僧的老母因旅途之劳，突然染病。随从回山禀报，贫僧得到消息，立即下山。不想一到宇治院，即遇到一件怪事。"然后他放低声音，悄悄叙述了遇到那女子的经过，便又补充说："当时老母已病至垂危，贫僧心急如焚，然也顾不得了，一味忧愁如何将这女子救活。视她的情形，已是气若游丝，想来是快到阎王的门槛了。记得古代小说中，有死尸设灵后还魂复活的事，实在罕见，如今所遇到的，难道就是这等咄咄怪事么？于是，我便把颇有些法术的弟子从山上传来，分班轮流为她做祈祷。年迈的老母旅途身患重病，虽是死不足惜，还得勉力相救，以求往生极乐。贫僧只得一心念佛，故未得仔细去看视这女子情形。草草推测，她大概是受了天狗、林妖一类的怪物欺凌，被带到那地方的吧！经一番努力，终于将她救活。回到小野之后，那女子有三月不省人事，与死人毫无两样。贫僧之妹的女儿亡故，悲恸欲绝之际，见这和她女儿年纪相仿且颇有姿色的女子，异常欢喜，便认定乃初濑观世音菩萨赐予自己。这妹尼僧哭哭啼啼，要贫僧一定设法救治。她焦灼万分，十分担心这女子死去。贫僧便专程下山去到小野，施行法术，为其祈福救护。这女子果然日渐好转，身体慢慢也康复了。然她心境极差，向贫僧恳求道：'我似被鬼怪迷惑着一般，十分难受，我想唯有请你替我受戒，让我佛的功德来助我摆脱这缠身的鬼怪，为来世修福。'贫僧身为法师，对此等要求理应成全才是，便帮助她受戒。贫僧只觉得这等稀罕之事，可作世人饭后谈资而已。至于她是大将最喜爱之人，我实是一无所知啊！小野那边的老尼僧也恐其传扬出去，招致烦扰，是故一直守口如瓶，几月无人知晓。"

如今确认这一直被认为已死之人尚且存活世间，薰大将大惊之下，恍然如在梦中，忍不住两眼盈泪。但他强忍住，装出一副若无其事的样子，以免在体面的僧都面前显得难堪。然他的心事，僧都早已有所察觉，想起薰大将对此女子疼爱至极，而这女子虽活着，却已如同不在人世，真是罪过啊！僧都觉得这皆为自己的过失，于是开口道："此人鬼怪附身，应是宿世罪孽，不可避免呀！千金之贵，不知为何竟至如此地步？"薰大将答道："论其身份，她也可算是皇室的后裔，却不曾料到她此生会这般飘零，一日之内竟无影无踪。我本是不敢如此厚爱，只因一面之缘而成其保护之人。曾猜测她是落水而亡了，但又疑窦丛生，直到此之前，仍未获得实情。如今知道她已削发为尼，想来也不是什么坏事，也正可使她的罪孽减少，我甚至还感到宽慰呢！只是目前，我得快些将这消息告慰她的母亲，她正在痛苦地怀念她呢。唯你那尼姑妹妹封闭甚严，致数月无法得知其下落。如今你把这事说了出来，不是大大违逆了她么？她母亲难忍悲情，一定会来此地寻访，母女之情定然无法断绝。"接着又说道："我既然知道了这女子的确切消息，岂能无动于衷呢？我有一个冒昧的请求，不知你能否与我同去小野？她如今已是出家之人，我也只想与她攀谈萦萦如梦的前世尘缘。"僧都看见薰大将满面凝重，露出伤感之色，想道："但凡出家归佛者，自以为改变了服装，就能割断尘世的一切欲念。即便须发俱无的法师，也很难保证不动一丝凡心，何况作为一个女人呢。若我带他去见了那个女子，一定惹出佛祖不容的罪孽来，那该如何是好呢？"对此心中很是忐忑不安，终于答道："待到下月如何？今明两日都有事羁绊，不能下山。"薰大将听了，心中很是不悦，仍急切地说："今日一定要劳你大驾。"他急欲前往，终又觉得这样做，难免让人感觉太为草率，便无可奈何地说："既如此……日后再说吧！"即准备打道返回。

却说浮舟的弟弟小君，生得眉清目秀，在诸位兄弟中也出类拔萃。薰大将来时身边便带着他。此时他将那童子叫到跟前，对僧都道："这孩子是那女子的亲弟，你能否与他准备一书，遣他前去。至于我的名字，暂且可以不提及，只说有人欲来拜访就是了。"僧都答道："我已将此事详告于你，你只管自己前往，依意行事即可，这样有何不妥？贫僧若出面引见，必定带来罪过。"薰大将笑道："你说作此引见，必定招至罪过，使我很是惭愧呀！我身在沉浮俗世，能待到今日，实乃我未曾料及之事。盖因三条院家母生活孤寂，只有与我这不孝之子相依为命，致使我无法实现自小已有的出家之愿，只得与俗事相缠而不能脱身。这期间虽然荣登高位、身居要职，这反倒使我更不能随心所欲，空怀道心却又像凡人般度日。世俗应有的庞杂事务，也一天天多了起来。不管公事私事，只要是不可避免的，我皆按照俗规应付处理。若是可避免的，则凭借自己对佛学的粗浅了解，严格遵守佛法之戒规，务求没有一点闪失。扪心自问，我求道之心，与高僧相比也绝不逊色，怎可为区区儿女私情犯下大孽呢？我之所以这样做，全在于她母亲的悲伤可怜，欲把详情转告于她，使她不至于那么愁苦欲绝，我心中也就平静了。我决不会如此无知，请法师放心吧！"他一席肺腑之言，讲述了自幼对佛法深信不疑的心愿。僧都很是赞赏其善德，便又给他讲了一番佛法大理。时值夕阳西下，薰大将寻思：此刻沿路到小野投宿，是难得的好机会。但又觉得这样冒昧而去，终有些不妥，很是矛盾，想来还是回京都去为好。其时僧都正注视着浮舟之弟小君，对他赞不绝口。薰大将便对僧都说道："烦请你略写几句，让这孩子送去罢。"僧都于是写了信，交与小君，嘱咐他道："从今以后，你可常到山上来玩！你应该明白，我们并非没有因缘。"小君并不理解这话的含义，只接过信来，随薰大将去了小野。到了小野，薰大将叫随从稍作休息，各自悄悄散开去。

在那小野草庵中，浮舟一人正十分孤寂，望着池塘上的飞萤，面对绿树葱茏的青山，陷入往事中。忽听得一片威严十足的开路喝道声从远处山谷传来，紧接着，但见大大小小许多火把闪烁不定，顿时引出许多尼僧来观看。只听一人说道："白天送干海藻到僧都那里去的人，回信说大将到横川来了，他殷勤招待，正忙得不可开交呢，送去的海藻正好派上用场。那位又要下山来了，随从多着呢！"一尼僧问道："那大将是不是二公主的驸马？"似是偏远山区无知农夫的口气。浮舟想："可能就是那人了。那队列中有几个随从的声音听起来好生耳熟，这么久了，仍是不能忘怀。过去他就常常行走这山路到宇治山庄来，然现在又有何用呢？"不禁黯然神伤，只好默念阿弥陀佛，以排解伤感的情怀。小野这地方，平素很是僻静，偶尔有去横川的人经过，才带来些世事的喧嚣。薰大将本想让小君童子前往传音，但又顾虑到周围耳目太多，极不方便，便决定明日再派小君前去。

第二日，薰大将派了两三个身边地位较低的家臣护送小君，此外还派了个从前常去宇治山庄送信的人。临出发时，薰大将悄悄将小君叫到面前，对他说道："还记得你那姐姐的模样么？过去都以为她已逝去，其实她还活在人间呢。我只派你一人前去探访，不欲令外人知道此事，就是你母亲暂时也不可告知。否则，她必因过度惊喜不能自制而四处传扬，反而让不该知道的人皆知道了。寻找你姐姐，是因我见你母亲那悲伤模样，甚觉可怜。"虽然小君尚为童子，但也知道在众多兄弟姐妹中，唯有这个姐姐相貌最为美好，故一直很爱慕她。后来听说姐姐已亡，心中悲痛不堪。现在听薰大将这么一说，真是又惊又喜，热泪盈眶。但薰大将在此，他又觉羞涩，便答道："是的，是的！"声音极为响亮，以作掩饰。

这日清晨，妹尼僧收得僧都来信，信中道："料想薰大将的使者小君，昨夜已来小野草庵访问。劳你告诉小姐：'薰大将已向我询及实情。给小姐受戒，本是我的无上功德，如今反而弄巧成拙，使我惶然不安，难以言表。'我要说的事情尚多，待过了今明两日，自来你处详述。"妹尼僧不知僧都信中所言何事，吃惊不已，便来至浮舟房里，将信给了她。浮舟一看，脸色倏然转红，想到外间人如今已知道她的情况，心中极为苦恼，只得默而不言。且自己一直向这妹尼僧隐瞒实情，她得知了定然怀恨。果然，妹尼僧怨恨地向她道："你就如实告诉我吧！对我如此隐瞒，真令我难受啊！"妹尼僧心乱如麻，至今不知实情。此时，正好小君来到，叫人传话说："我从山上而来，带有僧都信件。"妹尼僧很是奇怪，不知僧都又来何信，自语道："看了这信，想来便可知道实情了。"于是叫人传话出去："请他进来。"瞬间，一个俊美大方的童子，缓缓而来，身着华丽的衣服。里间送出一个小圆坐垫，小君便跪在帘子旁边，说道："僧都曾吩咐，不要人传言。"妹尼僧只得亲自出来应对。小君便将信呈上，妹尼僧接过去一看，但见封面上写道："修道女公子台升——山中所寄"。其下有僧都姓名。妹尼僧便将信交给浮舟。浮舟十分尴尬，往内室退去，更不愿与人相见了。妹尼僧对她说道："你平素不轻易将内心悲喜外露，今日却满面愁苦，真令我伤心！"便拆开僧都来信，只见信中写道："今日薰大将前来，探询小姐境况，贫僧已如实详告。据薰大将言：'凡是背弃深恩重爱出家为尼，隐身于田舍人中者，反而会受到佛祖谴责。'贫僧聆听此言十分惶恐，却又无计可施。劳请小姐不要背弃以前的盟誓，重归于好，借以赎清迷恋之罪。出家一日，同样功德无量[1]。此乃真言，故即使还俗，也并非徒劳无益啊！你如今出家所修的功德，仍是有效的。诸事来日面叙，料童子小君另有话奉告。"这信中已说得十分明了，对浮舟与薰大将的关系，只是外人全然不知罢了。

读信后，妹尼僧怪怨浮舟道："这送信的童子到底何人！你到现在还与我执迷相瞒，真叫人气恼！"浮舟这才举首向外，隔着帘子偷偷看那使者。原来这孩子便是幼弟，她欲投河自尽的那夜不忍撇下之人。浮舟想起昔日情景，宛然梦中。她是与此弟一起长大的，他幼年颇受娇惯，淘气得令人讨厌。那时最疼爱他的是母亲，常带他到宇治来玩。后来幼弟渐渐长大，与她的关系更加亲密，她疼爱他，幼弟与她也非常亲近。她不时隔帘看自己的弟弟，禁不住悲从中来，泪如散珠。其他亲人的消息，以后自会听闻，她首先欲问的是母亲的近况。妹尼僧觉得这童子极为可爱，容貌与浮舟极为相像，便说道："这孩子一定是你弟弟吧？你欲对他说话，就请他入帘内来吧。"浮舟却想："他早认为我离开了人世。如今有何必要再见他呢？再说我已削却青丝，换了尼装，若和亲人相见，不免自惭形秽。"她略加犹豫，即对妹尼僧道："你们以为我对你们隐瞒，我感到实在痛苦。想想你们最初救我之时，我形容古怪。自那以后，我就神态反常，大概是我的魂魄已有变化了吧。我不是不想告诉你们，只因过去的事全无记忆，自己也十分诧异。前些日子，那纪伊守所言，好像与我有关，有些使我隐约想起一些事情，然后来仔细一想，又不很清楚。只清晰记得，母亲养育之恩不浅，盼我成为出众的人。我只有这一件事是终生难以忘怀，并时时令我悲伤。唉！不知母亲现在如何了？若她尚健在，我倒很想见她一见的。今日见到这童子的面貌，我似觉幼时

---

[1]《心地观经》中有："善男子善女人发阿耨多罗三藐三菩提心，一日一夜出家修道，二百万劫不堕恶趣。"

曾见过，依恋之情难以自禁。然而即使是他，我也不愿让他知道我还活着，对他隐藏直到命归黄泉。至于僧都信中所言之人，我是决不能让他知晓我还活着的。劳你圆个说法，告诉他们将人弄错了，仍旧将我藏住吧！"

妹尼僧摇头叹道："这僧都的性情你也知道，他平素坦白直率，定已将事情全然道出。这样做实在太难！即使我依你的说法去做了，也会被揭穿的。况且薰大将并非常人，怎可欺瞒他呢？"浮舟却一意坚持，竭力争执。别的尼僧都说："如此倔犟的人，从来不曾见过！"便设个帷屏在正屋旁边，让小君进入帘内。虽然小君已闻得姐姐在此，然他毕竟幼小，怎敢直接说明，只说道："那僧都曾说，我姐姐确实在此，她为何对我这般冷淡啊？这里还有一信，务请本人亲自拆阅。"说罢，他有些伤感，垂下了双眼。妹尼僧答道："唉，倒怪可怜呢！"接着又道："你虽年幼，既为使者，定熟知此中情由。那拆阅此信之人确实在此，然身为旁人，我们并不知内情，你能否道明详情呢？"小君答道："你们对我这般冷淡，把我视作外人。既然是疏远于我，我还有什么话可说呢？只是这信，务必由我亲手奉呈！"妹尼僧便进去对浮舟说："这孩子说得有情有理，你总不至于如此无情吧！"她尽力撺掇，将浮舟拉到帷屏旁边。浮舟茫然坐着，小君虽隔着帷屏，却偷窥到她的相貌，分明就是姐姐，便来到帷屏前，将信递了上去，并说道："劳你快快回复，以便回去禀报。"他有意催她回信，心中埋怨她如此无情。

妹尼僧拆开信来，递与浮舟，见字迹同昔日一般优美，信笺仍用浓香熏过，其香真是世间少有。少将君、左卫门十分惊奇，从旁偷看得真切，个个心中均称赞不迭呢！信中说道："我看在僧都的面上，原谅你过去犯下的诸多过错。如今我心中急切，只愿与你叙谈那些不堪回首的往事。虽觉此举蠢笨可怜，也不顾他人将如何看待了。"信末附诗道：

"本欲寻师指迷津，
　谁料歧路落情网。

你是否认得这童子？自你隐去之后，我便悉心教养他，以此作为遗念呢！"信中言语，句句诚恳，十分动人。浮舟看了此信，一时感到难以推脱了，然又想到眼下自己已非先前的模样，突然出现在他面前，实在有些难堪。是故心绪烦乱，愁闷忧郁，伏下身子饮泣不止。妹尼僧深觉此人古怪，心中烦躁，便责问道："你将何以回复呢？"浮舟答道："我实在心乱如麻，且请暂缓，不久自当奉复。昔日的许多事情，我一时都记不起来了，故对信中所指不堪回首之类，真有些莫名其妙。或许心境平静些时，方能明白其中真意。若是弄错了人，大家皆会十分过意不去！今日不如叫他先将信收回吧。"说罢，就将拆开的信交还与妹尼僧。妹尼僧说："你如此举动，确是很无礼的，使得我们这些侍奉你的人，也不知如何呢。"浮舟觉得她此番不休地唠叨，很是可恶，不忍闻听，遂用衣袖遮了脸躺卧着。

　　既为此间主人，妹尼僧只得出来勉强应对。她向小君道："我想你姐姐恐是被鬼魂迷窍，终日没有神采。自削发事佛以来，总恐被人寻到，惹来烦恼。我一看她这个样子，也很是担忧。今日方知其有这等伤心之事，实在愧对薰大将了！近来她的情绪低沉，今日看了来信，更是神思异常。"如此解释之后，便照山乡风习招待小君便饭。小君惶惑不安，那充满希望的童心也索然扫兴，他对妹尼僧道："我奉命专为此事而来，如今叫我怎么回去复命呢？哪怕与我说一句话也是好的！"妹尼僧点点头道："也有道理。"便将小君的话转告浮舟。然而浮舟仍是沉默不语，妹尼僧别无良策，只得出来对小君说道："你回去之后，只说她神魂昏惑就行了。这地方虽是山风酷厉，然离京都尚近，望以后常来吧！"小君觉得独自一人留于此地，也毫无意义，只得告辞返回。然他终未见到他爱慕的姐姐，实在惋惜不已，只得满腹哀怨地回去回复薰大将。薰大将正在盼复之时，见他懊丧而归，便觉沮丧。他冥思苦想，不禁猜测：如今或许另有他人，似自己先前藏她于宇治山庄那般，复将她隐藏于这小野草庵之中了吧？